源流与发展

石昌渝中国古代小说研究文集

石昌渝 著

生活·讀書·新知 三联书店

Copyright © 2025 by SDX Joint Publishing Company.
All Rights Reserved.
本作品版权由生活·读书·新知三联书店所有。
未经许可，不得翻印。

图书在版编目（CIP）数据

源流与发展：石昌渝中国古代小说研究文集／石昌
渝著． — 北京：生活·读书·新知三联书店，2025.8.
ISBN 978-7-108-08026-4

Ⅰ．I207.41-53

中国国家版本馆 CIP 数据核字第 2025XU6432 号

责任编辑　王海燕　王　丹
装帧设计　赵　欣
责任校对　曹秋月
责任印制　李思佳

出版发行　生活·讀書·新知 三联书店
　　　　　（北京市东城区美术馆东街22号 100010）
网　　址　www.sdxjpc.com
经　　销　新华书店
印　　刷　河北松源印刷有限公司
版　　次　2025 年 8 月北京第 1 版
　　　　　2025 年 8 月北京第 1 次印刷
开　　本　635 毫米 × 965 毫米　1/16　印张 28.5
字　　数　343 千字
印　　数　0,001 – 2,000 册
定　　价　79.00 元

（印装查询：01064002715；邮购查询：01084010542）

目 录

代前言　为古代文学研究正名　　　　　　　　　　　　　　1

"小说"界说　　　　　　　　　　　　　　　　　　　　　8
小说与史统　　　　　　　　　　　　　　　　　　　　　23
胡适"传统小说两种体裁"论之反思　　　　　　　　　　32
唐前"小说"非小说论　　　　　　　　　　　　　　　　39
论魏晋志怪的鬼魅意象　　　　　　　　　　　　　　　　56
朝鲜古铜活字本《精忠录》与嘉靖本《大宋中兴通俗演义》　74
从《精忠录》到《大宋中兴通俗演义》
　　　——小说商品生产之一例　　　　　　　　　　　　86
明代公案小说：类型与源流　　　　　　　　　　　　　109
《封神演义》政治宗教寓意　　　　　　　　　　　　　128
从朴刀杆棒到子母炮
　　　——《水浒传》成书研究之一　　　　　　　　　144
《水浒传》成书于嘉靖初年考　　　　　　　　　　　　170
林冲与高俅
　　　——《水浒传》成书研究　　　　　　　　　　　203
明初朱有燉二种"偷儿传奇"与《水浒传》成书　　　　223
《朴通事谚解》与《西游记》形成史问题　　　　　　　241
《金瓶梅》小说文体的创新　　　　　　　　　　　　　255

王阳明心学与通俗小说的崛起	269
清代小说在文学史上的定位问题	291
清代小说禁毁述略	293
乾隆文字狱阴影下的小说创作	320
春秋笔法与《红楼梦》的叙事方略	332
20世纪古代小说书目编撰史述略	
——兼论有关书目体例的几个问题	351
俞平伯和新红学	370
吴组缃先生的《红楼梦》研究	392
李辰冬的古典小说研究	401
附录 四十年学术工作回顾	421
光芒乍现的瞬间，温柔而幸福	
——献给敬爱的父亲石昌渝	443

代前言
为古代文学研究正名

学科建设是个大题目，它包含着诸多方面的问题，除学者如何治学之外，还有影响和制约学者治学的种种因素，比如科研管理体制、资金投向、人才配置、科研成果的评价制度等等，这些问题如不改革使之科学化，要从整体上提升科学研究水平恐怕还是困难的。体制方面的问题，本文不去涉及，我仅从一个古代文学研究工作者的近些年的经验出发，对治学的问题发表一点浅见，以求与同行以及关心古代文学研究的同志们讨论。

为何要提出为古代文学研究正名？这是因为"研究"之实被时下的某些学风渐渐销蚀，一些标识"研究"成果的论著，其学术含量已相当稀薄。什么叫作研究，实在已成为一个有待澄清的问题。我认为目前古代文学研究中存在着与科学研究精神相背离的两种倾向，一曰鉴赏化，二曰随笔化。所谓鉴赏化，就是将理性的科学研究变成一种主观的直觉的评论。这种评论可以不顾及作品产生的时代环境和作者的主观创作意图，也可以不顾及作品的文类特征，还可以不顾及这个作品曾经获得过怎样的评论，似乎只要掌握了一种新观点，或者变换了一种新角度，就可以做出空前绝后的高论来。这种评论常常是淋漓尽致的主观挥洒，它造成这样一种局面：对某一作品甲说它红，乙说它黑，"公说公有理，婆说婆有理"，争论十分激烈，却毫无学术价值。五四新文化运动以前的旧红学，有人说《红楼梦》写的是清世祖和董小宛的悲剧，有人说是写康熙朝的政治斗争，还有人说是写明珠的家事，等等，就是这种评论的前车。所谓随笔化，就是将严密的科学研究变成一种罔顾证据的随心所欲的议论。这种倾向与鉴赏化的相同之点在于主观性，而不同之点则在于它议论的往往不是单个作品，而是一些宏观性的大问题，其议论乍看起来是高屋建瓴，纵横捭阖，结果总是经不起事实的检验。这也有历史的经验。罗尔纲在《师门五年记》中回忆他1936年发表《清代士大夫好利风气的由来》一文，该文引申清人郭嵩焘的话，所谓"西汉务利，东汉务名；唐人务利，宋人务名；元人务利，明人务名"，认为清代士大夫好利是由于清初朝廷的有意提倡。此文遭到他的老师胡适的严肃批评，指出郭嵩焘等人的话毫无根据，名利之求，何代无之？并告诫罗尔纲，有一分证据只可说一分话，随口乱道是旧式文人的习气。

　　研究与鉴赏的区别，郑振铎曾用比喻加以说明，他说："原来鉴赏与研究之间，有一个深堑的鸿沟隔着。鉴赏是随意的评论与谈话，心底的赞叹与直觉的评论，研究却非有一种原原本本的仔仔细细的考察与观照不可。鉴赏者是一个游园的游人，他随意的逛过，称心称意的在赏花评草，研究者却是一个植物学家，他不是为自己的娱乐而去游逛名囿，观赏名花的，他的要务乃在考察这花的科属、性质，与开花结果的时期与形态。鉴赏者是一个避暑的旅客，他到山中来，是为了自己的舒适，他见一块悬岩，他见一块奇石，他见一泓清泉，都以同一的好奇的赞赏的眼光去对待它们。研究者却是一个地质学家，他要的是：考察出这山的地形，这山的构成，这岩这石的类属与分析，这地层的年代等等。鉴赏者可以随心所欲的说这首诗好，说那部小说是劣下的。说这句话说得如何的漂亮，说这一个字用得如何的新奇与恰当；也许第二个鉴赏者要整个的驳翻了他也难说。研究者却不能随随便便的说话；他要先经过严密的考察与研究，才能下一个定论，才能有一个意见。"（《中国文学研究·研究中国文学的新途径》）郑振铎为了讲清鉴赏与研究的区别，特别强调了二者之间的鸿沟。古代文学研究的对象是文学，文学是情感的产物，也必须用情感去接近它，鉴赏是认识文学作品的第一步，问题是研究不能停留在这一步，而应该从感悟提升到理性，去探讨文学作品内在规律及其成因，所以二者之间的鸿沟虽然深堑，却也不是不可逾越。鉴赏的文章也有深浅优劣之别，好的鉴赏文章也在广义的研究范畴之内，然而现实是不少专著有学术之名而无学术之实，充其量为鉴赏而已。

随笔属于文学体裁的散文，撰写随笔是文学创作而不是学术研究。随笔不仅允许发挥激情和想象，而且如果没有激情和想象，那就不是好的随笔。研究需要的是理性的冷静，是证据和逻辑，它不是排斥激情和想象，而是要把这种激情和想象作为研究的潜在动力。所以好的学术著作，我们是可以从它的冷静的论述中感受到研究者的激情和想象的。现在流行这样一种衡文标准：结论并不重要，只要思绪飘逸，辞章华美，能神摇意夺就行。也就是说，"美"成为学术论文的评价标准。事实上，有些著述得到媒体和一般读者的赞赏，正如郑振铎所说，并不是因为它的学术，而是因为"作者的美丽的才华"和"恳挚动人的讲述"。学术文章讲究文采，无可厚非，但文字必须以准确为第一要义。研究不是文学创作，这是一个简单的道理。

其实，随笔化、鉴赏化的论著与学术论著的区别，作者自己是心知肚明的。学术论著必定要解决学术问题，或者是纠正一个历史的学术误解，或者是破解一个困扰已久的学术疑难，或者是开拓一个新的学术领域，从发现问题、搜集材料、反复思辨到撰写成文，中间所花费的时间精力绝不是那些鉴赏化、随笔化论著所能比拟的。用经济学的术语来说，二者所包含的社会必要劳动时间绝不相等。

　　为什么会出现这种倾向？原因是复杂的。首先，我们现行的学术评价体系还不健全，量化标准在事实上成为评价一个单位和一位学者的成绩的最重要的尺度，甚至是唯一尺度。量，当然是一个重要尺度，量化也容易操作，但如果忽视质的检验，单一强调量的标准，在实践中就会鼓励学者对学术数量的追求，难免会出现粗制滥造的情况，鉴赏化、随笔化的倾向便相机而生。当年陈寅恪仅凭一篇不长的论文就获聘为清华大学教授，这种事情在今天看来已经成为一个神话。其次，对古代文学研究的社会期待也有不恰当的地方，如要求古代文学研究不断有"重大突破"，要求古代文学研究为当前文学创作提供经验，要求古代文学研究为现实服务，等等。古代文学研究是文学类的二级学科，它研究的是历史的文学和文学的历史，在这个意义上它又有史学的性质。和那些与现实关系密切的社会学科、人文学科相比，它应该算是一个冷门。要它直接联系现实，为现实的政治、经济或什么别的服务，都是违背它的学术本性的，假若强行做了，如"文革"当中的"评红""评水浒"，那也就脱离了古代文学研究的范畴，实质上变成了政治的一部分。就说在文学范围内，也很难要它为当下的文学创作贡献点什么，即使有意为之，作家们也未必加以理会。鲁迅就曾说过，"创作家不妨毫不理会文学史或理论"（《而已集·读书杂谈》）。这样说，并非否认古代文学研究与现实有关系，只是这种关系不那么直接和具体。它关系到中国几千年文学的承传，优秀的传统文化是中华民族团结的凝铸力之所在，作为传统文化的整理、继承工作，它是不可或缺的，也是不可替代的。古代文学研究又是一门累积型的学术，要它不断地有革命性突破，也是违背它的学术本性的。这并不是说不要创新，古代文学研究如果失去创新意识，那就一步也不能前进。而这些年一些媒体炒作的惊世的"创新""破解""发现"，有多少不像泡沫似的消失了？

也许还有一个重观点轻材料的顽症在作祟。说"重观点轻材料"是一种顽症，是因为它由来已久，根深蒂固。20世纪50年代批判胡适，考证便成了实用主义和烦琐哲学的代名词。60年代初红学界为弄清曹雪芹卒于何年，做了一点考证，"文革"中即遭到严厉的批判，可知考证之声名狼藉到了何等地步。那个时代用阶级斗争为纲的观念来重新研究古代文学，著名的论点有中国文学史是现实主义和反现实主义的斗争史，"文革"中评法批儒时又认为是儒法的两条路线斗争史，等等。那时坚持的是思想领先、政治挂帅的铁的原则，因此，学术中观点最重要，凡符合现实政治需要的观点，不论是否有事实依据，都会得到肯定；如果观点被认为有问题，则不论是否有事实根据，都会受到审查和批判。材料的真伪与有无，在学术中成了细枝末节、无关紧要的问题。"文革"后正本清源，对重观点轻材料的倾向理应加以检讨，可惜没有这样做，至少没有认真地和正确地做，一些人把这一切统统算在马克思主义头上，并一窝蜂地转向刚刚从国门涌入的各色西方理论，把这些理论视为圭臬，以为找到一个新的思想支点就可以把地球翻转过来。重观点轻材料的观念又以一种新的表现形式继续影响着古代文学研究。那个热潮中用新观点新方法重新解读中国古代文学的专著，有几部人们现在还去理会它呢？逻辑推理不可以取代对历史的实际考察，因为逻辑不可能与历史重合。古代文学研究应该坚持历史唯物主义观点和方法的指导，一本具体的论著也应当事先有理论预设，但是研究应当从材料出发，以材料为据，这些材料应当尽可能是完备的、经过审查辨析的，通过对材料的研究，修正或者改变事先的理论预设乃是一种常见的现象。可以说，材料和观点同样重要，轻视任何一个方面都会损害我们的研究工作。百年来的学术史启示我们，凡是有杰出贡献的学者，无一不是在材料上下过死功夫的。鲁迅在1909年至1911年三年间，从浩瀚的古籍中爬罗剔抉，编成《古小说钩沉》，台静农为此称鲁迅"辑录之勤，校定之精，则非浅学所能知也"。后来鲁迅又辑录唐代传奇文，编成《唐宋传奇集》，郑振铎称赞此书使"唐人小说的真面目为之复现于世"。凡是有关小说的新材料，作者也好，版本也好，鲁迅都以极大的热情去考察和讨论，正是在大量材料的基础上才撰写成学术名著《中国小说史略》。陈寅恪《陈垣〈敦煌劫余录〉序》说："一时代之学术，必有其新材料与新问题。取用此材料，以研求问题，则为此时代学术之新潮流。"囿于旧材料，甚至连旧材料也不去完全掌握，只在观点上翻新，与其说是用新观点阐释古代文学，毋宁说是用古代文学去印证新观点。倘若如此，学术创新也就没有什么希望。

最后还有一个学术规范的问题。学术规范，我理解是学术研究应当共同遵守的规则。比如打排球有打排球的规则，踢足球有踢足球的规则。它不是学术范式，学术范式是对研究观念、方法乃至技术的规定系统，学术范式不仅可以百花齐放，而且应该百花齐放。而学术规范作为游戏规则应当共同遵守。古代文学研究界虽然对学术规范没有做明确的规定，但自五四新文化运动以来的现代学术实践中却已形成一些不成文的共识，例如：利用人家的研究成果必须注明，引文必须注明出处，不得隐瞒证据、歪曲事实，等等。古代文学研究应当建立一些什么样的学术规范，以使我们的学科更加科学化，是需要所有学者共同参与讨论才能确定的。讨论制定学术规范肯定不是一朝一夕的事情。有人担心这种规则会妨碍思想的自由，阻滞学术的进步，我以为这是多虑。没有谁会怀疑足球的规则妨碍了足球运动的发展，相反，足球没有规则，足球运动恐怕就要寿终正寝了。

（原载《江汉论坛》2002年第11期）

"小说"界说

"小说",这是中国古代文学研究中歧义最多的概念之一。"小说"概念关系到小说研究的对象和范围,任何一部小说史著作和关于小说的书目辞书之类都首先会碰到这个问题,而且不能够回避它。清理现今流行的各种定义,确定"小说"的性质和范围,是很有必要的。

现今关于"小说"的定义颇多,总的来说是跟历史旧账纠缠不清。自明代小说崛起与诗文抗衡以来,对于"小说"就有双重的定义——传统目录学的定义和小说家的定义。两家概念的外延是两个相交的圆,相交重合的部分是两家共认的"小说",不相交的部分则属于两个不同的文体。我认为要弄清"小说"概念,最重要的是与传统目录学的观念划清界限。

传统目录学把中国典籍分为"经、史、子、集"四大部类,在它的观念中,娱情的无根之谈是不能列入这雅正的四部的。"小说"作为一种文体的概念最早由东汉的桓谭和班固提出。桓谭说:"若其小说家,合丛残小语,近取譬论,以作短书,治身理家,有可观之辞。"〔《文选》卷三十一江淹(文通)杂体诗《李都尉陵从军》注〕班固说:"小说家者流,盖出于稗官,街谈巷语,道听途说者之所造也。孔子曰:'虽小道,必有可观者焉,致远恐泥。'是以君子弗为也,然亦弗灭也。闾里小知者之所及,亦使缀而不忘,如或一言可采,此亦刍荛狂夫之议也。"(《汉书·艺文志》)两人的说法相近，但又略有不同。桓谭指出"小说"文体篇幅短小，班固虽然没有提到这一点，但说它是街谈巷语，闾里小知者所及，篇幅自然也长不了。桓谭说"小说"近取譬论，性质略近《论语》《孟子》，但内容不是《论语》《孟子》治国平天下的大道理，只是包含有一些治身理家的小道理。桓谭的定义，为"小说"列入子部提供了根据。班固认为小说出于稗官，"稗官"据余嘉锡考证是一种职官，专门收集庶人之言传达给天子，[①] 既然是这样，那么它的内容多半涉及时政和社会问题。这些被记载下来的"刍荛狂夫之议"，对于后世来说便具有某种历史文献价值，可以广见闻，资考证。班固的定义为"小说"列入史部提供了根据。

不管是归在子部还是归在史部，传统目录学所指的"小说"都不容许内容有虚构，丛残小语也好，刍荛狂夫之议也好，都必须是实录。自唐至清，历代目录学家对"小说"的概念都做过自己的解释，"小说"的概念的确随着文化的发展而发展，但实录这一条，他们始终是坚持不变的。

唐代史学家刘知幾把"小说"看作是史乘的分支，他在班固的概念基础上有所发展。他肯定"小说"可以"自成一家，而能与正史参行"（刘知幾《史通》卷十《杂述》），不过这个肯定是有条件的，"小说"所以能自成一家，是因为它源远流长，卷帙浩繁，具有历久不衰、方兴未艾之势，但他认为"小说"既然是得之于行路，传之于众口，街谈巷议，道听途说，不免真伪混杂，泾渭不辨，难以与五传三史并驾齐驱，只能是正史的参数和补充。基于这种观点，他对两汉魏晋南北朝的志怪、志人小说的批评十分严厉。他

[①] 见余嘉锡《小说家出于稗官说》，收入侯忠义编《中国文言小说参考资料》，北京大学出版社，1985年版。

把"小说"分为十类：一、偏记，二、小录，三、逸事，四、琐言，五、郡书，六、家史，七、别传，八、杂记，九、地理书，十、都邑簿。著名的志人小说如裴荣期的《语林》、刘义庆的《世说新语》列在"琐言"类，著名的志怪小说如干宝的《搜神记》、刘义庆的《幽明录》列在"杂记"类。在他看来，"晋世杂书，谅非一族。若《语林》《世说》《幽明录》《搜神记》之徒，其所载或诙谐小辩，或神鬼怪物，其事非圣，扬雄所不观；其言乱神，宣尼所不语"（刘知幾《史通》卷五《采撰》），贬哂的成分居多。然而他又说，尽管"小说""言皆琐碎，事必丛残"，"书有非圣，言多不经"，比不上五传三史，但毕竟有正史未载的史实，不能弃之不顾，"刍荛之言，明王必择，葑菲之体，诗人不弃，故学者有博闻旧事，多识其物，若不窥别录，不讨异书，专治周孔之章句，直守迁固之纪传，亦何能自致于此乎？"（刘知幾《史通》卷十《杂述》）刘知幾于开元九年（721）去世，唐代传奇小说的繁荣在建中以后，刘知幾没有看到传奇小说的繁荣，不可能对这种文体做出实质性的评论，但他生活的年代，传奇小说已经崭露头角。王度的《古镜记》、张鷟的《游仙窟》、无名氏的《补江总白猿传》等等已流传于世，并且很有名气，刘知幾没有议论过这类作品，以他的史家立场和他的"小说"观念，《古镜记》之类的作品大概要排除在"小说"之外。

唐代传奇小说虽然是从志怪小说演变而来，但它同时吸收了史传和杂史杂传的许多东西。单篇行世的作品，也就是最优秀的一批作品，都以"传"或"记"名之，篇幅上已突破"丛残小语"的限制，想象虚构和铺张描写已完全背离"实录"原则，它的出现标志着散文体叙事文学的小说脱离了史传母体，"小说"获得了纯文学意义的灵魂和品格。唐代后期传奇小说出现复古倾向，单篇行世的作品越来越少，专集越来越多，也就是说，传奇小说的篇幅日渐缩短，想象和铺叙日渐萎缩，被抛弃的"实录"原则又重新制约作家的写作。这样的作品鲁迅称之为"杂俎"，一般叫作笔记小说和野史笔记。不过，这种倾向主要发生在上层文人的圈子里。唐宋两代，特别是有宋一代，笔记小说和野史笔记简直汗牛充栋，大文人差不多每人都有这类集子。在这种情况下，传奇小说渐渐下移，向下层文人和一般百姓靠拢，宋代传奇小说多以历史为题材，作者已没有唐代那样的显赫的文人。元代传奇小说以《娇红记》为代表，其风格趣味已接近后来的白话小说，是过渡到后来的明代中篇传奇小说的桥梁。明代初期的《剪灯新话》是传奇小说自唐以后的一个高峰，它上承唐代传奇小说的精神，是典型的文人作品。由于遭到统治者的禁毁，这种精神没有得到进一步发扬，效颦者仅形式上模仿而已。明代中期的传奇小说继续沿着《娇红记》的路线走下去，创作了一大批以艳情为题材的中篇传奇小说。

与传奇小说曲曲折折向前发展的同时，属于另一文化传统的通俗文学正在崛起。宋元"说话"伎艺随着城市商品经济的发展而兴盛，口传文学向书面文学转化，形成了在文体风格上与文言的传奇小说迥然不同的白话小说，发展到明代万历时期已拥有了《三国志演义》《水浒传》这样伟大的作品。

这就是摆在万历时期文学批评家面前的小说现实。这个时期的批评家胡应麟怎样看待这种现实呢？他说："小说，子书流也。然谈说理道，或近于经；又有类注疏者。纪述事迹，或通于史；又有类志传者。"（胡应麟《少室山房笔丛·九流绪论下》）他的"小说"概念，基本上沿袭桓谭和班固，在刘知幾的概念基础上又有一些深化和发展。他把"小说"分为六类：一、志怪，二、传奇，三、杂录，四、丛谈，五、辨订，六、箴规。刘知幾的"小说"分十类，基本上是指叙事文。唐代后期以及宋元明野史笔记层出不穷，其中夹杂着大量非叙事文的作品，这些作品是笔记体的论说文和说明文，例如元末的《辍耕录》就是兼容叙事和非叙事两大类的野史笔记。胡应麟既坚持传统目录学的观念，又不能不考虑新情况的存在，于是把丛谈、辨订、箴规这三类非叙事性文字也包容在"小说"里。另外，唐代兴起并且对后世有经久不衰的影响力的传奇小说现象也是一个不能回避的客观事实，胡应麟也不能不面对现实，于是也承认"传奇"的"小说"名分。但是他对传奇小说的承认是有条件的，大抵那些比较接近事实的作品，如《崔莺莺》《霍小玉》之类算是"小说"，而那些一眼即可看出是荒诞不经的作品如《柳毅传》之类，便拒绝在"小说"门外。他斥《柳毅传》"鄙诞不根，文士亟当唾去"（胡应麟《少室山房笔丛·二酉缀遗中》）。可见胡应麟的"小说"标准还是一个虚实的问题。近实者为"小说"，近虚者非"小说"。他既然坚持这个原则，那些通俗化了的文言中篇小说自然被排斥在"小说"之外，更不用说那些畅销于世的话本小说和长篇章回小说了。胡应麟不是没有看到通俗小说，他称《三国志演义》《水浒传》等为"演义"，"今世传街谈巷语，有所谓演义者，盖尤在传奇杂剧下"（胡应麟《少室山房笔丛·庄岳委谈下》），他不认为它们是"小说"。

清代乾隆时期的纪昀在主持编纂《四库全书总目》的时候对"小说"概念再次做了界定。他固守桓谭和班固的观念，从胡应麟的概念倒回去。首先把非叙事的丛谈、辨订、箴规三类从"小说"中剔出，归纳在"子部"杂家类中，这个认识比胡应麟要科学。其次，他比胡应麟保守，他不能容忍"传奇"留在"小说"中。他把"小说"分为三类：一、叙述杂事，二、记录异闻，三、缀辑琐语。其原则仍是"实录"，对于传奇小说，他也不一概而论，他用"实录"的原则衡量，那些"猥鄙荒诞，徒乱耳目"的作品，他一概革出"小说"之门；而那些虽有虚构，但真伪杂糅的作品，他有保留地收在"小说家类存目"里，勉强承认它们是"小说"，比如《飞燕外传》《大业拾遗记》《海山记》《迷楼记》等等，这类作品都是与杂史杂传比较靠近的传奇小说。不过，纪昀承认它们的同时又给予批评，指出它们不合"小说"体例。他认为《飞燕外传》是后人依托，"闺帏媟亵之状，嬿虽亲狎，无目击理。即万一窃得之，亦无娓娓为通德缕陈理。其伪妄殆不疑也"。《大业拾遗记》是"流俗伪作"，而《海山记》《迷楼记》《开河记》则是"伪中之伪"，"皆近于委巷之传奇，同出依托，不足道也"（《四库全书总目》卷一四三子部小说家类存目一）。纪昀不容许"小说"掺杂想象虚构，这个观念还表现在他对《聊斋志异》的批评中：

> 《聊斋志异》盛行一时，然才子之笔，非著书者之笔也。虞初以下，干宝以上，古书多佚矣。其可见完帙者，刘敬叔《异苑》、陶潜《续搜神记》，小说类也；《飞燕外传》、《会真记》，传记类也。《太平广记》事可类聚，故可并收。今一书而兼二体，所未解也。小说既述见闻，即属叙事，不比戏场关目，随意装点……令燕昵之词，媟狎之态，细微曲折，摹绘如生，使出自言，似无此理；使出作者代言，则何从而闻见之？又所未解也。（转引自盛时彦《姑妄听之跋》）

《聊斋志异》的确有一些作品摹绘了男女燕昵之词和媟狎之态，这种隐秘的场面外人不可得知，而蒲松龄却写得细微曲折，如闻如见，作者既无从见闻，则出自作者想象而杜撰是无疑的。纪昀把"小说"与"传记"（我们称传奇小说）分得很清楚，"小说"排斥虚构,"传记"则容许一些虚构,这是两种文体。《太平广记》把这两类都收进去,那是因为"事可类聚",并非着眼于文体,而《聊斋志异》的总体面貌是笔记小说,或者说是纪昀观念中的"小说",但蒲松龄却用传奇小说的写法为之,因而是"一书而兼二体",不伦不类。

传统目录学的"小说"概念,以《四库全书总目》的观念为准,其内涵是叙事散文,文言,篇幅短小,据见闻实录;其外延包括唐前的古小说,唐以后的笔记小说。按这个标准,背离实录原则的传奇小说基本上不叫"小说",白话的话本小说和长篇章回小说更不叫"小说"了。

这个观念,如果站在文学的立场,必定要批评它抱残守缺,置文学发展的事实于不顾,但假若换一种立场,把"小说"看作是史乘的一个分支,是一种附庸于史传的文体,那么又不能不承认它自有它的根据和道理。"小说"作为补充正史的一种独立文体创制已久,两汉魏晋南北朝的志怪小说和志人小说并不是文学意义上的小说,它们的勃兴或与宗教,或与人伦鉴识等有关,但"实录"这一原则基本上是贯穿始终的。灵怪之类自然不是事实,但作者们信以为有,据闻而实录是很清楚的。在这个意义上,它们的确是史乘的分支。魏晋时代是文学的自觉时代,文学从儒学中分立出来独立门户,在这种文学发展的背景上,"小说"也在酝酿变革。自唐代起,"小说"的一支变异为传奇小说,从而揭开了中国小说历史的第一页,然而作为史乘分支的"小说"却并未消歇,唐宋以降延绵不断发展,产生了成百上千部作品。诚如《四库全书总目》所说,"唐宋而后,作者弥繁,中间诬谩失真、妖妄荧听者固为不少,然寓劝戒、广见闻、资考证者亦错出其中。班固称'小说家流盖出于稗官',如淳注谓'王者欲知闾巷风俗,故立稗官,使称说之'。然则博采旁搜，是亦古制，固不必以冗杂废矣"（《四库全书总目》卷一四〇子部小说家类一）。所以，传统目录学的"小说"概念是有事实依据的，界说也是清楚的。

作为散文体叙事文学的小说当是另一个概念。这个概念较史乘分支的"小说"概念为晚出，但也并非晚到五四新文学运动之后。存在决定意识，有了小说这种性质的作品，才会有小说这种概念。不过在唐代传奇小说之前，民间已有说故事的活动，故事是用来娱乐的，少不了虚构夸张，这类说故事就孕育着小说文体。魏晋有"俳优小说"的说法，"小说"前加"俳优"二字，显然是要区别所谓实录的"小说"。裴松之注《三国志》曾引用《魏略》的一段文字：

> 太祖（曹操）遣（邯郸）淳诣（曹）植。植初得淳甚喜，延入坐，不先与谈。时天暑热，植因呼常从取水自澡讫，傅粉，遂科头拍袒，胡舞五椎锻，跳丸击剑，诵俳优小说数千言讫，谓淳曰："邯郸生何如耶？"于是乃更著衣帻，整仪容，与淳评说混元造化之端，品物区别之意。（《三国志·魏志》卷二十一《王粲传》裴松之注引《魏略》）

《魏略》三十八卷，书已亡佚。作者鱼豢是魏京兆人，官至郎中。裴松之是南北朝时宋人，所引《魏略》文字，相信不会有真伪问题；即使有问题，也证明裴松之那时就有"俳优小说"的概念。"俳优小说"是一种伎艺，不是书面文学，也还不是后来口传文学的"说话"，大概属于"百戏"的范围，戏谑调侃之类。《隋书》卷五十八《陆爽传》附侯白传说到侯白"好俳优杂说"，"俳优杂说"与"俳优小说"如果不是相同至少也是相近的两个概念。唐代又有

"民间小说""市人小说"。《唐会要》卷四记云:"元和十年……韦绶罢侍读,绶好谐戏,兼通人(民)间小说。"段成式《酉阳杂俎》续集卷四记云:"予太和末,因弟生日观杂戏,有市人小说,呼扁鹊作褊鹊字上声。"审其文意,"民间小说"和"市人小说"的性质与"俳优小说"相类,很可能是承袭"俳优小说"发展而来。这三个概念中的"小说"二字都不能独立出来,但是它们把"小说"与游戏娱乐相联系,使"小说"的本意发生了演变,却是不可忽视的。

"小说"作为不同于传统目录学的概念,从现知的史料看,最早是指宋元"说话"一个门类。南宋耐得翁《都城纪胜》记南宋"说话"有"小说""说铁骑儿""说经""讲史书"四大家数,"小说"谓之银字儿,如烟粉、灵怪、传奇、说公案,皆是朴刀杆棒及发迹变泰之事。"小说"与前代的"俳优小说""市人小说"有些什么关系呢,还有待进一步研究,但有两点相通是可以肯定的:其一,它们都是一种伎艺,并非书面文学;其二,它们的内容都不长,表演和讲说起来无须成月累日。曹植"诵俳优小说数千言",仅一会儿工夫,南宋吴自牧《梦粱录》卷二十《小说讲经史》说"盖小说者,能讲一朝一代故事,顷刻间捏合",不像"讲史书"篇幅浩长。

明代"小说"概念发生了质的变化。"小说"不但在"说话"中由"种"的位置上升到"属"的位置,统摄了"说铁骑儿""说经""讲史书"其他三家,而且由口头文学转变为书面文学,具备了作为散文体叙事文学的小说概念的内涵。

嘉靖年间洪楩编刊的《六十家小说》①(今名《清平山堂话本》)

---

① 田汝成《西湖游览志》(嘉惠堂本)卷二:"湖心亭……鹄立湖中,三塔鼎峙……《六十家小说》载有'西湖三怪',时出迷惑游人,故魔师作三塔以镇之。"又顾修《汇刻书目初编》著录有《六家小说》,分《雨窗集》《长灯集》《随航集》《欹枕集》《解闲集》《醒梦集》六集,每集十篇,共六十篇。《六家小说》实应为《六十家小说》,今人称《清平山堂话本》系据洪楩堂号命名。

是迄今我们知道的第一部话本小说选集。集中收有"说经"类的作品如《花灯轿莲女成佛记》，这是"说经"的一个传统节目，清初《续金瓶梅》第三十八回详细描叙了尼僧宣讲此卷的情形；还收有"讲史"类的《汉李广世号飞将军》。所收作品的体制也不拘一格，有讲唱韵散结合的《快嘴李翠莲记》，有文言的传奇小说《蓝桥记》等等。以上各类作品，洪楩以"小说"一词统称之。洪楩所谓的小说，是在以往传奇和民间"说话"的基础上发展而成的叙事性的散文文体。《六十家小说》的分集为《雨窗集》《欹枕集》《长灯集》《随航集》《解闲集》《醒梦集》，这题名即表示它的版行完全是供消遣娱乐的需要。在宗旨上与传统目录学的"小说"根本不同，绝非提供给王者以了解闾巷风俗，或者用来补正史之不足。与洪楩同时的郎瑛在《七修类稿》卷二十二中说："小说起仁宗时，盖时太平盛久，国家闲暇，日欲进一奇怪之事以娱之。"郎瑛所说的小说，是供人阅读以消遣的，内容是记"奇怪之事"，故事性质。不管郎瑛对小说起源的说法是否可靠，他对小说的概念恰好与洪楩的观念相同，这说明洪楩的概念不是个别的偶然的，而是得到社会的某种程度的认同的。

与胡应麟同时的谢肇淛对于叙事文学的小说概念的认识就更成熟了。他认为：

> 凡为小说及杂剧戏文，须是虚实相半，方为游戏三昧之笔。亦要情景造极而止，不必问其有无也。古今小说家，如《西京杂记》、《飞燕外传》、《天宝遗事》诸书，《虬髯》、《红线》、《隐娘》、《白猿》诸传，杂剧家如《琵琶》、《西厢》、《荆钗》、《蒙正》等词，岂必真有是事哉？近来作小说，稍涉怪诞，人便笑其不经，而新出杂剧，若《浣纱》、《青衫》、《义乳》、《孤儿》等

作，必事事考之正史，年月不合，姓字不同，不敢作也。如此，则看史传足矣，何名为戏？（谢肇淛《五杂组》卷十五）

这段话有两点很值得注意。第一，他把小说与史传断然分开，指出小说与史传根本不同即在虚构，"情景造极而止，不必问其有无"，理直气壮地与史传分庭抗礼。中国小说在叙事传统上是继承史传。属于雅文化的唐代传奇小说从魏晋南北朝志怪小说演化而成，它在叙事方式上则直承史传，连篇名也称"传"或"记"；属于俗文化的白话小说虽然来源于口传文学的"说话"，叙事方式受"说话"表现规则的制约，但是文人参与创作之后，白话小说的叙事方式便渐渐远离口传文学传统，而向史传的叙事方式靠拢。中国史传文学的发达和历代经学的显赫地位，以及封建文化价值观对通俗文学的歧视，再加上小说自身对史传的依附心理，都使得小说长期以来缺乏独立的主体意识，虽然已经产生了许多不朽的作品，但连个名分也没有。谢肇淛公然讲出一个早已存在的事实，写实的是史传，虚构故事的是小说，认识并非深刻，却表现了对传统文化价值观的大胆反叛。这可视为小说主体意识的觉醒。他把小说与戏曲并举。指出小说的价值不在它所描写的故事是否生活实有，而在故事寓含有某些真理："小说野俚诸书，稗官所不载者，虽极幻妄无当，然亦有至理存焉。"（谢肇淛《五杂组》卷十五）谢肇淛对于文学价值还没有多少认识，但他划清了小说与史传的界限，这是小说理论史上的一个重要建树。第二，他所说的小说，除了白话小说之外，还包括文言的传奇小说。以上引文出自《五杂组》，引文的上下文提到的小说还有白话小说《水浒传》《西游记》《三国演义》等等。在他看来，叙事的散文，不论是文言还是白话，凡不是实录而是想象虚构者，都是小说。谢肇淛对于小说概念的外延的认识，与我们今天的认识基本一致。

　　谢肇淛的小说概念与胡应麟的"小说"概念完全不同，两种概念同时并存，这是绝对不可以忽视的历史事实。谢肇淛之后，小说概念还在不断深化。清初西湖钓史《续金瓶梅集序》的认识就进了一步：

　　　　小说始于唐宋，广于元，其体不一。田夫野老能与经史并传者，大抵皆情之所留也。情生，则文附焉，不论其藻与俚也。《金瓶梅》旧本言情之书也。情至则流，易于败检而荡性。今人观其显，不知其隐；见其放，不知其止；喜其夸，不知其所刺。蛾油自溺，鸩酒自毙。袁石公先叙之矣，作者之难于述者之晦也。今天下小说如林，独推三大奇书，曰《水浒》《西游》《金瓶梅》者，何以称夫？《西游》阐心而证道于魔，《水浒》戒侠而崇义于盗，《金瓶梅》惩淫而炫情于色。

此序作于顺治十七年（1660），西湖钓史就是《续金瓶梅》的作者丁耀亢。他认为小说与经史并传，把小说看成是独立的文类，这一点与谢肇淛观点相同。他比谢肇淛进了一步的是认识到小说的价值在于"情"。经也好，史也好，都诉诸理性，而小说诉诸感性，但他又指出在以情动人的背后有至理存焉。寓教于乐，这就是小说的文学价值。其次，他指出小说始于唐宋，从而使小说的概念更加科学。谢肇淛谈到古今小说家，把东晋葛洪的《西京杂记》也扯进去，说明他的小说概念还有模糊的地方。既然以虚实为标准区别小说与史传，那么像《西京杂记》这种记录逸事的"古小说"就不能算是小说。《西京杂记》的确有一些具有故事性的传闻，但有相当篇幅记载舆服典章、珍玩异物、宫室苑囿等等，属于志人小说中的逸事类作品，是史传的补充。不能说其中没有虚妄的成分，但在作者则是抱着严肃的实录的原则来写作的，可以视之为孕育中的小说，但不是小说。有意做小说，也就是不避讳虚构，始于唐代，小说的最初形态是传奇小说，这是今天得到公认的事实。郎瑛《七修类稿》说"小说起仁宗时"，朗瑛指的小说只是话本小说，他的观念也远不及丁耀亢全面。丁耀亢明确说"情生，则文附焉，不论其藻与俚也"，文言的，白话的；雅的，俗的，都涵容在小说之中。

综上所述，至迟在清初，小说家和通俗文学评论家的小说概念已经确定并被广泛运用，明清之际大量小说的序跋可以作为证明。也至迟在这个时候，小说家的小说概念与传统目录学的"小说"概念形成对峙并存的局面。今天作为文学研究对象的所谓小说，毫无疑问应当是沿袭古代小说家的概念，如果把两种概念混为一类，势必会造成学术上的混乱。

两种概念有区别，这是主要的，但也有联系。传统目录学的概念出现在前，小说家的概念出现在后，后者与前者不仅存在语义上的联系，而且存在着文体发展的历史渊源。传统目录学的"小说"至迟在汉代已成为独立的文体，它记人的附于子部，记事的附于史部，篇幅短小，不拘体例，总的性质是实录，所以是史乘的分支。魏晋南北朝有长足的发展，产生了今天称之为志怪志人的大量作品，其中有一些是不朽的杰作，史学价值和文学价值兼而有之。唐代传奇小说就是志怪小说的一支演化出来的，所以文学意义的小说与唐前"小说"有着血亲关系。除此之外，两种概念还存在着交叉的关系。唐代传奇小说出现以后，唐前古小说便同时分化，它的主流仍继续沿传统轨道前进，唐宋元明清产生了难以计数的野史笔记。在野史笔记和传奇小说之间存在着一个中间地带，这就是笔记小说。野史笔记的主要价值在史学方面，笔记小说除史学价值之外又兼有文学价值。它与野史笔记的不同，在于它有故事性；它与传奇小说不同，在于它有实录性质和篇幅短小。前面说两个概念是两个相交的圆，这相交的部分主要就是笔记小说。

区别笔记小说和传奇小说虽说有虚实和篇幅长短这两个尺度，但用这两个尺度处理具体作品并不是轻而易举的事情。因为实录和虚构，不能做自然科学那样的定量分析，而篇幅长到多少字算是传奇小说，短到多少字算是笔记小说，也是不可能立下一个具体标准的，我以为掌握这个尺度的时候不妨放宽一点，凡有一定文学性的笔记小说，例如《阅微草堂笔记》之类，都应当纳入古代小说的研究对象范围。在这方面的研究，我们做得很不够，还有待于开拓。

野史笔记的价值在于历史文献意义，总体上应当排除在古代小说研究对象的范围之外，但野史笔记的作者并没有今天我们这种观念，例如《辍耕录》《西湖游览志》《五杂组》等等，其中就有属于笔记小说或者甚至是传奇小说的作品，但作为一部专集，仍然不是小说研究的对象。同样的情况也发生在一些文集里。例如马中锡的文集《东田集》有《中山狼传》，宋懋澄的文集《九籥集》有《负情侬传》《珠衫》《刘东山》等，不能因此把《东田集》和《九籥集》定性为笔记小说集、传奇小说集，或者文言小说集。

袁行霈、侯忠义编《中国文言小说书目》是第一部文言小说书目，开创之功是不可没的，但对于文言小说的概念却缺乏必要的界定。古代业已存在的两种小说概念，书目选择哪一种，抑或两种全部包容？编者似乎是接受传统目录学的观念，但书目中著录的有些作品又显然是传统目录学所不承认的作品，如《娇红记》《剪灯新话》《钟情丽集》等等，这些作品有的是传奇小说集，有的是中篇传奇小说。这类出自虚构的小说收在书目中，是否意味着书目包容了两种概念呢？似乎也不是，因为明代的一些著名的中篇传奇小说如《刘生觅莲记》《寻芳雅集》等均未著录。由此看来，关于小说的性质和范围等问题，的确有进一步讨论的必要。

　　古代小说以唐代传奇小说为发端，存在两个系统，一是文言小说，二是白话小说。白话小说的范围是清楚的，无须赘言；文言小说以传奇小说为主流，兼容笔记小说，还包括散见在野史笔记和作家文集中的个别作品。至于唐前的"小说"，那只是小说的史前形态，追溯小说的发展史的时候不能不研究它。它孕育了小说，同时它始终是一个独立的文系，唐代传奇小说诞生之后，它仍然蓬勃发展，一直到清末民初，产生了无数的作品，历代史家和目录学家都加以著录。这个文体谱系的作品，不应当和文学意义的小说相混淆。

（原载《文学遗产》1994年第1期）

小说与史统

中国古代小说在文学性方面与欧洲小说没有什么不同，它们都是叙事性的散文，有人物情节，主要是供人消遣解闷的。但中国古代小说在文体形态方面却与欧洲小说不同，小说发展的历史过程也不同。这些不同的形成，是因为中国小说有中国的文化背景，具体来说，中国小说受到两大因素的制约，这两大因素一是"史统"，一是"文道"。本文所要论述的是小说与史统的关系。

中国叙事传统源远流长。这个传统主要是《春秋》《左传》等战国时代的史籍以及后世历代史志所建构起来并表现出来的。史部典籍不仅卷帙浩繁，而且在中国古代文化价值观念中享有崇高的地位。史贵于文，官修的正史甚至具有法典的权威。如果把叙事传统的源头追溯到殷商，那记录卜祭以及与之相关事体的甲骨文便是史传的萌芽。从这源头来看，记录史实一开始与宗教活动有关，含有神圣的意味。古代小说只是叙事文学长河中的一个支流。要了解生存在中国这种史官文化中的小说，就不能不首先弄清楚小说与史家传统的关系。

史家传统简称史统。绿天馆主人的《古今小说序》说"史统散而小说兴"使用了"史统"这个概念。史统体现在历朝历代的史传文本中，同时又表现为由史家不断积累修史的经验所形成的观念体系，刘勰《文心雕龙》、刘知幾《史通》、章学诚《文史通义》，以及历代儒学家们的有关论述，便是对史统的最具权威的阐释。我以为史统的要义有三：一是宗旨，二是准则，三是态度。关于宗旨，刘知幾说："史之为务，申以劝戒，树之风声：其有贼臣逆子，淫君乱主，苟直书其事，不掩其瑕，则秽迹彰于一朝，恶名被于千载。"① 修史的准则便是据事迹实录，也就是刘知幾说的"直书其事"。这彰善瘅恶的宗旨与直书其事的准则能否统一，又怎样统一呢？史家认为《春秋》就是统一的典范。按我们的看法，道德是一个民族的历史的范畴，民族、社会和时间的不同，道德标准也会不同。但史家认为儒家的道德是非尺度是超越时空的绝对真理。而真理是存在于万事万物之中，并贯串于事物始终的。因此，韩愈说："据事迹实录，则善恶自见。"② 王阳明则说："以事言，谓之史；以道言，谓之经。事即道，道即事。"③ 宗旨是方向性的，是抽象的，实录的准则才是实践的，可以操作的。实录于是成为史家坚守的最重要的原则。但是要做到"直书其事"谈何容易！一要有道德的勇气，二要有理智的辨析。封建时代皇权威赫，文网森严，尽管乾隆有诗鼓励史家不必避讳："盖闻王者无私事，有事皆应史笔书。"④ 然而实际上史家不能无所顾忌，有清一代因史致祸的例子还少吗？秉笔修史者难有不讳其恶、掩其瑕者。即便是有道德的勇气，不趋利避祸，但还有一个识见的问题，要正确地把握和真实地再现历史真相，必须克服私见、偏见和浅见。这就提出了第三点，修史者的主观态度问题。刘勰认为诬矫回邪是修史之贼，主张修史者必须怀抱一个"折理居正"的"素心"⑤。素者，无饰也。"素心"仿佛是一种

---

① 刘知幾《史通·直书》。
② 韩愈《韩昌黎集·外集》之《答刘秀才论史书》。
③ 王阳明《传习录集评》卷上，《王阳明全集》，上海古籍出版社，1992年版，第10页。
④ 《清高宗御制诗》三集，《清高宗（乾隆）御制诗文全集》三案卷二十八，第四册，中国人民大学出版社，1993年版，第642页。
⑤ 刘勰《文心雕龙·史传》。

无念无着的释家境界，它要求心灵要超越一切凡俗利害关系，做到无我无物。这种境界太玄虚，我理解他指的是体现在《春秋》《左传》中的儒家理念。意思是说只有克服了私见、偏见和浅见，才能接近或把握儒家的客观精神。总之，"素心"的提出，足以说明史家是如何排斥主观情感因素，如何强调客观精神的。

史家提出理论纲领，并不意味着他们在史传写作实践中就能将它完全兑现。事实上，史传从它诞生之日起，就包孕有与它的纲领相悖离的因素。刘勰指出："俗皆爱奇，莫顾实理。传闻而欲伟其事，录远而欲详其迹，于是弃同即异，穿凿旁说，旧史所无，我书则传，此讹滥之本源，而述远之巨蠹也。"[①]"爱奇"是耳目娱乐的需要，不是教化的追求，与史传宗旨相抵触。"伟其事""详其迹"都是运用想象进行夸张和虚拟，违背实录的准则。迎合俗流和驰骋想象，不合史家的客观精神。被刘勰指责为"讹滥之本源""述远之巨蠹"的倾向，是人的娱乐本能在史传编撰中的表现。人们讲说故事以消遣闲暇的活动要早于史传的撰写。它也形成一种自家的传统，这个传统，我们称它为"说话传统"。史传以"实录"自命，但它从来没有完全清除和摆脱"说话传统"的影响。对于古史中的"说话传统"的表现，刘知几在《史通·采撰》中举了一连串例子，诸如禹生启石、伊产空桑、海客乘槎、嫦娥奔月等等，至于六朝出现的大量的异闻、杂事、谐谑、琐言之类的作品，他认为其虚拟已超出了史传的限度，连作为逸史的资格也没有。史家把这些记叙历史人物和事件，而又程度不同受"说话传统"支配的作品逐出史部的正殿，将它们打入"杂史杂传"另册，或者名之曰"小说家"。

这样看来，史家传统与说话传统似乎是水炭不能相容。其实也

---

① 刘勰《文心雕龙·史传》。

不尽然。因为中国史传不满足于记账式的大事记录，选择了再现历史场景的呈现式的叙事方式。古人古事已是遥远的往事，俗话说"往事如烟"，当时的许多情景细节，特别是当时人隐密的内心活动，渺渺难以取证，史家追叙，欲使往事神龙活现，就不免悬拟设想，也就是主观虚构。不过这种主观虚构必须在尊重历史基本事实的前提下，做到入情合理。事实证明，中国史传的这种有条件的主观虚构，不但不损害史传的真实性，反而能洞鉴古事底蕴，澡雪古人精神。①在这里，史传与小说不只在叙事方式上接轨，而且在情来神会的文心上也一脉相通。中国以历朝正史为主体的史志，从文学角度而言，叫作史传文学。其中许多人物传记或传记中的片段，人物、情节、语言等等描写，与小说没有什么不同。正是在这个意义上，我们说史传孕育了小说。

史家传统排斥说话传统，但事实上它们又共存于史传之中。当史家传统在作品中占主导地位时，它是史传，当说话传统在作品中占主导地位时，它就不成其为史传，而蜕变为小说了。史传向小说的蜕变是一个长时期的渐进过程，这蜕变过程中产生了大量的虚实混杂难辨的作品，这类作品就是上文所说的杂史杂传和"小说家"。当小说作为文体而独立之后，史传的这种蜕变并没有停止，唐代以降，各个朝代都有林林总总的野史笔记和笔记小说。在小说与史传之间存在着一个相当大的过渡地带。

史传孕育了小说，但史家传统却妨碍了小说的发展。如果把史传和小说比作一对母子，那么，因为这位母亲能力太强，控制儿子的欲望也太强，以致她的儿子很难有独立自主的精神。中国记事历史之悠久，史传典籍之庞大，均可谓世界之少有。"开辟草昧，岁

---

① 参见钱锺书《管锥编》第一册，中华书局1979年版，第164—166页。

纪绵邈，居今识古，其载籍乎。"[①] 史传不仅传统悠久，而且地位神圣。它所记载的前世的兴衰，都可以镜鉴当今，乃至于可以成为万世的法程。在这巍巍高山似的史传面前，小说只是一抔黄土。这种状况在人们的文化观念中反映为"史贵于文"的价值取向。因此，人们读小说，关切的似乎不是形象所蕴含的内容，而是形象原型的事实真相，仿佛小说的价值就维系在事情的真实上。即便小说作者声明他的作品是"假语村言"，纯属虚构，许多人还是要费尽心机去搞索隐，似乎找到了形象背后所隐藏的本事，才算真正读懂了这部小说。小说在这种强大的文化传统面前很难直起腰来。小说作家们一直认宗于史传，直到明末清初，笑花主人《今古奇观序》还说"小说者，正史之余也"，谐野道人《照世杯序》也说，"且小说者，史之余也"。他们在创作中一定要交代人物的来历，故事发生的确切时间和地点，说明不是随意杜撰。而小说评论家评论一部小说，其最高奖评便是把小说放在与《左传》《史记》并列的位置。小说文体独立了，其主体意识却长期树立不起来。

我们且来看一看小说在史统下发展的艰难历程。中国古代小说分为文言小说和白话小说两大流派，文言小说产生在前，白话小说产生在后。唐传奇是小说从史传母体分裂出来的最早形态，是小说文体独立的标志，它上承六朝的杂史杂传和志怪小说，其精神和文体都打有史传的深刻的烙印。但唐传奇不是史传，也不是史传的附庸，它是完完全全的小说。它是在娱乐的驱动下产生的，想象虚拟和铺陈藻绘是它的最重要特征。唐传奇产生的文化背景在这里不能详述，但有一点有必要提出来，那就是唐代前期和中期，儒家道统、文统和史统都比较衰微薄弱，文可以不载道，记事可以用于娱乐，

[①] 刘勰《文心雕龙·史传》。

这种文化价值观念的变化是唐传奇得以产生和繁荣的重要原因之一。随着道统、文统和史统的恢复，唐传奇便逐渐萎缩下去。唐代晚期，单篇的传奇作品锐减，而短篇的传奇集大增，在当时的主流意识的影响下，文人更愿意去写作接近实录的笔记体小说，而不屑于创作以意象和藻绘为特征的传奇小说。于是发展小说的历史使命便转移到民间通俗文学手里。

白话小说最初形态是宋元话本，宋元话本来源于口头文学"说话"，很长时间只是活跃在民间文化圈内，但是一旦文人参与进来，史家传统便开始产生明显的作用。其中讲史小说的演进，是最突出的例证。讲史是宋代"说话"四大家数的一家，从现存的元刊平话来推断，"说话"中的"讲史"，虽然以讲说史书文传为号召，内容却基本上是民间传说，完全经不起史家的考究。这些平话在民间社会肯定很受欢迎，否则书商不会投资去将它们整理记录刊刻出版。文人参与整理，也就把文人的意识带到话本小说中来，他们对这些拙朴的"讲史"的最大不满，便是它们的虚构。例如"说三分"这是宋元很流行的讲史话题，《三国志平话》大概是这个"说话"的比较原始的记录本之一，其中背离史实的荒诞情节比比皆是。罗贯中写作《三国志演义》，我们不能肯定他是在这个本子的基础上再创作的，但他看到过这类平话，则是毫无疑问的。庸愚子（蒋大器）《三国志通俗演义序》说，"前代尝以野史作为评话，令瞽者演说，其间言辞鄙谬，又失之于野。士君子多厌之"。罗贯中"以平阳陈寿《传》，考诸国史，自汉灵帝中平元年，终于晋太康元年之事，留心损益，目之曰《三国志通俗演义》。文不甚深，言不甚俗，事纪其实，亦庶几乎史，盖欲读诵者，人人得而知之，若《诗》所谓里巷歌谣之义也"。罗贯中的确是根据史传，具体地说是根据朱熹的《通鉴纲目》的元明刊本来匡正平话的。

文人对平话的由虚到实的反拨,《三国志演义》是成功的范例,这是罗贯中天才的表现。然而多数的情况是不成功的,例如熊大木、余邵鱼编刊的《唐书志传》《南北两宋志传》《大宋演义中兴英烈传》《列国志传》等等,因为它们无视小说的特性,一味抄录史书,正如孙楷第批评的,"小儒沾沾,则颇泥史实,自矜博雅,耻为市言。然所阅者至多不过朱子《纲目》……钩稽史书,既无其学力,演义生发,又愧此檠才。其结果为非史抄,非小说,非文学,非考定"[①]。发生在讲史小说演进过程中的这一次由虚到实的反拨,实质上是史统对小说的一次严重干预。

面对史统压制小说所造成的局面,小说家和小说批评家开始考虑小说的主体性问题——小说的价值在哪里?小说与史统的区别在哪里?谢肇淛提出"虚实相半"说,"凡为小说及杂剧戏文,须是虚实相半,方是游戏三昧之笔"。"近来作小说,稍涉怪诞,人便笑其不经,而新出杂剧,若《浣纱》《青衫》《义乳》《孤儿》等作,必事事考之正史,年月不合,姓字不同,不敢作也。如此,则看史传足矣,何名为戏?"[②] 谢肇淛认为小说不是史传,不但可以虚构,而且必须虚构,虚实相半,"方是游戏三昧之笔"。《警世通言叙》则进一步提出小说的真实性问题,该文认为小说的真实不在"事真"而在"理真"。"野史尽真乎?曰:不必也。尽赝乎?曰:不必也。然则,去其赝而存其真乎?曰:不必也。……其真者可以补金匮石室之遗,而赝者亦必有一番激扬劝诱、悲歌感慨之意。事真而理不赝,即事赝而理亦真,不害于风化,不谬于圣贤,不戾于诗书

[①] 孙楷第《日本东京所见小说书目》卷三明清部二,人民文学出版社,1958年版,第38页。
[②] 谢肇淛《五杂组》,转引自黄霖、韩同文选注《中国历代小说论著选》,江西人民出版社,1982年版。

经史，若此者其可废乎！"这就是说，小说的故事虽然有虚构的，但只要这虚构故事所表现的情理符合儒家理念，它也可以叫作真实的。

这种叛逆史统，寻求小说主体精神的意向表现在小说创作上，便是对实录倾向的反拨。《唐书志传》演进为《隋史遗文》和《隋唐演义》，《列国志传》演进为《封神演义》和《东周列国志》，同时还出现一批取材历史而情节却虚构的作品，如《西游记》《说岳全传》等等。

当小说家连"虚实相半"这种遮遮掩掩、羞羞答答的旗号也加以抛弃，敢于宣称小说就是说假话的时候，小说才算真正找到了自我。清代乾隆年间陶家鹤《绿野仙踪序》说："世之读说部者，动曰'谎耳谎耳'。……彼所谓真者，果能尽书而读之否？……夫文至于谎到家，虽谎亦不可不读矣。愿善读说部者，宜急取《水浒》《金瓶梅》《绿野仙踪》三书读之。彼皆谎到家之文字也。"陶家鹤的宣言很大胆，不过他最后还是要在史统中找一点根据，他说左丘明就是"千秋谎祖"，既然《左传》可以说谎，小说为何不可以说谎？比较起来，同一时期的曹雪芹讲得更坚定更明白些。他说《红楼梦》是"满纸荒唐言"，并且在第一回中借空空道人与石头的对话，表达了他对小说虚构的见解。空空道人指责《红楼梦》故事"无朝代年纪可考"，石头回答道："我师何太痴耶！若云无朝代可考，今我师竟假借汉唐等年纪添缀，又有何难？但我想，历来野史皆蹈一辙，莫如我这不借此套者反倒新奇别致，不过只取其事体情理罢了，又何必拘拘于朝代年纪哉！"[①]他认为小说不必依傍史实，只要故事所表现的"情理"是真实的，那就是有价值的。曹雪芹在描写

---

① 《脂砚斋重评石头记》"庚辰本"。

他笔下的人物时，在叙述他们的悲欢离合兴衰际遇时，的确是小心翼翼追踪情理逻辑，不敢稍加穿凿，从而使《红楼梦》达到了高度的艺术真实。小说只须情理真，无须事实真，这就划清了小说与史传的界限，为小说的虚构提供了理论根据。小说的独立意识反映在创作实践中，便是在明末以后出现了一批题材不依傍正史野史，而根据作家个人的生活经验进行虚构的作品，如李渔的《十二楼》、艾衲居士的《豆棚闲话》、西周生的《醒世姻缘传》、李海观的《歧路灯》、夏敬渠的《野叟曝言》等等，当然最具代表性的当数《红楼梦》。不过，这只是小说自家认识所达到的高度，在社会的主流意识里仍然是史贵于文，也就是说，终其古代，小说都处在史统的巨大的阴影之下。

冯梦龙说"史统散而小说兴"[①]，这句话真实地概括了小说摆脱史统控制而走向独立的艰难历程。然而，这句话只是强调了史统与小说的关系的一个方面，强调了史统对小说发展的消极影响；史统与小说还存在着另一方面的关系，那就是史统孕育了小说，并且在小说发展过程中不断为它提供必要的艺术营养。或者可以这样说：史统孕育了小说，却妨害了小说的独立，小说脱胎于史统，受益于史统，却不能不背叛史统。史统与小说的矛盾，贯穿在中国古代小说发展的全过程中，成为决定中国古代小说特征的重要因素。

［原载《中国古典小说研究》（日本）第 3 号，1997 年］

[①]《古今小说序》之作者"绿天馆主人"，学界一般认为是冯梦龙的笔名，笔者从其说。

胡适"传统小说两种体裁"论之反思

胡适是现代学术之小说学的奠基人之一。他提出了一个著名的"传统小说两种体裁"论，他自己这样概括：

> 中国的传统小说一共有两种体裁：第一种是由历史逐渐演变出来的小说，例如《三国演义》、《西游记》、《封神榜》、《水浒传》等等。这些小说都经过了几百年的流传（最后才写出有现在形式的定稿）。它们最初多为一些流行故事，由说书的或讲古的人（加以口述）。正如西方小说之中那些了不起的《荷马史诗》（The Homericepics）和《亚特尔神王传奇》（The King Arthur Tales）等等，在英语小说中的传统一样，那都是经过几百年的演变的。对这些小说，我们必须用历史演进法去搜集它们早期的各种版本，来找出它们如何由一些朴素的原始故事逐渐演变成为后来的文学名著。
>
> 第二种小说是创造的小说，例如《红楼梦》。对于这一种小说我们就必须尽量搜寻原作者的身世和传记资料，以及作品本身版本的演变及其他方面有关的资料。①

从1920年到1933年，胡适为十二部小说写了三十万字的考证文

---

① 《胡适口述自传》，唐德刚译，华文出版社，1992年版，第211—212页。

章，他坚持的就是这个"传统小说两种体裁"论。两种体裁论不只是关于古代小说体裁的一种观点，它还是研究小说的一种方法。作为一个学术观点和研究方法，它对于"五四"以来现代学术的建设和发展产生了巨大而深远的影响。

所谓"传统小说"，胡适指的是白话长篇小说。古代白话长篇小说在创作过程和方式上的确存在两种不同类型。如胡适所说，《三国演义》《水浒传》《西游记》《封神演义》之类，其中所叙述的故事都有久远的流传历史；而另一类如《儒林外史》《红楼梦》等，其故事则完全由作者创制。这种分类是有事实依据的。胡适针对这两种体裁的性质提出两种研究方法，也是从实际出发，比较科学地揭示了古代长篇小说创作方式的历史特点，为作家作品研究和小说史研究提供了基础。以这个两种体裁论为基础而形成的研究模式，成为小说研究的经典范式之一。

然而随着学术的深入发展，胡适的两种体裁论的不足也逐渐显现出来，它至少在以下三个方面有修正和发展的必要。

"由历史逐渐演变出来的小说"，胡适强调这类小说演变历史的渐进性，而忽略了像《三国演义》《水浒传》《西游记》这样的文学名著在故事演变过程中的质的飞跃。他把《三国演义》这类作品的成书比作《荷马史诗》和《亚特尔神王传奇》的成书，显然是把《三国演义》这类作品看作是经过世世代代千锤百炼的集体创作。这是不符合历史事实的。

小说中属于世代集体创作的作品是有的，如宋元平话《五代史平话》《三国志平话》等，它们是由书会才人在民间"说话"艺人不断创造的基础上编辑加工而成的。《五代史平话》既有"说话"的遗存，又有抄录史书的痕迹，两种成分分明地共存一书，所以它们不是一个作家的创作。这类作品的确是渐进式的演变成果。而

《三国演义》《水浒传》《西游记》《封神演义》的故事题材虽然的确也有一个逐渐演变的历史，但它们的作者绝不是一个编辑者，他们不是把已有的材料拼拼凑凑缝合成篇，而是秉持着个人意兴，借着已有的故事来表达自己的情志，无论是人物塑造还是情节构思，统统都是服从于他们的创作意图的。这类作品具有独特的个人意识和个人风格，因而也具有鲜明的时代意识和时代风貌。它们绝不是集体创作的成果。

胡适把这类作品看作是集体创作，故而对它们的思想艺术的评价是不高的。例如他认为《三国演义》只是一部"绝好的通俗历史"，"不成为文学的作品"：第一，"拘守历史的故事太严，而想象力太少，创造力太薄弱"；第二，"《三国演义》的作者、修改者、最后的写定者，都是平凡的陋儒，不是有天才的文学家，也不是高超的思想家"；第三，"《三国演义》最不会剪裁；他的本领在于搜罗一切竹头木屑，破烂铜铁，不肯遗漏一点"。[①] 对于《水浒传》，胡适的评价要好许多，但是他还是强调《水浒传》是"四百年文学进化的产儿"，这进化一方面使它成为一部永不会磨灭的奇书，另一方面又使它卸不下历史的包袱，"终不能完全冲破那历史遗传的水浒轮廓"，留下许多浅陋和幼稚。[②] 关于《三国演义》《水浒传》的思想艺术成就，自20世纪二三十年代就有一些学者与胡适持不同意见，例如在四十年代李辰冬著《三国水浒与西游》就从作者个人意识和时代意识入手，全面系统地论述了三部小说的思想艺术，指出胡适贬低三部小说的文学成就不符合实际。

胡适对于小说的文学性似乎兴趣不大，他说他研究《红楼梦》，

---

① 胡适《三国演义序》。
② 胡适《水浒传考证》。

"写了几万字的考证，差不多没有说一句赞颂《红楼梦》的文学价值的话"①。胡适是用历史的方法、考证的方法来研究小说的。这种方法当然是由他的两种小说体裁论决定的。对于"由历史逐渐演变出来的小说"，研究它，就"必须要从它那原始形式开始，然后把通过一些说书人、讲古人所改编改写的长期演变的经过，一一搞清楚"②。这其中，小说的各种版本乃被视为是这种演变的重要的文献依据。比如《水浒传》，胡适认为：

> 这部小说实在是经过长期演变的，正不知有多少无名作家，逐年逐月，东修西改，不断删增，才达成这最后的形式的。③

为此胡适不遗余力地搜求《水浒传》的各种版本，力图在各种繁本、简本中找到《水浒传》演进的轨迹。

应当肯定，版本系统源流的考定是小说研究的基础工作，在学术上的意义是毋庸置疑的。问题在于版本考订的学术目的是什么？要解决什么问题？胡适力图通过比勘各种版本来揭示《水浒传》的成书过程，我认为这样做难以达到此目的。如上所述，《水浒传》这类文学名著是一位天才的作家在前人积累的素材基础上独立创作出来的，他的手稿就是小说各种版本的祖本。以《水浒传》为例，史传所记载的宋江等人的材料，宋末遗民龚开所作的《宋江三十六人赞》，《宣和遗事》中关于宋江三十六人的片断传说，元代杂剧中"水浒戏"，等等，这些都是《水浒传》的素材，不属于《水浒传》

---

① 胡适《与高阳书》，收入《胡适红楼梦研究论述全编》，上海古籍出版社，1988年版，第289页。
② 《胡适口述自传》，唐德刚译，华文出版社，1992年版，第261页。
③ 胡适《水浒传考证》。

的版本范畴，这些材料是我们研究宋江等人故事演变的根据。而现存的《水浒传》版本，繁本系统也好，简本系统也好，各种繁简有异、回数不同的版本，它们的祖本均只有一个，那就是作者写定的本子。因此，我们研究《水浒传》的版本系统，只能找到《水浒传》在传播过程中被一再增删的历史，却不可能发现《水浒传》成书的历程。明代嘉靖万历间人胡应麟说《水浒传》的各种简本是后起的，它们都是闽中坊贾刊落繁本的结果。[①]这个重要的意见可惜被胡适和一些学者轻忽了。《三国演义》《西游记》的版本也同样如此，《西游记》的版本中，朱鼎臣的《西游释厄传》、杨志和的《西游记传》也是书商弄成的简本。有些学者执意认为小说版本都是简本在前，繁本在后，似乎不如此便不足以证明文学进化的规律，其实这正是受了胡适小说成书渐进论的影响。

　　胡适谈小说的两种体裁的时候，没有论及两种体裁的关系，它们究竟是历时性的，还是共时性的？两种体裁有何关系？都没有涉及。这个问题关系到对古代长篇小说文体发展历史的认识，有必要做进一步的探讨。

　　我认为"由历史逐渐演变出来的小说"和个人"创造的小说"是长篇小说文体发展的两个不同历史阶段的产物。换句话说，它们是长篇小说文体的不同的历史形态。中国古代长篇小说的发展，大致可以分为初级阶段、中级阶段和高级阶段。初级阶段的作品，如果不是"说话"中"讲史"一类题材的记录整理，就是这种记录整理的片断与史传文字的拼合，概莫能外。例如《三国志平话》的故事情节基本上来自民间"说话"，它们距离史实较远，也没有大段抄录史书的情况。《秦并六国平话》则基本上抄自《史记》和有

[①] 见胡应麟《少室山房笔丛》卷四十一《庄岳委谈下》。

关纪传,正如其开场诗云:"世代茫茫几聚尘,闲将《史记》细铺陈。"但其中一些生动的故事,却又明显保留着"说话"的叙述口吻。这类作品没有明确的作者个人意识,"说话"主要采自民间传说,并由艺人师徒承传,在承传中自然有个人创造因素的注入,但总体上是世代集体创作。抄录编入的史传文字,表现的是史传作者的观点,反映的是传统的主流意识,当然也不是小说写定者的个人意识。处于初级阶段的"由历史逐渐演变出来的小说",是雅俗拼合,而不是雅俗融合,它的文字层面和意识层面都有分明可见的雅文化和俗文化的板块。这类作品的最后写定者没有将他手上的材料放在自己的创造意识中加以熔化冶炼,他只是将这些材料东拼西凑,缝补缀合,说他是没有高超思想和文学天才的"平凡的陋儒",大概不算冤枉。

中级阶段的长篇小说在题材上也依赖"说话"和史传,即它们的题材也有一个世代累积的过程,但它们与初级阶段作品之本质不同,在于它们的作者对已有材料进行了熔化冶炼。如果说初级阶段的作品的作者对已有材料所进行的加工属于物理变化层面,那么中级阶段的作品的作者则是在进行化学反应的操作。《三国演义》《水浒传》都是后者的产物。众所周知,化学反应的结果是生成新物质,这个生成物已不是参与反应的原有物质的简单相加。所以,我们看到的《三国演义》,与《三国志平话》、《三国志》及其裴注完全不是一回事,它通篇贯注着作者的情志,在人物的塑造和情节编织上绝不是胡适所说的只是"搜罗一切竹头木屑,破烂铜铁,不肯遗漏一点"。《水浒传》也不是《宣和遗事》、元杂剧"水浒戏"以及有关宋江三十六人传说的编缀,它已具有个人意识和时代意识,在艺术风格上保持着首尾一致。

《金瓶梅词话》是长篇小说高级阶段的作品,它和《三国演义》

《水浒传》一样也是里程碑式的文学巨著。从此以后，长篇小说进入到胡适所说的"创造的小说"的历史阶段，陆续产生了《醒世姻缘传》《儒林外史》《红楼梦》等作品，它们在题材上不再依赖流传久远的故事，而是从作者的生活经验中提炼情节，在这个意义上它们已是完全的作家创作小说。

总之，从小说发展历史看，"由历史逐渐演变出来的小说"和"创造的小说"是先后出现的、在文体形态上有进化特征的两种类型，不能把它们放在一个平面上并列论之。

（原载《中国古代小说研究》第 3 辑）

唐前"小说"非小说论

小说作为一种独立的文学体裁产生在何时？这是小说史研究不能回避的重大问题。对于这个问题，学界大体上有两种意见：一种意见认为至迟两汉已有小说的存在，根据是《汉书·艺文志》已著录"小说"十五家，明确提出了"小说"概念，这个概念的基本内涵被后世乃至清代一直沿用，历代公私书目也赫然著录了汉代或汉代以前的"小说"作品如《山海经》《穆天子传》《燕丹子》等等。这种意见相当流行，我们只要翻一翻近一二十年出版的各种小说史，尤其是文言小说史论著，就知道它具有何等的影响力。另一种意见则认为唐代以前的"小说"其实不是真正文学意义的小说，它们只是小说的胚胎形态，或者说是"前小说"，作为文学体裁的小说在唐代才得以成形。我持后一种意见。

关于这个问题，鲁迅的论述常常被引用。鲁迅认为历史上唐人才有意作小说，《中国小说史略》云："小说亦如诗，至唐代而一变，虽尚不离于搜奇记逸，然叙述宛转，文辞华艳，与六朝之粗陈梗概者较，演进之迹甚明，而尤显者乃在是时则始有意为小说。"这个见解也不是鲁迅的发明，鲁迅特注明是出自明代的胡应麟，见《少室山房笔丛》卷三十六。不管出自何人，这个意见是有根据的。它从作者和文本主客两方面比较唐代小说与六朝志怪志人之不同，其看法也是比较全面的。不过，它并没有对小说文体成立的问题做出论断。后来有人问他：六朝小说和唐代传奇文有怎样的区别？他回答说："这试题很难解答。"① 其实，与之相近的问题他早在 1924 年讲演《中国小说的历史的变迁》时就已涉及，他说："小说到了唐时，却起了一个大变迁。我前次说过：六朝时之志怪与志人底文章，都很简短，而且当作记事实；及到唐时，则为有意识的作小说，这在小说史上可算是一大进步。"这个意见与上引《中国小说史略》的论述完全相同，不同的是对"有意为小说"的含义做了比较具体的解释，所谓"有意"，就是自觉地虚构情节，与六朝志怪志人"当作记事实"有区别。"很难解答"呢？请注意，这里说的是"六朝小说"，六朝人的"小说"概念中不包括志怪，"所写的几乎都是人事"。故而说清楚二者的区别还比较麻烦。这一点被今天有的学者忽略，他们以为志怪也是六朝人心目中的"小说"。差之毫厘，谬以千里。蔽于这个盲点而对"小说"概念的阐释，当然会远离历史事实。总之，胡应麟和鲁迅关于唐传奇与六朝志怪志人的差异说是符合事实的，但它没有解决小说文体成形于何时的问题。鲁迅把小说与诗并提，"小说亦如诗，至唐代而一变"，也就是小说文体在唐前已经存在，只是到了唐代发生了很大变化罢了，就像诗歌，唐前为古诗，到了唐代就出现了近体诗一样。

如何解决小说文体成形于何时的问题呢？我以为仅仅从语义的角度探索"小说"一词的渊源是不够的，仅仅从历代史志和各种公私书目对"小说"的定义出发也是不够的，重要的还是要从文学史的基本事实出发。比如说词的起源，我们不能因为《诗经》中已有长短句就断言起源于先秦，而是以词的本质特征——配合一定的曲调、可以歌唱的长短句为立场，不过追溯到隋唐而已。宋词的性质特征和文体规范十分明确，以此来观察隋唐前的各种民歌和诗的长

---

① 鲁迅《且介亭杂文二集·六朝小说和唐代传奇文有怎样的区别？》。

短句，就很清楚地看到它们并不是词，小说亦是如此，小说作为一种文体与传统诗文平肩而立，这种情况发生在明代，明代有《三国志演义》《水浒传》《西游记》《金瓶梅》四大奇书，有"三言"、"二拍"、《型世言》等等，清初有文言小说《聊斋志异》，小说的文体规范至此已完全成熟。我们应该站在明清小说的立场来观察和研究小说起源的问题，如果失去了这个立场，就会被各种概念牵着鼻子走，无所适从、不知所指，从而失去正确的学术方向。

明清小说的文体规范在长期的创作实践中约定俗成，并由当时的小说家和小说理论家加以总结，形成一个区别于其他文学体裁的理论系统，这个理论系统概括了小说文体的性质，因而也可以简而言之为小说概念。这个概念有三大要点。

第一，小说以愉悦为第一诉求，明代绿天馆主人《古今小说序》云："按南宋供奉局，有说话人，如今说书之流。其文必通俗，其作者莫可考。泥马倦勤，以太上享天下之养。仁寿清暇，喜阅话本，命内珰日进一帙，当意，则以金钱厚酬。于是内珰辈广求先代奇迹及闾里新闻，倩人敷演进御，以怡天颜。"且不考据太监进御话本一事之有无，只论此《序》对话本性质的认识，很显然，话本是用作消遣的玩意儿，是逗人开心的闲书。明代小说家对这一点是自觉和明确的，凌濛初说他创作《拍案惊奇》是"取古今来杂碎事可新听睹、佐谈谐者"①，后来又创作《二刻拍案惊奇》亦是"偶戏取古今所闻一二奇局可纪者，演而成说，聊舒胸中磊块。非曰行之可远，姑以游戏为快意耳"②。所谓"新听睹、佐谈谐""以游戏为快意"，都是强调小说是以娱心为第一要义。明代汤显祖谈到文言

---

① 即空观主人（凌濛初）《拍案惊奇自序》。
② 即空观主人《二刻拍案惊奇小引》。

的传奇小说也持同样观点，他为传奇小说选集《虞初志》作序时说该书作品"以奇僻荒诞，若灭若没，可喜可愕之事，读之使人心开神释，骨飞眉舞。虽雄高不如《史》《汉》，简澹不如《世说》，而婉缛流丽，洵小说家之珍珠船也"①。鲁迅曾说诗歌起源于劳动和宗教，而小说则起源于休息，"到休息时，亦必要寻一种事情以消遣闲暇"②，可谓剀切中的。

　　第二，出于愉悦的诉求，亦即为满足读者好奇心理，小说不能不虚构。诚然，史传也有虚构的成分，唐前志怪基本上不是事实，但是，史传中的虚构有一个度，它只能在历史事实框架中存在，越过了史实的界限，其文便要被史传开除；志怪所记的确是虚幻的存在，但在巫风、宗教盛行的时代里的编撰者却坚信其真实无疑，编撰者主观上是记实。小说则不然，小说家不仅不排除虚构，他们认为没有虚构就没有小说。明代无碍居士《警世通言叙》称小说"人不必有其事，事不必有其人"，他提出"理真"的命题，"其真者可以补金匮石室之遗，而赝者亦必有一番激扬劝诱，悲歌感慨之意。事真而理不赝，即事赝而理亦真，不害于风化，不谬于圣贤，不戾于诗书经史。若此者其可废乎！"他认为小说追求的是情理的真实，而不是事件的真实。明代谢肇淛也说："凡为小说及杂剧戏文，须是虚实相半，方为游戏三昧之笔。亦要情景造极而止，不必问其有无也……近来作小说，稍涉怪诞，人便笑其不经，而新出杂剧，若《浣纱》《青衫》《义乳》《孤儿》等作，必事事考之正史，年月不合，姓字不同，不敢作也。如此，则看史传足矣，何名为戏？"③

---

① 《点校虞初志序》，收入《汤显祖诗文集》卷五十，上海古籍出版社，1982年版，第1482页。
② 鲁迅《中国小说的历史的变迁》。
③ 谢肇淛《五杂组》卷十五《事部三》，上海书店出版社，2001年版，第313页。

清代乾隆年间陶家鹤《绿野仙踪序》则说得更彻底："世之读说部者。动曰'谎耳谎耳'。彼所谓谎者，固谎矣；彼所谓真者，果能尽书而读之否？……夫文至于谎到家，虽谎亦不可不读矣。愿善读说部者，宜急取《水浒》《金瓶梅》《绿野仙踪》三书读之。彼皆谎到家之文字也。"中国有悠久的记事历史，如刘勰《文心雕龙》所说，"开辟草昧，岁纪绵邈，居今识古，其载籍乎"[①]，史传典籍庞大，而且地位神圣，史即经，它镜鉴当今，乃万世之法程。史贵于文，成为一种难以改变的价值观念。传统思想笼罩下的小说，在相当长的历史里都割不掉与史传的脐带。一直到明清之际，小说家和通俗文学家才敢于宣言小说不同于史传，史传讲真话，小说编假话，从而与史传一刀两断。

第三，既然小说为娱心而虚构，则必须如谢肇淛所说，"亦要情景造极而止"，就是要把假的写成真的，把虚构的世界描绘得像生活中真真实实发生过的那样，使人相信，令人感动。这样，就要调动笔墨，该渲染处要渲染，该描摹处要描摹，总之要达到绘声绘色、惟妙惟肖的境界，如此，一般来说，"尺寸短书"就容纳不下小说，且不说长篇章回体，就是话本体和文言的传奇体，也都不是《搜神记》《世说新语》式的体例所能容纳的。

以上三点在明清小说作品中具有普遍性，也是明清通俗小说家们的理论共识，它们虽然不是小说特征的全部，但据此已足以与非小说文体区别开来。我们再回过头来看看鲁迅对唐人小说的论述，鲁迅讲了两点："有意为小说"与六朝志怪志人"当作记事实"相对，意即有意虚构；"叙述宛转，文辞华艳"，与六朝之"粗陈梗概"不同。这两点就是上述的第二、第三点，唯第一点"小说以

---

① 刘勰《文心雕龙·史传》。

愉悦为第一诉求"没有讲到。这一点，唐人传奇的文本就写得很清楚，比如《任氏传》文末沈既济说他自秦徂吴，与裴冀等人水陆同道，"浮颖涉淮，方舟沿流，昼燕夜话，各征其异说"，其中讲到任氏故事，"共深叹骇"，于是形成文字。又如《庐江冯媪传》文末，李公佐交代故事来源，也是在旅行途中与高钺等人会于传舍，"宵话征异，各尽见闻。钺具道其事，公佐因为之传"。诸如此类，说明这些故事大都是消遣的谈资，写出来也首先不是政治、伦理、宗教的需要，只是记录一个令人叹骇的故事，供更多的人欣赏而已。明代嘉靖间洪楩编刊《六十家小说》，其分集命名《雨窗集》《欹枕集》《长灯集》《随航集》《解闲集》《醒梦集》，消遣娱乐的宗旨和唐人小说之意一脉相承。唐代传奇已具备上述三个特征，当是成熟的小说文体。

唐前"小说"，据袁行霈、侯忠义《中国文言小说书目》著录，共计121种，其中佚亡97种（少数有佚文，见鲁迅《古小说钩沉》），书存24种。汉魏六朝至明清传统目录学家的"小说"概念不尽相同，前已谈到六朝人的"小说"概念并不包括志怪，又比如《山海经》，汉人认为属于"数术略形法家"，唐人认为属于"史部地理类"，直到清人编《四库全书总目》才把它划归"小说家类"。《中国文言小说书目》把凡曾见于历代公私书目"小说家类"著录的作品全部收录，故著录之121种，就传统目录学的"小说"范围而言，可谓一网打尽了。今存的24种作品和尚存一些佚文的作品，相当一部分只是记事，并非叙事，即以叙事作品而言，以上述小说的三个特征衡量，则也不能称之为文学意义的小说，在中国叙事传统中它们只是小说的孕育形态。

唐前"小说"的类别很复杂，撰集宗旨各异，历代学者对它们的性质的判断也很不相同，但有一条是共同的，那就是非为愉悦而作。《山海经》是先秦的一部巫书，作者用巫觋的眼睛看世界，并用巫觋的观念和方法解释世界，书中固然吸纳了不少神话传说，但它不是讲故事，其记事方式是为巫术所用。所以《汉书·艺文志》把它列入"数术略形法家"。也有人对它的关注点集中到它的地理博物方面的内容，西汉刘秀就说它"内别五方之山，外分八方之海，纪其珍宝奇物，异方之所生，水土、草木、禽兽、昆虫、麟凤之所止，祯祥之所隐，及四海之外，绝域之国，殊类之人"[①]。这个观点在其后的很长时间被人们认同，《隋书·经籍志》因此把它归于"史部地理类"。《穆天子传》记周穆王驾八骏西征之事，其中多有如穆王与西王母相会之类的虚妄故事，充满神话般想象。但是作者是在严肃地记录周穆王的言行动止，古人亦作如是观，故自《隋书·经籍志》以下各史志均入史部"起居类""别史类"，直到清代《四库全书总目》才把它改隶"小说家类"。《汉武故事》与《穆天子传》一脉相承，唯体例略有不同，《隋书·经籍志》于是将它划在"史部旧事类"。唐前以历史人物为题材而又不能列入正史的作品，都夹杂有虚诞离奇的成分，那些并非真实存在的神话般情节大多来自传说，不论是制造传说的民众，还是采集传说入于作品的编撰者，限于当时的认识水平，他们都笃信是在生活中发生过的事情。他们的宗旨是纪实，是撰史，绝非在创作供人娱乐消遣的小说。

志怪作品在六朝人甚至在唐人眼里并不属于"小说家"。我们看唐人编撰的《隋书·经籍志》，所有我们今天视为志怪小说的作品几乎都归在"史部"。《神异经》《十洲记》在史部地理类，《拾遗记》在史部杂史类，《洞冥记》《列异传》《搜神记》《搜神后记》

[①] 见刘秀《上山海经表》，收入侯忠义编《中国文言小说参考资料》，北京大学出版社，1985年版，第49页。

《冤魂志》《续齐谐记》在史部杂传类,《幽明录》在史部传记类,唯《博物志》列在子部小说家类。这也就是说,那个时代的人们认为神怪是真实的存在,记录神怪也如同记录人事,实录其事便是史籍,尽管其中有许多虚实之间的疑点,不够正史资格,却也不失为史传之亚流。而志怪作品的编撰者本人,自然更坚信神怪之实有,他们是用史笔来写神怪,一点也不马虎。干宝向刘真长叙其《搜神记》,刘真长就赞赏干宝说:"卿可谓鬼之董狐。"[1]董狐是春秋时晋国史官,以据实直书而有良史之美名。这件事真实地反映了当时人们对于志怪性质的认识。

　　具体到一部作品,编撰者则各有各自的编撰宗旨和寄托,不过却没有一部是供人消遣的。汉代独尊儒术,那儒术含有浓厚的阴阳五行之说的成分,鬼神方术、谶纬祭祀盛行。汉末动乱,晋世以来北方战乱频仍,南方亦不断改朝换代,王道崩毁,道德败坏,长期处在祸患中的人们心忧怖乱,必然会向宗教求解脱。这正是道教和佛教兴起和传播的时代。干宝编撰《搜神记》,他在《序》中说得很明白,是为了"发明神道之不诬"。《洞冥记序》也宣称该书之旨在"洞心于道教,使冥迹之奥昭然显著"。《列仙传序》说,有《列仙传》此书,"乃知铸金之术实有不虚,仙颜久驻真乎不谬"。佛教高僧法琳《辩正论·十代奉佛上篇》盛赞宋世诸王奉佛好文,说刘义庆最为优秀,"著《宣验记》,赞述三宝"。今天我们认为是"小说家"类的志怪作品,其实有一些是属于道教和佛教的典籍。《四库全书总目》将《列仙传》《神仙传》《冥通记》等均列入"道家类"。汤用彤《汉魏两晋南北朝佛教史》讲到六朝人记鬼神之作与佛教有关者列有《搜神记》《宣验记》《幽明录》《冥祥记》《徵应

---

[1] 《世说新语·排调》。

传》《感应传》《灵鬼志》《应验记》《续冥祥记》《冤魂志》等。

至于志人的作品，许多被目录学著作收录在"杂史""杂传"中，列入"小说家"的作品当推《世说新语》为代表。《世说新语》用极富诗意的文笔勾勒了魏晋名士的风韵，画龙点睛，生动传神，但作者意不在文学，而在文学之外的人物品题。人物品题是两汉以来荐举征辟士人的一种方式和途径，那个时候还没有后来的科举考试，选拔官吏，相当普遍的情况是凭官僚豪门名士对地方士人的品评，按士人德才分品级向朝廷推荐。汉代实行"察举征辟"制度，魏晋南北朝实行"九品中正制"，办法都是品评推荐。这个选官评价体系中最重要的是价值观念及其尺度，什么样的思想言论和举止行为为上品，那么这种思想言论和举止行为便会成为一种楷模，成为天下士人竞相仿效的范式。人们把这种楷模式的思想言论和举止行为总结出来，供士人学习，这个总结的工作竟成为一门学问，称"人伦鉴识"之学。东汉郭林宗"有人伦鉴识，题品海内之士，或在幼童，或在里肆，后皆成英彦，六十余人。自著书一卷，论取士之本"①，惜此书因乱亡而未能传世。东晋裴启撰《语林》，采集了汉魏以来言语应对之可称者，《世说新语·文学》谓："裴郎作《语林》，始出，大为远近所传。时流年少，无不传写，各有一通。"②稍后又有郭澄之的《郭子》，而集大成者则是《世说新语》。以《世说新语》为代表的志人作品非为愉悦而作，事情是很清楚的。

唐前"小说"的撰写方式是见闻的采集、记录和整理，编撰者是复制自己的见闻，而非依据自己的生活经验进行艺术创造。篇中故事即便是有丰富的想象和虚构，那基本上也不是编撰者的想象和

---

① 《世说新语·政事》"何骠骑作会稽"条注引《泰别传》，见徐震堮《世说新语校笺》，中华书局，1984年版，第100页。
② 同上书，第145页。

虚构，而是故事在长期的跨地域口耳相传中人们集体的想象和虚构。文学性质的小说是一种艺术的创作，它也许是以真事和传闻做素材，但它不追求事实的真实，它追求的是人生的真相、情理的真实，艺术的真实比生活的真实更高因而更带有普遍性。创作小说需要想象，作者决不让自己的构思被事实的真实捆住手脚。唐前的"小说家"则不然，他们生怕自己踩着了事实的真实之底线，随时都要控制自己的想象，始终按着事实"依葫芦画瓢"，小心翼翼地着笔。干宝就曾明确地宣示，他撰集《搜神记》，来源有二，一是搜集前人记载，二是采访近世之事。近世之事，尚可采访亲历和相关之人，人物情事毕竟有迹可求，干宝自信他的记录的忠实性毋庸置疑；唯前人记载，无以确考，"虽考先志于载籍，收遗逸于当时，盖非一耳一目之所亲闻睹也，又安敢谓无失实者哉"①。对于来源于前人记载的这一部分作品的真实性的疑虑，足以说明他对实录原则的遵奉。神怪在干宝心目中是真实的存在，他是用史家之心和史家之笔记叙之。

《搜神记》今存本二十卷四百六十四则，其中至少有三分之一是采撷自前人的作品，亦即干宝所谓"承于前载者"。从这一点说，干宝只是一个编辑者。承于前载的"前载"，有《列仙传》《汉书·五行志》和《列异传》等等。单是从《列异传》移录过来的作品就有《胡母班》《蒋山祠》《三王墓》《冯贵人》《蒋济亡儿》《苏娥》《宋定伯》《汉谈生》《细腰》等数篇②。将今存的《列异传》和《搜神记》文本对校，说干宝"移录"是符合实际的，当然，干宝也并非一字不改，或者他所据之版本与今存本有所不同，《三王墓》

---

① 干宝《搜神记序》。
② 篇目据汪绍楹校注本《搜神记》，中华书局，1979年版。

《苏娥》等篇的细节描写就比《列异传》丰富，从这些增饰的文字中可以见出增饰者的艺术匠心。

《搜神记》一部分录自《列异传》，《列异传》是否是曹丕的创作呢？结论也是否定的。还是以《三王墓》为例，《搜神记》在《列异传》基础上有所增益，但《列异传》也有所本。汉代刘向《列士传》记有干将莫邪的故事，与《列异传》所述情节相同。汉代赵晔《吴越春秋》亦载有此事（见《太平御览》卷三百六十四引《吴越春秋》佚文）。可见赤鼻为父复仇的故事在民间流传甚广，而且产生不同版本，关于杀害干将的大王就有"楚王""晋王"二说，关于三王墓葬地点更有"楚""晋"等多说。曹丕也只是"述见闻"，采其一地之说加以编撰，并非自己个人的创作。

文学创作应当有个人风格，曹丕作为建安诗人，其诗作的风格，如刘勰所概括以"清绮"为特征[①]。但是他的"小说"《列异传》却难以见出如此明晰的个人风格。不能否认，他选择哪些传闻故事，对这些传闻故事如何剪裁，强调什么，省略什么，都体现着他的思想、趣味、审美价值取向，这些无疑都是属于他个人的东西，与不同时代的编撰者，与同一时代的别的编撰者是存在差异的。然而这种差异属于史学范畴，主要表现在素材的取舍剪裁、叙事体例等等写法的不同，诚如班固评论《史记》的"善叙事理""辩而不华""质而不野""文质相称"等等，而不是文学艺术范畴的风格问题。清代纪昀曾把"述见闻"称作"著书者之笔"，把那些不受"见闻"约束、凭想象率意虚构地写作称作"才子之笔"。他坚持传统目录学家的"小说"观念，认为"小说既述见闻，即属叙事，不

---

① 刘勰《文心雕龙·才略》，见周振甫《文心雕龙注释》，人民文学出版社，1981年版，第504页。

比戏场关目，随意装点"，所谓"叙事"，就是要忠实于事情的真相，不能凭空想象。《飞燕外传》记赵飞燕、赵合德姊妹在汉成帝宫中的荒淫生活，许多情事均为宫闱隐私，外人无以知之，文中描写具体而细致，难免有虚拟之嫌。但纪昀认为作者伶玄据当事人樊嬺口述，文中"猥琐具体"的描写却不能视为向壁虚构，仍不失为"著书者之笔"，因此将它划归在《四库全书总目》的"小说家"类。纪昀认为《聊斋志异》"盛行一时，然才子之笔，非著书者之笔也"，"令燕昵之词，嫖狎之态，细微曲折，摹绘如生，使出自言，似无此理；使出作者代言，则何从而闻见之？又所未解也"。[①]他因此认为蒲松龄虽有才气，但《聊斋志异》不能算是"小说家"，至少不能算是纯粹的"小说家"（所谓"一书而兼二体"）。纪昀的观念继承自汉魏六朝的"小说"传统，可作为唐前"小说"乃"著书者之笔"的旁证。

唐前"小说"还不是成熟的文学性质的小说，标志之三是它们篇幅短小，文字简古。对于这一点，或许会有人提出质疑：当代小说中也有微型小说，何以古代的微型反而不是小说？当代小说中确有微型小说这种文体类型的存在，但它不是当代小说的主流，主流文体始终是长篇、中篇和短篇小说。文学性质的小说以故事为基本层面，故事要提升到情节的水平，前后事件就必须用因果关系的链条组接起来，时间和空间，叙述和描写，其本性就要求比诗歌、散文更大的篇幅空间。唐前"小说"篇幅普遍短小，文字普遍简古，故事仅略陈梗概，这种叙事上的内敛性是由它的宗旨和性质决定的。

"小说"，班固称之为"街谈巷语、道听途说者之所造也"。即

[①] 见盛时彦《姑妄听之跋》，收入侯忠义编《中国文言小说参考资料》，北京大学出版社，1985年版，第33页。

使有"一言可采",也只是"刍荛狂夫之议",① 根本不可能与经史平起平坐。唐前的书籍有甲骨、金石、竹书、帛书和纸书等几种形式,那时还没有雕版印刷。这些书籍载体本身的价格不菲,且不说甲骨金石,就是竹书帛书,材料和制作都很不容易,不是一般民众有幸可以享用的东西。先秦文化知识的传播,通常的方式是耳提面命,口授和记诵,能拥有竹书帛书、或能借阅竹书帛书的人为数不多。清代阮元说,"古人简策繁重,以口耳相传者多,以目相传者少,是以有韵有文之言,行之始远",又说"古人简策在国有之,私家已少,何况民间。是以一师有竹帛,而百弟子口传之,非如今人印本经书,家家可备也"。② 竹书的制作如汉代王充所说:"截竹为筒,破以为牒。加笔墨之迹,乃成文字。大者为经,小者为传记。"③ 竹简的简片有长度规定,王充曾说"二尺四寸,圣人之语"④,建国以后在武威发现的汉简《仪礼》,简片长五十四厘米,宽一厘米,长约合汉制二尺四寸,证明王充所说属实。通常说唐前"小说"是"尺寸短书",是指"小说"由于内容不重要而只能载于较短的简片上。圣人之语尚且不能用铺张的文字,作为小道的"小说"文字当然必须更加简约。帛书是指以缣帛为载体的书籍,写上文字的缣帛,重量轻,也便于阅读和携带,收藏也不需竹书所要占有的那么大的空间,但丝织品价格昂贵,只有权贵们能够拥有。汉代刘向为皇帝典校书籍,都是先写在竹简上,校订后才缮写于缣帛,说明帛书的贵重。《后汉书·蔡伦传》云:"缣贵而简重,并不便于人。"先秦两汉书籍形制的这个特点规定了著述行文必须省字

---

① 《汉书·艺文志》,转引自侯忠义编《中国文言小说参考资料》,北京大学出版社,1985年版,第5页。
② 阮元《揅经室三集》卷二《数说》。
③ 王充《论衡·量知篇》。
④ 王充《论衡·谢短篇》。

约文，唐代刘知幾《史通·叙事》说："夫国史之美者，以叙事为工。而叙事之工者，以简要为主。"旨在垂范千古的史传尚且以简要为主，作为史之余的"小说"何可铺张？晋代纸卷取代竹书帛书成为书籍的主要形制，①纸张的价格虽不如今天这么便宜，但毕竟要比竹简缣帛便宜得多。纸卷的出现，无疑为文人运笔提供了更大的空间。两晋南北朝的文章从简约走向繁缛靡丽，其中有文学思潮的原因，文学从自在转变为自觉，审美的追求必然要突破文字简约的戒律。两晋南北朝的"小说"较之两汉，文辞显然要丰缛许多，不过这样"丰缛"只是相对先秦两汉文风而言，若与唐代传奇小说相比，它们仍然没有完全走出以简古为特征的古典范畴。

文字简古，篇幅短小，倘若它要叙述一个故事，就只能是一个梗概。例如《搜神记》卷十一之《三王墓》，尽管它已对《列异传》的文本有所增益，但情节中的一些重要的因果关系仍然不甚清晰，人物的一些重要行为的心理依据也缺乏交代。如文中叙述，楚王是一个猜忌心极强而又残暴的君主，他既然发现雄剑被干将隐藏，为什么不追索下去？干将之子将自己的头颅交给萍水相逢的侠客，如此信任的根据是什么？侠客为何舍身给干将父子报仇？这个故事的民间传说形态应当是有丰富的细节的，采集整理者受"尺寸短书"的约束，只能抓住"复父仇""三人头共葬"几个主要故事元素，其他的东西也就只好省略了。《三王墓》只是一个故事梗概，与成熟的文学意义的小说尚有一段相当的距离。

唐前"小说"虽然不是文学意义的小说，但它们却包含着小说的元素。就其编撰宗旨而言，它们的主要目的不是供人娱乐消遣，可是并不是说它们就没有一点娱心的考虑。干宝说他的《搜神记》

---

① 见钱存训《书于竹帛》，上海书店出版社，2004年版，第117页。

是"发明神道之不诬",但也要顾及"游心寓目"的愉悦功能。先秦说理散文有讲究文采的传统,所谓"言之无文,行而不远",诸子散文在论说中普遍地运用比喻和形象性语言,以叙事为主的唐前"小说"注意修辞和追求审美效果是不足为怪的。人皆好奇,为满足人们的好奇心理的需求,叙事时对事实和传闻添枝加叶,这种与实录背离的虚构倾向,便导致了"小说"向文学性小说的转变。

志怪是古代巫风的产物,它在中国宗教的生成和发展的历史上扮演着重要角色。志怪专谈乱力怪神,又迎合了人类好奇的本性,它所体现的原始宗教意识里就潜藏有愉悦的因素。随着古代巫术的分化、道教的形成和佛教的东渐并本土化,志怪这棵树干也伸展出多个枝条,有些宗教化成为宗教文化的一部分,有些则文学化,转变成为传奇小说。汉代《神异经》就在巫风术数之外寄托有社会人生感喟,显露出文学化苗头。魏晋志怪《列异传》《搜神记》更是受魏晋文学思潮的鼓舞,表现了更浓厚的文学意趣。及至南北朝后期,志怪的某些作品已接近了小说,像《穷怪录》中的《萧总》这样的作品,与唐代传奇小说已没有什么区别。

志人是从诸子散文衍生出来的文类,由于它记录的多是道听途说,真伪难辨;又非人物全貌或事件本末,不过片断言论和举止而已;内容虽不足以经时济世,却如孔子所说,"虽小道,必有可观者焉",即多少有助于兴化致治;故而被传统目录著作列入子部小说家类。志人作品一般没有故事性,它写人物只看重其意态,以极简练的笔墨,点染出人物的气质神韵。如果着眼于叙事,它与小说的关系就比较疏离,但中国古代小说在叙事中常用白描手法,白描就是一种写意,表现人物以得其神韵而止,并不作西方小说那样细致入微的人物肖像及心理描写,《儒林外史》《红楼梦》这些作品可为典范。在人物写意这一点上,志人作品无疑为小说创作提供了经验。

鲁迅《中国小说史略》论述汉魏六朝"小说"共包括志怪、志人，不含杂史杂传，袁行霈、侯忠义《中国文言小说书目》亦不著录唐前的杂史杂传作品，它们都囿于历代公私书目所划定的"小说家"范围。我以为这种观念应当突破，应当从文学发展的历史实际出发，如果从实际出发，我们必须承认唐前出现的被视为"杂史杂传"的作品与文学意义的小说存在着明显的亲缘关系。中国叙事传统是由史传建构起来的，以《春秋》《左传》和《史记》为代表的中国史传不只确立了编年体和纪传体的叙事结构，而且还选择了再现历史场景的呈现式叙事方式。史家是历史的叙述者，但他却把自己隐藏在叙述的背后，让已经逝去的历史在读者眼前重演。如果抛开史传性质不论，单就它"客观"地绘声绘色地再现历史事件的过程这一点来说，它简直就是小说。"杂史杂传"之所以不能列入正史，是因为它们有太多太明显的虚拟因素，它们对于史传传统而言是一种蜕化，而这种蜕化，站在小说立场上却是一大进步。杂史杂传作品如《穆天子传》《晏子春秋》《燕丹子》《吴越春秋》《汉武故事》《高士传》《逸士传》等等，就介乎史传与小说之间。唐代传奇小说多以"传"命名，直到清代纪昀仍称传奇小说为"传记类"[①]，可见小说与杂史杂传关系之亲缘。

唐前"小说"是文学意义的小说的孕育形态，是未成形的小说，这是站在明清小说的立场，追溯小说文体源头所得出的结论，这个结论是有条件的，其中没有丝毫轻视和贬抑唐前"小说"的意思。唐前"小说"自有它的主体性，自有它的深厚的生命力。从先秦到清末，二千多年中产生了难以数计的作品，《四库全书总目》说："张衡《西京赋》曰：'小说九百，本自虞初。'《汉书·艺文志》

---

① 见盛时彦《姑妄听之跋》，收入侯忠义编《中国文言小说参考资料》，北京大学出版社，1985年版，第33页。

载《虞初周说》九百四十三篇，注称武帝时方士，则小说兴于武帝时矣。……迹其流别，凡有三派：其一叙述杂事，其一记录异闻，其一缀辑琐语也。唐宋而后，作者弥繁，中间诬谩失真、妖妄荧听者固为不少，然寓劝戒、广见闻、资考证者亦错出其中。班固称'小说家流盖出于稗官'，如淳注谓'王者欲知闾巷风俗，故立稗官，使称说之'。然则博采旁搜，是亦古制，固不必以冗杂废矣。"①《四库全书总目》的"小说"概念本身就有局限，再加上出于思想统治的需要销毁了许多作品，即使如此，它著录的"小说"连同存目在内也有三百多种。如果描叙"小说"的源远流长的发展过程，则将是另外一种文体的专史。这个文类的作品中，像《山海经》《搜神记》《吴越春秋》《世说新语》等等，都具有极高的历史文化价值。单就"广见闻、资考证"的史料价值来说，鲁迅就曾说过："历史上都写着中国的灵魂，指示着将来的命运，只因为涂饰太厚，废话太多，所以很不容易察出底细来。正如通过密叶投射在莓苔上面的月光，只看见点点的碎影。但如看野史和杂记，可更容易了然了，因为他们究竟不必太摆史官的架子。"②举一个例子，鲁迅说："我常说明朝永乐皇帝的凶残，远在张献忠之上，是受了宋端仪的《立斋闲录》的影响的。"③《立斋闲录》著录在《四库全书总目》子部小说家类存目一，它的价值便是凸显在史学上。我们说"小说"不是文学意义的小说，一点也没有贬损它们极高的历史文化价值，更不会影响它们在中国文化史上的重要地位。

（原载《中国古代小说研究》第 1 辑）

---

① 《四库全书总目》卷一四〇子部小说家类一。
② 鲁迅《华盖集·忽然想到》。
③ 鲁迅《且介亭杂文·病后杂谈之余》。

论魏晋志怪的鬼魅意象

魏晋是志怪小说的发展繁荣时期，它产生了像《列异传》《搜神记》这样彪炳史册的优秀作品。志怪传统源远流长，魏晋以前的志怪题材有神话、传说、仙话等等，却没有鬼话。志怪小说写鬼话，最先出现在魏晋，魏晋志怪对鬼魅的描述不仅开辟了志怪小说的"鬼话"领域，而且它们也是魏晋志怪中文学性较强的部分，极大地拓展了艺术想象空间，对小说艺术的成长做出了历史性的贡献。

本文使用"意象"一词，指的是作家头脑所创造的"具象"。所以不说"形象"，是因为"鬼魅形象"仅限于指称人物，而本文所论，除人物形象外，还涉及鬼魅世界及其所赖以建构的要件，同时还包括空间、人物和时间组接成的情节。由于鬼魅及其世界纯属虚构，凭借的是创作者的情感和想象，"意象"一词恰含有主观意味，故暂借来一用，与欧美文学批评理论中的"意象"概念并不相同。

一

鬼话作为观念形态，它也是人类社会历史的产物。先秦两汉志怪书中没有鬼话，是因为那时人们意识中的鬼魅观念还没有成熟。因此要阐明为什么历史发展到魏晋，志怪才有鬼话，就不能不追溯中国古代神鬼观念发展的历史。

鬼神的观念，在上古初民的意识里就已经萌生。人死以后如何，大概是人类自有思想以后就企图求得解释而又难以合理解释的问题。人类对死亡的困惑，很自然会产生灵魂的观念，灵魂的存在就意味着生命可以永恒，这也许是慰藉恐惧死亡心理的最佳药方。现在中国发掘出来的氏族社会部落墓葬群中有简单的殉葬物，殉葬物就说明那时人们的观念中认为人死以后是到另一个世界去了，他们应当带走一些有用和珍贵的东西。这证明那时就有灵魂的观念。

"鬼"字，甲骨文作"畀"，象形，为脸上盖着东西的死人。许慎《说文解字》释"鬼"为"人所归为鬼"①，王充《论衡·论死篇》亦云"鬼者，归也"②。"归"为何意？即人死归葬。所以，《老子》曰："以道莅天下，其鬼不神。"③鬼即归，神指显于阳间之灵。老子的意思是说，以"道"治天下，死人归于阴，就不会变成鬼到阳间来游荡伤人。老子所谓显于阳间的灵魂，接近后世"鬼"的概念。但是先秦鬼的观念并不统一，墨子有《明鬼》篇，他认为鬼神一体，有知，能赏贤罚暴。这种鬼神一体的观念应当更具广泛性和历史的代表性。《礼记·表记》说"殷人尊神，率民以事神，先鬼而后礼"。殷人认为鬼神一体，由于鬼神有知主赏罚，故而虔诚地祭拜，遇大事必定要占卜以求鬼神的旨意。周人尊礼，虽然不似殷人那么迷信，但对祖宗的祭祀实质上也是对鬼神的崇拜，亡人的祖宗也就是保护自己氏族的鬼神。商周时代，百姓不能接近鬼神，鬼神的旨意由巫觋来传达。简而言之，商周时代的鬼就是神，与后世的鬼大不相同。

---

① 《说文解字》影印本，中华书局，1963年版，第188页。
② 《论衡》，《诸子集成》第七册，上海书店，1986年版，第202页。
③ 《老子注译及评介》，中华书局，1984年版，第298页。

战国时代鬼神的观念有了变化。墨子鼓吹有神论，为证明鬼神的存在，他在《明鬼》篇举出历史上的五条实例。其中第四例讲宋文君时一次祭典上，有鬼神附于巫者的持杖，质问司祭观辜：为什么用以祭祀的圭璧不够度，酒醴不洁净，牺牲不全肥？观辜答曰：国君还是孩童，如何知道这些，责任在我。于是神便用持杖将观辜打死在祭坛上。鬼神是无形的，但持杖却在巫者的手上，传达鬼神指示的是巫者。其中第五例叙齐庄君的两个臣子打官司，是非不清，三年不能决断。齐君便令他们二人到神社杀羊歃血起誓，其中一人宣誓未及一半，那死去的羊却突然跳起来用头触他，巫者瞬即将他打死。这鬼神也是无形的。鬼神无形而由巫觋来传达他的意志，应当是古老而又绵长的传统说法。值得注意的是五例中有三例讲鬼神可以显形。其一叙杜伯被周宣王冤杀三年后显身，"乘白马素车，朱衣冠，执朱弓，挟朱矢"，将周宣王射杀在车上。其二叙郑穆公在庙中白日见鬼神，那鬼神"鸟身，素服，面状正方"，人首鸟身。其三叙庄子仪被燕简公杀害一年后显身，他"荷朱杖"捶毙燕简公于车上[①]。五条实例说明战国时人们认为鬼神可以附于物体，由巫者来执行鬼神的旨意；同时认为鬼神也可以抛开巫觋，现形由自己来达成自己的愿望。

《左传》有不少关于鬼神的记载，引人注目的是"强死者为鬼"之说。郑伯有在左襄公三十年被子晳、驷带、公孙段所杀，九年后伯有鬼魂在郑国出现，向驷带、公孙段索命，引起郑国人惶恐不安。赵景子问子产："伯有犹能为鬼乎？"子产回答说："能。人生始化曰魄，既生魄，阳曰魂。用物精多则魂魄强，是以有精爽至于神明。匹夫匹妇强死，其魂魄犹能凭依于人，以为淫厉，况良宵

---

① 《墨子间诂》，《诸子集成》第四册，上海书店，1986年版，第139—145页。

（伯有）……其用物也弘矣，其取精也多矣，其族又大，所凭厚矣。而强死，能为鬼，不亦宜乎！"① 子产认为人都有魂魄，魂魄依附于人的躯体，但并不随躯体朽烂而消失；人的魂魄有强弱之别，这个强弱决定于此人家族大小、富贵程度，魂魄强弱固然重要，但不是成鬼的决定因素，决定因素是"强死"。所谓"强死"，是指不得善终。通常指被冤杀、战死、自尽、夭折等等。按这个理论，作为贵族的伯有生前用物精多，即魂魄强，他被人攻伐杀死，是为"强死"，故能化为厉鬼报仇。"强死者为鬼"之说大概也不是《左传》作者的创造。20世纪在甘肃、河南、山东等地发掘的商代以来的墓葬中有"俯身葬"的情况，俯身葬就是将死者俯身埋葬，死者许多是身首分离，显然是被斩首，换句话说，俯身葬者均为"强死"。而将他们俯身埋葬，就是害怕他们变成厉鬼，此乃一种厌劾的方法，它背后的意识便是"强死者为鬼"。《晋书·武悼杨皇后传》记西晋惠帝皇后贾氏害死她的婆婆杨太后，怕她死后上天诉冤，实施报复，便"覆而殡之，施诸厌劾、符书、药物"②。可见"强死者为鬼"之说由来已久，而且影响深远。

　　强死者为鬼，那么非强死者就不能为鬼？此说如果以一种理论来考量，显然存在不严密、不彻底的缺陷。事实上，王充在《论衡·死伪篇》就在逻辑上和实证上诘难过此说，他说强死者为鬼，为什么比干、子胥不为鬼；春秋时弑君三十六，君为所弑，可谓强死，然而三十六君无为鬼者，何以解释；等等。

　　鬼论作为一种理论的成立当在汉末。顾炎武《日知录》说：

---

① 《左传·昭公七年》，《春秋左传注》（修订本）第四册，中华书局，1990年版，第1292—1293页。
② 见吴世昌《略论我国古代俯身葬问题》，《罗音室学术论著》第一卷，中国文联出版公司，1984年版，第190—203页。

"尝考泰山之故，仙论起于周末。《左传》《国语》未有封禅之文，是三代以上无仙论也。《史记》《汉书》未有考鬼之说，是元（汉元帝）成（汉成帝）以上无鬼论也。《博物志》所云泰山一曰天孙，知生命之长短者。其见于史者，则《后汉书·方术传》：许峻自云尝笃病，三年不愈，乃谒泰山请命。《乌桓传》：死者神灵归赤山，赤山在辽东西北数千里，如中国人死者魂归泰山也。《三国志·管辂传》谓其弟辰曰：但恐至泰山，治鬼不得治生人。"顾炎武把鬼论成立的标志定在泰山为阴司之说的出现上，这是有道理的。人死灵魂统归泰山，泰山府君统辖一切鬼魂。这个说法就获得了理论的彻底性，无论是不是强死，人死都有灵魂，灵魂都归于泰山。很清楚，在这个说法里，鬼与神明确分离，鬼统统都是泰山府君的臣属，不再兼有赏善罚暴的职能。

志怪小说题材的演进反映了鬼神思想发展的历史。汉代和汉代以前的志怪书，如《山海经》《神异经》《洞冥记》《十洲记》《汉武故事》《列仙传》《神仙记》等等，记录了神话、传说、仙话，就是没有鬼话。"鬼论起于汉末"，魏晋志怪中记叙了不少鬼话，正反映了鬼神观念这个历史性的变化。

二

魏晋志怪书大率残缺不全，今存《列异传》《神异记》《异林》《博物志》《玄中记》《搜神记》《搜神后记》《戴祚甄异传》《神仙传》《拾遗记》等等，皆非原本，都是经过后人缀辑而成书。从今存各本来看，鬼魅故事写得较多的是魏文帝曹丕的《列异传》和东晋干宝的《搜神记》。

人死如归，所归的世界是个什么模样呢？应当说，世界各古老民族都有自己的说法。例如古埃及传说统管死者的主神安努毕斯是豺头人身，人死之后来到他的王国，把心交到他巨大的天秤上，用正义（羽毛）进行衡量，若不合格，立即被等待在旁的半截狮身、半截马身和鳄鱼头结合一体的阿美麦特所吞食[①]。魏晋志怪则以它奇异的想象和典雅的笔触做了别样形象的回答。《列异传》第二十三条《蒋济亡儿》（亦见于《搜神记》卷十六）叙蒋济儿子死后在泰山阴间做皂隶[②]，憔悴困苦不可复言，遂托梦给母亲，请母亲转致父亲，托请即将死去到阴间任泰山令的孙阿，嘱孙阿上任后把他从困境中救拔出来，换一个好的差事。孙阿死后去阴间，果不负所托，将蒋济亡儿转为了录事。《搜神记》卷四《胡母班》叙胡母班为泰山府君传书给河伯，在阴间看见自己的父亲戴着刑具服苦役，便求泰山府君免去父亲的苦役，调他到家乡去做土地神。请求虽然恩准了，一年后胡母班的儿子们却一个个死去。惶恐的胡母班再去阴间向泰山府君求救，原来其父回到家乡后思念孙子，将他们一一召去阴间，得知原委，泰山府君便把胡母班的父亲调离家乡。其父虽不情愿，但是后来胡母班再有儿子就都平安无事了。描写泰山府君统治的阴间情形的作品，不只这两篇。但仅此就为我们描绘了一个比较完整的阴间世界的图景。这个世界的中心在泰山，它如同人间社会一样有统治者和被统治者，泰山令、录事、社公……官阶等级分明，有苦工，有罪犯，而最高统治者就是泰山府君。阴间的城郭、房舍、官府衙门，与阳间没有差别。《列异传》第四十一条《蔡支》叙蔡支迷路走入阴间，"至岱宗山下，见如城郭……见一官，仪卫甚严，具如太守"，根本没有察觉自己已经身在鬼的世界。并且，

[①] （美）戴维·利明、埃德温·贝尔德《神话学》，李培茱等译，上海人民出版社，1990年版，第8页。
[②] 《列异传》篇目序号依据鲁迅《古小说钩沉》排列顺序。

鬼情也同于人情。蒋济的亡儿在阴间当苦差，胡母班的亡父在阴间戴枷服刑，但只要托情通关节，和人间世道一样可以谋得一官半职。这鬼世界其实就是人世界的投影。

按魏晋志怪的描叙，阴间在泰山地下，但似乎又不尽然。泰山只是泰山府君的统治中心，阴府的地域不受空间的限制，地上地下，水上水中，都是鬼魅活动的空间。阴间和阳间在空间上的重叠，为人鬼相遇相处提供了可能和舞台。《搜神记》卷十六《阮瞻》《黑衣客》都是写鬼魅登世人之门造访，与主人论辩鬼神之事，主人不辨客人为鬼，遭到鬼的嘲弄。《列异传》第四十条《谈生》叙一穷书生娶鬼妻并生子事，女鬼夜半上门自荐为妻，书生根本没有想到这位"姿颜服饰，天下无双"的少女竟是从坟墓里走出来的鬼魂。《列异传》第二十八条《宗定伯》叙宗定伯（《搜神记》卷十六作"宋定伯"）夜行逢鬼，人鬼同行，边走边谈，还轮番互换背负，共渡小河，从夜里走到天明。不过这个故事里是人知对方为鬼，而鬼不辨对方为人。因此这鬼终于被人捉住。人鬼之间的纠葛、矛盾和冲突演绎出各种各样有声有色的故事，而故事发生的前提就是人鬼能够相遇相处。倘若阴间和阳间是互相隔绝、各自封闭的空间，则这类故事就不可想象。

鬼魂都有自己的私生活空间，犹如人有自己的寓所。鬼的寓所就是坟墓，而他的穿戴用品都是从阳间带来的殉葬之物，甚至连食物也是殉葬品。《戴祚甄异传》第八条《秦树》写秦树夜行迷路，投宿一个人家[①]，他不知自己走进了一位女子的坟墓，那女子招待他的食物"悉是陈久"，即为多年前的殉葬物。这种坟墓意象写得煞有其事，具有极强的感染力。《列异传》第三十一条《营陵道人》

[①] 《戴祚甄异传》篇目序号依据鲁迅《古小说钩沉》排列顺序。

写一丈夫思念亡妻,在营陵道人的帮助下与亡妻见面,道人告诉他听到鼓声就必须立刻撤离①,但他和亡妻恋恋难舍,迟疑了一会儿,出来时衣裾就被正在关闭的房门夹住,仓促间扯断了衣裾。人眼中的房舍其实是坟墓棺椁。这个意象在魏晋志怪中反复出现。

  人进入鬼的世界,在魏晋志怪中多有描写。阴世和阳世有重叠的空间,但生死毕竟异路,鬼魅可以自由出入阳世,而人却不可以随便进入阴间,虽说重叠,却不同一。生人进入阴间,按魏晋志怪的描写主要有两个通道,一是被鬼魅引导"瞑目"而入,二是"迷路"不觉误入。《胡母班》写胡母班在泰山脚下树林中被阴间使者召引,遵使者之嘱闭上双眼,随使者进入阴府。他奉泰山神之命传书给河伯,来到黄河之上,同样由使者带他入水,也是瞑目进入。其后几次出入皆是同样方式。闭目的瞬间,空间就发生了阴阳的转换,不能说这种想象不奇特。此种"瞑目"而入的方式,在其后的文学作品中不断被沿用,比如唐传奇,《柳毅传》写柳毅为龙女传书洞庭,就是由洞庭使者导引,"闭目数息"抵达龙宫的。另一种"迷路"不觉误入的方式,如《蔡支》所叙,"临淄蔡支者,为县吏,会奉书谒太守。忽迷路,至岱宗山下,见如城郭,遂入致书",蔡支进到城里,跨入衙门,还不知道自己已经身在阴间地府。这种方式在魏晋志怪中屡见不鲜,《搜神记》卷十六《驸马都尉》的辛道度,游学至雍州城四五里,见一大宅,有青衣女子在门,诣门乞飨,无意中跨进了秦闵王女的墓冢。《搜神记》卷十六《崔少府墓》写卢充进入崔少府墓:"充年二十,先冬至一日,出宅西猎戏。见一獐,举弓而射,中之。獐倒复起,充因逐之,不觉远。忽见道

---

① 道人警告的话,《列异传》无。《搜神记》卷二记云:"卿可往见之。若闻鼓声,即出勿留。"从《列异传》前后文字推测,此段话应当是原来所有。

北一里许，高门瓦屋，四周有如府舍，不复见獐。"接着卢充进入府第，并与崔氏女结为夫妻，三日后离开这个府第，方知卢氏女为鬼，他生活了三日的府第乃是一座坟墓。《戴祚甄异传》写秦树自京回家，途中天暗失道，被火光引至一户人家，家仅一个女子独住，女子设食款待，两人尽一夕之欢，清晨离别，女子以指环一双赠之，秦树出门"数十步，顾其宿处，乃是冢墓"。这种生人"迷路""失道"而误入阴府的方式，也一再被后世小说沿用，不但用于进入阴间，也用于进入仙境。如《搜神后记》卷一《剡县赤城》写袁相、根硕二人打猎追逐山羊而入于仙境。《桃花源记》写武陵渔夫"缘溪行，忘路之远近"，从一山口走进世外桃源。《幽明录》之《黄原》写黄原打猎追逐一鹿，从山洞进入仙境，刘晨、阮肇因农事入山"迷不得返"，竟闯入仙境，等等。

魏晋志怪所描绘的鬼的世界已不再是单调的、片断的和模糊的，它已经是一个多彩、完整和清晰的虚幻世界。这个虚幻世界，是人们在古已有之的传统迷信观念的基础上按现实社会生活的模样并根据世代人生经验加以构建的，它实质上是现实的一种变形的投影。这个世界不无死亡的气息，但并无佛教地狱令人恐怖的阴森残酷。佛教认为做了坏事的人死后必堕地狱，而魏晋志怪的鬼世界乃是一切人死后的归宿。那里也分贵贱贫富，富贵者亦如人间养尊处优，贫贱者亦如人间辛劳困苦，因而《蒋济亡儿》中的孙阿听说自己将去阴府任泰山令，不但毫不畏惧，反而乐于赴死。在这里，魏晋志怪是把民间信仰充分地文学化了。

三

鬼既然是离开人的躯体的灵魂，是超越尘世空间时间的非物质存在，如何加以形象化而又令人信服和认可，这从本质上来讲也是一种艺术创作的工作。鬼之形貌禀性，在世界各古老民族的意识里各不相同。魏晋志怪对于鬼之特质、鬼之形象、鬼之禀性、鬼与人的关系等等，做了极为周详细腻的描述。这些描述体现了灵性和俗性的统一，虚幻和现实的统一，表现了丰富的想象和非凡的智慧。

前已有述，魏晋以前关于人死是否皆为鬼的问题，种种说法都是游移不定的。《老子》说："以道莅天下，其鬼不神。"意思是说天下有道，则人死有所归，不会变成鬼到阳间伤人。《左传》说"强死"者为鬼，等于说非强死者就不会为鬼。《墨子》认为鬼神一体，能赏贤罚暴，但对是否人死皆为鬼，并未做明确回答。总之，种种说法都有相当大的模糊性。魏晋志怪描述则较为肯定：人死皆为鬼。《列异传》第二十八条写宗定伯所卖之鬼，乃一普普通通之鬼，宗定伯之诈言很容易就蒙骗了匆匆夜行的鬼，说明鬼与人一样是芸芸众生，作者并没有特别说明这鬼是"强死"者。《搜神记》卷十六《夏侯恺》中的主人公因病而死，死后为鬼，头戴武官的头巾，身着单衣，常常回到他生前的家中来。而这夏侯恺绝非"强死"者。《戴祚甄异传》写司马义病重，临死前嘱咐他的善弦歌的侍妾碧玉不要改嫁，后碧玉改嫁正要出门时被司马义的鬼魂惩处了。司马义病故，也不是"强死"。人死皆为鬼，则鬼的世界必然是熙熙攘攘，鬼魅杂沓。《搜神后记》卷六《误中鬼脚》叙夏侯综能看见鬼，"常见鬼乘车骑马满道，与人无异"。一小儿玩耍向道中掷砖块，误中一鬼脚，被鬼惩罚，因而大病一场。可见鬼是极多的，只是人看不见而已。

魏晋志怪所描写的鬼魅多半具生人之形。这生人之形可以是鬼魅生前的形貌，也可以随意变换面孔。《搜神记》卷十六《鼓琵琶》写会琵琶的鬼，一会儿变成翩翩少年，一会儿又变成耄耋老者，恶作剧时会吐舌擘目显出可怕的嘴脸。然而更多的作品写鬼魅具有他们生前的容貌，尤其是那些多情而又与阳间男子幽婚的女鬼。不仅容貌如生前一样姣好，而且性格温柔，情调高雅，仍然有生前大家闺秀的风范。《搜神记》中的紫玉之鬼魂与生前恋人相会，用悲伤的诗歌抒发自己的生死恋情；崔氏女鬼与情人分别时赋诗以赠，"恩爱从此别，断肠伤肝脾"，感人至深。魏晋志怪中的鬼魅，有面目狰狞为恶的一类，也有面目可亲友善的一类，两种类型都成为后世小说鬼魅形象的基本模式。

关于鬼魅的禀性和特征，魏晋志怪有许多想象丰富的创造性的描写。人与鬼形貌相同，区别在哪里呢？宗定伯捉鬼的故事中，由鬼自己道出其中的秘密。第一，鬼没有重量；第二，鬼蹚水没有声音；第三，鬼怕人的唾沫。这些想象真令人叫绝。鬼无重量，也许是由灵魂的性质联想引申出来的，灵魂本来是寓居在人的躯体内的，人死后灵魂从躯体游离出来，如烟如影，化为鬼当然没有重量。既没有重量，蹚水就不会出声，可以想见，走路更是无声了。至于鬼怕人唾沫的说法，有可能与巫觋厌劾方术有关，大概有久远的历史。宗定伯向鬼吐口水，鬼变成羊就不能再变了。《搜神记》卷十六《崔少府墓》中的卢充与崔氏女鬼婚后生子，女鬼将儿子送给卢充，周围的人都怀疑这个儿子也是鬼魅，"金遥唾之"，小儿"形如故"，这才相信是人不是鬼。此外，鬼生活在阴间地府，他们不再像阳间尘世的人，要处在时间之中随时间流转而由少变老，他们超越时间常驻不变。《搜神记》卷十六《驸马都尉》中的秦闵王女，"亡已二十三年"，按她成鬼时十六岁计算，邂逅辛道度时当三十九岁，但她仍如死时的少女模样。

按魏晋志怪描写，鬼魅和人一样，有衣食住行等物质需要，也有七情六欲的精神需求。首先必须安居，《搜神记》卷十六《文颖》

叙一鬼魅所居墓冢被水所溺，"无以自温"，遂向文颖求助，还将自己身上湿漉漉的衣服出示给文颖看，后来文颖掘开他的棺材，果然半没水中，棺木折坏，于是移葬于高燥的地方。可见坟墓棺椁对于鬼魅如同房舍对于世人一样重要。《搜神记》卷十六《鬼酣醉》写三个鬼魅饮酒醉倒在林中，同卷的《夏侯恺》写夏侯恺的鬼魂回到自己家来，还像他生前一样，坐到西壁大床上饮茶。《戴祚甄异传》写夏侯文规的鬼魂回到家里来，"家设馔，见所饮食，当时皆尽"。食欲之旺盛不让世人。只是鬼魅离开后，碗盘中的菜肴便魔幻般的"器满如故"。总之，鬼魅如人一样，要吃穿住行，而精神情感方面，鬼魅与人也甚少差异。《搜神记》卷四《胡母班》中的胡母班给泰山府君送信，府君回报他的辛劳，应他之请免去了其亡父的苦役，调他去家乡做土地神。胡父十分喜爱他的几个孙子，结果诸孙死亡略尽。问他何以害死孙儿，他说："久别乡里，自欣得还，又遇酒食充足，实念诸孙，召之。"《戴祚甄异传》中夏侯文规之鬼魅也是一个慈爱的祖父，他回家便要抱他的孙儿，"文规有数岁孙，念之，抱来，左右鬼神抱取以进，此儿不堪鬼气，便绝，不复识人。文规索水噀之，乃醒"，也差点酿成悲剧。人死为鬼，夫妻之情也同样不能泯灭。夏侯恺病死为鬼，仍"病（担忧）其妻"，十分牵挂惦念自己在世的妻子。《搜神记》卷十六《诸仲务女》的米元宗亡妻成鬼后，仍来米元宗梦中和他同床共枕。魏晋志怪中女鬼的爱情故事写得最为出色，缠绵悱恻，九曲回肠，一点也不亚于世间的多情少女。《搜神记》所描写的紫玉、秦闵王女、睢阳王女、崔氏女等等，堪称这一类鬼魅的代表。魏晋志怪中的女鬼不单能为人妻，还可为丈夫生子，睢阳王女诞下一儿，崔氏女也产下一子，母亲虽是鬼，儿子却是活生生的人。

　　将鬼魅人格化、人情化，是魏晋志怪的一个显著特点。魏晋志怪所描写的形形色色的鬼魅，诚然，有不少带有幽暗阴森的鬼气，大有令人恐怖之处，他们与人们的距离是不可逾越的，这些可怖的鬼魅故事表现出来的是迷信蒙昧意识，这种意识当然就是魏晋时宗教发展的心理土壤。但是，魏晋志怪又的确出现了将鬼魅人格化和人情化的走向，这些故事大都在民间流传已久，其中贯注着深厚的人文精神。这个走向是迷信向艺术的转变，也是从志怪向传奇的转变，无论在文化的意义还是文学的意义上都有重要的价值。

四

魏晋志怪将鬼魅人情化和人格化的结果是创造了一些很有艺术生命力的文学母题。母题（motif）的概念，学术上颇有歧义，本文使用这个概念，是指叙事文学中故事情节构成的最基本类型，它在叙事文学的历史传承中会不断出现。母题的不断出现并不意味着故事情节的不断雷同，因为母题只是用来扩展情节的基础元素。魏晋志怪在描叙鬼魅故事中，最值得称道的是"人鬼恋""还魂复生"和"鬼魂鸣冤"三种母题。

写"人鬼恋"的作品，如《列异传》第四十条《谈生》(《搜神记》卷十六《汉谈生》)、《搜神记》卷十六《紫玉》《驸马都尉》《崔少府墓》《钟繇》、《戴祚甄异传》第八条《秦树》、《搜神后记》卷四《李仲文女》等。《谈生》叙谈生年已四十尚未娶妻，常常是一个人孤独地却有感情地诵读《诗经》。某天夜半一位少女出现在他面前，少女姿容美丽，服饰漂亮，自荐与谈生结为夫妻，并告诫他说："我与人不同，勿以火照我也。三年之后，方可照耳。"二人恩爱相处，生下一儿已两岁了。谈生忍不住好奇之心，等妻子熟睡后亮灯去照她，发现她腰部以上生肉如人，腰部以下却是枯骨。妻子醒来，深责谈生辜负了她，如果再等一年，就可以复活了。人鬼不得不从此分离。后来谈生出售鬼妻临别前赠给他的珠袍，被鬼妻娘家发现，这才知道鬼妻是睢阳王的亡女。《紫玉》叙吴王夫差小女紫玉原与韩重私定终身，但吴王不允，紫玉遂郁郁而死。三年后韩重游学归来方知紫玉已死，便到紫玉墓前倾诉衷情。这时紫玉的魂魄从墓中出来与他相会，并赋诗表达她郁结于胸的哀怨。随后邀韩重一起回到她的墓冢，在墓中过了三天三夜的夫妻生活。临别时，紫玉以径尺明珠相赠，并请他转致吴王。吴王以为韩重捏造谎言，将其逮捕。紫玉的鬼魂于是向父母面诉原委，母亲想要拥抱女儿，紫玉却像青烟一样消逝了。《驸马都尉》叙书生辛道度游学途中到一家大宅求食，主人小姐以礼相迎，治办饮馔款待，并坦言自己是秦闵王女，无夫而亡已有二十三年，愿和他结为夫妻。三天三夜后不得不分离了，"君是生人，我鬼也。共君宿契，此会可三宵，不可久居，当有祸矣"。临别赠金枕一枚。辛道度后来卖这金枕被秦妃发现，查之情实，遂封辛道度为驸马都尉。《崔少府墓》叙卢充打猎追逐一獐到一幢大宅前，被邀进府第。主人少府说卢充父亲曾与他家有婚约，现正好让女儿和卢充成亲。卢充和新妇生活了三天，少府便嘱卢充回家，说他女儿已经怀孕，如果生下男孩就会送还给他。卢充回家打听，才知道崔氏女是鬼，他进了崔氏的墓冢。四年后的三月三日，卢充到水边修禊，忽见水上有两辆牛车飘然而来，前车上竟坐着崔氏女和三岁的儿子，后车正是崔少府，崔氏女将儿子递给卢充，赠以金碗，并吟诗一首抒发离别的伤痛之情。由于这个金碗，卢充会见了崔氏姨母，得知崔氏女未嫁而亡。后来鬼母之子很有出息，子孙冠盖，相承至今。《钟繇》叙钟繇迷恋一美女，数月不上朝，神志颇有些异常。有人问他缘故，他承认是与一女来往，那人警告他，女人必是鬼魅，可以杀掉她。随后那女人又来，却不进门，钟繇问她何故迟疑不前，她说钟繇有杀她之意。钟繇一再宽慰她进来，不忍伤害她，却还是用刀砍伤了她的大腿。女人仓皇逃走，一路用新棉揩血。次日钟繇派人循血迹寻踪，来到一座大坟墓前，掘开坟墓，棺中躺着的正是那美女，大腿被砍伤，背心中的新棉还有揩拭的血迹。《秦树》叙秦树夜行迷失道路，来到一个人家求宿，一女子接待入室，言谈甚洽，遂结为夫妇。第二天清晨，女子泪眼相别。秦树走出数十步，回望宿处，却是一座坟墓，女子赠送的一双指环亦消失无踪。《李仲文女》叙张子长夜梦一绝色少女，自称是前府君的女儿，不幸早亡，"会今当更生，心相爱乐，故来相就"，五六个晚上都是这样的梦。忽然这少女在白天出现，于是两人结为夫妻。后来少女的家人发现张子长的床下有少女的鞋子，便诘问子长，子长道出事情的始末。这位少女是前府君李仲文的女儿，十八岁去世。李家发掘墓冢，"女体已生肉，姿颜如故，右脚有履，左脚无也"。这少女又托梦对子长说，我本来可以复生，今棺木被打开，"自尔之后遂死，肉烂不复生矣。万恨之心，当复何言！"

以上七篇作品的故事情节有几个共同特点。首先，人鬼的角色分派相同，人是男子，鬼是女子。在魏晋志怪中尚未发现有男鬼和女人幽婚的作品。这些故事中的女鬼都是温柔多情的美女，而且出身名门，都是王公贵族显宦之女。这些故事当然是男性的话语。汉魏是门阀士族社会，婚姻讲究门当户对，寒士庶民不可能与世家豪族联姻。这类故事在很大程度上反映了寒士庶民在门第婚姻制度压抑下的心理和欲望。其次，女鬼一般是未婚而死的少女，有的已有恋人，有的虽没有，却是怀着少女的幽怨而死，她们对爱情幸福都有一种炽热的渴求。她们都是"强死"者，是磨灭不了的情爱使她们从坟墓走出来主动投入她们所爱男子的怀抱。再次，幽婚都是短暂的，幸福的欢爱如同闪电一样，亮则亮矣，然而瞬息便归于黑暗。尽管各篇所写分离的具体原因并不相同，但匆匆结合，匆匆永诀却是一样。这些故事无一不是悲剧，或者说无一不带有浓厚的悲剧色彩。共同特点也许还不只这些，不过由这几个特点就足以支撑起"人鬼恋"的母题来。

"还魂复生"其实与人鬼恋有一定的联系，这种类型中最动人的故事往往是在人鬼恋的基础上生发出来的。比如谈生如果不急着用灯去照鬼妻，则鬼妻的下体也将长出肉来，从而复活为人；又比如李仲文之女的坟墓不被掘开，让她和张子长朝夕生活下去，也同样可以复生。真正写还魂复生的作品，有《搜神记》卷十五之《王道平》《河间郡男女》等。魏晋志怪中写复活的作品不少，如写某人死去，但心下未冷，数日后复苏，这种"死"并非真死，因而不能列入还魂复生一类；又如写某人死去，但系阴府误召，又被送回阳间，这也不能列入还魂复生一类。"还魂复生"指的是真死之后为情所感而复活的故事。《王道平》叙秦时长安人王道平与同村少女唐父喻青梅竹马，"誓为夫妇"。不料王道平被征召去打仗，流落南方九年不归。唐家见女儿到了出嫁年龄，逼她嫁给刘祥为妻。但她不能割断旧情，三年后怏怏而死。又三年王道平返乡，方知父喻已死，就到她墓前祭拜，"悲号哽咽，三呼女名，绕墓悲苦，不能自止"，祈祷灵圣使他们能见上一面。女魂感其情深，自墓中走出来，道"妾身未损，可以再生"，嘱他赶快开冢破棺。打开棺材，唐父喻果然复活过来了。父喻的丈夫上告官府，但终不能阻挠这对情人的结合。《河间郡男女》所叙的故事大体相类，云晋武帝时，河间郡一对青年男女私定终身，青年从军多年不归，女家逼女嫁给他人。青年回来时，女已忧郁而死。青年到墓前，因不胜其情而发冢开棺，其女竟然复活。此事引起其女丈夫的诉讼，然而官府被这对恋人的精诚感动，让他们成就了夫妻。

在这两个故事中，死而复活的角色也派定为女性，她们都是为情而死，此其一；其二，爱她的男子也必定是情种，情之专一执着方能感动墓中的魂灵；其三，复活的一个重要条件是尸身未损，这一点在志怪作品中被一再强调。魏晋以后，文学作品中"还魂复生"的母题反复再现的频率很高，尤以汤显祖的《牡丹亭》最为出色。《牡丹亭》用还魂的故事把"情"演绎到极致。汤显祖说他编撰此剧是受魏晋志怪的启示，"传杜太守事者，仿佛晋武都守李仲文、广州守冯孝将儿女事，予稍为更而演之。至于杜守收考柳生，亦如汉睢阳王收考谈生也"①。李仲文事见《搜神记》卷四，睢阳王事见《搜神记》卷十六。

"鬼魂鸣冤"的故事在魏晋志怪中较少见，但《搜神记》卷十六《苏娥》写得完整、细腻和感人，具备了作为母题的一切条件，并且对后来的小说戏曲产生了深远的影响。《苏娥》叙刺史何敞巡行到高要县，在鹄奔亭夜宿。还未到午夜时分，就有一女子从楼下走出来，向他诉说一件凶杀案的始末。原来她名叫苏娥，是一寡妇，身边仅有一婢女，婢女随她乘一辆牛车到邻县做买卖，路过这鹄奔亭住宿。当地亭长见财色顿起歹意，杀了她俩和车夫，劫走财物并销毁了牛车。苏娥的鬼魂不甘冤死，于是向何敞揭发了亭长的罪行，何敞根据鬼魂的指点找到了证据，将亭长绳之以法。这类故事当然与古代"强死者为鬼"的观念有关，但作为母题它自有独到的地方。其一，鸣冤的鬼魂是女性，后世的公案小说也有写被害男人魂魄诉冤的，但一般不现身，或化为一阵旋风，如《百家公案》第六十九回《旋风鬼来证冤枉》。文学作品鸣冤而现身的鬼魂

---

① 《牡丹亭记题词》，《汤显祖诗文集》，上海古籍出版社，1982年版，第1093页。

多是女子。女性在古代是社会弱者，冤情比男性更多更深，申诉之条件和能力也较男性为差，故女性死后化为鬼魂鸣冤正曲折反映了社会的这种实情。其二，鬼魂申诉的对象是朝廷大吏，该篇是交州刺史，而不是阴间主宰或上帝。在后来的公案小说中，包拯、海瑞等清官便是鬼魂申诉的对象。元代关汉卿杂剧《窦娥冤》中的窦娥之鬼魂是找她的父亲，但她的父亲当时的身份是两淮提刑肃政廉访使。其三，鸣冤的结果是清官为鬼魂伸张正义，让作恶之人得到了应有的惩罚。

魏晋志怪关于鬼魅的描写表现了丰富的想象力，构建了一个具象的鬼魅世界，塑造了一些颇有人性的鬼魅形象，某些故事由于其中的典型元素而成为文学母题。魏晋是文学的自觉时代，这些描写鬼魅的作品是传统志怪在这种文学思潮中的产物。《列异传》的作者曹丕是建安文学的代表人物，《搜神记》的作者干宝是位历史学家，但他说自己写《搜神记》除了坚持史家实录原则之外，也要"有以游心寓目"[①]，不乏文学的追求。可见，魏晋志怪这类作品的出现绝非偶然。历史进入南北朝时期，志怪文学化的势头锐减，而宗教化的倾向却渐趋明显。这种历史转变，更加彰显出魏晋志怪对于文学的巨大贡献。

（原载《文学遗产》2003 年第 2 期）

---

① 干宝《搜神记序》。

朝鲜古铜活字本《精忠录》与嘉靖本《大宋中兴通俗演义》

明代嘉靖本《大宋中兴通俗演义》主要演述岳飞事迹。岳飞是南宋初年的抗金名将。北宋末年，金兵铁骑长驱南下，攻陷汴京，掳掠徽宗、钦宗二帝，康王赵构（宋高宗）仓皇南逃，宋朝面临分崩离析的灭亡危险。在这危难之际，岳飞拔于行伍，奋起抗击金兵，经遇大大小小的战役，岳家军由小到大，逐渐壮大成为抗金的主力。岳飞不仅收复了中原广大失地，更重要的是大大鼓舞了南宋军民的斗志，使得摇摇欲坠的南宋王朝站稳了脚跟。然而怯懦自私的宋高宗赵构与蓄意投降的秦桧沆瀣一气，他们一方面依靠岳飞的浴血奋战所取得的战果作为与金人谈判的资本，另一方面却为了投降，又不惜自毁长城，除掉坚持抗战的岳飞。正当岳飞率军深入中原腹地，眼看要取得战争的决定性胜利的时候，秦桧却逼使岳飞撤退，随即将岳飞召回临安（杭州），用"莫须有"的罪名将岳飞处死。岳飞生前，由于他战功卓著，由于他的岳家军纪律严明，绝不同于其他宋朝军队之随意骚扰和侵害百姓，而受到广大百姓的爱戴和敬仰；在他冤死之后，尽管秦桧施展淫威，对岳飞极尽歪曲污蔑之能事，但民间关于岳飞的传说还是不胫而走。《梦粱录》记南宋"说话"就有讲说中兴名将的节目，元杂剧有孔文卿的《东窗事犯》，在南宋洪迈的《夷坚志》和明代田汝成的《西湖游览志》《西湖游览志余》里也记录了不少有关岳飞的故事。然而以通俗小说的形式来敷演岳飞事迹的，当以熊大木的《大宋中兴通俗演义》为最早。

　　嘉靖本《大宋中兴通俗演义》藏于日本东京内阁文库，孙楷第先生1931年到日本访读中国小说，对此书作了著录，载于他的《日本东京所见小说书目》，后又吸收进他的《中国通俗小说书目》中。孙楷第先生这两部书目给治小说学的人以极大的帮助，是中国小说学的奠基作之一。但是孙楷第先生当年在日本停留的时间仅仅两个月，而所要阅读的小说是那么多，不可能一一精读，因而他的著录就不免有个别的疏漏错讹，这《大宋中兴通俗演义》便是一例。

　　首先，是书名卷次问题。《日本东京所见小说书目》据此书卷一首题"新刊大宋演义中兴英烈传"便定书名为《大宋演义中兴英烈传》[1]。此书有八卷，除卷一外，其余七卷每卷卷首均题"新刊大宋中兴通俗演义"，仅据卷一所题遽定书名，显然是匆忙了一些。如果细审全书，还会发现全书版心所题也有异样情况，卷一首页版心未题书名，卷一第五页、第六页、第七页、第八页版心题"大宋演义"，除此五页之外，其余书页版心均题"中兴演义"，因此可以怀疑卷一首页以及第五、六、七、八页非原书所有，依据值得怀疑的卷一首页所题而定书名，肯定是不恰当的了。书名的问题，《中国通俗小说书目》做了修正[2]。关于卷次，《日本东京所见小说书目》著录为"八卷十八则"，《中国通俗小说书目》著录为"八卷"，未注明分则不分则。实际上《大宋中兴通俗演义》为八卷七十三则，加上卷八第一则后所附"岳王著述"，合计为七十四则。江苏省社

---

[1] 孙楷第《日本东京所见小说书目》卷三《明清部二》，人民文学出版社，1958年版，第30页。

[2] 孙楷第《中国通俗小说书目》卷二《明清讲史部》，人民文学出版社，1982年版，第58页。

会科学院明清小说研究中心编《中国通俗小说总目提要》则著录为"八卷八十四回",而移录之目次却是八卷八十则[①],令人莫解。这八十则之目,实非《大宋中兴通俗演义》所有,乃抄自晚出的天德堂刊本《新镌全像武穆精忠传》或别的八卷八十则本。

其次是图像。《日本东京所见小说书目》和《中国通俗小说书目》都著录为十四页,实际并非如此,应该是图像二十四页,不知是不是孙楷第先生笔误,在"十四"前漏掉了"二"字,然而江苏社科院《中国通俗小说总目提要》又跟着错为"图十四页"。还要特别加以指出的是,图二十四页并不等于图二十四幅,古代小说绣像插图,可以半页一幅,也可以两个半页合为一幅,《大宋中兴通俗演义》恰恰是两种情况兼有,二十四页包括首页A面岳飞像,共有图三十幅。所以正确的说法应当是"图二十四页共计三十幅"。

第三,刊刻者。孙楷第两种书目均著录为"清白堂刊本"。此书卷一首署"书林清白堂刊行"的确是事实,但有二点被忽略了,一是卷八末页B面有木记"嘉靖壬子孟冬杨氏清江堂刊",二是卷一首页有替补嫌疑。前已指出这卷一首页版心无书名乃是全书仅有的例外,而卷一首题之书名为"大宋演义中兴英烈传"与各卷所题书名不同。结合各种迹象,可以肯定这"清白堂"是后加上去的,原书应是清江堂刊本。

第四,《大宋中兴通俗演义》原刊本不含现存本所附《会纂宋岳鄂武穆王精忠录后集》。一种书只有一个木记,而此书却有两个木记,而且是两个不同的木记。卷八末页B面有木记"嘉靖壬子孟冬杨氏清江堂刊",所附《会纂宋岳鄂武穆王精忠录后集》第

[①] 江苏省社会科学院明清小说研究中心编《中国通俗小说总目提要》,中国文联出版公司,1990年版,第56、57、58页。

八十八页B面有木记"嘉靖壬子年秋清白堂新梓行"。清白堂署时稍早，为"秋"，清江堂署时稍晚，为孟冬，即十月，与熊大木序的署时"冬十一月望日"更接近些；再者"后集"版心题"精忠录"，在两鱼尾间题"后集"，这"后集"二字也有与页码相连的，如果推测它的"前集"也题"精忠录"，大概不是臆断罢。那清白堂原刊"前集"是否就是熊大木的《大宋中兴通俗演义》就很难说了。根据这些情况可以断定，清江堂刊本原书只有八卷，现存本是拿了清江堂刊本与清白堂刊《会纂宋岳鄂武穆王精忠录后集》合而为一书，在合刊时对清江堂刊本正文卷一首页做了替补（或挖改），换上清白堂的坊号。

第五，显而易见，现藏日本内阁文库的《大宋中兴通俗演义》不是嘉靖三十一年（1552）清江堂原刊本。孙楷第两种书目著录为"原本""最初刊本"也是错的。

然而《大宋中兴通俗演义》基本上是嘉靖三十一年清江堂刊本的旧版重印，而且是孤本，其价值高，是不言而喻的。

此书首有"序武穆王演义"，末署"嘉靖三十一年岁在壬子冬十一月望日建邑书林熊大木钟谷识"。序文提到有《精忠录》小说，说此书是他演绎小说的基础：

> 武穆王《精忠录》，原有小说，未及于全文。今得浙之刊本，著述王之事实，甚得其悉。然而意寓文墨，纲由大纪，士大夫以下遽尔未明乎理者，或有之矣。近因眷连杨子素号涌泉者，挟是书谒于愚曰："敢劳代吾演出辞话，庶使愚夫愚妇亦识其意思之一二。"余自以才不及班马之万一，顾奚能用广发挥哉？既而恳致再三，义弗获辞，于是不吝臆见，以王本传行状之实迹，按《通鉴纲目》而取义。至于小说与本传互有同异者，两存之，以

备参考。

熊大木，字钟谷，福建建阳人，是建阳熊氏忠正堂书坊的主人。序中说他编撰《大宋中兴通俗演义》是受杨涌泉的请托，这杨涌泉很可能就是杨氏清江堂的主人。熊大木一方面说《精忠录》是"小说"，一方面又说它雅驯，"意寓文墨，纲由大纪，士大夫以下遽尔未明乎理者，或有之矣"，可见它是一部文言的叙事作品。

《精忠录》其书究为何样呢？《大宋中兴通俗演义》所附《会纂宋岳鄂武穆王精忠录后集》是不是《精忠录》？

此"后集"版心题"精忠录"，书末附有李春芳的"重刊精忠录后序"，似乎就是《精忠录》。《日本东京所见小说书目》即作如是观："所附《精忠录》，题'李春芳编辑'。"这题"李春芳编辑"是依据"后集"卷首的题署，但这题署是清白堂随意加上的。李春芳的序说得很清楚，《精忠录》"板行已久，颇有脱落"，当时镇守两浙的刘太监认为旧版既有脱落，同时"近有颂王之德，吊王之词，珠玉相照，皆未得登板"亦属缺典，"乃躬为厘正而翻刻之"。刘太监主持其事，只是请了当时巡按浙江监察御史李春芳作了一篇序文，怎么能把"编辑"授予李春芳呢？书商伪托名人，是常见的促销伎俩，学者不可轻信。这重刊的《精忠录》不是原本《精忠录》是十分清楚的。"后集"的"古今论述"辑有陈铨《重刊精忠录序》和赵宽《精忠录后序》。陈序说，"武穆之烈，载在史传，杂出于稗官小说，而《精忠录》一书则萃百家之言而备之者也，有图，有传，有铭记，有歌诗，海内传诵久矣"，镇守浙江太监麦公"尝阅是录而慨然有感，因取而表章之，序其战功列图三十有四，增集古今诗文凡若干篇，刻而传之，以为天下臣子劝"。赵宽《后序》说，重刊《精忠录》是由镇守浙江的麦太监主其事，"巡按御史陈公序之"。陈铨的生平待考，但我们知道赵宽字栗夫，吴江人，号半江，是成化十七年（1481）进士，历官刑部郎中，出为浙江提学副使、广东按察使，卒年四十九。如果他中进士为二十岁，那么他的卒年在正德六年（1511）。而我们又知道李春芳是嘉靖二十六年（1547）进士。这样就可以肯定李春芳作序的《精忠录》要晚于陈铨序本《精忠录》至少四十年。现存《会纂宋岳鄂武穆王精忠录后集》内容仅"古今褒典，古今论述，古今赋咏"，既无三十四幅战功列图，也无传记，与熊大木所说"著述王之事实，甚得其悉"也不能吻合，至少可以肯定它不是完全的《精忠录》。

欲研究岳传演义的形成，必须掌握它形成过程中的所有形态。毫无疑问，《精忠录》是形成史上的一个重要环节。可惜这个环节一向是个空白。

1997年，笔者担任日本东北大学东北亚洲研究中心客座教授期间，于五月十六日与矶部彰教授同去位于仙台市榴岗的宫城县图书馆看书，蒙该馆的萱场健之先生的热情接待和帮助，参观了该馆的特藏室，得以读到朝鲜古铜活字本《精忠录》一册（仅存序、图和卷一）。嗣后，六月四日又与矶部彰教授同去位于东京驹场的尊经阁看书，细心的矶部彰教授帮我查到该馆藏有《精忠录》全本。尊经阁藏本与宫城县图书馆藏残本属同一版本，大字大本，书高38.8公分，宽23公分，为李朝铜活字本。朝鲜古铜活字本素以精美著称，《精忠录》的铜字隽秀，纸墨佳良，确为印刷的上品。

《精忠录》六卷。每卷均题"会纂宋岳武穆王精忠录"。无内封。首"精忠录序"，末署"弘治十四年岁次辛酉九月既望赐进士出身文林郎巡按浙江监察御史永州陈铨序"。次又"精忠录序"，末署"万历十三年三月三日崇政大夫行吏曹判书兼判义禁府事弘文馆大提学艺文馆大提学知经筵春秋馆成均馆事臣李山海奉教谨序"。次"武穆像"一页，A面为岳飞像，B面为赞词，赞词尾附小字注"出君臣图像"。次"精忠录图"，共三十五页。首页A面为武穆坐像，像上端有赞词。首页B面与第二页A面合为一图，上文下图，以图为主。如此前后两个半页合为一图，共计三十四幅，与陈铨序称"战功列图三十有四"相符。正文卷一"宋史本传"、卷二"武穆事实""武穆御军六术""武穆诸子"、卷三"武穆著述"、卷四"古今褒典""古今论述"、卷五卷六"古今赋咏"，卷六末有署时为弘治十四年冬十月赵宽"精忠录后序"和署时为万历十三年三月下浣朝鲜柳成龙"精忠录跋"。全书为三册，序、图和卷一为一册，卷二、三、四为一册，卷五、六为一册。宫城县图书馆仅藏其第一册。据朝鲜李山海、柳成龙序跋的署时，可知此书刊印于万历十三年，即公元1585年。

"精忠录图"除武穆像外，有战功列图三十四幅，图画版刻十分精美，是难得一见的精品。每幅图的右上角均题有画题，依次是：1.祀周同墓，2.战氾水关，3.张所问计，4.战太行山，5.战竹芦渡，6.战南薰门，7.战广德，8.两战常州，9.战承州，10.次洪州，11.战南康，12.次金牛，13.蓬岭大战，14.次虔州，15.复邓州，16.复郢州，17.渡江担众，18.襄阳鏖战，19.战庐州，20.湖襄招降，21.复蔡州，22.归庐复请，23.屯襄汉，24.破杨幺，25.破刘复雄，26.大举伐金，27.都府议事，28.贷谍反间，29.战郾城，30.拐子马，31.遣云援王贵，32.战卫州，33.战朱仙镇，34.伪诏班师。这三十四幅都是图上有文，与一般通俗小说上图下文的版式恰好颠倒。图画内容大多根据《宋史》岳飞本传，但也有少数采自野史稗官，如图9、图16、图17、图18等等，还有少数图画内容，岳飞本传虽有记载，但未有画中重要角色的记录，如图12张用、一丈青，图13杨再兴等等。一丈青与《水浒传》的一丈青也许有某种联系，而杨再兴却是民间喜爱的英雄，在以后的岳传演义中变成著名的杨家将的后人。

卷一"宋史本传"和卷二"武穆事实"都是记叙岳飞生平事迹的文字，一本书同时记录两种同样内容的文字，是否有重复之嫌？其实并不。卷二"武穆事实"题双行批注曰："按此编与本传互有详略，今两存之，以备参考。"《宋史》是元人编纂的，《宋史》岳飞本传乃抄自南宋史官章颖的《南渡四将传》中的《岳飞传》，而章颖的《岳飞传》又是据岳飞的孙子岳珂所编《鄂王行实编年》改写而成。岳珂编写《鄂王行实编年》时，上距岳飞被害之日已有六十年之久。岳飞被害之后，他的家属全部流放岭外，在秦桧的权势压力之下，当时没有人敢于为岳飞撰写墓志、行状之类的文字，有关岳飞的史料，不是被秦桧有意收缴，便是被有意销毁，所以岳飞的传记材料大都湮没。南宋史馆在秦桧当政期间，对岳飞的事迹真相肆意歪曲，弄得真伪难辨。岳珂编写他祖父的传记时，由于史料的这种贫乏和混乱状况，发生遗漏和错讹就是难以避免的了。这样层层相因，《宋史》岳飞本传当然不可能十分翔实，人们读它时也会感到不能满足。在这种情况下，民间关于岳飞的传说尽管有许多夸饰和编造的成分，带有一些神奇色彩，但人们乐于传诵它，也有补正史之不足的成分。陈铨《精忠录序》说"武穆之烈，载在史传，出于稗官小说，而《精忠录》一书则萃百家之言而备之者也"，显然含有认为正史记载不足稗官小说亦可备一说的意思。"武穆事实"与"宋史本传"互有详略，同书并存，这就为熊大木编撰小说提供了良好的基础。

朝鲜古铜活字本《精忠录》卷三、卷四、卷五有"古今褒典""古今论述""古今赋咏"，与清白堂刊《会纂宋岳鄂武穆王精忠录后集》对校，清白堂刊本的确有一些增补。这增补当然不是由清白堂来着手的，它是依据底本照录的。它的底本是李春芳序本的《精忠录》。李春芳中进士在嘉靖二十六年，他除授巡按浙江监察御史在嘉靖二十六年之后自不待言，清白堂刊刻的时间在嘉靖三十一年，那么，镇守两浙刘太监增补刊印《精忠录》则在嘉靖二十六到三十一年之间。

朝鲜古铜活字本《精忠录》的底本当是镇守两浙麦太监于弘治十四年（1501）刊印的《精忠录》，它收录了陈铨和赵宽的弘治十四年序跋就是明证。朝鲜古铜活字本是否是弘治十四年本的忠实的翻刻本呢？弘治十四年刊本今已不复可见，但今存嘉靖三十一年刊《大宋中兴通俗演义》幸有可比之处。

《大宋中兴通俗演义》有图二十四页共计三十幅。首页A面岳飞像与《精忠录》"精忠录图"首页A面的岳飞像完全相同，只是线条稚拙得多，一眼即可看出它是临摹后者。余下二十九幅图中，前十六幅均是两个半页合为一图，与《精忠录》"精忠录图"的前十六幅图的形制相同，画题相同，画面形象基本相同而略有简化和改动，线条较后者稚拙，临摹痕迹至为明显。第十七图"渡江担众"则仅取"精忠录图"之十七的原图之半，缩为半页一图。第十八图"战胜归舟"也为半页，此图为"精忠录图"所无。第十九图"襄阳鏖战"，第二十图"战庐州"又是两个半页合为一图，形制画题和形象同于"精忠录图"之十八、十九。第二十一图"湖襄招降"形制又改半页一图，取"精忠录图"之二十的原图之半。第二十二图至第二十九图均为半页一图，且均为"精忠录图"所无。

从这比较的结果，不难做出判断，即清江堂在刊刻《大宋中兴通俗演义》图像时所依据的底本，与今存李朝铜活字本《精忠录》之"精忠录图"完全相同。也就是说，《精忠录》之"精忠录图"是弘治十四年陈铨序本《精忠录》"精忠录图"的复刻。正文部分用铜活字，且为大字，当为弘治十四年陈铨序本的翻印。朝鲜古代翻刻中国书，不仅内容全，而且极少错字。这《精忠录》很好地为中国保留了一部佚书。

《精忠录》在明代虽然一再被翻刻，但入清之后，便不声不响地湮没了。由于清朝统治者忌讳宋金民族矛盾，尤其不能容忍对当时"金"的敌视和蔑视，如图九"战承州"将"女真"锁在囚车里的图画之类。满族出自建州女真，努尔哈赤统一女真诸部而建立起来的王朝号称"大金"（史称后金），所以清朝统治者对于"女真""金"的任何不敬都是不能容忍的。明代一般著作涉及宋金历史，倘若称"金"为"虏"，乾隆时删书便要将这"虏"字改成其他字①，像《精忠录》这种书自然不是个别字的忌讳问题，整本书的内容都已犯讳，当然逃不脱销毁的命运。《四库全书总目》没有著录它，清代其他重要书目中也不见著录，说明它已悄悄地消失。朝鲜古铜活字本《精忠录》将它保存下来，其价值是弥足珍贵的。

以《精忠录》为基础演绎出来的嘉靖三十一年八卷本《大宋中兴通俗演义》版行之后，明代书商屡屡将其改头换面，或稍加修订和删节，予以翻刻。这类刊本有八卷八十则本，如仁寿堂本、万卷楼本、双峰堂本、三台馆本、天德堂本等等；有六卷六十八回本，如宝旭斋本。做出较大调整和改动的是崇祯间七卷二十八则《重订按鉴通俗演义精忠传》。编者于华玉在"凡例"中说："岳武穆王列传，自《宋书》外，王孙珂有《金佗稡编》，景定时谢上舍有《纪事实录》，嗣后又有《精忠录》。近有演义旧传一书，则合史传家乘而集其成者。"这"合史传家乘而集其成者"的演义旧传，当指熊

---

① 例如明代郎瑛《七修类稿》中的"虏"字，乾隆四十年耕烟草堂本一律改为"彼"字或其他字。

大木编撰之《大宋中兴通俗演义》，据"凡例"于华玉不满意它的主要有两点，一是"赘琐"，二是"鄙野"。熊大木撰写初衷是为岳飞立传，他的序文名为"序武穆王演义"，最初书名是《武穆王演义》，但他要按"《通鉴纲目》（商辂《续资治通鉴纲目》）而取义"，则跳不出编年史的框架，似乎他也不想跳出编年史框架，因而在每卷之首都标明本卷所叙是起自某年止于某年，首尾几年事实，这样他就不得不顾及整个历史，在与岳飞没有直接关系的历史人物和事件上也要花去很多笔墨，其结果不像列传，倒像是编年史了。大概有鉴于此，便改书名为《大宋中兴通俗演义》。于华玉批评它"赘琐"，将"金粘罕邀求誓书""宋徽钦北狩沙漠"之类的情节删去，从而突出了岳飞传主的地位，是有道理的。但他批评"鄙野"，则表现了他对小说的文学属性的无知，虚妄怪诞的东西确属不经，但它们来自民间，凝铸了民间的想象，反映了民间的爱憎，于华玉对此也加以删除，便使原作的文学魅力大为削弱。入清以后，钱彩、金丰编撰《说岳全传》是对于华玉这种"雅驯"倾向的一个反拨，他们不受史书拘束，大量采撷民间传说，完全改变了明代岳传演义的面貌，他们的《说岳全传》应该说是一次新的飞跃。

  从《精忠录》到《大宋中兴通俗演义》，再到《说岳全传》，这就是岳传演义的演进历史。以往我们对于《精忠录》不说是一无所知，也是所知无几，现在发现了它仍存于世，将它与《大宋中兴通俗演义》比较，许多问题如它的清江堂原刊本应是八卷，并不包含现存本所附之《会纂宋岳鄂武穆王精忠录后集》，这"后集"只是嘉靖李春芳序本《精忠录》的后半部，此嘉靖本《精忠录》是弘治本的增补本，李春芳如同为弘治本作序的陈铨一样，不是编辑者，等等，就迎刃而解了。至于熊大木怎样以《精忠录》之岳飞"本传行状之实迹，按《通鉴纲目》而取义"，则将另文探讨。总之，《精忠录》的发现,一定会引起学者们的研究兴趣,以此为契机,相信对于岳传演义的研究会有一个新的局面吧。

[原载《东北亚洲研究》(日本)第 2 号,1998 年 3 月]

从《精忠录》到《大宋中兴通俗演义》
——小说商品生产之一例

通俗小说的出版和流通是商业行为，就小说创作而言却不能说都是商业行为。有一类作品不是怀着商业目的创作出来的，它们纯粹出自作者的情志和机杼，作者创作时没有文学以外的物质动机，例如曹雪芹作《红楼梦》，他自己说只想把他当日所见所知、行止见识皆高于须眉男子的闺阁女子写出来。他既不为名，也不为利，事实上他也没有拿到一分一厘的稿费。这类小说创作唯在表现自我，不是商业运筹。但充斥文化市场的通俗小说，很多是在书商操控下写出来的，有的作者本人就是书商，小说的商品生产，是小说史上值得研究的问题。成书于嘉靖三十一年（1552）的《大宋中兴通俗演义》演述岳飞抗金忠烈事迹。这部讲史小说在文学上并无多大成就，是一部"四不像"（孙楷第称之为"非史抄、非小说、非文学、非考定"）的作品，但它曾经畅销过且在小说发展史上有着不可忽视的地位。首先，它是继《三国志演义》之后，所谓"按鉴演义"小说类型的发轫之作。此书之名初未标识"按鉴演义"，但作者自序中明确宣称是"按《通鉴纲目》而取义"，嗣后建阳余氏三台馆翻刻此书时，便改题《新刊按鉴演义全像大宋中兴岳王传》。该书的策划出版者是建阳书商清江堂主人。作者熊大木是建阳著名书坊忠正堂的主人，种德堂熊宗立鳌峰的曾孙。他出身刻书世家，且是一位多产的写手，其作品除此书外，还有《唐书志传》《全汉志传》《南北宋志传》等，在讲史小说一派中，不能不说是一位知名人物。因此，研究熊大木和他的《大宋中兴通俗演义》，对于了解明代中期书商在通俗小说生产中的作用，"按鉴演义"这种"四不像"作品是怎样生产出来的，又何以能成为一种小说流派等问题，是大有裨益的。1997年，我曾撰《朝鲜古铜活字本〈精忠录〉与嘉靖本〈大宋中兴通俗演义〉》一文，发表在日本《东北亚洲研究》第2号（1998年3月），文章只谈到《精忠录》与《大宋中兴通俗演义》的版本及其关系，文尾说："至于熊大木怎样以《精忠录》之岳飞'本传行状之实迹，按《通鉴纲目》而取义'，则将另文探讨。"岁月如梭，这"另文"迟至十多年后的今天总算勉为成章。

一

熊大木号钟谷，在嘉靖建阳书坊业内有"博洽士"之称（《南北宋志传》三台馆主人《序》），他编撰《大宋中兴通俗演义》，按他自序所说，乃是受人之请。其自序云：

> 武穆王《精忠录》原有小说，未及于全文，今得浙之刊本，著述王之事实，甚得其悉。然而意寓文墨，纲由大纪，士大夫以下遽尔未明乎理者，或有之矣。近因眷连杨子素号涌泉者，挟是书谒于愚曰："敢劳代吾演出辞话，庶使愚夫愚妇亦识其意思之一二。"余自以才不及班、马之万一，顾奚能用广发挥哉？既而恳致再三，义弗获辞，于是不吝臆见，以王本传行状之实迹，按《通鉴纲目》而取义……[①]

---

① 影印本《大宋中兴通俗演义》卷首，见刘世德、陈庆浩、石昌渝主编《古本小说丛刊》第37辑，中华书局，1991年版。以下《大宋中兴通俗演义》引文皆出自此本，不再注。

嘱咐委托熊大木将《精忠录》编成通俗小说的杨涌泉,是建阳另一家著名书坊清江堂的主人,清江堂创始于元末,在当时已是一个拥有二百年历史的老字号。

　　杨涌泉作为一个书商,他刻书选题也许有许多考虑,但赢利总是主要的目的。选择岳飞做题材,把它编成通俗小说,版行后可以赢利吗?按熊大木自序所描叙,杨涌泉"恳致再三",表现了极大的主动和执着,杨涌泉对于自己的选题何以如此自信?他的自信,当然是建立在市场调查基础上的。社会对图书的需求,古代持久不衰的是历算、农业、畜牧、医药、蒙学等生产、生活日用书类,有关科举的书,政府是有监控的,而一般文化文学类,特别是通俗小说这类,就要根据当时社会精神需求和时尚流行趋势来选题了。我们要探究杨涌泉为什么急于要出版岳飞小说,就有必要了解当时的社会状况及其带普遍性的社会情绪。四百五十多年前的嘉靖三十一年,那正是中国历史上著名奸臣严嵩一手遮天的时候。严嵩的出现不是偶然的,他是明代中期政治腐败、道德沦丧的产物。

　　事情还要上溯到景泰八年(1457)明英宗"夺门"复辟杀害于谦。明英宗朱祁镇于正统十四年(1449)在怀来县土木堡被瓦剌也先俘虏,随即北京被也先大军包围,在万分危急的情况下,于谦挺身而出,与皇太后议立英宗之弟朱祁钰为帝,并指挥北京保卫战,击败也先大军,促使也先释放了英宗帝。七年后身为太上皇的朱祁镇复辟上台,立即逮捕于谦等保卫社稷之有功之臣,不由分说地将时任兵部尚书的于谦处死。于谦,天下尽知为民族英雄,如此屈杀,"后来忠义报国者,能无丧气自沮耶"[①]!英宗以"夺门"画线,凡拥戴复辟的一律升官加爵,一时朝堂上颐指气指的都是些奸

[①] 沈德符《万历野获编》卷一《复辟诛赏之滥》,中华书局,1959年版,第22页。

佞小人。于谦死后不久，边境又传来警讯，英宗闻之，"忧形于色。恭顺侯吴瑾侍，进曰：'使于谦在，当不令寇至此。'帝为默然"①。吴瑾是蒙古人，三代均为明朝立有战功，吴瑾此语，大有批评英宗"自毁长城"的意思。英宗"默然"，明知为枉杀，终英宗之世不予昭雪平反。其症结，即如当年徐有贞向英宗进言所说："不杀于谦，此举（指'夺门'）为无名。"英宗去世，宪宗继位，于成化二年（1466）为于谦平反，诰曰：于谦"当国家之多难，保社稷以无虞，惟公道之独持，为权奸所并嫉。在先帝已知其枉，而朕心实怜其忠"。诰文一出，"天下传诵焉"②。于谦冤案是先帝造成的，皇帝犯了错，不得已时可以下个"罪己诏"，但却绝不容许臣民来议论批评。成化三年冬朝臣有人追论景泰废立事，宪宗便正色严责："景泰事已往，朕不介意，且非臣下所当言。"③所以于谦虽被平反，但于谦这个话题，在很长时间里都是有所禁忌的。于谦与历史上的岳飞有太多相似之处，明末张煌言就有诗云："国亡家破欲何之？西子湖头有我师。日月双悬于氏庙，乾坤半壁岳家祠。"于谦与岳飞，可以相提并论。人们惮于朝廷对言论的钳制，不敢深谈于谦，于是有人便借古讽今。我们在当时一些评赞岳飞的文字中，常常可以窥见于谦的影子。

成化、弘治、正德三朝五十七年，朝政每况愈下，宦官专权，佞幸当道，是非颠倒。生活在这个时代的李梦阳（1473—1530）《自从行》诗云："自从天倾西北头，天下之水皆东流。若言世事无颠倒，窃钩者诛窃国侯。君不见奸雄恶少椎肥牛，董生著书翻见收。鸿鹄不如黄雀啅，盗跖之徒笑孔丘。我今何言君且休！"即概

---

① 《明史》，中华书局，1974年版，第4551页。
② 同上。
③ 同上，第164页。

括了那个黑暗丑恶的世道。至嘉靖初年，嗣位的明世宗追尊生父为皇考，蔑视儒家宗法礼制，掀起"议礼"政治风波。世宗以此画线，凡据理仗节持反对意见者，一概严惩，朝臣下狱者达一百九十人，其中十七人被杖死，之后不是罢官便是戍边；凡是附和世宗大礼者，皆擢拔重用。严嵩在议礼问题上极力佞悦世宗，很快爬上权力巅峰，他把持国柄，对于敢直言的大臣，如沈炼、杨继盛等等，不惜手段构陷诛杀。社会上吏贪官横，民不聊生，不仅内忧，外患也日益严重，北边警讯未减，东南倭寇又成大患。面对如此黑暗的政治，人们的情绪也许可以从一些文学作品中见出端倪，如李开先作于嘉靖二十六年（1547）的戏曲《宝剑记》，此剧据《水浒传》高俅陷害林冲故事改编，剧中的林冲与高俅的冲突并非起于高衙内调戏并欲强夺林冲之妻，而是起于林冲一再上本参奏高俅、童贯祸国殃民，把林冲与高俅的矛盾写成忠臣和奸臣的斗争，第三十七折林冲唱道："一朝谏诤触权豪。百战勋名做草茅，半生勤苦无功效。名不将青史标，为家国总是徒劳。"这借古讽今对现实的批判，相信当时的观众一定会有强烈共鸣。

　　严嵩败于嘉靖四十一年（1562），杨涌泉约请熊大木编撰《大宋中兴通俗演义》在嘉靖三十一年，他拿给熊大木的《精忠录》是当时镇守浙江刘太监的增订重刊本。此本有时任巡按浙江监察御史李春芳的《重刊〈精忠录〉后序》。李春芳为嘉靖二十六年进士，他作序的时间当在此年以后至嘉靖三十一年期间。该序的关键词是忠与奸、正气与邪气，大意谓岳飞忠臣虽死，其所持正气却永生于天地；秦桧权奸虽得逞于一时，却不容于天地，必遭万世唾骂。这议论的现实指向也很清楚。杨涌泉的身世和思想，我们几乎一无所知，只知道他是福建建阳著名书坊清江堂的主人，从现存的清江堂版刻书目来看，《大宋中兴通俗演义》是他刊刻的第一部通俗小说，其选题不可能不慎重，他生活在那个年代，一定是认识到在当时赞岳飞，骂秦桧，既不会因直接触怒当道而获咎，却又应和了广大民众对权奸当道的不满情绪，认定把《精忠录》编成通俗小说甚得其时，于是一而再，再而三地敦请熊大木动手撰作。

二

熊大木将岳飞事迹写成通俗小说，完全可以沿袭传统平话的套路。岳飞的故事，早已是"说话"的题材。《醉翁谈录》著录"说新话张、韩、刘、岳"，南宋书场上就有演述张浚、韩世忠、刘锜、岳飞的节目。《梦粱录》记载"说话"行当中有专讲史书的王六大夫，"于咸淳年间（1265—1274），敷演《复华篇》及《中兴名将传》，听者纷纷，盖讲得字真不俗，记问渊源甚广耳"[1]。这王六大夫讲说的中兴名将，必包括岳飞，当时章颖所撰《南渡十将传》，十将分别是：刘锜、岳飞、李显忠、魏胜、韩世忠、张浚、虞允文、张子盖、张宗颜、吴玠[2]。在南宋名将的排名中，岳飞那时虽然还没有排在第一，但总不会落在名单之外。

民间关于岳飞的传说颇多，亦有编成戏曲者。正德前后人郎瑛所撰《七修类稿》记曰："岳武穆戏文，何立闹酆都，世皆以为假设之事，乃为武穆泄冤也。予尝见元之平阳孔文仲有《东窗事犯乐府》，杭之金人杰有《东窗事犯》小说，庐陵张光弼有《蓑衣仙》诗，乐府小说，不能记忆矣，与今所传大略相似。张诗有引云：

---

[1] 吴自牧《梦粱录》卷一二，《东京梦华录（外四种）》，文化艺术出版社，1998年版，第306页。

[2] 见《四库全书总目》卷六一史部·传记类存目三，中华书局，1965年版，第548页。

'宋押衙何立,秦太师差往东南第一峰勾干,恍惚人引至阴司,见秦对岳事,令归告夫人东窗事犯矣。复命后,因即弃官学道,蜕骨今在苏州玄妙观,为蓑衣仙也。'"①这类故事版本不少,元人刘一清《钱塘遗事》中有《东窗事发》,元人郭霄凤《江湖纪闻》中有《秦桧阴狱》,元杂剧有《地藏王证东窗事犯》、明成化间有姚茂良戏文《精忠记》,都讲到秦桧死后遭报应的故事。

熊大木当时所能知道的岳飞故事,除史传之外,"说话"、戏曲和民间传说材料应当不少。至于叙事可以借鉴的文本,最重要的是《三国志通俗演义》和《水浒传》。这两部小说,熊大木究竟有无读过?有证据说明《水浒传》他肯定读过。《大宋中兴通俗演义》卷二《刘豫激怒斩关胜》叙金将黄朵儿与挞懒对话,说关胜"昔乃梁山泊之徒,最骁勇,曾随童贯征方腊,多有战功"。《宋史》《金史》以及《续通鉴纲目》均有济南刘豫杀关胜降金的记载,龚圣与《宋江三十六赞》词曰:"大刀关胜,岂云长孙,云长义勇,汝其后昆。"所有这些记载都未说到"梁山泊"和"征方腊",而这只是《水浒传》的情节,熊大木如此写,足以证明他已读过《水浒传》。至于《三国志通俗演义》,只能推测熊大木读过的可能性比较大,他写斗将,常用"一刀斩于马下",卷一《宋高宗金陵即位》写康王欲派一将协助刘浩去解东京之围,言未毕——

> 班将中转过一人出曰:"臣虽不才,愿与刘浩同往。"康王视之,见其人身长七尺,腰大数围,面如傅粉,唇若抹朱,鼻似悬胆,眼相刀裁,端的智勇并兼,武文皆会。此人是谁?乃是成中郎岳飞也。

---

① 郎瑛《七修类稿》卷二三,文化艺术出版社,1998年版,第285页。

这种叙事方式以及近于套路的用词，元代平话尚未见，却常见于《三国志通俗演义》。这很可能是熊大木从《三国志通俗演义》中学来。且"通俗演义"的概念，也很可能来自《三国志通俗演义》。嘉靖三十二年熊大木所撰《唐书志传通俗演义》，卷首李大年《序》针对有人批评该书不尽合《通鉴纲目》，辩护说："于坊间《三国志》《水浒传》相仿，未必无可取。"由此推测，熊大木确乎读过这两部小说。

然而熊大木却没有走平话和《三国志通俗演义》的路子。平话以元刊五种平话为代表，其中也有抄史的情况，但大多是采集民间传说，乖谬于史的描叙随处可见，虽粗拙，却洋溢着草根的鲜活气息。《三国志演义》事纪其实，但在史实大框架中充盈着大量虚构的情节，作者是大手笔，据史而不拘泥于史，故能放开手笔，把历史风云活灵活现地展现于纸上。熊大木不敢离开史书多走一步，《大宋中兴通俗演义》是"按鉴演义"，如卷前《凡例》所说，"大节目俱依《通鉴纲目》"。这里所谓的《通鉴纲目》当然不是朱熹的《资治通鉴纲目》，而是接续在其后，记叙宋元历史，由商辂等人编撰的《续资治通鉴纲目》。熊大木采用这种方式演述岳飞，尽管他以岳飞为全书的主角，但是在书中只是有选择地抄录岳飞事迹以外的人和事，"只举其大要有相连武穆者斯录出"，全书已不大像岳飞传。与岳飞无直接关联的情节太多，结果只能说是以岳飞为核心的南宋中兴史。也许熊大木的初衷如他的自序所题写"武穆王演义"，书成观之，不得不题《大宋中兴通俗演义》。杨涌泉和熊大木执意"按鉴演义"，写成这样一种如孙楷第批评的"非史抄、非小说、非文学、非考定"的小说，今天的读者肯定难以卒读，但当年的读者是否接受，是否爱读？作为书商的他们究竟为什么要这样来写呢？

解答这个问题，还需要回到嘉靖年间。那时社会流行一个"纲鉴"热。这"纲鉴"热起于明宪宗倡导阅读朱熹的《资治通鉴纲目》(以下简称《通鉴纲目》)。"纲目"的"纲"相当于《春秋》的"经",是历史大事的提要;"目"相当于左氏的"传",是给"经"做注脚,叙述该大事之始末。朱熹对司马光的《资治通鉴》进行了纲目的处理,纲举目张,文字要简略得多,更便于阅读。朱熹不只是做普及工作,他有其政治考虑。他生活在南宋,北方是辽、金两个少数民族政权,在这样一个政治格局面前,就有一个正统问题,谁是中国历史政治统系的合法承传者?朱熹当然以南宋为正统。他读《资治通鉴》,发现有正统不明的问题,例如叙述三国历史,司马光以曹操为正统,贬抑刘备,有"诸葛亮入寇"之类的用语。他写《通鉴纲目》就翻过案来,尊刘备为正统。毛泽东说,《三国志演义》"不是继承司马光的传统,而是继承朱熹的传统。南宋时,异族为患,所以朱熹以蜀为正统"[1],揭示了问题的实质。明朝仍然面临北方民族的入侵,形势与南宋有某些相似之处,当然有理由接受朱熹的正统说。宪宗推崇《通鉴纲目》,还有政教化俗的旨意,他说"朱文公《通鉴纲目》可以辅经而行",是书所载,"明君良辅有以昭其功,乱臣贼子无所逃其罪,而疑事悖礼,咸得以折衷焉,俾后世为君为臣者之以鉴戒惩劝,而存心施政,胥由正道,图臻于善治,其于名教岂小补哉!然则是书足以继先圣之《春秋》,为后人之轨范,不可不广其传也"[2]。《通鉴纲目》止于五代,没有宋、元历史,宪宗又命商辂等儒臣纂修《续通鉴纲目》记宋元史,上接《通鉴纲目》,亲制序曰:"观是篇者足以鉴前代之是非,知后来之得失,而因以劝于为善,惩于为恶,正道由是而明,风俗以之为

---

[1] 龚育之等《毛泽东的读书生活》,生活·读书·新知三联书店,1986年版,第258页。
[2] 《明宪宗实录》卷一一二。

厚，所谓以人文化成天下者，有不在兹乎。"① 孝宗以为《通鉴纲目》正续编深切治道，然而篇帙浩繁，事端分散，宜"摘其尤切治道者，各照原文，通加节省，贯穿成编"②，命纂《历代通鉴纂要》。书成，武宗作序云："惟我皇考孝宗敬皇帝万几之暇，游览史籍，每好《通鉴纲目》。患其繁多，特敕翰林儒臣，撮其要略。既又谓周威烈王以上，溯于三皇；宋以下，迄于元季，欲通为一书，以便检阅。赐名《历代通鉴纂要》。"③

成化、弘治、正德三代皇帝提倡读《通鉴纲目》及《续通鉴纲目》。上有所好，下必趋之，朝野闻风而动，数十年间，"纲鉴"成为时尚读物。今天虽不详当年之热度，但从一些片断历史纪录和版刻翻印的情形，亦可知一斑。据明末太监刘若愚《酌中志》所记"纲鉴"之类的书籍，宫内均有收藏。刘若愚说："皇城中内相学问，读《四书》、《书经》、《诗经》，看《性理》、《通鉴节要》（即《少微通鉴节要》）、《千家诗》、《唐贤三体诗》……十分聪明有志者，看《大学衍义》、《贞观政要》、《圣学心法》、《纲目》，尽之矣。"④ "纲鉴"一类的书，周弘祖（嘉靖三十八年进士）《古今书刻》著录内府刻本就有《朱子纲目》《宋元纲目》《续资治通鉴》《历代通鉴纂要》，云南布司刻有《通鉴类要》《通鉴总类》，四川蜀府刻有《通鉴纲目》，等等。而私刻本则遍见于南北书坊。仅以杨涌泉清江堂一家书坊为例，就可知民间刻印之踊跃。在嘉靖三十一年刊刻《大宋中兴通俗演义》之前五十来年间，清江堂所刻而今尚存的版本就有：

---

① 《景印文渊阁四库全书》第 693 册 "史部" 451 "史评类"《御批续资治通鉴纲目》成化御制原序，台北商务印书馆。
② 《明孝宗实录》卷一九九。
③ 王重民《中国善本书提要》，上海古籍出版社，1983 年版，第 97 页。
④ 《明宫史》，北京古籍出版社，1982 年版，第 93 页。

弘治十年刊《增修附注资治通鉴节要续编大全》三十卷（刘剡辑、张光启订正、刘弘毅释义）

　　弘治十年刊《增修附注资治通鉴节要续编大全》三十卷（刘剡辑、张光启订正、不才子释义）

　　正德元年刊《续资治通鉴纲目》二十七卷（商辂等撰、周礼发明、张时泰广义）

　　嘉靖十年刊《新刊紫阳朱子纲目大全》五十九卷（宋·朱熹撰、宋·尹起莘发明、宋·刘友益书法、元·汪克宽考异、元·王幼学集览、元·徐文昭考证、明·陈济正误、明·冯智舒质实）

　　嘉靖十四年刊《资治通鉴纲目前编》十八卷、《举要》三卷、《外纪》一卷（宋·金履祥撰、明·陈桱撰）

　　嘉靖十五年刊《新刊资治通鉴汉唐纲目经史品藻》十二卷、《宋元纲鉴经史品藻》五卷（明·戴璟撰）

"纲鉴"如此之流行，有如此之号召力，杨涌泉和熊大木在编写岳飞传奇小说时，采取"按鉴演义"的方式，作为书商的营销策略，不能说是没有道理的。况且依傍"纲鉴"，大抄史书，毕竟是一种简单便捷的工作，不需要深厚的史学和文学功底，做起来也可以速成，只要书成能够畅销，书商何乐而不为？

三

　　熊大木说他写《大宋中兴通俗演义》是"以王本传行状之实迹，按《通鉴纲目》而取义"。他依据的岳飞"本传行状"，应当主要是载于《精忠录》中的"宋史本传"和"武穆事实"。他序称得到的《精忠录》是"浙之刊本",这浙本,现知有两种:其一是弘治十四年(1501)由镇守浙江的麦太监主持编刊、巡按浙江监察御史陈铨作序的刻本,此原刻本未见,存万历间朝鲜翻刻本[①]。其二是嘉靖镇守浙江刘太监主持增订的翻刻本,此本有巡按浙江监察御史李春芳(嘉靖二十六年进士)的《重刊〈精忠录〉后序》,该序云,刘太监见《精忠录》"板行已久,颇有脱落,况近有颂王(岳飞)之德、吊王之词,珠玉相照,皆未得登板,亦缺典也,乃躬为厘正而翻刻之"[②]。此本亦未见,日本内阁文库藏《大宋中兴通俗演义》所附《会纂宋岳鄂武穆王精忠录后集》之"古今褒典""古今论述""古今赋咏",当是此本清白堂的翻刻本之一部分。熊大木手上的浙刊本,很大可能是嘉靖刘太监刊本。

《精忠录》浙刊本今未见,所幸尚存朝鲜古铜活字五卷本。此本卷前有"精忠录图",除"武穆像"外,有战功列图三十四幅。依次是:1.祀周同墓,2.战氾水关,3.张所问计,4.战太行山,5.战竹芦渡,6.战南薰门,7.战广德,8.两战常州,9.战承州,10.次洪州,11.战南康,12.次金牛,13.蓬岭大战,14.次虔州,15.复邓州,16.复郢州,17.渡江担众,18.襄阳鏖战,19.战庐州,20.湖襄招降,21.复蔡州,22.归庐复请,23.屯襄汉,24.破杨幺,25.破刘复雄,26.大举伐金,27.都府议事,28.贷谍反间,29.战郾城,30.拐子马,31.遣云援王贵,32.战卫州,33.战朱仙镇,34.伪诏班师。战功列图每幅由书前叶的B面和次叶的A面两个半叶合成,图上有文字配合。通俗小说正文每叶有图者,均为上图下文,这《精忠

---

① 见本书《朝鲜古铜活字本〈精忠录〉与嘉靖本〈大宋中兴通俗演义〉》[原载《东北亚洲研究》(日本)第2号,1998年3月]。
② 见影印本《大宋中兴通俗演义》,《古本小说丛刊》第37辑,中华书局,1991年版,第1089页。

录》则是上文下图。

《大宋中兴通俗演义》卷前有图共三十幅，首图岳飞像，系摹自《精忠录》之"武穆像"，唯线条要稚拙得多。次后的二十九幅，前十五幅临摹《精忠录》的前十五幅，粗拙而微有差异。第十六图"复郢州"仅取《精忠录》图之一半，左半图似是《精忠录》第十七图"渡江担众"左半图。第十七图题"渡江誓众"为半叶，与《精忠录》第十七图完全不同，画上船侧安有水轮，当是杨幺的战船，但此图又与《精忠录》第二十四图"破杨幺"完全不同。第十八图"战胜归舟"为半叶，《精忠录》无。第十九图"襄阳鏖战"、第二十图"战庐州"同于《精忠录》第十八、十九图。第二十一图"襄湖诏降"半叶，取《精忠录》第二十图之半。第二十二至第二十九图均为半叶一图，图题依次是：22.岳飞击走金兀术于郾城追至朱仙镇大破之，23.岳飞奉诏班师，24.岳飞行次河南军民痛诉遮道留之，25.诏张俊同岳飞如楚州阅军，26.岳飞辞解兵权，27.岳飞父子归田，28.诏取岳飞就职，29.岳飞登金山寺。从《大宋中兴通俗演义》的图像来看，熊大木手头确实有一本浙刊《精忠录》，第十六幅以下各图与《精忠录》图不同，造成不同的原因，或许可以解释为熊大木手中的本子本身就有残缺，又或者因为日本内阁文库藏本是清白堂将清江堂版挖改后的重印本，也许重印时清江堂版片已有缺失，那些与《精忠录》不同的图是清白堂后来补刻的。总之，《精忠录》是熊大木编撰《大宋中兴通俗演义》的重要依据之一。

《精忠录》卷一《宋史本传》移录自《宋史》卷三六五《岳飞传》，卷二《武穆事实》是岳珂《鄂王行实编年录》（见《金佗稡编》）的节缩本。熊大木说"以王本传行状之实迹"之"本传行状"大约主要指这些文献。如果熊大木只是利用这些文献，他只会写出类似《西湖佳话》卷七《岳坟忠迹》那样的岳飞传记小说。他显然没有这样做，他固然利用"本传行状"，但更倚重《续通鉴纲目》。如"凡例"所说，"大节题目，俱依《通鉴纲目》"。

《大宋中兴通俗演义》全书八卷，其体例完全沿袭《续通鉴纲目》，每卷之首标明叙事起止时间，比如卷一："起靖康元年丙午岁，止建炎元年丁未岁，首尾凡一年事实。"《续通鉴纲目》相同时段在卷一一，卷首标"起丙午宋钦宗靖康元年，尽丁未宋高宗建炎元年，凡二年"。《大宋中兴通俗演义》这样按编年体依时叙事，小说开头要从宋钦宗靖康元年金兵南下，徽宗、钦宗弃京城而逃，李纲临危受命，任东京留守措置御敌写起，岳飞出场已是第六节"岳鹏举辞家应募"。这与后来的《说岳全传》从岳飞的出生写起，在情节框架结构上显然不同。全书八卷，各卷分七、八、九、十节不等，共七十三节。实际上，到卷七末、卷八初，岳飞被害，岳飞一生实际就已结束，卷八的主要情节是讲岳飞死后宋金形势以及秦桧遭到报应的故事，已出离于岳飞本传。但就是卷一至卷七的六十三节中，岳飞名字见于节目的仅十四节，当然，节目标题未出岳飞之名并不等于当中没有写到岳飞，但直接写到岳飞的文字，在全书篇幅中未占大半，却是不争的事实。熊大木坚持"大节题目，俱依《通鉴纲目》"，其结果就只能写成比较突出岳飞的南宋初三十年的战争历史。诚如"凡例"所说："是书演义惟以岳飞为大意，事关他人者不免录出，是号为中兴也。"

在情节叙述中，熊大木照抄《续通鉴纲目》的文字比比皆是。他依凭的本子应当是商辂等撰、周礼发明、张时泰广义的《续资治通鉴纲目》二十七卷，因为他插在叙事中的"纲目断语"，有的就是周礼（字德恭，别号静轩，余杭县人）的"发明"文字。如卷一《金粘罕邀求誓书》叙刘韐使金营，拒绝招降，自缢而死，引

"纲目断云"："刘韐死义，表表无疑。然何以不书死之，而书'自经'，徇名责实也。夫以金虽桀黠，不能以威屈韐，受命馆伴以善谕降，观其偷生以事二姓有死不为之言，至今凛凛犹有生气。沐浴更衣，酌酒自缢，何从容也。故特书自经于金车，以著其死节之实。若曰韐之忠义为虏所服，虏不能害而韐之自经云尔。"诸如此类对人对事的评论，屡见于叙完一事之后。熊大木抄史却不限于《续通鉴纲目》一书，例如小说所引之奏章、檄文、书信等等就不完全见于《续通鉴纲目》，有些见于《宋史》各人物传记，书中频繁出现的诗赞，有的标有作者姓氏，有的则不知所出。

小说叙事中，有不合史书者，熊大木又特别标出，以见他忠实于纲鉴。卷八《栖霞岭诏立坟祠》叙秦桧一死，宋高宗即下诏夺去官爵，黜其子秦熺。这显然不合史实。事实是绍兴二十五年（1155）秦桧死，宋高宗隆重追封秦桧为申王，谥忠献，赐神道碑额"决策元功，精忠全德"八个大字。绍兴三十一年秦熺死，宋高宗赠他"太傅"。小说那样写，是为了泄读者之愤。熊大木在此注曰："此小说如此载之，非史书之正节也。"这算是一种考订，孙楷第说全书"非考定"，是因为书中偶尔有点考订。

熊大木抄史书，也并不是没有一点自己的想象发挥，史书文字毕竟太简练，小说却离不开细节，在一些细节上，熊大木还是用了不少功的。例如卷二《岳飞与泽谈兵法》叙岳飞犯法将刑，宗泽惜才而释之这段情节，《宋史·宗泽传》有记，而《宋史·岳飞传》不见记载，《续通鉴纲目》据岳珂《鄂王行实编年录》，记曰："秉义郎岳飞犯法将刑，泽一见奇之曰：'将才也！'会金人攻汜水，以五百骑授飞，使立功赎罪，飞大败金人而还。升飞为统制。"岳飞所犯何罪以致要处死刑，语焉不详。熊大木发挥想象填补了这个空白，其描写云：

忽辕门外军人绑过一将，入跪阶下，（宗）泽问其由，军人曰："秉义郎岳飞所部之众，于途中强夺民人雨具，事发，实犯留守军令，当刑，故绑来见。"岳飞亦不待辨，仰天大呼曰："即今胡骑扰乱，中原离黍，留守莫不要中兴者乎！"泽笑曰："尔有何说？"飞曰："若要宋室中兴，何因细故而斩壮士？"泽曰："尔犯吾军令，本当诛首以禁其余。然而三军易得，一将难求，即目金兵攻打开德府，军情报急，与你五百精骑兵前去退敌金兵，候在立功赎罪。如此去不胜，二罪俱发。"岳飞慨然请行。

这描写谈不上精彩生动，尤其是岳飞的自我辩解，称强夺民人雨具为"细故"，不合岳飞治军的作风，岳军的口号是"冻死不拆屋，饿死不掳掠"。本书卷八《秦桧矫诏杀岳飞》一节有云："卒有取民麻一缕以乘（束）刍（军中草料）者，立斩以徇。"以岳飞的性格，当不会口出此言。熊大木虚构岳飞犯强夺百姓财物的错误，实在缘于不太了解岳飞。今人邓广铭《岳飞传》据《三朝北盟会编》《王彦行状》和《宗忠简公文集》考订，岳飞之获罪，是因为他不肯再受王彦节制，率领部曲自为一军与金人作战。不过，此例说明熊大木并不是一味抄书，在一些细节描写上还是企图有所作为的。

作为一部小说，单是在编年史框架内填充一些细节，修饰一些文字，显然是远远不够的。小说的情节应当是人物之间矛盾冲突的过程，人物性格是情节冲突的基础。同样是演绎历史的《三国志演义》，刘备、关羽、诸葛亮、曹操、司马懿、孙权、周瑜等众多人物都有鲜明的性格，人物之间还有近距离的性格交锋，正是这些矛盾冲突，才演成"温酒斩华雄""煮酒论英雄""三顾茅庐""舌战群儒""借东风""空城计"等有声有色的历史大戏。熊大木没有像《三国志演义》作者那样，把历史和传说熔为一炉，并注入自家的情志，驰骋想象，用文学的方式创造性地再现历史。他基本上抄袭《续通鉴纲目》，没有真正进入岳飞、秦桧、宋高宗等人的内心精神世界，叙述中也缺乏人物性格的交集，其作品保持了史书的客观和冷静，却缺少了作为文学必不可少的个性和激情。熊大木在抄录纲鉴文字中少量插入一些白话小说叙事方式的文字，犹如在一缸水中掺入几勺油，油水不能交融，造成全书叙事风格的二元不统一。史不成史，小说不成小说。尽管杨涌泉诚邀熊大木"演出辞话"，书名也号称"通俗演义"，但实际上它并不像"辞话"，也不通俗，"愚夫愚妇"亦难"识其意思之一二"。我们把它纳入白话小说之列，实是一种权宜之计。

四

《大宋中兴通俗演义》前七卷确实是"以王本传行状之实迹，按《通鉴纲目》而取义"。第八卷写秦桧陷害忠良所遭到的报应，就完全脱离了史书。对此，熊大木在自序中也有这样一个说法："至于小说与本传互有同异者，两存之以备参考，或谓小说不可紊之以正史，余深服其论。然而稗官野史实记正史之未备，若使的以事迹显然不泯者得录，则是书竟难以成野史之余意矣。"此话的意思是说，应当允许小说与正史有所不同，如果完全相同，那就不是小说了。他举西施为例，古之文献记载"其说不一"说明史书与小说不同，"无足怪矣"。

卷八《秦桧遇风魔行者》叙秦桧偕妻王氏上灵隐寺设斋供佛，寺内一风魔行者将他们诬陷岳飞前前后后的密谋，当面尽行揭露。这段情节与传奇《精忠记》第二十八出"诛心"大体相似，而内容比"诛心"更丰富。如秦桧赐行者两个馒头，行者掰开将馅倾倒在地上，秦桧责之，行者曰："我倾陷，赶不上尔倾陷。"有小字注："言其倾陷岳飞父子也。"王氏问行者风病从何得来，行者曰："因在东窗下伤凉得来。"有小字注："伤凉实与商量二字同音。"秦桧说召人给他治病，行者曰："今来无了药（小字注：与岳字同音），家无了附子（小字注：与父子同音），如何解得此病？"有小字注："附子，治风之要药，取意言无了岳家父子，是难医也。"秦桧要行者作诗，行者写了四句："久闻大德至公勤，占夺朝中第一勋。都总忠良扶圣主，堂宣功业庇生民。"却停住不往下续，秦桧问他作诗如何不作全篇，行者云："若见诗（小字注：与施字同音）全，尔之死期近亦（矣）。"这是暗示后来有施全行刺秦桧之举。行者又续写道："有谋解使诸方用，闭智能令四海遵。贤相一心调国政，路行人道感皇恩。"诗罢提示秦桧横看其诗，原来是八个字"久占都堂，有闭贤路"。这些给秦桧打哑谜，戏弄秦桧的情节，《精忠记》中是没有的。由此推测，熊大木可能不是完全据《精忠记》改写，或者据《精忠记》却又参照了别的稗官野史和民间传说。

卷七《岳飞访道月长老》，故事与《精忠记》第十四出"说偈"也大体相同，都是叙岳飞奉诏回途中，夜宿驿站做了一个怪梦。梦见两犬抱头言语，岳飞请道月长老解梦，道月长老说"今此一去必有牢狱之苦"，并口占偈语，小说作："风波亭下浪滔滔，十万留心把舵牢。谨防同舟生意歹，将人推落在波涛。"戏曲作："将军此去莫心焦，为见金牌祸怎消。滚滚风波须仔细，留心把舵要坚牢。"文字有所不同，但都预示岳飞将命丧风波亭。这也说明，熊大木除了《精忠记》外，还另有所本。

以上两段情节，如果熊大木只有一部《精忠记》在手的话，那文字中熊大木的创造因素还是存在的。卷八"效颦集东窗事犯""冥司中报应秦桧"两节，叙锦城士人胡迪，因秦桧杀害忠良、误国害民却不见恶报，怨愤填膺，怀疑地府徇私枉法，一日酒后梦入地府，见秦桧夫妇在地狱饱受各种酷刑，又转生畜牲，且万劫不复；而忠良之臣、节义之士皆升"忠贤天爵之府"，尽享天恩。胡迪见之方怒气尽消，甚感报应之不爽。这两节文字几乎完全抄录自《效颦集》之《续东窗事犯传》。《效颦集》二十五篇，赵弼所作之文言小说专集，此书有宣德三年（1428）作者自序，因仿瞿佑《剪灯新话》，故题《效颦集》。熊大木并不避讳抄袭，节目上就标"效颦集东窗事犯"。文中唯"奸回之狱"至"复至东壁"二百多字与今传本《效颦集》不同外，其余照本全抄，连正文之小字注也一字不漏。

灵隐寺风魔行者"诛心"以及胡迪梦游地府见秦桧恶报情节，都不是"按鉴演义"，而且又都是岳飞身后的故事，不是岳飞传记必有之义，熊大木不惜如此大的篇幅加以渲染，意欲何为？

推测作者的意思，一则是泄愤。不使秦桧下地狱，世人怨愤难平。岳飞为历史上少见之将才，忠毅凛然的民族英雄，却被秦桧轻轻以"莫须有"罪名处死，此为国家民族的千古遗恨。《宋史·岳飞传》篇末论曰："西汉而下，若韩、彭、绛、灌之为将，代不乏人，求其文武全器、仁智并施如宋岳飞者，一代岂多见哉。史称关云长通《春秋左氏》学，然未尝见其文章。飞北伐，军至汴梁之朱仙镇，有诏班师，飞自为表答诏，忠义之言，流出肺腑，真有诸葛孔明之风，而卒死于秦桧之手。盖飞与桧势不两立，使飞得志，则金仇可复，宋耻可雪；桧得志，则飞有死而已。昔刘宋杀檀道济，道济下狱，嗔目曰：'自坏汝万里长城！'高宗忍自弃其中原，故忍杀飞，呜呼冤哉！呜呼冤哉！"①《宋史》之编撰者在此连呼冤哉，即代表了一般人读到岳飞生平后的郁闷心情。秦桧害死岳飞以后，一再加官晋爵。历史事实如卷八"秦桧矫诏杀岳飞"所叙：

> 却说秦桧既交杀了岳飞，自知己过，恐留万载骂名，乃使其子秦熺（小字注：桧无子，取妻兄王焕孽子熺养之）领修国史，凡有诏书章疏稍有干连桧者，并皆焚烧。桧又怕天下士大夫之清议，乃具奏曰："访知天下有意之人窥伺朝廷动作而成私史，中间多有邪说而乱国史，乞给榜禁绝之。"

按《宋史》，秦桧制造了一起又一起文字狱，罗织罪名"曰谤讪、曰指斥、曰怨望、曰立党沽名，甚则曰有无君心"，派密探"布满京城，小涉讥议，即捕治，中以深文"②，一时忠臣良将，诛锄略尽。秦桧两据相位，奸诈凶残，富可敌国，与其子秦熺均得善终。现世不报，人们宁愿相信来世会报，于是就有秦桧下地狱之说。熊大木将它录入小说，读者阅后有宣泄之快，不会来质疑它的历史真实性。

二则为劝善惩恶，意在告诉当国的权奸，肆意为恶，总有一天会得到秦桧的下场。《大宋中兴通俗演义》成书前十年间，严嵩父子专权弄国、恶行昭著，嘉靖二十二年宫婢谋杀世宗未果，世宗从此移居西苑，一意修玄，不理朝政，严嵩遂独揽大权，凡疏劾严嵩的大臣，严嵩均衔恨杀之。此年杖杀山东巡按御史叶经，嘉靖

---

① 《宋史》，中华书局，1977 年版，第 11396—11397 页。
② 同上，第 13764—13765 页。

二十七年杀大学士夏言，嘉靖三十年锦衣卫经历沈炼上疏，揭露严嵩"贪婪之性疾入膏肓，愚鄙之心顽于铁石。……忠谋则多方沮之，谀谄则曲意引之。要贿鬻官，沽恩结客。……妒贤嫉能，一忤其意，必致之死"①。沈炼由是先被廷杖，后来被斩决。嘉靖三十一年南京御史王宗茂上疏列举严嵩八大罪状，称："往岁寇迫京畿，正上下忧惧之日，而嵩贪肆益甚。致民俗歌谣，遍于京师，达于沙漠。海内百姓，莫不祝天以冀其早亡，嵩尚恬不知止。……臣见数年以来，凡论嵩者不死于廷杖，则役于边塞。"②王宗茂自谓必死，所幸皇帝仅以"狂率"论，贬谪为县丞。他疏文中说诅咒严嵩的民俗歌谣遍于京师，达于沙漠，绝非虚词。严嵩杀夏言后，气焰高炽，京师有歌谣："可笑严介溪，金银如山积，刀锯信手施。尝将冷眼观螃蟹，看你横行得几时。"另一版本为："可恨严介溪，作事忒心欺。善恶到头终有报，只争来早与来迟。"③这些民谣说明当年对权奸的愤恨已达于极点。生活在建阳的杨涌泉和熊大木，尽管是一介草民，怕也不会没有感觉到这种社会情绪。他们在《大宋中兴通俗演义》之末缀入秦桧下地狱受恶报的故事，不管是否有指现实，但在客观上确是满足了当时的社会心理需求。

熊大木自序说"近因眷连杨子素号涌泉者，挟是书谒于愚"，嘱他将《精忠录》改编成通俗小说，又说他"屡易日月，书已告成"，前用一"近"字，可知"屡易日月"，其写作时间不长，充其量，数月而已。乃是急就章。这与曹雪芹写作《红楼梦》"披阅十载，增删五次"尚未定稿，形成鲜明对比。清白堂挖改重印之清

---

① 《明史》，中华书局，1974年版，第5533—5534页。
② 同上，第5557页。
③ 杜文澜辑《古谣谚》，中华书局，1958年版，第748、756页。

江堂初刊本错字甚多，版刻也相当匆忙。然而嘉靖三十一年《大宋中兴通俗演义》版行后大受欢迎，今存的日本内阁文库藏本已不是清江堂最初刊本，其版已有多处漫漶，并经过清白堂挖改重印，其后又有各种修订删节本，入清之后，至乾隆年间仍有重刻者，今存乾隆三十六年（1771）宝仁堂刊本、乾隆四十一年（1776）文光堂刊本。《说岳全传》问世以后，方渐渐淡出图书市场。二百年流传不衰，证明以《精忠录》为本，按《续通鉴纲目》而取义，获得一个时期广大作者的认可。熊大木见其畅销，又连续编撰了《唐书志传》《全汉志传》《南北宋志传》等等，"按鉴演义"遂成为一种有影响的讲史小说流派。我们虽然不知道杨涌泉投入成本，包括稿费、雕版、纸张、刷印、装帧等项目支出具体数额，以及定价发售情况，但从此书被翻印、修订再刻及类型仿作的情况看，赢利是肯定无疑的。可见时尚，不能简单地想象成一种单一的社会风气，当时的人们爱读淫邪诞妄的小说，是一种时尚；喜读爱看颂忠斥奸的小说戏剧，也是一种时尚。《大宋中兴通俗演义》把准了时代的脉搏，虽以忠孝节义为题材，却同样赢得了市场。作为大众文化的通俗小说，他的生产方式有两种：一种是作家独立创作，一种是书商命题、写手执笔。作家独立创作，写什么，怎么写，完全由作家自己做主，较少或者根本没有物质功利的考虑，作家只是要把郁积在胸中的块垒抒发宣泄出来。这样产生的作品，其思想艺术水平当然要视作者主观条件而定，但艺术经典之作却一定出在此间。《三国志演义》先有抄本流传，尔后才被书商拿去刊印，足见作者非由书商命题。《水浒传》《西游记》《金瓶梅》《红楼梦》都有类似情形。作家独立的意志和自由的思想，是创作高水平小说的前提条件。书商命题、写手执笔，是把小说当作商品进行生产的创作方式，营利的目的十分明确，写什么，怎么写，一定是趋迎时尚，且快速成篇。现存元刊五种平话，其创作方式无以详考。唯《大宋中兴通俗演义》留下了可资考证的材料。应当说，它在文学上乏善可陈，但却是由书商完全操纵的小说商品生产的成功的一例。

（原载《文学遗产》2012年第1期）

明代公案小说：类型与源流

"公案小说"大概是小说类型中被弄得最没有边际的一个概念，这在一些小说类型史著述中表现得尤为突出。他们认为"公案小说"就是写公案的小说，凡题材涉及民事、刑事纠纷者都在"公案小说"的范围之内。于是"公案小说"囊括了文言小说和白话小说中以公案为题材的各个文体，而时间跨度则上自先秦下迄清末。我以为这个意见是值得而且应该讨论的。

我以为公案小说作为一种流派崛起在明代万历年间，从万历到崇祯刊行了十多种标举公案的作品，不管这些作品在文学上有多少瑕疵，它们毕竟轰轰烈烈地存在过，在大众文化市场上曾风光一时，作为一个流派对于后世小说的发展产生了一定的影响，而且在当今仍然拥有它的读者。所以，这个问题还是要从基本的历史事实谈起。

一

明代后期涌现出来的一批公案小说，发轫者为《包龙图判百家公案》（简称《百家公案》），今存最早刊本为万历二十二年（1594）与耕堂本，紧随其后的是万历二十六年（1598）余象斗编刊的《皇明诸司廉明奇判公案》（简称《廉明公案》）以及续编《皇明诸司公案》（简称《诸司公案》）。《百家公案》中所有案件概由包拯一人判断，而《廉明公案》《诸司公案》中的案件则由不同的官员判断，一书一个判官与一书多个判官，从而形成两种模式，前者称之为"单传体"，后者称之为"诸司体"。受它们的影响，"诸司体"作品相继出现的有《详刑公案》《律条公案》《明镜公案》《神明公案》《详情公案》等；"单传体"作品则有《郭青螺六省听讼录新民公案》（简称《郭青螺公案》）、《海刚峰先生居官公案传》（简称《海刚峰公案》）、《包龙图神断公案》（简称《龙图公案》）等。

有学者认为明代公案小说有两种共同的特色，即"主题和情节的不断重复和一字不漏的互相抄袭"①。各个集子中的确有主题情节重复者，文字虽然不同，讲述的却是同一故事，但并非"不断重复"，这类作品只占少数。至于一字不漏的抄袭，大多发生在后起的几种作品中，如《律条公案》《明镜公案》《神明公案》《详情公案》，《百家公案》《海刚峰公案》《龙图公案》也有抄袭的情况。如果笼统地说明代公案小说"互相抄袭"，那就冤枉了《廉明公案》《诸司公案》《详刑公案》和《郭青螺公案》。

孙楷第从另一角度批评明代公案小说，指这批作品"搜辑古今刑狱事，其俚拙无文，皆与《龙图公案》同。以云通俗小说，则未具小说规模，又不得与《疑狱集》、《折狱龟鉴》诸书比。然分类编集，亦窃取法家书体例。唯意在搜集异闻，供一般人消遣，则亦丙部小说之末流而已"②。由于历史条件的限制，孙楷第当年只知道《龙图公案》《诸司公案》《廉明公案》《明镜公案》《详情公案》几种，亦未深究各小说的沿革，静态地和笼统地指称它们"似法家书

---

① 马幼垣《明代公案小说的版本传统》，见《中国小说史集稿》，台北时报文化出版企业有限公司，1987年版，第147页。
② 孙楷第《日本东京所见小说书目》，人民文学出版社，1958年版，第142页。

非法家书，似小说亦非小说"①，将它们打入另册（丙部小说）②，也大有讨论的余地。

明代公案小说今存的十一种，以《百家公案》为最早，《龙图公案》如果不是最晚，大概也是最后的一批作品。从《百家公案》到《龙图公案》，绕了一大圈，仿佛又回到了原点，其实它不是水平的运动，而是螺旋式的上升。《百家公案》一百回从文体上看不能说不具备小说资格。编撰者主观上就有意作小说，其卷首"包待制出身源流"云：

> 诗曰：世事悠悠自酌量，吟诗对酒日初长。韩彭功业消磨尽，李杜文章正显扬。庭下月来花弄影，槛前风过竹生凉。不如暂把新编玩，公案从头逐一详。
>
> 话说包待制判断一百家公案事迹，须先提起一个头脑，后去逐一编成话文，以助天下江湖闲适者之闲览云耳。……

开宗明义，编撰者声明这是一本"话文"，是供给读者阅读的闲书。基于这个宗旨，《百家公案》虽然是浅近文言，但完全采用话本叙事方式，每回开头有"入话诗"，情节叙述都以"话说……"开头，中间不时相机插入"有诗为证""有诗赞云"之类的话本常套，回末则附总评。全书基本上仍是短篇的连缀，但连缀时也有时空转换接续的考虑，例如第七十二、七十三、七十四、七十五回就连续了包拯赴陈州赈济途中审理的几个案件，第七十三回末有云："此系

---

① 孙楷第《日本东京所见小说书目》，人民文学出版社，1958年版，第141页。
② 孙楷第《中国通俗小说书目》将古代通俗小说分列甲、乙两部，甲部为短篇小说，乙部为长篇小说，并无"丙部"之设。孙目将《龙图公案》附于"甲部"之末，注明"其体裁在通俗小说与杂书之间"，此即"丙部"之谓。

包公因赴陈州赈济，判出几条公案，且看下回说出甚话文来。"几条公案之间的这种连缀虽然还比较脆弱，但毕竟有些关联，可以看出编撰者向长篇结构方向进行经营的努力。此外，本书一百回也不是每回独立演述一个故事，其中第七十四和七十五回，第七十六和七十七回，第九十三和九十四回都是各两回讲一个故事；第七十九、八十、八十一回，第八十八、八十九、九十回又是各三回讲一个故事。这些都说明它对每回独立成篇的传统话本小说集的体制有所突破。更重要的是全书以包拯为贯穿人物，各个互不相干的案件描写都归向一个中心，表现包拯的公正和精察，使得全书各回有了一个共同的灵魂，就文体而言，《百家公案》就是一部小说。

但是，《百家公案》确实又是一部杂凑的书，它的故事来源相当广泛，史传、法家书、文言小说、白话小说、戏曲、说唱词话和民间故事等等，而且取材标准比较模糊，一些驱鬼捉妖的故事也延揽至书中。编者对素材加工也不精细，有些篇回基本照抄原文。故事采自史传的如第九十一回《断卜安偷割牛舌》，事见《宋史》包拯本传；第九回、第四十五回、第四十六回的决狱都是明代周新的事迹，见于《明史》本传和野史《周新异政》等，本书拿来附会在包拯头上。《折狱龟鉴》《疑狱集》之类的法家书也是素材的重要来源，第七十六、七十七回叙阿吴、阿杨谋杀大夫案，即出自《折狱龟鉴》卷五，这后来成为脍炙人口的疑案，被搬上京剧舞台，名曰《双钉记》。文言和白话小说的一些作品，《百家公案》采用仿作、缩写和抄袭的方式编撰进来。例如第四回《止狄青花园之妖》从唐代袁郊《甘泽谣·素娥》[①]脱胎出来，第五十一回《包公智捉白猿精》仿自《剪灯新话·申阳洞记》和《陈巡检梅岭失妻记》，第

---

① 见《太平广记》卷三六一。

二十回《伸兰璎冤捉和尚》的情节极类《简帖和尚》。缩写的方式以第四十一回《判妖僧摄善王钱》和第五十八回《决戮五鼠闹东京》为最典型，前者是《平妖传》第二十九、三十、三十一回的节文，今存《平妖传》版本为冯梦龙增补改订，嘉靖间晁瑮《宝文堂书目》著录有南京刊刻之《三遂平妖传》上下卷，《百家公案》当据此上下卷本节录，但文字与冯订本仍十分接近，也可证明冯订本并未对上下卷本做大的修改。后者是《五鼠闹东京包公收妖传》的节选缩写。抄袭的情况也屡见不鲜，如第二回《判革猴节妇牌坊》前多半文字抄自陶辅《花影集》卷二《节义传》，后小半文字则据另一故事，此故事即《诸司公案》卷二"奸情类"《王尹辨猴淫寡妇》所演；第五回《辨心如金石之冤》抄自《花影集》卷三《心坚金石传》；第二十七回《判刘氏合同文字》、第二十九回《判除刘花园三怪》分别抄自《清平山堂话本》的《合同文字记》和《洛阳三怪记》。改编的例子如第四十九回《当场判放曹国舅》、第八十七回《瓦盆子叫屈之异》分别依据成化刊说唱词话《包龙图断曹国舅传》和《包待制歪乌盆传》，第六十二回《汴京判就胭脂记》据元杂剧《留鞋记》，第七十四回《断斩王御史之赃》据元杂剧《抱妆盒》，第七十八回《判两家指腹为婚》据元杂剧《绯衣梦》及南戏《林招得》，第九十九回《一捻金赠太平钱》据南戏《朱文太平钱》，等等。

由于杂凑成编，《百家公案》各回并不都紧靠精察决狱这个中心，比如第三回《访察除妖狐之怪》、第四回《止狄青花园之妖》、第三十三回《枷城隍拿捉妖精》之类的作品，包拯在故事中担当的是除妖驱邪的巫师角色，断案色彩十分稀薄。又比如第五回《辨心如金石之冤》本是一个可歌可泣的爱情悲剧，包拯只是在最后惩办了制造悲剧的坏官，在情节中处于边缘位置，作品的中心不在断案。再如第二十二回《钟馗证元弼绞罪》中破案的关键人物是神道钟馗，包拯其实作用甚微。诸如此类的作品不少，它们都有故事性和可读性，但对于塑造一位精察廉正的能吏形象却没有正面的效果，这些故事与百姓民事刑事纠纷的现实也相距遥远。有鉴于此，余象斗编撰《廉明公案》《诸司公案》便从地方官府的诉讼文档中搜寻素材，《廉明公案》有六十一则抄自诉讼文集《萧曹遗笔》[1]，每则一案，只录有原告的状词、被告的诉词和官府的判词，读者通过三词可以在头脑中复原案情的始末，但它们毕竟是法家书，而非叙事文学的小说；其他四十二则却是完全的叙事文字，在叙事中也录有状词、诉词和判词，由此推测，余象斗就是依据三词来叙述案情和审理过程的。这三词成了《廉明公案》的叙事结构的骨干。《诸司公案》是《廉明公案》的续编，如果今存本《诸司公案》保持着原刻本的面貌的话，那它就摒弃了《廉明公案》部分只录三词的做法，全书五十几则都纯粹是叙事文字，尽管它的体例仍然沿袭《廉明公案》，全书按犯罪类型分类，在叙事中状词、诉词和判词仍然处于骨干的位置并作为一种模式而存在，但从叙事来看，它已是堂堂正正的小说。由于它们取材于诉狱文档，以及对三词的保留，就使得它们除了文学功能之外，又具有诉讼决狱的实用功能。很显然，余象斗不满于《百家公案》的过分虚构，他强调的是公案小说主题的现实性、叙事的写实性和文体的实用性。

《廉明公案》《诸司公案》对《百家公案》的反拨得到了市场的认可，追随其后相继刊行的《详刑公案》《明镜公案》《郭青螺公案》等等，都沿袭它们的体例和风格，而《律条公案》几乎全

---

[1] 笔者所见日本内阁文库藏萃英堂重刊本《廉明公案》有二则（上卷"人命类"《范侯判逼死节妇》和《邓代巡批人命翻招》）有目无文，此二则正文情况不详，不在这六十一则的统计数中。

抄《详刑公案》,《详情公案》又主要抄《详刑公案》并兼抄《诸司公案》及《明镜公案》,当然就更不必说了。其后的《海刚峰公案》和《龙图公案》虽然在体例上不再以罪分类,采用卷回或卷则体,但它们都有程度不同的抄袭。《海刚峰公案》抄《百家公案》《郭青螺公案》《廉明公案》《诸司公案》不少;《龙图公案》则有四十八篇抄《百家公案》,二十篇抄《廉明公案》,十篇抄《详刑公案》,三篇抄《律条公案》,一篇抄《郭青螺公案》,基本上是选编现成作品成书。从体例看,《海刚峰公案》和《龙图公案》又回到了《百家公案》,但是它们在情节上坚持决狱断案的主题,在人物角色配置上坚持把判官放在情节枢纽位置,在风格上沿袭了《廉明公案》和《诸司公案》所高扬的写实作风。从《百家公案》到《龙图公案》可以说是公案小说类型从初生、发展到成熟的全过程。

二

仅仅把从《百家公案》到《龙图公案》这样十几种标举"公案"的"单传体"和"诸司体"作品看成是公案小说,是不是范围太小、眼光太窄了呢?我以为不是。这里关键在于对文学类型这个概念的认识。公案小说是小说史上出现的与讲史小说、神魔小说、人情小说等等并称的小说类型之一。一部小说归于某个类型,其依据是什么呢?主张公案小说涵盖小说各种文体的论者无不认为公案小说是一种题材分类,如黄岩柏《中国公案小说史》(1991)、孟犁野《中国公案小说艺术发展史》(1996)等著作,都是把凡是涉及民事、刑事案件的散文叙事作品,文言的传奇,白话的短篇、长篇,甚至杂史杂传以及笔记作品都纳入公案小说的范围,因而把公案小说的源头追溯到先秦。应当肯定这两部论著都有值得称道的学术贡献，但它们对小说类型的认识我却不敢苟同，这两部专史其实不是小说类型史，而是小说题材史。

类型是文学的分类，题材是社会学的分类。题材，也就是通常说的"写什么"，类型则不仅要看"写什么"，还要看"怎么写"。题材是文学作品的一个构成因素，但并不是核心的决定性的因素，曾经风行一时的"题材决定论"就是不恰当地夸大了题材在创作中的作用，从而引偏了创作的路向。古今中外文学创作实践都证明，同一题材可以演绎出完全不同的主题，主题含有题材因素，但它显然比题材更能决定文学作品的内容和风貌。主题是重要的，然而类型的划分也还不能只依据主题，它还要考量作品的文体及其他相关因素。

鲁迅是中国第一位将类型理论应用于中国小说史叙述的学者，他以时间为经、类型为纬来叙述小说发展的历史，提出了"讲史小说"等一系列类型概念。鲁迅是怎样理解小说类型的呢？

例如"讲史小说"，鲁迅认为起自元刊《武王伐纣书》等平话，所列作品如《三国志演义》《隋唐志传》《水浒传》《列国志传》等等，这类作品大抵是依据史实加以推演，其中不乏虚拟夸张的成分，叙述则用浅近文言或白话，篇幅都是卷回体长篇。众所周知，古代文献记叙历史人物及事件的文字多不胜举，但文言的杂史杂传、传奇、笔记一并不在"讲史小说"的范围之内；不仅如此，连白话短篇小说以历史人物事件为题材的作品，也不能列入"讲史小说"。可见在鲁迅的观念中，类型绝不只是题材的分类，它应当还要考虑文体性质。

又如"神魔小说"，鲁迅的看法是："奉道流羽客之隆重，极于宋宣和时，元虽归佛，亦甚崇道，其幻惑故遍行于人间，明初稍衰，比中叶而复极显赫，成化时有方士李孜、释继晓，正德时有色目人于永,皆以方伎杂流拜官,荣华熠耀,世所企羡,则妖妄之说自盛,而影响且及于文章。且历来三教之争,都无解决,互相容受,乃曰'同源',所谓义利邪正善恶是非真妄诸端,皆混而又析之,统于二元,虽无专名,谓之神魔,盖可赅括矣。其在小说,则明初之《平妖传》已开其先,而继起之作尤夥。凡所敷叙,又非宋以来道士造作之谈,但为人民间巷间意,芜杂浅陋,率无可观。然其力之及于人心者甚大,又或有文人起而结集润色之,则亦为鸿篇巨制之胚胎也。"①"神魔小说"的题材是神仙佛祖与精怪魔鬼的故事,但历来的灵怪神佛故事却不可以全部纳入"神魔小说"的类型。按鲁迅的说法,第一,"神魔小说"是以"三教合一"为其思想背景的,它产生在妖妄之说盛炽的明代中叶;第二,它反映的是"人民间巷间"意识,具有通俗文化的品格;第三,它们是白话卷回长篇小说。如果把"神魔小说"的源头上溯到太古民初原始宗教,并且把文言的志怪和白话短篇的灵怪都延揽进来,显然就模糊了神魔小说作为类型的时代内容和特征。幸而学术界也还没有出现过这样的主张。

再如"狭邪小说",鲁迅说:"唐人登科之后,多作冶游,习俗相沿,以为佳话,故伎家故事,文人间亦著之篇章,今尚存者有崔令钦《教坊记》及孙棨《北里志》。自明及清,作者尤夥,明梅鼎祚之《青泥莲花记》,清余怀之《板桥杂记》尤有名。是后则扬州,吴门,珠江,上海诸艳迹,皆有录载;且伎人小传,亦渐侵入志异书类中,然大率杂事琐闻,并无条贯,不过偶弄笔墨,聊遣绮怀而已。若以狭邪中人物事故为全书主干,且组织成长篇至数十回者,

---

① 鲁迅《中国小说史略》第十六篇《明之神魔小说(上)》。

盖始见于《品花宝鉴》，惟所记则为伶人。"①"狭邪小说"在题材上是写士人狎客和青楼妓女的故事，但这个题材并不是划定类型的决定性尺度，著名的唐传奇《李娃传》就是这个题材，但鲁迅在谈及"狭邪小说"渊源时只提《教坊记》《北里志》，为什么？《李娃传》中的李娃是妓女，荥阳生是狎客，这是毫无疑义的，但他们已经从妓女与狎客的关系演变成了婚恋关系，演变成了一个冲破门第和传统礼法的爱情婚姻故事，李娃的妓女身份其实已蜕变为社会地位的一个符号。"狭邪小说"中妓女和狎客之间的感情也许可以写得极其缠绵委婉，但妓女终究是妓女，狎客终究是狎客，基于这个主题的约定，鲁迅是把《李娃传》这类作品排除在"狭邪小说"的渊源之外的。

鲁迅在他的论著中没有对小说类型做理论的概括，但是从他对中国小说史上各种类型的论述中还是可以清楚地看到他对小说类型的观点。小说类型绝不只是题材的分类，它的分类原则中还包含着主题、文体、时代等等因素。美国学者韦勒克、沃伦在他们的《文学理论》中专门论述了"文学的类型"，他们认为仅仅根据作品题材的分类是社会学的分类法，"我们认为文学类型应视为一种对文学作品的分类编组，在理论上，这种编组是建立在两个根据之上的：一个是外在形式（如特殊的格律或结构等），一个是内在形式（如态度、情调、目的等以及较为粗糙的题材和读者观众范围等）"②。韦勒克、沃伦的意见并非没有讨论的余地，他们的意见当然也不是唯一的定义，但他们提出的类型是文学分类而不是社会学分类的观点却是切实精当的。

---

① 鲁迅《中国小说史略》第二十六篇《清之狭邪小说》。
② （美）韦勒克、沃伦《文学理论》，刘象愚等译，生活·读书·新知三联书店，1984年版，第263页。

族群是一种生态现象。文学作品以族群也就是以类型的方式而生存，乃是文学史的一个客观事实。我们弄清一部或一类作品的类型归属，目的还不是给它们贴一个标签，目的在于确定它们在族群谱系中的位置，以便于认识它们在类型谱系中的因循和创新。它本质上是一种历史叙述的方法。假若将类型概念脱离文学范畴泛化成一个社会学概念，不仅不符合文学生态的实际，而且也失去了文学方法论的意义。

　　明代公案小说作为一种类型有着自己的鲜明的文学特征。第一是它们主题的同一性，所有作品不论其故事情节如何千变万化，但都是描写决狱判案，赞赏断案官员的精察干练。古代通俗小说中以民事、刑事案件为题材的作品不胜枚举，如《清平山堂话本》卷一之《简帖和尚》副题"公案传奇"，叙述一个奸僧骗占良人妻子的案件，但它要表现的不是判官的精察，而是一个贤良妇女有冤无处诉和一个偏执多疑的丈夫的悲剧，揭露的是妇女在男权制度下被随意摆弄的可悲地位。审理这桩所谓通奸案的开封府钱大尹在没有任何证据的情况下完全依从原告（丈夫）的意志，判罪成立，将妻子休弃，结果当然是冤枉地把这位妻子送给了图谋已久的奸僧。钱大尹是位糊涂官。事实真相是奸僧无意之中暴露给受害者妻子的，钱大尹在审案中实际上无所作为。这篇"公案传奇"的重心在"传奇"，而不在"公案"。与这个故事极为相似的有《百家公案》第二十回《伸兰孁冤捉和尚》，此篇又被《龙图公案》稍加改动列为卷二之《偷鞋》，但《百家公案》中的包拯却不似钱大尹，那位被冤枉和被骗占的妻子在得知真相后自缢身亡，妻家告状到包拯，包拯得到妻子鬼魂的申诉，查清案情，最后将奸僧绳之以法。在情节叙述中，包拯断案占有相当的篇幅，断案的主题十分鲜明。由此可见，取材于民事、刑事案件的作品不一定就是断案主题，稍晚于《廉明公案》《诸司公案》的"三言""二拍"中也有不少这样的例子。《警世通言》卷二十四《玉堂春落难逢夫》本是一起杀人疑案，但小说的要旨是在演绎妓女玉堂春和宦家公子王景隆的患难爱情。《古今小说》卷一《蒋兴哥重会珍珠衫》的题材是一件婚姻案件，但作品的重心不在官府判断蒋兴哥与王三巧的婚姻离合，而在描写这对市井夫妇的情感如何挣脱了贞节观念的束缚。《拍案惊奇》卷十八《丹客半黍九还　富翁千金一笑》写的是丹术诈骗案，《二刻拍案惊奇》卷八《沈将仕三千买笑钱　王朝议一夜迷魂阵》写的是赌博设局诈骗案，但它们的主旨并不在断案，甚至根本不写断案，它们的情节主要在展示受骗人的贪欲妄求如何使自己落入骗子的陷阱而不知自拔。这样对比一下，就可以更清楚地认识到公案小说主题的规定性。明代公案小说为了强化它折狱的主题，许多作品篇末都附有"按语"，"按语"无一不是针对审案辨疑而发的，尤其是余象斗的按语还有不少针砭司法时弊之论，《龙图公案》虽无按语，却有"听五斋"的同类性质的批语，其《序》也说得十分明确，"愿为民父母者，请焚香读《龙图公案》一过"，意谓此书应当作为父母官决狱断案的龟鉴。

第二，与主题相联系的是明代公案小说有着比较明显的司法诉讼的实用性。余象斗编纂《廉明公案》时，全书按犯罪性质分为十六类，这种体例来源于古代法律文书"以罪统刑"的编撰方式。在古代，"以罪统刑"之前还曾有过"以刑统例"的方式，那是按"墨、劓、剕、宫、大辟"五种刑罚将既行判例分类编撰，供执法者作为定罪科刑的依据。到战国时期，法律文书的编撰改为"以罪统刑"，按罪案性质（如人命、奸情、盗贼……）分类，在罪案下注明应当科处的刑罚。同样一个罪名，情节和危害的轻重不同，量刑也不相同。显然，在实用上"以罪统刑"的文书较"以刑统例"

要明快便捷得多，也适宜告诫民众何为犯罪、何种犯罪将承担何种刑罚。"以罪统刑"的法典编撰方式一直沿袭到清代。《廉明公案》等大多数公案小说的体例采用的正是"以罪统刑"的方式，因此，它们在整体上给人有法家书的感觉。其次，公案小说在叙事中很在意引述原告状词、被告诉词和官府判词。判词的写作自唐代以来就一直受到朝廷和士人的重视，唐代科举制度规定，士子及第后还必须通过吏部考试才能授官，而吏部考试内容之一就是写作判词。判文所以重要，如《文献通考》所言，"盖临政治民此为第一义。必通晓事情，谙练法律，明辨是非，发摘隐伏可以此觇之"①。因此判文成为古代的一种独立文体，郑樵《通志》在"艺文"中就列有"案判"一类，明代徐师曾《文体明辨》更是将判文分为科罪、评允、辩雪、番异、判罢、判留、驳正、驳审、末减、案寝、案侯、褒嘉十二类。在明代，判文大概是除了八股文之外最受士人重视的文体。如果说公案小说引录或者撰作判词是适应士人需要的话，那么它引录或者撰作状词和诉词则多少是为百姓诉讼提供实用范文。《廉明公案》只录有三词的第六十一则就抄自《萧曹遗笔》，《萧曹遗笔》编刊于明万历二十三年（1595），该书江湖散人《序》云："金陵竹林子出珥笔书一帙，请余叙，余阅毕，喟然曰：此帙覆盆月皎，判笔风清，盖宛然汉相国家法者，所称法林之金鉴非欤！故额其序曰'萧曹遗笔'云云。"所谓"珥笔书"，即诉讼文书，这种文书除录有判文之外，还录有状词和诉词，这是供给民众所用的诉讼文书读本。公案小说对三词的完整引述，就与它的"以罪统刑"的体例一样，加重了法家书色彩，使公案小说具有某种司法诉讼的实用功能。

---

① 马端临《文献通考》卷三十七《选举十》，中华书局，1986年版，第354页。

第三，明代公案小说的叙事受话本小说的影响，但它不是话本体。它使用的是浅近的文言，接近白话但又不是完全的白话。它既不同于话本体和长篇章回体，也不同于文言的传奇体。文言小说中决狱断案主题的作品历来不少，《太平广记》"精察"类中就辑录有不少精彩之作，清初蒲松龄《聊斋志异》中的《诗谳》《折狱》《胭脂》《于中丞》《老龙船户》《太原狱》《新郑狱》等等更称得上是"精察"的经典之作，但它们在意趣风格和文体上都与明代公案小说有显著的差别，尽管主题相同，也不能混为一个类型。

三

明代公案小说的源头在哪里呢？我以为不在宋元"说话"的"说公案"，而在"珥笔书"。首先，"说话"是口头文学，与书面文学的小说不是一个范畴；其次，就"说话"的"说公案"而言，其题材和主题也与公案小说有较明显的差异。《醉翁谈录·小说开辟》著录了"说公案"十六种名目：

《石头孙立》，《姜女寻夫》，《忧小十》，《驴垛儿》，《大烧灯》，《商氏儿》，《三现身》，《八角井》，《火杴笼》，《药巴子》，《独行虎》，《铁秤锤》，《河沙院》，《戴嗣宗》，《大朝国寺》，《圣手二郎》。

这十六种名目所述故事，可以推知的仅三种而已。《姜女寻夫》叙孟姜女苦苦跋涉往长城工地寻找丈夫，本事见于《列女传》《郡国志》《古今注》诸典籍，众所周知，它是一个暴政下的悲剧，绝无断案的内容。《八角井》的本事见于《夷坚丁志》卷一《南丰知县》，叙某知县之子被八角井中女鬼所魅，幸有土地神搭救方免于难，也非断案故事。唯《三现身》是讲断案的故事，《警世通言》卷十三《三现身包龙图断冤》当是同一故事的演绎。余下来的名目，《石头孙立》疑为《宣和遗事》所叙孙立等十二指使押运花石纲，中途延误差期，不得已上太行山落草的故事，如果是这样，那它就是宋江三十六人早期传说的一部分。其他名目则无从考知。从以上可以推知的名目内容来看，"说公案"的"公案"不单指决狱断案，大凡含有疑难情节的故事很可能也都包括在内。明代公案小说无论在文体上还是在主题上与"说话"的"说公案"都没有直接的关系。

不过值得注意的是《醉翁谈录》选录的"私情公案"和"花判公案"。"私情公案"录《张氏夜奔吕星哥》一篇（甲集卷之二），全文由案情简述、张氏与吕星二人供状和官府判文三个部分组成，张氏与吕星从小情投意合，不料张氏被许配他人，二人遂相约私奔，不幸被执，二人在公堂申诉，结果官府判他们无罪。公案而标以"私情"，大概是指男女关系一类的公案。"花判公案"录有十五则（庚集卷之二），每则由案情简述和官府判词两部分组成，结构模式与"私情公案"相同。"花判"如洪迈《容斋随笔》所释："世俗喜道琐细遗事，参以滑稽，目为花判。"[①]《醉翁谈录》所录的十五则"花判公案"的判文多富谐趣，不无游戏笔墨，而且文采斐然，与一般判文的严肃风格迥然有别。其中《子瞻判和尚游娟》的判词为一首《踏莎行》云："这个秃奴，修行忒煞，云山顶上持斋戒。一从迷恋玉楼人，鹑衣百结浑无奈。　　毒手伤人，花容粉碎，空

---

① 《容斋随笔》卷十《唐书判》。

空色色今何在？臂间刺道苦相思，这回还了相思债。"这条花判与判前的案情简述又被辑录在《绿窗新话》上卷，改题《苏守判和尚犯奸》。苏轼《东坡乐府》未见有此词，很可能是托名。余象斗《廉明公案》上卷"人命类"《苏按院词判奸僧》即据以演绎，和尚了然迷恋娼妓李秀奴，在自己臂上刺字云"但愿同生极乐国，免教今世苦相思"，《廉明公案》改为刺字于壁，因而判词"臂间刺道苦相思"亦改为"壁间刺道苦相思"。后来《欢喜冤家》的作者又据《廉明公案》改写成《一宵缘约赴两情人》。以上情况表明，明代公案小说与《醉翁谈录》选录的"私情公案""花判公案"在文体和主题上有着直接的关系。

必须指出，《醉翁谈录》选录的"私情公案""花判公案"是为"说话"提供的故事素材，它们本身并不是"说话"的底本，也不是"说话"的记录本。《醉翁谈录》从什么地方选得这些判词，暂时还无从得知，但可以肯定，它们大抵是选自《萧曹遗笔》一类的珥笔书。"说话"的一些节目从珥笔书里选取素材，但"说话"完全抛弃了珥笔书的叙事方式，"说话"是另外一种叙事系统。然而明代公案小说却直承珥笔书，它保留了珥笔书的三词的骨架，语言上虽然偏向俚俗，但总的来说还是没有完全摆脱文言的书案气。《廉明公案》大量抄录《萧曹遗笔》以及在三词的骨架结构之上编织情节的事实，充分说明公案小说不是出自"说话"，也不是出自由"说话"转变而成的话本小说，而是出自法家类的珥笔书。中国小说发展的历史就像长江大河一样，它有一个终极的源头，但它在奔流向前的途程中又有支流汇注进来，这些支流又有各自的源头：明代公案小说就是这样的一条支流。

公案小说在明代万历时期兴盛起来不是偶然的，嘉靖以来风行的王阳明心学是它滋生的文化土壤。王阳明认为，士、农、工、商四民异业而同道，士、农、工、商的活动中都有道存在其中，所以他提出"亲民论"，要为大众立教。他的弟子王艮则进一步说："百姓日用条理处，即是圣人之条理处。圣人知，便不失；百姓不知，便会失。"① 百姓日用这个向来为主流意识所不屑问津的领域，一时倒成了社会文化的一个热点。我们只要看一看万历时期刊行的各种日用类书，就知道当年通俗大众文化热到什么程度。现存的日用类书就有《五车拔锦》《万用正宗》《文林聚宝》《学海群玉》《万书渊海》《万宝全书》《全书备考》《博览全书》等近十种，尽管这些类书的内容有互相重复之处，尽管这些类书的篇幅浩大，但书商们仍不惜重资竞相刊刻，说明当时大众文化市场需求之大。万历二十七年（1599）余象斗在《万用正宗》的《引言》中说，此书"凡人世所有日用所需，靡不搜罗而包括之，诚简而备，精而当，可法而可传也。故名之曰'万用正宗'"。的确，这种日用类书对当时社会日常生活的知识，从天文地理到医药农桑，从职官人纪到律法文籍，从琴棋书画到酒令笑谈，从诸神梦书到星相卜算，凡日用所需，无不网罗其中。理所当然，这些日用类书都有"律法门"，或称"律例门"，有的如《博览全书》就设有"珥笔门"，可见诉讼文书的文体格式，以及"以罪统刑"所列案例提供的法律观念和常识，是当时百姓用得着的东西。日用类书中的"律法门"与明代公案小说在体例上相当接近，二者之间存在着十分密切的互动关系，万历二十八年（1600）刊本《文林聚宝》卷三十二"公案要诀"所录二十五则"珥笔文"就是直接抄自《廉明公案》，《廉明公案》当然也不是自创，它是抄自《萧曹遗笔》。② 日用类书是明代晚期出现的实用性

---

① 《王心斋先生遗集》卷一。
② 参见（日本）小川阳一《日用类书による明清小说の研究》，日本东京研文出版社，1995年版，第57、58页。

质的"百科"全书,既有自然科学,又有社会人文科学,实用是第一宗旨,但它也有趣味性;公案小说的第一宗旨是娱悦,但它也有一定的实用功能。可以说公案小说和日用类书都是由"百姓日用即道"的思潮所推动的文化大普及的产物。

明清鼎革之后,王阳明心学遭到清算,公案小说和日用类书瞬时销声匿迹。乾隆时编《四库全书总目》,子部"类书类"著录类书 65 部,存目 217 部,但明代日用类书一部也没有收。这说明清朝主流意识对它的蔑视,也说明公案小说和它伴生的日用类书一样都是一个时代特定的精神产品。

明代公案小说今存的十一种作品作为一个文学类型有其共同的特征,但从历史发展的眼光来看,它们又是处在不断演变的过程中。《百家公案》有开山之功,而且至少在体制上是以当时已经流行的卷回小说的面貌出现,只是因为决狱断案的主题还不够鲜明,又夹杂着驱鬼捉妖的虚妄故事,很快就遭到《廉明公案》《诸司公案》的反拨,由这两部作品确立了公案小说的主题风格和以三词为骨架的叙事方式。就文学性而论,《百家公案》比《廉明公案》《诸司公案》要强,但大众文化市场却选择了带有某种诉讼实用功能的《廉明公案》《诸司公案》。以后的发展,"诸司体"又趋向"单传体",出现了《郭青螺公案》《海刚峰公案》,最后又回到包公,产生了《龙图公案》。从"诸司体"到"单传体"似乎反映了大众的一种心理,喜欢把许多精彩的折狱故事集中到一个清官身上,造就一个神话般的人物。郭公、海公,尤其是包公,胡适曾称这样的人物为"箭垛式的人物"[①]。

---

① 胡适《三侠五义序》,见《胡适古典文学研究论集》,上海古籍出版社,1988 年版,第 1174 页。

入清以后，公案小说的创作沉寂了百年之久，明代公案小说甚至也不再版重印了，除《龙图公案》外，我们还没有发现其他作品的嘉庆之前的版本。当然，这并不等于说民间关于清官公案的传说也停止了。嘉庆时期《施公案》出来，公案小说才又以一个新的面貌登上小说舞台，其后创作出来的《彭公案》《三侠五义》等等，形成了一个影响很大的流派。不过它们不是明代公案小说的重演，而是把侠义与公案结合，主题价值取向和叙事方式也完全不同，也许可以说清代侠义公案小说承接了明代公案小说的余绪，但比较其文学特征，它应当是在不同时代产生的一个新的小说类型。

（原载《文学遗产》2006 年第 3 期）

《封神演义》政治宗教寓意

一

　　神魔长篇小说《封神演义》创作于明嘉靖以后，大约在隆庆万历时期，[①]距今已有四五百年时间。俗话说"时过境迁"。作者当年创作时的语境，如果我们不穿越时光隧道去追寻往昔的情形，就难以获得对它的明晰的认识。而如果我们不能把握那语境，也就不可能真正走进作品，去准确地解读那故事情节所蕴含的所有的，尤其是那些微妙的信息。时间定格在隆庆万历，这时，影响有明一朝的三件大事已相继发生。第一件是"靖难"。洪武三十一年（1398）朱元璋驾崩，由于皇太子已于六年前去世，皇位由皇太孙朱允炆继承，是为建文帝。建文元年（1399）燕王朱棣以反对削夺宗藩为名，从北京举兵南下，称其师曰"靖难"，累战四年攻陷南京，即帝位，改年号为"永乐"。朱棣称"此朕家事"。但在以儒家思想立国的时代，无论朱棣怎样辩解，怎样残酷地杀戮，还是抹不去天下人内心深处的"篡逆"二字。"靖难"是对明朝人信仰的致命打击。朱棣去世约半个世纪，又发生"夺门"事件。英宗朱祁镇在正

[①] 《封神演义》现知最早刊本为天启舒冲甫刊本，但此本并非初刻本。此本各卷独卷二署"钟山逸叟许仲琳编辑、全闽载阳舒文渊梓行"，这是在舒冲甫刊本中留下的舒载阳刊本的痕迹。因此原刊本要早于天启年间。又《封神演义》受到了《西游记》的影响，如哪吒的形象乃《西游记》中哪吒与红孩儿的综合，等等。一般认为《西游记》成书在嘉靖年间。据此推断《封神演义》成书大约在隆庆或万历时期。

统十四年（1449）土木堡之役中被瓦剌军俘获，北京岌岌可危。在皇太后的主持下于谦等人拥立英宗异母兄弟朱祁钰即帝位，尊英宗为太上皇帝。于谦指挥若定，击溃了城下的敌军。后来被瓦剌人释放回京的英宗趁朱祁钰病危之机发动宫廷政变，复辟后不管是非功过和朝野舆论，杀害了保卫社稷的功臣于谦。此即"夺门"之案，是明朝的第二件大事。于谦这样一位公认的忠臣就这样被冤枉地杀掉，社会还谈何忠奸、功过？"夺门"是对天下道德信仰的又一次沉重打击。第三件大事是"议礼"。嘉靖皇帝朱厚熜本是正德皇帝朱厚照的从兄弟，由于朱厚照没有子嗣，朝廷便议立这位从兄弟即帝位。按封建宗法制，朱厚熜既然过继给朱厚照的父亲（孝宗朱祐樘），便应称孝宗为皇考，但自私偏狭的朱厚熜硬要尊自己生父兴献王为皇考。廷臣由是分裂成两派。尽管反对嘉靖皇帝此举的理据按宗法制度不容置疑，但反对派不是被廷杖，就是被囚禁流放，而逢迎皇帝之佞臣如严嵩则由此进用。在封建宗法制度下如此简单明白的是非竟遭到如此强横的颠倒。严嵩专权十四年，严重败坏了朝政，但更重要的是它对人心和信仰的冲击所造成的长期和深刻的贻害。经历了"靖难""夺门"和"议礼"三大事件后的明朝社会，维持封建专制统治的儒家伦理道德已经失去了权威性和感召力，如果说当时是一个信仰危机的时代，大概不是过甚之词。《封神演义》产生在这个时代绝非偶然。

　　《封神演义》写姜太公封神，不过这封神只是小说情节的大结局，主要情节是写殷纣王如何荒淫无道，周武王如何被逼举兵伐纣，最终以周代商。框架仍是武王伐纣那段历史。写这段历史的小说，《封神演义》不是第一部，最早的是元代的《武王伐纣平话》，平话中亦有一些神怪情节，但它的风格平实，主要是讲史。次之为嘉靖间余邵鱼编撰的《列国志传》，此书卷一讲述武王伐纣历史，它是以《武王伐纣平话》为基础加工编创的，情节较简，其中也有一些神奇描写，主要风格还是写实的。《封神演义》的作者在写作时肯定参照过《武王伐纣平话》和《列国志传》，但是他的创造远远多于因循，不只是在人物情节上别开生面，更重要的是在创作方法上别辟蹊径。历史事件只是一个引子，只是一个虚空的框架，作者驰骋想象，吸纳了大量民间信仰的神仙故事，独具匠心地编织出人神共事的小说情节。武王伐纣，既是人世间西周与殷商的战争，同时又是神与魔的战争。神与圣君集结在仁义的旗帜之下，而魔与暴君则沆瀣一气倒行逆施，两个阵营经过你死我活的反复较量，正义得到伸张，邪恶被彻底消灭，人间归于西周一统，神的世界秩序也得以重新排定。在战争中阵亡的将士，不论是善是恶，灵魂都统统归趋到封神台受封。似乎经过血的洗礼，所有的灵魂都得到超脱和升华。受封的神灵各领职司，就如周武王大封天下，天下诸侯的封建秩序从此而定一样，神界的品位职司的完整谱系也因封神而编制完成。这个神界的谱系对中国民间信仰产生了深远的影响。《武王伐纣平话》《列国志传》和《封神演义》都以商周革命为题材，但是就小说类型而言，前二种是讲史小说，《封神演义》则是神魔小说。

  《搜神记》谈鬼说怪，它的作者干宝在自序中声明，是为了证明"神道之不诬"，显有宗教的目的。《封神演义》写了许多道教神祇，其中一些如文殊广法天尊、慈航道人、燃灯道人、普贤真人等是借用的佛教菩萨，小说中贯穿着儒、道、释三教合一的思想，从民间信仰的角度，它详尽地解说了众神的由来，所有这些都迹近为神道设教。但是它也只是"迹近"而已，它与《搜神记》之类的志怪小说有本质的不同，神魔也好，宗教也好，都是小说情节之表象，它的意旨不在神道，而在借神道之虚幻情节来表达对现实社会的批判。《封神演义》描写的神魔毕竟是附着在一段历史上的，而这一段历史对于明朝却有几分特殊的意义。

问题要追溯到明朝开国皇帝朱元璋那里。朱元璋尊崇儒家，以儒家思想为统治思想，这是昭明的事实。但是这位开国皇帝却不喜欢孟子的某些思想，确切地说，他不喜欢《孟子》中的民本思想。孟子的民本思想其实是孟子思想中最有进步性和最有活力的一部分，他的这个思想是对孔子的三纲伦理思想的一个重大的发展。这个思想是从武王伐纣的历史中总结出来的。

武王伐纣发生在公元前1066年。武王的西周与纣王的殷商不是部族与部族的关系，而是侯国与中央共主的关系，这种关系在先秦典籍《尚书》《诗经》中均有记载，而且在战国时代被公认。基于这种关系，武王伐纣，其性质便是以"臣"伐"君"，用儒家所坚持的君为臣纲的伦理纲常来考量，这是大逆不道。但是儒家又十分推崇周武王，这个矛盾如何解释？孔子《论语》对此略有回避，他只称赞周文王"三分天下有其二，以服事殷。周之德，其可谓至德也已矣"。① 对于武王则显有微词，"子谓《韶》：尽美矣，又尽善也。谓《武》：尽美矣，未尽善也"。② 《韶》相传为赞颂虞舜的一种乐舞，《武》相传为赞颂武王的一种乐舞，孔子认为《武》"未尽善"，谈的是音乐，实际上是对武王伐纣略有批评。战国时代有些人就拿武王伐纣来诘难儒家，《孟子》记齐宣王问孟子曰：武王伐纣，"臣弑其君，可乎？"孟子回答说："贼仁者谓之'贼'，贼义者谓之'残'。残贼之人谓之'一夫'。闻诛一夫纣矣，未闻弑君也。"③ 孟子不像孔子那样对武王有所保留，他理直气壮为武王辩

---

① 《论语》，《四部备要》本。
② 同上。
③ 《孟子》，《四部备要》本。

护，宣称君主不仁不义便不是君主而是独夫民贼，讨伐独夫民贼不能叫作弑君。民本思想的渊源还可以追溯到孔子之前，《尚书·泰誓》谓"天视自我民视，天听自我民听""民之所欲，天必从之"。《管子·牧民》曰："政之所兴，在顺民心；政之所废，在逆民心。"不过，包括孔子在内的思想家强调得民心顺民意，都限定在君为臣纲的框架之内，君主对于臣民仍是主体和本位，顺从民心只是维护君主地位和统治的手段而已。孟子的思想显然向前跨出了一步，他还说："桀纣之失天下也，失其民也，失其民者，失其心也。得天下有道：得其民，斯得天下矣；得其民有道：得其心，斯得民矣；得其心有道：所欲与之聚之，所恶勿施，尔也。"① 他于是给儒家的君为臣纲的最高伦理原则加上了一个前提条件："君之视臣如手足，则臣视君如腹心；君之视臣如犬马，则臣视君如国人；君之视臣如土芥，则臣视君如寇仇。"② 结论是："民为贵，社稷次之，君为轻。"③ 孟子的这种民本思想含有宝贵的民主因素，它虽然并没有背离"三纲"，但却否认了"三纲"的绝对性，不但对封建君主的至高无上的绝对地位有所制约，而且为臣民推翻一个暴君提供了理论根据。

每个在位的君主，大概心里都不会喜欢孟子的民本思想，因为它无疑是悬在自己头上的一把利剑，而不能无所忌惮；然而它却是植根在历史和现实土壤中的理论，自夏商以来改朝换代的事实不断证实这个理论的坚确性，从维护封建王朝的根本利益着眼，还是要尊重它是儒家孔孟之道的一个组成部分。唯有明朝开国皇帝朱元璋公开表示不能接受它，朱元璋认为孟子的这些言论抑扬太

---

① 《孟子》，《四部备要》本。
② 同上。
③ 同上。

过，失之偏颇，于洪武二十六年（1393）诏令翰林学士刘三吾等人将它们删节。祝允明说："上万几之暇，留意方策。……又以《孟子》当战国之世，故词气或抑扬太过，今天下一统，学者倘不得其本意而概以见之言行，则学非所学而用非所用。又命三吾删其过者为《孟子节文》，不以命题取士。"①周宾所《识小编》说得更具体一些："洪武二十七年翰林学士刘三吾等奉上……又校《孟子》一书中间语言太峻者八十五条除之，命自今八十五条课试不以命题，科举不以取士。其余一百七十余条颁之中外，俾皆诵习，名曰《孟子节》。"②李诩《戒庵老人漫笔》亦记载曰："我太祖国初尝删'国人寇仇''反覆易位'等数章不用……"③《孟子节文》七卷，今存洪武二十七年刊本。由是，武王伐纣的合理性至少在朱元璋时代给打上一个大问号。

既然"君之视臣如土芥"，人臣也不能视君如"寇仇"，明朝皇帝对君臣之道的实践便可想而知。纣王以炮烙、虿盆施于大臣，明朝皇帝自朱元璋垂范，廷杖、剥皮、凌迟、抽肠种种酷刑，无所不用其极，其暴虐程度绝不亚于传说中的纣王。鲁迅曾愤激地说："大明一朝，以剥皮始，以剥皮终，可谓始终不变。"④明朝经历"靖难""夺门"事变，至武宗正德年间，国势发生逆转。刘瑾"阉党"专权，刘六、刘七农民起义，江西宁王叛乱，说明当时社会阶级矛盾和统治阶级内部矛盾已趋白热化，已动摇了明朝统治的根基。继武宗即位的嘉靖皇帝朱厚熜并不思励精图治，不顾封建宗法昭穆制

---

① 祝允明《前闻记》，见《国朝典故》卷六十二，北京大学出版社，1993年版，第1389页。
② 周宾所《识小编》，见《说郛三种》，上海古籍出版社，1988年版，第740页。
③ 李诩《戒庵老人漫笔》卷二，中华书局，1982年版，第73—75页。
④ 鲁迅《且介亭杂文·病后杂谈》，见《鲁迅全集》第六卷，人民文学出版社，1981年版，第167页。

度，从而引发"礼仪"之争，弄得黑白颠倒，奸佞当道。嘉靖皇帝又迷信丹药方术，日以斋醮为事，长期不理朝政。嘉靖四十五年（1566）海瑞上疏指责说："吏贪官横，民不聊生，水旱无时，盗贼滋炽。陛下试思今日天下，为何如乎？"嘉靖皇帝读疏勃然大怒，立即下旨逮捕海瑞，他身边的太监告诉他，海瑞已做好一死的准备，并不打算逃跑，他只得哀叹道："此人可方比干，第朕非纣耳。"[①] 可见在嘉靖皇帝头上还盘旋有武王伐纣的历史阴影，尽管他不承认自己就是那历史上荒淫无道的纣王。

汉代以来，各朝皇帝向自己的臣属施虐的事情并不少见，但没有一个朝代像明朝这样贯彻始终地、普遍地、毫不顾及士人尊严地残酷施虐。有明一朝就是按照朱元璋删节《孟子》并一度罢祀孟子的思路来处理君臣关系的，而他删节的孟子言论正是由武王伐纣历史而引发出来的，可见在历朝历代中独明朝与武王伐纣有这么一种特殊的关系。

二

在这样的历史背景下，《封神演义》的作者选择武王伐纣的历史，把它演绎成一部长篇说部，其对现实政治的批判取向是不难体察的。诚然，元末即有《武王伐纣平话》，《武王伐纣平话》三卷的前二卷详细叙说了纣王不仁无道的种种暴虐，全书的重点不在"伐纣"的战争过程，而在战争的缘起。作者当然是站在武王这一边的，他的这个立场的彻底性还突出地表现在对"不食周粟"的伯夷、叔齐的贬抑态度上。书中借武王和姜子牙之口列述了纣王的十

[①] 《明史》，中华书局，1974年版，第5928、5930页。

条大过，强调的是"论条律"。中国古代从来没有处治皇帝的条律，作者实际上是把武王和纣王的位置颠倒过来作为前提，从而也就回避了伐纣所涉及的君臣纲常的伦理问题。早于《封神演义》的《列国志传》也写了武王伐纣的历史，全书的主要情节是东周列国争霸，武王伐纣在全书中只是一个序曲。讲历史总有鉴今的意指，余邵鱼在《题全像列国传引》中就说："骚人墨客沉郁草莽，故对酒长歌，逸兴每飞云汉，而扪虱谈古，壮心动涉江湖，是以往往有所托而作焉。"《列国志传》所写武王伐纣情节，系由元刊《武王伐纣平话》编创，因袭痕迹十分显明。它对武王伐纣的合理性的解释，更多强调天命。书中一再描写周文王姬昌善理易卦，倡言说："吾观商德将衰，不出二十年后有革命之象。"这也就是说商周革命乃是天意，皇权天授，武王伐纣也就无可指摘了。多少还是回避了君臣纲常伦理的问题。《封神演义》在描写纣王暴虐的故事情节上并没有什么新的创造，它的特点在于搬用孟子的君臣纲常伦理来作为思想武器。第六回写纣王炮烙敢于直谏的梅伯，黄飞虎议论道："据我末将看将起来，此炮烙不是炮烙大臣，乃烙的是纣王江山，炮的是成汤社稷。古云道得好：'君之视臣如手足，则臣视君如腹心，君之视臣如土芥，则臣视君如寇仇。'今主上不行仁政，以非刑加上大夫，不出数年，必有祸乱。"值得注意的是，《孟子》中那些被朱元璋删掉的话语，被《封神演义》捡了回来，还要加上"古云"云云。本来，《孟子》的原貌在朱元璋去世以后不久，篡了建文帝位的永乐皇帝朱棣就将它恢复了过来，这一点有永乐年间国子监颁刻的《孟子》版本为证。《封神演义》尽可以直书"孟子曰"，不必借用什么"古云"之类的话头来遮掩，可是它偏偏要说是"古云"，这是不是蓄意地点醒人们不要忘了《孟子节文》，不要忘了朱元璋践踏孟子的民本思想的历史呢？

《封神演义》对于孟子的民本思想绝不只是点到而已，它把这个思想作为人物情节的基础，贯穿于作品的始终。它与《武王伐纣平话》《列国志传》之根本不同之处，在于它生动地描写了周文王姬昌、周武王姬发、姜子牙以及他们统率的将领们，怎样从殷商的忠臣转变成殷商的叛逆和掘墓人这一个艰难痛苦的历程。《封神演义》演绎武王伐纣的艰难，与其说在战争，毋宁说是在观念的转变。

姬昌被纣王囚禁羑里七年，长子伯邑考被纣王剁成肉酱，做成肉饼，姬昌还被逼得忍着剧痛吞食自己亲生子肉身做的肉饼。姬昌之被纣王无端加害，而且加害手段之毫无人性，真是令人发指。可是姬昌对纣王并无反叛之意，他临终告诫姬发一定要恪守君臣之道，"纵天子不德，亦不得造次妄为，以成臣弑君之名"。《武王伐纣平话》描写的文王却是立意要伐纣立国安天下的，他临终对姬发的嘱咐是"不得忘了无道之君，与伯邑考报仇"。《封神演义》描写的武王也不是一开始就主张伐纣的，纣王派遣大军几次进剿西岐，西岐的姜子牙在抵御这几次大规模进攻之后，主张反守为攻，东征殷商，武王却拘于父王遗嘱，对举兵之事犹豫不决，他说："虽说纣王无道，为天下共弃，理当征伐；但昔日先王曾有遗言：'切不可以臣伐君。'……总纣王无道，君也。孤若伐之，谓之不忠。孤与相父共守臣节，以俟纣王改过迁善，不亦善乎？"经过姜子牙等大臣反复申述吊民伐罪的大义之后，武王才转变思想，准旨兴师伐纣。从文王到武王的转变，客观上是纣王无休止施虐所逼，但关键还是孟子的民本思想为精神支柱提供了理论武器。

从"忠"到"叛"是怎样一个艰难的转变，在黄飞虎身上体现得最丰富和最生动。黄飞虎的妹妹是纣王的西宫黄妃，他自己位居武成王，是殷商的股肱大臣。纣王宠信妲己，炮烙忠良，令黄飞虎义愤填膺；随即他的夫人抗拒纣王凌辱而跳楼殒命，他的妹妹黄妃也被纣王摔下楼去身亡。辱妻杀妹，是可忍，孰不可忍？但是，当他的兄弟黄明鼓动他反出殷商时，他却说："黄氏一门七世忠良，享国恩二百余年，难道为一女人造反？"这种似乎不合情理的反应，使读者真切感受到黄飞虎心灵上的重压。后来他终于行动了，但也只是从殷商出走，投奔西周而已。在西行途中，他每闯一关，小说都描写必有一场恶战，而恶战之前又必有一场忠与叛的口头论战，这观念上的战争对于黄飞虎压力更大，考验也更大。最严重的事态发生在界牌关下，据守界牌关的守将竟是他的父亲黄滚，黄滚摆出一副殷商忠臣的面孔，斥责并威逼他：或者投降，庶几黄氏不至于满门罹难；或者弑父，以免作为殷商大臣的父亲落得个不忠的臭名。面对"义正词严"的父亲，黄飞虎那得之不易的"君不正，臣投外国"的信念顷刻发生动摇，几乎就有下骑投降之意。

与黄飞虎反叛君主相辉映的是哪吒忤逆父亲的故事。哪吒闹海以及他在与封建宗法伦理的种种冲突中所表现的天真和无畏，使人很容易联想到《西游记》中的孙悟空。然而哪吒却又不同于孙悟空，孙悟空是从石头里迸出来的，真是赤条条无牵挂，哪吒却有生身父母，因而哪吒也就不能像孙悟空那样天马行空，那样超脱以血缘为纽带的封建伦常关系，正是他与封建伦常的冲突，构成了他的性格之不同于孙悟空的独特之处。哪吒的父亲李靖是陈塘关的总兵官，此人求仙不成，却享有不浅的人间富贵，为了保守这份荣华富贵，李靖为人为官从来都是谨小慎微。不意他的第三个儿子哪吒却毫不理会他的苦衷，在外惹是生非，先是打死了仗势欺人的夜叉，接着又结果了不可一世的龙王三太子。哪吒此举是除霸锄奸，乃是大快人心之事。可是李靖并不问是非曲直，见是得罪了权贵，生怕招来灭门之祸，不仅一味指责哪吒，甚至要把哪吒交出去任由龙王处置。李靖的自私和胆小，使他自己几乎完全丧失了慈父之情。哪吒不愿连累父母，在龙王和父母面前切腹、剜肠、剔骨肉，以明朝所实行的残酷极刑来了却此案。在哪吒看来，骨肉既已还给父母，灵魂也就与父母没有了关系。可是祭祀他灵魂的祠庙，仍不能见容于李靖。李靖害怕沾惹"私造神祠"的罪名，害怕由此而断送自己的功名富贵，毫不留情地砸毁了神祠，使得哪吒魂灵无以依附。哪吒自认为与父母已脱离了关系，于是寻找李靖报砸庙之仇，打得李靖狼狈不堪。哪吒的二哥木吒跳出来帮助父亲，斥责哪吒是"子杀父，忤逆乱伦"。尽管哪吒陈述事实，但木吒认为儿子不仅骨肉属于父母，灵魂也属于父母，与父母论理就是大逆不道。木吒教训哪吒说："天下无有不是的父母！"这个在封建宗法社会中被视为铁的定理，在此时的语境中从木吒口中道出，却含有浓厚的反讽意味。封建宗法的君臣之道，是从父子之道引申出来的，哪吒的故事是在人性的层次上批判了绝对化的君臣之道，它的理据还是孟子的民本思想。

　　《封神演义》用它的情节一再张扬被朱元璋删掉的孟子的民本思想，显然不只是一般的以史为鉴，而是有现实批判的目的的。它对现实的批判，除此之外，还蕴含在神魔的故事情节中。《封神演义》以小说创作风格而言，它是政治斗争与宗教斗争的结合，人间世界和神魔世界的交融。宗教斗争和神魔厮杀，是《封神演义》作者的创造。按《史记·周本纪》记载，武王伐纣发生在公元前1066年，一月出兵，二月即攻下朝歌，这场战争简直就是摧枯拉朽，毫无悬念可言。《封神演义》把这场战争渲染得复杂化、曲折化和激烈化了，并且在这场战争中不仅注入了上述的政治伦理内容，而且注入了浓重的宗教内容。以武王为首的西周高举仁义的旗帜，辅佐西周的是道家的阐教。阐教之人都秉承天命，深悟玄机，支持仁义，征讨邪恶，他们团结道家的清流，同时还联合隐指释家的西方教主。阐教身上显有三教合一的特征。以纣王为首的殷商失道寡德，维护尽失民心的殷商腐朽统治的是道家的截教。截教之人如通天教主、申公豹之流，有的是有逆天道、不守清规、助纣为虐的名利之徒，有的是不解天意、不识时务的愚顽痴迂之辈，申公豹长得脸朝背后，便是他们倒行逆施的象征。

三

阐教与截教，道教史上并没有这样的教派，他们显然出自作者的杜撰。阐教、截教的取名出自何典，不得其详。鲁迅从字义上解释："'阐'是明的意思，'阐教'就是正教；'截'是断的意思。'截教'或者就是佛教中所谓断见外道。"[①] 阐教为正，截教为邪，小说就是如此描写，毫无疑义。问题在于，作者为什么要这样写？这样写的喻义何在？

武王伐纣时还没有道教，道教尊崇的老子和佛教创始人释迦牟尼是孔子同时的人，他们都在武王伐纣的五百年后才诞生，《封神演义》描写的宗教情形绝不是历史的摹写，而只能是作者的虚构。作家的虚构，不论虚构得如何荒诞和虚玄，他的构思意想总离不开他所处的时代社会，他的情节编织总不能不依靠他那个时代给他提供的生活元素，这就像孙悟空翻筋斗总是翻不出如来佛的手掌心一样。《封神演义》情节魔幻之极，但它也必然只是作者那个时代现实的一种投影。问题还是要回到明朝。中国道教由多个派别发展

---

① 鲁迅《中国小说的历史的变迁》，见《鲁迅全集》第九卷，人民文学出版社，1981年版，第329页。

到元末逐渐形成正一道和全真道两大派，正一道以符箓为主，全真道以内丹修炼为主。明朝立国后，朝廷正式将道教划定为正一、全真两大派，朱元璋于洪武七年（1374）作《御制斋醮仪文序》云："朕释道之教，各有二徒；僧有禅有教，道有正一、有全真。"又说："禅与全真，务以修身养性，独为自己而已；教与正一，专以超脱，特为孝慈子亲之设，益人伦，厚风俗，其功大矣哉。"基于伦理教化以维护其统治的需要，朱元璋看重正一道。洪武五年（1372）御制之诰，命正一道第四十二代天师张正常"掌天下道教事"，事实上确认了正一道在道教中的至尊地位。洪武十五年（1382）朝廷正式设道箓司总管全国道教，并确定正一、全真两派道士的身份，授予两派道士不同的度牒和职衔，使得正一和全真两派泾渭分明，并制度化和法律化。正一道的主流地位亦得到政府的保障。

明朝历代受皇帝宠信的道士，绝大多数都是正一道的人物。正一道掌管天下道教，很多首领不事性命双修，却热衷俗世的富贵荣华，并且仗恃权势胡作非为。史书记载，第四十六代天师张元吉于正统、景泰、天顺、成化年间执掌天下道教事，"宠赍独盛，朝野荣之"，张元吉"素凶顽，至僭用乘舆器服，擅易制书，夺良家子女，逼取人财物，家置狱，前后杀四十余人"[1]。余继登《曲故纪闻》记张元吉事云："成化五年，以正一嗣教真人张元吉凶暴贪淫，或囊沙压人致死，或投之深渊，前后凡杀四十余人，为族人所奏，械系至京。"当时刑部依罪"当凌迟处死"，但并未能执行，仅发配肃州而已。而所谓发配，其实是游览名山之行，张家后人编撰的《汉天师世家》描叙这个发配是"辞归出游，历登名岳，探仙人旧隐之迹，去六载方还"。难怪余继登恨之而咬牙切齿地说："当时不能

---

[1] 《明史》，中华书局，1974年版，第7655页。

执论绝其根源，致令其徒奉行，至今自若，深可惜也。"① 后继者依然如故，第四十八代天师张彦頨"知天子好神仙，遣其徒十余人乘传诣云南、四川，采取遗经、古器进上方，且以蟒衣玉带遗镇守中贵"②，云南巡抚欧阳重弹劾其不法，朝廷却不问。第四十九代天师张永绪于嘉靖二十八年（1549）诰授"正一嗣教守玄养素遵范崇道大真人"，掌天下道教事，诏聘定国公徐延德女为妻，权势炙手可热。据沈德符《万历野获编》载，张永绪其人"荒淫不检"，"有害于民"③。正一派的道士之著名者，还有被《明史》列入《佞幸列传》的嘉靖时期的陶仲文、邵元节，他们都善于以方术、道法之类的骗术取得嘉靖皇帝的欢心，由此攫取富贵。尤其是陶仲文，他所得到的荣华富贵，非朝廷儒臣所能比。正一道以斋醮祈禳为职事，擅长符箓法术，又因为被朝廷封为主派，富贵荣华者甚多，在权力的腐蚀下道流素质江河日下，在道教理论教义建设方面反倒无甚贡献。

　　全真道在元朝也曾显赫一时，入明以后被排斥在边缘位置，这个流派的道士荣贵者寥寥无几。处在寂寞中的全真道士以修身养性为务，隐栖潜心苦修，与正一道士的功利主义相比，他们身上更多地表现出宗教信仰精神。诚如元明间道士王道渊《沁园春·全真家风》所言："不恋功名，不求富贵，不惹闲非。盖一间茅屋，依山傍水。甘贫守道，静掩柴扉。读会丹经，烧残宝篆，终日逍遥任自为。"④ 他们对于道教理论教义的贡献远远大于掌教的正一道。明初武当山全真道士张三丰著有《大道论》《玄机直指》《道言浅说》《玄要篇》等，明代中叶并未入道的陆西星（1520—1606）著

---

① 余继登《典故纪闻》卷十四，中华书局，1981年版，第261页。
② 《明史》，中华书局，1974年版，第7655页。
③ 沈德符《万历野获编》，中华书局，1959年版，第919页。
④ 王道渊《还真集》卷下。

有《玄肤论》《参同契测疏》《金丹就正篇》等，对于道教内丹学皆有重要建树。全真道和正一道同是道教，在教理教义上并没有根本的不同，正一道吸收全真道理论也是不争的事实，但是他们的区别也是明显的。全真道强调心性的修炼，倾心于内丹学，并且吸收佛教禅宗思想，在宗教实践上主张"苦己利人"，因而全真道士一般均能保持出家人的朴素作风，苦心励节，潜心修炼，与那些崇尚符箓、迷恋黄白之术的正一道士有显著差别。

《封神演义》描写的阐教和截教同属道家，第七十七回阐教元始天尊批评截教通天教主时，口口声声称"你我道家"，通天教主亦称元始天尊为"道兄"，阐教和截教为道家中的两派，在小说中写得十分清楚。截教助纣为虐，极力维护商纣的腐朽统治，对抗顺应天意的新兴的西周。在阐教中人的眼中，他们都是不守清净的名利之徒。第八十二回"三教大会万仙阵"是阐教与截教的大决战，双方都摆出了自己的全部阵容。黄龙真人蔑视截教队伍说："自元始以来，为道独尊，但不知截教门中一意滥传，遍及匪类，真是可惜工夫，苦劳心力，徒费精神。不知性命双修，枉了一生作用，不能免生死轮回之苦，良可悲也。"燃灯道人等指着截教徒众说："人人异样，个个凶形，全无办道修行意，反有争持杀伐心。"鸿钧道人则指责截教领袖通天教主热衷名利，放纵邪欲，不守清净，"名利乃凡夫俗子之所争，嗔怒乃儿女子之所事"，岂是道家人的心性！《封神演义》中阐教对截教的批评，切中明朝正一道的要害，而阐教言论和实践则又反映了明朝全真道的立场和观点。由此得出结论说：《封神演义》所描写的阐教与截教的冲突，是明朝前期和中期全真道与正一道的现实矛盾的曲折反映，小说对截教的描写隐含着站在全真道立场对正一道与腐朽朝廷沆瀣一气的现实的批判，这样说大概离事实不远吧。

《封神演义》对昏君与邪道结合之愤懑，反映了明朝中期酝酿于朝野的强烈情绪，当时的读者大概是很容易理解的。比如上举成化年间天师张元吉凶暴贪淫被逮至京问罪，刑部尚书陆瑜等依律判其"凌迟"，在押之时，刑科都给事中毛宏等又上奏："元吉于十恶之内，干犯数条，万一死于狱中，全其首领，无以泄神人之愤，乞即押赴市诛之。"① 可见朝臣对邪恶道人的痛恨。嘉靖时道士龚中佩依于陶仲文名下而得宠于皇帝，此人入直内廷，在宫中酗酒闹事，连太监也不放在眼里，终被诸珰所谮，诏狱杖死。沈德符记载此事时议论说："世宗宫闱防范最严，何以容一醉道士出入禁籞，此与武宗朝西僧直豹房何异？虽即诛殛，已非体矣。"② 这议论中已透露出对嘉靖皇帝的批评。然而敢于面指皇帝的还是海瑞，海瑞上疏嘉靖皇帝说："今乃修斋建醮，相率进香，仙桃天药，同辞表贺。建宫筑室，则将作竭力经营；购香市宝，则度支差求四出。陛下误举之，而诸臣误顺之，无一人肯为陛下正言者，谀之甚也。……陛下受术于陶仲文，以师称之。仲文则既死矣，彼不长生，而陛下何独求之。"③ 海瑞指出皇帝出于长生不死的私心而迷信正一派道士，一针见血，而且道出了正一道行时之缘由。皇帝与道士的不正常关系是明朝中叶政治腐朽的特征之一。这一点当时天下人尽知之，唯皇帝为私心蒙蔽一人不觉而已。《封神演义》取材于历史，写的是神魔情节，但作者立足于现实，其魔幻情节所寓含的现实批判精神是不应该被今天的读者所忽略的。

（原载《东岳论丛》2004 年第 3 期）

---

① 沈德符《万历野获编》，中华书局，1959 年版，第 919 页。
② 同上，第 700 页。
③ 《明史》，中华书局，1974 年版，第 5928、5929 页。

从朴刀杆棒到子母炮
——《水浒传》成书研究之一

宋江等人的故事自北宋末即在民间流传,"说话"人讲述它,杂剧搬演它,经过漫长岁月的累积,最后经由一位大作家之手将它写成了一部不朽名著《水浒传》。《水浒传》成书过程,向来是学术界关注的问题。研究《水浒传》的成书,可以有多个视角,可以选择不同的切入点,若单就其人物使用的武器,从朴刀杆棒到带甲上马,从冷兵器到火炮,未尝不可以理出一条演进的线索来。在这各类武器中以凌振的子母炮为最先进,也最具威慑力,它既是宋江等人的武器演进之终点,也是《水浒传》成书的重要标志之一。

一

宋江故事曾经在南宋民间盛传。正史关于宋江事迹的记载寥寥,他的队伍不论招安与否,在北宋覆亡以后,其残部很可能有一部分成为抗金的民间武装。宋末元初人周密(1232—约1298)《癸辛杂识》记录有龚开的《宋江三十六赞》,龚开字圣与,曾为民族英雄文天祥等人作传,他写《宋江三十六赞》亦有表彰宋江等人抗击异族入侵之意。其中张横的赞语有"太行好汉,三十有六",燕青的赞语有"太行春色",戴宗的赞语有"敢离太行",穆横的赞语有"出没太行",至少有四人的赞语提到"太行",却无一处涉及梁山,而且吴学究的赞语有"义国安民",孙立的赞语有"端能去病,国功可成",张顺的赞语有"愿随忠魂,来驾怒潮",花荣的赞语有"中心慕汉,夺马而归",杨雄的赞语有"能持义勇"等句,显然与抗金有关。南宋初期,太行山是抗金的忠义人的根据地,不少史籍记载了当年"太行忠义社"的抗金斗争。据传,太行山的摩天岭(今山西省阳城县)有宋金时期创建的宋江庙遗迹,庙内有宋江三十六人的泥塑像[①],证明宋江三十六人与太行忠义社确实存在着某种联系。嘉靖刊本《大宋中兴演义》有关胜抗金的情节,他甚至成为刘豫投降的障碍,金军将领黄朵儿说:"关胜昔乃梁山泊之徒,最骁勇,曾随童贯征方腊,多有战功,莫非正是此人?"十分遗憾,有关宋江三十六人在太行山活动的传说基本上都亡佚了,元刊《宣和遗事》已找不到一点踪迹。这可能与元朝统治者忌讳这类话题并严加控制有直接关系。南宋《醉翁谈录·舌耕叙引》在"小说"类著录的说话名目中有"石头孙立""青面兽""花和尚""武行者",假定它们讲的就是病尉迟孙立、青面兽杨志、花和尚鲁智深、行者武松的故事,那也只是南宋传讲宋江三十六人故事中的很小的一部分。不过,这个材料再结合龚开《宋江三十六赞》和《宣和遗事》,仍然是我们研究宋江三十六人故事的早期形态的重要依据。

《醉翁谈录》将"说话"四大家数之一的"小说"分为灵怪、烟粉、传奇、公案、朴刀、杆棒、神仙、妖术八个名目。其中"公案"下著录有"石头孙立","朴刀"下著录有"青面兽","杆棒"下著录有"花和尚""武行者"。"石头孙立"有可能是后来《水浒传》的病尉迟孙立。《宣和遗事》中孙立是押运花石纲的十二指使之一,杨志因在颍州等候他而延误差期,盘缠用尽而卖刀而杀人而陷入囹圄,孙立等人在黄河岸上解救了发配途中的杨志,十二指使

---

① 见孟繁仁《太行深山的宋江庙》,载台北《中央日报》1993年8月27日。

于是同上太行山落草。孙立以"石头"为绰号,大概与他押运花石纲并因此杀公差救囚犯闹出一桩公案有关。"青面兽"系指杨志。杨志和孙立在《宣和遗事》中均是指使,指使是宋朝的低级军官,司马光《乞罢保甲札子》有云:"事干保甲,州县皆不得关预,管内百姓不得处治,其巡检、指使、保正、保长,竞为侵扰,蚕食无厌。"可知指使的地位与保正、保长相当,只是将领或州县官属下供差遣的低级军官。"花和尚"系指鲁智深,"武行者"系指武松,当无疑问。龚开《宋江三十六赞》和《宣和遗事》中杨志号"青面兽",鲁智深号"花和尚",武松号"行者",二书所记三人绰号没有差异,此外,在其他话本中尚未发现有其他人领有这三种绰号,故此相信它们讲的就是杨志、鲁智深和武松的故事。

朴刀杆棒属"小说"(银字儿)一家,与另一家"说铁骑儿"(士马金鼓之事)不同。"说铁骑儿",严敦易解释为讲说与金兵的战争和农民战争[①],铁骑指带甲骑兵,毫无疑问是讲杀伐征战的军事冲突。这一家的话本没有流传下来,上文论及龚开《宋江三十六赞》文字多与抗金有关,"说铁骑儿"中有宋江等人的故事也未可知,然而这也只能是一种推测。保留下来的有关宋江等人的"说话"名目,只有朴刀杆棒类的三条。朴刀杆棒是民间打斗通常使用的器械,非真正意义的兵器,因而它讲述的也就是个人方式的武力冲突,不像"说铁骑儿"那样具有军事性质,属于战争范畴。

民间打斗为什么要用朴刀杆棒?杆棒不言而喻,朴刀究竟是何形制?要回答这个问题,首先就要了解宋代对于武器禁管的政策。宋代严禁民间私造、私藏兵器,宋太祖立国之初就宣布兵器之禁:

---

① 严敦易《水浒传的演变》,作家出版社,1957年版,第69—70页。

开宝三年（970）五月，诏："京都士庶之家，不得私蓄兵器。军士素能自备技击之器者，寄掌本军之司；俟出征，则陈牒以请。品官准法听得置随身器械。"①

宋太宗又重申这个禁令：

淳化二年（991），申明不得私蓄兵器之禁。②

宋仁宗一再强调执行兵器禁令：

庆历八年（1048），诏："士庶之家，所藏兵器，非法所许者，限一月送官。敢匿，听人告捕。"③

嘉祐七年（1062），诏江西制置贼盗司，在所有私造兵甲匠并籍姓名，若再犯者，并妻子徙淮南。④

在百姓不准带刀的制度下，民间习武和打斗的主要器械便是杆棒。杆棒为木质，其长等身，径可及握，虽无金属利刃，然亦可习武和防身。元杂剧《宋太祖龙虎风云会》中赵匡胤自称是"提一条杆棒行天下"，宋话本《杨温拦路虎传》中杨温出门远行随身不离"一条齐眉木棒"。杨温与人比武打擂都使用杆棒，有一段他在茶坊角门空地上与杨员外比武的描写很是典型：

---

① 《宋史》，中华书局，1977年版，第4909页。
② 同上，第4910页。
③ 同上，第4912页。
④ 同上。

茶博士去不多时，只见将五条杆棒来，撒在地上。员外道："你先来拣一条。"杨官人觑一觑，把脚打一踢，踢在空里，却待脱落，打一接住。员外道："这汉为五条棒，只有这条好，被他拣了。"员外道："要使旗鼓。"那官人道："好，使旗鼓！"员外道："使旗来！"杨官人使了一个旗鼓。

五条杆棒，他们一眼便识得哪一条最佳，可见他们对杆棒之道稔熟于心。比试杆棒还有一套程式，所谓"使旗鼓"是怎样的招式已不得其详，但这段文字说明，这套程式是当时天下习武之人无人不晓的。杆棒在民间被普遍使用，由此可知。

朴刀，耐得翁《都城纪胜》"瓦舍众伎"又称"搏刀"，朱权《太和正音谱》列杂剧十二科又称"拨刀"，可见"朴"读为 pò。朴，意为砍伐，古代常与"斲"连用，张华《励志诗》云："如彼梓材，弗勤丹漆，虽劳朴斲，终负素质。"[①] 朴斲即为削治之意。朴刀之得名，应与砍伐有关。《宋会要辑稿》"兵二六"记刀制有"着袴刀"：

仁宗天圣八年（1030）三月诏川陕路，今后不得造着袴刀，违者依例断遣五月。利州路转运使陈贯言：着袴刀于短枪竿柱杖头，安者谓之拨刀，安短木柄者谓之畲刀，并皆着袴。畲刀是民间日用之器，川峡山险，全用此刀开山种田，谓之刀耕火种。今若一例禁断，有妨农务，兼恐禁止不得，民犯者众。请自令着袴刀为兵器者禁断，为农器者放行。乃可其请。[②]

---

① 《文选》卷第十九续，上海古籍出版社，1986年版，第922页。
② 《宋会要辑稿》，中华书局，1959年影印本，第7239—7240页。

这条材料承同事王学泰惠示，它解决了"朴刀"之谜。各种辞书均把"朴刀"解为兵器，有说短柄，有说长柄，有说其柄短于长柄刀而长于短柄刀，总之说它是兵器，在根本上就错了。它其实是务农器械，安上长柄谓之朴刀，安上短柄谓之畲刀，总名为"着裤刀"。既然叫着裤刀，不论安长柄短柄，"并皆着裤"，可见其刀身不长。"川峡山险，全用此刀开山种田，谓之刀耕火种"，由此推想，其刀身形制当接近今南方山区农民随身携带的砍柴刀。

朴刀原是务农器械，但它毕竟是金属的刀，在严禁民间拥有兵器的时代，它是个人自卫和强人行凶的最便携带的利器。宋话本《错斩崔宁》中静山大王用以打劫的武器便是朴刀，小说写他"头带乾红凹面巾，身穿一领旧战袍，腰间红绢搭膊裹肚，脚下蹬一双乌皮皂靴，手执一把朴刀"。这是宋代强人的典型装束。宋朝政府忧虑朴刀对治安构成的威胁，不时地还是要把它视为兵器加以禁管：

> 景祐二年（1035），罢秦州造输京师弓弩三年。诏："广南（系指广南东路和广南西路，辖区在今广东、广西地区）民家毋得置博刀，犯者并锻人并以私有禁兵律论。"先是，岭南为盗者多持博刀，杖罪轻，不能禁，转运使以为言，故著是令。①

"为盗者多持博刀"，时间一久，朴刀便成为强人的标志。元杂剧《争报恩三虎下山》叙徐宁下山病倒在济州通判的家门口，通判之妾王腊梅咬定徐宁是贼，通判之妻李千娇则不以为然，她说：

---

① 《宋史》，中华书局，1977年版，第4911页。

> 你道他是贼呵，他头顶又不曾戴着红茜巾，白毡帽；他手里又不曾拿着麓檀棍，长朴刀；他身上又不穿着这香绵衲袄。

李千娇标举的强人装束特征，其红头巾和长朴刀两点与《错斩崔宁》的静山大王相同，可证朴刀在一般人眼里是强人的标志。明初杂剧《梁山七虎闹铜台》中受命下山的张顺也曾唱道：

> 则今日辞别尊兄疾去忙，改姓更名离水乡，把朴刀暗中藏，打叠起金银数两。今日个离忠义，下山岗。

张顺在剧中以梁山强人身份出现，他带的就是朴刀。这朴刀可以暗中藏，想必是去掉长柄，仅留刀身，或藏在行李中，或挟于腰间腋下。

南宋"说话"中的杨志、鲁智深和武松的故事属于朴刀杆棒类，根据朴刀杆棒的内涵及特征，大致可以推测它们讲述的是这些人物与恶人或官兵单个地发生冲突的故事，这些故事多半发生在他们上梁山聚义之前。

二

《水浒传》多处写到朴刀，使用过朴刀的人物很不少，单梁山人物中就有宋江、卢俊义、宋清、林冲、武松、杨志、雷横、朱仝、李逵、刘唐、朱武、陈达、杨春、燕顺、王英、郑天寿等等。第六十一回写卢俊义往泰山途经梁山脚下给朴刀装柄的细节值得注意：

卢俊义取出朴刀，装在杆棒上，三个丫儿扣牢了，赶着车子奔梁山泊路上来。

《梁山七虎闹铜台》的张顺是去掉长柄将朴刀藏起来，这里卢俊义是取出藏着的朴刀装上长柄。值得注意的是它写到刀身与刀柄的结合是用了三个丫儿扣加以固定，这是否是朴刀的唯一形制不能肯定，但它却清楚明白地写出了刀身与刀杆结合的一种方法。这个细节很是罕见，不是凭空可以想象出来的。卢俊义此时不是武官，只是乡间有钱的大户，不能携带兵器，暗藏朴刀自卫，合情合理，这细节很真实。从这细节描写来看，《水浒传》的确含有宋元话本的某些遗存。

然而《水浒传》对朴刀的描写却普遍存在着误解，最根本的一点，就是误以为朴刀是一种与刀枪剑戟同类的正式兵器。其突出的表现有二。

第一，官军也使用朴刀。第四十二回写郓城县赵都头追捕宋江，宋江躲进九天玄女庙的神厨里，赵都头赶至庙中，"只见赵得将火把来神厨内照一照……赵得一只手将朴刀杆挑起神帐，上下把火只一照，火烟冲将起来，冲下一片屋尘来，正落在赵得眼里，眯了眼"。朴刀在工具与兵器之间，虽然可以用于格斗，但其砍杀格斗性能毕竟不如真正的兵器。强人使用它是环境所逼，一来兵器难以得到，二来纵然得到兵器也难以躲开官府的盘查，不得已而使用朴刀。强人多用朴刀，绝非朴刀是什么强悍的兵器。都头是州县负责维持治安的武官，依法可以携带兵器，赵得没有必要舍弃刀枪剑戟十八般兵器不用，而使半工具半兵器的朴刀。

第二，正规战争中将领也使用朴刀。第七十回写宋江攻打东昌府，东昌府守将张清骑马作战，善会飞石打人，百发百中，人称没羽箭。梁山骑兵头领徐宁、韩滔、彭玘、宣赞、呼延灼等相继被飞石击中，败下阵来。这时步军头领刘唐、朱仝、雷横上阵，"刘唐手捻朴刀，挺身出阵"，然亦很快被飞石打倒在地，于是"朱仝居左，雷横居右，两条朴刀，杀出阵前"。朴刀的形制如前所述，它的刀杆是临时安上的，像卢俊义所使的朴刀，刀身和刀杆仅靠三个丫儿扣固定，作为长柄格斗武器，它肯定不如刀身与刀杆永久结合为一体的兵器那么得力和好使，这是简单的原理。宋江等人在起事之初使用朴刀犹有可说，但现在已聚义梁山，已发展成有马军、步军和水军等兵种齐备的作战队伍，其战斗力已经可以攻城略池，与政府军展开大规模的阵地战，在这样的水平上梁山将领早已不该使用粗陋的朴刀了。作者这样写，显然是把朴刀当成了真正的兵器。

现今各种辞书对朴刀的解释，大抵都根据《水浒传》，这真是一个历史性的误导。对朴刀的认识，从元朝开始就逐渐模糊，原因是元朝统治者对兵器的禁管较宋朝更为严厉，宋朝对朴刀是时禁时不禁，到了元朝，铁尺这类的东西都要禁，更何况朴刀。元朝统治者对兵器之禁，主要针对汉人，尤其是南方的汉人。

（元世祖）至元二十三年（1286）……二月己亥，敕中外，凡汉民持铁尺、手挝及杖之藏刃者，悉输于官。[1]

（元武宗）至大四年（1311）……十二月……庚寅，申禁汉人持弓矢兵器田猎。[2]

（元英宗）至治二年（1322）正月……甲戌，禁汉人执兵器出猎及习武艺。[3]

---

[1]《元史》，中华书局，1976年版，第286页。
[2] 同上，第548页。
[3] 同上，第619页。

（元惠宗）至元五年（1339）四月……己酉，申汉人、南人、高丽人不得执军器、弓矢之禁。①

宋朝不禁弓矢，更不禁习武，元朝统治者为防止汉人造反，禁止汉人习武，禁止汉人持有弓矢，甚至禁止南方的军尉持有弓矢。直到元世祖至元二十七年（1290）五月，江西行省上奏朝廷："吉、赣、湖南、广东、福建，以禁弓矢，贼益发，乞依内郡例，许尉兵持弓矢。"②朝廷才解除了南方各地尉兵不得持弓矢的禁令。元朝统治者不但禁止汉人拥有兵器，而且连马匹也禁，"朝廷疑汉官甚，禁止中国人不得置军器，凡有马者皆拘入官"③。马可波罗游历到南宋故都杭州时曾对杭州民众远离兵器感到新奇，"他们对武器的使用一无所知，而且家中也从不收藏兵器"④。元朝统治者对兵器的严厉禁管，使得朴刀不再像往昔那样流行于江湖，一些描写江湖生活的话本和戏曲中朴刀出现得稀少了。明初的人对朴刀的认识就有了隔膜。朱权在《太和正音谱》中将元杂剧分为十二科，其中"铍刀赶棒"一科下注记"脱膊杂剧"⑤。"脱膊杂剧"等于"铍刀赶棒"吗？据元明间杂剧《蓝采和》第一折〔油葫芦〕云："我试教几段脱剥杂剧，做一段《老令公刀对刀》，《小尉迟鞭对鞭》或是《三王定政临虎殿》都不如《诗酒丽春园》。"⑥这曲文中"脱剥"当是"脱膊"之讹，意谓挽起衣袖打斗，所谓"刀对刀""鞭对鞭"，其意甚明。

---

① 《元史》，中华书局，1976年版，第852页。
② 同上，第337页。
③ 《多桑蒙古史》，冯承钧译，中华书局，1962年版，第354页。
④ 《马可波罗游记》，陈开俊等译，福建科学技术出版社，1981年版，第179页。
⑤ 中国戏曲研究院编《中国古典戏曲论著集成》，中国戏剧出版社，1959年版，第三册第24页。
⑥ 《元曲选外编》，中华书局，1959年版，第972页。

《诗酒丽春园》似为《黑旋风诗酒丽春园》，若果如此，它才属"锨刀赶棒"类。"脱膊杂剧"应该与"锨刀赶棒"有所区别，朱权把二者混为一谈，正是对朴刀认识不清的表现。

《水浒传》对朴刀的认识，较上引的元杂剧《争报恩三虎下山》和明初杂剧《梁山七虎闹铜台》有明显偏差，就这一点说，它的写作时间要晚于它们。《水浒传》在写到朴刀时，常常还写到腰刀，给人的印象是朴刀为长柄刀，腰刀为短柄刀，一长一短是江湖上行走的常备武器。第二回写少华山的朱武、陈达、杨春下山拜会史进，"将了朴刀，各跨口腰刀"。第十一回写林冲为纳投名状下山剪径，"带了腰刀，提了朴刀"，不料与杨志遭遇，杨志也是"跨口腰刀，提条朴刀"。第二十二回写宋江与宋清为逃避官司，"弟兄两个各跨了一口腰刀，都拿了一条朴刀，径出离了宋家村"。按小说描写，这腰刀有鞘。第三十一回武松跨口腰刀、提条朴刀潜入张都监后花园，首先用腰刀杀了管马院的后槽，杀人之后"武松把刀插入鞘里"，接着连杀数人，刀已砍缺，遂"丢了缺刀"、"撇了刀鞘"，最后提了朴刀离开孟州城。腰刀在《水浒传》出现的频率不低于朴刀，是常见的兵器之一。

但是，腰刀是宋代的产物吗？不是。北宋曾公亮编修之《武经总要》记录了当时作为兵器的各种刀：长柄刀有屈刀、偃月刀、眉尖刀、凤嘴刀、笔刀、掉刀、戟刀等七种，前五种为单边刃，掉刀为双边刃，戟刀由古戟演化而成；短柄刀只有手刀一种。各刀均有图形，绝无腰刀。元代蒙古兵善于骑射，不大使用宋代的长柄刀，而使用的短柄刀也已不是手刀，而是环刀。据《黑鞑事略》，蒙古兵"有环刀，效回回样，轻便而犀利，靶小而偏"，成吉思汗曾嘱诸继承人,"兵械最备者,并持一微曲之刀"①,微曲之刀大不同于宋代刀身较直的手刀,似为环刀,环刀是当时先进的兵器,其刀形微曲,轻便犀利,靶小而偏,形制明显受中亚地区刀具的影响。元代《宣和遗事》前集写汴京巡兵所佩之刀就是环刀:"巡兵二百余人,人人勇健,个个威风,腿系着粗布行缠,身穿着鸦青衲袄,轻弓短箭,手持着闷棍,腰胯着环刀。"环刀在元初还并未普及,《元史》有这样一段记载:

> 岁壬子(1252)……宪宗令断事官牙鲁瓦赤与不只儿等总天下财赋于燕,视事一日,杀二十八人。其一人盗马者,杖而释之矣,偶有献环刀者,遂追还所杖者,手试刀斩之。帝责之曰:"凡死罪必详谳而后行刑,今一日杀二十八人,必多非辜。既杖复斩,此何刑也?"不只儿错愕不能对。②

有人献环刀给不只儿,足见环刀乃珍稀之物,不只儿急不可待地拿刚刚受杖刑者试刀,可知不只儿还是初见此刀,尚不了解它的性能。此事发生在蒙古人入主中原前约二十年,环刀普及到装备全军,大约还需几十年的时间。元惠宗至元六年(1340)二月诏:"除知枢密院事脱脱之外,诸王侯不得悬带弓箭、环刀辄入内府。"③证实终元一代,环刀都被视为上乘的兵器。

腰刀产生在环刀之后,是明朝才有的兵器。明天启元年(1621)成书的《武备志》所记短柄刀有三种:一种叫长刀,仿日本式,刃长五尺,柄长一尺五寸,双手握柄搏杀;一种叫短刀,

---

① 《多桑蒙古史》,冯承钧译,中华书局,1962年版,第153页。
② 《元史》,中华书局,1976年版,第58页。
③ 同上,第854页。

骑兵专用；一种便是腰刀，腰刀长三尺二寸，柄短形弯，与藤牌并用。腰刀较环刀更细长和弯曲，而且有鞘。关于腰刀，戚继光（1528—1588）《练兵实纪》绘有图式并详叙其造法：

> 腰刀造法，铁要多炼，刃用纯钢，自背起用平铲平削，至刃平磨无肩，乃利。妙尤在尖。近时匠役将刃打厚，不肯用工平磨，止用侧锉，将刃横出其芒，两下有肩，砍入不深，刀芒一秃，即为顽铁矣，此当辨之。①

戚继光如此不厌其详地讲述腰刀的造法，说明他对腰刀的看重。他把腰刀列为骑兵和步兵的一种常备兵器。他编制的每马军一中营，应装备腰刀 1152 把，弓 1152 张，双手长刀 432 把。每步军一营，装备腰刀 216 把，长刀 1080 把，长枪 216 杆。②从这个编制看，腰刀更适宜于骑兵，长刀更适宜于步兵。《练兵实纪》证明，在戚继光军事活动的嘉靖时期正是腰刀成熟并普及的时期。

《水浒传》保留着朴刀作为江湖上的武器的位置，说明《水浒传》上承宋代，含有宋代的历史遗存；而小说对朴刀描写的偏差，则又说明《水浒传》作者与朴刀流行的时代相去甚远。腰刀的频频出现而与朴刀并举，则显示了《水浒传》的成书时间不在元代，甚至不在明初，而在靠近戚继光的时代。关于这个问题，凌振的子母炮提供了更明确的时间坐标。

---

① 戚继光《练兵实纪》，《中国兵书集成》，解放军出版社、辽沈书社，1994 年版，第 616—617 页。
② 同上，第 714—731 页。

三

　　从朴刀到腰刀是一个跨时代的发展，从朴刀杆棒的个人打斗到带甲上马，到步军马军水军联合作战，从小说题材上说是由武打到战争的演进。其间出现了轰天雷凌振的子母炮，更标志着从冷兵器时代向火器时代的飞跃。

　　凌振和他的子母炮首见于第五十五回。"高太尉大兴三路兵"，企图一举剿平梁山泊。这时呼延灼向高俅推荐凌振出征，凌振善造火炮，一是风火炮，二是金轮炮，三是子母炮。凌振果然名不虚传，他的火炮对梁山防御工事构成极大威胁。吴用凭借山寨四面皆是水泊，港汊甚多，宛子城离水又远，根本不把凌振的火炮放在眼里，但凌振发了三炮，就有一炮击中鸭嘴滩小寨，使得吴用及梁山众头领无不大惊失色。凌振的炮大大超出吴用等人的经验和想象，的确是当时最先进的火炮。当然，凌振很快便被"请"上了梁山，他掉转炮口，不仅帮助宋江击溃了呼延灼的进攻，而且对于俘虏呼延灼起了重要作用。其后，在攻打北京城和东昌府，三败高太尉等战役中都建立了卓著的战功。凌振属地煞星，排名第五十二，是一百零八将中颇有特色的人物。作为制造并操作最先进火器的专家，在梁山是独一无二也无可替代的。如果没有凌振的火炮，梁山军队的声威就要大大减色了。诚然，作为艺术形象，他远远不及宋江、林冲、鲁智深、李逵、武松等等那样个性鲜明，但在全书的人物和情节组织中却不是可有可无的人物。基于此，我们可以断定凌振和他的火炮是《水浒传》成书时就已存在的部分，不可能是《水浒传》成书之后由某位修订者添加上去的。

　　这里有必要提及一下版本。现存《水浒传》有繁本和简本两个系统，两个系统的本子在文字上多有差异，但无论是繁本还是简本，都有凌振和他的三种火炮的描写。简本系统的万历二十二年双峰堂余象斗刊本《水浒志传评林》和崇祯刘兴我刊本《水浒忠义志传》将"金轮炮"作"金斡炮"，这"斡"疑为"轮"字之误，其他二炮"风火炮"和"子母炮"皆无异文。

且不论"风火炮"和"金轮炮"，其"子母炮"是值得而且应该加以考证的。因为小说写它写得比较实在具体，而且它的确是非常著名的火炮。第五十七回写子母炮说：

> 那一个母炮周回接着四十九个子炮，名为子母炮，响处风威大作。

这段文字明确地说明子母炮由母炮和子炮两个部分组成，这显然不同于古代一般的火炮。它究竟是一种形制如何和具有何种性能的火炮呢？

宋代没有火炮，宋代所谓的炮，只是发石的木制器械。元代始有火炮，但极罕见。中国人民革命军事博物馆古代战争馆陈列的元至顺三年（1332）铜火铳（复制品）是我国也是世界现存最早的金属火炮。关于炮的发展史，《明史》有一个简明的叙述：

> 古所谓炮，皆以机发石。元初得西域炮，攻金蔡州城，始用火。然造法不传，后亦罕用。
> 至明成祖平交阯，得神机枪炮法，特置神机营肄习。制用生、熟亦铜相间，其用铁者，建铁柔为最，西铁次之。大小不等，大者发用车，次及小者用架、用桩、用托。大利于守，小利于战，随宜而用，为行军要器。永乐十年诏自开平至怀来、宣府、万全、兴和诸山顶，皆置五炮架。二十年从张辅请，增置于

山西大同、天城、阳和、朔州等卫以御敌。然利器不可示人,朝廷亦慎惜之。

宣德五年敕宣府总兵官谭广:"神铳,国家所重,在边墩堡,量给以壮军威,勿轻给。"正统六年,边将黄真、杨洪立神铳局于宣府独石。帝以火器外造,恐传习漏泄,敕止之。

正统末,边备日亟,御史杨善请铸两头铜铳。景泰元年,巡关侍郎江潮言:"真定藏都督平安火伞,上用铁枪头,环以响铃,置火药筒三,发之,可溃敌马。应州民师翱制铳,有机,顷刻三发,及三百步外。"俱试验之。天顺八年,延绥参将房能言麓川破贼,用九龙筒,一线然则九箭齐发,请颁式各边。

至嘉靖八年,始从右都御史汪铉言,造佛郎机炮,谓之大将军,发诸边镇。佛郎机者,国名也。正德末,其国舶至广东。白沙巡检何儒得其制,以铜为之,长五六尺,大者重千余斤,小者百五十斤,巨腹长颈,腹有修孔。以子铳五枚,贮药置腹中,发及百余丈,最利水战。驾以蜈蚣船,所击辄糜碎[①]。

明代是中国军事史上火器大发展的时代,故而《明史》记载详备。上述文字表明明朝统治者对火器十分保密,制造和管理都十分严格,均由中央政府直接控制。火器出现,政府对冷兵器的禁管便相对松弛下来,《水浒传》描写一些好汉们毫无顾忌地佩刀提枪在街市上游荡,只能是明代社会的景象。上引文字所记火炮中的"佛郎机炮"又称"大将军"者,即《水浒传》凌振的子母炮。

"佛郎机"即葡萄牙。子母炮因得之葡萄牙船,故名之曰"佛郎机铳(炮)",又因其由母炮和子炮组成,故俗称子母炮。母炮身

---

① 《明史》,中华书局,1974年版,第2263—2264页。

管前部细长，后部为鼓腹，鼓腹上开长孔，用以装填子炮。一门母炮配备若干子炮，子炮预先装好弹药，将子炮填入母炮鼓腹中发射，射毕将这枚子炮退出鼓腹，换填另一枚已备弹药的子炮。如此可以发射不停。它的结构与现代火炮的原理完全相同，母炮相当于现代火炮的炮身，子炮装好弹药相当于现代火炮的炮弹。旧式火炮发射弹药后，临时要再往炮膛中装填弹药，而旧式火炮体重身长，装填弹药时必须将炮管直起，这就需要多人操作，再者炮膛射出一弹后，炮身发热，不能立即装填新的弹药，即兵家所谓的"重而难举，发而莫继"的严重缺欠。子母炮恰好克服了旧式火炮的这个缺欠，操作既省力，发射又可不停，这是火炮史上的一个重大进步。中国人民革命军事博物馆古代战争馆陈列有明嘉靖年间制造的子母炮和炮用火药（河北秦皇岛抚宁区文管所捐赠）以及年代不详的其他型号的子炮。

关于子母炮于正德末何儒得之葡萄牙船之说，明人严从简《殊域周咨录》卷九记叙甚详：

> 有东莞县白沙巡检何儒，前因委抽分，曾到佛郎机船，见有中国人杨三、戴明等，年久住在彼国，备知造船铸铳及制火药之法。（汪）鋐令何儒密遣人到彼，以卖酒米为由，潜与杨三等通话，谕令向化，重加赏赉，彼遂乐从。约定其夜，何儒密驾小船，接引到岸，研审是实，遂令如式制造。

《明实录》卷一百五十三记曰："中国之有佛郎机诸火器，盖自（何）儒始也。"亦可为证。

子母炮的来源当不只何儒这一条渠道。葡萄牙船来中国，不只一艘，也不只停留广东东莞白沙一港，因此别人在别地亦有可能从葡萄牙船上获得其技术。正德间人顾应祥便说他之获得子母炮，乃是由葡萄牙船上通使所献："正德丁丑（十二年，1517）予任广东佥事，署海道事。蓦有大海船二只，直至广城怀远驿，称系佛郎机国进贡……其铳以铁为之，长五六尺，巨腹长颈，腹有长孔，以小铳五个轮流贮药，安入腹中放之……时因征海寇，通事献铳一个，并火药方。"[1] 此外，王阳明于正德十四年（1519）平定朱宸濠叛乱之际亦获知子母炮其物。宸濠乱起，致仕闲居福建莆田老家的原右都御史林俊即派人将子母炮并火药方送至在江西平叛前线的王阳明，子母炮送到时，叛乱已平定有七天了。王阳明虽然没有用上子母炮，但很感新奇，也深感林俊的情谊，特赋有一诗曰：

>佛郎机，谁所为？截取比干肠，裹以鸱夷皮。苌弘之血衅不足，睢阳之怒恨有遗。老臣忠愤寄所泄，震惊百里贼胆披。徒请尚方剑，空闻鲁阳挥。段公笏板不在兹，佛郎机，谁所为？[2]

林俊如何得到子母炮已不得详知，但有一点，他住在沿海的福建，来源于葡萄牙海船是确定无疑的。不管子母炮通过了哪些渠道传入中国，但所有文献记载传入时间均是在正德末年。

明朝政府下令仿制各种型号的子母炮以装备军队则已是嘉靖初年的事情。此事除上引《明史》外，《武备志》卷一百二十二、《练兵实纪》杂集卷五、《明会典》卷一百九十三均有记载。最初仿制的型号计有一号、二号、三号、四号、五号几种，子铳由五门增至九门。一号佛郎机长八九尺，装火药一斤，每个铅子重一斤；二号

---

[1] 顾应祥《筹海图编》卷十三。
[2] 王阳明《书佛郎机遗事》，《王阳明全集》，上海古籍出版社，1992年版，第921—922页。

佛郎机长六七尺,装火药十一两,每个铅子重十两;三号佛郎机长四五尺,装火药六两,每个铅子重五两;四号佛郎机长二三尺,装火药三两半,每个铅子重三两;五号佛郎机长一尺,装火药五钱,每个铅子重三钱。一、二、三号主要用于水战和攻守城寨,四号、五号用于野战。其射程均达百余丈。

《水浒传》写子母炮由子炮和母炮组成,发射起来"连珠炮响",应该说是把握了子母炮的基本特征。细究起来,其描写又有一些不确之处,比如说"一个母炮周回接着四十九个子炮",就不得要领,没有明白写出子母炮的形制和操作过程。看来作者只是道听途说,并未实见其物。如此固不足怪,朝廷对火炮严加保密,尤其像子母炮这样先进的火器,别说普通百姓无以接近,就是一般军人,若非神机营掌管和操作者,也难目击其真容。但这并不妨碍子母炮名气的张扬,越是神秘,传得越是迅速。嘉靖万历时期的小说《痴婆子传》甚至用"子母将军炮"来形容男女床笫举动,可见当时人们对子母炮不说是家喻户晓,也是广为人知了。

子母炮出现在正德末,开始制造和装备军队在嘉靖初,这个时间非常确凿,如此便铁定了《水浒传》写它的时间,其上限不可能早于正德末年。上文论证《水浒传》对朴刀、腰刀的描写不会早于明初,这子母炮所显示的时间坐标,则进一步将它往后推移。如果上文论证的"凌振和他的子母炮乃是《水浒传》成书时应有的部分"可以成立,则可以断定《水浒传》成书时间的上限不能早于正德末年。

四

无独有偶,万历年间吴从先读到的另一种《稗史水浒传》也写到子母炮。1980年黄霖著文《一种值得注目的〈水浒〉古本》[①]指出其作为《水浒传》成书过程中的一种形态的学术重要性，可惜并未引起水浒学界应有的重视。

关于吴从先的著作，《四库全书总目》卷一四四子部小说家类存目二著录有《小窗自纪》四卷、《艳纪》十四卷、《清纪》五卷、《别纪》四卷，称吴从先"爵里未详"。现据《小窗清纪》之《请冯开之太史启》以及吴逵《小窗清纪序》，知吴从先字宁野，歙县（今属安徽）人，曾从冯梦祯（1546—1605）受业，终身未仕，以侠闻名。吴从先在《小窗自纪》自叙中说，该书的文章均为甲寅前存稿，这个"甲寅"当为万历四十二年甲寅。上一个"甲寅"是嘉靖三十三年（1554），时冯梦祯仅九岁，作为冯梦祯门生的吴从先彼年自然不可能有什么存稿。《小窗自纪》卷三之《读水浒传》一文，写作时间在万历时期无疑。

吴从先在万历年间读到的这部《稗史水浒传》与《水浒传》有根本的差异，这差异黄霖在《一种值得注目的〈水浒〉古本》一文中归纳有六点：第一，宋江形象不同；第二，宋江接受招安的过程不同；第三，四寇不同；第四，北方的威胁是金而不是辽；第五，宋江看灯在南宋首都临安而非北宋京城东京；第六，其他形象不同。如果另换视角观点，还可以列出许多的不同来，但仅此六点已足以证明《稗史水浒传》比《水浒传》要稚拙得多，成书肯定在《水浒传》之前。

那么，这部所谓的《稗史水浒传》是真实的存在吗？吴从先会不会有意作伪？这个怀疑是必要的，但答案是否定的。理由很简单，吴从先编造不出来，他也没有必要去编造它。《稗史水浒传》

---

① 载《复旦学报（社会科学版）》，1980年第4期。

的人物形象和情节故事都比较接近题材原型，吴从先生活的万历时代《水浒传》已流行天下，在《水浒传》人物情节已楔入人们意识的情况下，编造这样一部稚拙的故事，简直是不可能的事情，正如人类脱离童稚进入成熟时代便创作不出神话来一样。编造宋江等人的早期传说的事不是没有的，当代亦有人有此雅兴，但这些传说必定具有编造人的当代意识和《水浒传》存在之先的痕迹，逃不过学者的法眼。[①] 作伪总是有某种动机的，吴从先欲从这编造中获得创作的满足感和成就感吗？这不可能，吴从先只是写了一篇读后感，并未着意编造一部小说。再者，标榜"古本""原本"，或者是要制造学术轰动效应，或者是抬高刊本的价值以便销售。吴从先的时代研究《水浒传》不但不是一门学问，甚至还有招致非议的可能；同时他也不是出版商，更没有把这部《稗史水浒传》刊刻出版的意思。吴从先没有作伪的动机。所以，应该肯定吴从先读到的《稗史水浒传》是真实的存在。

这《稗史水浒传》写到子母炮，但是子母炮的主人不是轰天雷凌振，而是插翅虎雷横。《读水浒传》云：

（童贯）闻箔中有炮声而炮抵贯壁，连击如雷，士骇马逸，弃甲曳兵，上下不相顾，未尝交一锋窥一垒而气夺矣。贯走询乡导，有识者曰："此雷横之子母炮也。"

插翅虎雷横是早期的宋江三十六人之一，龚开的《宋江三十六赞》和《宣和遗事》的三十六人名单中都有插翅虎雷横。凌振不在

[①] 参见马幼垣《水浒论衡·流行中国大陆的水浒传说》，新北联经出版事业公司，1992年版。

早期的三十六人之中，是后来才塑造出来的形象。仅此即可证明《稗史水浒传》成书在《水浒传》之前。这里写征剿梁山的统帅是童贯而不是高俅，说明在《稗史水浒传》的情节中童贯的地位比高俅重要，高俅和林冲的故事是《水浒传》成书时才有的非常重要的情节，有了高俅和林冲，才有"乱自上作"的思想，才有"逼上梁山"的主题，显然《稗史水浒传》还没有这些，这也证明它要早于《水浒传》。

但是，这个"子母炮"却把《稗史水浒传》成书的时间坐标毫无疑义地定在正德末年。这里成书概念也许可以解释为两种情况：第一，它是在正德末年或稍后写成的；第二，它原有一个古本，在正德末年或稍后由一位修订者将子母炮加进去的。不管是第一种情况还是第二种情况，《稗史水浒传》的作者或修订者都没有见到过《水浒传》。如果他见到《水浒传》，也就不会来创作或修订这么一部稚拙的《稗史水浒传》了。这《稗史水浒传》的成书或修订时间在正德末年或稍后，证明在正德末年以前根本就不存在《水浒传》一书。

与《水浒传》不同的宋江故事，当不只《稗史水浒传》一种，上文已举的《大宋中兴演义》叙及关胜的经历与《水浒传》就有明显差异，其原文曰：

> 却说金挞懒引败残人马屯札东乡，与副先锋黄朵儿议曰："关胜只五千军，杀败我四万人马，斩了先锋幹里讹，倘遇宋家大队军来，我等不勾杀也。"黄朵儿曰："关胜昔乃梁山泊之徒，最骁勇，曾随童贯征方腊，多有战功。莫非正是此人？"[①]

[①] 《大宋中兴演义》卷二，见刘世德、陈庆浩、石昌渝主编《古本小说丛刊》第三十七辑第一册，中华书局，1991年版，第298页。

《大宋中兴演义》有熊大木嘉靖三十一年（1552）自序，《古本小说丛刊》据日本东京内阁文库所藏嘉靖三十一年清江堂刊本影印。也就是说，熊大木写作这段文字是在嘉靖三十一年以前不久的时候，高儒《百川书志》（有嘉靖十九年序）著录有《忠义水浒传》一百卷，上海图书馆藏有版心作《京本忠义传》的嘉靖刻本第十卷之残叶两面，证明嘉靖年间《水浒传》已书成刊行。然而熊大木写关胜的这段文字却不是依据《水浒传》，《水浒传》叙关胜征方腊后授大名府总管兵马之职，"一日操练军马回来，因大醉失脚，落马得病身亡"，熊大木却写他做了济南府刘豫的属将。这一点不同，也许是熊大木依据史书记载的关胜事迹，却又有兴趣与梁山关胜挂钩而为之，因而不足以证明他读到的宋江故事与《水浒传》不同，但是他写关胜"随童贯征方腊"则确凿与《水浒传》不同，《水浒传》中奉旨剿捕方腊的统帅为张叔夜，宋江是张叔夜麾下的前部先锋，按《水浒传》只能说"随张叔夜征方腊"。《宣和遗事》写童贯是征方腊的统帅，熊大木之说较接近《宣和遗事》，据此推断他所依据的宋江故事并不是《水浒传》，大概不算主观臆断吧。

　　正德末年是民间盛传宋江故事的时期，也是《水浒传》酝酿成书的关键时期。在此之前，宋江故事还处在流动而尚未定型的状态。有一个旁证，陆容（1436—1497）《菽园杂记》卷十四记"斗叶子之戏"的叶子所图人形有宋江二十人，这二十人均未超出龚开《宋江三十六赞》和《宣和遗事》的三十六人名单的范围，且有三人的绰号姓名与《水浒传》大异，他们是：

混江龙李进（《水浒传》作"混江龙李俊"）
赛关索王雄（《水浒传》作"病关索杨雄"）
一丈青张横（《水浒传》作"一丈青扈三娘"或"船火儿

张横")

如果当时《水浒传》已刊行于世,这种情况就不会存在。更值得注意的是,陆容解释叶子上人物时,说"盖宋江等皆大盗,详见《宣和遗事》及《癸辛杂识》"①,根本不提《水浒传》。陆容生活在正德前的成化弘治年间,在那个时代,宋江故事虽然流传,但还没有形成《水浒传》。正德末年讲说宋江至热,可从钱希言《戏瑕》的一段记载中窥见一斑:

> 文待诏诸公,暇日喜听人说宋江,先讲摊头半日,功父犹及与闻。②

钱希言是钱谦益的高祖从父,钱谦益《列朝诗集小传》中有传。钱希言是嘉靖万历时人,他熟知《水浒传》,他说"文待诏诸公,暇日喜听人说宋江",而不是说"喜听人说水浒",强调这"宋江"和"水浒"之不同,绝非咬文嚼字,刻意深求,其间的差异实在太大。《水浒传》成书之前,宋江三十六人的故事不具"水浒"之名,这是极简单的事实,而成书之后,他们的故事便通常称作"水浒"故事。陈洪绶、张岱称画有宋江等人图形的叶子为"水浒牌"即是一例。宋江的故事自北宋末以来代代相传,而"水浒"故事则是根据《水浒传》改编成的口头文学。钱希言明白地说文待诏诸公所听的"宋江"是"先讲摊头半日",那游情泛韵的奇文在成书时都给"划薙"掉了,是《水浒传》根据它成书,而不是它根据《水浒传》改

---

① 陆容《菽园杂记》卷十四,中华书局,1985年版,第173—174页。
② 马蹄疾《水浒资料汇编》,中华书局,1980年版,第360页。

编。这条材料从侧面证明文待诏的时代《水浒传》尚未成书,当时讲说宋江很吸引听众,已接近于成书。

文待诏即文徵明(1470—1559),正德末以岁贡生诣都,授翰林院待诏。既称"文待诏诸公,暇日喜听人说宋江",一定是文徵明入翰林院之后,而且也只有做了官才有"暇日"之说,白衣本来就是闲人,无所谓"暇日"。由此可知文征明听说宋江的时间不会早于正德末年。

联系正德这个具体的时代背景,就不难理解为什么这个时候宋江的故事具有这么大的吸引力,为什么宋江的故事在流传了四百年后凝固成《水浒传》这样的主题。南宋的宋江有抗金的民族斗争的内容,元杂剧的宋江大体扮演着为民除害的角色,明初杂剧宣扬弃暗投明,更有一种"有一日圣明主招安去,扫蛮夷,辅圣朝,麒麟阁都把名标"(《梁山七虎闹铜台》)之类的为新朝建功立业的意识,《水浒传》突出的是奸臣当道、官逼民反的主题。不同时代的宋江,烙有不同时代的印记,归根到底,社会存在决定社会意识。一部不朽的作品,绝不可能悬浮在抽象的社会背景之上,它只能是具体的某个时代社会土壤的产物。正德是明朝由盛到衰的转捩点。它的短短十六年间发生了三件大事。一是宦官刘瑾专权,太监擅权的事情自不从正德始,但太监网络士大夫官僚结成"阉党"则是刘瑾的首创。二是刘六、刘七农民起义,这次起义规模之大、波及之广、影响之深,皆"百十年来所未有者"。三是宁王朱宸濠叛乱,这叛乱是正德朝政治危机的一次大爆发。这个时代是奴隶做奴隶都做不稳的时代,不要说劳动民众,就是正直的士大夫也都难以生存。何良俊的《四友斋丛说》很具体地描述了正德前后的社会变化[①],字里行

---

① 见何良俊《四友斋丛说》卷十三,中华书局,1959 年版。

间透露出对大明盛世一去不复返的哀鸣。正是在这样一个时代，基于这样一种社会情绪，吸纳了这样的社会现实的生活素材，《水浒传》重塑了宋江等人的形象，将长期流动的宋江故事定位在官逼民反的主题上。

（原载《文学遗产》1999年第2期）

《水浒传》成书于嘉靖初年考

一部长篇小说，如果我们不能确知它的成书年代，就不能具体地了解它所产生的时代背景，也就不能够准确地把握作者创作的主观动机和深刻地分析作品所容涵的思想内容。在尚不能确知成书年代的前提下对作品的一切评论，无异于雾里看花。作为古典小说名著的《水浒传》，它的成书年代就是长期困扰学术界的一个疑难问题。

《水浒传》成书年代，现在通行的说法是元末明初。此说的根据是：一、明高儒《百川书志》（有嘉靖十九年自序）卷六"史部·野史"著录《忠义水浒传》一百卷，钱塘施耐庵的本，罗贯中编次"。现存明刊本亦有署名为"施耐庵集撰、罗贯中纂修"者。[①] 二、明贾仲明《录鬼簿续编》记曰："罗贯中，太原人，号湖海散人。与人寡合。乐府隐语，极为清新。与余为忘年交。遭时多故，各天一方。至正甲辰（1364）复会，别来又六十余年，竟不知其所终。"[②]《水浒传》早期刻本署名罗贯中，《录鬼簿续编》又著录罗贯中为元末明初人，则《水浒传》成书于元末明初似乎顺理成章。然而，这只是一个推理。《录鬼簿续编》说罗贯中"乐府隐语，极为清新"，并未说他写过小说。《录鬼簿续编》记载元末明初

---

① 疑为明嘉靖郭勋刻本之现存残卷卷端题"施耐庵集撰、罗贯中纂修"。北京图书馆藏明万历容与堂刻本题"施耐庵撰、罗贯中纂修"。
② 《中国古典戏曲论著集成》（二），中国戏剧出版社，1959年版，第281页。

戏曲、散曲作家的事迹及其作品目录，并不囿于戏曲、散曲，其他如诗文、书画、医道、学术等等有成绩者，均在著录之中。如果作者知道罗贯中撰有《水浒传》，当不会不记。当然也存在一种可能，罗贯中写《水浒传》是在他与贾仲明至正甲辰复会以后，贾仲明不得而知，所以阙如。但是这不是唯一的可能。因此，这条材料不能作为罗贯中是《水浒传》作者的直接证据。也正因为它不是直接证据，这才需要与早期刻本署"罗贯中编次"挂钩。最早著录《水浒传》之编次者为罗贯中者是明嘉靖时高儒的《百川书志》，从明初的洪武元年（1368）到嘉靖元年（1522），相距有一百五十多年之久，一个半世纪之后的署名，尤其是常有托名现象的通俗小说的署名，其可信程度是可以而且应当怀疑的。胡适就曾怀疑《水浒传》的署名"是一个假托的名字"。[①] 既然嘉靖间刻本的署名还有疑点，那么将《录鬼簿续编》与之挂钩和挂钩得出的结论，也就不能成为定案。

20世纪中对"元末明初说"提出质疑的，首先是日本学者狩野直喜，他发表在1910年（日本明治四十三年）《艺文杂志》第一卷第五期的《水浒传与支那戏曲》，将明初的"水浒戏"与《水浒传》比较，指出"水浒戏"的人物故事与《水浒传》相关的人物情节差别太大，"水浒戏"编撰和出演之时，不可能有《水浒传》的存在。他主张"一定要把现在的《水浒传》出现时代移后"。胡适在1920年和1921年发表的《〈水浒传〉考证》和《〈水浒传〉后考》，将《水浒传》成书过程归纳为明初"原百回本"——弘治正德"七十回本"——嘉靖"新百回本"。他倾向同意狩野直喜的意

[①] 胡适《〈水浒传〉考证》，见《胡适古典文学研究论集》，上海古籍出版社，1988年版，第679页。

见,认为明初"水浒戏""很缺乏超脱的意境和文学的技术",推想明初的《水浒传》"还是很幼稚的","明朝初年不能产生现有七十回本的《水浒传》"。[①]胡适所说的明初很幼稚的"原百回本"只是他的未经求证的大胆假设,但他肯定现在看到的成熟的《水浒传》出现在弘治正德年间,还是很有历史眼光的。主张《水浒传》成书年代应当从元末明初向后推移的,还有马幼垣《从招安部分看〈水浒传〉的成书过程》(收入作者《水浒论衡》,新北联经出版事业公司,1992年版)、李伟实《从水浒戏和水浒叶子看〈水浒传〉的成书年代》(载《社会科学战线》1988年第1期)、林庚《从水浒戏看〈水浒传〉》(载《国学研究》第1卷)等。

发表在《江汉论坛》1982年第1期的张国光《〈水浒〉祖本探考》认为郭勋刻本就是《水浒传》的祖本,《水浒传》成书于嘉靖初年。张国光的根据有五:一、书中不少地名是明代建制;二、书中未反映宋元应有的民族情结;三、述及《水浒传》的文献均出嘉靖之后;四、嘉靖以前的白话文技巧尚未发达到产生《水浒传》的成熟水平;五、《水浒传》所写关羽刮骨疗毒情节本于嘉靖元年刊《三国志通俗演义》。这五条中,第二、第四两项是分析,不是证据;第三条可以做旁证,却不能成为主证;第一、第五两项可以作为证据,但不能排除地名和刮骨疗毒文字可以是后人翻刻时修订的可能。张国光提出此说是难能可贵的,但毕竟证据不足,还是动摇不了通行之说。中国最新出版陈大康《明代小说史》(上海文艺出版社,2000年版)仍然持"元末明初说"。

吴晗考证《金瓶梅词话》的著作时代为我们提供了一个学术范例,他从小说叙事之作者所不经意处,找到写作的时代坐标。他

[①] 《胡适古典文学研究论集》,上海古籍出版社,1988年版,第672页。

说："一个作家要故意避免含有时代性的纪述，虽不是不可能，却也不是一件容易的事。因为他不能离开他的时代，不能离开他的现实生活，他是那时候的现代人，无论他如何避免，在对话中，在一件平凡事情的叙述中，多少总不能不带有那时代的意识。即使他所叙述的是假托古代的题材，无意中也不能不流露出那时代的现实生活。我们要从这些作者所不经意的疏略处，找出他原来所处的时代，把作品和时代关联起来。"① 本文即循着这个思路和方法，在《水浒传》的平凡事情的叙述中（这些叙述文字也是读者常常忽略而不大可能是好事者后来修改和增补的）找到时代的痕迹，由此而论定《水浒传》的成书年代。

但是在进入正文前，还有必要申述和说明几点。第一，《水浒传》的题材有一个长期累积的过程，但今见的百回本《水浒传》却是由一位作家写成的，题材累积不等于《水浒传》是集体创作。第二，本文考证成书时间，首先要确定"成书"概念。像胡适提出明初有一个很幼稚的"原百回本"，又没有说明它的幼稚是如何具体表现在人物、情节上的，这当然只是一种猜测式的大胆假设，这种假设的"原百回本"不能视为成书的《水浒传》。所谓成书的《水浒传》，不管它多少卷多少回，它必须是写了一百零八人，必须有林冲这类逼上梁山的故事，否则只是元代和明初水浒戏的改编，不能称作《水浒传》。第三，本文在选择例证时，有意撇开在成书过程的讨论中有争议的如招安以后的部分，这样做，是避免纠缠在七十回、百回、百二十回的问题中。第四，考虑到现存《水浒传》有简本、繁本的文字差别，本文举证一定是简本繁本共有之文字，

---

① 吴晗《金瓶梅的著作时代及其社会背景》，见《读史札记》，生活·读书·新知三联书店，1956年版，第19页。

以保证它的无可争议性。

一、《水浒传》没有嘉靖以前的版本，嘉靖前也没有人知道《水浒传》

现存《水浒传》各种版本中，最早的嘉靖刊本仅存残叶两面，藏上海图书馆。再没有发现比这个本子更早的版本。或者有人说，现在没有发现，不等于说嘉靖前没有版本存在，也许嘉靖前的刻本和钞本已经佚亡了，只是没有发现而已。这种考虑有它的合理性。但是，还有一个重要事实，嘉靖之前，就没有人提到过《水浒传》。众所周知，《水浒传》是一部具有思想、艺术震撼力的长篇小说，它的横空出世，不可能不在社会上产生极大轰动。但是从洪武到正德，历经一百五十多年，居然在种种文献中找不到一丝痕迹，岂非咄咄怪事！我们只要看一看《红楼梦》在未定稿时就传扬开去的事实，就不能不怀疑那一百五十多年中是否真有一部《水浒传》钞本或刻本的存在。

如果说一般人见闻有限，懵然无知，或者说士大夫鄙视小说而不屑挂齿，那么有这样两个人物，如果他们见到《水浒传》是不会弃而不论的。一位是宣德间写"水浒戏"的朱有燉，一位是弘治间曾详细记录水浒人物"叶子"的陆容，他们都关注过宋江三十六人的故事，可是他们都不知道有小说《水浒传》。

朱有燉（1379—1439），朱元璋第五子朱橚的长子，洪熙元年（1425）袭其父周王封号。《列朝诗集小传》称他"勤学好古，留心翰墨"，所编"水浒戏"有杂剧《黑旋风仗义疏财》和《豹子和尚自还俗》。杂剧《黑旋风仗义疏财》演叙李逵乔装新娘，痛殴强娶民女的恶官赵都巡。此故事不见于《水浒传》。杂剧《豹子和尚自还俗》演叙鲁智深从梁山出走至清静寺为僧，宋江设计赚鲁智深开戒打人，使鲁智深回心转意复归梁山，三十六人团圆。此故事不但不见于《水浒传》，而且鲁智深的履历也与《水浒传》完全不同，"贫僧姓鲁，俗名智深，原是南阳广慧寺僧人，因幼年戒行不精，被师嗔责，还俗为民。跟着宋江哥哥，在梁山泺内落草为寇。带着我亲母，如今年老，朝夕奉侍。自去年被我哥哥宋江打了我四十大棍，我受不得这一口气，走来这清溪港清静寺内，出家做个和尚"。此剧写梁山泺仅三十六人，作者特别让宋江上场将三十六人名姓数了一遍。元杂剧以及明初杂剧，由于嘉靖万历后编辑刊刻者改动较多，特别是依据正在流行的《水浒传》来修改以往"水浒戏"的部分文字，加上"三十六大伙，七十二小伙"之说，使人错以为元代和明初杂剧中已写有一百零八人。朱有燉的杂剧《黑旋风仗义疏财》，万历脉望馆钞校内府本宋江上场所讲"三十六大伙，七十二小伙"一段话，系从《水浒传》引入，宣德周藩原刻本并无此文字。版本问题实在不能轻忽。朱有燉只知宋江三十六人之说，而不知写一百零八人的《水浒传》。

　　朱有燉对于通俗文学，绝不是一个孤陋寡闻的人。他一方面对于戏剧、对于梁山泺故事有浓厚兴趣，另一方面他又具备广泛收集戏剧小说资料的条件。他高居王位，财力上不会有问题。他长期生活在封地开封，开封是北宋故都，地处中原腹地，交通便利，并不是偏远闭塞的一隅。再加上奉承他的文人、艺人来自四面八方，假设真有一部百回本的《水浒传》远在江南的某地流传，这些人是不会不将信息带给这位编撰"水浒戏"的王爷的。

　　《豹子和尚自还俗》和《黑旋风仗义疏财》卷首均有作者宣德八年（1433）自序。此年上距明朝开国的洪武元年已有六十五年。假设《水浒传》在元末明初成书，半个世纪之后写"水浒戏"的朱有燉竟然毫无所闻,这种假设怕是很难站得住脚的。

　　时间再往后推五十年,陆容写作《菽园杂记》时,仍然不知有一部百回大书《水浒传》。《菽园杂记》记有成化年间朝野故实,成书当在成化弘治间。该书卷十四记绘有梁山人物的"叶子"。这段文字辑录在马蹄疾编《水浒资料汇编》卷四(中华书局,1980年版,第361页),可惜编者将这段文字的末尾一段删掉,使人有可能误解"叶子"是据《水浒传》来图画的,而事实上图画者和记此图画的陆容都不知有《水浒传》。现将全文移录如下:

　　　斗叶子之戏,吾昆城上自士夫,下至僮竖皆能之。予游昆庠八年,独不解此,人以拙嗤之。近得阅其形制,一钱至九钱各一叶,一百至九百各一叶,自万贯以上,皆图人形。万万贯呼保义宋江,千万贯行者武松,百万贯阮小五,九十万贯活阎罗阮小七,八十万贯混江龙李进,七十万贯病尉迟孙立,六十万贯铁鞭呼延绰,五十万贯花和尚鲁智深,四十万贯赛关索王雄,三十万贯青面兽杨志,二十万贯一丈青张横,九万贯插翅虎雷横,八万贯急先锋索超,七万贯霹雳火秦明,六万贯混江龙李海,五万贯黑旋风李逵,四万贯小旋风柴进,三万贯大刀关胜,二万贯小李广花荣,一万贯浪子燕青。或谓赌博以胜人为强,故叶子所图皆才力绝伦之人,非也。盖宋江等皆大盗,详见《宣和遗事》及《癸辛杂识》。作此者,盖以赌博如群盗劫夺之行,故以此警世,而人为利所迷,自不悟耳!记此,庶吾后之人知所以自重云。①

　　叶子所图共二十人。值得注意的有两点:一、这二十个人没有

---

① 陆容《菽园杂记》,中华书局,1985年版,第173—174页。

超出《宣和遗事》和《癸辛杂识》载龚圣与作《宋江三十六赞》的三十六人的名单，"叶子"的制作者所依据的是宋江三十六人的故事，而不是写有一百零八人的《水浒传》。二、"叶子"的个别人物的绰号名字与《水浒传》不同："混江龙李进"，《水浒传》是李俊；"赛关索王雄"（《宣和遗事》作"赛关索王雄"，《癸辛杂识》作"赛关索杨雄"），《水浒传》是"病关索杨雄"；"一丈青张横"（《宣和遗事》作"一丈青张横"，但不在三十六人之内），《水浒传》"一丈青"是女将扈三娘，张横的绰号是"船火儿"。"叶子"所记"八十万贯混江龙李进"和"六万贯混江龙李海"有重记之嫌，这"混江龙"不论是李进还是李海（《宣和遗事》作"混江龙李海"），都不同于《水浒传》"混江龙李俊"之名。这里特别要指出的是"一丈青张横"，《宣和遗事》写宋江所得天书上三十六人姓名中并无此人，但宋江上梁山后按天书点名，聚义的只少三人，"那三人是：花和尚鲁智深、一丈青张横、铁鞭呼延"，且不论《宣和遗事》前后文字的矛盾，这"一丈青张横"不会是一位女性，大概没有疑义。这与《水浒传》所描写的"一丈青扈三娘"差异太大。凡读《水浒传》，对梁山上三位女将都会有深刻印象，扈三娘不仅武艺高强，而且姿色美丽，梁山排名远在母大虫顾大嫂、母夜叉孙二娘之前。假若"叶子"制作者见到过《水浒传》，当不会沿袭《宣和遗事》，将"一丈青"的号仍授予"张横"。

"叶子"制作时间不可考，但一定是在陆容生活的时代。陆容说"近得阅其形制"，也就是说陆容写作此条前不久方得到这"叶子"，那么陆容写作《菽园杂记》是在什么时间呢？《菽园杂记》卷十五记载有弘治癸丑（六年，1493）五月京师狂风地陷和同年十二月三日南京雷电交作并大雪的异事，说明此书写成时间不会早于弘治六年。陆容在记叙了"叶子"形制之后，还有一个重要的说明，他说："盖宋江等皆大盗，详见《宣和遗事》及《癸辛杂识》。"陆容为什么不说"详见《水浒传》"？是不是因为《水浒传》是野史稗官而不足为据？显然不是，《宣和遗事》和《癸辛杂识》同样也是野史稗官。陆容不提《水浒传》，只能说明他不知道有《水浒传》其书。

陆容字文量，号式斋，太仓人。成化二年（1466）进士。曾授南京主事，进兵部职方郎中，迁浙江参政，罢归。《四库全书总目》称《菽园杂记》"于明代朝野故实，叙述颇详，多可与史相参证。旁及谈谐杂事，皆并列简编"。陆容是江苏太仓人，曾在南京、北京和杭州做官，他又十分留意社会风俗民情，要说他孤陋寡闻到谈及宋江等人"叶子"时竟不知《水浒传》的存在，也是难以置信的。

著录《水浒传》的高儒《百川书志》有嘉靖十九年（1540）作者自序，因此我们肯定《水浒传》成书不会晚于嘉靖十九年。此后才出现《水浒传》成书的种种说法，这些说法大多是些臆断或道听途说，不可凭信。田汝成《西湖游览志余》云："钱塘罗贯中者，南宋时人，编撰小说数十种，而《水浒传》叙宋江等事，奸盗脱骗机械甚详，然变诈百端，坏人心术，其子孙三代皆哑，天道好还如此。"[1] 田汝成是嘉靖五年（1526）进士，此书是他归田后晚年之作。《西湖游览志》初刻于嘉靖二十六年（1547），此书当更晚。田汝成以为罗贯中是南宋人，《水浒传》成书在南宋，却没有任何证据，可能得之传闻，所以此条归在"委巷丛谈"。后来除了王圻《续文献通考》沿袭此说之外，没有其他学者响应。再后又有胡应麟（1551—1602）《少室山房笔丛》说《水浒传》成书在元代："今世传街谈巷语，有所谓演义者，盖尤在传奇杂剧下。然元人武林施

---

[1] 田汝成《西湖游览志余》，浙江人民出版社，1980年版，第414页。

某所编《水浒传》特为盛行。世率以其凿空无据,要不尽尔也。余偶阅一小说序,称施某尝入市肆,细阅故书,于敝楮中得宋张叔夜擒贼招语一通,备悉其一百八人所由起,因润饰成此编。其门人罗本亦效之为《三国志演义》,绝浅鄙可嗤也。"①胡应麟在同书中还说"嘉隆间,一巨公案头无他书,仅左置《南华经》,右置《水浒传》各一部"。可知他说此话时已是万历年间,去《百川书志》著录《水浒传》已三四十年了。田汝成、胡应麟对《水浒传》成书的说法都没有真凭实据,他们把《水浒传》成书的年代大大提前,却对后世产生了影响,万历四十二年(1614)袁无涯提出"古本"之说,②随后各种"古本""旧本""原本"之说纷然而起。这些"古本"说既无版本实据,也无嘉靖以前的旁证,倘若用这些说法作为我们研究《水浒传》版本、成书过程和成书时间的前提,必定会把研究引入歧途。

二、《水浒传》所写土兵,非宋朝之土兵,而是明代弘治以后的土兵

《水浒传》迄今还未被发现有早于嘉靖的版本,谈到《水浒传》的文字也没有早于嘉靖的,对于这个事实,"元末明初说"是很难解释的。当然,仅仅依赖这个事实来论定《水浒传》成书时间也远远不够的,必须要从《水浒传》文本中找到具体的时代痕迹,方能说明问题。

《水浒传》人物中有几个曾担任县衙都头,都头的手下都是一

---

① 胡应麟《少室山房笔丛》卷四十一辛部。
② 万历四十二年袁无涯刊《忠义水浒传》一百二十回本卷首《发凡》。

帮"土兵"。第十三回写山东济州郓城县有两个巡捕都头：一个马兵都头朱仝（梁山排名第十二），管着二十匹坐马弓手，二十个土兵；一个步兵都头雷横（梁山排名第二十五），管着二十个使枪的头目，二十个土兵。不论是马兵都头还是步兵都头，手下都有土兵。第四十二回写郓城县都头赵能、赵得到宋家村抓捕宋江，率领的也都是土兵。土兵归县衙都头指挥，主要职能是巡察地方、缉捕罪犯。第十三回雷横带领土兵出东门巡逻，在灵官庙逮捕了形迹可疑的刘唐；第四十二回都头赵能、赵得带领土兵奔赴宋家村，则是要抓捕宋江，土兵的性质和职能十分清楚。

土兵的职能还不只这些，他们在都头的管下，有些还要承担都头的勤务，其角色又类似皂隶仆役。第二十四回写武松打虎后出任阳谷县都头，他身边早晚都有土兵侍候。与武大重逢后，搬到兄嫂家住宿，搬家时由土兵挑行李，住到兄嫂家，还要叫土兵到家来听从使唤。小说写道：

（武松）径去县里画了卯，伺候了一早晨，回到家里。那妇人洗手剔甲，齐齐整整，安排下饭食。三口儿共桌儿食。武松是个直性的人，倒无安身之处。吃了饭，那妇人双手捧一盏茶递与武松吃。武松道："教嫂嫂生受，武松寝食不安。县里拨一个土兵来使唤。"那妇人连声叫道："叔叔却怎地这般见外？自家的骨肉，又不伏侍了别人。便拨一个土兵来使用，这厮上锅上灶地不干净，奴眼里也看不得这等人。"

土兵的勤务一直可以做到都头家里的灶头上，潘金莲视之为粗使的用人。土兵，由这潘金莲的谈话，倒显现出一些影像来。后来潘金莲与西门庆毒死武大，武松出差回来，见兄长死得蹊跷，便到兄长灵前守夜以探究竟。他"叫土兵打了一条麻绦系在腰里",并且带了土兵回家,"叫土兵去安排羹饭"。武松身边的土兵,与皂隶仆役没有什么区别。

《水浒传》所描写的土兵,究竟是哪个时代的情形呢?是北宋的吗?北宋兵有禁军、厢军、乡兵和土兵。《宋史》记曰:"宋之兵制,大概有三:天子之卫兵,以守京师,备征戍,曰禁军;诸州之镇兵,以分给役使,曰厢军;选于户籍或应募,使之团结训练,以为在所防守,则曰乡兵。"[①] 而土兵最初只是西北沿边和广南两路设置,目的是抵御外敌。土兵征自当地,不仅熟悉地形环境,而且有强烈的守土意识,战斗力常常超过中央直属的禁军。苏辙《栾城集·上皇帝书》曰:

> 往者,西边用兵,禁军不堪其役,死者不可胜计。羌人(西夏)每出,闻多禁军,则举手相贺,闻多土兵,辄相戒不敢轻犯。以实较之,土兵一人,其材力足以当禁军三人。

禁军是皇帝直接统辖的正规军,除了警备京师,遇有边警,还要戍边和征战。据苏辙所言,他们在边境的作战能力实在比不上土兵。厢军的质量低于禁军,是地方军队。乡兵是一种预备役队伍,一般不脱离农业生产,农闲时集中军训,平时粮饷兵仗都由本乡自备,倘若出征,则"官给粮赐"。北宋土兵可以说是一种特殊的兵种,正如苏辙所说,他有禁军所没有的长处。《宋史》记熙宁六年(1073)十月,"选泾原(泾原路辖境在今甘肃、宁夏部分地区)土

---

① 《宋史》,中华书局,1977年版,第4569页。

兵之善射者，以教河朔骑军驰骤野战"①，亦可为证。正因为如此，朝廷屡有调遣土兵出戍之事：

（皇祐）四年（1052），诏："戍兵岁满，有司按籍，远者前二月，近者前一月遣代，戍还本管听休。"五年（1053）又诏："广西戍兵及二年而未得代者罢归，钤辖司以土兵岁一代之。"自侬智高之乱，戍兵逾二万四千，至是听还，而令土兵代戍。②

（嘉祐）七年（1062），诏陕西土兵番戍者毋出本路。③

（宣和）四年（1122），臣僚言："东军远戍四川，皆京师及府界有武艺无过之人。既至川路，分屯散处，多不成队，而差使无时，委致劳弊。盖四川土兵既有诏不得差使，则其役并著东军，实为偏重。若令四川应有土兵、禁军与东军一同差使，不惟劳逸得均，抑亦不失熙、丰置东军弹压蜀人兼备蛮寇之意。"诏本路钤辖、转运两司公同相度利害以闻。④

土兵的出戍，说明土兵在实际上被朝廷当作战斗部队使用。因此他的编制和人员补给，地方军事长官不能擅自变更和决定，必须由中央控制。这方面，《宋史》也有记载：

（元丰）七年（1084），广西都钤辖司言："本路土兵阙额数多，乞选使臣往福建、江南、广东招简投换兵四千人。"诏于江南、福建路委官招换。⑤

---

① 《宋史》，中华书局，1977年版，第4857页。
② 同上，第4898页。
③ 同上。
④ 同上，第4903页。
⑤ 同上，第4803页。

综上所述，北宋的土兵乃为国防所设，在西北、西南地区能征善战，是北宋的一支重要的军事力量，绝不是《水浒传》中维持地方治安、类似皂隶的那种"土兵"。

南宋朝廷将土兵之制普及到全国各路州。南宋建炎三年（1129）诏曰：

> 江南、江东、两浙诸州军正兵、土兵，除镇江、越州，委守臣兵官巡检，六分中选一分，部辖人年四十五以下，长行年三十五以下，合用器甲，候旨选择赴行在。有懦弱不堪，年甲不应，或占庇不如数选发，其当职官有刑。①

此诏是指示各州从正兵、土兵中选拔精壮到"行在"充实皇帝身边的禁军。它证明各州已都有土兵。诏文将土兵与正兵并列，正兵当指禁军和厢军，其土兵之制仍沿袭北宋，只是从边境地区推广至内地，仍是一支战斗部队，还要担当巡逻州邑、擒捕盗贼的军务。土兵和禁军，在地方均为巡检司管辖，并听州县令节制。《宋史》记曰：

> 中兴以后，分置都巡检使、都巡检、巡检、州县巡检，掌土军、禁军招填教习之政令，以巡防扞御盗贼。凡沿江沿海招集水军，控扼要害及地方阔远处，皆置巡检一员，往来接连合相应援处，则置都巡检以总之，皆以材武大小使臣充。各随所在，听州县守令节制，本砦事并申取州县指挥。②

---

① 《宋史》，中华书局，1977年版，第4838页。
② 同上，第3982页。

土兵和禁军虽然有非正兵和正兵之分，但他们统归一个司令部指挥。土兵驻扎在砦内，"砦置于险扼控御去处，设砦官，招收土军，阅习武艺，以防盗贼"①。南宋朝廷对土兵仍很倚重，其重视程度并不亚于禁军、厢军。曾三令五申，禁止上司将禁军、土兵用于私役。绍兴三十一年（1161）诏曰：

  比闻诸路州厢禁军、土军，有司擅私役，妨教阅。帅府其严责守兵勤兵归营，训练精熟，以备点视。②

南宋《庆元条法事类》卷七《按阅弓兵》亦载有此类训令，"土兵、弓手令宪司责巡、尉，常切依时教阅，不得差使窝占"。所谓"私役"，据《宋史》，多是"守帅辟园池，建第宅"的私人工种，以及"雕镂、组绣、攻金、设色"之类的工艺制作，长官役使军中有手艺的军人以谋利。③

南宋的土兵仍是战斗部队，驻扎在营寨之内，与正兵统归军事长官指挥。禁军、厢军、土兵均有被"私役"的现象，但不是《水浒传》所写的形同皂隶的情况，而且这种"私役"为朝廷法度所不容，并非通行合法。《水浒传》作者所写土兵也不是南宋时的土兵。

元代废除土兵制度，那么《水浒传》所依据的是哪个朝代的生活经验呢？人们往往只注意到宋朝有土兵，而忽视了明代中叶也曾恢复过土兵制度。明代正统十四年（1449）土木堡之役，明朝五十万大军覆灭，英宗朱祁镇成了瓦剌军的俘虏，国力大伤，边患成为严重而紧迫的问题。在这种背景下，成化初年仿宋朝在边郡恢

---

① 《宋史》，中华书局，1977年版，第3979页。
② 同上，第4869页。
③ 同上，第4871—4872页。

复土兵。《明史》记曰：

> 成化二年，以边警，复二关民兵。敕御史往延安、庆阳选精壮编伍，得五千余人，号曰土兵。以延绥巡抚卢祥言边民骁果，可练为兵，使护田里妻子，故有是命。①

《明史》记弘治十四年（1501）在西北诸边招募土兵的情况：

> （弘治）十四年，以西北诸边所募土兵，多不足五千，遣使赍银二十万及太仆寺马价银四万往募。指挥千百户以募兵多寡为差，得迁级，失官者得复职，即令统所募兵。既而兵部议覆侍郎李孟旸请实军伍疏，谓："天下卫所官军原额二百七十余万，岁久逃故，尝选民壮三十余万，又核卫所舍人、余丁八十八万，西北诸边召募土兵无虑数万。请如孟旸奏，察有司不操练民壮、私役杂差者，如役占军人罪。"报可。②

正统土木堡之役以后，朝廷设立"民壮"，作为正规军的补充。民壮从农民中招募，器械鞍马由官府供给，秋冬训练，遇警调用。弘治七年（1494）立金民壮法，③ 对内地郡县民壮的招募、训练和粮饷等做了制度的规定。这样，边郡有土兵，内郡有民壮，民壮与土兵性质无二。李孟旸所说"民壮"，即此之谓。民壮后亦改称土兵，也就是说土兵之制又普及到各郡县，情况类似南宋。陆容《菽园杂记》曰：

---

① 《明史》，中华书局，1974年版，第2250页。
② 同上。
③ 同上。

土兵之名，在宋尝有之，本朝未有也。成化二年，延绥守臣言营堡兵少，而延安、庆阳府州县边民多骁勇耐寒，习见胡骑，敢于战斗。若选作土兵，练习调用，必能奋力，各护其家，有不待驱使者。兵部奏请敕御史往，会官点选，如延安之绥德州、葭州、府谷、神木、米脂、吴堡、清涧、安定、安塞、保安，庆阳之宁州、环县，选其民丁之壮者，编成什伍，号为土兵。原点民壮，亦改此名。其优恤之法，每名量免户租六石，常存二丁，贴其力役。五石以下者，存三丁。三石以下者，存四丁。于时得壮丁五千余名，委官训练听调。此陕西土兵之所由始也。①

边陲土兵大概还能战斗，《安南奏议》载嘉靖时兵部尚书张瓒等会题疏稿报呈广西地区"堪以征进土兵七万八千七百八十名"，② 表明土兵在边郡之不可缺。然而内地的土兵则渐失原旨，蜕变成地方的差役。沈德符（1578—1642）《万历野获编》记录了这个变化：

土兵之役，始于成化初年。巡抚延绥都御史卢祥建议，以营伍兵少，而延安、庆阳边民骁勇，习见胡虏，敢与战斗，宜选民兵之壮者，编成什伍为土兵。量免户租，凡得五千人训练之。土兵强盛时，毛里孩入寇，为之退却。祥去而此法遂废。今内地所谓民壮者，始于正统己巳之变，亦非祖制。初招募时，器械鞍马俱从官给，地方有司春秋训练，遇警调用。弘治二年（1489），复命行之。此后照例编佥，徒供迎送之用。然正德季年，王文成尚用之以歼宁叛。沿至今日，竟列舆皂之中，捕拿民犯，虚费工

---

① 陆容《菽园杂记》，中华书局，1985 年版，第 91—92 页。
② 《国朝典故》，北京大学出版社，1993 年版，第 1875 页。

食,毫无所用。各边将领,又专倚家丁为锋锐,并土兵亦久不讲矣。①

沈德符所记,与《明史》、陆容《菽园杂记》相合,他比陆容晚生一百多年,更看到土兵往后演变的历史。他指出弘治以后,内地的土兵已失去作战部队的性质,"徒供迎送之用"。正德十四年(1519)王阳明平定宁王叛乱用了土兵是一个特例。余继登(万历五年进士)《典故纪闻》卷十七说:"祖宗时,只有调土兵赴各省杀贼之例,未有调边兵入内地者。正德间,流贼猖獗,始调许泰、郤永等领边兵杀贼。"②证明在正德年间土兵已基本失去了战斗力。此后的土兵"竟列舆皂之中,捕拿民犯",已毫无野战攻防的军事价值。

《水浒传》所描写的土兵,正是沈德符所谓"竟列舆皂之中,捕拿民犯"的形象写照。由此可以判断,《水浒传》的写成,不会早于弘治年间(1488—1505)。

三、《水浒传》写人们在商品买卖中广泛使用白银,这种情况不可能发生在正统之前,很可能在弘治、正德以后

白银在《水浒传》的世界里是一种流通的货币,人们随身携带,常常用于小额的生活消费。第三回鲁提辖在酒店见到被镇关西欺压的卖唱的金老父女,随手便从身边摸出"五两来银子",见钱

---

① 沈德符《万历野获编》,中华书局,1959年版,第871—872页。
② 余继登《典故纪闻》,中华书局,1981年版,第318页。

还少，向史进和李忠借钱，史进是庄园主，他拿出的是"一锭十两银子"，李忠走江湖使枪卖药，他摸出的是"二两来银子"。鲁提辖和李忠都不是整银子，想必是些碎银。第四回鲁提辖已出家改号鲁智深，他在五台山下请铁匠给他打造禅杖和戒刀，讲好价钱五两银子，临了还饶了些碎银子给铁匠："俺有些碎银子在这里，和你买碗酒吃。"第十回林冲被发配到沧州看守草料场，天寒地冻，他去近处的酒店吃酒，"又自买了些牛肉，又吃了数杯。就又买了一葫芦酒，包了那两块牛肉，留下碎银子，把花枪挑了酒葫芦，怀内揣了牛肉，叫声相扰，便出篱笆门，依旧迎着朔风回来"。这偏僻村野小店，买卖也是使用白银。第二十三回宋江与武松在柴进庄上邂逅，宋江和宋清送武松去清河县寻兄，在官道旁小酒店为他饯行，宋江送了一锭十两银子给武松，酒毕，"宋江取些碎银子，还了酒钱"。这里也是用碎银子付账。第三十九回宋江杀阎婆惜后刺配江州，在江州浔阳楼吃酒吟诗，付账还是用银子，"便唤酒保计算了，取些银子算还，多的都赏了酒保"。第四十四回戴宗、杨林在蓟州结识石秀，邀石秀进酒店吃饭，"叫过酒保，杨林身边取出一两银子来，把与酒保道：'不必来问。但有下饭，只顾买来与我们吃了，一发总算。'酒保接了银子去，一面铺下菜蔬果品案酒之类"。《水浒传》的要角都是江湖好汉，情节中没有多少商业活动的场景，从以上例举的朋友馈赠和买物吃酒用白银的描写，可以肯定地说，作者写作《水浒传》的时候，社会商业活动已广泛使用白银作为货币了。

在中国历史上，白银成为货币是明朝中期才发生的事情。

宋朝的货币是铜钱和铁钱。白银包含着较高的价值，但在宋代它还没有充当一切商品的等价物，不能用来购买别的商品。唐代宋代都曾铸造过金币和银币，比如河北定县静志寺真身舍利塔塔基出土过"宋通元宝"银币，五台山出土过"淳化元宝"金币，这些金银币只是作为礼品和纪念品用于某种典礼，并非用作交易商品的货币。关于金银币的这种用途，宋代文献多有记载。《宋会要辑稿》礼五十三之十八《亲王娶》记金银币用作亲王婚娶给女家的聘礼：

> 宋朝亲王娶，初赐女家银两以修房，从敲门用羊二十口，酒二十瓶，红绢四十匹，下定用羊二十口，酒三十瓶，红绢六十匹，腊面茶五十斤，缚子茶五十斤，果六盘，花六罩，花粉十二奁，眠羊卧鹿花饼千枚，头䯼红绫三十匹，涂金银胜二十合，小色金银钱三十千，金钗钏四只十两，金缠一副十两……银钱千文。……

公主婚礼也有金银钱，《武林旧事》卷二《公主下降》云：

> 三朝，公主、驸马并入内谢恩，宣赐礼物，赐宴禁中。外庭奉表称贺。赐宰执、亲王、侍从、内职、管军副都指挥使已上金银钱币会子有差。

宫中除夕礼物也有金钱，《武林旧事》卷三《岁除》云：

> 后妃诸阁，又各进岁轴儿及珠翠百事吉、利市袋儿、小样金银器皿，并随年金钱一百二十文。旋亦分赐亲王贵邸、宰臣巨珰。

王公贵族生子，礼送"洗儿钱"，洗儿钱亦用金银币，《铁围山丛谈》卷四云：

祖宗故事，诞育皇子、公主，每佾其庆，则有浴儿包子并赉巨臣戚里。包子者，皆金银大小钱、金粟、涂金果、犀玉钱、犀玉方胜之属。

《武林旧事》卷八《宫中诞育仪例略》记宫中诞育，内库所赐银绢等物中亦有"银钱三贯足"。

用于某些典礼，是宋代金银货币的一种用途，这些用途当然并不能证明它们不是货币。不是货币的证明，见于《宋史》"食货志"之"钱币"。史载宋代钱币只有铜钱、铁钱二种。按《宋刑统》，私铸钱者犯法，而私铸金银钱，只要不通时用者则不构成犯罪，足见金银钱不是货币。金银虽不是货币，但由于它们价值较高，而通行的铜钱和铁钱量重值小不便大量携带，它们常常成为大宗贸易支付的周转物。商人到外地交易常常携带银两，银两不能用于交易和支付，必须兑换成现钱。这样，宋代的金银铺便应运而生，金银铺打造金银首饰器皿，同时还从事金银与现钱兑换的金融业务。采购的商人须将自己带来的金银兑换成现钱后方能到市场采购，卖掉货物的商人须将手上大量的钱币兑换成金银以携归。北宋汴京和南宋临安金银铺的发达，《东京梦华录》《梦粱录》《都城纪胜》等均有具体描述。白银用于大笔现钱兑换，因而一般都铸成银锭，宋代银锭称作铤银，大铤五十，中铤半之，小铤又半之。《水浒传》中用碎银子付酒账的情况，绝对不会出现在宋代。

元代的货币包括白银和铜钱，而主要形态都是纸币。元代货币制度受中亚使用银币的影响，在征服北宋以后曾铸造过船形的银锭，俗称"元宝"。到了南宋覆亡、统一了中国以后，便推行纸币。纸币成为流通的货币形态，朝廷同时下令禁止金银作为货币流通。元世祖中统元年（1260）印发"中统元宝交钞"（丝钞），以丝为本位，以两为单位，二两丝换一两银。后又印发"中统元宝钞"，以铜钱为本位，至元二十四年（1287）发行"至元通行宝钞"，元顺帝至正十年（1350）发行"至正交钞"。元代纸币有现银做保证，银和钞可以互相兑换，但交易要用纸币，全国各地通行。关于元代使用纸币的情况，《马可波罗游记》有不少记叙，该书第六十一章写临清"使用大汗的纸币"，第六十二章写东平州"使用大汗的纸币"，第六十三章写西州城"使用纸币"，第七十章写襄阳、第七十三章写镇江、第七十六章写杭州，都写到使用纸币的情况。马可波罗作为一位欧洲人，对于元朝社会无处不用的纸币感到新奇和惊讶，在他眼中真是一个奇迹。的确，元代纸币是当时世界上最先进的货币。

《水浒传》中绝无纸币的踪影，可见作者的经验不是得自元朝。

明初朝廷继续实行纸币的货币政策，严令禁止百姓在买卖中用金银交易。明朝的纸币曰"大明通行宝钞"，与铜钱并行使用。"每钞一贯，准钱千文，银一两；四贯准黄金一两。禁民间不得以金银物货交易，违者罪之；以金银易钞者听。"① 明代纸币政策与元朝不同有两点：一、元朝纸币有现银做保证（至少在法度上是这样规定），明代却没有，一开始就有滥印的可能；二、元朝纸币可以兑换金银，明代却只能用金银兑换纸币，反过来却不可，它的信誉显然较差。朝廷为了维持这种纸币的地位，便严令禁止在商业交易中使用金银。洪武八年（1375）"禁民间不得以金银物货交易，违者罪之"，洪武三十年（1397）"乃更申交易用金银之禁"。② 禁止之严，从量刑上可知。"成祖初，犯者以奸恶论，惟置造首饰器皿，不在禁例。永乐二年（1404）诏犯者免死，徙家戍兴州。"③ 当初用金银

---

① 《明史》，中华书局，1974年版，第1962页。
② 同上，第1963页。
③ 同上。

交易可处以死刑，稍宽则举家流放，可以说是重罪。宣德间改刑罚为罚款，"交易用银一钱者，罚钞千贯，赃吏受银一两者，追钞万贯"。① 正统十三年（1448）"复申禁令，阻钞者追一万贯，全家戍边"。②

正统年间钞法已动摇。英宗正统元年（1436）"弛用银之禁"，结果是"朝野率皆用银，其小者乃用钱，惟折官俸用钞，钞壅不行"。③ 但这时朝廷只是松弛禁令，并非废止了禁令，政府仍竭力维持钞法。正统十一年（1446）抚宁卫指挥使司告示《禁约阻当钞法事》曰："今钞贯，务集四角俱全才方接受，略有软破，不行通使。若不具呈禁约，系于朝廷置立宝钞，恐后一概阻滞，深为未便……为此，除差人暗行缉捉外，今出告示，仰四方军民人等除挑描印假不许外，但系原身及字样分明，无分大小，俱要通行流使。若有故违，事发，擒拿到官，不分轻重，定行究问不恕。"④ 宝钞久用而缺损难以换新，始终是困扰明代经济生活的一个问题。政府虽然有"倒钞法"，规定缺损昏烂的旧币可以兑换新钞，只收取工墨费，但政府有关部门官吏从中渔利，旧钞实际价值大大低于面值，因而人们往往拒收昏烂的旧钞。抚宁卫指挥使司的这个告示说明，当时市场交易主要还是使用纸币，政府仍极力维护纸币的地位。正统十三年朝廷又加大执法力度，"阻钞者追一万贯，全家戍边"。到天顺年间（1457—1464），禁用金银的法令又松弛下来，但钞法仍在，纸币仍然通行。《明史》记"弘治元年（1488），京城税课司，顺天、

---

① 《明史》，中华书局，1974 年版，第 1964 页。
② 同上。
③ 同上。
④ ［朝鲜］崔世珍编，朴在渊校注《吏文·吏文辑览》，鲜文大学校中韩翻译文献研究所，2001 年版，第 190 页。

山东、河南户口食盐，俱收钞，各钞关俱钱钞兼收"。①

钞法之废，在弘治、正德间，"钞法自弘、正间废"。②社会专用白银则在嘉靖初年：

> 嘉靖四年（1525），令宣课分司收税，钞一贯折银三厘，钱七文折银一分。是时钞久不行，钱亦大壅，益专用银矣。③

弘治、正德间宝钞不行，嘉靖初年铜钱也阻滞难行，市场交易"益专用银矣"。

《水浒传》绝无使用纸币的描写，甚至用铜钱也罕见，市场交易不论款额大小，几乎专用白银。为适应商品零售小额交易，遂广泛使用"碎银子"，这"碎银子"乃是白银作为流通货币的形态标志，说明白银已经完全货币化了。这种情形的出现，最早也早不过弘治、正德年间，据《明史》，它更像嘉靖初年货币情况的写照。

四、《水浒传》描写的腰刀是明代中期才有的新式兵器，而凌振使用的子母炮则是正德、嘉靖间的火器

《水浒传》中兵器花样甚多，但使用最普遍的是朴刀和腰刀。朴刀又称搏刀、钹刀，是宋代农民用来开山种田的工具。那时朝廷管制刃器十分严格，不但禁止民间私蓄兵器，就连军人的兵器也要寄存本军司，出征时方能申请取出。朴刀虽是务农器械，但毕竟是金属的刀，它因而成为民间个人自卫和强人行凶的武器。宋朝政

---

① 《明史》，中华书局，1974年版，第1964页。
② 同上，第1969页。
③ 同上，第1965页。

府担心朴刀对治安构成威胁，曾多次下令禁管朴刀。《水浒传》作者对朴刀的概念十分模糊，把它写成长柄刀，今人不察，竟沿袭此错而不悟。①作者对朴刀的误解，说明他距离宋代已经十分遥远了。毕竟元代杂剧对朴刀的观念还是接近事实的。

作者把朴刀理解成长柄刀，那么就有一个短柄刀与它配套。《水浒传》中的好汉行走江湖，常常是提条朴刀、跨口腰刀。第二回写少华山的朱武、陈达、杨春下山拜会史进，"将了朴刀，各跨口腰刀"。第十一回林冲为向梁山纳投名状，下山剪径，"带了腰刀，提了朴刀"。遇上杨志也是"跨口腰刀，提条朴刀"。第二十二回宋江、宋清逃避官司，"弟兄两个各跨了一口腰刀，都拿了一条朴刀，径出离了宋家村"。第三十一回武松"血溅鸳鸯楼"，他跨口腰刀、提条朴刀潜回张都监花园，用腰刀连杀数人。

腰刀并不是古已有之的兵器，宋代的兵器中没有腰刀。北宋曾公亮编撰的《武经总要》记载刀器分长柄刀和短柄刀两类：长柄刀有屈刀、偃月刀、眉尖刀、凤嘴刀、笔刀、掉刀、戟刀等七种。前五种为单边刃，掉刀为双边刃，戟刀由古戟演化而成；短柄刀只有手刀一种。手刀柄短，刀身直，前锐后斜。此刀在中国人民革命军事博物馆有藏。

元代骑兵不使用宋代的长柄刀，使用的短柄刀也不是宋代的手刀，而是从中亚引进的环刀。《黑鞑事略》记蒙古兵"有环刀，效回回样，轻便而犀利，靶小而偏"。成吉思汗曾嘱诸继承人，"兵械最备者，并持一微曲之刀"，②即环刀。环刀刀身微曲，靶小而偏，轻便犀利，便于骑兵使用。环刀在元初尚未普及，《元史》曾记载

---

① 见本书《从朴刀杆棒到子母炮》（原载《文学遗产》1999 年第 2 期）。
② 《多桑蒙古史》，冯承钧译，中华书局，1962 年版，第 153 页。

了这样一个事实：

> 岁壬子（1252）……宪宗令断事官牙鲁瓦赤与不只儿等总天下财赋于燕，视事一日，杀二十八人。其一人盗马者，杖而释之矣，偶有献环刀者，遂追还所杖者，手试刀斩之。帝责之曰："凡死罪必详谳而后行刑，今一日杀二十八人，必多非辜。既杖复斩，此何刑也？"不只儿错愕不能对。[①]

有人献环刀给不只儿，足见环刀为珍稀之物，不只儿急不可待地拿刚刚受杖刑的盗马者试刀，可知不只儿还是初见此刀，急切想了解它的性能。此事发生在蒙古人入主中原前约二十年，环刀普及到装备全军，大约还需要相当一段时间。九十年以后，元惠宗至元六年（1340）二月诏："除知枢密院事脱脱之外，诸王侯不得悬带弓箭、环刀辄入内府。"[②]这时环刀已是王侯们随身佩带的武器了。元刊《宣和遗事》中绝无腰刀的踪影，只写有环刀，其前集写汴京巡兵所佩之刀就是环刀："巡兵二百余人，人人勇健，个个威风，腿系着粗布行缠，身穿着鸦青衲袄，轻弓短箭，手持着闷棍，腰胯着环刀。"《宣和遗事》所写，已是环刀普及的时代了。

腰刀，不能望文生义，解释为系于腰间的刀。诚然，它可挎在腰间，但它是专有名词，指一种特殊形制的短柄刀。明代天启元年（1621）成书的《武备志》记短柄刀有三种：一曰"长刀"，二曰"短刀"，三曰"腰刀"。"长刀"仿日本式，刃长五尺，柄长一尺五寸，双手握柄搏杀。短刀为骑兵专用。腰刀长三尺二寸，柄短形

[①] 《元史》，中华书局，1976年版，第58页。
[②] 同上，第854页。

弯，与藤牌并用。《武备志》说"短刀"为骑兵专用，可能接近元代的环刀。腰刀细长形弯，较"短刀"为长，乃是环刀的发展，骑兵、步兵皆可用。戚继光《练兵实纪》绘有腰刀图式并详叙其造法曰：

> 腰刀造法，铁要多炼，刃用纯钢，自背起用平铲平削，至刃平磨无肩，乃利。妙尤在尖。近时匠役将刃打厚，不肯用工平磨，止用侧锉，将刃横出其芒，两下有肩，砍不入深，刀芒一秃，即为顽铁矣，此当辨之。①

戚继光视腰刀为先进兵器，用它来装备骑兵和步兵。他编制的每马军一中营，装备腰刀1152把，弓1152张，双手长刀432把。每步军一营，装备腰刀216把，长刀1080把，长枪216杆。② 戚继光的军事活动主要在嘉靖后期至万历前期的二十多年间，腰刀并不是他的发明，但他把腰刀的形制加以定型和规范，并装备到全军，对腰刀的普及起到重要作用。

腰刀不是元代而是明代的产物，这一点是可以肯定的。它出现在明代的何时呢？成化十四年（1478）辽东都司经历司奏呈《成化十三年以后辽东开原虏寇节次侵掠防御各官提问拟律事》述及成化十三年（1477）九月二十一日在深湖河古城北与"达贼"的战斗中，"小旗李源斩获首级一颗，得获弓箭腰刀等件"，此件辑录在朝鲜《吏文》一书中，后来朝鲜李朝折冲将军义兴卫副护军崔世珍于嘉靖十八年（1539）对《吏文》进行修订并加注解训释，崔世

---

① 戚继光《练兵实纪》，见《中国兵书集成》，解放军出版社、辽沈书社，1994年版，第616—617页。
② 同上，第714—731页。

珍在此文"腰刀"下注曰:"腰刀,即环刀也。"可见在嘉靖十八年,朝鲜一般人还只知环刀而不知腰刀。朝鲜与中国仅鸭绿江之隔,朝鲜李朝与明朝往来密切,如果腰刀在中国已经普及,朝鲜人当不会不知。由此推论,腰刀的广泛使用当在成化以后,不为武断吧。《水浒传》写人人都佩腰刀的情况,无论如何不会发生在明初。

在武器方面,更值得我们关注的是子母炮。《水浒传》对于轰天雷凌振的子母炮做了绘声绘色的渲染,它简直是一种威慑性的火器,只放了三炮,一炮便打到了鸭嘴滩边小寨上,宋江"辗转忧闷",众头领"尽皆失色"。待梁山设计活捉了凌振,使凌振的炮口反过来对准高俅的政府军,政府军也招架不住,连主将呼延灼在战败后也归顺了梁山。子母炮在以后的攻打北京城、东昌府,三败高俅等战役中都立下了卓著的战功。小说写凌振有三种火炮,以子母炮最为神奇。第五十七回写道:"那一个母炮周回接着四十九个子炮,名为子母炮,响处风威大作。"所谓子母炮,是由子炮和母炮两个部分构成,母炮一个,配合着若干个子炮。

《水浒传》对子母炮的构造、形制和操作过程等等都写得不具体。子母炮在文献上又称"佛郎机铳(炮)",因为它来自"佛郎机"(葡萄牙)。它的确由母炮和子炮两部分组成。母炮身管前部细长,后部为鼓腹,所谓"巨腹长颈"。鼓腹上开长孔,用以装填子炮。子炮预先装好弹药,填入母炮鼓腹中发射,射毕将子炮退出鼓腹,换填另一枚已备弹药的子炮。一门母炮配备若干枚子炮,如此可以轮番装填、发射不停。它的结构与现代火炮的原理完全相同,母炮相当于现代火炮的炮身,子炮相当于现代火炮炮弹,子炮发射后退出母炮鼓腹,相当于现代火炮射毕退出弹壳。由此可见,子母炮已是现代火炮的雏形,是古代火器中之最先进的武器。旧式火炮发射炮弹后，临时要再往炮膛中装填弹药，而旧式火炮体重身长，装填弹药时必须将炮管直起，需要多人操作，而且炮膛射出一弹，炮身便要发热，热到一定程度则要稍事冷却后才能装填弹药，"重而难举，发而莫继"，这是旧式火炮的严重缺欠。子母炮恰好克服了这种缺欠，操作既省力，发射又可不停，不能不说它是火炮史上的重大进步。中国人民革命军事博物馆陈列有明嘉靖间制造的子母炮和炮用火药（河北秦皇岛抚宁区文管所捐赠）以及制造年代不详的其他型号的子炮。

子母炮也不是古已有之，他出现的年代有案可稽。《明史》记我国古代火炮的历史曰：

> 古所谓炮，皆以机发石。元初得西域炮，攻金蔡州城，始用火。然造法不传，后亦罕用。
>
> 至明成祖平交阯，得神机枪炮法，特置神机营肄习。制用生、熟亦铜相间，其用铁者，建铁柔为最，西铁次之。大小不等，大者发用车，次及小者用架、用桩、用托。大利于守，小利于战，随宜而用，为行军要器。永乐十年诏自开平至怀来、宣府、万全、兴和诸山顶，皆置五炮架。二十年从张辅请，增置于山西大同、天城、阳和、朔州等卫以御敌。然利器不可示人，朝廷亦慎惜之。
>
> 宣德五年敕宣府总兵官谭广："神铳，国家所重，在边墩堡，量给以壮军威，勿轻给。"正统六年，边将黄真、杨洪立神铳局于宣府独石。帝以火器外造，恐传习漏泄，敕止之。
>
> 正统末，边备日亟，御史杨善请铸两头铜铳。景泰元年，巡关侍郎江潮言："真定藏都督平安火伞，上用铁枪头，环以响铃，置火药筒三，发之，可溃敌马。应州民师翱制铳，有机，顷刻三

发,及三百步外。"俱试验之。天顺八年,延绥参将房能言麓川破贼,用九龙筒,一线然则九箭齐发,请颁式各边。

至嘉靖八年,始从右都御史汪铉言,造佛郎机炮,谓之大将军,发诸边镇。佛郎机者,国名也。正德末,其国舶至广东,白沙巡检何儒得其制,以铜为之,长五六尺,大者重千余斤,小者百五十斤,巨腹长颈,腹有修孔。以子铳五枚,贮药置腹中,发及百余丈,最利水战。驾以蜈蚣船,所击辄糜碎。①

明代是中国军事史上火器大发展的时代,以上文字清楚地勾勒出火器发展的坐标。佛郎机炮也就是子母炮引进国内加以制造,时间在嘉靖八年(1529),而传入的时间是正德末,由白沙巡检何儒从葡萄牙船上获得此项技术。此说亦见于《明实录》卷一百五十三,"中国之有佛郎机诸火器,盖自(何)儒始也"。明人严从简《殊域周咨录》卷九对此事记录甚详:

> 有东莞县白沙巡检何儒,前因委抽分,曾到佛郎机船,见有中国人杨三、戴明等,年久住在彼国,备知造船铸铳及制火药之法。(汪)铉令何儒密遣人到彼,以卖酒米为由,潜与杨三等通话,谕令向化,重加赏赉,彼遂乐从。约定其夜,何儒密驾小船,接引到岸。研审是实,遂令如式制造。

中国海岸线长,葡萄牙船来中国,不只一艘,也不只停留广东东莞白沙一港,故而子母炮传入的路线当不只何儒一处。正德间人顾应祥便说他获得过子母炮:

---

① 《明史》,中华书局,1974年版,第2263—2264页。

正德丁丑（十二年，1517）予任广东佥事，署海道事。蓦有大海船二只，直至广城怀远驿，称系佛郎机国进贡……其铳以铁为之，长五六尺，巨腹长颈，腹有长孔，以小铳五个轮流贮药，安入腹中放之……时因征海寇，通事献铳一个，并火药方。①

此外，王阳明于正德十四年（1519）平定江西朱宸濠叛乱之际亦获知子母炮其物，当宸濠乱起，致仕闲居福建莆田老家的原右都御史林俊即派人将子母炮并火药方送至江西王阳明军前，子母炮送到时，叛乱已平定有七天。王阳明虽然没有用上子母炮，但很感新奇，也深感林俊报国之忱，遂赋有一诗曰：

佛郎机，谁所为？截取比干肠，裹以鸱夷皮。苌弘之血衅不足，睢阳之怒恨有遗。老臣忠愤寄所泄，震惊百里贼胆披。徒请尚方剑，空闻鲁阳挥。段公笏板不在兹，佛郎机，谁所为？②

林俊如何得到子母炮，未见进一步记载。他住在沿海的福建，来源一定还是葡萄牙海船。

林俊、顾应祥得到子母炮的渠道与何儒不同，但在时间上几乎一致，都发生在正德末年。明朝政府下令仿制种种型号子母炮以装备军队的时间是嘉靖八年（1529）。此事见于上引之《明史》，还见于《武备志》卷一百二十二、《练兵实纪》杂集卷五、《明会典》卷一百九十三，确凿无疑。最初仿制的型号计有一号、二号、三号、四号、五号几种，子铳由五门增至九门。一号长八九尺，装火药一

---

① 顾应祥《筹海图编》卷十三。
② 王阳明《书佛郎机遗事》，见《王阳明全集》，上海古籍出版社，1992年版，第921—922页。

斤，每个铅子重一斤；二号长六七尺，装火药十一两，每个铅子重十两；三号长四五尺，装火药六两，每个铅子重五两；四号长二三尺，装火药三两半，每个铅子重三两；五号长一尺，装火药五钱，每个铅子重三钱。一、二、三号主要用于水战和攻守城寨，四号五号用于野战。其射程均达百余丈。

《水浒传》写子母炮由子炮和母炮组成，发射起来"连珠炮响"，应该说是把握了子母炮的基本特征。然而细究起来，其描写又有一些不确之处。比如说"一个母炮周回接着四十九个子炮"，就不得要领。看来《水浒传》作者对于子母炮只是道听途说，并未目击实物。如此固不足怪，朝廷对火炮严加保密，尤其像子母炮这样先进的武器，莫说普通百姓无以接近，就是一般军人，若非神机营掌管、操作子母炮者，也难得见其真容。嘉靖年间子母炮的名声远播，越是神秘，传播得越是迅速。嘉靖万历时期的小说《痴婆子传》甚至用子母炮来形容男女床笫举动，可见当时人们已普遍知道关于子母炮的传闻。《水浒传》作者对子母炮也是心驰神往，虽不甚了了，却也写进情节，并且成为轰天雷凌振形象的构成要素。《水浒传》作者不可能与何儒、顾应祥、林俊诸人同时获悉子母炮，根据是他并不确切知道子母炮的构造和操作，他只是道听途说。这样，他写作《水浒传》的时间最早就只能在嘉靖初年了。

《水浒传》所写"土兵"的情形不会早于弘治，很可能是正德以后的实景；碎银子用于零售小额交易也早不过弘治正德；腰刀的出现在成化年间，普及却已是嘉靖年间的事情了；而子母炮的描写，就把《水浒传》成书时间的上限划定在了正德、嘉靖之交。高儒《百川书志》著录《水浒传》的时间至晚不会晚于该书自序署时的嘉靖十九年。这样，《水浒传》成书时间的下限当不会晚于嘉靖十九年。本文题曰"成书于嘉靖初年","嘉靖初年"即指嘉靖元年至十九年(1522—1540)这样一个时段。

[原载《上海师范大学学报(社会科学版)》2001年第5期]

林冲与高俅
——《水浒传》成书研究

研究《水浒传》成书，就不能不讨论林冲和高俅。从题材累积和演进的方面看，林冲和高俅是宋江三十六人故事流传史上的终端产生，如果说因为《宣和遗事》提到了劫取生辰纲、杨志卖刀杀人、宋江杀阎婆惜等事，《水浒传》的晁盖、杨志、宋江等形象还有发展之迹可求的话，那么林冲和高俅就是《水浒传》作者的前无古人的个人独创，其中无疑镕铸着作家个人意识和作家生活的时代精神，透过林冲、高俅形象，也就可以探索到作家创作的背景和动机。总之，林冲和高俅应是《水浒传》成书研究的重要课题之一。

一

林冲和高俅在《水浒传》全书中所占的篇幅并不多，第七回至第十回，"误入白虎堂""刺配沧州道""风雪山神庙"，主要的故事都在这里了。尽管篇幅不大，可它在全书中却占有特别重要的地位。可以这样说：没有林冲、高俅，《水浒传》官逼民反的主题（《水浒传》主题具有多元性和多重性，官逼民反仅其一）就难以突显和成立。金圣叹曾说："开书未写一百八人，而先写高俅者：盖不写高俅便写一百八人，则是乱自下生也；不写一百八人先写高俅，则是乱自上作也。"① 高俅以一市井无赖，假蹴鞠之伎博得皇帝青睐而官至极品。得势之后，便急不可耐地公报私仇，先是加害王进，继而是林冲。洞悉高俅心术的王进以走为上计，避开了一场杀身之祸，也不至于落草为"寇"。比较书生气的林冲却躲之不及。高俅要为自己的干儿子夺占林冲之妻，设下天罗地网，一定要将林冲置于死地；逆来顺受的林冲一忍再忍、一让再让，终于忍无可忍、让无再让，于是拔刀而起，杀了官府之人，流亡江湖，走上了梁山。林冲之反，乃高俅所逼，此所谓"乱自上作"也。

官逼民反的故事在《水浒传》全书中当然不止林冲一个，但比较起来，其他的人物都不及林冲典型。梁山一百零八人，从上山的原因分析，可归纳为三类。第一类本是普通的百姓，因种种原因与官府产生矛盾，终至揭竿举义，如林冲、晁盖、鲁智深、武松、宋江等等。第二类本是鸡鸣狗盗之徒，如占据少华山的打家劫舍的朱武、陈达、杨春，菜园子出身、把僧行杀了在孟州十字坡开黑店的张青，放赌为生、赌博时打死人而流落江湖的石勇，在浔阳江边专贩私盐的童威、童猛，牢城管营之子、开酒店、在妓女身上生利息的土霸施恩，打死人逃亡江湖在戴宗身边做小牢子的李逵，等等，他们都百川归海似的最后聚集在宋江的"替天行道"的杏黄旗下。第三类本是朝廷官吏和地方富豪，他们反倒是被宋江等人设计"赚"上梁山的，如呼延灼、徐宁、卢俊义等。这三种人，第二类和第三类很难归在官逼民反的范畴内。

就第一类人物而言，有谁比林冲更典型呢？不错，晁盖劫取生辰纲之小结义是梁山聚义的源头，劫取当朝太师的财宝具有某种对

---

① 《贯华堂第五才子书水浒传》第一回回前总批，见《金圣叹全集》，江苏古籍出版社，1985年版，第43页。

抗官府的性质，由此而发展到占据水泊梁山，则是为梁山事业奠定了基础。不过，要说晁盖是为官府所逼，似乎有点牵强。晁盖是济州郓城县东溪村富户，是地方的"保正"，并没有任何受官府压迫的记录，他与吴用等七人谋划劫取生辰纲，理论上是"不义之财，取之何碍"，而实际上是要取得这十万贯金珠宝贝给自己享用，"图个一世快活"。所以他们把劫来的金珠宝贝尽悉瓜分，各自藏匿。后来因为案情暴露，地方藏身不得，才逃上了梁山。鲁智深的精神境界要高出晁盖们许多，他是一个疾恶如仇、抱打不平而不计个人利害得失的英雄，先是因拯救金翠莲父女，失手打死土霸镇关西，不得不削发为僧，藏匿山林，既而又为解救冤屈的林冲，大闹野猪林，走上与官府对抗的道路。他拳打镇关西，是扶弱济困、除奸锄霸，与官逼民反的主题不在一个层面上。武松杀潘金莲、西门庆是一种极端的报仇行为，其中固然有官府受贿包庇凶犯，逼得武松不得不动用私刑的因素在内，但这因素比起林冲之所受的"逼"，相差甚远。宋江和林冲一样，做梦也没有想到会上山为"寇"，他生性孝义，精通刀笔和吏道，胸有凌云壮志，却沉郁下寮，也许他的潜意识中埋藏着反叛的因子，但他的理性却相当传统，只想在封建正途上博个功名富贵。只因晁盖是他的"心腹兄弟"，生辰纲一案事发，为帮助晁盖逃脱，他冒险泄露官府机密，一步跨出，便不能回头，从此身不由己地走上江湖，终于坐上了他极不愿坐的梁山第一把交椅。他因仗义而触犯刑律，与林冲平白无故地遭受陷害，其性质有明显的差异。如果宏观来看，晁盖、鲁智深、武松、宋江等人的遭遇都从不同的侧面反映了腐朽和黑暗的封建官僚政治对民众生存的威胁和压迫，以及在这种威胁和压迫下民众情绪的躁动、愤激和反抗。即如上述第二类、第三类人物的遭遇，也反映了封建时代政治窳败、奸宄放纵、百姓走投无路而"铤而走险"的现实。在一定的意义上说,所有这些人物的故事都是对林冲故事的补充和照应,都归向于《水浒传》的主题。

官逼民反,用金圣叹的话来说叫"乱自上作"。尽管金圣叹不可能超越封建意识形态,他和所有士人一样都将民众造反看成是"犯上作乱",但他认为林冲之反乃是高俅所逼,却不能不说是封建时代中的清醒之论。在《水浒传》中最有资格代表"上"的是高俅,大名府的梁中书,江州的蔡九知府,孟州的张都监、张团练,等等,都只是些地方官吏,他们虽然是整个封建官僚机器的一部分,但还不足以代表朝廷。蔡京是朝廷重臣,可是他在小说中只是一个抽象的存在。唯高俅官居太尉之职,总揽国家军务,又深得皇帝宠信,他的一举一动可以说都是朝廷意志的体现。我们要特别注意高俅加害王进、林冲的方式,他采用"公事公办",有意要把自己隐藏在国家意志的背后,待林冲在开封府幸免死罪后才使用暗杀伎俩。也就是说,高俅乃是调动国家机器来迫害林冲。说高俅是"上"的代表,毋庸置疑。另一方面,高俅既是朝廷的代表,则林冲的造反,以及后来梁山武装与高俅的战争,也就具有了不容置辩的反朝廷的政治性质。由此可见,林冲和高俅的冲突虽然是全书情节的一部分,但他们矛盾的性质却带有全局性,是全书主题的基石。

二

然而林冲和高俅的冲突在宋江三十六人传说史上从来没有发生过。在传说史上,林冲这个人物甚至很不重要。

宋末元初周密《癸辛杂识》记龚开(圣与)《宋江三十六人赞》

的名单中没有林冲①。宋江三十六人之说由来已久，徐直之《忠义彦通方公传》有云"是年（宣和三年，1121）宋江三十六人猖獗淮甸，未几亦就擒"②，李若水（1093—1127）《忠愍集》卷二《捕盗偶成》诗云："去年宋江起山东，白昼横戈犯城郭。杀人纷纷翦草如，九重闻之惨不乐。大书黄纸飞敕来，三十六人同拜爵。"③历史上宋江部队当然不只三十六人，三十六人指头领而已。宋江所部有三十六头领当是事实。《癸辛杂识》引龚开《宋江三十六人赞序》云：

> 宋江事见于街谈巷语，不足采著，虽有高如李嵩辈传写，士大夫亦不见黜。余年少壮其人，欲存之画赞，以未见信书载事实，不敢轻为。乃异时见《东都事略》中载侍郎《侯蒙传》有书一篇，陈制贼之计云："宋江以三十六人横行河、朔、京东，官军数万，无敢抗者，其才必有过人，不若赦过招降，使讨方腊，以此自赎，或可平东南之乱。"④

南宋罗烨《醉翁谈录》之"舌耕叙引"著录勾栏瓦肆"说话"名目，其"小说"一门计一百零七种，可能与宋江三十六人有关的仅四种："石头孙立""青面兽""花和尚""武行者"，这四种与林冲无涉。

---

① 周密《癸辛杂识》续集上，中华书局，1988年版，第145—155页。
② 马蹄疾编《水浒资料汇编》，中华书局，1980年版，第450页。
③ 转引自马泰来《从李若水的〈捕盗偶成〉诗论历史上的宋江》，《中华文史论丛》，1981年第1期。
④ 周密《癸辛杂识》续集上，中华书局，1988年版，第145页。

元刊《宣和遗事》①叙及宋江三十六人故事的则目有：《杨志等押花石纲违限配卫州》《孙立等夺杨志往太行山落草》《宋江因杀阎婆惜往寻晁盖》《宋江得天书三十六将名》《宋江三十六将共反》《张叔夜招宋江三十六将降》。则目仅此六则，正文叙述文字极为简略，林冲在天书三十六人名单中，曰"豹子头林冲"。他是押运花石纲的十二指使之一。"指使"是宋代将领或州县官属下供差遣的低级军官。十二指使奉命押运花石纲，林冲等十名指使运花石纲已到京城，只有杨志在颖州等候孙立不来，被雪阻滞，因卖刀而杀人。林冲等十一人在黄河岸上救了被押解的杨志，于是同往太行山落草。《宣和遗事》写到林冲的只有这些，他在故事中不过是一个姓名符号而已。《宣和遗事》是一部仓促拼凑而成的话本，故事前后不能接榫甚至矛盾抵牾之处多有存在，它未必记录了当时流传于民间的宋江三十六人故事的基本面貌。不过，林冲在这支离破碎的故事中是一个无所作为的角色却是事实。

元杂剧搬演的宋江三十六人故事与《宣和遗事》相比，几乎是另一个境界。元杂剧叙述宋江等人上梁山以后的种种传奇，最活跃的角色是黑旋风李逵。今存元杂剧"水浒戏"共六种②：高文秀《黑旋风双献功》、康进之《梁山泊黑旋风负荆》、李文蔚《同乐院燕青博鱼》、无名氏《鲁智深喜赏黄花峪》、无名氏《争报恩三虎下山》（三虎为关胜、徐宁、花荣）、李致远《大妇小妻还牢末》（出

---

① 现藏台北"中央图书馆"《新编宣和遗事》二卷（黄丕烈原藏本），馆方《"中央图书馆"善本书目（增订本）》（1967）定为宋版，不确，当为元本。鲁迅《中国小说史略》第十三篇《宋元之拟话本》已指出，书中有吕省元《宣和讲篇》和南儒《咏史诗》，"省元""南儒"皆元代语，"省元"即状元。

② 关于此六种杂剧的写作年代，学术界存有不同意见。参见严敦易《元剧斟疑》（中华书局，1960年版）、马泰来《元代水浒杂剧辨伪》（香港大学学生会中文学会《东方——中国小说戏曲研究专号》1968年）、罗忼烈《元人的水浒杂剧》（辑入作者《词曲论稿》，香港中华书局，1977年版）。笔者采纳隋树森《元曲选》和《元曲选外编》的意见。

场人物有：宋江、李逵、史进、刘唐、阮小五）。六种中无一种写到林冲。剧文已佚，仅存剧目者，据王国维《曲录》有二十二种：红字李二《折担儿武松打虎》《板踏儿黑旋风》《窄袖儿武松》《全火儿张弘》《病杨雄》，高文秀《双献头武松大报仇》《黑旋风斗鸡会》《黑旋风乔教学》《黑旋风借尸还魂》《黑旋风诗酒丽春园》《黑旋风穷风月》《黑旋风大闹牡丹园》《黑旋风敷衍刘耍和》，杨显之《黑旋风乔断案》，李文蔚《燕青射雁》，康进之《黑旋风老收心》，无名氏《小李广大闹元宵夜》《张顺水里报冤》《一丈青闹元宵》《征方腊》《宋公明劫法场》《宋公明喜赏新春会》。我们虽然读不到以上二十二种杂剧的剧文，但从剧目看却完全可以判断它们没有一种是以林冲为主角的。

明初无名氏杂剧《梁山七虎闹铜台》有林冲出场，但只是过场人物，楔子里仅有一句自报家门的宾白。闹铜台的"七虎"是吴用、徐宁、雷横、秦明、朱仝、燕青、李逵，没有林冲的位置。明代传奇《宝剑记》搬演林冲和高俅的故事，此剧有嘉靖二十六年（1547）序，当时《水浒传》已版刻行世，显然是李开先（1502—1568）根据《水浒传》改编，它当然不是《水浒传》成书前已有的故事。其实直到明代成化前后，民间传说中的林冲还不是宋江三十六人中的要角。陆容《菽园杂记》卷二记民间流行的叶子戏，叶子上所绘二十人，从宋江到燕青，就没有画林冲。

纵观宋江三十六人故事的流传史，至《水浒传》成书前，林冲一直是一个没有多少具体表现和作为的人物。也就是说，历史没有给《水浒传》作者提供关于林冲具体形象的资料，除了"豹子头"这个绰号和"指使"这个低级军官身份之外，一切都必须由作者自己创造。

三

历史上是否真有林冲其人，属难考定。余嘉锡作《宋江三十六人考实》就没有谈林冲，原因就在没有材料。高俅的情况就不同，虽然迄今我们知道的关于他的情况并不多，但他的确是北宋末年政坛上的一个显赫人物。《宋史·徽宗本纪》记宣和四年（1122）"以高俅为开府仪同三司"①，《宋史·钦宗本纪》记靖康元年（1126）五月"开府仪同三司高俅卒……追削高俅官"②，高俅在《宋史》中无传，列传中"佞幸""奸臣"均不见其名，想必他与朱勔、蔡京等辈有所区别。《宋史》对他的评价略见于《李若水传》：

> 靖康元年，（李若水）为太常博士。开府仪同三司高俅死，故事，天子当挂服举哀，若水言："俅以幸臣躐跻显位，败坏军政，金人长驱，其罪当与童贯等。得全首领以没，尚当追削官秩，示与众弃；而有司循常习故，欲加缛礼，非所以靖公议也。"章再上，乃止。③

高俅"以幸臣躐跻显位"，朱勔以花石纲博得宋徽宗的欢心，高俅凭借什么飞黄腾达呢？南宋王明清（1127—？）《挥麈录》记曰：

> 高俅者，本东坡先生小史，笔札颇工。东坡自翰苑出帅中山，留以予曾文肃，文肃以史令已多辞之，东坡以属王晋卿。元符末，晋卿为枢密都承旨时，祐陵为端王，在潜邸日已自好文，

---

① 《宋史》，中华书局，1977年版，第409页。
② 同上，第428页。
③ 同上，第13160页。

故与晋卿善。在殿庐侍班,邂逅。王云:"今日偶忘记带篦刀子来,欲假以掠鬓,可乎?"晋卿从腰间取之,王云:"此样甚新可爱。"晋卿言:"近创造二副,一犹未用,少刻当以驰内。"至晚,遣俅赍往。值王在园中蹴鞠,俅候报之际,睥睨不已,王呼来前询曰:"汝亦解此技邪?"俅曰:"能之。"漫令对蹴,遂惬王之意,大喜,呼隶辈云:"可往传语都尉,既谢篦刀之贶,并所送人皆辍留矣。"由是日见亲信。逾月,王登宝位。上优宠之,眷渥甚厚,不次迁拜,其侪类援以祈恩,上云:"汝曹争如彼好脚迹邪!"数年间建节,循至使相,遍历三衙者二十年,领殿前司职事,自俅始也。父敦复,复为节度使。兄伸,自言业进士,直赴殿试,后登八坐。子侄皆为郎。潜延阁恩倖无比,极其富贵。然不忘苏氏,每其子弟入都,则给养问恤甚勤。靖康初,祐陵南下,俅从驾至临淮,以疾为解,辞归京师。当时侍行如童贯、梁师成辈皆坐诛,而俅独死于牖下。胡元功云。①

王明清所记得之胡元功的传说与上引《宋史》李若水劾高俅"以幸臣躐跻显位"颇为相合。王明清生于南宋建炎元年(1127),距他所记之人事并不遥远,但毕竟得之传闻,且高俅已有佞臣之名,传说难免会有传说者的主观虚拟成分,事实上它的不确之处也显而易见。如王诜(晋卿)尚英宗第二女(蜀国长公主),原为左卫将军,任枢密都承旨是赵佶即皇帝位以后的事,并非元符末赵佶还是端王时。按王明清所记,高俅原是苏轼身边小史,苏轼离京赴定州(中山)之任时推荐给王诜,一次偶然的机会接近端王赵佶,因擅长蹴鞠而获赵佶赏识,赵佶当皇帝后一再提拔高俅,"遍历三衙者

---

① 《挥麈录·后录》卷七,上海书店出版社,2001年版,第138页。

二十年"。"三衙"是宋朝掌管禁卫军的机构，为殿前司、侍卫马军司、侍卫步军司，合称"三衙"。这段传说基本上被《水浒传》采纳。不过，《挥麈录》所记有几点：一、高俅本为苏轼小史，但出身并不卑贱，"父敦复，复为节度使。兄伸，自言业进士，直赴殿试，后登八坐"。二、高俅有后，"子侄皆为郎"。三、高俅虽为佞臣，但尚知恩图报，苏轼"子弟入都，则给养问恤甚勤"。这三点均被《水浒传》扬弃，《水浒传》将高俅写成一个市井无赖。

史传将高俅定性为佞幸，话本《宣和遗事》按这个定性，安排高俅在宋徽宗与李师师的风流公案中充当一个帮闲的角色。位居宰辅平章的高俅蛊惑徽宗微服逛妓院，嫖李师师。李师师"结发之婿"贾奕不舍旧情，即遭到高俅、杨戬的迫害，终被贬至广东琼州，李师师则册封为明妃。金兵南侵，徽宗内禅，太学生陈东上书指蔡京、童贯、王黼、梁师成、李彦、朱勔为六贼。六贼先后被贬被诛，唯高俅结局不明。《宣和遗事》所叙高俅如此而已。

史传也好，话本也好，都没有说高俅与宋江三十六人有什么直接的关系。在高俅死后主张对高俅追削官秩的李若水，据上引《捕盗偶成》诗，是很清楚地知道宋江三十六人的，但他弹劾高俅却没有与宋江三十六人之反挂钩。《宣和遗事》既写到宋江三十六人，也写到高俅，可是故事中二者不曾发生过任何具体冲突。与宋江三十六人有关系的是大兴花石纲之役的朱勔，以及赠送生辰纲的梁师成和收受生辰纲的蔡京。花石纲使杨志、林冲十二指使结义为兄弟，发展到杨志卖刀杀人，十二人上太行山落草。生辰纲使晁盖聚义拦劫，终至上太行山梁山泊，并连带宋江亡命江湖，成就了三十六人的事业。按《宣和遗事》，有理由成为宋江三十六人的头号敌人的应当是朱勔、蔡京和梁师成三人。

元杂剧"水浒戏"没有出现高俅这个人物，戏中虽有衙内登场,但不是高俅的儿子。

　　由此看来,将高俅塑造成林冲以及梁山起义军的对立面,完全是《水浒传》作者独具匠心的创造。且不说这种人物配置,单就高俅人物形象而言,距离历史、距离宋元话本和戏曲已经相当遥远了。尽管《水浒传》作者利用了王明清《挥麈录》的材料,说高俅靠了蹴鞠的脚头功夫爬上高位,但对他的出身、家世却进行了根本改造。这种改造,作者自然有他的意图,这一点将留待后文分析。

四

　　高俅和林冲的故事,简单概括起来,也可以说是"夺妻杀夫"。夺妻杀夫,本是一个古老的话题,小说史上这类作品屡见不鲜。最著名的当数宋初乐史(930—1007)的《绿珠传》[①]。此事见于《晋书·石崇传》,不纯粹是小说家言。乐史敷演成篇,如他在篇末所说:"今为此传,非徒述美丽,窒祸源,且欲惩戒辜恩背义之类也。"小说所强调的是绿珠作为一个侍姬,竟能不惜一死以酬主人,那些享厚禄、盗高位的衣冠须眉又如何:亡仁义之行,怀反复之情,暮四朝三,唯利是务,岂不悲哉! 小说寓言如此。循此思路,詹詹外史《情史》把它编入"情贞类"。《情史》"情贞类"所收同类故事还有多篇。其中《申屠氏》叙靖康二年董昌之妻申屠氏美艳有才,当地富豪方六一设计诬陷董昌,将其杀害以夺其妻,申屠氏伪装顺从,伺机将方六一刺死,然后自缢。《歌者妇》叙南中大帅害死歌者以强占其妻,其妻藏利刃欲刺大帅未果,遂自断其颈而亡。这类话题的主旨都是赞赏女主人公的节操。

[①] 涵芬楼本《说郛》,见《说郛三种》,上海古籍出版社,1988年版,第638—639页。

《水浒传》的林冲娘子也是一位烈性女子，第二十回补叙她见难逃高俅魔掌遂悬梁自尽，然而《水浒传》作者之意并不在褒奖节烈，而在揭示一个重大社会历史主题：官逼民反。"杀夫夺妻"是强者对弱者实施的暴行，强者当然是凭借自己的权势达成其卑鄙的目的。司马伦之流所以能够得逞，客观条件是封建专制的官僚政治体制。这个体制的顶端是皇帝，皇权天授，皇帝具有至高无上的绝对权威，对臣民握有不容置疑的生杀予夺大权。皇帝以下由各级官吏叠成一个多层金字塔，上一层对下一层同样具有绝对的权力，塔基下则是广大的平民。这个金字塔结构的固着力是下层对上层的绝对服从，配合意识形态便是"孝"和"忠"的神圣化和绝对化。由秦始皇创立的这个体制延续上千年，在改朝换代和分裂统一的历史过程中不断改进而逐渐完备。人们在这个体制下生活，头脑里难以生长权利的观念，即使发生权利观念的萌芽，也必定会遭到无情的扼杀，像司马伦的行为，人们都只是以伦理的尺度考量其善恶，一般不会从法的角度判别其是非，触及"官"的要害问题。

《水浒传》的创造性和深刻性就在处理"杀夫夺妻"话题的别具机杼，超越情贞模式，作者把高俅、林冲及林娘子的纠葛配置成一个新的格局。林娘子淡出，着意展开高俅和林冲的矛盾。作者固然是把高俅作为坏人来描写，但对他的描写有三点值得注意：第一，高俅本来就是一个破落户子弟、游手好闲的无赖棍徒，这样一个社会人渣居然由皇帝的好恶而擢升为朝廷重臣。高俅发迹，昏聩的赵佶自不能辞其咎，但是如果没有金字塔式的封建官僚制度，赵佶纵有其意亦难以达成其事。第二，高俅夺林冲之妻，不似司马伦那样赤裸裸，他使用"合法"手段，设陷阱诱使林冲带刀进入军事机密的白虎堂，名正言顺地加其死罪；死罪未能成立，高俅虽然恼怒，却仍不直接杀掉林冲，而是采取暗杀的方式；在林冲未死之前，高俅一直不肯公开强夺林娘子。高俅调动国家机器来对付林冲，使林冲躲无可躲，藏无可藏。第三，高俅作恶多端，祸国殃民，终其《水浒传》情节，他并没有像一般小说中的坏人那样得到恶报，《水浒传》的结局是宋江等人冤死，他仍然高居庙堂。综合三点，作者没有把高俅写成一个孤立的坏人，作者主观上不可能对封建官僚制度的本质有所认识，但至少认识到高俅的坏不是孤立和偶然的现象，是当时官僚政治腐败和黑暗的集中表现。

林冲这个人物，《水浒传》作者依据"豹子头"绰号给他设计了一个"豹头环眼、燕颔虎须"的外貌，这个从《三国演义》张飞形象复制出来的外貌与他的儒雅的举止反差太大，并不被读者认可，清代以后的绘画和戏剧舞台脸谱都被修改成清雅的须生，以达到表里如一的美学效果。《水浒传》的林冲有两个特点。一是安分守己，逆来顺受。"安分"是指他安于封建等级制度所规定给他的社会角色，他不想投机钻营往上爬，更不想改变现存社会等级秩序，他只求在现存社会等级秩序中维持他的也许是令人羡慕的家庭生活。他任东京八十万禁军教头，非军中指挥官，品级不高，也没有什么实权。他娶妻尚未得子，岳父也是一个教头，婚姻门当户对，是一个小康家庭。他很满足，为了保住这种平平常常的小家庭生活，绝不招惹是非，是非招惹到他，他宁愿躲避退让，即使受欺侮也要逆来顺受，委曲以求小家之全。他武艺高强，既没有鲁智深的豪侠之气，更没有李逵的反叛精神，他只是一个循规蹈矩的良民。假若不是高俅逼他至绝境，他一定会像他岳父一样安安稳稳和默默无闻地过一辈子，绝不会落草为寇。其实，千百年来大多数中国人都是这样生活过来的，即使是被压在社会金字塔的最底层，如果不是了无生机，也不会铤而走险，去甘冒"大逆不道"的罪名。正因为如此，林冲的性格很有中国国民的代表性。其二，林冲眼睁睁看着草料场被烧，虽庆幸不曾被烧死，却从此也逃不脱一个死罪的结局，他挺枪冲出山神庙，杀了高俅派来的爪牙。接下去，作者没有循着传统复仇类型作品的习惯思路来写林冲如何潜回东京，去取仇人高俅的首级，而是走上梁山，投身到绿林草寇中去与朝廷对抗，换句话说，林冲的"反"，已超越了个人反抗的范畴，他的反抗与当时社会的颠覆势力融为一体，升华为一个社会阶级的反抗，明显地带有政治性质。

林冲和高俅的矛盾已不是简单的好人和坏人的矛盾，而是升级为民众和官府的矛盾。高俅将林冲逼上梁山，成为官逼民反的典型案例。《水浒传》通过林冲被逼上梁山极有感染力的故事，充分揭示了官逼民反、民不能不反的合理性。作者的同情在林冲一边，这种倾向在封建时代无疑是一个大胆的叛逆。

五

小说家在创造自己作品的艺术世界时，不论他写的是有文献可参的历史题材，还是凭空虚构、驰骋想象的神魔故事，其创作的原动力，不管作家自觉还是不自觉都是来源于小说家生活时代的社会矛盾的撞击。作品的情节和细节，以及人物性格等等，也不管作家自觉还是不自觉都是当时社会生活的投影。宋江三十六人的题材虽然有一个长期累积的历史，但《水浒传》绝不是民间文学范畴的集体创作，而是作家个人的作品，属于作家文学范畴。关于《水浒传》吸收了宋元以来传说、话本、戏曲方面哪一些要素以及如何吸收，当写文专论，这里暂且不谈。既然《水浒传》是作家个人独创的长篇小说，它就必定透射着作家生活时代的"当代精神"，是作家生活时代的现实产物。那么，《水浒传》是哪个时代的产物？

就林冲和高俅而言，这对人物形象和矛盾冲突的现实依据又是什么呢？

《水浒传》的成书年代，我曾用历史的方法进行过考证，结论是成书在明代嘉靖初年[①]。现在我要用文学的方法，对《水浒传》成书过程做逆向的探索，以求得它的生活原型。

有论者以《水浒传》成书于元末明初为前提，认为《水浒传》是根据元末农民战争的经验创作而成的。中国历史上发生过多次大大小小的农民战争，这些战争有其共性，同时又各具个性。共性方面，农民暴动的原因都是相同的，大要为一个王朝统治已经腐朽，也就是朝廷失去了调节统治机制的能力，各级官僚唯利是务，法度不存，地主肆无忌惮地对农民实行超经济剥削的同时，政府也在加剧对农民的横征暴敛，农民难以生存，大批背乡离井沦为流民，有的则聚啸山林成为"草寇"。此时社会如同一堆干柴，只要出现晁盖、宋江式的人物，就是干柴遇着火星，顿时会燃成燎原大火。农民起义虽然有的也提出"等贵贱、均贫富"的口号，但由于它不是生产力发展到高度水平产生了新的生产力之后引起的社会革命，在实践中却并不能加以贯彻，他们多半只代表起义队伍的集团利益。在集团内部也仍然存在严格的等级，头领和喽啰并不一样"大块吃肉、大秤分金"，因此在与当朝政权的斗争中常常表现出实用性和妥协性，故而朝廷的对策也常常变换使用镇压和招安两手。不仅历史上的宋江受招安，唐末的王仙芝在乾符三年（876）、乾符四年（877）两次提出过招安，明代正德年间的刘六、刘七也谋划过招安，明末的张献忠也接受过招安。然而这些共性都是寓居于个性

[①] 见本书《〈水浒传〉成书于嘉靖初年考》[原载《上海师范大学学报（社会科学版）》，2001年第5期]。

之中，通过个性显现出来的。成为作家创作的生活原型的东西，是具象的、鲜活的、五光十色的和浸润着情感的。我们判定一个时代生活是否是某部作品的生活原型时，标准应当是时代的个性。元末农民战争的个性是什么？简而言之是秘密宗教和民族矛盾。最初起义的领袖以明教、弥勒教作为信仰和精神纽带唤起并组织民众，同时又打出反元复宋的带有浓厚民族主义色彩的旗帜。韩山童、刘福通就是宣传弥勒佛已经降世，明王已经出世，鼓吹要改朝换代。至正十八年（1358）朱元璋攻占婺州，在衙门前树两面黄旗，旗上大书："山河奄有中华地，日月重开大宋天。"又立两个木牌，牌上大书："九天日月开黄道，宋国江山复宝图。"秘密宗教和民族主义在晁盖、宋江的起事过程中毫无踪影。把《水浒传》的故事放进元末的时代环境中，明显地难以契合。

《水浒传》表现的是贪官污吏、地方豪强和广大民众的矛盾。它所展示的是皇帝昏庸、官吏不法、民不聊生、盗贼蜂起的社会图景。作者叙说北宋末年宋江三十六人的故事，不过是借他人之酒来浇自己胸中块垒而已。它不是元末社会的投影，更不是明初社会的投影。封建专制的历朝各代，即使是圣君贤相的太平盛世，官吏贪赃枉法、欺凌百姓的事情也是要发生的，但是情况和程度却有差异。朱元璋立足后，对官吏实行十分严厉的监控，他和他的儿子永乐皇帝朱棣对贪官惩办手段之残酷，史所罕见。明代前期的各级官僚，在总体上还是比较收敛的，不大敢肆无忌惮地恣意妄为。相对来说，社会也处在一种较为安定的状态。高俅和林冲的故事以及桃花山、二龙山、对影山、梁山等等山头林立的动乱局面，绝非明初现实的写照。

若把高俅和林冲放在明代中叶的正德年间，则会与当时的社会现实存在融为一体。在正德时代产生高俅和林冲的故事，不只是合逻辑的，而且可以说是写真纪实。正德前期宦官刘瑾把持朝柄，结党营私，而朝中士大夫官僚居然依附宦官，蛊乱朝纲。历史上宦官窃夺大权的事并不稀罕，但士大夫官僚与宦官结合成"阉党"，这是第一次。《明史》专为"阉党"立传也是史无前例的。刘瑾"阉党"中贪官很多，试举张綵一人。此人进士出身，位居阁僚，贪财而且渔色，对刘瑾阿谀奉承，甚至称刘瑾为"老者"。他强夺属僚的妻妾，因寡廉鲜耻而著于史册。

> 张綵，安定人。弘治三年进士……性尤渔色。抚州知府刘介，其乡人也，娶妾美。綵特擢介太常少卿，盛服往贺曰："子何以报我？"介皇恐谢曰："一身外，皆公物。"綵曰："命之矣。"即使人直入内，牵其妾，舆载而去。又闻平阳知府张恕妾美，索之不肯，令御史张襘按致其罪，拟戍。恕献妾，始得论减。①

张綵的作为与高俅有何区别？碰到不肯献妾的张恕们，他就动用国家机器，"按致其罪"，与高俅对付林冲的办法简直如出一辙。张綵所以如此嚣张和毫无顾忌，原因就在他们完全把持了朝政，那政治的黑暗与《水浒传》的描写相合若契。

《水浒传》作者对高俅的描写有两点值得我们玩味。其一是高俅的发迹。《水浒传》利用了《挥麈录》的记载，但并非完全照搬，而是有所取舍和有所强调的。把高俅写成是破落户出身和市井棍徒，是《水浒传》作者的创造。从一个市井棍徒发迹成朝廷重臣，在社会战乱年代有可能，像话本中津津乐道的朱温、石敬瑭、刘知远、郭威等人，都是由一介游民而升腾为帝王将相，所谓时势

---

① 《明史》，中华书局，1974年版，第7840—7841页。

造英雄，社会条件是绝对重要的；和平年代里一个游手好闲的无赖汉想凭借一点蹴鞠之类的技能一步登天，几乎没有可能。在社会正常情况下，官吏的选拔是有规定程序的，多半要经过科考，少量的也有恩荫和捐纳。既不肯埋头寒窗苦读，又没有贵胄家庭的背景和万贯的家产，入仕只能是妄想。《水浒传》写的北宋徽宗时期，尽管已经是"山雨欲来风满楼"，但毕竟没有社会大动乱，在这样的背景下，市井棍徒高俅能够如此发迹辉煌，不能说不是一个疑问。其二，《水浒传》写高俅没有亲儿，不得不过继一个子嗣，而且这个干儿子竟是高俅自己的叔伯兄弟。《挥麈录》记高俅是有子嗣的，这样写也是作者的创造。认自己的叔伯兄弟为干儿子，不符合封建宗法。

两个疑点如果放在明代中叶这个特定时空里就都可以得到解释了。这个时代，一个市井无赖的确可以发迹变泰，当然不是去场屋应试，不会得到恩荫，也没有财力去捐纳，他们有一条捷径可以走，就是净身做个阉人入宫，一旦获得皇帝宠信，便可权居百官之上。明朝立国的时候，朱元璋严禁宦官识字，以防止他们干政。永乐皇帝朱棣篡夺侄儿的帝位，宦官从中帮了他的大忙，他于是不顾朱元璋的圣训，开始重用太监。永乐末年出身教职、官位低微的王振净身入宫充任宫中女子的教习，可以说是打破了朱元璋的禁令。[①] 王振在宣德朝即掌司礼监，正统初年便独揽大权，正统十四年（1449）挟正统皇帝率兵至土木，酿成土木堡之役惨败，导致正统皇帝被瓦剌也先俘虏。正德年间的刘瑾本是谈氏子，依太监刘姓者净身进宫，冒其姓。此人狡狠奸险，仅"粗知文事"[②]，然"日进

---

① 严从简《殊域周咨录》，中华书局，1993年版，第562—563页。
② 陈洪谟《继世纪闻》，中华书局，1985年版，第70页。

鹰犬、歌舞、角觝之戏，导帝微行"①。正德皇帝为刘瑾所蛊惑，怠于朝政，大权尽落刘瑾之手。刘瑾一手遮天，作威作福，网罗党羽，迫害忠良。为剪除异己，屡起大狱，据《明史》记载，谪尚书王佐以下者百七十三员。招纳朝臣焦芳、刘宇、曹元、张䌽、刘玑等数十大员结成阉党。《明史》曰：

> 明代阉宦之祸酷矣，然非诸党人附丽之、羽翼之，张其势而助之攻，虐焰不若是其烈也。中叶以前，士大夫知重名节，虽以王振、汪直之横，党与未盛。至刘瑾窃权，焦芳以阁臣首与之比，于是列卿争先献媚，而司礼之权居内阁上。②

太监多来自社会下层，刘瑾一党的太监张忠曾与霸州大盗张茂结为兄弟，并引张茂混入豹房"侍帝蹴鞠"③。陈洪谟（1474—1555）《继世纪闻》也有此类记载："京师之南固安、永清、霸州、义安等处，京卫屯军杂居，人性骄悍，好骑射，往往邀路劫财，辄奔散不可获，人号为放响马贼。近来内官用事，谷大用、马永成、张忠等皆霸州、文安诸处人，大盗刘七等尝因内官家人混入禁内豹房，观上游幸之所。"④谷大用、马永成等与刘瑾合称宦官"八虎"，他们出身贫贱，走净身入宫的路线而飞黄腾达，权力竟在内阁之上。太监把持朝廷权柄，趋炎附势之徒认太监为"干父"者不为稀罕，在这个圈子里没有宗法辈分之说，吏部尚书张䌽称刘瑾为"老者"即可证明。《水浒传》作者写高俅发迹以及收堂兄弟为干儿子，不正是正

---

① 《明史》，中华书局，1974年版，第7786页。
② 同上，第7833页。
③ 同上，第7795页。
④ 陈洪谟《继世纪闻》，中华书局，1985年版，第93页。

德间太监当道时的投影吗？

  我并不认为《水浒传》的高俅是影射刘瑾或某个太监，《水浒传》绝不是影射文学，我的意思是正德间刘瑾势焰实在太炽，流毒实在太深，以至《水浒传》作者在塑造一个头号贪官奸臣的时候怎样也抹不去刘瑾的阴影，自觉或不自觉地吸纳了这类人物原型的某些元素。

  刘瑾当道，使明朝自正统以来已经相当尖锐的社会矛盾更加激化，正德五年（1510）爆发了以刘六、刘七为首的农民起义，首义在霸县，瞬即蔓延到北方几省，起义军几次威逼北京，使朝廷大为震动。这场农民战争持续了三年之久。《水浒传》正是在这个背景下创作出来的。

（原载《文学评论》2003 年第 4 期）

明初朱有燉二种"偷儿传奇"与《水浒传》成书

我主张《水浒传》成书于明嘉靖初年,此说遭到一些学者质疑。不过,这些驳论,我以为并没有能够推翻掉我据以立论的证据。问题由争论而展开和深化,总是一件令人兴奋的事情。讨论至此,我想回过头来考察一下质疑者所坚持的《水浒传》成书在"元末明初"之说,看它到底能不能够成立。

拙文《〈水浒传〉成书于嘉靖初年考》[①]曾提出明初朱有燉创作以李逵、鲁智深为主角的杂剧,但他却不知道有《水浒传》存在;假设当时已有《水浒传》,他应当是有条件知道的人。由是质疑明初就有《水浒传》之说。由于该文主要是要论证《水浒传》成书在嘉靖初年,故对于这个观点没有详加申说;现在既然讨论"元末明初"说的问题,就有必要加以讨论了。

朱有燉(1379—1439)是明初一位著名的杂剧家,一生所作杂剧,据《百川书志》著录有三十一种,全部流传下来。其中二种,一写李逵,一写鲁智深,朱有燉称它们以及元杂剧同类题材的作品为"偷儿传奇"。他在杂剧《豹子和尚自还俗》(以下简称《自还俗》)之《引》中说:"暇日观元之文人有制偷儿传奇者,其间形容模写,曲尽其态,此亦以文为戏,发其胸中之藻思也。予乃效

---

① 载《上海师范大学学报(社会科学版)》2001年第5期,后收入辜美高、黄霖主编《明代小说面面观:明代小说国际学术研讨会论文集》,学林出版社,2002年版。

其体格，亦制偷儿传奇一帙，名之曰《豹子和尚自还俗》。"①杂剧《黑旋风仗义疏财》（以下简称《仗义疏财》）之《引》也说："予乃戏作偷儿传奇一帙，使伶人搬演歌唱，观其轻健骁捷之势，以取欢笑。"②我们今天通常把元代以来搬演宋江等人的戏剧称为"水浒戏"，这是由小说《水浒传》而命名，但朱有燉当时并不知道后来还有一部《水浒传》，在这位王爷看来，宋江三十六人都是盗贼，不过这些"下愚无赖之徒，尚能知仁义忠顺之一端耳"③，故将他们搬上舞台，称为"偷儿传奇"。本文舍弃流行的"水浒戏"之称，采用作者朱有燉自取之名，其中除了有尊重作者本意之外，还有还原历史之意，不要误以为元人和明初人已有"水浒"概念。

朱有燉和他的二种"偷儿传奇"的思想艺术得失以及它们在戏剧史上的地位，不在本文讨论主题之内；本文只是以它们为历史坐标，来考察明初是否真有《水浒传》的存在。

一

有人据《仗义疏财》万历间脉望馆钞校本第一折宋江上场的一段说白，证明朱有燉已经知道宋江的队伍不再只有三十六人，而是一百零八人，他自述上山始末与《水浒传》所写完全相同，其对梁山泊的描叙，与《水浒传》第七十八回入话赋十分近似，能说《水浒传》在明初没有成书吗？脉望馆钞校本的这段说白节录如下：

某，姓宋名江，字公明，绰名顺天呼保义。某曾为郓州郓

---

① 二种杂剧引文，据国家图书馆所藏明代宣德间周王府自刻本，下不再注。
② 同上。
③ 《黑旋风仗义疏财》之《引》。

城县把笔司吏，因带酒杀了匪妓阎婆惜，被巡军拿某到官，脊杖六十，迭配江州牢城营。路打梁山过，有某八拜交的晁盖哥哥，知某有难，引半垓来小偻罗下山救某，将监押人打死，救某上山，就让我坐第二把交椅。晁盖哥哥因打曾头市身亡之后，众弟兄让某为头领。某聚三十六大伙，七十二小伙，半垓来小偻罗，啸聚在此八百里梁山。寨名水浒，泊号梁山。纵横河港一千条，四下方圆八百里。东连大海，西接济阳，南通巨野、金乡，北靠青、齐、兖、郓。有七十二道深河港，屯数百只战舰艨艟；三十六座宴台，聚百万军粮马草。声传宇宙，五千铁骑敢争先；名播天庭，三十六员英勇将。

倘若朱有燉的《仗义疏财》真有这样一段文字，确实可以证明他已经读过《水浒传》。但遗憾得很，这段文字在宣德年间周王府的自刻本上根本就没有。周王府自刻本不但没有这段文字，而且全剧也没有分成四折，自刻本后一段受张叔夜招安平方腊的剧情也被脉望馆钞校本删去，换上第四折捉拿赵都巡。不但剧情改动，连角色也改，原本是燕青化装成媒婆配合李逵，改成女将一丈青扮媒婆。

  杂剧在演出中被一改再改，是很正常的事情。元代高文秀的杂剧《黑旋风双献功》和无名氏杂剧《鲁智深喜赏黄花峪》的宋江开场白也都有这样几乎相同的文字，难道它们是元代就有的吗？当然不是，这些文字也都见于万历脉望馆钞校本，《黑旋风双献功》还见于万历臧懋循《元曲选》，总之它们都是明代万历间舞台演出本改订成书的，掺进了当时正在流行的小说《水浒传》的东西，绝对不可以当作是纯粹的元代和明初文献，不加辨析地引用来作为创作时间的证据。

  《仗义疏财》之《引》说，"《宣和遗事》记宋江一伙之事甚详"，也就是说，朱有燉当时所能看到的记载宋江一伙的最为详尽的文献，只是《宣和遗事》。如果他知道小说《水浒传》，话就不能这样说了。这的确是实情。《仗义疏财》和《自还俗》虽然只是演述李逵、鲁智深，但剧中的宾白和唱词，仍反映了宋江一伙的大体情况，而这些情况的叙述，就是依据《宣和遗事》。

《宣和遗事》记宋江一伙是宋江加三十六人，实际上是三十七人，人数和具体姓名绰号与南宋龚圣与《宋江三十六人赞》略为有异。这是《宣和遗事》的特征之一。《自还俗》叙宋江派李逵下山去召回脱离梁山出家做和尚的鲁智深，宋江上场就说：梁山三十六人，缺了鲁智深一名，违背了"来时三十六，去后十八双，若还少一个，定是不还乡"的誓愿，一定要劝鲁智深还俗回山。宋江将三十五人名单念了一遍，云：

> 第一名智多星吴加亮，第二名铁大王晁盖，第三名玉麒麟李义，第四名青面兽杨志，第五名混江龙李海，第六名黑旋风李逵，第七名九纹龙史进，第八名入云龙公孙胜，第九名浪里白跳张顺，第十名活阎罗阮小七，第十一名霹雳火秦明，第十二名立太岁阮小五，第十三名莽二郎阮进，第十四名大刀关必胜，第十五名豹子头林冲，第十六名小旋风柴俊，第十七名金枪手徐宁，第十八名扑天雕李应，第十九名赤发鬼刘唐，第二十名一直撞董平，第二十一名插翅虎雷横，第二十二名美髯公朱仝，第二十三名神行太保戴宗，第二十四名赛关索王雄，第二十五名病尉迟孙立，第二十六名小李广花荣，第二十七名没羽箭张青，第二十八名没遮拦穆横，第二十九名浪子燕青，第三十名铁鞭呼延绰，第三十一名急先锋索超，第三十二名行者武松，第三十三名拼命二郎石秀，第三十四名火船攻张岑，第三十五名摸着云

杜千。

此三十五人,加上花和尚鲁智深便是三十六人,宋江不在三十六人之中。这个名单与《宣和遗事》完全相同,只是个别人的绰号名字有个别字的差异,如"莽二郎阮进""玉麒麟李义""铁大王晁盖",在《宣和遗事》今存版本中作"短命二郎阮进""玉麒麟李进义""铁天王晁盖"。

这份名单与《水浒传》的差别是显而易见的。首先三十六人与一百零八人的总数相差很大,而且其中一些人物的姓名绰号有差异,如"玉麒麟李义""混江龙李海""莽二郎阮进""赛关索王雄""火船攻张岑",在《水浒传》中是玉麒麟卢俊义、混江龙李俊、立地太岁阮小二、病关索杨雄、船火儿张横。从前者变成后者,绝不是一夜之间就完成的,中间应当有一个演变过程,只是我们还缺乏材料来显现这个过程。更为重要的是,从这份名单可以看到晁盖在三十六人之中,排名在智多星吴加亮之后,只能算是梁山的第三号人物。这与《水浒传》情节相去甚远。《水浒传》写宋江在江湖上享有盛名,但梁山事业是由晁盖开创的。晁盖与吴用、公孙胜等人聚义,智取生辰纲,上梁山火并王伦,才有了梁山的局面。宋江拖延了许久,被逼得无路可走,才上了梁山,直到晁盖死后,方坐上第一把交椅。朱有燉把宋江排在三十六人之上的领袖位置,晁盖在三十六人之中虽排名靠前,但论地位却根本无法与宋江相比,这说明朱有燉没有见过《水浒传》,他所读到和听到的宋江一伙故事要比《水浒传》原始得多。

此外,二种"偷儿传奇"的二位主角鲁智深和李逵,无论出身经历,还是气质性格,都与《水浒传》的鲁智深、李逵大相径庭,差距不能以道里计。

《自还俗》鲁智深上场自报家门,道:

> 贫僧姓鲁,俗名智深,原是南阳广慧寺僧人,因幼年戒行不精,被师嗔责,还俗为民。跟着宋江哥哥,在梁山泊内落草为寇。带着我亲母,如今年老,朝夕奉侍。自去年被我哥哥宋江打了我四十大棍,我受不得这一口气,走来这清溪港清静寺内,出家做个和尚。看了这修行办道的人,不强如那做贼的也呵!

"偷儿传奇"的鲁智深,俗名就叫智深,而不叫单名"达"。幼年为南阳(今属河南省)僧人,既没有在渭州经略府做过提辖,出家之地与五台山也相距甚远。他是还俗后才到梁山泊落草,因擅杀无辜被宋江责罚,心中不平,脱离梁山队伍,再次出家在清静寺做了和尚。这与《水浒传》中有菩萨心肠的鲁达鲁智深,判若两人。朱有燉还写鲁智深上有老母,下有妻儿,与《水浒传》中赤条条来去无牵挂的鲁智深大不相同。

众所周知,鲁智深是《水浒传》中极为活跃、也深受读者喜爱的人物,他拳打镇关西、大闹五台山和桃花村、火烧瓦罐寺、倒拔垂杨柳、野猪林救林冲等等,无私无畏,疾恶如仇,行侠仗义,有勇有谋,朱有燉若看过《水浒传》,当不会如此糟蹋鲁智深。

朱有燉写作《自还俗》所能依据的资料十分有限,大体上应当是想象虚拟的成分居多。《宣和遗事》天书著录三十六人名单中有鲁智深,涉及他的文字仅有一段云:"朝廷命呼延绰为将统兵,投降海贼李横出师收捕宋江等,屡战屡败。朝廷督责严切,其呼延绰却带领得李横,反叛朝廷,亦来投宋江为寇。那时有僧人鲁智深反叛，亦来投奔宋江。这三人来后，恰好是三十六人数足。"[①]鲁智深上来了梁山，才补足了三十六人之数。《自还俗》叙宋江派李逵下山劝导鲁智深回山，以足三十六人之数，依据的就是这一段文字。元杂剧《鲁智深喜赏黄花峪》今存万历脉望馆钞校本。按其题目，鲁智深当是全剧主角，但脉望馆钞校本第一折主角是杨雄，第二折、第三折主角是李逵，第四折才轮到鲁智深，不合常理；就其情节看，刘庆甫夫妇和强占庆甫妻的蔡衙内贯穿全剧，几个正末在各折中各自起讫，也不合常理。看来这个万历钞校本距离元代面貌大概已相当遥远了。而朱有燉看到的《鲁智深喜赏黄花峪》本子可能是原本或者是接近原本的本子，他的《自还俗》中鲁智深有一段唱词道："你道我年纪大，我道是胆气刚。我也曾黄花峪大闹把强人挡，也曾共黑旋风夜劫把猱儿丧，也曾共赤发鬼悄地把金钗飏。"按万历脉望馆钞校本《鲁智深喜赏黄花峪》虽有重阳节下山赏红叶黄花之说，但鲁智深打蔡衙内是在云岩寺，且无赏秋情节，与黄花峪毫无关涉，"我也曾黄花峪大闹把强人挡"，当是该剧原本的情节。至于与黑旋风李逵以及赤发鬼刘唐共干的勾当，也都找不到元杂剧的出处，但应该是有出处的，只不过剧本已佚亡了。朱有燉写《自还俗》虽是"戏作"，但也不是毫无依傍，他吸纳了《宣和遗事》和元杂剧的一些元素。

"偷儿传奇"的另一种《黑旋风仗义疏财》，叙李逵奉宋江之命，往东平府籴粮一百余担，五辆大车往回拉，途中遇见赵都巡以李老头欠官粮五十担为由，要霸占李老头的女儿李千娇。李逵拨出五十担粮替李老头还账，赵都巡仍然强夺李千娇而去。李逵上山复命，宋江再派李逵去营救被害父女。李逵与燕青搭档，一

[①] 丁锡根点校《宋元平话集》，上海古籍出版社，1990年版，第306页。

扮新娘，一扮媒婆。扮新娘的李逵在洞房里把赵都巡打得皮开肉绽，捆绑起来，连同他搜刮百姓的钱财，一并交与官府严办。救得李老头父女之后，李逵三十六人受了张叔夜招安，一举剿灭了方腊。

与《自还俗》一样，此剧也是朱有燉"戏作"，同样也是有所依傍。剧中李逵听到宋江要派他下山执行任务，他心中猜测是何任务，唱道：

〔红绣鞋〕莫不是出水寨与人争竞，莫不是下梁山打探民情，莫不是有冤屈告状要分明，莫不是方腊贼来作耗，莫不是蔡太师忒胡行，莫不是大金家侵界境？

〔幺〕莫不是护俺那宋官家去李师师家游幸，莫不是护俺那宋官家上元驿里私行，莫不是护俺宋官家黑楼子上听弹筝，莫不是护俺宋官家赵玄奴家开小说、杨太尉家按新声？

这李逵猜测的种种任务，应当都是当时流传的关于宋江三十六人传说中的故事。这里提到梁山的三个对头，第一是方腊，第二是蔡太师，第三是大金家。《宣和遗事》记有"宋江收方腊有功，封节度使"[①]，也记有"那晁盖八个，劫了蔡太师生日礼物"[②]。至于"大金家"，《宣和遗事》无载，但若按龚圣与《宋江三十六人赞》一再提及太行山来推测，南宋以来传说宋江一伙的故事中应当有抗金的内容，朱有燉曲词中证实了梁山好汉曾经与金人作战，而绝非后来《水浒传》写的与辽人作战。请注意，这里李逵想到要对付的仇人

---

① 丁锡根点校《宋元平话集》，第306页。
② 同上，第303页。

是蔡太师，而不是高俅。《宣和遗事》写了高俅，但他不过是奉承宋徽宗（宋官家）私离宫禁游乐的佞臣，与宋江三十六人没有一点过节。值得玩味的是，明初传说中的宋江等人还曾做过护卫宋徽宗游幸的保镖，像《自还俗》中李逵提及的去李师师家幽会，上元驿里私行，到黑楼子听弹筝，到赵玄奴家开小说、杨太尉家按新声，这些故事曾在戏曲说唱何种作品中演述过，现在已不得而知。但有一点可以肯定，这些故事不是朱有燉向壁虚构，它们在当时应当广为流传，为人熟知，所以朱有燉才会这样在唱词中不经意地写了出来。

综上所述，朱有燉编写二种"偷儿传奇"，所依据的资料只是《宣和遗事》、元杂剧和元末明初的宋江一伙传说，其人物故事比《水浒传》要原始粗糙得多。朱有燉没有见到过百卷本小说《水浒传》。这一点，我以为是无可争议的。

二

朱有燉不知道《水浒传》，是不是等于说《水浒传》在明初就不存在呢？当然不能这样简单地画等号。这需要具体分析：以朱有燉的身份，以朱有燉的交游，假设当时有《水浒传》抄本存在，他不知道的可能性有多大？

朱有燉生于洪武十二年（1379），卒于正统四年（1439）。他去世那一年，明朝立国已超过七十年。朱有燉是明太祖朱元璋第五子周定王朱橚的长子，朱橚是明成祖朱棣的同母兄弟。洪熙元年（1425）朱橚去世，朱有燉袭封，谥号周宪王，故后世称朱有燉为周宪王。朱有燉出生在凤阳，三岁时随父由凤阳至河南开封就藩，十八岁时曾率河南都司精锐巡逻北平关隘，二十岁时为父顶罪，被发往云南。四年后，朱棣"靖难"成功即帝位，朱有燉方回到南京，次年返回开封。永乐十九年（1421）明朝迁都北京，朱有燉一生中多次往返南京、北京，而主要生活在藩府所在地河南开封。

明初政治斗争十分激烈，"靖难"前后，皇位争夺之残酷血腥，令人触目惊心。朱有燉深知政治的可怕，于是把自己的身心都倾注在文化上。他好文辞，擅书画，尤谙音律，其杂剧享有盛誉。又孜孜于古书图籍的访求，是历史上著名的藏书家。周府藏书始于朱橚，建有东书堂藏书楼，至朱橚六世孙朱睦㮮（1517—1586），藏书已"富甲天下"。清阮葵生《茶余客话》称"明代藏书，周晋二府"，周府即指朱橚一系，晋府是朱元璋第三子朱㭎之太原晋王府。朱有燉一生密切关注散存于四方民间的图籍，像《水浒传》这样精彩的百卷大书，无论是稿本还是抄本，假若存在的话，很难不被他发现。况且朱有燉又是一位喜欢宋江故事的戏曲家，他所创作的杂剧，不只是在内府演出，也传至民间，钱谦益说他"制《诚斋乐府传奇》若干种，音律谐美，流传内府，至今中原弦索多用之。李梦阳《汴中元宵》绝句云：'中山孺子倚新妆，赵女燕姬总擅场。齐唱宪王新乐府，金梁桥外月如霜。'由今日思之，东京梦华之感，可胜道哉！"[1]朱有燉一生创作杂剧三十一种，这些杂剧流传至今，除周王府自刻本外，还有嘉靖年间《杂剧十段锦》收有八种，万历年间《脉望馆钞校本古今杂剧》收有二十种，等等，多种版本，各版本曲词文字并不完全相同，反映了朱有燉杂剧在明代长期演出中的变异。这说明朱有燉杂剧并不是封闭在内府，它们在民间多有演出。《自还俗》和《仗义疏财》搬演宋江三十六人的戏传至四方，假若有百卷本《水浒传》存在，其信息也当有所反馈，朱有燉岂能懵然不知？

---

[1] 钱谦益《列朝诗集小传》乾集下，上海古籍出版社，1983年版，第8页。

朱有燉贵为藩王，又热衷于诗文书画戏曲，接触的士人不少，其中值得一说的有两位小说家：瞿佑和李昌祺。

《剪灯新话》的作者瞿佑（1347—1433），钱塘人。生在元末，元亡时（1368）二十二岁，此后在明朝生活了六十多年，卒于宣德八年（1433）。瞿佑早年生活在钱塘（今属杭州）一带，与杭州、苏州地区的许多文士过往甚密，这方面的情况都记录在他的《归田诗话》中。他的小说《剪灯新话》成书在洪武十一年（1378）。《百川书志》著录《水浒传》是"钱塘施耐庵的本"，同时，同乡人写作的这部《水浒传》假若在元末明初存在的话，并非孤陋寡闻的小说家瞿佑不知道的可能性有多大呢？我以为这种可能性极小。瞿佑于永乐元年（1403）擢周藩王府右长史，任职六年之久，瞿佑擅长书画，周藩王府世子朱有燉的书画造诣，与瞿佑师教有关，二人的关系甚为密切。倘若瞿佑知道《水浒传》，朱有燉不可能不知。

《剪灯余话》的作者李昌祺（1376—1452），江西庐陵人。永乐二年（1404）进士。从洪熙元年到正统四年任河南布政使达十五年之久。藩国在河南辖区的朱有燉与李昌祺交往甚多。正统四年朱有燉去世后，李昌祺追怀亡友的《题牡丹图》诗云："平生同有爱花心，每到开时辄共吟。垂老凄凉空见画，人间何处觅知音？"《牡丹图》是朱有燉画作，诗中透露，每到牡丹盛开时，就有李昌祺与朱有燉共赏牡丹之会。朱有燉不但爱花，而且工于画花，李昌祺还曾为他画的牡丹图、芍药图题诗，如《题宪王所作并头牡丹图》《题一杆三萼芍药画诗》等等，这些作品均见于李昌祺《运甓漫稿》。朱有燉作二种"偷儿传奇"在宣德八年，李昌祺正在河南布政使任上，看来朱有燉没有从李昌祺那里获知有关《水浒传》的信息。

李昌祺虽不像瞿佑那样是钱塘人，但他有一段经历却是瞿佑所没有的。他永乐二年进士及第,选翰林院庶吉士,旋即参与纂修《永乐大典》的工作。钱习礼《河南布政使李公墓碑铭》记曰:"会修《永乐大典》,礼部奉诏选中外文学之士以备纂修,公在选中,例凡经传子史,下及稗官小说,悉在收录,与同事者僻书疑事有所未通,质之于公,多以实归,推其该博,精力倍人。辰入酉出,编摩不少懈。退复以其余力发为诗文,应人之所求者,皆典赡非苟作,隐然声闻馆阁。"①《永乐大典》的编纂始于永乐元年,永乐皇帝朱棣明确指示,要将天下现存之书,不要较其价值,一概囊括。"天下古今事物,散载诸事,编帙浩穰,不易检阅。朕欲悉采各书所载事物类聚之,而统之以韵,庶几考察之便,如探囊取物。再尝观《韵府》《回溪》二书,事虽有统,而采摘不广,纪载太略。尔等其如朕意,凡书契以来,经、史、子、集百家之书,至于天文、地志、阴阳、医卜、僧道、技艺之言,备辑为一书,毋厌浩繁。"②他召礼部尚书郑赐,令他择派懂书之人四出购求遗书,"书籍不可较价直,惟其所欲与之,庶奇书可得"③。这与清乾隆皇帝下旨编纂《四库全书》,对所有书籍做出价值评判并别有毁书、删书之考量完全不同。《永乐大典》于永乐五年(1407)竣工,全书22211卷,总字数超过3.7亿。今存于全世界各公私图书馆的残本仅约800卷,占原书总量的百分之三强。该书是无书不收,卷五千二百四十四就收有白话小说《薛仁贵征辽事略》,可证永乐皇帝的"书籍不可较价直"的指示是落到实处的,荒诞不经的小说,也都保持原貌,照单全收。当时《水浒传》若存在,绝不可能漏网。《永乐大典》虽

---

① 《明名臣琬琰录》卷二四,《景印文渊阁四库全书》"史部二一一传记类",台北商务印书馆,1986年版,第453册,第265页。
② 《明太宗实录》卷二一,"中研院"历史语言研究所校印,1962年版,第六册,第393页。
③ 余继登《典故纪闻》卷六,中华书局,1981年版,第116页。

然绝大部分散佚了，但可以肯定，其中没有辑录《水浒传》。因为参与编纂工作，而且自己从事小说创作的李昌祺不知道《水浒传》。李昌祺如果知道《水浒传》，岂能不知会既有藏书之好又自创杂剧的好友朱有燉，让朱有燉写出如此稚拙的李逵和鲁智深的故事？

《水浒传》不是那种冷僻生涩、一般人不感兴趣的书，也不是淫秽污烂、难以示人和令人不齿的书，它是一部雅俗共赏、可读性非常强的小说，所讲述的故事本来就是民间流传经久不衰的话题，具有鲜明的大众性。若元末明初真的已然存在，不大可能藏在私人书箧一百五十年不为人知。《百川书志》著录它"钱塘施耐庵的本，罗贯中编次"，这就是说，《水浒传》并非藏在私室、仅作者一人所知，当时流传的本子也不止一种，所以才称罗贯中据以修订的这个本子，是"施耐庵的本"。《水浒传》既已被他人所知，就不可能长期保密。历史上《金瓶梅》《红楼梦》都有短时的抄本流传阶段，即使在抄本流传阶段，圈子中的文人也是津津乐道的，总有文字记载了它们存在的痕迹。主张"元末明初成书说"的学者，却举不出一条元末明初人记录《水浒传》其书的材料，甚至举不出嘉靖以前的任何记载文字。应当说，朱有燉是明初最有条件得知《水浒传》的人物之一，但他却毫无所知。

我以为明初已有《水浒传》的说法，只是一种缺乏根据的臆说。

三

如上所论，朱有燉的二种"偷儿传奇"利用的是《宣和遗事》、元杂剧和民间传说所提供的资料，朱有燉绝对没有看见过《水浒传》。换一个位置思考，《水浒传》的作者也是在前人所提供的资料基础上进行创作的，那么他见到过朱有燉的"偷儿传奇"吗？如果《水浒传》吸纳了朱有燉"偷儿传奇"的东西，那就证明《水浒传》成书肯定在朱有燉创作二种"偷儿传奇"的宣德八年之后，"元末明初成书说"也就完全不能成立了。

《水浒传》采纳前人成果是富于创造性的，不是抄袭和照搬，也不是各种材料的拼合百衲，而是在一个总体艺术构思下加以吸纳，将旧有的材料和元素融合成为一个有机的艺术体。它对前人成果的采纳大体上有两种方式：一是把已有故事梗概拿来敷演、扩充和细化，如《宣和遗事》所记杨志卖刀、晁盖等人劫取蔡京生辰纲、宋江杀阎婆惜、征方腊等等，都只有几句话，甚至一句话，犹如一个标题、一个提纲，但《水浒传》拿过来，铺陈开去，演绎成一回或数回有声有色的情节，人物和故事框架没变，但腐朽已化为神奇；二是接受原有故事的模式，人物姓氏被改易了，但情节模式继承了下来。元杂剧《黑旋风双献功》《同乐院燕青博鱼》《大妇小妻还牢末》《争报恩三虎下山》都是演述一位妻子与管家、衙内、司吏有私情，奸夫淫妇合谋陷害其丈夫，致使丈夫关进大牢，最后都是梁山好汉救出丈夫，惩办了奸夫淫妇。这种情节模式被《水浒传》采用来描述卢俊义的家庭悲剧，卢俊义的妻子与管家私通，宋江正是利用这一矛盾将卢俊义"逼"上梁山。这卢俊义上梁山，又加入了元杂剧《梁山五虎大劫牢》韩伯龙的情节模式。

那么，《水浒传》有没有采纳朱有燉杂剧的东西呢？有的。朱有燉的《仗义疏财》的情节模式即被《水浒传》采纳了。

《仗义疏财》演述贪官赵都巡要霸占民女为妻，宋江派李逵下山营救，李逵却以一种极富喜剧性的方式完成了使命。这位力大无穷的粗黑汉子偏要假扮成娇小的新娘，在温馨的洞房里大展拳脚，将志得意满的新郎打成一摊烂泥。李逵顶着鲜红的新娘盖头，下轿来，进洞房，打新郎，那一段唱，令人忍俊不禁：

【正宫端正好】搽画得我颊腮红，拴擂得我腰身细，学婆娘苦眼铺眉。下轿来一跳有十石力，忍不住英豪气。

【滚绣球】扮做个妇女每，跟定个豹子媒，那里取画堂春一团娇媚。我从来不惯吃裙带上衣食，你看我撇道儿勾一尺，爪老儿墨定黑，把盖头遮了我一扑丛髭，那里取倾城色玉骨冰肌。恰便似三门前娶得个金刚女，本是个梁山寨生成的豹子妻，知他是甚娘乔为。

【倘秀才】拜堂时险忘了婆娘的礼体，合卺处改不了村沙样势。他将个笑脸儿迎我怒面皮，不曾见这色情紧。泼东西，是甚道理。

【滚绣球】不付能入绣帏，他又早脱了衣。听不得他滥淫声痛怜轻惜，便守亲呵，也要个撒帐官媒。你道是就这里，要见喜，你来你来，我和你房门外调一回把戏，忍的我浑身上热汗淋漓。[媒揭盖头了]你见了黑爹爹忙提秋水刀三尺。休想是娇姐姐细看春风玉一围，你悔后应迟。

【叨叨令】子我这做娘子的脱下了罗衣袂，做媒人的丢调了油鬏髻，将那伙守亲来的唬的他呆痴着立。子你这做新郎的显不得帽儿光光地，俺向前去打这厮也么哥，打这厮也么哥，打这厮害穷民倚仗着官威势。

【伴读书】你你你到这里休回避，我我我不按住心头气。打的他肉绽皮开无丝力，打的他慌忙哀告伏在田地，打的他口声声叫道知情罪。他他他可扑的跪在阶戤。

【笑和尚】打的他软兀剌难挣起，打的他俏没促无支对，打的他手脚弯跧如昏睡。俺俺俺打的他歪了嘴，俺俺俺打的他绽了皮。来来来绑缚了与他那滥令史做一个傍州例。

李逵是元代杂剧舞台上十分活跃的角色，朱有燉袭用了过往舞台上的李逵形貌性格，自出机杼，编创了这样一个喜剧故事。他在《仗义疏财》的《引》中说，他编这出"偷儿传奇"，"使伶人搬演歌唱，观其轻健骁捷之势，以取欢笑，虽为佐樽而设，然亦可使人知彼下愚无赖之徒，尚能知仁义忠顺之一端耳，世之君子，忍能违一毫于仁义忠顺耶"。

《仗义疏财》情节有几个重要元素，一是恶人强娶民女，二是好汉路见不平拔刀相助，三是粗黑好汉扮作娇小新娘，四是帽儿光光、衣衫窄窄的娇客新郎在洞房里吃了一顿毒打。请看《水浒传》第五回"小霸王醉入销金帐，花和尚大闹桃花村"，桃花山头领小霸王周通欲强娶桃花村刘太公之女，路过此村的鲁智深闻之拔刀相助，他且不上山去教训周通，却扮作新娘在洞房里坐等上门的新郎，在洞房里把兴致冲冲的周通着实痛打了一顿。这回情节，主角是鲁智深，不再是李逵，强人是周通，不再是赵都巡，但情节模式、四个元素和喜剧风格则与《仗义疏财》完全相同，它从朱有燉杂剧蜕变而来的痕迹分明可辨。

《水浒传》的作者之所以用鲁智深置换李逵，是出于对《水浒传》人物性格设计的通盘考虑。《水浒传》中两个莽汉鲁智深和李逵，虽都属于憨直、刚烈一类，但李逵鲁莽有余，而鲁智深却粗中有细，其精神境界之高，更非李逵这类稚拙莽汉所能企及。鲁智深可以独立执行艰难使命，李逵却只能在他人领导下行事，若单独行事，往往会弄得局面难以收拾。《水浒传》的作者让鲁智深而不是李逵扮新娘惩罚强娶民女的山大王，是人物性格整体设计所决定的。

朱有燉将扮新娘的角色派给李逵，依据的是元杂剧中李逵的一贯性格。元杂剧中的李逵，淳朴、刚直、疾恶如仇，形体黧黑强壮，但粗中有细，颇有机智、风雅的一面。高文秀《黑旋风双献功》第二折李逵见二月春光明媚，兴致勃勃地赏玩一番，其脉望馆钞校本之李逵唱词曰："柳絮飞花，乱红飘叶，纷纷谢。莺燕调舌。此景堪游冶。"[①] 其风雅不让文人墨客。元杂剧中的李逵是一位独行侠，凭他的机智和勇武，扶危济困、锄奸除霸，实现了"替天行道救生民"的抱负。《黑旋风双献功》他扮成呆后生进监牢送饭，又扮成祗候人送酒白衙内，《鲁智深喜赏黄花峪》他扮成货郎去救李幼奴。朱有燉之构思李逵扮成新娘，完全符合元杂剧李逵的行为惯性，李逵痛打赵都巡之后，将赵家金银搜出并不掠走，而是封存以待官府查处，这些举动也完全符合元杂剧李逵的一贯作风，却显然不能加在《水浒传》的李逵身上。

《水浒传》的李逵则不同于元杂剧的李逵，他行事鲁莽，毫无机心，不可能独自设计去扮成新娘，耐心地在销金帐里坐等强人的到来。若还是让李逵去做，恐怕他必定是提了两把板斧一路砍上山去，痛快地解决问题。这种粗中有细的活儿，由《水浒传》的鲁智深去担当却非常合适。《水浒传》的鲁智深，拳打镇关西，明知其已死，却大声嚷嚷说他诈死，以赢得从容撤出现场的时间，而在教训镇关西之前他先安排卖唱的金老儿父女离开是非之地，也是思虑得极为周全稳妥的。他大闹野猪林，在千钧一发之际救下林冲，那也是细心侦察和谋划的结果。他见有官人寻押送公人到酒店密谈，就怀疑高俅要在押送途中害死林冲，于是一路尾随，并料定他们要在那荒野的林子里下手，便事先埋伏下来。显然《水浒传》作者笔下的鲁智深已全然不是元杂剧和明初朱有燉杂剧中的鲁智深，他是

[①] 转引自傅惜华等编《水浒戏曲集》（第一集），上海古籍出版社，1985年版，第7页。

作者精心塑造的最具菩萨心肠的脸黑心细的英雄好汉。《水浒传》把朱有燉杂剧中李逵的义举移植在鲁智深身上，与全书所写鲁智深性格是完全统一的。

朱有燉的《仗义疏财》和《水浒传》的"花和尚大闹桃花村"，情节模式相同，就是抛开"朱有燉没有见过《水浒传》"这个前提，单就文论文，《仗义疏财》在前，《水浒传》在后，其前后演化痕迹也是分明可见的。由此而可以断言：《水浒传》作者读过朱有燉的二种"偷儿传奇"。20世纪30年代，胡适从嘉靖年间编刊的《杂剧十段锦》中读到朱有燉的二种"偷儿传奇"，尽管这个版本文字已与周王府自刻本有相当大的距离，但胡适还是从文学的意境和技术角度断定，"从文学进化的观点看起来，这部《水浒传》，这个施耐庵，应该产生在周宪王（朱有燉）的杂剧与《金瓶梅》之间"[1]。胡适的《水浒传考证》有一个明显的失误，那就是假设明初有一个百回本，明中叶有一个改本为七十回，后来又有人用七十回本来删改百回本的原本，遂成一种新百回本。胡适在当时做研究的时候，还见不到我们今天能够见到的各种繁本简本，做出误判可以理解，但正如马幼垣所说，"预设观念式的版本研究是相当危险的"[2]，胡适没有任何根据，却大胆假设明初有一个原始的、与今不同的百回本，这就把他的《水浒传》产生在朱有燉杂剧之后的观点给模糊和淹没了，同时也妨碍了他循着这个观点深入研究下去。这一点回顾起来是很令人惋惜的。

（原载《文学遗产》2009年第5期）

---

[1] 胡适《水浒传考证》，见《中国章回小说考证》，上海书店，1980年版，第47页。
[2] 马幼垣《〈宣和遗事〉中水浒故事考释》，见《水浒二论》，生活·读书·新知三联书店，2007年版，第39页。

《朴通事谚解》与《西游记》形成史问题

《西游记》形成史是小说研究的一个热点，著述多而且意见纷纭。分歧意见大体又可分为两种。一种意见认为《西游记》的题材虽然经过宋、元、明几百年的累积，但直到明中叶吴承恩手里才有了百回本《西游记》的样子，这百回本《西游记》之于宋、元、明初流传的唐僧取经故事（凝固在那个时期的小说戏曲以及美术作品里），绝不是量的改变，而是质的飞跃。胡适先生把《西游记》归在"由历史逐渐演变出来的小说"一类，这类作品还有《三国演义》《水浒传》《封神演义》等，[1]但他认为《西游记》又不同于《三国演义》《水浒传》，《西游记》尽管有几百年逐渐演化的历史，但"八十一难大部分是作者想象出来的"，而且情节中"都带着一点诙谐意味"，著作权应当归于"放浪诗酒，复善谐谑"的大文豪吴承恩。[2]另一种意见则认为《西游记》在元代已粗具后来百回本的规模，百回本的作者并无实质性的创造，他只是一位编辑者而已。这种意见的依据之一是所谓元抄本《销释真空宝卷》述唐僧西行所历之难已接近百回本《西游记》，然而胡适认为此非元抄本，应当是晚明写本[3]。这个问题当分文讨论，暂不论及。依据之二，也是主

---

[1] 《胡适口述自传》，唐德刚译，华文出版社，1992年版，第211—212页。
[2] 胡适《〈西游记〉考证》，收入《胡适古典文学研究论集》，上海古籍出版社，1988年版，第886—932页。
[3] 胡适《跋〈销释真空宝卷〉》，收入《胡适古典文学研究论集》，上海古籍出版社，1988年版，第947—955页。

要依据，那就是在高丽朝末期（约相当于中国元末的至元、至正年间）成书的汉语教科书《朴通事谚解》，此书的正文和注文都有对唐僧取经故事的讲述，这些零碎的片断的讲述，足以证明那故事的框架、规模和某个故事的细节都相当接近百回本《西游记》了。元末既已有如此成熟的《西游记》，一个半世纪以后的吴承恩何创造之有？

《朴通事谚解》正文和注文叙及《西游记》的文字在该书的下卷。正文记叙两人对话，一人说去买书，一人问买什么书，答曰："买《赵太祖飞龙记》《唐三藏西游记》去。"随即讲述了《西游记》中车迟国斗法的故事：

> 唐僧往西天取经去时节，到一个城子，唤做车迟国。那国王好善，恭敬佛法。国中有一个先生，唤伯眼，外名唤烧金子道人（双行夹注：《西游记》云："有一个先生到车迟国，吹口气，以砖瓦皆化为金，惊动国王，拜为国师，号伯眼大仙。"），见国王敬佛法，便使黑心，要灭佛教。但见和尚，拿着曳车解锯，起盖三清大殿，如此定害三宝。一日，先生们做罗天大醮，唐僧师徒二人，正到城里智海禅寺投宿，听的道人们祭星，孙行者，师傅上说知，到罗天大醮坛场上藏身，夺吃了祭星茶果，却把伯眼打了一铁棒。小先生到前面叫点灯，又打了一铁棒。伯眼道："这秃厮好没道理！"便焦躁起来，到国王前面告未毕，唐僧也引徒弟去到王所，王请唐僧上殿，见大仙打罢问讯，先生也稽首回礼。先生对唐僧道："咱两个冤仇不小可里！"三藏道："贫僧是东土人，不曾认的你，有何冤仇？"大仙睁开双眼道："你教徒弟坏了我罗天大醮，更打了我两铁棒。这的不是大仇？咱两个对君王面前斗圣，那一个输了时，强的上拜为师傅。"唐僧道："那般

看？"伯眼道："起头坐静，第二柜中猜物，第三滚油洗澡，第四割头再接。"说罢，打一声钟响，各上禅床坐定，分毫不动，但动的便算输。大仙徒弟名鹿皮，拔下一根头发，变做狗蚤，唐僧耳门后咬，要动禅。孙行者是个胡孙，见那狗蚤，便拿下来磕死了。他却拔下一根毛衣，变作假行者，靠师傅立的，他走到金水河里，和将一块青泥来，大仙鼻凹里放了，变做青母蝎，脊背上咬一口，大仙叫一声，跳下床来了。王道："唐僧得胜了。"又叫两个宫娥，抬过一个红漆柜子来，前面放下，着两个猜里面有甚么。皇后暗使一个宫娥，说与先生柜中有一颗桃。孙行者变做了焦苗虫儿，飞入柜中，把桃肉都吃了，只留下桃核出来，说与师傅。王说："今番着唐僧先猜。"三藏说："是一个桃核。"皇后大笑："猜不着了！"大仙说："是一颗桃。"着将军开柜看，却是桃核，先生又输了。鹿皮对大仙说："咱如今烧起油锅，入去洗澡。"鹿皮先脱下衣服，入锅里。王喝采的其间，孙行者念一声"唵"字，山神土地神鬼都来了。行者教千里眼、顺风耳等两个鬼，油锅两边看着，先生待要出来，拿着肩膀飚在里面。鹿皮热当不的，脚踏锅边待要出来，被鬼们挡住出不来，就油里死了。王见多时不出时，莫不死了么？教将军看。将军使金钩子，搭出个烂骨头的先生。孙行者说："我如今入去洗澡。"脱下衣裳、打一个跟头，跳入油中，才待洗澡，却早不见了。王说："将军你搭去，行者敢死了也。"将军用钩子搭去，行者变做五寸来大的胡孙，左边搭右边躲，右边搭左边去，百般搭不着。将军奏道："行者油煎的肉都没了。"唐僧见了啼哭。行者听了跳出来，叫："大王有肥枣么？与我洗头。"众人喝采："佛家赢了也！"孙行者把他的头先割下来，血沥沥的腔子立地，头落在地上，行者用手把头提起，接在脖项上依旧了。伯眼大仙也割下头来，待要接，行者念"金头揭地、银头揭地、波罗僧揭地"之后（双行夹注：《西游记》云："释迦牟尼佛在灵山雷音寺演说三乘教法，旁有侍奉阿难伽舍诸菩萨、圣僧罗汉、八金刚、四揭地、十代明王、天仙、地仙。"观此，则揭地神名，然未详何神。），变做大黑狗，把先生的头拖将去，先生变做老虎赶，行者直拖的王前面颩了，不见了狗，也不见了虎，只落下一个虎头。国王道："原来是一个虎精，不是师傅，怎生拿出他本像？"说罢，起敬佛门，赐唐僧金钱三百贯、金钵盂一个，赐行者金钱三百贯打发了。这孙行者正是了的。那伯眼大仙，那里想胡孙手里死了。古人道："杀人一万，自损三千。"①

文中叙道士驱使和尚做苦工，起盖三清大殿，孙行者夺吃了祭星茶果，见世德堂百回本第四十四回，斗法故事则见于世德堂百回本第四十六回。斗法故事与第四十六回文字比较，情节大体相同。斗法的四个项目：1.坐静，2.柜中猜物，3.滚油洗澡，4.割头再接。在第四十六回中均有详述。不同者，第二项柜中猜物在小说文本中猜了三件东西，除桃核之外，还有宫衣和道童，多了两个节目；第四项割头再接，小说文本中又多了剖腹一节。《朴通事谚解》所叙滚油洗澡煎死了鹿精（鹿皮），割头再接杀死了虎精（伯眼大仙），文中叙说在车迟国灭佛的道士是伯眼大仙和鹿皮二人；小说文本说滚油洗澡死的是羊精，剖腹死的是鹿精，多了一个羊精，小说写的是虎精、鹿精、羊精三个国师。总的来看，《朴通事谚解》车迟国斗法一段就是百回本《西游记》第四十六回的简本。

---

① 汪维辉《朴通事谚解》卷下，第17—25页，收入《朝鲜时代汉语教科书丛刊》第三册，中华书局，2005年版。

此外,《朴通事谚解》卷下讲唐僧西行"撞多少猛虎毒虫定害,逢多少,恶物刁蹶"有注释曰:

> 今按,法师往西天时,初到师陀国界,遇猛虎毒蛇之害,次遇黑熊精、黄风怪、地涌夫人、蜘蛛精、狮子怪、多目怪、红孩儿怪,几死仅免。又过棘钓洞、火炎山、薄屎洞、女人国及诸恶山险水,怪害患苦,不知其几,此所谓刁蹶也。详见《西游记》。①

此文没有提到车迟国,大概因为正文已有详述,这里也就略掉,它所讲到的劫难显然不是百回本唐僧所历之难的全部,比较精彩的节目也大都在这里了。"师陀国"是百回本第七十四回,"黑熊精"见第十七回,"黄风怪"见第二十回,"地涌夫人"见第八十回,"蜘蛛精"见第七十二回,"狮子怪"见第三十七回,"多目怪"见第七十三回,"红孩儿怪"见第四十回,"棘钓洞"见第六十四回,"火炎山"见第五十九回,"薄屎洞"见第六十七回,"女人国"见第五十三回。注释还告诉我们孙悟空的大号为"齐天大圣",而不是以往的"通天大圣";说他住花果山水帘洞,而不是以往的花果山紫云洞。

《朴通事谚解》的正文和注释述及唐僧取经故事在人物配置、情节框架以及所例举车迟国斗法一难的关目上,都已接近百回本《西游记》。按此,胡适先生谓"八十一难大部分是作者想象出来的"判断就显然不符合历史事实了。

许多学者根据《朴通事谚解》否定胡适先生的判断,认为元代

---

① 汪维辉《朴通事谚解》卷下,第17—25页,收入《朝鲜时代汉语教科书丛刊》第三册,中华书局,2005年版。

的《西游记》平话已经达到相当成熟的水平了。黄永年先生引述《朴通事谚解》的正文和注释之后说："所有这些，都说明这部元末明初的《西游记》小说已十分近似后来的百回本，百回本只是以它为底本重新调整充实加工改写而成。过去认为百回本出于某个人的凭空创作，并把创作者捧得如何高明如何伟大的传统观念，看来需要改变。"[①] 徐朔方先生亦持同样意见，他说："《西游记》是世代累积型集体创作，至迟在明初已经成书。它不是个人创作。"[②] 郑明娳先生同样得出这样的结论："元本西游故事不但已很成熟，且西游小说也必然有相当接近世本（世德堂百回本）的繁本出现。"[③] 这种见解在学术界似乎已成定论，袁行霈先生主编之《中国文学史》第四卷论及《西游记》的成书说："唐僧、孙悟空、猪八戒、沙僧师徒四人取经故事在元代渐趋定型。……古代朝鲜的汉语教科书《朴通事谚解》，载有一段'车迟国斗圣'，与世德堂本第四十六回的故事相似，另从此书有关的九条注中，也可窥见这部《西游记》的故事已相当复杂，主要人物、情节和结构已大体定型，特别是有关孙悟空的描写，已与百回本《西游记》基本一致，这为后来作为一部长篇通俗小说的成书打下了坚实的基础。"[④]

以《朴通事谚解》述及《西游记》的正文和注释为根据，得出以上结论是理所当然的，无可置疑。问题是：《朴通事谚解》是元代文本吗？过去很多年人们多相信它和它的姊妹篇《老乞大谚解》是元代的东西，蒋绍愚先生在《朝鲜时代汉语教科书丛刊》的《序》中说："1973年，日本学者入矢义高在为陶山信男编纂的《〈朴

[①] 黄永年、黄寿成点校《西游记·前言》，中华书局，1993年版，第5—7页。
[②] 徐朔方《论〈西游记〉的成书》，收入《小说考信编》，上海古籍出版社，1997年版，第338页。
[③] 郑明娳《〈西游记〉探源》，台北里仁书局，2003年版，第258页。
[④] 袁行霈《中国文学史》第四卷，高等教育出版社，1999年版，第338页。

通事谚解〉〈老乞大谚解〉语汇索引》所作的《序》中说,当他在1944年读到影印出版的奎章阁《朴通事谚解》时,好像亲耳听到了元代人说的话,感到十分惊喜。"①那时语言学界对这方面的研究刚刚开始,人们还没有看到真正元末的《老乞大》,得出这样的印象是可以理解的。1998年原刊《老乞大》在韩国被发现,这使人们眼界大开,真正的元代汉语原来是这个样子,与《老乞大谚解》竟有如此之大的差异!随着研究的深入,历史渐渐清晰起来。《朴通事谚解》和《老乞大谚解》是对元代成书的祖本做过很大修改后的本子,这种修改反映了汉语在三四百年间的变迁,也反映了中国社会生活在三四百年间的变化,把朝鲜显宗时期(相当于中国康熙年间)修订刊印的《朴通事谚解》不加分辨地当作是元代文本,显然是不合适的。

《朴通事谚解》和《老乞大谚解》的祖本成书年代一般都推测大约在高丽朝末期,约相当于中国元末的至元、至正年间②。据史载,朝鲜时代(1392—1910)对《朴通事》和《老乞大》第一次修改是在成宗朝,《李朝实录》成宗十一年(1480,中国明成化十六年)十月乙丑条记曰:

> 御昼讲。侍读官李昌臣启曰:"前者承命质正汉语于头目戴敬,敬见《老乞大》《朴通事》,曰:'此乃元朝时语也,与今华语顿异,多有未解处。'即以时语改数节,皆可解读。请令能汉语者尽改之……"上曰:"其速刊行。且选其能汉语者删改《老乞

---

① 《朝鲜时代汉语教科书丛刊》,中华书局,2005年版,第3页。
② (韩)郑光主编《原本老乞大解题·原文·原本影印·索引》,外语教学与研究出版社,2000年版;《老乞大谚解解题》《朴通事谚解解题》,收入汪维辉编《朝鲜时代汉语教科书丛刊》,中华书局,2005年版。

大》《朴通事》。"

出使朝鲜的中国使臣戴敬发现《老乞大》《朴通事》是元朝时语，相距一百多年，"与今华语顿异"，于是李朝便有修改之役。《李朝实录》成宗十四年（1483，中国明成化十九年）九月庚戌条记，中国使臣中名叫葛贵的人也参与了二书的修改。16世纪初，朝鲜著名语言学家崔世珍对这两部修改本又做了谚解，世称《翻译老乞大》和《翻译朴通事》，崔世珍对《老乞大》《朴通事》的注释又集合起来分别刊印为《老乞大集览》和《朴通事集览》，崔世珍的两个谚解本约刊行在1507—1517年。17世纪70年代朝鲜显宗时期边暹、朴世华对崔世珍的本子又做了修订，改题《老乞大谚解》和《朴通事谚解》，刊行于1670年（中国清康熙九年）和1677年（中国清康熙十六年）。《老乞大谚解》《朴通事谚解》把崔世珍的注释《老乞大集览》《朴通事集览》分别以双行夹注的形式插印入正文中[①]。朱德熙先生曾指出："《老乞大集览》所收注解仅百余条，《朴通事谚解》的汉文注释则极为频繁。两种《集览》体例不应如此悬殊。我疑心《朴通事谚解》的汉文注释除采用崔氏《朴通事集览》外，边暹、朴世华等恐怕也有所增益。"[②] 今天，《西游记》研究者所引用的就是康熙十六年（1677）刊行的经过边暹、朴世华修订过的《朴通事谚解》。

弄清了《朴通事谚解》的来龙去脉，首先就应该将它的正文和双行夹注区别开来，那双行夹注是明正德年间崔世珍做的，而且很

[①] （韩）郑光主编《原本老乞大解题·原文·原本影印·索引》，外语教学与研究出版社，2000年版；《老乞大谚解解题》《朴通事谚解解题》，收入汪维辉编《朝鲜时代汉语教科书丛刊》，中华书局，2005年版。
[②] 朱德熙《〈老乞大〉〈朴通事〉书后》，《北京大学学报》1958年第2期。

可能有清康熙年间边暹、朴世华增益的东西。我们只要细读其注文，不难发现有许多只能是明代人才可以知道的事情，例如卷下第三十八叶 A 面"你哥除在那里？除在南京应天府丞"句下双行注曰："南京，古金陵之地，吴、晋、宋、齐、梁、陈、南唐建都，大明太祖定鼎于此，为京师，设应天府，以燕京为北平布政司。永乐中，于北平肇建北京，为行在所。正统中，以北京为京师，设顺天府，以应天府为南京。府丞二员，正四品。"注释中还有许多指出文字与崔世珍《翻译朴通事》的不同，如卷上第四叶 A 面"荔子"注云："《翻译朴通事》作'支'。"这些可能就是边暹、朴世华在 17 世纪后半叶增益进去的。《朴通事谚解》的注释，成文时间早不过明代 16 世纪。把它们和正文混为一谈，认为它们和正文都是元末的文本，显然是不正确的。这些注释也可能引用了元代《西游记》平话的内容，但必须加以考证，不能指它就是元人在说元事。

《朴通事谚解》正文与《朴通事》肯定有同有不同，究竟有哪些个不同，由于尚未发现原刊《朴通事》，实难说得清楚。庆幸的是发现了原刊《老乞大》，将它与《老乞大谚解》比较一下，就知道差异有多大，这个差异真实地反映了汉语在元明清三代的变迁。[①]汉语的变化，又不同程度反映着社会生活的变化。几百年前时兴的事物，现在也许已经销声匿迹，作为汉语教材，它就要把这些过时的、今人已难以理解的东西删除掉；几百年前没有的东西，今天冒出来而且时兴，作为汉语教材，它就要增补进去。《朴通事谚解》对原本的改动虽不能完全说清，但改动的个别例证还是找得出的。卷上第二十叶 A 面至 B 面有一段典当的对话，一人说他把

[①] （韩）郑光《原刊〈老乞大〉解题》，收入《原刊〈老乞大〉研究》，外语教学与研究出版社，2000 年版。

一对"八珠环儿"、一对"钏儿"当二十两银子，但他典一个房子，二十两不够，于是再拿出六件首饰，当五十两银子，"共有二百两银子"，句下双行注曰：

> 共有二百两银。今观所典之物，只得七十两，而云"二百两银"者，盖旧本云"有二百锭钞"，今本改"钞"为"银"，仍存钞之旧数而不改也。

"旧本"即《朴通事》，原本说前后两次典当共得银七十两，元代白银只是价值标识，而不是通常交易的货币，元代货币是钞（纸币），他典得的是"二百锭钞"。"锭"不等于白银一两。《朴通事谚解》卷中第五十三叶A面在"一百锭钞"后注："《质问》云：每一张钞谓之一锭。又云：五贯宝钞，为一锭。"崔世珍生活的时代白银大体已经货币化，所以他把纸币改为白银。把原本的用钞改为用银，反映了明初袭用元朝的钞法到明代中叶实际上已经废弛，社会已经普遍用银交易的情况。可见《朴通事谚解》对原本的修改，同《老乞大谚解》对原本的修改一样，都要反映社会生活的变化。

具体到《朴通事谚解》关于唐僧师徒车迟国斗法的文字，是原本《朴通事》就有的，还是明代中期以后修改过的？没有看到原本之前，实难做出定论。但至少，不能断定为纯粹的元代文字，被后世修改的可能性不能排除。就这一段文字而言，也并非不存在疑点。如伯眼大仙之名与他老虎精之实不大相符，"伯眼"或许即"百眼"，百回本《西游记》第七十三回有一个百眼魔君，又称多目怪，说他两胁下放出千只眼，这与他原形是个蜈蚣有联系，蜈蚣身躯每节确有伯眼的花纹，而老虎与百眼却挨不上边。唐僧与伯眼大仙斗法在原本《朴通事》里可能是有的，但那斗法的四个项目是否也都是原有的，有些细节如柜中猜物的柜子是红漆柜子也都与百回本相同，实在令人起疑，我怀疑是读过百回本《西游记》的人修改过的。

除开《朴通事谚解》之外，现知的宋、元和明代前期描叙唐僧取经的作品都还是比较朴拙，远未达到《朴通事谚解》这样接近百回本《西游记》的程度。且不说早期的《大唐三藏取经诗话》，元代吴昌龄《唐三藏西天取经》杂剧据现存的二套曲文①所叙西去要历经的国度，即可知距离百回本《西游记》甚远。元人绘有《唐僧取经》组画②，这套组画今残存32幅，仅上册第15图绘有孙猴子，其他各图唐僧身边的侍者都是同一个普通仆人的形象，这至少说明在西行途中孙悟空还不是唐僧身边离开不得的护法神。现存的32幅图画所绘的故事，日本矶部彰先生曾做过阐释，把它们归纳成十个主题：1. 西天取经的敕命；2. 唐僧待发，和侍者汇合，龟鱼妖怪的祈祷和龙王的帮助；3. 在毗沙门天王的加护下得龙马；4. 在唐国境遭遇山贼、烽官；5. 在西域鬼子母国济度鬼子母；6. 在古刹遭遇护佛宝的猛虎；7. 唐僧在山中迷路；8. 在楼中因妖女毒害而晕倒，幸得毗沙门天王的加护；9. 在火妖狐宅内遭妖害，得龙马法力而幸免；10. 到达西天，拜访大雷寺、毗沙门天水晶宫。③这些主题与百回本《西游记》的情节似乎还不是一个系统。

元末明初杨景贤《西游记》杂剧六卷二十四出，今存万历四十二年（1614）刊本，此本署时万历四十二年之《西游记小引》称，原本"帙既散乱，字多漫灭"，经编者"苦心雠校，积有岁

---

① 赵景深《元人杂剧钩沉》，古典文学出版社，1956年版。
② 《唐僧取经图册》，日本株式会社二玄社影印本，2001年版。
③ （日）矶部彰《元代〈唐僧取经图册〉研究要旨》，收入《唐僧取经图册》，日本株式会社二玄社，2001年版。

时”，方授之于梓。相信编者尽力保存原本面貌，但局部的文字变动大概也是难以避免的。此剧演述的故事情节，从它各卷的题目正名可以略知大概。卷一"贼刘洪杀秀士，老和尚救江流；观音佛说因果，陈玄奘大报仇"。卷二"唐三藏登途路，村姑儿逗嚣顽；木叉送火龙马，华光下宝德关"。卷三"李天王捉妖怪，孙行者会师徒；沙和尚拜三藏，鬼子母救爱奴"。卷四"朱太公告官司，裴海棠遇妖怪；三藏托孙悟空，二郎收猪八戒"。卷五"女人国遭险难，采药仙说艰难；孙行者借扇子，唐僧过火焰山"。卷六"胡麻婆问心学，孙行者答空禅；灵鹫山广聚会，唐三藏大朝之"。[①] 这剧情演述的劫难，较《唐僧取经图》更接近百回本《西游记》，但与百回本小说比较且不说所历之难与小说差异很大，若将一些相似的主题，如火焰山等，与小说比起来明显要稚拙得多。再以人物形象而言，如孙悟空就不是从石头缝里迸出来的神猴，他有兄弟姐妹，而且生性好色，将金鼎国王之女抢来做妻，见了铁扇公主顿起欲念，而斩妖除魔的本事却很是有限，剧中的鬼子母是为佛所伏，猪八戒是为二郎神所擒，唐僧在女人国是被韦驮所救，过火焰山是观世音差遣的雷电风雨诸神的功劳，孙悟空真是奈何妖魔不得。这与小说描绘的神通广大的孙悟空，在行为和精神上都不是一个境界。

说到孙悟空，不能不谈他使用兵器的演变历史。《朴通事谚解》叙说车迟国斗法时说他使用的是铁棒，这与元代和明前期传说中的孙悟空的兵器不同，与百回本《西游记》相同，这是元末就有的，还是看过百回本《西游记》的人加进去的，也是值得讨论的。百回本《西游记》孙悟空的铁棒原是龙宫里的定海神珍铁，斗来粗，二

---

① 隋树森《元曲选外编》，中华书局，1959年版。

丈余长，孙悟空拿在手里缩成一根金箍棒，它能伸能缩，孙悟空凭它打遍西行途中的妖魔鬼怪。孙悟空的金箍棒和猪八戒的九齿钉耙是不可互相交换的，他俩的兵器都成为他们各自形象的不可更易的部分。我认为金箍棒、九齿钉耙都是百回本《西游记》作者的创造。棒自然是有渊源的，宋元朝廷严禁民间私有兵器，因此社会上防身打斗多用杆棒，元《唐僧取经图》中唐僧就握有一根杆棒，其上册第15图猴行者也扛一根杆棒。但纵观孙悟空兵器的演变过程，一开始却不是杆棒，《大唐三藏取经诗话》猴行者使用的是金镮杖，是为北方毗沙门大梵天王所赐。杨景贤《西游记》杂剧中的孙悟空使用的是戒刀，这是观音特别赐给他的。第十二出"鬼母皈依"与红孩儿斗，孙悟空说："教你尝我一戒刀"可以为证。但第十一出"行者除妖"，孙悟空与沙和尚斗，却说"我耳朵里取出坐金棍来，打的你稀烂"，前后均不见他使用金箍棒，这里显得颇为突兀。即使不是修订者的窜入，也说明孙悟空的兵器尚未定型。据《太原日报》2000年11月6日《文学周刊》的照片和文字介绍，今山西省娄烦县马家庄乡存有一口明代庙钟，钟上铸有唐僧师徒西行取经的图纹，孙悟空手里拿的是禅杖（或许就是《大唐三藏取经诗话》金镮杖的传承），而不是金箍棒。此钟铸造于明弘治十一年（1498），早于吴承恩生活年代（约1500—1582）不多久，娄烦县西去太原不远，它至少说明当年传说中的孙悟空的兵器尚未定型为金箍棒。所以我怀疑《朴通事谚解》的"铁棒"并不是原本《朴通事》所有的，它可能出自读过百回本《西游记》的人之手。

唐僧取经故事在民间流传久远，且地域广大，它既有历史的承传，也存在地域的差异。今存的描述唐僧取经的平话、戏曲以及美术作品只是它们的作者各自撷取了不同时段和不同地域的某个故事形态而已，并且为适应各自文体特点和题旨的需求对传说中的故事形态进行过剪裁加工。将它们串联起来确实可以窥见唐僧取经故事演变的大致情况，却很难根据这些作品故事的差异和作品产生的时间来精确地排定其故事在实际生活中流传之先后。然而，当这个故事被某个文本熔炼得超乎过往的丰富、精致和生动，得到社会普通的认可，故事就会由这个文本定型下来，从此，过往的种种故事形态就再也传不下去，会自然地消失在人们的视听之中。比如"三国"的传说，《三国志演义》登场后，像《三国志平话》这类本子就不会再有人愿意翻刻和搬演了。这种情况在文学史上并不罕见。假若说元代《西游记》平话已达到《朴通事谚解》正文和注释所叙述的几乎等同百回本《西游记》的成熟程度，而且传播甚远，连外国人都知道要买这部书，也就是说在中国已广为人知，那就不好解释元代《唐僧取经图》以及吴昌龄、杨景贤的杂剧所演述的故事何以仍然那样稚拙？为什么在它流传了一百几十年之后的山西娄烦县庙钟上还让孙悟空扛着一根禅杖？

  当然，我这里只是提出一个怀疑、一个推测。《朴通事谚解》对元代《西游记》平话的叙述在多大程度上反映了元代的真实，只有当原本《朴通事》像原本《老乞大》一样被发现出来，就会真相大白了。但本文想说的是，《朴通事谚解》不是高丽时代（大约在元末）的文本，它经过了朝鲜时代（大约相当于明代和清代）人的修订。而修订的那个时段正是百回本《西游记》热销于世、影响巨大的时期，不能不考虑这个文本掺进了读过百回本《西游记》的人的文字之可能。尽管它的祖本产生在元代，但我们却不可以把它定为元代文献，并根据它做出《西游记》至迟在元末就已经成熟，就已相当接近百回本的结论。

（原载《山西大学学报》2007年第3期）

《金瓶梅》小说文体的创新

《金瓶梅》是中国小说发展史上的里程碑式的作品。中国小说有文言和白话两个流派。文言小说从来就是给人"读"的,它在表达方式上积累了今天称之为现代小说的许多因素,但文言小说受语言媒介的局限,反映和表现生活、读者层面等都受到严重的限制,未能成为中国小说的主流。构成中国小说主流的是白话小说,白话小说从勾栏瓦肆的"说话"中脱胎出来,它虽然已是书面文学,但从结构类型到叙事方式,无不受到"说话给听众听"的模式的深刻影响,《金瓶梅》固然没有完全脱尽"说话"的胎记,但它却迈出了关键的一步,在表达方式上完成了从让人"听"到给人"读"的转变。所谓表达方式,也就是本文所说的小说文体特征,《金瓶梅》之所以成为里程碑式的作品正在于它对白话小说文体传统模式的突破。

《金瓶梅》成书年代众说纷纭,迄无定论,但各家争论的时间区间上限在嘉靖,下限在天启崇祯,说它是晚于《西游记》的明代后期作品是没有问题的。

明代中期以前的白话小说,在叙事方式上没有脱离"说话"的表现模式。叙事方式是指叙事者与故事之间的关系,叙事者要向读者展开情节,描叙人物,并对小说世界的种种做出情感的、道德的、思想的、政治的等价值判断,总要采用某一种叙述的方式。叙事者或者以第三人称,或者以第一人称叙述故事。可以是客观的叙述,也就是把自己隐藏起来,不站出来对情节中的人和事发表评论，让自己的思想倾向透过情节结构和修辞技巧加以表达，也可以是主观的叙述，叙事者毫不掩饰自己在作品中的存在，不但时时中断故事对情节中的人和事进行诠释和评论，而且在叙述时使用感情倾向显露的语言，以表达自己的爱憎。他可以选择全知的视角进行叙述，叙事者不但知道任何人物在任何时间任何地点干什么，而且知道任何人物的内心隐秘；也可以选择限知的视角进行叙述，叙事者仅仅只能讲述作品中人物能够闻见的事物，要进入人物内心世界也仅限于某个人物或少数几个人物。所谓"说话"的表现模式，在叙事方式上就是第三人称全知视角的主观叙述，作者无所不知无所不在，始终充当故事与读者之间的中介。还不能说《金瓶梅》完全突破了这种叙事模式，在表层上它似乎还保有它"说话"的套语、韵文唱词的穿插以及作者对情节的诠释和议论，回回可见，但如果做深层的分析，即可发现它的内核已发生了质的转变。叙述人称无关宏旨，重要的是叙事的立场视角。

在叙事立场上，《金瓶梅》在向客观叙述转变。诚然，作者在《金瓶梅》的每一回中都不只一次地中断叙述站出来讲话，有诠释，也有评论。评论或者借用诗词"有诗为证"，或者袭用"看官听说"的套头。评论时作者采用第二人称，作者面对读者说话，"看官听说"犹如"你听我说"，这正是说书场上说书人中断故事叙述对听众的讲话。但是，如果抛开这些情节之外的诠释和议论部分，对情节叙述部分进行观察，就可以发现其叙述已改变了主观的立场。

《金瓶梅》的故事是从《水浒传》潘金莲与西门庆的情节衍生出来的，《金瓶梅词话》[①]本的第一回至第五回抄袭《水浒传》百回本的第二十三回至第二十五回而有所改动。其中写到潘金莲与西门

---

① 本文引述《金瓶梅》文字，均据十卷本《新刻金瓶梅词话》，下不再注。

庆的第一次相见,有一段文字介绍西门庆的身世品行,这是情节之内应有的文章,《水浒传》这样叙述:

> 原来只是阳谷县一个破落户财主,就县前开着个生药铺;从小也是一个奸诈的人,使得些好拳棒;近来暴发迹,专在县里管些公事,与人放刁把滥,说事过钱,排陷官吏,因此满县人都饶让他些个。那人复姓西门,单讳一个庆字,排行第一,人都唤他做西门大郎,近来发迹有钱,人都称他做西门大官人。①

这段文字介绍西门庆的品质用了"奸诈"一词,贬意十分显然,对于他的行为也做了批判性叙述:"放刁把滥,说事过钱,排陷官吏",西门庆一出场,脸上已被作者写上"反面角色"四个大字,读者无须思考便已认清了他的面目。这段文字叙述的主观立场是十分鲜明的。《金瓶梅》则做了如下的改动:

> 原是清河县一个破落户财主,就县门前开着个生药铺。从小儿也是个好浮浪子弟,使得些好拳棒,又会赌博,双陆象棋,拆牌道字,无不通晓。近来发迹有钱,专在县里管些公事,与人把揽说事过钱,交通官吏。因此满县人都惧怕他。那人复姓西门,单名一个庆字,排行第一,人都叫他做西门大郎。近来发迹有钱,人都称他做西门大官人。

把"奸诈的人"改作"浮浪子弟","放刁把滥,说事过钱,排陷官吏"改作"说事过钱,交通官吏",贬意明显淡化,原文实属主观

---

① 本文引述《水浒传》文字,均据《明容与堂刻水浒传》(一百回),下不再注。

性的述评,《金瓶梅》则接近客观性的陈述,作者的态度似乎暧昧起来。

《金瓶梅》全局构思的框架虽然没有跳出因果报应的窠臼,但写到西门庆死后家庭的破败,却充满着悲凉的氛围。即如对西门庆这样十恶不赦的恶棍,作者也写他对应伯爵等帮闲的慷慨解囊,也写他的爱子之心和对于李瓶儿之死的真实的悲痛,也写他临终时对妻离子散的忧虑,并没有为要显示自己的爱憎把西门庆身上的人情味挤干,使他成为无处不坏的反面人物。

古代白话小说的传统表现方式之一是作者采用全知视角进行叙述,这也是继承着"说话"艺术的表达规则。全知视角意味着作者可以自由进入故事中的任何场面,可以自由进入故事中任何人物的内心世界,换言之,作者在情节的时空中是无所不知、无所不在的。现代说书仍然遵从这个表现规则,说书人可以把外人不可能得知的隐秘场面讲述得淋漓尽致,同时还是每一个人物的扮演者,不仅模拟他们的说话,随时把人物内心活动公开出来,而且自由地变换叙事观点,从这个人物的观点变换到那个人物的观点。这种叙述的全知视角,可从《水浒传》第三回鲁提辖拳打镇关西为例来加以说明。这一回叙述史进寻访王进来到渭州,进一个路口的茶坊里吃茶,向茶坊主人打听王进,"道犹未了,只见一个大汉大踏步竟入来,走进茶坊里。史进看他时,是个军官模样"。接着用一段韵文描写此人(鲁达)的形象,这是史进眼中所见,是史进的观点。但是叙事观点马上转移给鲁达,"那人(鲁达)见了史进长大魁伟,象条好汉,便来与他施礼"。"象条好汉"是鲁达的内心活动,作者很轻易地便进入到鲁达的内心世界。史进与鲁达出了茶坊上街,在街上见着卖膏药的李忠,鲁达邀李忠一道去吃酒,李忠要等卖完了膏药再去,鲁达不耐烦把观众一下全轰散了,"李忠见鲁达凶猛,敢怒而不敢言"。观点又转移到李忠身上。三人上了酒楼;"酒保唱了喏,认得是鲁提辖,便道……"这又分明是酒保的观点。其后叙事观点不断转移,写到鲁达送走金老儿父女之后来到郑屠的肉店寻衅闹事,当鲁达把两包臊子摔到郑屠脸上时,郑屠大怒,"两条忿气从脚底下直冲到顶门,心头那一把无明业火,焰腾腾的按纳不住"。作者此刻又进入到郑屠的内心世界。鲁达三拳打下去,见郑屠奄奄待毙,"鲁提辖假意道:'你这厮诈死,洒家再打。'"。这"假意"是鲁达内心隐秘,接着又写鲁达"寻思道:'俺只指望痛打这厮一顿,不想三拳真个打死了他。洒家须吃官司,又无人送饭,不如及早撒开。'拔步便走"。这是鲁达的内心独白,他心里这样想,口里却说:"你诈死,洒家和你慢慢理会。"府尹将鲁达案情呈报经略府,"经略听说,吃了一惊,寻思道:'这鲁达虽好武艺,只是性格粗卤。今番做出人命事,俺如何护得短?须教他推问使得。'"。作者又进入经略的内心世界,经略想的和说的也不一样。

"只见……"用人物的眼睛来描状别的人物和事物,单独来说是一种限知的视角,有点像现代电影的主观镜头,但如果"只见"的主体无限制地频频地变换,在总体上便构成全知视角的叙述了。脂砚斋对《石头记》的评语中把这"只见……"叙事模式称为"水浒文法"[①],足见它是《水浒传》叙事方式的一个显著的特征。《金瓶梅》较少采用"只见……"的方式叙事,而且有时它的主体已不是作品中的人物,而是作者自己。例如第二十六回写西门庆劝解自杀未遂的宋惠莲,"说毕,往外去了。贲四嫂良久扶他上炕坐的,和玉箫将话儿劝解他,做一处坐的。只见西门庆到前边铺子里,问傅伙计要了一吊钱。买了一钱酥烧,拿盒子盛了,又是一瓶酒,使

---

① 见《脂砚斋重评石头记》(甲戌本)第二十六回贾芸在怡红院见到袭人时的行侧批语。

来安儿送到惠莲屋里……"这个"只见"不是坐在惠莲房中的贲四嫂和玉箫所能见，也不是傅伙计所见，而是无所不见的作者之所见。这是《金瓶梅》异于《水浒传》的微略之处。

明显的差异在人物内心活动的直露式叙述。《金瓶梅》的作者不像《水浒传》的作者那样自由地进入任何人物的内心世界，他对人物内心活动的直露式叙述实行了比较严格的控制，读者要了解人物的内心隐秘，一般情况下只能通过人物的说话并结合说话的情势场合予以领悟。《金瓶梅》中人物对话有如戏剧中的对话，是比较单纯的，较少修饰的，很少有上举《水浒传》中的"假意道""寻思道"这类心理揭示的附加成分。这种对话比较难写，因为它必须是饱含情感，意义蕴蓄，可以给读者以丰富的联想，否则就将是令人厌倦的连篇废话。在这个意义上说，人物对话是《金瓶梅》全部经验的中心。如前所述，《水浒传》中鲁达打死郑屠时心里所想和口中所说，以及经略大人听说鲁达犯案时心里所想和口中所说，都是不一致的，但由于作者把他们内心活动暴露给读者，读者对他们所言包含的深层意义就不必经由自己的品味便已了然无遗。这种对心理活动做直露式处理的方式适合于"说话"艺术，听众不可能停顿下来揣摩人物对话隐含的深意。《金瓶梅》人物的说话，也常有心口不一的情形，但作者不透露人物内心秘密，仅客观地记录对话，让读者自己去领会。

花子虚死了，西门庆迫不及待要娶李瓶儿过来，特与潘金莲商量：

> 西门庆道："……他要和你一处住，与你做了姊妹，恐怕你不肯。"妇人（潘金莲）道："我也不多着个影儿在这里，巴不的来才好。我这里也空落落的，得他来与老娘做伴儿。自古船多不

碍港，车多不碍路。我不肯招他，当初那个怎么招我来！挣奴甚么分儿也怎的？倒只怕人心不似奴心，你还问声大姐姐去。"（第十六回）

潘金莲是西门庆妻妾中嫉妒心最强的一个，她嘴上这么说，心中并不这么想，李瓶儿进门以后，潘金莲把她作为头号敌人加以孤立和陷害，后来的事实便是一个明证。她最后一句话说"倒只怕人心不似奴心，你还问声大姐姐去"，是一箭双雕。吴月娘是西门庆的正妻，但她是"穷官儿"出身，门第较优却缺少钱财，且又未生子嗣，在《金瓶梅》展示的有钱就有一切的市侩世界里，她的地位并不是坚如磐石的。李瓶儿身份虽低，但饶有钱财，且年轻貌美，吴月娘不能不有所警戒。吴月娘反对李瓶儿进门，潘金莲十分清楚，她要西门庆去问吴月娘，就是要借吴月娘之手达到自己的目的，而自己非但不得罪西门庆，反会因此博得他的更大的欢心。此外，这样说也巧妙地在西门庆与吴月娘之间埋下不和的种子。

再如吴月娘对李瓶儿怀孕一事的真实心理，作者从不做直露式描叙，也只是记叙吴月娘的说话。作者写李瓶儿临产肚痛时：

妻妾正饮酒中间，坐间不见了李瓶儿。月娘向绣春说道："你娘往屋里做甚么哩，怎的不来吃酒？"绣春道："我娘害肚里疼，屋里挓着哩！便来也。"月娘道："还不快对他说去，休要挓着，来这里坐着，听一回唱罢。"西门庆便问月娘怎的，月娘道："李大姐忽然害肚里疼，屋里躺着哩。我刚才使小丫头请他去了。"因向玉楼道："李大姐七八临月，只怕搅撒了。"潘金莲道："大姐姐，他那里是这个月！约他是八月里孩子，还早哩。"西门庆道："既是早哩，使丫头请你六娘来听唱。"（第三十回）

为娶李瓶儿的事，吴月娘与西门庆闹得几乎夫妻反目，现今李瓶儿进了门又怀了身孕，吴月娘的地位危机感进一步加深。这段文字完全是客观的对话记录，吴月娘说话时心里怎么想，一个字也没有透露，但她的话中有话，背后隐藏着复杂的内心活动。李瓶儿的临产期是六月，孟玉楼知道，吴月娘也不应该不知道，潘金莲强指为八月，目的是中伤李瓶儿肚里的孩子非西门庆所养，吴月娘未必不明白。家宴这天是六月二十一日，李瓶儿肚痛，按常理首先应怀疑是否是临产征兆，吴月娘装聋作哑叫她忍痛来赴会饮酒，动机之不善，可想而知。当西门庆问是何事时，吴月娘立即心虚起来，倘若因此而坏了胎，那后果也是不堪设想的，她于是问孟玉楼："李大姐七八临月，只怕搅撒了。"这等于是"此地无银三百两"，暴露了她前面说话的用心。残忍而又肆无忌惮的潘金莲接过话来说是八月，西门庆认可，吴月娘便完全放心地把李瓶儿叫到酒席上来了。随即李瓶儿发作生产，吴月娘便把责任一股脑儿推给了潘金莲："我说是时候，这六姐还强说早哩。"

《金瓶梅》人物的对话，言近旨远，文浅意深，需要反复咀嚼才能够领会到那平常的言辞里的深层含义。同时它的概述部分又较少使用倾向性语气和爱憎分明的字眼，作者尽量保持一种客观叙述的态度。如果除开那些生插进来的议论和诠释文字，那么整个故事就像真实生活那样自然而又富于变化地展现在读者面前，与读者之间似乎不存在作者这个中介，故事不是被讲述出来的，而是由故事中人物表演出来的。如果把《水浒传》这种作者无处不在的小说称之为"讲述"类型的话，《金瓶梅》则是"呈现"类型的雏形。

"讲述"类型的小说，归根结蒂还是受着"说话"艺术表现规则的制约。这种类型的长篇小说在结构上，除开讲史类采用编年体之外，一般都是联缀体。编年体基本上沿袭史传编年结构，在编年的框架里填充有血有肉的故事，虽然作者要加强他所要赞颂的历史人物和社会集团的地位，加重对他们的叙述，但作者叙述的焦点却始终聚集在不断转移着的历史旋涡的中心，与西方历史小说通过某几个家庭家族的兴衰来反映历史大潮截然不同。讲史类小说属于另一种类型，这里暂不涉及。本文要谈的是非讲史类的长篇小说，具体来说就是《水浒传》和《西游记》，它们都是联缀体结构的小说，而突破这种模式的就是《金瓶梅》。

所谓联缀式结构，是指小说所叙述的一些故事仅仅由主要行动角色加以贯串，或者仅仅由某个题旨把它们统摄起来，而这些故事之间并无因果关系，甚至把它们在时间和空间的位置加以挪移，也无伤大局。"说话"艺术要处理长篇的题材，这恐怕是最为有效的方法。《西游记》前七回写孙悟空出世及大闹天宫，第八回才写唐僧取经的缘起，这头七回与全书主题有所游离，但它却是全书中脍炙人口的部分。唐僧取经路上历经九九八十一难，一个故事接着一个故事，由唐僧师徒贯串起来，那些阻碍取经的妖魔鬼怪基本上都是一次性的出现，生命期只限于一个故事。每个故事其实都可以相对独立，把它们的前后顺序加以易动并不会造成情节混乱。《水浒传》的某些要角的故事都是相对集中在某几回，武松的故事主要在第二十三回至第三十二回的十回中，鲁智深的故事主要在第四回至第八回，林冲的故事主要在第七回至第十一回，杨志的故事主要在第十二、十三回以及第十六、十七回的四回中，等等。《水浒传》的连接法基本上是由一个人物引出下一个人物，比如前十二回，《洪太尉误走妖魔》具楔子性质，故事从高俅发迹开始，其人物出场顺序是高俅—王进—史进—鲁达—林冲—杨志，第十三回故事另起头绪，但仍然采用此法连接故事，情节进展到梁山聚义，梁山便成为新故事的出发点，某人为执行某使命下山，这个人下山后便会引出另一个人物，可连环引出数人，告一段落后，又从梁山生出另一个新头绪。

《金瓶梅》则采用单体式结构。白话短篇小说即话本小说一般都是一篇叙一个故事，自然无须联缀，长篇小说而又不是演述历史的作品采用单体式，《金瓶梅》是第一部。它叙述一个整一性的故事：西门庆发迹、纵欲和暴死以及死后他家庭所遭到的报应。小说的第一要角是西门庆，但还有与他同时同地活动的其他要角，潘金莲、李瓶儿、庞春梅、吴月娘等等，也都是贯串主要情节的人物，有些人物在情节中昙花一现，如宋惠莲，她的故事起自第二十二回，止于第二十六回，她受西门庆凌辱欺骗而自杀，她的自杀即宣布她从情节中消失，但她对西门庆家庭人物关系的深刻影响却存在下去。西门庆一死，她的丈夫来旺便乘乱勾引孙雪娥盗财私奔，她的影响并未随她的肉体消失而消失。《金瓶梅》叙述的故事是整一性的，但却是复杂的，西门庆的家庭是明代中期封建市侩家庭的典型，这个家庭与社会各个阶级阶层、与社会生活的各个层面，都有千丝万缕的联系，朝廷权贵、地方官吏、土豪士绅、僧道倡优以及帮闲棍徒等等无不与西门庆家庭发生关联，情节每进一步，各种人事纷至沓来，令人目不暇接，这些纷繁的事件之间都有着血肉般的联系，绝不是可有可无或者可以前后挪移的。

小说结构在处理情节矛盾冲突的层面上又可分为线性结构和网状结构两种类型。线性结构是指情节由一对矛盾的冲突过程所构成，矛盾一方的欲望和行动仅只受到矛盾另一方的阻碍，情节表现为线性的因果链条。线性结构适应于"说话"艺术，一张口难说两家话，它必须牺牲掉主要矛盾周围的各种次要矛盾，从而把情节环境模糊化，把冲突单一化，使情节便于口述，易为耳闻。话本小说一般均是线性结构，长篇小说《水浒传》《西游记》基本上也是这种结构。比如《水浒传》林冲的故事，矛盾冲突以高俅高衙内为一方，林冲为另一方，高俅要为高衙内夺得林冲的妻子，而林冲要反抗这种掠夺，双方在冲突中都有别的人物的加入，如陆谦、鲁智深等等，但矛盾的性质和内容始终不变，情节的进展，前事是后事的因，后事是前事的果，表现为线性发展轨迹。网状结构则不同，它是指小说情节由两对以上的矛盾的冲突过程所构成，矛盾一方的欲望和行动不仅受到矛盾另一方的阻碍，而且要受到同时交错存在的其他矛盾的制约，而冲突的结果是矛盾的任何一方都没有料到的态势。这种情节的横断面上贯穿着两种以上的矛盾，其轴心是主要矛盾，横断面像一张蜘蛛网，其他次要矛盾点都归向着轴心，并且也都牵制着轴心。这种结构切近生活的实际情形，是小说结构的高级形态。

《水浒传》写武松与西门庆的矛盾是单一的，西门庆霸占潘金莲毒杀武大郎，武松要为兄长报仇，先杀潘金莲，寻到狮子楼上又杀了西门庆，始终是一对矛盾，武松行动的结果完全是他的预想。这是线性结构。《金瓶梅》写武松与西门庆的矛盾却不那么简单了。武松从东京回到清河，得知西门庆杀兄占嫂，先是到县衙告状——这更符合武松当时性格，他是巡捕都头，在县里有名气有身份，知法度，人证俱在，不怕告不倒西门庆。不必先用私刑——但知县和衙门上下都被西门庆买通，武松碰了钉子才转而诉诸私刑，武松寻到狮子楼没有抓住西门庆，却错杀了李外传，被知县判处死刑。案宗呈报到东平府，东平府尹是个"清官"，审知真情，本欲从轻发落，不料他的恩师蔡京从东京发来密信，要他维持原议以保全清河知县和西门庆。原来西门庆通过亲家找到杨提督和蔡太师，府尹不好得罪恩师和权贵，但又不能完全没有良心，便把武松脊杖四十，刺配二千里充军。这段情节就不单是武松与西门庆的矛盾，至少还交织着法律和权势人情的矛盾，清河知县倒向权势人情一边，践踏法律，东平府尹则在两者之间折中，由于这矛盾的牵制，武松没有能报仇雪恨，而西门庆也没有如愿以偿，把武松处死以根除后患。

西门庆家庭的矛盾冲突是小说主要情节的基础。西门庆有一妻五妾（除去已故的陈氏和卓丢儿），他是家庭的中心，具有至高无上的权威，不仅可以任意虐待侮辱家仆和他们的妻女，而且对于妻妾也可以滥施刑罚，随意处置。在这个男尊女卑的封建家庭里，妻妾们为巩固自己的地位，获得下半辈子经济的保证，除了以色侍候丈夫，生产男嗣，笼络丈夫并赢得他的欢心，打击损害别的妻妾，简直没有别的办法。西门庆的妻妾，主客观条件都不一样。吴月娘是正妻，又是千户家的小姐，理所当然是家庭的主妇，但她却没有什么财产，又还没有生下一男半女，而且姿色又不足以倾倒西门庆，她因而对其他妾妇存着警惕之心。李娇儿是妓家出身，已到了发福的年龄，往昔的风姿所剩无几，她优于其他姐妹的地方是她还有一个后方，即她出身的丽春院。孟玉楼则是一个富商的寡媚，改嫁过来带来一笔可观的财产，大大充实了西门庆的经济实力，她身材修长却脸有微麻，优势只是在她手上有钱。孙雪娥是西门庆前妻的陪房丫头，被西门庆收做了小老婆，颇能操持汤饭菜肴，担任厨房的总管，但在姐妹眼中她还只是半个主子。潘金莲名声不佳，出身卑微，也没有半点陪嫁，但她艳丽淫荡，最与西门庆心性相投。李瓶儿也没有可以炫耀的出身，但她有一笔甚至超过孟玉楼的财富，论容色则不下于潘金莲。这一妻五妾生活在一个屋顶下，但却各自盘算着自己的利益，每一个人都在按照自己的愿望意志行动，每个人的意志和行动都同时受到不只一个方面的阻挠和牵制，这样多方互相交错的力量导致了家庭的崩溃，这结果是她们谁都没有料想到的。

还是做一个情节的切片，比如西门庆谋娶李瓶儿一事。此事初看起来十分简单，花子虚已死，李瓶儿巴不得即刻改嫁过去，障碍已经排除，可以说是水到渠成，却没料到节外生枝。首先是妻妾抵制，吴月娘是公开的，潘金莲是隐蔽的，其他几位虽没表态，但从她们的丫头们对李瓶儿当面嘲讪的情形看，她们没有一个是欢迎李瓶儿进门的。吴月娘的阻拦推迟了婚娶的时间，这当儿却传来杨提督垮台的恶耗，亲家陈洪属杨戬亲党已在押，西门庆也被列入逮捕名单，封建官僚集团之间的矛盾贯穿在西门庆家庭，西门庆迎娶李瓶儿的事被冲击到一边。心痴意软的李瓶儿得不到西门庆的消息，随便嫁了蒋竹山。当西门庆从危机中挣扎出来，摆在他面前的事实却是李瓶儿招赘了蒋竹山。李瓶儿终于进得门来，并给西门庆生了一个儿子，但因此却激化了妻妾之间的矛盾。李瓶儿在客观上较其他姐妹有明显的优势，但她生性懦弱，毫无主见，保不住财产，也保不住儿子，在妻妾的明争暗斗中孤立无援，一步一步走向毁灭。西门庆要占有李瓶儿，不单存在着与花子虚的矛盾，还存在着他与其他妻妾的矛盾，妻妾与李瓶儿性格的矛盾，以及李瓶儿性格自身的矛盾，此外，官僚集团之间的矛盾也影响着他。西门庆娶李瓶儿，阻力主要来自内部。在《金瓶梅》情节的任何断面上都不止一组矛盾。

长篇小说由联缀式转变为单体式，由线性结构转变为网状结构，这是中国小说文体发展的一次飞跃。这种转变与作品的创作方式和创作过程有着密切的关系，《水浒传》《西游记》都是世代累积型的作品，最后写定者不过是集大成者，他是在长期累积的集体创作的基础上进行再创造，终究不能超越原本"说话"的表现模式。也有人推测《金瓶梅》也经历过民间说唱的阶段，根据是小说中保留着大量韵文唱词和"说话"的套语等等，但是这些根据仅仅是作品表皮部分的东西，本文论述的叙事方式和结构类型才是深层的实质性的问题，据这种文体特征来看，它绝不是世代累积型的作品，而是某个熟悉民间说唱艺术的文人的独创。

（原载《文学遗产》1990年第4期）

王阳明心学与通俗小说的崛起

一

通俗小说出生很早，但是发育和成长却很缓慢。敦煌石室所藏的话本《唐太宗入冥记》《韩擒虎话本》等等，一般认为产生在唐五代，这就是说在唐五代已经出现了作为通俗小说早期形态的话本。其后宋元时期，尽管瓦肆勾栏的"说话"成为民众喜见的、在说唱伎艺中十分成熟的门类，但将口头伎艺的"说话"转变成书面化的白话小说，似乎还是一个漫长的艰难过程。至少，我们今天见到的元刊平话，如《三国志平话》《武王伐纣平话》等等，以及小说《红白蜘蛛》残叶，在文学上还只能算是比较粗拙的作品，与敦煌小说相比，几百年过去了，艺术上并未有长足的进步。及至明代嘉靖之前，我们在洪武至正德这一百五十年中的文献中至今只能找到极为稀少的有关通俗小说的记载，世称《三国志演义》和《水浒传》为元末明初的作品，二书成于元末明初之说甚为可疑。现在知道传说正德年间有一部《金统残唐记》，万历人钱希言《桐薪》卷三记云：该书记载黄巢事甚详，"而中间极夸李存孝之勇，复称其冤，为此书者，全为存孝而作也。后来词话悉俑于此。武宗南幸，夜忽传旨，取《金统残唐记》善本。中官重价购之肆中，一部售五十金。今人耽嗜《水浒》《三国》而不传《金统》，是未尝见其书耳"。钱希言说"后来词话悉俑于"《金统残唐记》，则此书未必一定是白话小说，即使是白话小说，它出现的年代已接近嘉靖了。此外，正统年间杨士奇《文渊阁书目》著录有《新词小说》《烟粉灵怪》《忠传》《薛仁贵征辽事略》《宣和遗事》，叶盛《菉竹堂书目》著录有《新话小说》和《烟粉灵怪》，著录小说最多的是嘉靖间晁瑮《宝文堂书目》，包括宋、元和明前期作品一百余种，属于明代的只是一部分，而且有些作品的文体性质还难确定。总之，自明朝立国至正德这一百五十年间，通俗小说创作处于低潮，在文坛上没有取得举足轻重的地位，这个历史现象是耐人寻味的。

从唐五代到明代前期，历经数百年，通俗小说成长如此迟缓，可是进入到嘉靖时期，《三国志演义》《水浒传》《皇明开运英武传》《大宋中兴通俗演义》《唐书志传通俗演义》等一批长篇小说发其端绪，继之而起的小说翕然形成讲史小说、神魔小说、世情小说和话本小说（白话短篇小说）等多种类型，大有狂飙突起，领一代文学风骚之势，这种历史巨变之原因何在？历史的发展不会是单因的，总是有多种因素交互地起着作用，文学发展也不例外。通俗小说的编刊是一种商业行为，宗旨是营利。它必须有读者市场和能迎合读者需要而进行创作的作家，由此可见，它的读者、刊行者和作者三个要件与诗歌散文是有所不同的，其读者已从士人扩大至广大市民阶层，经济的发展和相应的文化普及都是重要的条件，小说刊行者是为营利而运作，印刷技术、成本、交通和市场，都是直接制约通俗小说产生的因素；而决定通俗小说内部质量的则是作者。

唐五代以来通俗小说发展迟缓，当然与小说生产的外部条件有关，但就其小说艺术自身的建设来说，关键还在作品创造者的素质和水平。嘉靖以前，无论是讲史的平话还是短篇的话本，其作者群基本上是"说话"伎艺圈子书会的"才人"，或者就是"说话"艺人。南宋末吴自牧《梦粱录》卷二〇"小说讲经史"就记有一位叫"王六大夫"的艺人既能说,又能编:"又有王六大夫,元系御前供话,为幕士请给,讲诸史俱通,于咸淳年间(1265—1274),敷演《复华篇》及《中兴名将传》,听者纷纷,盖讲得字真不俗,记问渊源甚广耳。"[①]书会才人或称书会先生大概是勾栏瓦肆中专门为戏曲说唱编撰脚本词曲的人物,明初朱有燉《香囊怨》杂剧第一折白:"这《玉盒记》正可我心,又是新近老书会先生做的,十分好关目。"《清平山堂话本·简帖和尚》篇末:"一个书会先生看见,就法场上做了一只曲儿,唤做《南乡子》。"这些书会才人和能说会编的艺人的背景经历甚至真实姓名也不复可考,我们可以推测他们是不得志的读书人,或者虽然出身大家却痴迷和谙熟戏曲说唱而不务"正业"的子弟,可能较多的还是梨园世家子弟和出身寒微而有表演和文学才能的人,总之,这个群体不属于"士"的阶层大概是可以肯定的。他们在说唱艺术方面也许可以称得上是具有创造天才的艺术家,但不一定就是小说家。小说作为文学艺术与口头伎艺的"说话"毕竟是两个行当。小说以文字为媒介,而"说话"则以表演者的口语、形体动作和简单道具直接诉诸观众的感官。文字只是抽象的符号,读者要接受它,必须调动大脑的第二信号系统将这些抽象的符号转换成具象的人物情节,这首先就要求作者必须把自己头脑中的人物情节变成读者可以理解的文字系列。小说与"说话"的媒介完全不同,"说话"中的某个节目在书场中表演可以令人绝倒,可是把它用文字记录下来供人阅读,未必会收到书场里的效果,这种现象是不足为怪的。说书艺术家浦琳说《清风闸》红极一时,俞樾在《茶香室丛钞》中说,作为小说的《清风闸》:"此书余

[①] 引自《东京梦华录》(外四种),文化艺术出版社,1998年版,第306页。

曾见之，亦无甚佳处；不谓当时倾动一时，殆由口吻之妙，有不在笔墨间耶！"表演艺术家不等于作家，每个艺术行当都有自己的艺术表现方式和规律，因此也都要求自己的从业者有自己行当必备的业务素质，小说作为以文字为媒介的语言艺术，它更强调作者驾驭文字的能力和技巧。而文字功夫则要求有更广泛丰厚的阅读积累和写作经验，一般来说，具有较高的文字功夫的人还多半在传统文学圈子中。通俗小说长期以来被人们视为鄙俗的闲书，直到嘉靖以前还很少见到有著名诗人散文家参与其编撰和创作的记载，通俗小说一直在民间自生自长，这大概就是通俗小说艺术水平长期以来得不到提升的一个关键因素。

嘉靖以后文人风气有明显变化，对通俗小说的态度由蔑视逐渐转变为重视和参与（这只是就一般情形而言，就个别而论，诋毁通俗小说的文人士大夫始终都大有人在）。嘉靖人洪楩出身世家，以祖荫仕至詹事府主簿，他编刊《六十家小说》（今称《清平山堂话本》），可以说是开启了文人参与话本小说编创之先河。嘉靖时期，一些著名文人可以堂而皇之谈论通俗小说，武定侯郭勋刊刻《三国志演义》和《水浒传》，并至少策划了《皇明开运英武传》的创作，还有如唐顺之、王慎中、李开先、崔铣等人也都以赞赏的口吻论说《水浒传》，逮至万历，《金瓶梅》竟成了一些士大夫公开谈论的热门话题，而直接从事通俗小说创作的著名文人如冯梦龙、凌濛初等等更是络绎不绝，清人李绂说："明嘉、隆以后，轻隽小生，自诩为才人者，皆小说家耳……"[①] 这种风气由嘉、隆一直延续到清代乾隆，从而造就了通俗小说划时代的辉煌。

---

① 李绂《穆堂别稿》卷四四《古文辞禁八条》，转引自王利器辑录《元明清三代禁毁小说戏曲史料》第三编《社会舆论》，上海古籍出版社，1981年版，第228页。

二

　　士人参与通俗小说的创作和批评，是中国传统思想的一个重大转变，谈到这个转变，就不能不提到王阳明的心学，因为这个转变在思想价值的根基上是由王阳明心学来实现的。王阳明（1472—1529）名守仁，字伯安，尝筑阳明洞，又立阳明书院，故世称阳明先生。浙江余姚人，出身世家。在儒家学说中，王阳明的心学是与朱熹的理学不同的思想流派，王阳明认为"心外无理"，他不同意朱熹的"理"是先验的客观的存在的观点，理所当然地不同意朱熹的"读书穷理"的修身路线，他说"圣人之道，吾性自足，向之求理于事物者，误也"[①]。这就是所谓"致良知"。如果我们称朱熹的理学为客观唯心论，那么王阳明的心学就是主观唯心论，他们是儒学的两个分支，犹如一鸟之二翼，一车之两轮，对立而又统一。

　　王阳明的心学当然不是无源之水，他继承了南宋陆九渊（1139—1193）"尊德性"之学，而受稍早于他的陈献章（白沙）的直接影响，王阳明的弟子王畿说："我朝理学开端，还是白沙（陈献章）至先师（王阳明）而大明。"（《龙溪先生全集》卷一〇）这是就思想渊源而言，从社会现实考察，王阳明心学之崛起自有其深刻的政治和文化的原因。明朝立国，朱元璋钦定朱熹理学为官方哲学，诏令八股取士以朱熹理学为思想标准，但是明初至正德一百五十年的政治和社会现实却一再尖锐地嘲讽了朱熹理学的虚伪和苍白。朱元璋死后不久，朱棣就发动"靖难"之役，从合乎宗法统系、并由朱元璋诏令的继任人建文帝手中篡夺过来皇位，在天下人皆知无"理"的情势下，残酷杀戮当时据"理"抗争的以方孝孺

[①] 《王阳明全集》卷三三《年谱一》，上海古籍出版社，1992年版，第1228页。

为代表的士大夫，逼使朝廷士大夫承认他的篡弑为合"理"。称颂他篡弑合"理"的士大夫于是加官晋爵，把持了从朝廷到地方上上下下的各级衙门，他们无一不是朱熹理学的信徒。人们也许对"靖难"的是非暂时缄口不言，但对于言不离"理"、行则悖"理"的虚伪风气不会不痛心疾首，痛定思痛，对朱熹理学不能不产生怀疑。"靖难"以后五十多年，又发生震惊朝野的"夺门"事件。明英宗朱祁镇在土木堡之役被俘，北京被鞑靼大军包围，社稷危在旦夕。在朝廷无主的一片恐慌中，于谦挺身而出，拥立英宗之弟朱祁钰为帝，组织北京军民成功地实施了保卫战，使朱明王朝转危为安。于谦之"忠"，天下妇孺皆知。但是那位从俘虏营里放归的明英宗在1457年乘朱祁钰病倒而发动政变，在成功复辟之后便不由分说地斩杀了挽救明朝社稷的于谦。此所谓"夺门"。"夺门"向天下人宣示了什么？忠臣于谦身首离兮的下场难道不是再一次嘲弄了朱熹理学的教条吗？16世纪初即位的正德皇帝更是荒唐，朝柄落入宦官刘瑾之手，那班以朱熹理学进身的士大夫竟仆伏在宦官的脚下，有的竟无耻到拜认宦官为干爹义父的地步，王阳明就是因为不满阉党专权，说了几句公道话，被廷杖五十，谪贵州龙场驿丞，险些丢了性命。面对这种现实，王阳明沉痛地说：

> 后世良知之学不明，天下之人用其私智以相比轧，是以人各有心，而偏琐僻陋之见，狡伪阴邪之术，至于不可胜说；外假仁义之名，而内以行其自私自利之实，诡辞以阿俗，矫行以干誉，掩人之善而袭以为己长，讦人之私而窃以为己直，忿以相胜而犹谓之徇义，险以相倾而犹谓之疾恶，妒贤忌能而犹自以为公是非，恣情纵欲而犹自以为同好恶，相陵相贼，自其一家骨肉之亲，已不能无尔我胜负之意，彼此藩篱之形，而况于天下之大，

> 民物之众，又何能一体而视之？则无怪于纷纷籍籍，而祸乱相寻于无穷矣！①

世风日下，人心不古，王阳明认为关键在于人心。朱熹认为理是先验的客观存在，只能言性即理，而不能言心即理，有忠孝之理，故有忠孝之心，主张读书穷理。王阳明却认为心即理，有忠孝之心，即有忠孝之理，用读圣贤书的途径去求理，无异于缘木求鱼，以致造成"外假仁义之名，而内以行其自私自利之实"的知行分裂的恶果。所以他主张理不假外求，而求之于心，即"致良知"，"良知只是一个天理，自然明觉发见处，只是一个真诚恻怛，便是他本体。……盖天下之事虽千变万化，至于不可穷诘，而但惟致此事亲从兄、一念真诚恻怛之良知以应之，则更无有遗缺渗漏者，正谓其只有此一个良知故也"②，他在讲求之于心的同时，又强调言行相顾，勿事空言以为学，即所谓"知行合一"。

三

这里且不深论王学与朱学的长短，只是要说明通俗小说为何因王学而崛起。王学之要义，按其弟子归纳有三，一曰"致良知"，二曰"亲民"，三曰"知行合一"③。"致良知"对人的主观精神的关注，导引文学从复古主义思潮束缚中摆脱出来走向人的性灵，相应地，作为文学的通俗小说则是从说故事提升到表现人的性格和精神的艺术层面。这是创作深层问题，留待后面讨论。这里首先要讲的是王学

---

① 《王阳明全集》卷二《语录二·答聂文蔚》，上海古籍出版社，1992年版，第80页。
② 同上，第84页。
③ 详见《王阳明全集》卷三五《年谱三》，上海古籍出版社，1992年版，第1326页。

"亲民"说如何填平了士人与通俗小说之间的鸿沟,并且推动了士人参与通俗小说的创作和批评的。

王阳明阐述他的亲民论,这样说:

> 明明德者,立其天地万物一体之体也。亲民者,达其天地万物一体之用也。故明明德必在于亲民,而亲民乃所以明其明德也。①

所谓"亲民",就是要让天下人都能明德,而明德,是此心之德,即仁。这种主张是以他的"天地万物一体"论为出发点的,他认为万物一体,无论大人、小人、禽兽、草木、瓦石皆有良知,"良知良能,愚夫愚妇与圣人同"②。他又说:"我这里言格物,自童子以至圣人,皆是此等功夫。但圣人格物,便更熟得些子,不消费力。如此格物,虽卖柴人亦是做得。虽公卿大夫以至天子,皆是如此做。"③王阳明认为人皆有良知,落实到对士、农、工、商的评价上,便是他的著名的新四民论。他说:"古者四民异业而同道,其尽心焉,一也。士以修治,农以具养,工以利器,商以通货,各就其资之所近,力之所及者而业焉,以求尽其心。其归要在于有益于生人之道,则一而已。……自王道熄而学术乖,人失其心,交骛于利以相驱轶,于是始有歆士而卑农,荣宦游而耻工贾。"④他提出士、农、工、商"异业而同道",认为他们只是社会分工不同,在"道"的面前完全平等,并无尊卑荣耻之别。农民、工匠和商人,只要他在他的生产和商业活动中尽其心,有益于生人之道,也就是致良知

---

① 《王阳明全集》卷二六《续编一·大学问》,上海古籍出版社,1992年版,第968页。
② 《王阳明全集》卷二《语录二·答顾东桥书》,上海古籍出版社,1992年版,第49页。
③ 《王阳明全集》卷二《语录三》,上海古籍出版社,1992年版,第120页。
④ 《王阳明全集》卷二五《外集七·节庵方公墓表》,上海古籍出版社,1992年版,第941页。

了。这种见解，不能不说是对"唯上智下愚不移"和士庶有别观念的历史性突破。

以入世为宗旨的儒学长期以来只是贵族士大夫的文化专利，它与庶民大众的日常生活是脱节的。唐代佛教禅宗从出世转向入世，惠能《坛经》第三十六节《无相颂》的后世通行本云："佛法在世间，不离世间觉，离世觅菩提，恰如求兔角。"一方面禅宗主张"若欲修行，在家亦得，不由在寺"，打开了世人通向佛家菩提的大门；另一方面，又认为"三世诸佛，十二部经，亦在人性中本自具有。不能自悟，领得善知识示道见性；若自悟者，不假外善知识。若取外求善知识，望得解脱，无有是处。识自心内善知识，即得解脱"①。这就是所谓"直指本心"，"若识本心，即是解脱"，强调佛在心中，不假外求。禅宗的这种内在超越为士庶大众进入佛家大门提供了便捷的通道。由是佛教迅速地走向中国的世俗大众。面对佛教赢得越来越广大的信众的形势，儒家如果仍然停留在与庶民大众日常生活无关的烦琐章句的礼学圈子里，则将被历史淘汰出局。这至少是儒家改革的外部原因。唐代韩愈是第一位提出儒学必须与士庶日常生活相结合的人物，他的《谢自然诗》曰："人生有常理，男女各有伦。寒衣及饥食，在纺绩耕耘。下以保子孙，上以奉君亲。苟异于此道，皆为弃其身。"②韩愈虽然未如禅宗所说"直指人心"，但他提出"直指人伦"，这应该是儒学社会化的一个历史性转变。宋代陆九渊开始注意向社会大众传道，基于他的"复其本心"的基本观点，他说："若其心正、其事善，虽不曾识字亦自有读书之功。其心不正、其事不善，虽多读书有何所用？"③但是他没有像后来的

---

① 惠能《坛经》，敦煌写本第三十一节。
② 《朱文公校昌黎先生集》卷一。
③ 《象山先生全集》卷二三。

王阳明那样在人性上打破士庶不可逾越的界分，同时他的影响力也远不及朱熹，朱熹"读书穷理"的路线被奉为大道，朱熹云："盖为学之道莫先于穷理，穷理之要必在于读书。读书之法莫贵于循序而致精，而致精之本则又在于居敬而持志。此不易之理。"[①] 朱熹求理的路线，只能在士这一阶层实行，对于不识字和识字不多的庶民（农、工、商）来说是"此路不通"。从韩愈到朱熹，儒学逐渐深入到中国人的日常生活，但它立教的对象却基本上还是士这一阶层。直到王阳明才在理论上和实践中把士、农、工、商纳入宣教对象的范畴，在这一点上说，王学的确是完成了儒学的社会化历程。

王学既然是以社会大众立教，它自必会讲究宣教的方式和手段。对于那些不识字和识字不多的"愚夫愚妇"传道，王阳明特别强调要采用"愚夫愚妇"所感亲切和所能接受的方式和手段。《传习录》曾记录了他和他弟子的一段有趣的对话：

> 一日，王汝止（艮）出游归，先生问曰："游何见？"对曰："见满街人都是圣人。"先生曰："你看满街人是圣人，满街人到看你是圣人在。"又一日，董萝石（沄）出游而归，见先生曰："今日见一异事。"先生曰："何异？"对曰："见满街人都是圣人。"先生曰："此亦常事耳，何足为异？"……洪（钱德洪）与黄正之、张叔谦、汝中丙戌会试归，为先生道途中讲学，有信有不信。先生曰："你们拿一个圣人去与人讲学，人见圣人来，都怕走了，如何讲得行。须做得个愚夫愚妇，方可与人讲学。"[②]

---

① 《朱文公文集》卷一四《行宫便殿奏札二》。
② 《王阳明全集》卷三《语录三》，上海古籍出版社，1992年版，第116页。

这段对话表达了王阳明建立在"万物一体"理论基础上的众生平等的思想,他强调"须做得个愚夫愚妇,方可与人讲学",看起来是个方法和形式的问题,其实是个对众生的态度问题,若自以为高人一等,居高临下,是讲不成学的,而且也背离了"万物一体""亲民"的基本原理。

王阳明的弟子、泰州学派的创始人王艮就贯彻了这个儒学社会化的路线,他的门下就有农民、樵夫、陶匠等等,其中陶匠韩贞在心学上很有造诣,并且坚持不懈地在下层民众中传道授业,黄宗羲说他:

> 以化俗为任,随机指点农工商贾,从之游者千余。秋成农隙,则聚徒谈学,一村既毕,又之一村。[1]

以化俗为任是王阳明心学的一大特征,这与此前的朱熹理学有很大不同。清人焦循就曾指出:"余谓紫阳之学所以教天下之君子,阳明之学所以教天下之小人。"[2] 关键还在于王学的信徒们并不只停留在理论上,他们遵循"知行合一"的原则,在社会下层中讲学传道,形成一种风气,造成一种冲击社会僵化思想的新思潮,从而深刻影响了士人及其文学价值观念。

通俗小说本来是"愚夫愚妇"消遣的玩意儿,士大夫即使有读它,甚或欣赏它的,读完后也要骂它一声"鄙俗"!明代嘉靖以前,我们在文人的集子中和野史笔记中很少见到议论通俗小说的文字,通俗小说并非不存在,文人不屑一顾耳。偶尔有所议论,则一定

---

[1] 黄宗羲《明儒学案》卷三二。
[2] 焦循《雕菰集》卷八《良知论》。

是贬斥。生于永乐十八年（1420）、卒于成化十年（1474）的叶盛谈到通俗小说时说："今书坊相传射利之徒伪为小说杂书，南人喜谈如汉小王（光武）、蔡伯喈（邕）、杨六使（文广），北人喜谈如继母大贤等事甚多。农工商贩，钞写绘画，家畜而人有之；痴骏女妇，尤所酷好，好事者因目为《女通鉴》，有以也。"① 叶盛把通俗小说的作者称为"射利之徒"，旨在赚钱，与"义"毫不相干；而读者则是"农工商贩"，绝不是喻于义的君子，女性读者也许有士夫内眷，但那也是"痴骏女妇"，沉溺此中而不知醒悟。总之，通俗小说是以谋利为目的，被农工商贩愚夫愚妇所欣赏的鄙俗读物。士君子不能不与它划清界限。这就是嘉靖以前的士大夫对通俗小说的典型的看法和态度。王阳明说，"须做得个愚夫愚妇，方可与人讲学"，这句话对于通俗小说而言无异于点石成金，通俗小说既然为愚夫愚妇喜闻乐见，它岂不是向大众宣教的有效工具？王阳明虽未直接论及小说，但他谈到戏曲，他说："今要民俗反朴还淳，取今之戏子，将妖淫词调俱去了，只取忠臣孝子故事，使愚俗百姓人人易晓，无意中感激他良知起来，却于风化有益。"② 王阳明深受佛学影响，大有可能从佛教俗讲方式得到启发，佛教可以利用"宝卷"这种讲唱故事的形式传道，儒教何以不能拾起小说戏曲？张尚德《三国志通俗演义·引》有云：

  客问于余："刘先主、曹操、孙权各据汉地为三国，史已志其颠末，传世久矣。复有所谓《三国志通俗演义》者，不几近于赘乎？"余曰："否。史氏所志，事详而文古，义微而旨深，非通儒

---

① 叶盛《水东日记》卷二一《小说戏文》，中华书局，1980年版，第213—214页。
② 《王阳明全集》卷三《语录三》，上海古籍出版社，1992年版，第113页。

> 夙学，展卷间，鲜不便思困睡。故好事者以俗近语，隐括成编，欲天下之人入耳而通其事，因事而悟其义，因义而兴乎感，不待研精覃思，知正统必当扶，窃位必当诛，忠孝节义必当师，奸贪谀佞必当去，是是非非，了然于心目之下，裨益风教，广且大焉；何病其赘耶？"

张尚德认为要让儒家大义入天下人之耳，通俗小说因它语俗易晓乃是有效的宣教方式。熊大木《大宋中兴通俗演义序》亦谓：

> 武穆王《精忠录》，原有小说，未及于全文。今得浙之刊本，著述王之事实，甚得其悉，然而意寓文墨，纲由大纪，士大夫以下，遽尔未明乎理者，或有之矣。近因眷连杨子素号涌泉者，挟是书谒于愚曰："敢劳代吾演出辞话，庶使愚夫愚妇亦识其意思之一二。"

这种观点被后来的通俗小说家和理论家不断地重复发挥。它一方面为通俗小说登上大雅之堂提供了进门券，另一方面也为士人参与通俗小说创作和评论提供了堂堂正正的理由。士人与通俗小说之间的鸿沟就这样历史性地给填平了。此后不论是身居庙堂的高官，还是处于江湖的名士山人，通俗小说不仅不是禁忌的话题，反而是高谈阔论的时尚热点。

四

王阳明的"亲民"说不只促使了士人介入通俗小说，而且影响着通俗小说创作的题材价值观。小说的讲史题材类型由于它依附的是正史，而史书在儒家心目中有镜鉴当今、垂范千古的崇高品格，所以讲史小说的题材价值是毋庸置疑的；然而，不去演述帝王将相、朝代兴衰之经国大事，而来描摹农、工、商以及社会底层人物的凡庸生活，又有何价值可言？王阳明的"亲民"说把士、农、工、商视为同道，业虽异，而道一也。他认为，农、工、商在他们的生产和商业活动中只要调停得当，均有道存焉，不害于为圣为贤。汲汲营利，断然不可，但不以治生为首务，"果能于此处调停得心体无累，虽终日做买卖，不害其为圣为贤。何妨于学？学何贰于治生？"①前面曾引他的《节庵方公墓表》乃是他嘉靖乙酉（四年，1525）为商人方麟（节庵）所撰，墓表中明确提出"四民异业而同道，其尽心焉，一也"，传统观念"歆士而卑农，荣宦游而耻工贾"，是"王道熄而学术乖"的表现。贵为伯爵，名扬天下的思想家王阳明给一个商人作《墓表》，这个举动本身就有示范和指标的意义。士、农、工、商均有同等的文学描写的价值，这是王阳明新四民论在文学题材问题上推衍出来的必然结论。

《水浒传》是长篇白话小说中第一部以下层社会为描写对象的作品，李贽（1527—1602）称赞它，就特别强调下层人物中有忠有义：

> 盖自宋室不竞，冠履倒施，大贤处下，不肖处上。……其势必至驱天下大力大贤而尽纳之水浒矣。则谓水浒之众，皆大力大贤有忠有义之人可也。②

---

① 《王阳明全集》卷三二补录第十四条，上海古籍出版社，1992年版，第1171页。
② 李贽《焚书》卷三《杂述·忠义水浒传序》，中华书局，1975年版，第109页。

竟陵派代表人物钟惺（1574—1624）评论《水浒传》时响应李贽之说：

> 汉家博一代奇绝文字，当最《史记》。一部《史记》中，极奇绝者，却不在帝纪、年表、八书、诸列传，只在货殖、滑稽、游侠、刺客……今代无此人，何怪卓吾氏□《水浒》为绝世奇文也者。非其文奇，其人奇耳。①

钟惺称《水浒》好汉为奇人，并由此推导出《史记》的价值只在货殖、滑稽、游侠、刺客等等社会下层人物身上。这是对传统观念的大胆挑战，也为通俗小说描写市井小人物制造了舆论，推动了小说创作题材从帝王将相向芸芸众生倾斜、从经世纬国的大事向市井间巷的俗事倾斜。其后以"三言""二拍"为代表的白话短篇小说异军突起，特别生动而且深刻地描绘了市井民众的悲欢离合，可以说是文学思潮发展的必然。

五

纵观通俗小说的历史发展，有一个从说故事到写性情的进化。从理论上说，故事是小说的最基本的层面，故事以新奇为特点，故而能够满足听众和读者的好奇心。故事从开端到发展到结束，有可能并没有内在的逻辑因果联系。比如《六十家小说》（《清平山堂话本》）所辑《杨温拦路虎传》相信大体上保持了宋代话本的面貌，

---

① 《钟伯敬批评忠义水浒传》卷首，转引自马蹄疾辑录《水浒资料汇编》，中华书局，1980年版，第8页。

这篇话本讲述杨温失妻而复得的故事,就只停留在故事的层面,作者似乎更热衷于讲述杨温与杨员外、马都头使棒比武,以及杨温在岳帝庙会与李贵使棒打擂,如果说杨员外与掳掠杨温之妻的强盗相识,无意中帮助了杨温发现了妻子的下落,那么马都头、李贵之流对于杨温寻妻毫无意义。小说开头说杨温"武艺高强,智谋深粹",但在故事中,除了使棒比赛有高人一筹的表现外,一次被陈千手下喽啰制伏,一次又被杨达一伙强盗打得狼狈不堪,若不巧遇出巡的官军,怕是妻子救不出,连自己的性命也要搭进去。故事由一些偶然的因素连接着,主人公杨温完全处在被动的状态中。这篇作品只能称之为一篇故事,但在"说话"表演中,一些使棒的场面大概是会讲述得十分有声有色的。爱·摩·福斯特《小说面面观》说故事和情节是不同的:"故事是叙述按时间顺序安排的事情。情节也是叙述事情,不过重点是放在因果关系上。'国王死了,后来王后死了。'这是一个故事。'国王死了,后来王后由于悲伤也死了。'这是一段情节。时间顺序保持不变,但是因果关系的意识使时间顺序意识显得暗淡了。"①情节的因果关系是人物性格冲突所造成,所以人物性格才是建构情节的决定因素。通俗小说在它的初级阶段大多是一些故事,从说故事提升到叙情节,关键就在人物性格的把握。小说艺术的历史性提升,与王阳明"致良知"所导引的关注人的性情的文学思潮有着重要的关系。

王阳明"致良知"之说认为"心即理",主张"吾性自足,不假外求",其思维取向由身外转向内省。王学与朱熹理学在"存天理,去人欲"的宗旨上并无二致,但王学以心为本体,所谓"心

---

① (英)爱·摩·福斯特《小说面面观》,收入《小说美学经典三种》,上海文艺出版社,1990年版,第271页。

之本体即是天理"，作为本体的心是有情的，从而对情有所肯定。朱熹不谈情，只谈"性"。"性即是理"，把"性"看作了人化的"理"。"性"要受"气质"的制约，而"气"有正偏之别，得其正者则合天理，是为善，得其偏者则阻塞天理，是为恶，或称为人欲。朱熹的哲学中"情"与"人欲"没有界分。王阳明心学中的"情"则是一个重要命题，他说：

> 喜怒哀惧爱恶欲，谓之七情。七者，俱是人心合有的。……七情顺其自然之流行，皆是良知之用，不可分别善恶。①

他认为礼就是建立在人情基础之上的："盖天下古今之人，其情一而已矣。先王制礼，皆因人情而为之节文，是以行之万世而皆准。……后世心学不讲，人失其情，难乎与之言礼！"②

后来李贽正是由此出发提出"童心说"。李贽所谓"童心"者，"绝假纯真，最初一念之本心也"③。它显然是合有七情之人心的进一步阐释。在李贽看来，欲只要是自然真实的，都应该得到尊重。他说圣人也有势利之心：

> 夫私者，人之心也。人必有私，而后其心乃见；若无私，则无心矣。如服田者私有秋之获，而后治田必力；居家者私积仓之获，而后治家必力；为学者私进取之获，而后举业之治也必力。故官人而不私以禄，则虽召之必不来矣；苟无高爵，则虽劝之必不至矣。虽有孔子之圣，苟无司寇之任、相事之摄，必不能一日

---

① 《王阳明全集》卷三《语录三》，上海古籍出版社，1992年版，第111页。
② 《王阳明全集》卷六《文录三》，上海古籍出版社，1992年版，第202页。
③ 李贽《焚书》卷三《杂述·童心说》，中华书局，1975年版，第98页。

安其身于鲁也决矣。此自然之理,必至之符,非可以架空而臆说也。然则为无私之说者,皆画饼之谈,观场之见,但令隔壁好听,不管脚跟虚实,无益于事,只乱聪耳,不足采也。①

李贽只讲人心必有欲,这个欲不但不妨其道,而且没有欲则道不行。他举耕田者、理家者、为学者、做官者,皆因有私欲而推动其事业。就是圣人孔子,假若没有司寇、相事的高官厚禄的吸引,他在鲁国一天也待不下去。由此推论,人必有私,道不在于禁欲,而在合理地满足人的物质需要和精神需求。基于"童心说",他一方面深恶痛绝社会上的假道学,他说:"今之讲周、程、张、朱者,可诛也。彼以为周、程、张、朱者,皆口谈道德而心存高官,志在巨富;既已得高官巨富矣,仍讲道德说仁义自若也。"②另一方面,他十分推重百姓日用之道和率真之言,尤其称赞那些贵族士大夫不屑一顾的鄙野俚俗的"迩言"。他说:

> 如好货,如好色,如勤学,如进取,如多积金宝,如多买田宅为子孙谋,博求风水为儿孙福荫,凡世间一切治生、产业等事,皆其所共好而共习,共知而共言者,是真"迩言"也。……我之所好察者,百姓日用之"迩言"也。③

又说:

> 唯是街谈巷议,俚言野语,至鄙至俗,极浅极近,上人所不

---

① 李贽《藏书》卷三二《德业儒臣后论》,中华书局,1959年版,第544页。
② 李贽《焚书》卷二《书答·又与焦弱侯》,中华书局,1975年版,第48页。
③ 李贽《焚书》卷一《书答·答邓明府》,中华书局,1975年版,第40页。

道，君子所不乐闻者，而舜独好察之。以故民隐无不闻，情伪无不烛，民之所好，民之所恶，皆晓然洞彻，是民之中，所谓善也。夫善言即在乎"迩言"之中，则"迩言"安可以不察乎？①

李贽称赞"迩言"，着眼点在它的率真。按他的"童心说"，真是最本质的。真，才可谓善。这种理论与朱熹的"存天理，去人欲"之理学已经不是互补依存，而是你死我活的对抗了。在王阳明心学勃起之时，卫道者们就看出它背离朱熹理学的倾向，意借朝廷行政权力进行压制。王阳明去世，当朝礼部尚书兼翰林学士桂萼即上疏攻击他"事不师古，言不称师。欲立异以为高，则非朱熹格物致知之论；知众论之不予，则为朱熹晚年定论之书。号召门徒，互相倡和。才美者乐其任意，庸鄙者借其虚声。传习转讹，背谬弥甚。……宜免追夺伯爵以章大信，禁邪说以正人心"②。嘉靖皇帝纳其言，下诏停止王阳明爵位世袭，恤典也不再举行了。虽然没有把王学钦定为"邪说"，其贬斥之意却也是不言而喻的。可是王学并没有因此而消歇，它反而获得更多的信众，迅速形成席卷天下的时代思潮。把王学发展成冲决封建禁欲主义的叛逆思想的李贽就没有那么幸运了，朝廷以"敢倡乱道，惑世诬民"的罪名将他逮捕入狱，致使这位七十六岁的老人割喉自尽。李贽人去世了，他的思想却充满生命力，万历、天启著名文人受其影响者颇多，据清《四库全书》考核，董其昌"以李贽为宗"，屠隆为"李贽之流亚"，焦竑"与李贽友善""于贽之习气沾染尤深"，李腾芳"亦颇尊崇李贽，称为卓吾老子。盖明季士大夫所见大抵如斯，不但腾芳一人也"，

---

① 李贽《李氏文集》卷一九，《明灯道古录》卷下。
② 《明史》，中华书局，1974年版，第5168页。

等等即可证于万一。文学方面,汤显祖、袁宏道诸人的文学主张,均植根在"情""真"的哲学理念之上,这已是文学理论批评史家的共识,毋庸赘述。

通俗小说家受"致良知""童心说"影响尤为显著。奉李贽为"蓍蔡"的冯梦龙搜集、编刊了民歌集《童痴一弄·挂枝儿》和《童痴二弄·山歌》,其《叙山歌》不啻李贽"迩言"说之翻版:

> 书契以来,代有歌谣,太史所陈,并称风雅,尚矣。自楚骚唐律,争妍竞畅,而民间性情之响,遂不得列于诗坛,于是别之曰山歌,言田夫野竖矢口寄兴所为,荐绅学士家不道也。唯诗坛不列,荐绅学士不道,而歌之权愈轻,歌者之心亦愈浅。今所盛行者,皆私情谱耳。虽然,桑间、濮上,国风刺之,尼父录焉,以是为情真而不可废也。①

他称民歌为"性情之响",其价值就在"情真"二字。"情真"这种文学价值观应用于通俗小说的创作,第一,解除了史传传统"实录"原则对小说创作的束缚。小说一向被视为史乘之流亚,长期以来都被史统的阴影所笼罩,不敢公开宣言小说是虚拟杜撰的故事,这"情真"之说即冲破了史统的藩篱,冯梦龙《警世通言叙》用"理真"来取代"事真":"野史尽真乎?曰:不必也。尽赝乎?曰:不必也。然则,去其赝而存其真乎?曰:不必也。……其真者可以补金匮石室之遗,而赝者亦必有一番激扬劝诱,悲歌感慨之意。事真而理不赝,即事赝而理亦真,不害于风化,不谬于圣贤,不戾于诗书经史,若此者其可废乎!"此文所说的"理真"指的是情理

---

① 《冯梦龙全集》第十八册《山歌》卷首页,江苏古籍出版社,1993年版。

之真，与事实之真对举。第二，"情真"的文学价值观推动了通俗小说由追求故事性转变为描摹世态人情的真实，故事不再是创作的终极目的，故事只是展现世态人情的载体，情节只是人物性格的历史。就小说艺术发展而论，这无疑是一次历史性飞跃。正是小说家的目光不再只停留在故事的层面，而是更关注故事中人物的性情、心理和命运，把描写的重心深入到故事人物的内心，这才创作出像《三国志演义》《水浒传》《西游记》《金瓶梅》以及"三言""二拍"这样经典的作品。睡乡居士《二刻拍案惊奇序》批评那些描写失真的作品，病根就在"好奇"，也就是追求故事的新奇而忽视人情的真实，此文以《西游记》为例，"《西游》一记，怪诞不经，读者皆知其谬。然据其所载，师弟四人，各一性情，各一动止，试摘取其一言一事，遂使暗中摸索，亦知其出自何人，则正以幻中有真，乃为传神阿堵"。如果说《西游记》故事情节的奇幻曲折也是它的艺术价值之所在的话，那么《金瓶梅》的情节则可以说平淡无奇，一个市侩家庭的日常生活，但是它真实、生动和细腻地描绘了嘉万时期的世态人情，人物被刻画得栩栩如生，从而成为一部不朽的长篇小说。袁宏道即持此论，赞它"模写儿女情态具备"(《游居柿录》)。谢肇淛说得更具体："书凡数百万言，为卷二十，始末不过数年事耳。其中朝野之政务，官私之晋接，闺闼之媟语，市里之猥谈，与夫势交利合之态，心输背笑之局，桑中濮上之期，尊罍枕席之语，驵侩之机械意智，粉黛之自媚争妍，狎客之从谀逢迎，奴僮之稽唇淬语，穷极境象，骇意快心。譬之范工抟泥，妍媸老少，人鬼万殊，不徒肖其貌，且并其神传之。信稗官之上乘，炉锤之妙手也。"① 明代后期的小说创作和评论的主导倾向是重在世态人情的

---

① 谢肇淛《小草斋文集》卷二四。

描摹，产生了一大批水平参差不齐的世情和人情小说，并且出现了一些以男女情欲为描写对象的作品，似乎人性中真实存在的，不论善恶美丑，把它真实地淋漓尽致地表现出来，都是值得嘉许和肯定的。就小说创作从《杨温拦路虎传》这种故事型转变为性情写真型而言，这是小说艺术的一次飞跃；另一方面造成色情小说的泛滥也是不争的事实。且不论创作的功过，小说的这种历史状况的形成，与王阳明"致良知"、李贽"童心说"的思想的确有着密切和深刻的关系。

概括起来说，王阳明心学感召了士人加入到通俗小说创作和批评的行列，实现了通俗小说作者成分的历史性转变；王阳明心学为小说题材从帝王将相的经国大事分流到市井小民的闾巷俗事提供了理论依据，题材的这种变化，可以看成是小说从古典型向近代型的转变；王阳明心学对小说价值观产生了深刻影响，从重故事情节到重人物性格，是小说艺术的历史性的提升，也是通俗小说成熟的重要标志。中国通俗小说的崛起，王阳明心学功莫大焉。

（原载《文学遗产》2007 年第 2 期）

清代小说在文学史上的定位问题

作为小说史的一个段落的清代小说，在中国小说发展史上处于一个什么位置呢？这其实也是对清代二百六十多年小说创作的历史评价问题。历史地位清楚了，才有可能对清代小说的各种流派和作家作品做出恰当的评论。我的看法是：清代是中国古代小说的繁荣期、高峰期和转型期。

繁荣，指的是作品和流派的数量众多。白话小说，据我的不完全统计，宋元明三代的作品，现知的约有三百多种，而有清一代的作品则有一千数百种之多，是宋元明三代作品的总和的三倍以上。这里没有统计文言小说，原因有二：其一，学界对文言小说的定义众说纷纭，定义不同，统计的数字必然不同，难以求得共识；其二，我以为小说作为一种大众文化，其主体不是囿于士大夫圈子的文言小说而是白话小说。事实上，小说在历史文坛上的地位主要是由《三国志演义》《水浒传》《西游记》《金瓶梅》《儒林外史》《红楼梦》以及"三言""二拍"等白话小说奠定的，没有白话小说，小说文体不可能与传统诗文平起平坐。所以，我认为白话小说的状态大体上代表整个小说，由白话小说的数量得出"繁荣"的结论，应当近于事实。

当然不只作品数量，就小说流派而论，清代也是最为繁荣的时期。这可以和明代比较。明代小说流派（或谓"类型"），鲁迅《中国小说史略》讲了四种："讲史""神魔""人情"和"拟宋市人小说"（或谓"话本小说"）。鲁迅指出"神魔""人情"（或谓"世情"）是明代小说的两大主流。鲁迅当年能读到的作品不如今天知道的多，如"公案小说"就不在他的视野中；再者有的分类似乎粗略了些，如将《水浒传》放在"讲史"中，将才子佳人小说放在"人情"中，就未必合适。不过应当承认，鲁迅当年的分类大体上还是反映了明代小说的实况的。他说清代小说的流派"比明朝比较的多"（《中国小说的历史的变迁》），除文言小说"拟古派"之外，他说还有"讽刺小说""人情小说""才学小说""狎邪小说""侠义及公案小说""谴责小说"等，这些还不包括晚清的翻译小说、天主教基督教小说和其他受西方小说影响而新生的流派，可以说清代是小说流派纷呈的时代，其繁荣景象超过以往任何一个朝代。

清代小说是古代小说的高峰期，这一判断应当不会有多大争议，《聊斋志异》《儒林外史》《红楼梦》都产生在这个时期，它们的思想艺术成就都达到了古代小说的巅峰。这三部作品距离今天都有二三百年了，其间中国社会的政治经济制度及其观念意识都经历了最剧烈和最深刻的变革，但它们的艺术魅力并未因时代变迁而稍有减退，可以说它们的经典桂冠是历史赋予的，作为中国小说高峰的标志，当之无愧。

所谓转型，是指古代小说向现代小说的转变。白话小说的传统文体从"说话"脱胎而来，在数百年的发展中形成了长篇章回小说和短篇话本小说两种体裁和不同于史传的叙事模式。到了晚清，西方小说和先进的印刷技术的输入，作为小说新载体的报刊大量涌现。这一时期的小说作者主要是一批政治活动家和专业的记者编辑，他们程度不同地受过西方文化的熏染。为了适应新的传媒特点，他们逐渐改变传统的小说体制和叙事方式，在短短十数年间完成了由古代小说向现代小说的转型。

（原载《文汇报》2006年1月3日）

清代小说禁毁述略

小说艺术发展受到自身文体规律的约束，同时也不能不受当时政治和文化等诸多外部因素的影响。小说家不是生活在真空里，尤其是生活和创作在君主专制环境下的小说家，他的思维和想象会更多地受到专制主义的制约。不同时代的小说因不同时代的政治文化诸多因素的差异，而呈现出不同的风貌。

通俗小说起源于民间说唱伎艺，是适应大众娱乐需要而产生的一种叙事文学。它的通俗化品格一向被社会主流意识所鄙视，但它与大众文化生活的密切联系，尤其是它对社会风俗人心的影响，政府亦不能等闲视之。明代政府曾有禁毁小说的记录，明初禁《剪灯新话》，明末禁《水浒传》，然而这些只是个案，有明一代并未形成禁毁小说的文化政策。清朝定鼎以后，为收拾人心，对思想文化的控制日益加强，而禁毁小说也成为其文化专制政策的一部分。所禁小说范围由"淫词"扩大到"不经"，并制定律条以科断刑罚。然而小说的性质和受众与传统诗文毕竟有别，小说因其"俚鄙"，在民间拥有广大读者，且有以小说生产和传播为生计的众多从业者，朝廷或有鉴于此，在申饬禁令之时，亦必告诫地方官吏不得纷纷踩缉，转滋扰累，不像处置"悖逆"诗文那样严酷。纵观有清二百多年，小说之禁令屡申不绝，而小说的编刊也从没有过中断。不过，在朝廷文化专制的高压下，小说的整体风貌和发展轨迹却发生了相应的深刻变化。

一

　　清初，满族官员多不识汉文，太宗设文馆，用满文翻译《孟子》《通鉴》等经史诸书，下及小说。满族武将不识汉文者，类多得力于此。入关后，在太和门西廊下设翻书房，继续汉译满的工作。"有户曹郎中和素者，翻译绝精，其翻《西厢记》《金瓶梅》诸书，疏栉字句，咸中綮肯，人皆争诵焉。"①《金瓶梅》被列入翻书房译书目，其译本广受好评，足见朝廷当初对通俗小说不存传统偏见。

　　清朝定鼎北京之初，全国版图尚未归于一统。从顺治元年（1644）至康熙二十二年（1683）约四十年间，朝廷大政俱以军事统一和笼络人心为先，在文化方面，除了惩治一些被判定为有明显敌视新朝政治倾向的作品之外，对于小说尚无暇细究。朝廷对于"琐语淫词"的禁令，首见于顺治九年（1652）题准："坊间书贾，止许刊行理学政治有益文业诸书；其他琐语淫词，及一切滥刻窗艺社稿，通行严禁。违者从重究治。"②康熙二年（1663）又重申此禁。"琐语淫词"所指，乃是坊刻的"有乖风化"的唱本、剧本和小说之类。"淫词"的概念本就模糊，"琐语淫词"也未专指小说，故对清初小说创作的实际影响甚微。

　　清初小说被朝廷查处论罪的仅两部：《无声戏二集》和《续金瓶梅》。

　　《无声戏二集》为李渔所作话本集《无声戏》的第二集，此书刊刻得到时任浙江左布政使张缙彦的资助。其中有作品描写李自成

---

① 昭梿《啸亭续录》卷一，翻书房，中华书局，1980年校点本。
② 素尔讷等《钦定学政全书》卷七《书坊禁例》，文海出版社，1966年版。

攻陷北京时，明朝兵部尚书张缙彦"吊死在朝房，为隔壁人救活"，称颂他为"不死英雄"等情节。张缙彦先投降李自成，后转而投降清朝，在朝中与刘正宗等过往甚密。刘正宗为多尔衮重用之汉族大臣，多尔衮死后，刘正宗等人随即被治罪。有人劾张缙彦为刘正宗诗集所作序中称刘正宗为"将明之才"，"诡谲犹不可解"，遂将张缙彦夺官逮讯。然而查诗序中并无"将明之才"此语，于是以《无声戏二集》构陷罪名。顺治十七年（1660）八月初九日，湖广道监察御史萧震劾张缙彦在小说中自我标榜，"冀以假死涂饰其献城之罪，又以不死神奇其未死之身"，"虽病狂丧心，亦不敢出此等语，缙彦乃笔之于书，欲使乱臣贼子相慕效乎？"[①] 十一月初十日，张缙彦被宽免死刑，籍没、流徙宁古塔。此案起由实出于压抑打击汉降臣，非针对小说，故《无声戏二集》作者李渔未受牵连。《无声戏二集》虽不能再依旧发行，但李渔把描写张缙彦的作品和其他五篇一并删去，重新编排一集、二集次第，改题书名为《连城璧》，仍用旧板重印。

《续金瓶梅》一案发生在康熙三年（1664），即庄廷鑨《明史》文字狱的次年。丁耀亢所作长篇章回小说《续金瓶梅》被人举报有违碍之语，刑部当即立案，随后移交礼部审理。丁耀亢闻讯逃亡，直至康熙四年（1665）三月初二日北京地震，初五日"恩赦"诏下，才向官府投案自首，八月被拿送北京受审。刑部审结云："经审讯丁耀亢，则供所撰写之《续金瓶梅》十三卷，乃其本人撰写是实，等语。经查阅该书，虽写有金、宋二朝之事，但书内之言辞中仍我大清国之地名，讽喻为宁古塔、鱼皮国等。据此，理应绞决丁耀亢。但有司所查送之文内则称，丁耀亢自首属实。又于康熙四年

[①] 《清史列传》卷七十九《贰臣传乙》，台湾中华书局，影印本，1983年版。

三月初五日所颁恩赦内一款曰：'凡查拿之重犯，若有自首者，可著免罪。'故此，议免丁耀亢之罪。至于所撰写之《续金瓶梅》十三卷书，拟交礼部查封焚毁。"①虽书版被焚，但该书印本仍在世上流行，数年后又有删节本改题《隔帘花影》付梓印行。在此案审理过程中，刑部认为"禁止小说之条例，如何议罪等情节，并无定拟"，故咨查吏部"有否禁止小说之条例？"，吏部咨复："查，顺治十六年（1659）十一月，臣部题复科官杨永健所题为禁止邪言以正人心事一疏，凡为邪言秽语，不得在书肆任意刊刻，并通谕告示。凡有崇信异端言语者，令加严参问罪。若有私行刊刻者，永行严禁。"②可见清初专对小说的涉嫌违法，刑律尚未"定拟"。

　　清初虽有《无声戏》和《续金瓶梅》系于刑狱，又有禁刻"琐语淫词"的旨令，但对小说创作并未产生多大实际影响。《无声戏》一案，为朝廷政治斗争所引发，目的是打击被视为不可靠的汉族官僚，并非单纯地针对小说。《续金瓶梅》之被祸，也非后来同治间平步青《霞外攟屑》卷九所说，是因为"意在刺新朝而泄黍离之恨"，而是第五十八回把满族发祥之地鱼皮国、宁古塔描写为男女与狗同食同卧的野蛮处所，举报者和裁判者都还没有用文学思维来揣摩小说。应当说，清初四十年，小说创作环境相对还是比较宽松的，在明末强劲惯力推动下，且因鼎革兴亡的刺激，不只繁荣，而且异彩纷呈。其时作家顾忌避讳不多，叙述时事、反思兴亡、砥砺气节之作所在多有，而描摹情爱之"淫词小说"亦不让于明末。

---

① 安双成《顺康年间〈续金瓶梅〉作者丁耀亢受审案》，《历史档案》2000 年第 2 期。
② 同上。

二

康熙二十二年台湾收复，全国归于一统。朝廷为剪灭汉人反清之民族意识、强化政治思想统治，频繁地制造文字之狱，凡有诋毁清朝嫌疑以及议论时政的文字，均以大逆论处；与此同时，又以"端风俗、正人心"为据，加强对小说的压抑和管制。

康熙二十五年（1686），江宁巡抚汤斌《严禁私刻淫邪小说戏文告谕》曰："为政莫先于正人心，正人心莫先于正学术，朝廷崇儒重道，文治修明，表章经术，罢斥邪说，斯道如日中天。独江苏坊贾，惟知射利，专结一种无品无学希图苟得之徒，编纂小说传奇，宣淫诲诈，备极秽亵，污人耳目，绣像镂版，极巧穷工，致游侠无行，与年少志趣未定之人，血气摇荡，淫邪之念日生，奸伪之习滋甚，风俗陵替，莫能救正，深可痛恨，合行严禁，仰书坊人等知悉；……若仍前编刻淫词小说戏曲，坏乱人心，伤败风俗者，许人据实出首，将书板立行焚毁。其编次者、刊刻者、发卖者，一并重责，枷号通衢；仍追原工价，勒限另刻古书一部，完日发落。"①汤斌是被康熙帝誉为"学有操守"的名儒，他在江宁巡抚任上，以正风俗为先，令诸州县立社学，讲《孝经》《小学》，修泰伯祠，同时毁淫祠，禁淫词小说，舆论称道其举措，令地方"教化大行"。

康熙二十六年（1687）二月，刑科给事中刘楷疏请除淫书，称"自皇上严诛邪教，异端屏息，但淫词小说，犹流布坊间，有从前曾禁而公然复行者，有刻于禁后而诞妄殊甚者。臣见一二书肆刊单出赁小说，上列一百五十余种，多不经之语、诲淫之书。贩买于一二小店如此，其余尚不知几何？此书转相传染，士子务华者，明

---

① 《汤子遗书》卷九，苏松告谕。

知必无其事，佥谓语尚风流，愚夫鲜识者，妄拟实有其徒，未免情流荡佚，其小者甘效倾险之辈，其甚者渐肆狂悖之词，真学术人心之大蠹也。……臣请敕部通行五城直省，责令学臣并地方官，一切淫词小说，……立毁旧板，永绝根株"。①经九卿议复，应如所请。谕称："淫词小说，人所乐观，实能败坏风俗，蛊惑人心。朕见乐观小说者，多不成材，是不惟无益而且有害。……俱宜严行禁止。"②皇帝颁旨明令禁止淫词小说，这是第一次。康熙四十八年（1709）六月又准江南道监察之奏请，敕地方官严禁淫词小说及各种秘药。③

然而淫词小说屡禁不绝，朝廷遂制定律条以绳之。康熙五十三年（1714）四月初四日乙亥谕礼部："朕治天下以人心风俗为本，欲正人心，厚风俗，必崇尚经学，而严绝非圣之书，此不易之理也。近见坊间多卖小说淫词，荒唐俚鄙，殊非正理，不但诱惑愚民，即缙绅士子，未免游目而蛊心焉。所关于风俗者非细，应即通行严禁。其书作何销毁，市卖者作何问罪，著九卿詹事科道会议具奏。寻议，凡坊肆市卖一应小说淫词，在内交与八旗都统、都察院、顺天府，在外交与督抚，转行所属文武官弁，严查禁绝，将板与书一并尽行销毁。如仍行造作刻印者，系官革职，军民杖一百，流三千里；市卖者杖一百，徒三年。该管官不行查出者，初次罚俸六个月，二次罚俸一年，三次降一级调用。从之。"④礼部奉此上谕，通告全国一体遵行。此道上谕对于造作刻印、买卖、阅读淫词小说者以及监管失职之官吏所规定的各等处罚，后来被收入《大清律例》卷二十三刑律贼盗的条款中。由是，禁毁淫词小说在法律上成

---

① 琴川居士《皇清奏议》卷二十二，都城国史馆琴川居士排字本，新北文海出版社，影印本，1967年版。
② 《清圣祖实录》影印本，中华书局，1986年版，卷一二九。
③ 同上，卷一三八。
④ 同上，卷二五八。

为定例。尔后，雍正二年（1724）、乾隆三年（1738）一再重申此禁。乾隆三年禁令的惩罚力度强于以往，规定应当销毁之小说"过期不行销毁者，照'买看例'治罪"，该管官员任其收存租赁，明知故纵者，"照'禁止邪教不能察缉例'，降二级调用"。①

然乾隆帝即位之初，对禁淫书、化风俗等举措仍持比较谨慎的态度。乾隆元年（1736）云贵总督尹继善奏请敦崇礼教以端风化，乾隆帝谕曰："此奏是。但其中尚有应斟酌者，必须尽美尽善，然后行之久而无弊，于化民成俗不难矣。若苟且从事，亦不过虚文而已，究于治道何补？待朕徐徐经理之。"②同日，江西巡抚俞兆岳又奏请"禁演扮淫戏以厚风俗"，乾隆帝又谕曰："先王因人情而制礼，未有拂人情以发令者，忠孝节义固足以兴发人之善心，而媟亵之词亦足以动人之公愤，此郑卫之风，夫子所以存而不删也。若能不行抑勒，而令人皆喜忠孝节义之戏，而不观淫秽之出，此亦移风易俗之一端也。"③此时的乾隆帝认为对淫词淫戏不一定要采用"抑勒"的措施，化风俗当"徐徐经理之"。

乾隆十六年（1751）发生的伪奏稿案，使乾隆帝对风俗人心的判断发生逆转。是年七月，云贵总督硕色发现并举发社会上流传所谓"孙嘉淦奏稿"，此稿系借孙嘉淦之名指责乾隆帝即位以来的种种过失，所谓"五不解十大过"。乾隆帝获悉后大为震怒，严令追查，此番追查在全国范围内持续了一年又七个月。由是，"文字狱"进入高潮时期，自乾隆十八年以降，先后制造了数十起文字之狱，涉案之人无不以"大逆"处死（已死者戮尸），家人子侄坐罪。

伪奏稿在各省传播之广，许多官员信之不疑，使乾隆帝对臣民

---

① 素尔讷等《钦定学政全书》卷七《书坊禁例》，文海出版社，1966年版。
② 《清高宗实录》影印本，中华书局，1986年版，卷十九。
③ 同上。

的信心根本动摇，以为社会风俗人心若不及时整肃，必将危害清朝统治。小说与风俗人心大有关系，于是一改以往"不行抑勒"的态度，转而严行禁止。

乾隆十八年（1753）七月二十九日，帝谕内阁，禁止将小说翻译成满文。谓满洲习俗纯朴，忠义禀乎天性，原不识所谓书籍。自一统以来，始学汉文，曾有《五经》及《四子》《通鉴》等书翻译之举。近有不肖之徒，并不翻译正传，反将《水浒》《西厢记》等小说翻译，使人阅看，诱以为恶。满洲等习俗之偷，皆由于此。所关甚重，不可不严行禁止。"将此交八旗大臣、东三省将军、各驻防将军大臣等，除官行刊刻旧有翻译正书外，其私行翻写并清字古词，俱著查核严禁，将现有者查出烧毁，再交提督从严查禁，将原板尽行烧毁。如有私自存留者，一经查出，朕惟该管大臣是问。"①

乾隆十九年（1754），吏部转呈福建道监察御史胡定奏折，曰："阅坊刻《水浒传》，以凶猛为好汉，以悖逆为奇能，跳梁漏网，惩创蔑如。乃恶薄轻狂曾经正法之金圣叹妄加赞美，梨园子弟更演为戏剧，市井无赖见之，辄慕好汉之名，启效尤之志，爰以聚党逞凶为美事，则《水浒》实为教诱犯法之书也。查康熙五十三年，奉禁坊肆卖淫词小说。臣请申严禁止，将《水浒传》毁其书板，禁其扮演，庶乱言不接，而悍俗还淳等语。查'定例'，坊间书贾，止许刊行理学政治，有裨文业诸书，其余琐语淫词，通行严禁，违者重究。是教诱犯法之书，例禁森严。今该御史奏请将《水浒》申严禁止等语，查琐语淫词，原系例禁，应如所奏请，敕下直省督抚学政，行令地方官，将《水浒》一书，一体严禁；亦毋得事外滋

---

① 《清高宗实录》影印本，中华书局，1986年版，卷四四三。

扰。"① 自此,《水浒传》被视为"教诱犯法之书"在全国范围内遭到严禁。不过,据日本松泽老泉《汇刻书目外集》著录,乾隆四十六年(1781)就有书坊翻刻《四大奇书水浒传》七十五卷七十回。禁令威慑一时,过后不久,坊间仍照刻不误。"毋得事外滋扰",意在提醒执法者不可过于严苛。

为杜遏"邪言",正人心厚风俗,乾隆帝又下旨对明末野史进行清查。狭义的野史指正史之外私人著述的史书,广义的野史还包括以朝政时事为题材的文言或白话小说,如《樵史演义》《镇海春秋》之类。朝廷查禁的野史包括小说。乾隆帝认为明末野史妄议时事,任意毁誉,多有诋毁本朝之语。清朝定鼎已百有余年,缙绅之家世受国恩,若私藏此类书籍,则定有不轨之心。藏与毁,事莫大焉。乾隆二十二年(1757)在籍二品大员彭家屏就因私藏明末野史而被处死。②

乾隆二十八年(1773)二月,纂修《四库全书》正式启动。朝廷对全国各地公私所藏书籍开始进行大规模的全面调查。乾隆三十九年(1774)两广总督李侍尧采集书籍时发现屈氏后人仍藏有屈大均著作,③ 于是上奏云:"此前臣等止就其书籍之是否堪备采择,行司照常办理,竟未计及明末稗官私载,或有违碍字句,潜匿流传,即可乘此查缴。"建议趁搜求书籍、纂修《四库全书》的机会,对民间藏书进行全面的清查。乾隆帝深以为然,八月初五谕:"明季末造,野史者甚多,其间毁誉任意,传闻异词,必有诋触本朝之语,正当及此一番查办,尽行销毁,杜遏邪言,以正人心而厚风

---

① 见江西按察司衙门刊《定例汇编》卷三《祭祀》。
② 《清高宗实录》影印本,中华书局,1986年版,卷五四〇。
③ 屈大均诗文案起于雍正八年十月,广东巡抚傅泰奏:颁到《大义觉迷录》,有曾静之徒张熙供,《屈温山集》议论与逆书相合等语。屈大均子屈明洪为惠来县教谕,到省缴印投监自首,得旨从宽拟遣。

俗，断不宜置之不办。此等笔墨妄议之事，大率江浙两省居多，其江西、闽粤、湖广，亦或不免，岂可不细加查核？"①在乾隆帝的催促下，各地对民间藏书进行了密集的清查，凡前人著作中有诋毁当朝字句者，或删削修改，或毁版焚篇。

在这场延续至乾隆五十七年（1792）才告一段落的全国性的查办禁书运动中，小说自然是查禁的对象。

乾隆四十四年（1779）四月，江西巡抚郝硕奏缴120种书籍中有《虞初新志》，"安徽婺源县张潮选。内有钱谦益、吴伟业著作，应铲除。抽禁"。②文言小说《虞初新志》初刊于康熙三十九年（1700），收有钱谦益的《徐霞客传》和《书郑仰田事》两篇，收有吴伟业的《柳敬亭传》和《张南垣传》两篇，乾隆帝指钱谦益、吴伟业为贰臣，其著作一律销毁。

乾隆四十五年（1780）正月，两江总督萨载奏缴24种书籍中有《剿闯小说》，"残缺不全。无著作姓氏"。③《剿闯小说》作于明末清初，叙崇祯十七年（1644）甲申之变，为通俗时事小说。

乾隆四十六年二月，两江总督萨载奏缴37种书籍中有《樵史演义》，谓"此书不载著书人姓名。纪天启崇祯事实，中有违碍之处，应请销毁"。④同年十一月，湖南巡抚刘墉奏缴书目中亦有《樵史演义》，称"无撰人姓氏。虽系小说残书，于吴逆不乘名于本朝，多应冒犯。应销毁"。⑤《樵史演义》为时事政治小说，作于顺康间。

乾隆四十六年六月，兼管浙江巡抚陈辉祖奏缴45种书籍中有

---

① 《纂修四库全书档案》，乾隆三十九年八月初五日谕。
② 雷梦辰《清代各省禁书汇考》，北京图书馆出版社，1989年版。
③ 同上。
④ 同上。
⑤ 同上。

《镇海春秋》,"吴门啸客编。事词指,俱多违碍"。①另,两江总督奏缴书目中《镇海春秋》又名《东隅恨事》,"此书起万历三十二年甲辰至崇祯三年己巳止。专叙袁崇焕杀毛文龙始末。通身狂吠"。②此小说作于明末,敌视后金之语言比比皆是。

乾隆四十六年十一月,湖南巡抚刘墉奏缴82种书籍中有《樵史》《英烈传小说》。《英烈传小说》"君召余应诏刊。查系传奇小说。语句混杂。应销毁"。③《英烈传小说》叙朱元璋开国的传奇故事,初名《皇明开运英武传》,明万历年间修改更名为《云合奇踪》。

乾隆四十七年(1782)七月,江西巡抚郝硕奏缴12种书籍中有《精忠传》,谓"坊间刻本。多有未经敬避字样,及指斥金人之语。应请销毁"。④《精忠传》编刊于明嘉靖年间,叙岳飞抗金事迹。又《说岳全传》,谓"仁和钱彩编次。内有指斥金人语,且词内多涉荒诞。应请销毁"。《说岳全传》成书于乾隆九年(1744),演述岳飞传奇故事。

乾隆四十九年(1784),湖北巡抚查获书目中有《归莲梦》,称"刊本无编辑姓氏"。⑤《归莲梦》成书于康熙年间,叙明末山东白莲教故事,对白莲教女大师予以了同情。

自康熙五十三年朝廷颁布禁毁淫词小说的律条以后,直至乾隆末年,再也不见如李渔、烟水散人徐震一流的小说家参与创作了,坊间在非法状态下为射利而编刊的淫词小说,数量并未减少,但多为抄袭和拼凑,文字愈趋粗俗低劣。显然,朝廷将禁毁淫

---

① 雷梦辰《清代各省禁书汇考》,北京图书馆出版社,1989年版。
② 同上。
③ 同上。
④ 同上。
⑤ 同上。

词小说法律化的举措并未能有效地遏制淫词小说的编刊和流行。事实上，何谓"淫词"，法令从未有过明确的界定，禁毁面过宽反而使真正的淫词小说未受重创，在实际操作中亦不见有因淫词小说而实行杖、流之刑的案例。真正对小说创作产生重大影响的是自乾隆十六年以来以相继发生的十余起"文字狱"为代表的文化专制措施：首先，《水浒传》被视为"教诱犯法之书"而遭禁，开清代以小说为社会动乱根源论之先河，小说之禁由"淫词"扩展到"不经"之作。第二，对有"违碍"文字的稗官野史的查禁，致使明代和清前期的许多小说作品亡佚，有的虽逃过劫火却仅存残本。第三，"文字狱"对士人所施加的精神打压，也对小说创作产生了潜在影响。例如乾隆四十六年尹嘉铨为父求谥获罪，查抄其著作有《名臣言行录》一编，乾隆帝定为乱政之莠言，"以本朝之人，标榜当代人物，将来伊等子孙，恩怨即从此起，门户亦且渐开。所关朝常世教，均非浅鲜。……今尹嘉铨乃欲于国家全盛之时，逞其私臆，妄生议论，变乱是非，实为莠言乱政"。[①] 文言小说上承《世说新语》，素有志人传统，此案一经钦定，则志人之"世说体"小说完全沉寂下来。而且无论是文言还是白话，小说家都不敢以时事为题材，即使是虚构故事，也要如《儒林外史》假托前朝，或者如《红楼梦》称"无朝代年纪可考"，顺治初期兴盛一时的时政小说此时完全销声匿迹。

三

乾隆后期，白莲教等"教乱"此起彼伏，社会问题积累而造成

[①] 《清高宗实录》影印本，中华书局，1986年版，卷一一二九。

的矛盾日趋激化，标志着清朝从此由盛转衰。朝廷面对日益严重的社会动乱危机，除了武力镇压之外，就是进一步强化文化专制。在这样的政治氛围中，朝廷和社会舆论皆认为风俗人心的败坏乃是社会动乱之根源，而导致风俗人心败坏的罪魁祸首则是小说之类的通俗文艺。

嘉庆七年（1802）十月二十五日，嘉庆帝引述乾隆十八年七月二十九日禁译小说之谕旨，强调小说为风俗之害，与治乱大有关系。称愚民之好勇斗狠者，溺于邪慝，转相慕效，纠伙结盟，肆行淫暴，概由看此等书词所致。"着在京之步兵统领顺天府五城各衙门及外省各督抚通饬地方官，出示劝谕，将各坊肆及家藏不经小说，现已刊播者，令其自行烧毁，不得仍留原板，此后并不准再行编造刊刻，以端风化而息诐词。"[1] 至是，禁毁小说的重点已由"淫词"转移到《水浒传》之类的"不经小说"，成为社会治安政策的一部分。

基于治安立场，朝廷也严禁西洋天主教士利用小说的形式传教。康乾时期每有"西洋邪教"之案发生。清廷一向禁止西洋天主教在内地传教，然而西洋天主教士"潜匿"各省州县村落传教之事却禁而不止，且有蔓延之势，其中尚有西洋天主教士利用通俗小说的形式宣传其教义者。如雍正年间耶稣会教士、法国人马若瑟[2]就编撰有章回小说《儒交信》以宣传天主教与儒教之相互融通。嘉庆十年（1805）四月十八日，据御史蔡维钰奏《严禁西洋人刻书传教折》，帝谕严禁西洋人刻书传教，谓西洋人"在该国习俗相沿信奉天主教，伊等自行讲解，立说成书原所不禁，至在内地刊刻书

---

[1] 《清仁宗实录》影印本，中华书局，1986年版，卷一四〇。
[2] 参见方豪《六十自定稿》，台北学生书局1969年版，第238页。

籍，私与民人传习，向来本定有例禁，今奉行日久，未免懈弛，其中一二好事之徒，创立异说，妄思传播，而愚民无知，往往易为所惑，不可不申明旧例，以杜歧趋。嗣后着管理西洋堂务大臣，留心稽查，如有西洋人私刊书籍，即行查出销毁，并随时谕知在京之西洋人等，务当安分学艺，不得与内地人民往来交结，仍着提督衙门五城顺天府，将坊肆私刊书籍，一体查销。但不得任听胥役借端滋扰，致干咎戾"。①

嘉庆十八年（1813）九月十五日，天理教众进攻紫禁城，令朝野震动。十月十三日，嘉庆帝据御史蔡炯奏请，申禁民间结会拜会及坊肆售卖小说等书，并查核僧道。指稗官小说，编造本自无稽，因其词多俚鄙，市井粗解识字之徒，手挟一册，熏染既久，斗狠淫邪之习，皆出于此，实为风俗人心之害。坊肆刊刻售卖，本干例禁，并着实力稽查销毁，勿得视为具文。②同年十二月二十日又下旨禁止开设租赁小说的书肆："至稗官野史，大率侈谈怪力乱神之事，最为人心风俗之害，屡经降旨饬禁。此等小说，未必家有其书，多由坊肆租赁，应行实力禁止。嗣后不准开设小说坊肆，违者将开设坊肆之人，以违制论。"③

禁黜小说，康熙朝止于"淫词"，乾隆朝扩大至"违碍"文字，殆至嘉庆朝，凡稗官小说，连同其流通之管道"小说坊肆"，一概严禁。

此项禁令的颁布实与"教乱"迭起，尤其是嘉庆十八年天理教众"夺门犯阙"事件有关。道光间白山《灵台小补》自序以"乾隆六十年之川陕楚三省教匪滋事"，特别以"余所目睹"之嘉庆癸酉

---

① 《清仁宗实录》影印本，中华书局，1986年版，卷一四二。
② 同上，卷二六七。
③ 同上，卷二八一。

天理教林清等"夺门犯阙"为例，说明"教匪"之行事全模仿戏曲小说。白山在《灵山小补》之《梨园粗论》中断言："夫盗弄潢池，未有不以此为可法，天王元帅，大都伏蠢动之机，更有平天冠、赭黄袍，教匪窥窃流涎；又是瓦冈寨、四盟山，盗贼争夸得志。专心留意，无非《扫北》；熟读牢记，尽是《征西》。《封神榜》刻刻追求，《平妖传》时时赞羡。《三国志》上慢忠义，《水浒传》下诱强梁。实起祸之端倪，招邪之领袖，其害何胜言哉？"将民间教会丛起、教乱频仍的乱象归罪于"不经"小说对民众的蛊惑，成为当时社会的主流舆论。

在这种舆论环境中，不仅小说被视为"起祸之端倪，招邪之领袖"，连写作小说的人也被认为是罪孽深重。当时有社会传言，嘉庆癸酉"夺门犯阙"一案中被牵连的都司曹纶是《红楼梦》作者曹雪芹之孙。《一亭考古杂记》云："乾隆八旬盛典后，京板《红楼梦》流衍江、浙，每部数十金。至翻印日多，低者不及二两。其书较《金瓶梅》愈奇愈热，巧于不露，士大夫爱玩鼓掌。传入闺阁，毫无避忌。作俑者曹雪芹，汉军举人也。由是《后梦》《续梦》《复梦》《翻梦》，新书叠出，诗牌酒令，斗胜一时。然入阴界者，每传地狱治雪芹甚苦，人亦不恤，盖其诱坏身心性命者，业力甚大，与佛经之升天堂，正作反对。嘉庆癸酉，以林清逆案，牵都司曹某，凌迟覆族，乃汉军雪芹家也。"①《寄蜗残赘》云："《红楼梦》一书，始于乾隆年间……相传其书出于汉军曹雪芹之手。嘉庆年间，逆犯曹纶，即其孙也。灭族之祸，实基于此。"②《庸闲斋笔记》亦云《红楼梦》"乃康熙年间江宁织造曹楝亭之孙雪芹所撰。楝亭在官有贤

---

① 毛庆臻《一亭考古杂记》，光绪十七年石印本。
② 汪堃《寄蜗残赘》卷九，同治十一年刊本。

声，与江宁知府陈鹏年素不相得，及陈被陷，乃密疏荐之，人尤以为贤。至嘉庆年间，其曾孙曹勋，以贫故，入林清天理教，林为逆，勋被诛，覆其宗，世以为撰是书之果报焉"。① 曹纶之祖父为曹玺，系正黄旗汉军，与曹雪芹毫无亲缘关系；而曹雪芹因撰写《红楼梦》下地狱之说，更属无稽。此类传言，反映出社会舆论对小说的鄙视甚至是仇视态度。

嘉庆间对小说的禁黜，乾嘉学术风气也起了重要的推动作用。乾嘉时期学者治学讲求实证，反对空论，对于小说一类的"无根之谈"，一般都持鄙视的态度。早在清初，顾炎武即谓"文须有益于天下"，"文之不可绝于天地间者，曰明道也，纪政事也，察民隐也，乐道人之善也。若此者有益于天下，有益于将来，多一篇，多一篇之益矣。若夫怪力乱神之事，无稽之言，剿袭之说，谀佞之文，若此者，有损于己，无益于人，多一篇，多一篇之损矣"。② 小说所叙多怪力乱神之事，又以想象见长，当属"无稽之言"。乾嘉学派代表人物钱大昕（1728—1804）云："古有儒、释、道三教，自明以来，又多一教曰小说。小说演义之书，未尝自以为教也，而士大夫、农、工、商、贾，无不习闻之，以至儿童妇女不识字者，亦皆闻而如见之，是其教较之儒、释、道而更广也。释、道犹劝人以善，小说专导人以恶。奸邪淫盗之事，儒、释、道书所不忍斥言者，彼必尽相穷形，津津乐道，以杀人为好汉，以渔色为风流，丧心病狂，无所忌惮；子弟之逸居无教者多矣，又有此等书以诱之，曷怪其近于禽兽乎？世人习而不察，辄怪刑狱之日繁，盗贼之日炽，岂知小说之中于人心风俗者，已非一朝一夕之故也。有觉世

---

① 陈其元《庸闲斋笔记》卷八，同治十三年刻本。
② 顾炎武《日知录》卷十九，岳麓书社，1994年版。

牖民之责者，亟宜焚而弃之，勿使流播，内自京邑，外达直省，严察坊市有刷印鬻售者，科以违制之罪，行之数十年，必有弭盗省刑之效。或訾吾言为迂，远阔事情，是目睫之见也。"①钱大昕直斥小说"专导人以恶"，"亟宜焚而弃之"，他对小说负面影响的激烈抨击很能代表当时一部分学者的观点。

乾嘉以降，许多"家训"、"乡约"、书院"学则"，甚至一些书坊"规约"都把禁看小说和销毁小说作为一项重要内容。可见在当时社会主流舆论中，小说几被视为不可接触的邪物。

然而，在政府法令和社会舆论的高压下，小说版行仍不绝如缕。嘉庆十五年（1810）六月，御史伯依保奏请查禁《灯草和尚》《如意君传》《浓情快史》《株林野史》《肉蒲团》等几部小说，数日后，嘉庆帝指伯依保所列名目皆为数十年来的旧本，而新编之"语涉不经"的小说则不见奏闻，斥之年老平庸还妄思升用。②可见小说不仅旧本翻印不绝，而且新作不断问世。

至道光年间，朝廷又一再重申禁令。道光十四年（1834）二月二十五日，据御史俞焜奏请申明例禁以培风俗一折，上谕内阁及各直省督抚府尹严饬地方官实力稽查和销毁不经小说。③由是，江苏、浙江遂有设局专司禁毁小说之举。地方政府设立专门机构办理禁毁小说之事，使法令的执行得到更多的保证。道光十八年（1838）五月，江苏按察使司布告全省，在吴县学宫设立公局收缴各种"淫书板木"予以销毁，并公布收缴书目计116种：

昭阳趣史　桃花影　七美图　碧玉塔　玉妃媚史　梧桐影　八

---

① 钱大昕《潜研堂文集》，见《嘉定钱大昕全集》卷十七《正俗》，江苏古籍出版社，1997年版。
② 《清仁宗实录》影印本，中华书局，1986年版，卷二三一。
③ 《清宣宗实录》影印本，中华书局，1986年版，卷二四九。

美图（即百美图） 碧玉狮 呼春稗史 鸳鸯影 杏花天 摄生总要 风流艳史 隔帘花影 桃花艳 梼杌闲评 妖狐媚史 如意君传 载花船 反唐 春灯谜史 三妙传 闹花丛 文武元 浓情快史 姣红传 灯草和尚 凤点头 隋阳艳史 循环报（即肉蒲团） 痴婆子 寻梦柝（即醒世奇书） 巫山艳史 贪欢报（即欢喜冤家） 醉春风 海底捞针 绣榻野史 红楼梦 怡情阵 国色天香 禅真逸史 续红楼梦 倭袍 拍案惊奇 禅真后史 后红楼梦 摘锦倭袍 十二楼 幻情逸史 补红楼梦 两交欢 无稽谰言 株林野史 红楼圆梦 一片情 双珠凤 浪史 红楼复梦 同枕眠 摘锦双珠凤 梦约姻缘 绮楼重梦 同拜月 绿牡丹 巫梦缘 金瓶梅 皮布袋 芙蓉洞（即玉蜻蜓） 金石缘 唱金瓶梅 弁而钗 乾坤套 灯月缘 续金瓶梅 蜃楼志 锦绣衣 一夕缘 艳异编 锦上花（有解元吴文彦者） 一夕话 五美缘 日月环 温柔珠玉 解人颐 万恶缘 紫金环 八段锦（非讲玄门者） 笑林广记 云雨缘 天豹图 奇团圆 岂有此理 梦月缘 天宝图 清风闸 更岂有此理 邪观缘 前七国志（非四友传） 蒲芦岸 小说各种（福建板） 聆痴符 增补红楼 石点头 宜春香质 桃花艳史 红楼补梦 今古奇观（抽禁） 子不语（抽禁） 水浒（即五才子） 丝绦党 七义图 何文秀（新出改正真本不禁） 西厢（即六才子） 三笑姻缘 花灯乐 野叟曝言[①]

  浙江士绅仿效江苏设局收毁小说之举措，于道光二十四年（1844）九月呈请浙江学政照办。其公呈曰："窃贞淫之判，起于人心，邪正攸分，成为风俗。自来圣经贤传及先正格言，皆所以正人

[①] 余治《得一录》卷十一，同治八年苏城得见斋藏版，台北"中华文史丛书"1969年版，影印本。

心、端风俗。惟淫词小说，实为风俗人心之害。是以国朝例禁森严，凡造作、刻印、市卖、买看者，科以重罪。为风俗人心计，至深且厚。奈书肆藐玩，日久弊深，辄将淫词小说与正经书籍，一体货卖。更有一种税书铺户，专备稗官野史及一切无稽唱本，招人赁看。名目不一，大半淫秽异常，于风俗人心，为害尤巨。窃查江苏绅士曾于前岁禀请各宪，示禁设局，限日收毁，各铺于缴书领价后，赴县出具切实甘结，现有办理成案，刊刻传布，远近仿行。惟浙省书铺及税书铺所藏淫书板片书本，尚未收缴。今逢宪大宗师大人莅浙整齐风俗，劝诫人心，备极周至。鉴等幸记骈蠓，敢不仰体大人崇正嫉邪、兴利除弊之至意。谨于九月初九日起，至十三日止，设局于省城仙林寺，捐资定价，酌给收买淫书板片书本，公同督毁。特恐书铺、税书铺藏匿居奇，不即缴出领价，或日久仍刊刻刷印税卖等弊，为此，合词环叩，恳请严示晓谕，令各书铺及税书铺，务将所藏淫书板片书本，于初九日起，五日内缴至仙林寺公局，当面销毁领价，并赴县各具嗣后不敢藏匿翻刻刷印切结；如过期不缴，故藏税卖，及刊印发兑他处，后经查出，听局具禀吊销，照例治罪。一蒙恩准，分别饬下施行。鉴等即当遵办，既不致书铺及税书铺窒碍生理，而淫书板册，期可搜罗净尽，庶风俗愈端，人心愈正，阖省士民，生生世世，顶戴鸿恩，泽流奕矣。除通禀各宪外，谨此悚切上禀。"①

浙江学政吴为采纳张鉴等士绅之呈请，在省城设局收毁淫词小说板片书本，开列禁书名目，颁布全省，限时赴局缴销。其禁书目与江苏所列大体相同，仅《丝绦党》《三笑姻缘》《七义图》《何文秀》《花灯乐》《野叟曝言》6部不在其中，但增加了《何必西厢》、

---

① 《劝毁淫书征信录》。

《牡丹亭》、《脂粉春秋》、《风流野史》、《情史》、《醒世奇书》（即《空空幻》）、《汉宋奇书》、《北史演义》、《女仙外史》、《夜航船》等10种，共计120种。随后，浙江杭州知府、湖州知府等地方官亦相继告示收缴销毁"淫词小说"。

江苏、浙江收缴销毁的小说名目中，如《红楼梦》《十二楼》《水浒传》《女仙外史》等绝非"淫词小说"，打击面过大，收效则甚微。此时朝廷的权威已非康、雍、乾可比，尽管禁毁书目十分具体，一些民间书坊亦具文保证不再刊印，但小说编刊一如既往，毫无收敛的迹象。

咸丰元年（1851）七月二十一日再申禁《水浒传》："上谕军机大臣等，有人奏湖南衡、永、宝三府，郴、桂两州，以及长沙府之安化、湘潭、浏阳等县，教匪充斥，有红簿教、黑簿教、结草教、斩草教、捆柴教等名目……又有斋匪，名曰青教，皆以四川峨眉山会首万云龙为总头目，所居之处有忠义堂名号。……该匪传教惑人，有《性命圭旨》及《水浒传》两书，湖南各处坊肆皆刊刻售卖，蛊惑愚民，莫此为甚。并着该督抚饬地方官严行查禁，将书板尽行销毁。仍当饬各属，勿令吏胥借端滋扰。"① 朝廷举湖南地区制造"动乱"的民间秘密组织与《水浒传》的精神联系之事实，以示禁毁小说的严重性和迫切性。然仅湖南一省就有多处坊肆刊刻售卖《水浒传》，亦可知朝廷禁令历来徒为一纸具文而已。

至同治年间，任江苏巡抚的丁日昌乃厉行禁毁小说。同治七年（1868）二月，丁日昌上奏朝廷，认为"近来兵戈浩劫，未尝非此等逾闲荡检之说默酿其殃"，主张将原临时设置的"销毁淫词小说

---

① 《清文宗实录》影印本，中华书局，1986年版，卷三八。

局"升格为常设机构,"永远经理"查禁小说的工作。[①]朝廷依其所奏,由礼部咨知各省督抚饬属照办。丁日昌开列的禁毁书目在道光二十四年浙江学政所列名目之上又增补34种:

  隋唐 九美图 空空幻 文武香球 蟫史 十美图 五凤吟 龙凤金钗 二才子 百鸟图 刘成美 绿野仙踪 换空箱 一箭缘 真金扇 鸾凤双箫 探河源 四香缘 锦香亭 花间笑语 盘龙镯 绣球缘 双玉燕 双凤奇缘 双剪发 百花台 玉连环 巫山十二峰 万花楼 金桂楼 钟情传 合欢图 玉鸳鸯 白蛇传[②]

加上浙江学政所列120种,总计154种。

同治七年江苏查禁淫词小说的成绩,略见于《丁日昌山阳县禀遵饬查禁淫书并呈示稿及收买书目由》:"据禀已悉,该县查禁淫词小说,并不假手书差,遂得收缴应禁各书五十余部,及唱本二百余本,办理尚属认真,应即记功一次,以示奖励。仰江藩司注册饬遵。并饬将收缴各书即行亲督销毁。仍随时严行查禁,务当收毁净尽为要。并候通饬各府州厅一体遵照。缴折存。加函:淫书小说,最为蛊惑人心,童年天真未漓,偶得《水浒》《西厢》等书,遂致纵情放胆,因而丧身亡家者多矣。前此分檄各属严禁,初时,江北应者寥寥,旋据江、甘二令搜索五百余部,上元等县续报搜索八百余部,并板片等件,今山阳又复继之,苏、常各属,报缴尤多,或数千数百部不等,板片则令解至省城书局,验明焚毁。倘能再接再厉,得一扫而光之,亦世道人心之一转机也。已将焚缴尤多者记大功,余则记功。仍祈尊处通饬所属认真搜查,勿留遗种,庶通力合

[①] 丁日昌《抚吴公牍》卷一,光绪丁丑年林达泉校刊,台北"中华文史丛书",华文书局,影印本。
[②] 《江苏省例藩政》,同治七年。

作，收效较赊也。"[①]

但丁日昌查禁淫书之举亦遭社会某些舆论的讥议。如上海 The North China Herald 1868 年 6 月 2 日、7 月 3 日社论，称"此项措施，可以获得一项倾心向善之声誉，却使书商遭受骚扰；可以获得若干读儒书学子之称道，认为系恢复古代纯善生活与习性深值赞美之努力，却为愉与迅速成长中之一代所笑"，认为要改变一般读者之阅读趣味，"必须一种较中国现有更高水准之教育"。

丁日昌对小说的禁毁，已是强弩之末。鸦片战争之后，国势颓败。太平天国虽被镇压下去，但社会矛盾依然如故。丁日昌积极参与的洋务运动，亦不能挽狂澜于既倒。他的禁毁小说，诚如 The North China Herald 所批评，乃是传统守旧的表现，既不能达成目标，更无助于合乎时代潮流的文化建设。然而朝廷仍固守陈套，同治十年（1871）六月，谕查禁坊本小说，[②] 光绪十一年（1885）正月，朝廷颁布军流徒不准减等条款中，规定"造刻淫词小说"者不得减等。[③] 此等措施，在社会乱象丛生的局势中，已显得无足轻重。

嘉庆以来的百年间，朝廷和地方政府对小说的禁黜不断升级，江浙是小说创作和刊刻的主要地区，其地方政府甚至特设机构专司禁毁之事，加之乾嘉学术风气的深刻影响，一般士大夫文人渐渐远离小说创作。小说作品数量虽未见减少，质量却显著下降，自出机杼者寥寥，平庸之作充斥坊间。小说遂失去往昔之艺术光彩。

---

① 丁日昌《抚吴公牍》卷七，光绪丁丑年林达泉校刊，台北"中华文史丛书"，华文书局，影印本。
② 《清穆宗实录》影印本，中华书局，1986 年版，卷三一三。
③ 《定例汇编》卷一百三十一《名例》。

四

　　光绪二十年（1894），甲午战败，割地赔款，丧权辱国，概由内政窳败。举国上下要求救亡图存，维新变法运动由是而起。变法诉求见诸奏章以及各地新刊的报纸杂志，此即宣示朝廷二百多年来严禁士人议论时政的法规荡然无存。政治言论尚且钳制不得，更遑论民间小说，康乾以来禁毁小说的法令也成一纸具文。

　　小说则因维新运动而获得新的生命。维新派人物以小说为启迪民智、宣传变法之工具，各种报纸杂志为小说提供了前所未有的载体，新近引进的石印、铅印技术极大地降低了小说印刷成本和缩短了出版周期，至是小说一改旧有面貌，从内容到形式，急剧地由古代向现代转型。

　　第一个明确提出以小说来"革除"中华积弊的是英国人傅兰雅（John Fryer）。光绪二十一年（1895），傅兰雅在《申报》，又在基督教传教士协会发行的《万国公报》上发表一则《求著时新小说启》，发起有奖征文活动，其曰："窃以感动人心，变易风俗，莫如小说。推行广远，传之不久，辄能家喻户晓，气习不难为之一变。今中华积弊最重大者，计有三端：一鸦片，一时文，三缠足。若不设法更改，终非富强之兆。兹欲请中华人士愿本国典盛者，撰著新趣小说，合显此三事之大害，并袪各弊之妙法，立案演说，结构成篇，贯穿为部。使人阅之心为感动，力为革除。辞句以浅明为要，语意以趣雅为宗。虽妇人幼子，皆能得而明之。述事务取近今易有，切莫抄袭旧套；立意毋尚稀奇古怪，免使骇目惊心。限七月底满期收齐，细心评取。首名酬洋五十元，次名三十元，三名二十元，四名十六元，五名十四元，六名十二元，七名八元。果有佳作，足劝人心，亦当印行问世。并拟请其常撰同类之书，以为恒业。凡撰成者，包好弥封，外填名姓，送至上海三马路格致书室收入，发给收条。出案发洋，亦在斯处。英国儒士傅兰雅谨启。"[1] 傅兰雅发起征求"时新小说"活动，缘起于甲午战争中中方的惨败。他从这个惨败中得出结论说，"外国的武器，外国的操练，外国的兵舰，都试用过了，可是没有用处。因为缺乏能够使用它们的人"；因此，"中国目前最大的需要是道德的或精神的复兴"。[2] 傅兰雅认为通俗小说是启迪民智、改革社会的最佳工具。《求著时新小说启》登出三个月，收到小说162篇，获奖小说计20篇。参与《万国公报》其事的中国文士有沈毓桂、王韬、蔡尔康等人。其征得之作品文学水准不高，但此举实为通俗小说振兴之滥觞。

不少有识之士面对帝国主义列强瓜分的危机，都清醒地意识到：单靠坚船利炮不能救中国于危亡之秋；要图强自存，必须唤起民众，开发民智，荡涤蒙昧陈旧意识。而小说以其通俗易懂恰可担此重任。这一观念在数年间成为社会主流意识。

光绪二十三年（1897），叶澜等人在上海创办《蒙学报》，同时章伯初兄弟也在上海创办《演义报》，梁启超为两报作《蒙学报演义报合序》云："西国教科学最盛，而书以游戏、小说者尤夥，故日本之变法，赖俚歌与小说之力。盖以悦童子，以导愚氓，未有善于是者也。他国且然，况我支那之民不识字者，十人而六，其仅识字而未解文法者，又四人而三乎！故教小学、教愚民，实为今日救中国第一义。"[3] 次年，他在《清议报》第一期（1898年12月）上发表《译印政治小说序》，云："善夫南海先生（康有为）之言也，曰：仅识字之人，有不读经，无有不读小说者。故六经不能教，当

---

[1] 《万国公报》第77册，光绪二十一年五月号，总页次15310。
[2] 王扬宗《傅兰雅与近代科学启蒙》，科学出版社，2000年版。
[3] 梁启超《饮冰室文集》，台北中华书局，1960年版，卷二。

以小说教之。正史不能入，当以小说入之。语录不能谕，当以小说谕之。律例不能治，当以小说治之。天下通人少而愚人多，深于文学之人少，而粗识之无之人多。六经虽美，不通其义，不识其字，则如明珠夜投，按剑而怒矣。孔子失马，子贡求之不得，圉人求之而得，岂子贡之智，不若圉人哉！物各有群，人各有等。以龙伯大人与僬侥语，则不闻也。今中国识字人寡，深通文学之人尤寡。然而小说学之在中国殆可增七略而为八，蔚四部而为五者矣。在昔欧洲各国变革之始，其魁儒硕学，仁人志士，往往以其身之所经历，及胸中所怀、政治之议论，一寄之于小说。于是彼中缀学之子，黉塾之暇，手之口之。下而兵丁而市侩而农氓而工匠而车夫马卒而妇女而童孺，靡不手之口之。往往每一书出，而全国之议论为之一变，彼美英德法奥意日本各国政界之日进，则政治小说为功最高焉。英名士某君曰：小说为国民之魂。岂不然哉！岂不然哉！今特采外国名儒所撰述，而有关切于今日中国时局者，次第译之。附于报末，爱国之士，或庶览焉。"① 光绪二十三年十月，严复与夏曾佑在天津《国闻报》发表《国闻报附印说部缘起》，亦进一步阐明小说对于天下人心风俗的正面价值。通俗小说之振兴气象已现端倪。

　　光绪二十四年（1898）八月，戊戌变法失败，贪权怙势的守旧派重揽政权，朝廷极力扼杀变法图强的新思潮，小说革新之生机亦遭挫折。八月乙巳，慈禧懿旨谓："莠言乱政，最为生民之害。前经降旨将官报《时务报》一律停止。近闻天津、上海、汉口各处仍复报馆林立，肆口逞说，捏造谣言，惑世诬民，罔知顾忌，亟应设法禁止。着各该督抚饬属认真查禁，其馆中主笔之人，皆斯文败类，不顾廉耻，即由地方官严行访拿，从重惩治，以息邪说而靖人

---

① 梁启超《饮冰室文集》，台北中华书局，1960年版，卷三。

心。"① 朝廷下令查禁报纸杂志,意在封杀革新言论,然报纸杂志也是小说的载体,故而牵连小说。

　　光绪二十六年(1900),八国联军入侵北京,更加深了中国人民的危机意识。腐败守旧的朝廷亦不得不下诏改科举、废八股,试图"变法"以维系即将崩塌的统治。然朝廷对于思想言论的控制却无一日之松懈,前有禁止报馆严拿主笔之上谕,各省相继亦有禁止言论激烈之书报的告示,学堂章程中亦有禁止学生私自购阅稗官小说以及谬报逆书的条款。但时代潮流终不可遏,一些报纸杂志或迁入租界,或在海外编刊输入国内,且有小说专刊问世。社会思潮上承甲午战后之救亡图存意识,再度开展启蒙运动。小说以其为百姓喜闻乐见之形式,成为当时宣传思想政治主张、抨击政府和一切社会丑恶现象的得力武器。光绪二十七年(1901),林纾与魏易翻译《黑奴吁天录》,林纾在其《序》中说,小说中黑奴被压迫的惨状当为中国人的镜鉴。光绪二十八年(1902),梁启超在日本横滨创办《新小说》杂志,在创刊号上发表《论小说与群治之关系》一文,他继提出诗界革命、文界革命后,又倡"小说界革命",阐述小说的政治功用,认为"今日欲改良群治,必自小说界革命始;欲新民,必自新小说始","欲新一国之民,不可不先新一国之小说。故欲新道德,必新小说;欲新宗教,必新小说;欲新政治,必新小说;欲新风俗,必新小说;欲新学艺,必新小说;乃至欲新人心,欲新人格,必新小说。何以故?小说有不可思议之力支配人道故"。他明确要求新小说为改造社会服务,并称"小说为文学之最上乘"。

　　正是在这种全新的小说观念的推动下,无论是保皇派、立宪派还是维新派,抑或革命党,都不约而同地在各自创办的报刊上利用

---

① 《清德宗实录》影印本,中华书局,1986年版,卷四二八。

小说形式来鼓吹自己的政治主张，视小说为切除社会痼疾的利刃、唤起民众的号角。在小说的正面价值被充分肯定的同时，一些专门的小说杂志如《月月小说》《小说林》《小说七日报》《小说月报》《绣像小说》等，如雨后春笋般冒出文坛。从梁启超创办《新小说》至宣统三年（1911），不到十年间创作及翻译小说达千余种，创造了中国小说史上空前繁荣的局面。

[原载《上海师范大学学报（哲学社会科学版）》2010年第1期]

乾隆文字狱阴影下的小说创作

古代因文字而获罪，数量之多，处罚之酷，没有哪个朝代比得过清朝。清朝文字狱、康熙初年庄廷鑨明史案，被祸者七百家，被处死者千人，惨烈触目惊心。康熙五十年（1711）翰林院编修戴名世所撰《南山集》中谈及顺治元年太子慈烺案，当时朝廷认定太子是假，匆忙处死。《南山集》考据太子灼灼是真，踩到了清朝的统治底线，被人举劾，本应凌迟，康熙帝动了恻隐之心，念及这位五十七岁才考中进士的散文家的迂腐，从轻予以斩首，免了牵连者三百余人的死刑。这两个案子都由史著而发，被上纲为对异族新朝的敌视，故而严惩不贷。雍正朝也发生过查嗣庭科场题案、吕留良案、《西征随笔》案等等。乾隆帝登基在1736年，去明朝覆亡已近百年，大清统治业已巩固，汉人的民族情绪大体已被时光磨蚀，他本欲稍缓父祖高压态势，没想到乾隆十六年（1751）冒出了一个"伪奏稿"，词稿伪托以直谏著称的吏部尚书孙嘉淦之名，指斥乾隆帝"五不解十大过"，乾隆帝一向自我感觉良好，这种批评自然使他有挖心之痛；更要命的是此稿在朝野广泛传抄，他却被蒙在鼓里，天下人皆知，独他一人不知，当云贵总督硕色在边陲之地偶尔发现呈报给他时，他之愤怒可想而知。由此他认为朝野肯定存在一个潜在的谋逆集团，遂下旨严加清查，顺藤摸瓜，企图一网打尽，历时一年又七个月，波及十七个行省，缉捕的人犯，上有二品提督，下至道员、守备、知县等等，总数达千人之多，弄得全国鸡犬不宁,却还是没有挖出一个逆党,连最后定案为主谋的南昌守备和抚州卫千总,明知疑点重重,也只好"葫芦提"处死结案。乾隆帝心结未释,从此对天下文字密加监视,制造了一个接一个的文字狱。

乾隆(1736—1795)六十年,文字狱有案可稽者即有三十多起,其频率大大超过雍正、康熙两朝。其对文坛影响之深刻和广泛,远远超过前两朝。以明史案和《南山集》为代表的文字狱,著述文字范围在政治历史,所抓住的把柄,明眼人一望可知,而乾隆帝则关注包括政史和诗文等一切文字,并且采用索隐的方法,断章取义,罗织罪名,其结果是文人下笔不能不小心谨慎、如履薄冰。

乾隆二十年(1755)内阁大学士胡中藻因其诗集《坚磨生诗钞》获罪处斩,其诗有何悖逆之处?乾隆帝说:朕"从未尝以语言文字责人,若胡中藻之诗措辞用意实非语言文字之罪可比,夫谤及朕躬犹可,谤及本朝则叛逆耳。朕见其诗已经数年,意谓必有明于大义之人待其参奏,而在廷诸臣及言官中并无一人参奏,足见相习成风,牢不可破,朕更不得不申我国法,正尔嚣风,效皇考之诛查嗣庭矣"。毁谤清朝,这罪名是骇人的,然而明眼人从诗中却看不出有悖逆之意,故数年来并无一人举报参奏,只有乾隆帝"明于大义"之特殊眼光,方能从字里行间读出"悖逆"二字来。首先是诗集题曰《坚磨生诗钞》居心不良,乾隆帝说:"'坚磨'出自鲁《论》,孔子所称'磨涅'乃指佛肸而言,胡中藻以此自号是诚何心?"而诗中隐含的反清意旨颇多,乾隆帝指出:"如其集内所云:'一世无日月',又曰'又降一世夏秋冬',三代而下享国之久莫如汉、唐、宋、明,皆一再传而多故,本朝定鼎以来承平熙皞盖远过之,乃曰'又降一世',是尚有人心者乎?又曰'一把心肠论浊清',加

'浊'字于国号之上，是何肺腑？"[①]乾隆帝所举"悖逆"诗句还有许多，其诠释方法都是割裂全诗，挑出个别词句进行索隐，这种方法，可置任何一部诗集于死地。乾隆帝说他是效法雍正帝之诛查嗣庭，查嗣庭雍正四年为江西考官时，以《孟子》"茅塞子之心"为试题，被指用心险恶，有讪谤皇帝之意，其方法就是望文生义。乾隆帝将其发扬光大，成为一种随意制造罪名的简单易行的方法，但其危害和流毒却不能低估。"避席畏闻文字狱，著书都为稻粱谋"，龚自珍这诗句是清朝数代文人心理的真实写照。

一

小说，特别是通俗小说，在统治者眼里是卑微的不登大雅的文体，小说不像诗文那样被朝廷紧盯，但它也不能完全逍遥在文字狱法网之外。清初李渔的话本小说《无声戏二集》有一篇写了"不死英雄"张缙彦，张缙彦为明朝兵部尚书，李自成攻破北京时，据说他自缢被人救活，不得已投降了李自成，后来又转投清朝，做了浙江左布政使，又据说他资助李渔编刊称颂他的小说，顺治十七年（1660）被人举劾为自我标榜、丧心病狂。清朝入主中原甚得这些贰臣之助，但清朝统治者内心对这些降臣是鄙夷和不信任的，把失节之事加以吹捧，难道要让人们慕效乱臣贼子吗？张缙彦夺官逮讯，虽免于一死，却还是籍没，流徙宁古塔。康熙三年（1664），也就是明史案发的次年，丁耀亢的长篇章回小说《续金瓶梅》被人检举，谓书中写到清朝发祥之地宁古塔、鱼皮国，多有不敬之词。

---

① 乾隆帝关于《坚磨生诗钞》的言论，引自《清代文字狱档》，上海书店出版社，2007年版，第36—38页。

丁耀亢被捕入狱，本应绞决，幸遇康熙四年三月初二北京地震，皇帝下"恩赦"诏，才侥幸免罪。这些过往记录，对乾隆时代创作小说者来说，不能不是警训。乾隆时代文字狱的频发和酷烈，更是笼罩在头上、无以摆脱的阴影，小说创作者岂能自由信笔挥写？

乾隆四十六年（1781）以三品大员致仕的尹嘉铨为父求谥并请从祀文庙，惹恼乾隆帝，遂下旨抄家。在家中搜出《名臣言行录》一编，将高士奇、鄂尔泰、张廷玉等等悉行胪列，乾隆帝大怒曰："朕以为本朝纲纪整肃，无名臣亦无奸臣，何则？乾纲在上，不致朝廷有名臣、奸臣，亦社稷之福耳，乃尹嘉铨竟敢标榜本朝《名臣言行录》，妄为胪列、谬致品评，若不明辟其非，则将来流而为标榜，甚而为门户、为朋党，岂不为国家之害、清流之祸乎？"[①] 遂将尹嘉铨处绞立决，以告诫内外大小臣工、天下读书士子均当洗心涤虑，各加儆惕，引以为戒。《名臣言行录》似《世说新语》之类志人小说，此案一出，志人小说在相当长的时间里无人敢写。纪昀在朝廷任官时间长、同僚友朋众多，但他只写志怪的《阅微草堂笔记》，绝不记述当朝真人真事。志人小说自魏晋以来，各朝作品繁多，康熙年间王晫撰有《今世说》八卷，《四库全书总目》评论说，"是书全仿刘义庆《世说新语》之体"，"称许亦多溢量，盖标榜声气之书，犹明代诗社余习也"。[②] "标榜声气""诗社余习"，就是乾隆帝批《名臣言行录》之意，志人小说在乾隆朝事实上被列为写作禁区。文言小说之志人一支，到此中断。

[①]《清代文字狱档》，上海书店出版社，2007年版，第373页。
[②]《四库全书总目》，中华书局，1965年版，第1226页。

二

乾隆时代，凡"编捏时事""抵触本朝"的文字，均被视为"谋逆"，哪怕出自疯人之手，也要将作者处以极刑。典型的案例是乾隆十六年发生的山西王肇基献诗案，王肇基自幼读书不成，在各处当长随，时逢皇太后寿诞，欲求官做，做了一副恭祝皇太后万寿的诗联呈献，诗联错乱无文，俚鄙不堪，即被官府认定荒诞狂悖，又从其家中抄到一册尚未写完的文字，记有内外满汉文武大臣各事，据供都是道听途说，乾隆帝定案说："览山西巡抚阿思哈所进王肇基书一本，癫狂悖谬，竟是疯人所为，与滇省伪造奏稿一案并无关涉，但此等匪徒无知妄作，毁谤圣贤，编捏时事，病废之时尚复如此行为，其平昔之不安本分、作奸犯科已可概见，岂可复容于化日光天之下？着传谕该抚阿思哈将该犯立毙杖下，俾愚众知所炯戒。"[①] 王肇基书中所记时事，皆为他做长随跟班时看京报和听大人们闲话得来的，究竟记了些什么，无以得知，但有一点很明确，"编捏时事"即罪不容逭。

以当朝重大政治事件为题材的小说，在明末已成为小说的一大流派，这个流派入清之后未曾消歇，顺治元年（1644）有记叙甲申之变的《新编剿闯孤忠小说》（又名《剿闯小说》）十回，顺治五年（1648）有记叙清军南下常熟、福山地方惨状的《海角遗编》（又名《七峰遗编》）六十回，顺治八年（1651）或稍后，又有《樵史通俗演义》四十回，该书顺康间写刻本内封作者识语曰："深山樵子见大海渔人而傲之曰：见闻吾较广，笔墨吾较赊也。明衰于逆珰之乱，坏于流寇之乱，两乱而国祚随之。当有操董狐之笔，

---

① 《清代文字狱档》，上海书店出版社，2007年版，第7页。

成左、孔之书者。然真则存之,赝则删之,汇所传书,采而成帙。樵者言樵,聊附于史。古云：野史补正史之阙,则樵子事哉。"①可见清初关注时事的小说仍大行于世。康熙三年明史案发生,时事政治小说便沉寂下来,但四十年后还是出来一部《台湾外记》三十卷,从天启元年（1621）郑芝龙海盗出身写起,到康熙二十二年（1683）郑克塽降清为止,记叙了收复台湾的历史。

乾隆帝不但对"编捏时事"者加以严惩,并且发展到不能容忍私藏明末清初野史。乾隆二十二年（1757）在籍二品大员彭家屏家藏明末野史获罪;彭家屏辩称"存留未晓,实不曾看",但乾隆帝斥之曰："在定鼎之初,野史所记,好事之徒,荒诞不经之谈,无足深怪。乃迄今食毛践土,百有余年,海内缙绅之家,自其祖父,世受国恩,何忍传写收藏？此实天地鬼神所不容,未有不终于败露者。"②遂将彭家屏处死。在这种高压之下,在乾隆时代,时事政治小说便完全销声匿迹了,就是以世情为题材的小说,也不敢标榜故事发生在清朝。

话本小说集《醒梦骈言》十二篇作品系据《聊斋志异》改编。《聊斋志异》的故事大多发生在明末清初山东地区,彼时彼地是明军、清军、农民起义军交战的重灾区,蒲松龄笔下描写百姓所遭受的抢掠和屠杀,非常真实。《醒梦骈言》第二回据《聊斋志异》的《张诚》改写成白话。《张诚》叙说张诚夫妻在明末清初战乱中的悲欢离合,张妻是被清军掳去,清军入关来掳掠妇女和财物在当时是常态,可是到了乾隆时期,如果照写便有毁谤污蔑丑化之嫌疑,

---

① 《古本小说集成》之《樵史通俗演义》影印本,上海古籍出版社,1990年版。
② 《清高宗实录》影印本,中华书局,1986年版,卷五四〇。

《醒梦骈言》的编撰者显然不敢冒此风险，于是把故事的时间推前至明朝初期的"靖难"，将掳掠张妻的清兵改写为朱棣的燕兵。

创作小说更不用说了，作者绝对回避故事发生在清朝。比较著名的小说，《儒林外史》楔子写王冕，这是元末明初，正文开头标明故事时间为明朝成化末年，尽管读者明眼人一看就知道他写的是清朝当时的现实。《野叟曝言》的故事开始于明朝弘治年间，作者夏敬渠在作品中极力鼓吹道学和吹捧帝国的强大，但他还是不敢承认写的是当朝。《歧路灯》要为子弟指明做人的路向，道学气味也很浓厚，不是什么敏感和犯忌的话题，可是作者仍要说这是明朝嘉靖年间的往事。

《红楼梦》在时间上则采取烟雨模糊法，干脆说故事的时间无考。第一回空空道人对石头说，你的第一段故事自说有些趣味，可是第一件，"无朝代年纪可考"。石头回答说：我师何太痴耶！我想历来野史的朝代，无非假借汉唐的名色，莫如我这石头所记，不借此套，只按自己的事体情理，反倒新鲜别致。为了抹去时间标识，小说中的地名，有明朝的称谓，也有清朝的称谓，职官还保有宋朝的名目，人物服饰似清朝也有似明朝，曹雪芹在时间的模糊处理上较其他小说更加缜密。

三

乾隆时期描写世情的小说声明故事不发生在本朝，仅此声明还是不够保险的，乾隆帝解读《坚磨生诗钞》的索隐法，就像一把利剑悬在头上，作小说者也不能不再设防线。《歧路灯》的作者李绿园在《自序》中发誓说自己的小说，"空中楼阁，毫无依傍，至于姓氏，或与海内贤达偶尔雷同，绝非影射。若谓有心含沙，自应坠入拔舌地狱"①。李绿园担心自己小说被人索隐,并非杞人之忧,《儒林外史》行世数十年后,咸丰、同治年间文网已松弛,就有人出来索隐,同治年间的金和《儒林外史跋》就指小说中人物皆有所指,其中有些确是人物的原型,但有些便是捕风捉影,说"《高青邱集》即当时戴名世诗案中事",说吴敬梓影射的方法,"或象形谐声,或廋词隐语"②,这就是猜谜索隐了。《高青邱集》事见第八回和第三十五回,蘧公孙从逃亡的南昌知府王惠手中得到《高青邱集》手稿,署上自己名字"补辑"以出名;后来又写庄征君应征进京时遇到卢德,谈到卢德在京中访得的《高青邱集》,庄征君告诫卢德说:"像先生如此读书好古,岂不是个极讲求学问的?但国家禁令所在,也不可不知避忌。青邱文字,虽其中并无毁谤朝廷的言语,既然太祖恶其为人,且现在又是禁书,先生就不看他的著作也罢。"高青邱即明初诗人高启,被明太祖所杀,其书被禁。此为明朝往事,且文人好读禁书,历来如此。吴敬梓写此情节或有感于现实,若要说他影射康熙朝的戴名世《南山集》案,则是没有根据的。吴敬梓在乾隆文字狱高潮中断无此"狂悖"。

  曹雪芹写《红楼梦》更加小心,不仅时间让你摸不着头脑,连地点也让人猜不透。"甲戌本"凡例说,"书中凡写'长安',在文人笔墨之间,则从古之称。盖天子之都,亦当以此中为尊,特避其东、南、西、北四字样也"。第十五回凤姐弄权铁槛寺,修书一封派旺儿"连夜往长安县",凤姐之所在当是长安;第十七回妙玉随师父来都中,"因听说长安都中,有观音遗迹",先暂住西门外牟尼院,后来到荣国府大观园,贾府在长安;第五十六回甄宝玉在梦

---

① 《歧路灯自序》,收入栾星编著《歧路灯研究资料》,中州书画社,1982年版,第95页。
② 《儒林外史》,苏州群玉斋本《金和跋》。

中道："我听见老太太说，长安都中，也有个宝玉，和我一样的性情。"证明贾家荣国府确在长安。然而，第三回写黛玉投奔外婆、舅父家，从扬州乘舟沿运河北上，登岸上轿，径直到荣国府，又明明写贾府在北京。且书中一些街巷地名，为北京城内实有，一般读者皆相信大观园在北京。不过地域描写的矛盾却又令人难解，《红楼梦》曾题名"金陵十二钗"，探春远嫁，判词有"清明涕送江边望"之句，"涕送江边"当然不是北京，当是南京。这些在地域描写上的前后矛盾并不是曹雪芹头脑混乱所致，而是煞费苦心有意为之。

　　《红楼梦》的素材出自曹雪芹的家庭生活，但曹雪芹却并不是写自传和家史，为了避免读者把贾宝玉和曹雪芹、贾家和曹家画等号，他在描叙中用了虚拟和艺术的手法进行了区隔。贾宝玉身上有曹雪芹的影子，但贾宝玉绝不就是曹雪芹，与曹雪芹关系密切的脂砚斋在第十九回有批语云："按此书中写一宝玉，其宝玉之为人，是我辈于书中见而知有此人，实未目曾亲睹者。又写宝玉之发言，每每令人不解；宝玉之生性，件件令人可笑。不独于世上亲见这样的人不曾，即阅今古所有之小说奇传中，亦未见这样的文字。于颦儿处更为甚。其囫囵不解之中实可解，可解之中又说不出理路，合目思之，却如真见一宝玉，真闻此言者，移之第二人万不可，亦不成文字矣。"（庚辰本）脂砚斋说他在生活中不曾见过宝玉其人，他熟悉曹雪芹，他不认为贾宝玉就是曹雪芹。贾宝玉其实是一个创造出来的艺术典型。再如贾家与曹家，隐隐约约相似的地方不少，但细细考究，又不能下一个贾家就是曹家的结论。比如贾政之女元春做了皇妃，但曹家没有出过皇妃，曹寅的女儿，亦即曹雪芹的姑母，嫁给镶红旗平郡王纳尔苏，只是一个王妃。并且王妃是曹雪芹的姑母，元妃却是宝玉的姐姐，这能说贾家就是曹家吗？时下竟有人据王妃是曹雪芹的姑母，则推论宝玉是曹雪芹的父亲曹頫，断定《红楼梦》作者不是曹雪芹而是曹頫了，真是荒唐之极。这样的论者实在不知道曹雪芹是在怎样的文化专制高压之下进行创作的，根本不理解作者何以用"狡猾"之笔（"甲戌本"眉批）。

四

政治的高压，必然会激起人们对自由的渴望，有良知的作家总会通过自己个性的方式来表达对自由的诉求，小说家也许不敢选择时事政治作为创作题材，但他们可能把这种诉求转向远离政治的人性和人的情感领域，由此产生的作品看似超越了当下的政治，可是却在大历史的高度上和在人性的深度上干预了政治。

《红楼梦》的创作就是这种转向的典型代表。曹雪芹在第一回借空空道人和石头的对话，反复强调"毫不干涉时世"，书中"并无大贤大忠理朝廷治风俗的善政"，"虽有些指奸责佞贬恶诛邪之语，亦非伤时骂世之旨"，全书写的只是几个"或情或痴"的女子，她们也没有班昭、蔡文姬之德能，都是作者"半世亲睹亲闻"的女子，作者只是要把她们的真性情写出来，所以概而言之"大旨谈情"。曹雪芹着力描写的是青春的美好、人性的丰富和光彩、爱情的细腻和轻柔。正因为这些深入到灵魂的惟妙惟肖的描写，宝玉、黛玉和宝钗以及一群少女的悲剧才具有震撼人的力量，才从大历史的高度揭示了封建礼教及其制度的不合理，为延绵了千年之久的封建社会敲响了丧钟。

《红楼梦》，并不能简单地归结为乾隆文字狱高压的产物，历史走到18世纪的乾隆朝，中国的封建社会已到了烂熟的程度，表面繁荣的背后是深重的危机，欧洲的工业革命方兴未艾，西方殖民者正酝酿用舰炮轰开中国的大门，而乾隆帝仍以君临世界的自大态度固守祖宗法度，以曹雪芹为代表的有识之士已感到衰败之来临。《红楼梦》第二回冷子兴说贾府"生齿日繁，事务日盛，主仆上下，安富尊荣者尽多，运筹谋画者无一；其日用排场费用，又不能将就省俭，如今外面的架子虽未甚倒，内囊却也尽上来了。这不是小事，更有一件大事：谁知这样钟鸣鼎食之家，翰墨诗书之族，如今的儿孙，竟一代不如一代了"！第十三回又借秦可卿托梦给王熙凤，警告说：登高必跌重。贾家赫赫扬扬已将百载，难免乐极生悲。"三春去后诸芳尽，各自须寻各自门。"曹雪芹的感悟不是超历史超现实，他的思想恰恰来自他的家庭和他的经历。曹雪芹的祖父曹寅与康熙帝关系非同一般君臣，这从曹寅的奏折和康熙在奏折上的批语可知。曹寅病重，康熙帝亲手为他开药方，为曹家后事谋划，更是明证。因此，曹家也不可避免地与康熙帝诸王子发生关系，与后来的皇位之争脱不了干系，雍正帝的政敌胤禵寄顿在曹家江宁织造衙门左侧万寿庵内的一对镀金狮子，曹寅的姻亲李煦曾给雍正帝的主要政敌胤禩送过苏州女子，均成为曹家的罪案。曹家拥有田产庄园，所以第五十三回能写黑山村乌庄头缴租讲庄园收成；曹家几代任织造官，本身就是官商，熟知江南的商业情形，贾家摆设有那么多外国产品，王熙凤对赵嬷嬷说："那时我爷爷单管各国进贡朝贺的事，凡有的外国人来，都是我们家养活。粤、闽、滇、浙所有的洋船货物，都是我们家的。"曹寅虽为织造官，但同时又是康熙帝在江南的耳目，承担着拉拢和监视江南士人的秘密使命。简而言之，曹家处在当时各种社会矛盾的中心，没有这种客观的历史和家庭的条件，曹雪芹尽管禀赋文学高才，也是写不出《红楼梦》的。

《儒林外史》也是写人，写在科举制度之下的士人。科举制度是选拔官吏的制度，也是教育制度。它相对"九品中正制"是历史的一大进步，但发展到清代，已经不能适应社会进步的需要了。批判科举制度的小说，前有蒲松龄《聊斋志异》之《叶生》《司文郎》《王子安》《素秋》《于去恶》等数篇，其中也有对试后等待发榜的士人的痴迷近似发狂神态的描写，但蒲松龄批判锋芒主要是指向考官衡文的有眼无珠，《司文郎》就塑造了一位盲眼却能用鼻来鉴评文章的鬼僧，他对文章香臭的敏感，非考官所能及。《于去恶》的主人公说，主考官不是眼瞎，就是爱钱，这等考官主持科举，"吾辈宁有望耶"！吴敬梓《儒林外史》已不再指摘科举制度某个方面的弊端，他质疑的是整个科举制度，他认为科举制度扭曲了人性，刻画了一系列被科举腐蚀和毒害了灵魂的人物。吴敬梓关注的是人性，他哀怜的是被科举制度塑造的猥琐庸俗的灵魂。

　　文学作品是作家心灵创造性的产物，同时也是时代的产物，作家的心灵活动离不开他生活的物质的和精神的环境，必定要受当时社会的经济、政治、思想、宗教等状况以及文学思潮的影响。在封建专制社会里，政治对文学的影响尤其突出和深刻。乾隆时期是清代文字狱高潮时期，文字狱对小说创作的影响，是政治与文学关系的生动体现。乾隆朝文字狱压制了时事题材的写作，并且使得那个时代的创作具有了特殊的印记，但政治的高压迫使作家把关注点转向人和人的精神世界，从而产生了《儒林外史》和《红楼梦》这样伟大的著作。这大概是制造文字狱的乾隆帝未曾想到的吧。

[原载《暨南学报（哲学社会科学版）》2015年第4期]

春秋笔法与《红楼梦》的叙事方略

中国小说源于史传。如果撇开史传"实录"和小说"虚构"之不同点，在叙事方式上小说与史传简直同出一辙。史传之叙事，对后世影响最大的莫过于"春秋笔法"。春秋笔法不只是影响着史传、小说，而且至今还影响着中国人的表达方式。20世纪70年代，毛泽东邀请美国乒乓球队访华，又邀请美国著名记者斯诺上天安门一同检阅红卫兵，实际上是传达出要与美国改善关系的信息，这种信息，只有熟悉中国春秋笔法的人方能瞬即领悟而做出回应。中国小说有文言小说与白话小说两大系统。文言小说直接由史传衍生出来，其叙事传统继承史传自不待言；白话小说从民间"说话"口头文学演进而成，它在文体发展中逐渐由俗到雅，由野到文。当生活在史官文化中的文人雅士成为它的主要创作者的时候，便意味着它也被纳入了史传叙事传统之中。白话小说与文言小说的最终合流是中国文化所决定的历史发展归宿。18世纪曹雪芹所作白话长篇小说《红楼梦》，无论它的思想深度和叙事艺术，都堪称古代小说的经典之作，以它为范例来探讨史传春秋笔法与小说叙事的关系，无疑具有典型意义。本文题作"叙事方略"，而不作"叙事方法"，意在强调叙事学研究不可局限于形式方法，内容和形式难以断然分割，脱离创作意旨的纯粹方法研究，不能揭示方法的真谛，常常会流于肤浅和缺乏生气。

一

　　中国史传可以上溯到《尚书》，但第一部严格意义的史书当属《春秋》。《春秋》以编年的方式记载了自鲁隐公元年（前722）至哀公十四年（前481）的二百四十二年的诸夏霸政兴衰史。鲁国本有旧史，孔子对鲁国旧史加以笔削修订，重编为《春秋》。按周朝制度，编写史书是周天子朝廷史官的专职，孔子非史官，何以要僭越违制，以一介平民的身份来编订《春秋》呢？孔子生活的时代，周王室衰微，诸侯争霸，周朝礼乐秩序崩坏，孔子为维护旧有秩序，张扬礼乐大义，警诫天下乱臣贼子，这才不顾"僭越"而拿起笔来。所以孔子说："《春秋》，天子之事也。知我者，其惟《春秋》乎；罪我者，其惟《春秋》乎！"[1] 孔子作《春秋》是要诛乱臣，讨贼子，以达王事，有大义存焉。但《春秋》是一部叙述历史的著作，既要申以权戒，又要忠实于历史真实，叙述中如何做到主观和客观的统一？按儒家观念，客观真理，亦即绝对精神之"道"存于万事万物之中，并由事物的运动变化而显现出来。王阳明说："以事言，谓之史；以道言，谓之经。事即道，道即事。"[2] 其理据就在于此。韩愈所说"据事迹实录，则善恶自见"[3]，也是以儒家的这个理念为理论前提。且不论这种理念是否具有真理性，而《春秋》和以后的史传则据以确立"据事迹实录"的最高原则。尽管一切史传都是经过撰述者对历史事实的取舍和详略处理之后的结果，并非完全吻合历史事实的本来面目，但遵奉这个原则，在叙事上采用客观

---

[1] 引自《孟子·滕文公下》。
[2] 王阳明《传习录集评》卷上，见《王阳明全集》，上海古籍出版社，1992年版，第10页。
[3] 《韩昌黎集·外集》之《答刘秀才论史书》。

叙述方式乃是最佳选择。叙事者尽可能地隐退在叙述的背后，将历史事件的过程戏剧化地呈现在读者面前，就事而理自见，历史因果是非不言而自明矣。

《春秋》开创了客观叙述，《左传》和《史记》则将客观叙述更加丰富化和具体化，从而确立了史传的叙事模式。孔子直书其事，而欲使褒贬自见，他所使用的方法，概括来说，一是材料取舍和详略处置，二是遣辞文以微言而显大义。实录事迹而令褒贬自见的叙事方式，后世学者称之为"春秋笔法"。

人们在谈论"春秋笔法"的时候，常常注意"微言大义"的方面，而忽略"微言大义"必须以客观叙述为前提和基础的另一面。关于史传的客观叙述，刘知幾《史通》曾归纳为四体：一曰"直纪其才行"，例如《尚书》称帝尧之德，标以"允恭克让"，《春秋左传》言子太叔之状，目以"美秀而文"；二曰"惟书其事迹"，例如《左传》载申生为骊姬所谮，自缢而亡，《班史》称纪信为项籍所围，代君而死，叙述中不评论其节操，只叙其事迹而节操自见；三曰"因言语而可知"，例如《尚书》记武王历数纣王的罪行说"焚炙忠良，刳剔孕妇"，《左传》记随会之论楚君"筚路蓝缕，以启山林"，仅记其言语即可体认纣王和楚君的德行；四曰"假赞论而自见"，例如《史记·卫青传》篇末太史公曰"苏建尝责大将军不荐贤待士"，《汉书·孝文纪》篇末赞曰"吴王诈病不朝，赐以几杖"。吴王即汉文帝堂兄刘濞，刘濞对文帝不满而诈病不朝，文帝赐以几杖表示优待，赞语记此在于彰显文帝胸怀宽厚。这四体中，"赞论"附于史传正文之末，为史传作者之议论，而且是司马迁《史记》之首创，应当排除在客观叙述方式之外。前三体，用今天的话语来说，即"描写""记叙"和"对话"。描写的对象可以是人物外形和性格，也可以是景物的状貌，等等。记叙是记录时间流中事情发生发展的过程。而对话则是人物谈话的记录。这三体其实就是客观叙述的三大要素。它的本质是要将叙事者隐藏起来，让叙事者充当无所不在、无所不知的隐形的上帝角色，他将他精心挑选和排比的故事以生活本来的样子呈现给读者，使读者从这貌似客观实录的叙述中获得善恶是非的教训。刘知幾是从先秦两汉史籍中总结出来的叙事经验，然而《左传》也好，《史记》也好，《汉书》也好，都是由《春秋》一路发展下来，客观叙述的原则乃是《春秋》就已确定了的。他总结的几条，亦可看作是春秋笔法之客观叙述的具体阐释。

前已指出，白话叙述另有渊源，它脱胎于口头文学的"说话"，而口头文学叙事方式的特征之一便是主观叙述。所谓主观叙述，就是叙事者随时都伴随在读者左右，或者给读者诠释情节中出现的可能使读者疑惑难解的问题，比如某个名物、风俗、典章制度等等，或者提醒读者要注意事态发展的某个关键处，或者直接告诉读者某个人物的品德和内心隐秘，或者把故事所要表达的思想直言不讳地说出来。明代"三言""二拍"以及更早的话本小说，无不采用主观叙述。《醒世恒言》第三卷《卖油郎独占花魁》叙及莘瑶琴逃难中与父母失散，却遇见家乡的邻居卜乔，小说叙述道："那人姓卜，名乔，……平昔是个游手游食，不守本分，惯吃白食，用白钱的主儿，人都称他是卜大郎。"关于卜乔的这个信息，如果不是与卜乔有过多年交往的人是不可能获得的，叙述者无须提供任何经验依据，便断然地告诉读者。莘瑶琴以为遇着了救星，读者却为莘瑶琴捏了一把汗，知道等待她的将是一场更悲惨的灾难。《古今小说》第二十七卷《金玉奴棒打薄情郎》在叙述故事之前，叙事者便告白读者说："如今再说一个夫弃妻的，一般是欺贫重富，背义忘恩，后来徒落得个薄幸之名，被人讲论。"一开始就将故事的主题宣示出来，读者无须曲通隐晦，早已一目了然。

白话小说从主观叙述向客观叙述的转变，是由长篇章回小说来完成的。长篇小说如《三国志演义》《水浒传》《西游记》等等，它们的题材虽然都有一个世代累积的过程，但它们却是文人的个人创作。他们之认同史统，在叙事方式上继承史传模式，乃是公认的事实。当然，长篇小说的各个作品情况不同，从历史纵向看，它们对于客观叙述的把握又有一个从不甚纯熟发展到比较纯熟的过程。《金瓶梅》是一次飞跃，到《红楼梦》则达到古典小说所能达到的最高境界。

戚蓼生《石头记序》对于《红楼梦》的叙事评论道：

> 夫敷华掞藻，立意遣词，无一落前人窠臼，此固有目共赏，姑不具论。第观其蕴于心而抒于手也，注彼而写此，目送而手挥，似谲而正，似则而淫，如《春秋》之有微词，史家之多曲笔。

他对《红楼梦》叙事冠以春秋笔法，接着又用例子加以论证，"写闺房则极其雍肃也，而艳冶已满纸矣；状阀阅则极其丰整也，而式微已盈睫矣；写宝玉之淫而痴也，而多情善悟不减历下琅琊；写黛玉之妒而尖也，而笃爱深怜不啻桑娥石女"。如此种种，归结到一点，便是善用微言曲笔。一切叙述都是客观的，读者对于客观叙述文字经过反复玩味才能探幽索隐，弄清楚作者真意所在。

《红楼梦》客观叙述的一个重要特点是将叙事者戏剧化。一般客观叙述的小说，在叙述初次登场的人物时常有一段对这个人物的肖像描写和对他的背景资料的介绍，如《三国志演义》刘备、曹操、孙权等人出场，都会有这么一段文字，使人感到叙事者即作者的存在。《红楼梦》却把这个任务转交给作品中的人物,作品中担当此任的人物便成了一定意义上的叙事者,于是叙事者与作者分离开来,叙事者的观点并不等于作者的观点,这样作者就更深地隐蔽起来。曹雪芹所描写的是发生在一个百年望族的大家庭里的故事,这个家庭的基本情况如何,首先要向读者交代,但曹雪芹并不直接出来叙述,而是让京城的古董商人冷子兴来讲述,即第二回"冷子兴演说荣国府",其中提到贾宝玉,说他衔玉而生,聪明乖觉,偏偏喜欢女儿、厌恶男子,将来是色鬼无疑。冷子兴担任叙述者,但他并不代表作者的观点。冷子兴演说荣国府是用口叙述,这是一种形式;另一种形式是作者委托作品中的人物用眼描叙。冷子兴的演说,是对贾氏家族的宏观叙述,走近贾氏家族荣宁二府做具象微观的扫描,则是第三回由黛玉的眼睛来完成的。从荣宁二府的府第华贵气象和地理方位,到内院建筑、陈设和大家气度,都做了具体而传神的叙述,随着次第描叙了贾母、迎春、探春、惜春、王熙凤等人;又转入邢夫人和王夫人的小院,最后回到贾母的住所,用一双少女的眼睛描绘了第一次登场的"色鬼"贾宝玉。作者让作品中行动的人物充任叙述者,由于叙述者并不完全代表作者的观点,所以作品对某个重要人物和事物的叙述,常常不是一次完成的,如同中国画中的山水画,要多次皴染方能奏效。譬如贾宝玉,冷子兴说他是色鬼,林黛玉见他清俊风流可亲,第十四回北静王见他秀丽风雅,大有可为,第二十六回贾芸见他是倚在床上手握书本的大家公子,第三十五回傅试家的两个嬷嬷则说宝玉是个外相好、里头糊涂、中看不中吃的呆子。综合各人所叙,便是贾宝玉的立体影像,而这恐怕才是作者的观点。

《红楼梦》客观叙述的另一特点是叙述的限知性。限知是相对全知而言,全知就是叙事者无所不知。这种无所不知表现为两个方面，一是叙述视点的随意转换，二是随意代述角色的隐衷。关键是两个"随意"。因为限知叙述之叙事者也是有视点的，也可以代述角色的隐衷，不同的是他的叙述视点相对固定，而代述角色的隐衷也有限制，叙事者不能自由地进入任何角色的内心世界。《水浒传》是全知性的客观叙述，以第三回为例：这一回叙述史进寻访王进来到渭州，进一个路口茶坊吃茶，向茶坊主人打听王进，"道犹未了，只见一个大汉大踏步竟入来，走进茶坊里。史进看他时，是个军官模样"。接着用一段韵文描写此人（鲁达）的形象，这是史进眼中所见，是史进的视点。继续下去，叙事视点转移给鲁达，"那人（鲁达）见了史进长大魁伟，象条好汉，便来与他施礼"。"象条好汉"是鲁达内心默想，作者很轻易地进到鲁达的内心世界。史进与鲁达出了茶坊，在街上见着卖膏药的李忠，鲁达邀李忠一道去吃酒，李忠要等卖完了药再去，鲁达不耐烦将观众顾客轰散，"李忠见鲁达凶猛，敢怒而不敢言"。视点又转移到李忠那里。三人上了酒楼，"酒保唱了喏，认得是鲁提辖，便道……"这又分明是酒保的观点。其后叙事视点不断转移，写到鲁达送走金老儿父女之后来到郑屠的肉店寻衅闹事，当鲁达把两包臊子摔到郑屠脸上时，郑屠大怒，"两条忿气从脚底下直冲到顶门，心头那一把无明业火，焰腾腾的按纳不住"。作者此刻又进入到郑屠的内心世界。鲁达三拳打下去，见郑屠奄奄待毙，"鲁提辖假意道：'你这厮诈死，洒家再打。'"。鲁达此话何以为假？这是作者直接揭示鲁达的内心隐秘。接着又写鲁达"寻思道：'俺只指望痛打这厮一顿，不想三拳真个打死了他。洒家须吃官司，又无人送饭，不如及早撒开。'拔步便走"。这是鲁达的内心独白，他心里这样想，口里却说："你诈死，洒家和你慢慢理会。"府尹将鲁达案情呈报经略府，"经略听说，吃了一惊，寻思想：'这鲁达虽好武艺，只是性格粗卤。今番做出人命事,俺如何护得短?须教他推问使得。'"。作者又进入经略的内心世界,经略想的和说的也不一样。叙事视点的频频转移和叙事者随意进入局中的各个人物,使读者明显地感觉到一个无所不知的叙事者的存在。这种叙述方式其实距离"说话"不远。

《红楼梦》却不同。上述第三回林黛玉进贾府,拜访各位长辈,见到各个姐妹,直到见到贾宝玉,叙述的视点始终在林黛玉那里,一切均为写林黛玉所见、所闻、所想。这一段的叙述者是林黛玉,视点既无转移的情况,内心隐衷的代述也仅限于林黛玉一人。第六回写刘姥姥一进荣国府,从门外进入门内后院,跨入王熙凤的房门,尤其是对房内的陈设和平儿、王熙凤的容貌服饰等等的描写,都是刘姥姥这个乡下老太婆之所见,叙述视点锁定在刘姥姥身上。我们细读《红楼梦》,不难察觉文本的主要成分是对话,心理描写并不很多,就是这有限的心理描写,也主要集中在林黛玉和贾宝玉两个人物身上。也就是说,作者没有随意代述角色的隐衷。这种限知性的客观叙述,有效地隐蔽了真正的叙事者——作者。

《春秋》所开创的直书其事的客观叙述原则,在小说《红楼梦》中得到生动的体现。曹雪芹对此有高度的自觉,他在第一回谈到他的创作宗旨和方法时,就明确地宣言说,"至若离合悲欢,兴衰际遇,则又追踪蹑迹,不敢稍加穿凿,徒为供人之目而反失其真传者"。似乎他只是据事迹实录。他确实获得了极大的成功。由于他的完美的呈现式客观叙述,许多人误以为《红楼梦》是一个真实存在的家庭生活的实录,于是去探寻人物的原型,去寻考大观园的原址。

二

　　春秋笔法强调"据事迹实录",但同时又要在客观叙述中寓以褒贬。实录和褒贬,如何统一在文本中?要义之一是笔削。司马迁《史记·孔子世家》云:"至于为《春秋》,笔则笔,削则削,子夏之徒不能赞一辞。""笔"就是录,"削"就是不录。孔子编纂《春秋》,是有鲁国旧史作底子的,孔子以旧史作底,并不因袭和照抄旧史,他在王道之大义的思想指导下,根据这种意旨所确定的体例对旧史材料首先进行取舍,这就是笔则笔,削则削,笔削之间大有文章。旧史经过孔子的笔削遂脱胎换骨,从一个诸侯的国别史,变成寄托着王道大义的诸夏通史。

　　历史是由时间流中不间断发生的无数的人物和事件组成的,人事繁芜,千头万绪,历史学家记录它,不可能处处着笔,面面俱到,必须有所取舍。取舍就要有一个标准,这标准赖史家编史之宗旨而立。取舍之间大有深意存焉。小说虽与史传有本质的不同,但在叙事上是相通的。史家的面前先有历史事实,他只是将这些事实上已有的材料加以熔裁,这叫作以文运事,小说家却是向壁虚构,他面前没有现成的事实,他须根据自己的生活经验和创作意向虚构出一个故事来,当这个虚拟的故事大体成形,并要用文字把它表现出来时,同样需要依据创作意图对那个成形在胸中的故事材料进行取舍,这是对虚拟的材料加以熔裁,叫作以文生事。可见小说家与史家一样,在叙事上都有笔削的问题。

　　《红楼梦》之笔削,最突出也是最著名的例子是关于秦可卿之死的叙述。今存《红楼梦》早期抄本《脂砚斋重评石头记》(甲戌本)第十三回回末总评曰:

"秦可卿淫丧天香楼"，作者用史笔也。老朽因有魂托凤姐贾家后事二件，嫡是安富尊荣坐享人能想得到处？其事虽未漏，其言其意则令人悲切感服，姑赦之，因命芹溪删去。

这自称"老朽"的评者的真实姓名不详，据其口吻，当是曹雪芹的长辈并十分接近曹雪芹、熟知《红楼梦》写作的人。他主张删掉原稿"秦可卿淫丧天香楼"一节，是念及秦可卿死后还关心家事，托梦给王熙凤，嘱咐她居安思危，早为家族留下后路。"老朽"认为秦可卿毕竟是家族忠臣，应当为她隐讳丑闻。今存各种早期抄本都没有那一节，可见曹雪芹接受了"老朽"的建议。这种删削，"老朽"称之为"史笔"，笔法来自《春秋》，评者自觉，作者亦不会不自觉。不过，"老朽"主张删节的理据未必与作者尽同，作者的删削所蕴含的思想情感要深刻和丰富得多。小说描写秦可卿引宝玉到她的卧榻上午睡，叔叔在侄儿媳妇房里睡觉，尽管这侄儿媳妇较叔叔年长儿岁，仍是不合规矩的举动，这里秦可卿颇有色诱宝玉之嫌，似乎难以洗清一个"淫"字。然而细读文本，就知道贾珍是个恣意奢淫之徒，第六十四回说"贾珍贾蓉等素有聚麀之诮"，他们与尤二姐、尤三姐的关系亦是不伦，而秦可卿既非豪门显宦小姐，且又性情温顺内向，在贾珍的淫威下忍辱屈服，是不难想象的。曹雪芹最终删去"秦可卿淫丧天香楼"，应当包含着对秦可卿充满人道主义的同情。

笔与削相反相成，削突显笔，而笔却隐示着削。"秦可卿淫丧天香楼"一节虽已削去，但从前后文中"笔"之所写，仍可以读出秦可卿之死的真相。如叙述秦可卿死之猝然，与她的病不相干；叙述贾珍的出格的悲恸举止；叙述贾珍之妻尤氏竟在大丧中称病不起；叙述秦可卿的丫头瑞珠竟莫名其妙地触柱而亡……如此种种，均透露出秦可卿死得蹊跷，大有可疑。不写而令人看得出是写了，这就是春秋笔法的奥妙之处。

笔与削寄托着作者褒贬，这个笔法可以说贯穿在对林黛玉和薛宝钗的描写的始终。林黛玉和薛宝钗，作者到底褒谁贬谁，历来红学家争论不休，如果用笔与削的春秋笔法来考量，得出作者之偏爱林黛玉的结论，谅必并不困难。黛玉和宝钗都住在贾家，其性质并不相同，黛玉是寄人篱下，在满门上下都是势利眼的贾家，她的感受可想而知。宝钗随母亲和兄长却是借住贾家，一应日用供给皆由自家开支，她在贾家上下的眼中是尊贵的客人。宝钗项上有金锁，据说这金锁须有宝玉配对，即金玉良缘。宝钗和黛玉对贾宝玉都有情意，从婚姻上说，宝钗以她的家庭背景和金玉良缘之说，占有绝对优势。林黛玉在情感上远远优于宝钗，但在婚姻上却处于绝对劣势。曹雪芹是怎样表达他的倾向的呢？除了许多别的手段之外，他也用了笔削的手法。他对黛玉的心理活动倾注了大量笔墨，却基本上不写宝钗的内心隐衷。

第二十三回写黛玉在梨花院墙角听到墙内传出的《牡丹亭》戏文唱曲，少女之心被深深拨动，于是有了一段对她的缠绵情思的细腻描写：

听了这两句，不觉点头自叹，心下自思道："原来戏上也有好文章。可惜世人只知看戏，未必能领略这其中的趣味！"想毕，又后悔不该胡想，耽误了听曲子。又侧耳时，只听唱道："只为你如花美眷，似水流年……"林黛玉听了这两句，不觉心动神摇。又听道："你在幽闺自怜"等句，亦发如醉如痴，站立不住，便一蹲身坐在一块山子石上，细嚼"如花美眷，似水流年"八个字的滋味。忽又想起前日见古人诗中有"水流花谢两无情"

之句，再又有词中有"流水落花春去也，天上人间"之句，又兼方才所见《西厢记》中"花落水流红，闲愁万种"之句，都一时想起来，凑聚在一处。仔细忖度，不觉心痛神痴，眼中落泪。

第二十六回写黛玉到怡红院探望贾宝玉，眼见宝钗先进到院内，当自己来叩门时，却被丫头们拒之门外，而且出言不逊，她不觉气怔门外：

> 待要高声问他，逗起气来，自己又回思一番："虽说是舅母家如同自己家一样，到底是客边。如今父母双亡，无依无靠，现在他家依栖，如今认真淘气，也觉没趣。"一面想，一面又滚下泪珠来。

接着在第二十七回写她在这种心境中对花自怜，将自己满腔哀怨愁苦都寄托于所吟诵的《葬花词》中。

最著名的例子是第三十二回的"诉肺腑"。写黛玉偶然听到贾宝玉对史湘云、袭人说，只有林妹妹才是他的知己的话——

> 不觉又喜又惊，又悲又叹。所喜者："果然自己眼力不错，素日认他是个知己，果然是个知己。"所惊者："他在人前一片私心称扬于我，其亲热厚密，竟不避嫌疑。"所叹者："你既为我之知己，自然我亦可为你之知己矣；既你我为知己，则又何必有金玉之论哉？既有金玉之论，亦该你我有之，则又何必来一宝钗哉！"所悲者："父母早逝，虽有铭心刻骨之言，无人为我主张；况近日每觉神思恍惚，病已渐成，医者更云气弱血亏，恐致劳怯之症。你我虽为知己，但恐自不能久待；你纵为我知己，奈我薄

命何!"想到此间,不禁滚下泪来。待进去相见,自觉无味,便一面拭泪,一面抽身回去了。

这段内心独白淋漓尽致地抒发出她对贾宝玉的至深至诚且至悲至戚的爱。明白了黛玉的心迹,她的一切尖刻乖戾的举动,也都可以得到正确的理解。

宝钗端庄艳丽,聪慧温柔,论才论貌均不在黛玉之下,但她崇奉礼教,举止娴雅,绝不像黛玉那样任情率性。不能说她对贾宝玉没有一点爱意,可是她更多的是追求实实在在的婚姻,因而她对金玉之说深信不疑,并且寄予了殷切的希望。对这样一位善于用理性控制感情的少女,曹雪芹很少或者说基本上不写她的内心活动。第八回写贾宝玉到梨香院去候问养病的宝钗,宝钗乘此机会把贾宝玉脖子上的通灵宝玉摘下来仔细赏鉴,将玉上所镌的"莫失莫忘,仙寿恒昌"八个字念了又念,以至旁边的丫头莺儿都要说这八字与宝钗项圈上金锁的八个字正好一对,并提起癞头和尚说的金玉相对之说。这时宝钗是有心思的,什么心思呢?曹雪芹一个字也不写。其实这也是不写之写。宝钗想的是自己的终身大事,她要让贾宝玉知道决定婚姻的金玉之论。曹雪芹在这里隐去的不是黛玉式的自然真挚的诗人的感情,而是一种小小的心机。第二十八回写元春端午节赏赐礼物,兄妹中独贾宝玉和宝钗两人的完全一样,这对宝钗来说是一个好兆头。在宝玉的婚事上元春有至高无上的决定权,如此安排礼物,很大可能含有认可金玉之论的意思。宝钗既有意于贾宝玉,得此礼物,自然受到鼓舞,兴奋之情不言而喻;但曹雪芹对她的感情波澜一字未写,只是用白描的手法,叙述她笼着元春赏赐的香串去见王夫人,又去见贾母。她的举动令人怀疑她串门的动机完全是要将元春所赐宣示于人。曹雪芹的不写之写,饶有反讽的意味。

然而曹雪芹也并没有将宝钗与黛玉对立起来，与其说他批评宝钗，无如说他批评的是戕害宝钗心灵的封建礼教。小说写她后来虽然赢得了婚姻，却没有得到贾宝玉的爱情，成亲不久，贾宝玉便"悬崖撒手"遁入了空门。正如她的花签诗（罗隐《牡丹花》）末聊云："可怜韩令功成后，辜负秾华过此身！"她费尽心机得到的婚姻也是一个悲剧。

三

客观叙述中笔与削大有深意，这是一方面，另一方面就"笔"而言，又有一个如何写，也就是载笔之体的问题。《左传》对《春秋》载笔之体曾做了阐释。《春秋》成公十四年九月《左传》云：

> ……君子曰："《春秋》之称，微而显，志而晦，婉而成章，尽而不污，惩恶而劝善。非圣人，谁能修之！"

"微而显"谓言辞不多而意义显豁。"志而晦"谓记载史实而意义幽深。"婉而成章"，谓表达婉转屈曲，但顺理成章。"尽而不污"，谓尽其事实而不加夸饰。四种载笔之体，其目的是"惩恶而劝善"。四体之精要在于用晦，即唐代刘知幾《史通·叙事》所概括的"文约而事丰""言近而旨远""辞浅而义深"，"使夫读者望表而知里，扪毛而采骨，睹一事于句中，反三隅于字外，晦之时义大矣哉"。用晦之道，就是载笔的最重要的原则。

《红楼梦》的风格，俞平伯曾概括为"怨而不怒"，强调的是含蓄。《文心雕龙》"隐秀"所谓"余味曲包""情在词外"之"隐"，即此谓也。用晦之道,不单是一个纯粹方法的问题,它更是一个体现着对生活的认识深度的美学问题。一部叙事作品把握客观叙述的纯熟,有时并不能标志作品艺术水平的高低,而能否用晦,才是艺术成熟与否的重要指标。同是揭露社会问题的小说,《儒林外史》与《官场现形记》《二十年目睹之怪现状》相比要含蓄蕴藉得多,鲁迅称他为讽刺小说,而《官场现形记》等只能算是谴责小说,其中就有艺术高低之别。明代四大奇书:《三国志演义》如鲁迅所说,"欲显刘备之长厚而似伪,状诸葛之多智而近妖",仍有"尽"而"汙"之失;《水浒传》是一部怒书,写高俅贪官坏到极点,写江湖豪杰之勇力则极尽夸饰;《西游记》颇具幽默之笔,然揶揄世态亦不免有油滑之虑;《金瓶梅》描写世情毛发毕现,不可谓不真实,但对床笫行为的实写则大失用晦之道。比较一下《红楼梦》"柳藏鹦鹉语方知"写王熙凤等人风月之事,不啻有天壤之别。

我们说林黛玉被封建礼教压迫窒息而死,她和贾宝玉的爱情悲剧完全是由封建制度造成的,或许有人质疑,会问,贾家的家长们如贾母、王夫人难道不都是很心疼这位失去父母孤苦无依的小姐吗?(前八十回)什么地方写了贾母王夫人对她施与恶语和实行不公平待遇呢?的确,表面上贾氏家族温良恭俭让,莫说对黛玉这样的小姐,就是对一般的丫头,除了特别的情况,也都是宽厚仁慈的。如果由表及里,就可从温柔敦厚中见出风刀霜剑的残酷来。例如第五十四回写贾府元宵夜宴,荣宁二府欢聚一堂,贾母命宝玉给席上每个人斟酒敬酒,宝玉按长幼次序敬到黛玉面前,黛玉体弱不能胜酒,原来杯中之酒原封未动,此刻宝玉来到面前,她拿起杯来送到宝玉嘴边,宝玉一气饮干,然后替她斟上一杯。书中写道:

  宝玉听说,答应着,一一按次斟了。至黛玉前,偏他不饮,拿起杯来，放在宝玉唇上边，宝玉一气饮干。黛玉笑说："多谢。"宝玉替他斟上一杯，凤姐儿便笑道："宝玉，别喝冷酒，仔细手颤，明儿写不得字、拉不得弓。"宝玉忙道："没有吃冷酒。"凤姐儿笑道："我知道没有，不过白嘱咐你。"

这叙述平平实实，包括王熙凤在内的客厅上的人物也没有什么异常，王熙凤仍是笑呵呵的。可是王熙凤笑说的几句话里却包含着严厉的谴责，其矛头针对黛玉。在封建时代，除了夫妻，男女不能共饮一杯酒，男女共饮一杯酒有特定的意义，即所谓"交杯酒"，是夫妻关系的象征。黛玉将自己杯中的酒送到宝玉唇上，在黛玉那里是极自然的举动，她与宝玉亲热惯了，从没有顾及男女之大防这类礼教规矩。但这个举动是在贾府上下众目睽睽之下，不能不令举座皆惊，令贾母、王夫人做祖母、母亲的震怒。这是一个诗书簪缨之家，且是在元宵团圆喜庆的宴会上，贾母是不会发作的，她老人家要维持这难得的团圆喜庆气氛。王夫人纵然十分恼怒也不能有所表现，王熙凤向来体察贾母的心意，所以颇有分寸地提醒宝玉，那笑语中隐含着严重的警告。情节接下去是众人听女艺人说书，这时贾母抓住了话柄，对"才子佳人"进行了激烈的批评：

> 这些书都是一个套子，左不过是些佳人才子，最没趣儿。把人家女儿说的那样坏，还说是佳人，编的连影儿也没有了！开口都是书香门第，父亲不是尚书就是宰相，生一个小姐必是爱如珍宝，这小姐必是通文知礼，无所不晓，竟是个绝代佳人——只一见了一个清俊的男人，不管是亲是友，便想起终身大事来，父母也忘了，书礼也忘了，鬼不成鬼，贼不成贼，那一点儿是佳人？便是满腹文章，做出这些事来，也算不得是佳人了。

贾母似乎在评论"说书",联系刚刚发生的宴席上林黛玉的出格举动,实际上是在尖锐地指责林黛玉的不规矩,语意所指,不只是当事者敏感的林黛玉会痛有感觉,即是王熙凤等人亦未尝不能领悟。

第七十四回写抄检大观园,此事本由一个憨傻丫头拾得一个绣春囊引起,而王夫人却是要借此整肃一下贾宝玉身边的女孩子,这些女孩子当中,她最不满意的当数林黛玉。王夫人对林黛玉没有好感,不能一概说成是她有私心,只是偏向自己的外甥女薛宝钗,作为一位封建贵妇人,作为一个大家庭中嫡派子孙贾宝玉的母亲,她完全有理由讨厌林黛玉。贾宝玉不肯读书做官,成天在大观园中与女孩子们厮混,薛宝钗、史湘云都曾劝诫贾宝玉要改邪归正,入于封建正途,唯独林黛玉不劝,不仅不劝,反而沉瀣一气,助长宝玉的叛逆气焰。第二十九回贾母等人到清虚观打醮,贾母托张道士给宝玉提亲,宝玉又专拣了道士送来礼物中的金麒麟。林黛玉一向计较"金玉相对"之说,一腔醋意发泄在宝玉头上,宝玉误以黛玉错怪自己,真心无以表白,于是抓下脖子上的通灵宝玉往地上摔砸,那玉是贾宝玉的命根子,这一下惊动了贾母王夫人,贾母说他们是"不是冤家不聚头",王夫人怎样想,小说没有写,她会喜欢林黛玉吗?当然不能。接着第三十回贾宝玉到王夫人房里去,见王夫人在凉榻上午睡,丫头金钏在旁边捶腿,贾宝玉便上去与金钏调笑,谁知王夫人并未真睡,翻身照金钏脸上一个耳光,骂道:"下作小娼妇!好好的爷们,都叫你教坏了!"王夫人满腔怒火,很大程度与上次宝玉砸玉有关,她骂金钏,大有影指林黛玉的可能。由金钏之死引来贾宝玉大承父亲之笞挞,这使做母亲的心痛欲绝,她会把这一切归咎于谁?黛玉实难脱其咎。故事发展到七十四回,家族衰败之兆已现,内部各种矛盾激化,一个绣春囊竟引发一场大观园的劫难。邢夫人、王熙凤们各怀鬼胎,王夫人亦有她的打算,当王善保家的举报晴雯是个掐尖要强的妖精时,王夫人立即想到晴雯与林黛玉毕肖:眉眼像,身段像。唤来一看,立时怒火攻心,冷笑道:"好个美人!真像个病西施了!你天天作这轻狂样儿给谁看?"这考语搁在林黛玉身上简直十分恰切!

贾母是林黛玉的外祖母,她对林黛玉的疼爱,在第三回见到初进贾府的黛玉,便一把搂入怀中,心肝儿肉叫着大哭起来的举动里已充分表现出来,这是不可置疑的。对早逝女儿的悲痛而及于对外孙女儿的疼爱,并不等于认可黛玉为自己的孙儿媳妇。作为"老祖宗"的她,不得不考虑家族的利益,宝玉的择偶,如何有利于宝玉显达,即如何有利于贾家的振兴,才是她唯一的原则。贾母一直没有把林黛玉列入她的孙儿媳妇的候选名单,从她在清虚观托张道士给贾宝玉说媒这件事上就可以得到证明。贾母如此,王夫人对黛玉的感情更疏。如上所述,她简直把黛玉视为祸害。

生活在这样的环境中的林黛玉,以她的聪明和敏感,不可能不感到压迫。元宵夜宴上贾母对才子佳人的批评,对于她无疑是一个严重的打击。抄检大观园中王夫人的疯狂发作,对她更是致命的摧毁。她获得了贾宝玉的爱情,然而这种爱情在封建家庭中只是镜中花、水中月,注定是一个幻影。她的哀怨愤懑,只会使她多病的身体更加衰弱。《葬花词》云:"一年三百六十日,风刀霜剑严相逼。"写出了她在这个环境中的真实感受。她与贾宝玉的爱情成为悲剧,封建家庭是难辞其咎的。

关于《红楼梦》的叙事,"甲戌本"第一回有眉批云:"事则实事,然亦叙得有间架,有曲折,有顺逆,有映带,有隐有见,有正有闰,以至草蛇灰线,空谷传声,一击两鸣,明修栈道,暗度陈仓,云龙雾雨,两山对峙,烘云托月,背面傅粉,千皴万染诸奇。书中之秘法,亦复不少。"所列种种,其要义是直书其事却并不用直笔，也就是讲究用晦之道。第八回黛玉见贾宝玉听从宝钗不喝冷酒之说，大有醋意，但她不对宝玉发作，却指东击西，对送手炉来的雪雁说道："也亏你，倒听他的话，我平日和你说的，全当耳旁风，怎么他说了你就依，比圣旨还快些！"春秋笔法载笔之体大抵如此。

（原载《红楼梦学刊》2004年第1辑）

20世纪古代小说书目编撰史述略
——兼论有关书目体例的几个问题

一门学科的群书目录，有指导治学门径的功用。目录之书，不只著录一门学科范围的书名、篇卷和作者，而且要撮其指意，辨章学术，因而向来为学者所看重。清人王鸣盛说："目录之学，学中第一紧要事，必从此问途，方能得其门而入。"（《十七史商榷》卷一）凡一门学科的成立，都不能没有目录学的根基。

小说目录学作为小说学的一部分，是在20世纪建立和发展起来的。这相对小说历史的存在，已经落后了上千年。以通俗小说而论，倘若从敦煌石室所藏话本算起，到清末至少也有一千多年的历史，其间究竟产生了多少作品，由于没有连续和完备的著录，总数也难以精确统计。小说这个文体，尽管它源远流长，创造了不少惊世传世的不朽之作，但是在封建主流意识形态的价值观念里，它们都是与经世致用没有关系的闲书，不配登大雅之堂，理所当然不够资格成为学术研究的对象，谁愿意为它们编撰专门而完备的目录呢？20世纪初，资产阶级改良派发现通俗小说的社会作用，极力把通俗小说创作与维新改良运动结合起来，小说于是被提升到启发民智、变革社会的重要工具的地位，成了最行时的文体。此时，小说目录之学便萌生出来。黄人的《小说小话》（1907）可以说是开其端绪。五四新文化运动提倡白话小说，古代通俗小说的文学价值得到了充分的肯定。鲁迅作《中国小说史略》，胡适作《红楼梦考证》，一大批著名学者倾注大量心力从事小说研究，他们在实践中初步构建了一套学术范畴，使小说学成为现代学术的一个部门。这小说学中就包括目录学在内。尝试小说目录学建设的，1925年有郑振铎的《中国小说提要》，1929年有董康的《书舶庸谭》，还有马廉的有关小说版本的著录、论述，等等。1933年孙楷第的《中国通俗小说书目》成书，标志着小说目录已有了初步系统和比较完备的著作，为小说研究奠定了目录学基础。

一

书目的编撰良非易事，它不是简单地记录和排比书名，它要求编撰者必须充分直观地掌握文献资料，并对文献资料进行精深的研究。清人章学诚说："校雠之义，盖自刘向父子部次条别，将以辨章学术，考镜源流；非深明于道术精微、群言得失之故者，不足与此。"(《校雠通义》卷一《叙》)中国古代小说大体上可分为文言小说和白话小说两大类。通常所说的"通俗小说"，包括白话小说的全部和文言小说较为俗化的一部分（如《娇红记》《三妙传》《痴婆子传》等等）。在封建传统观念中，通俗小说向来被认为是不能登大雅之堂，士大夫藏书家和传统目录学家对它们不屑一顾；非但如此，许多作品还被朝廷和地方政府一再禁毁而亡佚。有些作品流传到海外，散藏在外国一些公私图书馆里。要寻访通俗小说的版本，真得有"上穷碧落下黄泉"的劲头。孙楷第为编著《中国通俗小说书目》，在当时条件下尽可能遍阅北平图书馆及北平各公私藏书，又东渡日本，到内阁文库等多家图书馆访读小说，回国途经大连，在大连调查满铁图书馆的大谷本的一部分藏书，搜罗之备，用力之勤，皆前所未有。孙楷第是一位小说研究的专家，他的《沧州集》《沧州后集》就足以见出他研究的广度和深度。《中国通俗小说书目》是在他潜心研究的基础上，又吸纳了当时学术研究成果，特别是借鉴了鲁迅的《中国小说史略》，撰写成书的。全书的分类，卷一宋元部，卷二明清讲史部，卷三明清小说部甲（话本小说之单行本、话本小说总集），卷四、五、六、七明清小说部乙（长篇章回小说之四类：烟粉、灵怪、说公案、讽喻），是他悉心辨析源流的研究成果，尽管不无可商榷之处，然草创之功实不可没。

　　目录的编制既然要以文献资料的发现情况和有关学术研究所达到的水平作为基础，那么，它也必然受到这两个方面的制约。随着学术的发展，新文献资料的发现，新观念的提出，旧的目录的缺陷便会显露出来。20世纪30年代小说学科建设还处在初创阶段，版本方面的未知数还相当大，《中国通俗小说书目》不可能超越历史和个人的局限，存在某些不足是学术发展的正常情况。1932年，郑振铎为该书所写的序言曾提出一个意见："此书著录中国小说，既甚美备，但专载以国语文写成的'通俗小说'而不录'传奇文'和文言的小说，似仍留有一个阙憾在。"这个意见似乎有点强人所难，书题"通俗小说书目"，自然不包括传奇文和文言小说，不予著录乃是名正言顺。然而细按郑振铎的这番话，实有深义存焉。30年代白话小说的地位获得历史性的大翻身，成为学术关注的焦点和热点。但历史事实是：白话小说与文言小说是小说的两个分支，文言小说产生在前，白话小说出现在后；唐宋以后，它们在同一个历史文化空间中共生共长，相互影响、相互补充、相互渗透而共谋发展。无视文言小说和白话小说并存以及二者密切关联的事实，而对中国小说历史进行描叙，都将是不完备和不准确的。所以，郑振铎希望看到一部涵容白话和文言的小说书目，并不是一项苛求，它反映着学者对小说书目著作的实际需求，也体现郑振铎个人对小说学科建设的整体谋略。也许限于个人精力，孙楷第于1957年修订

《中国通俗小说书目》时并没有加进文言小说的内容，1981年重排时仍然只是做了局部个别的补正。

继孙楷第之后，澳大利亚学者柳存仁著录伦敦英国博物院和英国皇家亚洲学会所藏中国小说，著《伦敦所见中国小说书目提要》（书目文献出版社，1982）；日本学者大塚秀高调查日本各公私图书馆和中国各地部分图书馆所藏中国小说，对《中国通俗小说书目》进行了较大的增补，著《中国通俗小说书目增订本》（日本汲古社）；韩国学者崔溶澈、朴在渊调查韩国国会图书馆、国立中央图书馆、国史编纂委员会、汉城市立图书馆以及一些大学图书馆所藏中国小说，著《韩国所见中国通俗小说书目》（《中国小说绘模本》附录，江原大学校出版部，1993）。这些书目的特点是调查了中国本土以外所藏的中国小说，发现了不少孤本善本，为小说研究尤其为小说版本研究提供了新的资料。晚清小说书目的专著则有阿英《晚清戏曲小说目》（上海古典文学出版社，1957）、日本学者樽本照雄《清末民初小说目录》（日本清末小说研究会，1997）。除这些专书之外，一些学者对某些作品版本的调查研究，也为小说目录之学做出了贡献，如傅芸子的《东京观书记》（1938）、王古鲁《日本所藏的中国旧刻小说戏曲》（1943）、刘修业的《海外所藏中国小说戏曲阅后记》（1939、1940）、戴望舒的《西班牙爱斯高里亚尔静院所藏中国小说戏曲》（1941）、周越然《稀见小说五十种》《孤本小说十种》（1942）、齐如山《百舍斋所藏通俗小说书录》（1947）、阿英《小说闲谈》中的一些札记以及王重民《中国善本书提要》对小说版本的著录等等。

江苏省社会科学院明清小说研究中心编《中国通俗小说总目提要》（中国文联出版公司，1990）是继孙楷第《中国通俗小说书目》之后的又一重要著作，全书共收小说1160种，除去孙楷第书目中不能确认已经成书的说话名目与短篇单列的书目 248 条，其增补数量是比较可观的。该书每条释文由作者、版本、情节内容提要和回目四个部分组成。情节内容提要和回目两个部分有助于翻检者了解小说的故事内容，是该书目的一个突出特点。

二

文言小说书目的编撰史与白话小说有所不同。文言小说虽然从来都被视为"小道"，但毕竟"有可观者"（孔子语），《汉书·艺文志》著录《诸子略》十家，"小说家"忝列在末，用班固的话说："诸子十家，其可观者九家而已。"尽管班固轻视"小说家"，但《汉书·艺文志》开了一个头，以后历代史志都给"小说家"留下一席之地。问题的复杂在于历代目录学家的"小说"概念歧义颇多，总的来说与今天我们所谓文学体裁的小说概念相去甚远，所以历代各公私书目之"小说家类"所著录的作品，文体相当芜杂，记叙文有之，论说文有之，说明文亦有之。或许可以这样说：凡不能入于子部和史部正殿的丛残小语，都可以囊括在"小说"之内。然而，今人视为文言小说正宗的"传奇文"，却又偏偏基本上被拒之门外。

"小说"作为一种文体概念，最早是由东汉的桓谭、班固提出的。桓谭说："若其小说家，合丛残小语，近取譬论，以作短书，治身理家，有可观之辞。"〔《文选》卷三十一江淹（文通）杂体诗《李都尉陵从军》注〕班固说："小说家者流，盖出于稗官，街谈巷语，道听途说者之所造也。孔子曰：'虽小道，必有可观者焉，致远恐泥。'是以君子弗为也，然亦弗灭也。闾里小知者之所及，亦使缀而不忘，如或一言可采，此亦刍荛狂夫之议也。"（《汉书·艺文志》）两人的说法有相同也有不同。桓谭指出"小说"文体篇幅短小，班固虽然没有言及，但他说"小说"是街谈巷语，闾里小知者之所及，篇幅自然也长不了。桓谭说"小说"近取譬论，性质略近诸子，而内容不是诸子所阐发的治国平天下的经世纬时之论，只包含一些有益于治身理家的小道理。桓谭的定义，为"小说"列入子部提供了理论依据。班固认为"小说"出于稗官，"稗官"据余嘉锡考证是古代的一种职官，其职司是专门收集庶人之言以上达天子，既然如此，"小说"的内容必定与世风民情有关，甚而涉及时政，故而有广见闻、资考证的价值。班固的定义，为"小说"列入史部提供了理论根据。此后随着文化的发展，传统目录学关于"小说"的概念也在发展变化，但逮至清末却还是没有从桓谭、班固的定义中突破出来。

唐代传奇文已经成熟，出现了《霍小玉传》《任氏传》《李娃传》《柳毅传》等一大批传世佳作，成为一代文学之盛。但是像刘知幾这样著名的学者仍坚守班固的观念，他的《史通》将"小说"视为史乘的分支，细分为十类：一、偏记，二、小录，三、逸事，四、琐言，五、郡书，六、家史，七、别传，八、杂记，九、地理书，十、都邑簿。魏晋南北朝的志人小说如裴荣期的《语林》、刘义庆的《世说新语》被归入"琐言"类；志怪小说如干宝的《搜神记》、刘义庆的《幽明录》则被归入"杂记"类。刘知幾对于当时已颇具影响的传奇文，如王度的《古镜记》、张鷟的《游仙窟》、无名氏的《补江总白猿传》等，却不置一词。以他的小说观，这些作品虚妄无根，略无史料价值，因而不具备"小说"的资格。

明代胡应麟的观点更接近桓谭，他的《少室山房笔丛》说，"小说，子书流也。然谈说理道，或近于经；又有类注疏者。纪述事迹，或通于史；又有类志传者"。他把"小说"分为六类：

一、志怪，二、传奇，三、杂录，四、丛谈，五、辨订，六、箴规。他的新意在于承认"传奇"是"小说"。不过，他的承认也是有条件的，只有那些接近纪实的作品如《莺莺传》《霍小玉传》之类，他才予以接纳；至于传奇文中情节虚幻的作品如《柳毅传》之类，他则斥之为"鄙诞不根"，摒弃于"小说"门外。尽管如此，胡应麟把传奇文视为"小说"，使"小说"观念更加靠近了文学创作实际，这不能不说是一个进步。他的小说六类划分，前三类是叙事文，后三类是论说文和说明文，其根据自然是唐代以来产生了大量的"杂俎"式笔记作品的这个事实。他的基本观点并没有脱离桓谭、班固。明代文学的整体面貌与唐代已大不一样，就传奇文而言，自瞿佑《剪灯新话》之后就迅速走向通俗化，篇幅也在拉长。唐代《游仙窟》九千字在当时已绝无仅有，到明代，如《钟情丽集》《怀春雅集》《刘生觅莲记》等都已长达二三万字，有的超过四万字。对于这类方兴未艾的俗化传奇文，胡应麟根本就不屑一顾，显示出传统目录学之"小说"观念的保守性。

清代《四库全书总目》的"小说"概念仍然囿于传统，它把胡应麟"小说"中的丛谈、辨订、箴规三类归在"子部"杂家类，将"传奇"剔出，胡应麟的"志怪""杂录"两类，它重新调整为"杂事""异闻""琐语"三类。《四库全书总目》的"小说"概念的新特点是，它认为"小说"是叙事文，"叙述杂事""记录异闻""缀辑琐语"都是叙事，这是它有所进步的地方。但它更明确地提出"小说"必须有史料或劝惩的功能，它说小说这个文体，"唐宋而后，作者弥繁，中间诬谩失真、妖妄荧听者固为不少，然寓劝戒、广见闻、资考证者亦错出其中。班固称'小说家流盖出于稗官'，如淳注谓'王者欲知闾巷风俗，故立稗官，使称说之'，然则博采旁搜，是亦古制，固不必以冗杂废矣。今甄录其近雅驯者以广见闻，惟猥鄙荒诞、徒乱耳目者，则黜不载焉"（《四库全书总目》卷一百四〇子部小说家类一）。像《飞燕外传》《大业拾遗记》《海山记》《迷楼记》这类颇似杂史杂传的传奇文，《四库全书总目》批评它们"伪妄"，"皆近于委巷之传奇"，但从"广见闻、资考证"着眼，还是把它们著录在"小说家类存目"里。那些写的不是历史人物事件，而又富于想象虚构的传奇文，如唐之《柳毅传》《李娃传》、宋之《王魁传》《流红记》、元之《娇红记》、明之《剪灯新话》、清初之《聊斋志异》等等，则都被认为有失"小说"之正体，不予著录。

纵观传统目录学对"小说"文体的界定，就可以清楚地知道传统目录学从来就是把"小说"看成是寓劝诫、广见闻、资考证的丛残小语，故而理所当然地把那些富于想象、注重以情动人，或者说只具文学性的作品排斥在"小说"之外。由此可知，历代各公私书目"小说家类"所著录之书目，以今天的小说观念来看，既芜杂不堪，又失载太甚。编撰一部文学类的文言小说书目，也绝不是一件轻车熟路或一蹴而就的工作。

文言小说的出现要早于白话小说，历代史志和私家目录对文言小说的著录虽然不够完备，却从来没有中断过，也就是说传统目录学在一定程度上还承认文言小说作为一种文体的存在，不似对白话小说完全不予理会。这种文化态度，到清末民初，尤其在五四运动以后的一段时期，发生了剧烈的变化。文言小说由于使用文言，一度被新文化运动主张白话文学的思潮划入旧传统而遭到冷遇，而俗语文体的白话小说则被肯定是活的文学，被推崇为文学正宗。受这种思潮影响，很长一段时间以来，白话小说目录有人做，文言小说目录就无人问津了。直到20世纪80年代初，这种状况才有所变化。刘叶秋的《历代笔记概述》（中华书局，1980）和程毅中的《古小说简目》(中华书局，1981）是文言小说书目文献研究复苏的标志。程毅中《古小说简目》是一部严格意义的目录著作，它著录了先秦至唐五代的文言小说，著录的作品以文学性较强的志怪、传奇为主，适当尊重历史传统，参照史志小说类著录的源流，兼收杂事、琐记之类。此书虽说是古小说书目简编，一般不涉及版本源流，但它是第一部现代意义上的文言小说书目，有着重要的学术价值。

全史式的书目是袁行霈、侯忠义编著的《中国文言小说书目》(北京大学出版社，1981）。该书《凡例》云："一九三二年西谛先生序《中国通俗小说书目》，曾提议为传奇文与文言小说编目，惜至今尚无此类书目问世。兹不揣谫陋，编为此书，冀有小补于学术建设。"此书搜罗各正史艺文志、经籍志，各官修目录，重要私人撰修目录，主要地方艺文志等，总计文言小说两千余种，以时代诠次，先列书名、卷数、存佚，再列时代、撰者，著录情况，版本，并附以必要之考证说明。此书与程毅中《古小说简目》之不同有二：第一，它是全史式的书目，从先秦到清末；第二，《古小说简目》以今人小说观念，著录以志怪、传奇为主，对于传统目录"小说家类"著录之作品，以文学性尺度而有所选择；此书则完全依循传统目录"小说家类"之著录，不以今之小说概念作取舍标准。在这个意义上，它仍是传统目录学范畴内的著作。

20世纪80年代以来，中国大陆的文言小说研究开始改变《聊斋志异》一枝独秀的局面，研究范围渐次扩大到文言小说的全部历史。二十年来出版了文言小说的断代史、专题史、通史等著述多种，在书目文献研究方面十分突出的是李剑国所著《唐五代志怪传奇叙录》(南开大学出版社，1993）和《宋代志怪传奇叙录》(南开大学出版社，1997），这两部著作叙录了唐五代及两宋的单篇传奇和志怪传奇集，对每种作品的作者、著录、版本、篇目、流传、影响等项详事考释，资料丰富，条贯分明，源流清晰，应当说不仅是书目文献研究，也是文言小说研究的重大收获。

宁稼雨《中国文言小说总目提要》（齐鲁书社，1996）较之《中国文言小说书目》又有新的特点。它虽然也将历代公私书目"小说家类"著录的作品尽悉收入，但却用今人小说观念对其进行遴选厘定，将完全不是叙事性的作品剔除出去，附于书后之《剔除书目》；另一方面，又把历代公私书目"小说家类"没有著录，然而确实是文学类的小说作品补充进来，全书包括《剔除书目》《伪讹书目》，共收书名3225种。在体例上，全书按时代顺序分为"唐前""唐五代""宋辽金元""明代""清代至民初"五编，每编分为"志怪""传奇""杂俎""志人""谐谑"五类，每类按作者时代先后排列。书名下的内容提要有：版本简况、作者简介、内容梗概、故事源流以及在小说史上的地位等数项。显然，它在《古小说简目》《中国文言小说书目》的基础上前进了一步。

三

近二十年的小说目录有了长足的发展，白话方面有《中国通俗小说总目提要》，文言方面有《中国文言小说总目提要》，而且都是鸿篇巨制，可以说已相当完备，但为何还要兴师动众再来编撰一部《中国古代小说总目提要》[①]呢？简单的回答是：现有的小说书目还

[①] 编撰《中国古代小说总目提要》的设想是1993年在北京香山举行的"中国古代小说国际研讨会"上提出的，当即得到与会的国内外学者的赞同和支持，但鉴于这项工程的巨大和艰难，又有赖于国内外专家群体协作，因此迟迟不敢付诸实施。直到1996年，我主持的"中国小说发展史研究"被列为中国社会科学院重点科研项目，"小说总目提要"作为这个项目的一部分被确定下来，编撰工作才正式展开。《中国古代小说总目》三卷，"白话卷"著录作品1251种，"文言卷"著录作品3486种，包括"索引卷"在内，全书300多万字，2004年由山西教育出版社出版。

是不能满足日益增长的学术需要。

《中国通俗小说总目提要》侧重小说故事情节的提要，却轻忽版本及其源流。版本对于治学者之重要，正如余嘉锡所言："盖书籍由竹木而帛而纸；由简篇而卷，而册，而手钞，而刻版，而活字。其经过不知其若干岁，缮校不知其几何人。有出于通儒者，有出于俗士者，于是有断烂而部不完，有删削而篇不完，有节钞而文不完，有脱误而字不同，有增补而书不同，有校勘而本不同。使不载明为何本，则著者与读者所见迥异。叙录中之论说，不能不根据原书。吾所举为足本，而彼所读为残本，则求之而无有矣。吾所据为善本，而彼所读为误本，则考之而不符矣。吾所引为原本，而彼所读书别本，则篇卷之分合，先后之次序，皆相刺谬矣。目录本欲示人以门径，而彼此所见非一书，则治丝而棼，转令学者瞀乱而无所从，此其所关至不细也。反是，则先未见原书，而执残本误本别本以为之说，所言是非得失，皆与事实大相径庭，是不惟厚诬古人，抑且贻误后学，顾广圻所谓'某书之为某书，且或未确，乌从论其精粗美恶'也。"（《目录学发微·目录书之体制四·板本序跋》）版本对于小说研究又有特别重要的意义。一般来说，经、史、子、集有关修身齐家治国平天下的著作，无论是官刻、私刻，还是坊刻，刻印起来相对要严肃认真一些。小说因无关经时济世，刻印就比较轻率随便，又多半是坊刻，初版面世，只要市场看好，盗版翻刻蜂拥而上。书商为了射利，重刻时往往偷工减料，率意删节，制造出形态各异的简本；还有随意插增情节、改动文字，标榜"古本""原本"，弄得小说版本十分复杂。如不理出众多版本的头绪，确认原本或善本，小说研究就缺乏坚实的版本基础，"某书之为某书，且或未确，乌从论其精粗美恶"也？

厘清版本源流乃是一项艰巨的研究工作。例如日本内阁文库所藏嘉靖刊《大宋中兴通俗演义》这个版本，孙楷第《日本东京所见小说书目》著录为"八卷十八则"，其后的《中国通俗小说书目》著录为"八卷"，未注明分则与否，《中国通俗小说总目提要》没有著录这个嘉靖本的卷则，却在书名项著录为"八卷八十四回"。这些都不准确，此版本为八卷七十三则，加上卷八第一则后所附"岳王著述"，合计为七十四则。令人不解的是《中国通俗小说总目提要》在书名项著录为"八卷八十四回"，但在释文中移录的目次却是"八卷八十则"，自相矛盾。这"八卷八十则"之目，是抄自晚出的天德堂刊本《新镌全像武穆精忠传》或别的八卷八十则本，可是又未注明出处。其次是图像，《日本东京所见小说书目》和《中国通俗小说书目》都著录为十四叶，也是错的。图像应该是二十四叶，也许是孙楷第笔误，在"十四"前漏掉了"二"字。《中国通俗小说总目提要》则以讹传讹，亦著录为"图十四叶"。这里还须指出，图二十四叶不等于图二十四幅，古代小说绣像插图，可以半叶一幅，也可以两个半叶合为一幅。嘉靖本图二十四叶，有半叶一图的，也有两个半叶合为一图的，共图三十幅，因而准确的记录应当是"图二十四叶共计三十幅"。再次是刊刻者的问题。孙楷第两种书目均著录为"清白堂刊本"，《中国通俗小说总目提要》亦沿袭此说。此书卷一首署"书林清白堂刊行"的确是事实，但有两个重要的情况被忽略了：一是卷八末叶B面有木记"嘉靖壬子孟冬杨氏清江堂刊"；二是卷一首叶非原本之首叶，为后来补刻。这首叶题书名为"新刊大宋演义中兴英烈传"，与其余七卷卷首所题书名"新刊大宋中兴通俗演义"不同，是其证据之一。首叶版心未题书名，而全书其余各叶版心均题有书名，是其证据之二。卷八末叶B面木记标明为"清江堂刊"，是其证据之三。卷一首叶既然为补刻，其所署书坊堂号就不可靠，应当以卷八末叶之木记为准，所以此本刊刻者为清江堂。此书附录《会纂宋岳鄂武穆王精忠录后集》第八十八叶B面有木记"嘉靖壬子年秋清白堂新梓行",清白堂刊刻《精忠录》前后集,刊刻时间在嘉靖壬子(三十一年,1552)"秋",要早于《大宋中兴通俗演义》的成书和刊刻的时间,熊大木序的署时为"嘉靖三十一年岁在壬子冬十一月望日",清江堂的木记署时为"嘉靖壬子孟冬"。这个情况说明,日本内阁文库藏嘉靖刊本《大宋中兴通俗演义》是清白堂在嘉靖三十一年之后,将他的《精忠录》后集板片与清江堂的《大宋中兴通俗演义》板片合在一起,做了部分补刻(卷一除首叶外,第五、六、七、八叶也疑非原书所有)后刷印发行。如果这个推断成立,则孙氏和江苏书目肯定此本为"原本""最初刊本"也是错的。诸如此类的错讹,在这两种书目著作中并不少见。

小说版本的复杂问题,是需要许多代学者不断努力研究才能逐步解决的。已有的书目在这方面做出了许多贡献,只是还不能满足当前学术研究的需求,这就是我们下决心以已有的学术成果为基础重新编撰小说总目的原因之一。

版本问题既然如此复杂,我们以为描叙一个版本的完整内容应当包括书名、卷数、版本类型(稿本、钞本、刻本、活字本、石印本等)、版本性质(原刻本、覆刻本、重刻本等)、刊印时间地点、刊刻书坊、插图、版式、行款、刻工、木记、书品(字迹漫漶、污损情况、缺脱或配补等等)、以及序跋、题记、凡例、评点、收藏情况等。这些内容对于研究版本源流十分必要,就是对于考证小说的成书、作者以及创作意图等,也可能会有用处。例如《绿野仙踪》北京大学藏抄本的作者自序就提供了作者李百川生平的资料;《瑶华传》弁言透露了《红楼梦》版行、价格以及社会反响等情况,对于研究《红楼梦》的传播和影响就有一定的价值;《绣屏缘》凡例谈及当时坊刻小说的某种习气，也有助于我们理解通俗小说作为一种商品生产的某些特性。再如对刊刻书坊的著录，如果孤立地看，似乎意义不大，倘若总汇起来，可能会给我们提供诸如小说成书年代、小说生产和传播之类的有价值的信息。

《中国文言小说总目提要》作为小说书目编撰史上一定历史阶段的产物，它当然在一定程度上吸纳了此前的有关学术成果，上自先秦，下迄民国之初，收录书名三千多种，以一人之力在几年间撰成，实在不易，但是毕竟限于一人之精力学力，力所不逮之处显然存在，也是毋庸讳言的事实。文言小说书目的进一步精密化，也是学术界的迫切要求。

我们编撰《中国古代小说总目提要》还有一个关乎全书结构的重要考虑，那就是将文言小说和白话小说合为一体，实现郑振铎在20世纪30年代所提出的愿望。本书分为"白话卷"和"文言卷"，表面上看来是白话小说书目加文言小说书目，是一加一；但本书的"索引卷"却有这样一种功能，它能够将"白话卷"和"文言卷"合二为一，完全拆除掉横亘在白话小说和文言小说之间的藩篱。例如要检索明代嘉靖年间有哪些白话和文言小说，只要查"索引卷"的"嘉靖"条，情况便一目了然。如果要了解白话小说和文言小说究竟有哪些作品描叙赵飞燕的故事，也只要查"索引卷"的"赵飞燕"条便可得到答案。这种结构，是此前所有的小说书目都不曾有过的，也算是学术上的一种探索。

四

一般来说，书目应当按门类系书，以助辨章学术、考镜源流，但小说有其特殊的情况，已有的各种分类法，似乎都难以规范所有的作品。先看白话小说。孙楷第《中国通俗小说书目》的分类依从鲁迅《中国小说史略》而有所变通，类目有"讲史"、"烟粉（包括'人情''狭邪''才子佳人''英雄儿女''猥亵'五个子目）"、"灵怪"、"说公案（包括'侠义''精察'两个子目）"、"讽谕（包括'讽刺''劝诫'两个子目）"，话本小说的总集和自著总集则单列一门。孙楷第在该书《分类说明》中也承认小说"自明以降，则杂糅实甚"，他的分类，"事属权假，不得以严格绳之"。的确，他的这种分类未能准确地归纳所有的小说，有不少作品的类属都是大有讨论余地的。比如说"讲史"一类，《三国志演义》当然是典型，其标准应当是"七实三虚"，作品演述的故事要基本上符合历史事实，但是把《女仙外史》《大明正德皇帝游江南传》这类无史实依据、故事完全虚构的作品也收在"讲史"类中，就有点不伦不类。又如《水浒传》归在"说公案"中，而《海刚峰先生居官公案传》《百家公案》《龙图公案》《皇明诸司公案》《廉明奇判公案》《明镜公案》《详情公案》《详刑公案》诸书却不在"说公案"中，而列入"自著总集"里，就不太恰当。类型批评对于描述和阐释小说发展进程是有效的，鲁迅《中国小说史略》运用类型批评的实践是一个成功的范例。但是类型批评的"类型"不能简单移用于目录学的分类。这里存在一个分类标准的问题。在小说史著作和小说专论中，其分类标准可以是多重的，如鲁迅所谓的"讲史小说""神魔小说""人情小说""狭邪小说"等是以题材划分的，"市人小说""侠义小说"等是以人物划分的，"讽刺小说""谴责小说"则又是以风格划分的。标准的多重，必然会出现某些作品分类时有交叉现象，如一部作品写的是神魔，但风格上有讽刺的特征，归在"神魔"也可，归在"讽刺"也可。又如《绿野仙踪》这种既写神魔道化，又写市井人情，是划在"神魔"，还是划在"人情"？这种少数作品归属不清的情况在小说研究中常常被忽略,也可以被忽略,因为研究者在类型批评中并不需要将所有作品对号入座,他的目的在于通过类型来描述小说发展的轨迹,通过同类比较揭示某个作品的独特性。小说目录的分类完全是另一种性质,分类本身就是目的,而且不能遗漏任何一部作品于门类之外。显然,小说目录的分类可以而且应该借鉴小说类型研究的成果,但原则和标准上的照搬都不适宜。

　　白话小说如此,文言小说又何尝不是这样?宁稼雨《中国文言小说总目提要》将文言小说分为"志怪""传奇""杂俎""志人""谐谑"五类,唐前不设"传奇"而立"传记"一类。宁稼雨在该书《前言》里就声明很难区分"志怪"和"传奇"。"志怪"一词首见于《庄子·逍遥游》:"齐谐者,志怪者也。"意思是说齐谐是记录怪异之事的人。在这里,"志怪"是动宾词组,不是文体概念。六朝祖台之、曹毗等人著有题为《志怪》之书,到唐代段成式《酉阳杂俎序》说"志怪小说之书","志怪"才成为小说类型概念。这个类型是以题材为标准的。"传奇"一词则出现较晚,晚唐裴铏以《传奇》作为书名,本义是记载奇异之事。将"传奇"与"志怪"对举,最早可能是南宋谢采伯,他的《密斋笔记·自序》说:"经史本朝文艺杂说几五万余言,固未足追媲古作,要之无牴于圣人,不犹愈于稗官小说、传奇志怪之流乎?"与《密斋笔记》同时代的灌园耐得翁《都城纪胜》记瓦舍众伎之"说话""小说"一家有"传奇"一类,但它是口头文学的概念,元代虞集《道园学古录》卷三十八《写韵轩记》说:"盖唐之才人,于经艺道学有见者少,徒知好为文辞,闲暇无所用心,辄想象幽怪遇合,才情恍惚之事,作为诗章答问之意,傅会以为说,盍簪之次,各出行卷,以相娱玩,非必真有其事,谓之传奇。"此"传奇"即已是一种文体概念。明代胡应麟《少室山房笔丛》则将"传奇"列为"小说"六类之一，与"志怪"并列。"传奇"立类的标准也是题材，所谓记奇异之事。这奇异之事当然也包括怪异之事，有人间的奇事，也有神鬼之事。"传奇"的题材范围比专记神鬼灵异之事的"志怪"要大得多。然而"传奇"和"志怪"的界线也就难以清楚地划分。胡应麟在小说分类时就说，"至于志怪、传奇，尤易出入，或一书之中二事并载，一事之内两端具存，姑举其重而已"。"传奇"作品叙神鬼灵怪之事真不少，如唐代传奇《任氏传》《章氏传》，宋代传奇《越娘记》《乌衣传》，明代《剪灯新话》，清代《聊斋志异》中的许多作品，因此仅以题材作为标准而划分志怪和传奇是困难的。清代纪昀曾批评《聊斋志异》以传奇法写志怪，在纪昀看来，想象虚构和铺叙藻饰是"传奇"的特征，志怪应当坚持实录，文字要相应简古，篇幅自当短小。就区别志怪和传奇的文学特征而言，纪昀的意见很有道理。不过运用这个理论去实际划分一部作品，操作起来仍然比较困难。还有，志怪、传奇、志人、杂俎等等常常是混杂在一本集子里，比如宋代刘斧的《青琐高议》，集子中收有《流红记》《王幼玉记》《越娘记》等为数不多的传奇文，集子中占居多数的是志怪和杂录，如何归类？《四库全书总目》认为它"所记皆宋时怪异事迹及诸杂传记，多乖雅驯"，故不列入"杂事""异闻""琐语"三类中，仅著录在笼统的"小说家类存目"里，《中国文言小说总目提要》将它归在"传奇"类就显得勉强。又如明代陆粲的《庚巳编》，其内容按中华书局1987年版《点校说明》所归纳，大致分为四类：一、明代的刑狱案件和社会新闻，二、明代某些奇人之异行，三、祥瑞灾变，四、明代的某些民俗。说它是志怪小说集，或者说是志怪、传奇小说集，似乎都不确切。《中国文言小说总目提要》将它归在"志怪"类，也显得勉强。再如《聊斋志异》，实际上内中的传奇作品只占全书篇数的三分之一,其他三分之二都是志怪和杂录,当然这三分之一的传奇篇幅都较长,而且是《聊斋志异》的精华和代表,但从目录学的立场来划分类别,如《中国文言小说总目提要》将它归在"传奇"类,就不太符合实际。文言小说集诸如此类的情况不胜枚举,很难将它们分别妥当地安放在我们预设的类型框架内。

目录学对小说的分类,是一个有待于进一步探讨和研究的问题。在没有求得稳妥的方案之前,我们以为与其给人一种不准确或者不甚科学的门类概念,不如暂不分类。

再来看按时间顺序编排小说作品所面临的难题。《中国通俗小说书目》按门类系书,各门类所系之书概以编著者时代或成书先后为序进行编排。《中国通俗小说总目提要》和《中国文言小说书目》则不分类,著录的作品均按产生的时间顺序编排。时间顺序的原则是无可争议的,问题是小说作品产生年代不详的情况比较多见。《中国通俗小说书目》针对这个实际情况,将不能确定年代的作品统统列于所处朝代之后,这也是一种权宜之计。但是《中国通俗小说书目》对他认为没有时间疑问的作品的编排,时序上仍然存在问题。比如"自著总集"类下,《醉醒石》《清夜钟》《鸳鸯针》等均为清初作品,却都被错误地排在明朝,清初的《豆棚闲话》,又被后置到乾隆的时段里。这种情形,实在不能责难书目的编撰者,因为我们对古代小说研究的历史不长,有待于解决的学术疑难很多,其中作品成书的确切年代就是疑难问题之一。古代小说,尤其是通俗小说,作者真实姓名不详的不在少数,这些佚名者的生卒年就难以确定,要按年月日来准确排定这些佚名者的次序,在今天还不大可能;如果版本上都有序跋题记的纪年或书坊镌刻时间标识,那问题又好办得多,可惜许多小说的现存版本都无这些时间标识。一些学者在这方面做过不少考证，但考证的结论只会有一个大概的时间，很难准确地笃定在某年某月某日。而作为目录书，如果要以时间顺序来编排作品，就必须要有具体的时间依据，比如可以确定为清代康熙年间成书的通俗小说有数十部，我们说它们成书在康熙年间是没有问题的，但要将它们一部一部按时间先后次序排列出来，就大有问题了，只要其中有部分作品成书的具体时间不能确定，其排列就不能不带有明显的主观性。我们以为与其给人不准确的时间概念，还不如暂时搁置此项努力为好。

综上所述，有鉴于古代小说作品存世的实际情况，我们编撰的《中国古代小说总目提要》所有条目一概按条目的第一个字的音序加以编排。我们深感这并不是理想的办法，但在现实条件下，却是明智的、合理的选择。理想的解决之道，只能寄托于将来。

（原载《南京师范大学文学院学报》2003 年第 4 期）

俞平伯和新红学

俞平伯是一位学者兼诗人、散文家。他在文学创作和文学研究上的贡献是多方面的，因为20世纪50年代的一场批判运动而使他竟以红学家闻名于世。俞平伯自1921年4月受胡适《红楼梦考证》的影响与顾颉刚讨论《红楼梦》起，便与《红楼梦》结下不解之缘。1923年出版他的第一部也是奠定他红学学术地位的专著《红楼梦辨》，1952年又将它修订改题《红楼梦研究》出版。1954年出版《脂砚斋红楼梦辑评》，1958年出版《红楼梦八十回校本》，1954年1月至4月发表读《红楼梦》随笔三十八篇，后结集为《读〈红楼梦〉随笔》，直到晚年，他还不时发表有关红学的文字。他对于《红楼梦》，一生都保持着当年与顾颉刚讨论时的热情和诚实。

关于俞平伯红学之功过，半个世纪以来已有无数的评说，这些言论和著述累积起来大约也汗牛充栋了吧。照理说，已没有什么新话可说。然而事实并非如此，作为一个学案，他的学术真相需要经过历史的反复考量才能显露出来。现在我们已经站在新世纪的门槛上，回望离我们而去的百年红学，从学术史的角度来审视俞平伯的红学，也许有助于探寻它的真相吧。

一

俞平伯研究《红楼梦》，照他自己的说法，是要还《红楼梦》

的本来面目。用文怀沙的话来说，则是"辨伪"和"存真"[①]。

《红楼梦》的面目确实是模糊不清的，有些地方还被歪曲得不成样子。它开始传世时，只是一些残缺的尚未定稿的抄本，现在能够见到的只有八十回，据说八十回以后还有草稿，可惜都佚失了。1791年程伟元、高鹗用活字排印了一百二十回《红楼梦》，他们说后四十回是偶然发现的，使残璧复合为全璧，他们只是做了文学修订的工作。从此以后，人们一般都相信一百二十回是《红楼梦》的本相，就是像王国维这样的学者也没有怀疑它的真实性。文本如此，对文本的评论更是众说纷纭，评点派、杂评派、索隐派，各执己见，使得《红楼梦》的面目更加扑朔迷离。

评点和杂评在本质上都是随想式的主观批评，其中片断评论不乏独到见解，尤其是脂砚斋等人的某些批语披露了曹雪芹写作《红楼梦》的情况，是了解曹雪芹生平家世以及创作的重要资料，但总体来说，评点和杂评不足以全面准确把握《红楼梦》的精神，算不上是科学意义的批评。索隐派批评自有渊源，它勃兴于民国初年，一时成为《红楼梦》评论的主流。索隐派认为从前评点家和杂评家都是无的放矢，认为他们未能领悟《红楼梦》影射真人真事这个真谛，因而只在小说所描写的假人假事身上立论，不免自为好恶、妄断是非。王梦阮、沈瓶庵的《红楼梦索隐》通过所谓钩沉索隐，宣布他发现《红楼梦》竟然写的是顺治皇帝（清世祖）和董鄂妃的故事。此书在1916年出版，很快便再版至十三版之多，可知当年所产生的社会轰动效应。次年（1917）蔡子民（元培）出版《石头记索隐》，他认为《红楼梦》写的是清康熙朝的政治斗争，宝玉是皇

[①] 文怀沙《红楼梦研究跋》，收入《俞平伯全集》第五卷，花山文艺出版社，1997年版，第523页。

太子胤礽，黛玉是朱彝尊，宝钗是高江村，十二金钗都是当时的著名文人。1919年又有邓狂言的《红楼梦释真》出版，他认为《红楼梦》是一部明清兴亡史，宝玉既指顺治，又指乾隆；黛玉既指董鄂妃董小宛，又指乾隆之孝贤皇后富察氏并兼指方苞；平儿指柳如是，又指尹继善。如此等等，不一而足。索隐派的高论因新奇而惊俗，此论一出，完全盖倒了评点派和杂评派，独领红学风骚。

于此可见，俞平伯说《红楼梦》面目不清，一点也不过分。正是在这样的背景下，1921年胡适发表了《红楼梦考证》。胡适的《红楼梦》研究是他推进新文化运动的一个策略和步骤，他借此提高平民文学、白话文学的地位，宣传他的"双线文学的新观念"，并告诉世人一种思想学问的科学方法。胡适说向来研究《红楼梦》的人都走错了道路，把以往的研究概而言之为"附会的红学"。这"附会的红学"专指索隐派。他之所以撇开评点派和杂评派不谈，大概是认为评点和杂评只是文学评论，而索隐派虽然荒谬，却在历史学的范畴内，与他的《红楼梦》研究是一种学术类型，因此他不承认评点和杂评是学术。胡适抓住"作者之生平"这一个大问题，运用治经学、史学的考证的方法，考证出曹雪芹的生平与曹家盛衰的历史，认为《红楼梦》"只是老老实实的描写这一个'坐吃山空''树倒猢狲散'的自然趋势"，"是一部自然主义的杰作"[①]。这就是著名的"自传说"。胡适对《红楼梦》研究本身的贡献：一是肯定作者为曹雪芹，从大量文献中搜集到曹雪芹生平家世的宝贵资料，并由这些事实断定《红楼梦》是曹雪芹的自叙传；二是从版本上考定《红楼梦》是未完之作，后四十回为高鹗补缀。胡适的研究也到此为止。他的兴趣只在用历史研究的方法来考证《红楼梦》，

---

① 胡适《胡适红楼梦研究论述全编》，上海古籍出版社，1988年版，第107—108页。

无意深入《红楼梦》的文学世界。

俞平伯受了胡适的影响，并在胡适研究的基础上将研究推向纵深。他从作者和背景的研究转移到文本的研究，他从历史的眼光转变为文学的眼光。胡适认为后四十回不是曹雪芹的手笔，只是一种假设，并没有拿出实在的证据，他还以为后四十回的回目是原书就有的，因而判断后四十回大体上没有违背曹雪芹的意思。俞平伯所依赖的除了版本校勘之外，就是文学鉴赏的能力以及在这鉴赏能力之上所建构的一套评价原则和系统。鉴赏不是研究，但鉴赏是研究的必不可缺的前提和基础，这是文学研究不同于历史学研究的根本之点。具有较高水平的欣赏能力的人阅读《红楼梦》，读到第八十一回都会有一种变味儿的感觉，这经验如同张爱玲所说："小时候看《红楼梦》看到八十回后，一个个人物都语言无味，面目可憎起来，我只抱怨'怎么后来不好看了？'。"[1] 俞平伯的文学鉴赏能力，正如何其芳所说"是胡适所缺乏的"[2]。胡适认为《红楼梦》比不上《儒林外史》，甚至比不上《海上花列传》和《老残游记》，他自己也一再声明，"我没有说一句从文学观点赞美《红楼梦》的话"[3]。俞平伯利用了脂本和脂评，但他更主要的是依靠了鉴赏，可贵的是他以鉴赏为基础建构出一套评价原则和系统，使得他的评价具有了学术的品格。他比较前八十回和后四十回，立下三条标准：一、后四十回所叙述的"有情理吗？"二、"能深切的感动我们吗？"三、"和八十回底风格相类似吗？所叙述的前后相应合吗？"[4] 鉴赏是主观的，但这三条标准却具有客观性，并且符合小说的文学

---

[1] 张爱玲《红楼梦魇》，上海古籍出版社，1995年版，第2页。
[2] 何其芳《论红楼梦》，收入《何其芳文集》，人民文学出版社，1983年版，第五卷第290页。
[3] 胡适《胡适红楼梦研究论述全编》，上海古籍出版社，1988年版，第289页。
[4] 《俞平伯全集》，花山文艺出版社，1997年版，第五卷第109页。

特性。俞平伯运用这个原则和系统分析后四十回,指出后四十回写宝玉中举、贾府复兴等等根本违背了原作的精神,断非曹雪芹所作,又结合脂本脂评,证明后四十回不但本文是续补,即回目亦断非固有。这个结论,被后来发现的多种早期抄本证明是完全正确的。俞平伯对后四十回的评价是"功多罪少"[①]。续补使得《红楼梦》成为一部首尾完整的小说,它到底将宝玉、黛玉分离,一个走了,一个死了,保持了《红楼梦》的一些悲剧的空气。高鹗的失败,在于高鹗的身世思想、性格和嗜好与曹雪芹有根本的不同,他的续补不可能与前八十回的精神完全贯通。俞平伯对后四十回续补性质的考定和对后四十回的文学评价,是全面的也是客观的。

文本的研究还包括对前八十回原稿和前八十回以后佚稿的探索。由于前八十回是几经增删而又未定稿的抄本,从版本校勘入手研究原稿的形态,是探寻曹雪芹创作过程的现实路径。俞平伯根据"庚辰本"第十七、十八回不分回以及第三十五回和三十六回之间断接等异常情况,结合情节文字和脂砚斋评本的抄本上的批语,对秦可卿之死进行探幽索隐。他列举四项:一、"从荣府中闻丧写起,未有一笔写死者如何光景,如何死法";二、第十三回说"彼时合家皆知,无不纳闷,都有些疑心",这"纳闷"和"疑心"字眼值得深究;三、秦氏既患的是痨症,自不会骤死,骤死则非由病,这才引起了人们的疑心纳闷;四、秦氏死后的各种光景,由宝玉惊得吐血,贾珍的哀毁逾恒、如丧考妣,尤氏的胃病复发,联系瑞珠的触柱,宝珠的做义女等等,证明原稿写秦可卿是自缢而死,原因是她与贾珍私通被婢女撞见。这个结论被后来发现的"甲戌本"上的脂批所证实。"甲戌本"第十三回有批语曰:"'秦可卿淫丧天香

---

① 《俞平伯全集》,花山文艺出版社,1997年版,第五卷第129页。

楼'，作者用史笔也。老朽因有魂托凤姐贾家后事二件，嫡（岂）是安富尊荣坐享人能想得到处？其事虽未漏，其言其意则令人悲切感服，姑赦之，因命芹溪删去。"又曰："此回只十页，因删去'天香楼'一节，少却四、五页也。"俞平伯对前八十回原稿的研究虽然只是初步的，涉及的内容是局部的，还谈不上系统全面，但它却开启了研究《红楼梦》成书过程的大门。现在对成书过程的研究已经成为当代红学的一个重要部门。

探索八十回以后的佚稿是俞平伯用力较多的又一课题。他根据八十回对后事的暗示性文字、人物性格和情节发展逻辑，对曹雪芹所写的八十回以后的重要故事情节做了一系列推测。他的推测大略有四项，一是贾氏，二是宝玉，三是十二钗，四是众人。总的结果是贾家没有重兴，宝玉贫穷而后出家。这些推测在佚稿发现之前还很难做出肯定的判断，但它对我们认识曹雪芹《红楼梦》的真面目，多多少少提供了一个重要的参照系统。这项研究的后继者不乏其人，发展至今已成为当今红学中的"探佚学"。

二

我们谈俞平伯，不能不谈胡适，但又不能与胡适混为一谈。俞平伯研究《红楼梦》在旨趣、观念和方法上与胡适有重要区别。胡适对《红楼梦》文学本身并无多大兴趣，他把《红楼梦》"看做同化学问题的药品材料一样，都是材料"，"拿一种人人都知道的材料用偷关漏税的方法，要人家不自觉的养成一种'大胆的假设，小心的求证'的方法"[1]。胡适自言有历史癖，他对传记、年谱之类文体

---

[1] 胡适《胡适红楼梦研究论述全编》，上海古籍出版社，1988年版，第231页。

情有独钟，他眼中的《红楼梦》只是曹雪芹的自叙传，所以他只用历史的方法来考证《红楼梦》。沿着"自传说"的路线走下去的不是俞平伯，而是周汝昌。周汝昌的《红楼梦新证》（棠棣出版社，1953年版）把胡适的"自传说"发展到极致，红学变成曹学，也把它的弱点和缺欠暴露无遗。

俞平伯是一位诗人和散文家，他的兴趣在文学本身。文学是什么？20年代俞平伯不同意当时流行的三种解释，一所谓"是描画外物的"，二所谓"抒写内心的"，三所谓"表现内心所现出的外物的"，他认为文学就是它自身，不凭任何外在的东西而存在。他在1925年3月所作的《文学的游离与其独在》中说：

> 一切事情的本体和它们的抄本（确切的影子）皆非文艺；必须它们在创作者的心灵中，酝酿过一番，熔铸过一番之后，而重新透射出来的（朦胧的残影），方才算数。申言之，natural 算不了什么，人间所需要的是 artificial。创造不是无中生有，亦不是抄袭（即所谓写实），只是心灵的一种胶扰，离心力和向心力的角逐。追来追去，不落后，便超前，总走不到一块儿去；这是游离。寻寻觅觅，终于扑个空，孤凄地呆着；那是独在。①

文学不是外物的"确切的影子"，这种观念在根本上就抵牾了"自传说"。他主张为文学而文学。他的散文创作，追求的是一种闲情逸趣和朦胧苦涩的韵味。朱自清评论说："近来有人和我论起平伯，说他的性情行径，有些像明朝人。我知道所谓'明朝人'，是指明末张岱、王思任等一派名士而言。这一派人的特征，我惭愧还不大

---

① 《俞平伯全集》，花山文艺出版社，1997年版，第二卷第9页。

弄得清楚；借了现在流行的话，大约可以说是'以趣味为主'的吧？他们只要自己好好地受用，什么礼法，什么世故，是满不在乎的。他们的文字，也如其人，有着'洒脱'的气息。"（《燕知草序》）[1] 弄清俞平伯的文学观念和实践，就不难明白俞平伯对《红楼梦》的观念和研究方法何以与胡适不同。

"自传说"的基本观念是把《红楼梦》当作一部信史。毋庸讳言，俞平伯当初是接受"自传说"的。《红楼梦辨》中卷有《红楼梦底年表》一章，他是在"自传说"的支配下所做的考证。同卷《红楼梦底风格》一章曾说："我们有一个最主要的观念，《红楼梦》是作者底自传。从这一个根本观念，对于《红楼梦》风格底批评却有很大的影响。"[2] 不过从他的具体论述中可以发现，他所谓的自传观念只是文学的写实主义。关于这一点，下文将会涉及。但接着他在考证大观园的地点问题时便发现了似南方又似北方的难以解决的矛盾。"这些自相矛盾之处如何解法，真是我们一个难题。……我想，有许多困难现在不能解决的原故，或者是因为我们历史眼光太浓厚了，不免拘儒之见。要知雪芹此书虽记实事，却也不全是信史。他明明说'真事隐去'，'假语村言'，'荒唐言'，可见添饰点缀处是有的。从前人都是凌空猜谜，我们却反其道而行之，或者竟矫枉有些过正也未可知。"[3] 大观园地点之难以坐实，这一个案使俞平伯对"自传说"产生了疑问，并由此对胡适的小说观提出了质疑，"《红楼梦》虽是以真事为蓝本，但究竟是部小说，我们却真当他是一部信史看，不免有些傻气"[4]。如果说《红楼梦辨》中这种非"自传说"

---

[1] 《俞平伯全集》，花山文艺出版社，1997年版，第二卷第124页。
[2] 同上，第五卷第162页。
[3] 同上，第五卷第183页。
[4] 同上。

的观念只是局部的思想和个别的怀疑的话，那么几年之后，他在1925年2月7日《现代评论》第一卷第九期发表的《〈红楼梦辨〉的修正》就是自觉而明确地与"自传说"划清界限。这篇文章要修正什么呢？"我说，是《红楼梦》为作者的自叙传这一句话。"① 这篇文章几乎与上文所引的《文学的游离与其独在》同时发表，可见是经过深思熟虑而非即兴之作。他用文学不是经验的重现而是经验的重构这条文学"通则"来看待《红楼梦》，说：

> 以此通则应用于《红楼梦》的研究，则一览可知此书之叙实分子决不如我们所悬拟的多。写贾氏的富贵，或即取材于曹家；写宝玉的性格身世，或即取材于雪芹自己（其实作品中各项人物都分得作者个性的一面）；写大观园之"十二钗"，或即取材于作者所遭逢喜爱的诸女……这些话可以讲得通的。若说贾即是曹，宝玉即是雪芹，黛为某，钗为某……则大类"高山滚鼓"之谈矣。这何以异于影射？何以异于猜笨谜？试想一想，何以说宝玉影射允礽、顺治帝即为笨伯，而说宝玉为作者自影则非笨伯？我们夸我们比他们讲得较对，或者可以；说我们定比他们聪明却实在不见得。即使说我们聪明，至多亦只可说我们的资质聪明，万不可说我们用的方法聪明；因为我们和他们实在用的是相似的方法，虽然未必相同。老实说，我们还是他们的徒子徒孙呢，几时跳出他们的樊笼。我们今天如有意打破它、彻底地打破它，只有把一个人比附一个人，一件事比附一件事，这个窠白完全抛弃。②

---

① 《俞平伯全集》，花山文艺出版社，1997年版，第五卷第285页。
② 同上，第五卷第288—289页。

俞平伯对"自传说"的检讨和批评，不是就事论事，而是上升到观点和方法论的高度，表现了深刻的理性。他又说：

> 小说只是小说，文学只是文学，既不当误认作一部历史，亦不当误认作一篇科学的论文。对于文艺，除掉赏鉴以外，不妨作一种研究；但这研究，不当称为历史的或科学的，只是趣味的研究。历史的或科学的研究方法，即使精当极了；但所研究的对象既非历史或科学，则岂非有点驴唇不对马嘴的毛病。……《红楼梦》在文坛上，至今尚为一篇不可磨灭的杰构。昔人以猜谜法读它，我们以考据癖气读它，都觉得可怜而可笑。①

文末他甚至向他的老师胡适进言，希望胡适换上文学的眼光来读《红楼梦》。也几乎是同时，他还在1925年1月20日《京报副刊》第四十二号上发表一篇答读者的《关于〈红楼梦〉》的公开信，信中对于《红楼梦辨》囿于"自传说"的一些考证，表示"我现在很少趣味了"，"我何以对此等问题渐少趣味呢。我恭恭谨谨地说，我新近发见了《红楼梦》是一部小说"②。从此以后，俞平伯在几十年的研究生涯里反复申述这个意见，并且把这个意见贯彻到他的研究中。我们读他的《读〈红楼梦〉随笔》和其他文章，趣味的研究或者有之，却全然不见"自传说"的踪影了。

对于俞平伯的劝谏，胡适一直保持沉默。也许是思路的分野，胡适研究《红楼梦》，醉翁之意不在酒，只在宣传科学主义，因而并不认真理会俞平伯的意见。一直到1957年，当俞平伯受到大批

---

① 《俞平伯全集》，花山文艺出版社，1997年版，第五卷第290、291页。
② 同上，第五卷第295页。

判之后，他写了一篇题为《俞平伯的〈红楼梦辨〉》的短文，末署："1957年7月23日夜半。记念颉刚、平伯两个《红楼梦》同志。适之。"此文只是回忆20年代俞平伯、顾颉刚受他感染讨论《红楼梦》的情形，丝毫也没有涉及俞平伯在学术上与他不同的见解，谈到《红楼梦辨》的贡献，只淡淡地说："平伯此书的最精彩的部分都可以说是从本子的校勘上得来的结果。"①这个评语未必允当。俞平伯此书用文学的眼光来支配和使用考证的方法，其中相当的部分完全是文学的批评。如果说到版本，俞平伯当时知道的版本除"程高本"外，就只有"戚蓼生序本"，比较重要的本子，"甲戌本"发现于1927年，"庚辰本"发现于1933年，其他本子的出现则更晚一些；用仅有的两种本子做版本校勘，能解决《红楼梦》的多少难题呢？倘若只承认俞平伯的版本研究，则等于无视俞平伯在建构文学研究系统方面的贡献。看来胡适并不同意，当然也不接受俞平伯的劝谏。坚持"自传说"的学者对《红楼梦辨》均抱保留的态度，近年周汝昌仍重复胡适的意见，说《红楼梦辨》"基本上是一部版本考订的性质"的书②。

三

俞平伯认为《红楼梦》是一部小说，考证的方法不能完全解决文学的问题。这个思想早在他与顾颉刚讨论《红楼梦》之初就已萌芽。他建议与顾颉刚合办一个研究《红楼梦》的月刊，刊载两类文字，一类是把历史的方法做考证的，一类是用文学的眼光做批评

---

① 胡适《胡适红楼梦研究论述全编》，上海古籍出版社，1988年版，第247页。
② 周汝昌《还"红学"以学》，《北京大学学报（哲学社会科学版）》1995年第4期，第41页。

的①。做考证很难，做文学批评也不容易，特别是做古代文学的批评，它需要把握作者生平家世以及作家写作的文化空间，需要处理版本问题，文学中含有历史的和文献的性质，做起来更不容易。俞平伯深知文学批评的不易，他认为文学批评最要防止的是主观式的批评。他说：

> 原来批评文学底眼光是很容易有偏好的，所以甲是乙非了无标准。俗语所谓，"麻油拌韭菜，各人心里爱"，就是这类情景底写照了。我在这里想竭力避免那些可能排去的偏见私好，至于排不干净的主观色彩，只好请读者原谅了。②

红学中评点派和杂评派的批评之弱点就在于他们是印象式批评，不顾及作者、时代和版本，亦无现代科学的系统，他们自己又不自觉于批评的主观性而谨慎为之，反而随意挥洒，在批评中注入历史的和逻辑的判断。这种批评常常引导人误入歧途。有鉴于此，俞平伯进行文学批评时如履薄冰，慎之又慎。

《红楼梦辨》中卷"作者底态度"和"红楼梦底风格"是俞平伯文学批评的两节重要文字。俞平伯分析了旧红学的失误，指出其失误的起源在于毫不顾及作者是谁，因而更无以明了作者作书的意趣态度。也就是说，俞平伯的文学批评是以胡适对曹雪芹生平家世的考证成果为基础和前提的。但俞平伯并不接受胡适对作者态度的见解，胡适的见解服从于"自传说"，认为作者"只是老老实实的描写这一个'坐吃山空''树倒猢狲散'的自然趋势"，作者只是实

---

① 顾颉刚《红楼梦辨序》，收入《俞平伯全集》，花山文艺出版社，1997年版，第五卷第65页。
② 《俞平伯全集》，花山文艺出版社，1997年版，第五卷第161页。

录。俞平伯的文学观念与这种镜子式的反映论格格不入，他当然不满足于胡适的说法。他一定要把作者的态度弄个明白。为此他设计了探寻作者态度的两条途径：一是"从作者自己在书中所说的话，来推测他做书时底态度"，二是"从作者所处的环境和他一生底历史，拿来印证我们所揣测的话"。由这两条通道，他找到的答案是三点：一、《红楼梦》是感叹自己身世的，二、《红楼梦》是为情场忏悔而作的，三、《红楼梦》是为十二钗作本传的。这三点是不是曹雪芹的态度的全部呢？他不肯武断，他只说至少是窥测到一部分。此后红学又发展了半个多世纪，今天来看俞平伯的结论，还是比较稳妥的。

重要的还不在结论本身，而在俞平伯对于红学的文学批评范式的设计。他把对作者本意的研究，看作是打开作品全部意义的大门。的确，对于作者本意的研究，是从作者生平家世考证的外部研究进入文本的内部研究的过渡环节，而从作者创作意图进入文学的内部结构，乃是一条避免陷入主观式批评的路线。它确定作者个人由生平家世思想等等因素造成的特殊性，并由这特殊性去解析作品的内在意蕴，显然是较多地排除了批评者出于个人偏好的主观因素，把批评者的想象限制在理性客观的界限之内。

从作者创作意图进入文本的文学世界，俞平伯抓的是风格问题。评论一部小说，着眼于小说的风格，不仅在当时具有独创性，就是对于今天的文学研究也仍有启迪的价值。俞平伯对于"风格"一词未做理论的阐释，从他在运用这个概念的批评实践中可以看出，"风格"包含着作者的态度和表现手法，并由二者结合而形成的与同类体裁作品的不同的个性。他认为曹雪芹的创作意图是感叹身世，情场忏悔，为十二钗作传，因而他的创作原则和方法是"逼近真情""按迹寻踪实录其事"。这样创造出来的艺术，人物的人格都是平凡的,优点和弱点同在;情节结构是逼真的,一点也不受俗情所喜好的大团圆主义的左右。与《水浒》《儒林外史》等小说相比,《红楼梦》的风格是"怨而不怒"。

"怨而不怒"曾被人误解为作者没有爱憎立场,作品没有倾向性。如果不偏执于只言片语和个案分析,综合全文来看,俞平伯所谓"怨而不怒"实在指的是含蓄,这含蓄既是文章的风格,又是作者的个性。含蓄来源于作者对人世的深深的哀思。"愤怒的文章容易发泄,哀思的呢,比较的容易含蓄"。含蓄的文章,"初看时觉似淡淡的,没有什么绝伦超群的地方,再看几遍渐渐有些意思了,越看得熟,便所得的趣味亦愈深永。所谓百读不厌的文章,大都有真挚的情感,深隐地含蓄着,非与作者有同心的人不能知其妙处所在"[①]。含蓄还来源于作者对人生的忠实态度,在审美主客关系上,不以作者的偏见嗜好改造事实,因而含蓄的文章逼近真情和事实。他写人,不是好人皆好,坏人皆坏,因为没有疵点的好人和彻底的坏人在生活中是没有的;他写事,能够保有生活缺陷的真相,绝不迎合习俗对大团圆的喜好,因为大团圆只是理想中的幻境,更不是曹雪芹经历的事实。基于这个"怨而不怒"的风格,俞平伯称赞《红楼梦》对于传统"很有革命的精神"。

如果比较一下鲁迅在 20 年代所著《中国小说史略》和同期题为《中国小说的历史的变迁》的讲演中有关《红楼梦》的论述,你就会佩服俞平伯的文学眼光了。《中国小说史略》认为《红楼梦》"叙述皆存本真,闻见悉所亲历,正因写实,转成新鲜"。《中国小说的历史的变迁》说《红楼梦》"敢于如实描写,并无讳饰,和从前的小说叙好人完全是好,坏人完全是坏的,大不相同,所

[①]《俞平伯全集》,花山文艺出版社,1997 年版,第五卷第 170—171 页。

以其中所叙的人物，都是真的人物。总之自有《红楼梦》出来以后，传统的思想和写法都打破了"。鲁迅的这两段文字被人们一引再引，早已成为经典之论，而俞平伯同样的思想和见解，而且说得更系统更细致，反而遭到曲解和批判，这怎么能不为之叫屈呢！

俞平伯把握"怨而不怒"风格的深度，又表现在他用它作为一个尺度来考量后四十回，证明后四十回背离原书风格，绝非曹雪芹的手笔。如他对宝玉中举然后仙去，对贾府重兴等等的分析，都切中肯綮，验证了他用风格做考证标准是可行的。其中他谈到后四十回写贾母对林黛玉的态度过于冷酷无情，失去了"怨而不怒"的风格。这条意见遭到了严厉的批评，并成为"怨而不怒"就是认为《红楼梦》没有爱憎立场这种解释的典型例证。言下之意，后四十回写贾母对黛玉冷酷无情，表现了贵族地主阶级的本性，正是作品倾向性所在，是写得好的。现在平心静气地读读俞平伯的文字，即可知俞平伯的见解如何贴切和准确。黛玉失去父母，寄人篱下，贾母对她这个孤苦的外孙女的疼爱在八十回中写得明明白白；她作为家长，考虑到家族的根本利益而不同意宝、黛成婚，但不等于不怜爱黛玉。按原书的风格，断然不会像后四十回那样做简单而无情的处理。根据红学家探佚的成果，原稿应当是黛玉死后贾母等人才论宝玉的婚事，这不证明俞平伯的论断是贴近原书真相的吗？

文学批评要清除主观的因素，但实际上是除之不尽的，因为批评本身就是主观的性质。俞平伯对《红楼梦》的文学批评也不可能不带有主观的色彩。如前所述，俞平伯是一位闲适派的散文家，在文学观上强调文学的非功利性，他在文学上追求的是文学自身的趣味。这种性情、观念和嗜好都会渗透到对《红楼梦》的文学批评中，其中比较突出的表现是趣味的批评。这一点在《红楼梦辨》中已露头角，到了写《读〈红楼梦〉随笔》的时候就流露得更明显了。他批评一些杂评家把《红楼梦》当作闲书来读，而他自己何尝完全摆脱了这种文人的作风。

四

现在通行的说法，"新红学"就是"自传说"。如冯其庸、李希凡主编的《红楼梦大辞典》的"新红学"词条的释文就是这样说的："他（胡适）利用搜集到的曹雪芹的家世生平史料，经过考证，得出了《红楼梦》是曹雪芹'自叙传'的结论。人们称从他开始的红学为'新红学'。后来，俞平伯也被《红楼梦考证》所吸引，与顾颉刚一起用通信方式讨论《红楼梦》，在此基础上，写成《红楼梦辨》一书，从观点到方法，与《红楼梦考证》一脉相承，而更为丰富完备，都成为新红学的奠基性著作。"[①] 如果"新红学"就是"自传说"，那么如前所述，就不能把俞平伯包括在内。倘若包括胡适和俞平伯，那就不能将"新红学"与"自传说"画等号，"新红学"包括"自传说"，也包括俞平伯非"自传说"的红学。从学术上看，胡适是"新红学"的开山者，俞平伯则是完成者。

"新红学"在它解决《红楼梦》的难题时建立了一整套理论、规则和方法的系统，形成学科的型范。这里，单是依靠一个新观念是不能奏效的。在胡适、俞平伯之前，运用西方文学和美学思想来研究《红楼梦》的就有王国维、吴宓、佩之和陈独秀等人，为什么

---

① 冯其庸、李希凡主编《红楼梦大辞典》，文化艺术出版社，1990年版，第1071页。

他们没有资格成为"新红学"的开山人呢？

王国维的《红楼梦评论》写于光绪三十年（1904），是一篇用叔本华的美学思想来系统评论《红楼梦》的专论。这篇专论的不少论述有相当深度，闪烁着一个深谙艺术的学者的智慧。他批评了索隐派，甚至超前地批评了自传说，他从文艺的本质特征着眼，指出"美术之所写者，非个人之性质，而人类全体之性质也。惟美术之特质，贵具体而不贵抽象，于是举人类全体之性质置诸个人之名字之下，……故《红楼梦》之主人公，谓之贾宝玉可，谓之子虚乌有先生可，即谓之纳兰容若，谓之曹雪芹，亦无不可也"[①]。他认为《红楼梦》打破大团圆的旧套，打破善有善报、恶有恶报的窠臼，认为悲剧非外部的原因，乃人生之固有，等等，均是难得的卓见。但是，这篇专论在很大程度上是借题发挥叔本华的哲学，没有对作者生平和背景做必要的考证，也没有对版本做必要的校勘，他不但把一百二十回作为一个整体来处理，而且他所宣扬的人生解脱之道，基本上是引证后四十回。王国维只是用一种新的观点来解释《红楼梦》，在方法上没有超越杂评派、评点派的随意式批评，尽管他的思想较新颖、眼光较深邃。

吴宓的《红楼梦新谈》发表于1920年《民心周报》第一卷第十七、十八期。吴宓倾心于照搬西方理论比王国维更甚。他用美国哈佛大学马格纳特儿（Dr.G.H.Magnadier）所谓小说杰作之六大特征来规范《红楼梦》，证明它是中国小说的杰作。他用亚里士多德的悲剧理论来解释《红楼梦》悲剧，又用西方著名的文学人物来比照《红楼梦》人物，说宝玉兼有雪莱用情之滥、卢梭用情之不专等等，因而宝玉的特质是诗人。宝玉不乐读书以取功名，不务俗事，

[①] 王国维《红楼梦评论》，收入一粟编《红楼梦卷》，中华书局，1963年版，第262页。

厌嫌衣冠酬酢等等，皆是诗人天性的表现。黛玉亦一诗人，故能与宝玉性情契合。黛玉与宝钗，是理想与实事之冲突，这冲突乃是社会中成败实况的反映。金玉姻缘是实在之境，木石前盟是情理之境，贾府大观园是经验的世界，太虚幻境是理想的世界。吴宓的评论不外是要证明萨克雷所发挥的亚里士多德的理论——"小说比历史真实"，这是因为"小说包含大量的被溶解了的真理，多于以反映一切真相为目的（历史）卷册"①。吴宓的《红楼梦新谈》的确使人耳目一新，但它也是给《红楼梦》一种新的解释，而这种解释，有一百种理论就会有一百种解释，并不能解决学术上的疑难，同王国维一样，也不具备新的学术型范的品格。

佩之的《红楼梦新评》发表于1920年《小说月报》第十一卷第六、七号。这篇专论用西方社会学来解说《红楼梦》。佩之认为过去的人们把《红楼梦》当作言情小说、掌故小说、哲学小说、政治小说看，都失之于主观，《红楼梦》应当是一部社会小说，"他的主义，只有批评社会四个大字"②。佩之将小说的内容分解为婚姻问题、纳妾问题、子女教育问题、弄权纳贿问题、作伪问题等等。他肯定作者批评社会的一面，却批评作者所开出的解决问题的药方，他认为曹雪芹将出家做和尚的人生哲学作为出路是消极、虚空和毫无价值的。这篇专论尽管道出了《红楼梦》的一些社会内容，但它用社会学的方法将文学形象图解为社会学的概念，也不足以担当开创新学术的角色。

1921年5月上海亚东图书馆出版的《红楼梦》卷首刊载了陈独秀的《红楼梦新叙》，陈独秀不同意上述几位学者的意见，"什

---

① 吴宓《文学与人生》，清华大学出版社，1993年版，第46页。
② 人民文学出版社编辑部编《红楼梦研究参考资料》，人民文学出版社，1976年版，第三辑第16页。

么诲淫不诲淫，固然不是文学的批评法；拿什么理想，什么主义，什么哲学思想来批评《石头记》，也失了批评文学作品底旨趣；至于考证《石头记》是指何代何人底事迹，这也是把《石头记》当作善述故事的历史，不是把他当作善写人情的小说"①。陈独秀认为《红楼梦》是小说，不能用哲学的历史学的方法来研究，但他只提出了自己的观点，并没有拿具体的批评来实践自己的观点。他唯一的具体的批评是用西方小说"善写人情"的特点来衡量《红楼梦》，主张将《红楼梦》琐屑的故事尽量删削，显然是无的放矢。

  在胡适之前登上红学舞台的几位评论家，思想不可谓不新，但是相对旧红学的评点派、杂评派和索隐派，在学术方法上并没有进步。他们都不同意旧红学，但又不能驳倒旧红学，更没有建立起一套新的型范来取代旧红学。新的学术型范的创建是由胡适来奠基的。胡适把《红楼梦》研究看成是一门历史科学。他认为历史科学包括历史学、考古学、地质学、古生物学、天文物理学等等，不能像实验科学可以用实验方法来创制或重造证据，只有小心去求证，因而他把历史研究的方法概括为"大胆假设，小心求证"②。这个思想来源于杜威，但考证的方法却从乾嘉学派继承过来，这是学术上中西思想结合的一个范例。"自传说"有着先天的弱点，但胡适对曹雪芹生平家世以及版本的考证，足以驳倒当时甚嚣尘上的索隐诸派，为后来的红学发展提供了坚实的立足点，并且赋予了小说研究以科学的品格。诚如胡适所说，"这种工作是给予这些小说名著现

---

① 人民文学出版社编辑部编《红楼梦研究参考资料》，人民文学出版社，1976年版，第三辑第31页。
② 详见《胡适口述自传》第九章"'科学'和'民主'的定义"，唐德刚译，华文出版社，1992年版。

代学术荣誉的方式；认定它们也是一项学术研究的主题，与传统的经学、史学平起平坐"①。

俞平伯继承、修正、发展和完善了胡适创建的新红学。俞平伯对于胡适的修正，首先是不认同胡适的意识形态的立场。胡适认为《红楼梦》研究的本质不在《红楼梦》自身，而在研究的方法，他把学术作为为自身以外目的服务的手段。俞平伯认为研究的目的在学术自身，文学上他主张为文学而文学，学术上他主张为学术而学术。也就是说，俞平伯摒弃了胡适的学术功利主义。其次，俞平伯认为胡适"自传说"的根本缺陷在于他把《红楼梦》当作历史，在这一点上"自传说"与"索隐派"的观念和方法没有本质的区别，他认为《红楼梦》只是一部小说。第三，俞平伯基于《红楼梦》是一部小说的基本观念，认为考证的方法不是研究《红楼梦》唯一的方法，研究《红楼梦》还需要用文学的眼光使用文学的方法。于是，他提出考证与赏鉴相辅相成的学术型范。他在《红楼梦辨·札记十则》中说：

> 考证虽是近于科学的、历史的，但并无妨于文艺底领略，且岂但无妨，更可以引读者作深一层的领略。……文学底背景是很重要的。我们要真正了解一种艺术，非连背景一起了解不可。作者底身世性情，便是作品背景底最重要的一部。……知道作者底生平，正可以帮助我们对于作品作更进一层的了解。……且文艺之有伪托、讹脱等处，正如山林之有荆榛是一般的。……有了这些障碍物，便使文艺笼上一层纱幕，不能将真相赤裸裸地在读者

---

① 《胡适口述自传》，唐德刚译，华文出版社，1992年版，第258页。

面前呈露……我们要求真返本，要荡瑕涤秽，要使读者得恢复赏鉴底能力，认识那一种作品底庐山真面。①

这段话是针对文艺不需要考证的看法而说的，所以讲考证对于赏鉴之必要的方面多些，尽管它强调的是考证的重要，但它仍然很清楚地讲明了考证与赏鉴的关系。中国古代小说长期以来处在卑微的地位，小说作家不像诗文那样可以公开署名，通常的情况是署别名别号，将真实姓名隐蔽起来，岁月久远，作者和创作时间均成为难解之谜。不了解作者背景就无以深入领略作品，因此，作者背景的考证就是小说研究的一个必不可少的步骤、部门和方法。此外，古代小说的生产和传播有其自身的特点，由于它是通俗文学的样式，又因为没有著作权和版权的有效保护，作品在翻刻中被任意修改增删是为常情，要认识作品的庐山真面，就不得不做版本的考证。这种考证是科学的、历史的，它的目的是帮助我们正确地赏鉴文学作品，认识作品的真实意义。在俞平伯所建构的型范中，考证是为赏鉴服务的。

胡适创立的"新红学"在俞平伯手里得到了完善，使"新红学"具备了全套的观念、方法和技术系统。《红楼梦考证》和《红楼梦辨》对《红楼梦》疑难的突破，为一门学科树立了新的学术楷模。"新红学"成立的历史启示我们，一个新的学术型范的确立，需要有新观念新方法的引入，同时需要对旧的学术传统的继承，更需要与研究对象有机结合。学术型范的确立，不是从理论到理论，也不是从规则到规则，而需要通过解决学术的重大疑难来达到和形成。"新红学"当然不是学术的止境，它的弱点和缺欠，随着学术

---

① 《俞平伯全集》，花山文艺出版社，1997年版，第五卷第281—282页。

的发展不断地暴露出来。我们有理由相信,红学进入到新世纪之后必定又会有新的突破。

(原载《文学评论》2000 年第 2 期)

吴组缃先生的《红楼梦》研究

吴组缃先生的文学成就是多方面的。《红楼梦》研究只是他的文学事业的一个部分，然而就是这一部分，吴先生也做出了杰出的历史性的贡献。20世纪80年代初，我曾协助吴先生为《中国大百科全书》撰写《红楼梦》词条，有半个月的时间每天上午到北大朗润园吴先生寓所聆听他对《红楼梦》的诠释和评论。他发表的关于《红楼梦》的最重要的两篇论文，一是《论贾宝玉典型形象》，二是《谈〈红楼梦〉里几个陪衬人物的安排》。在那时我都仔细拜读过，所受启发和教益良多。但是，由于我的水平有限，未见得准确地领会了吴先生的思想。今天纪念吴组缃先生诞辰100周年，我想把我对吴先生《红楼梦》研究的认识告诉大家，以纪念这位已经逝去的学术大师。

《论贾宝玉典型形象》约三万六千字，写成于1956年6月。从篇幅来讲，它不及何其芳先生同年发表的《论〈红楼梦〉》，但我认为，吴先生的《论贾宝玉典型形象》和何先生的《论〈红楼梦〉》是1954年10月批判俞平伯《〈红楼梦〉研究》之后、直至1978年改革开放之前这一段历史时期中最重要的两篇论文。

我们知道，1954年批判俞平伯《〈红楼梦〉研究》之后，文学研究中存在着严重的庸俗社会学倾向。所谓典型问题是一个政治问题；一个阶级一个典型；在阶级社会里，一切作品都是阶级斗争的反映；等等。这种理论以及在这种理论指导下写出的论著，触目皆是。吴先生与何先生都是拒绝这类庸俗社会学的。吴先生说，"有些《红楼梦》研究者往往抛开人物形象，从书中摘取一些枝节的事项和节目，来论断作品反映了怎样的思想，提出了怎样的问题。还有不少这样的例子，比如列举大观园里一顿酒饭花了多少银子，乌庄头送来多少什么地租，诸如此类，以证明贾家生活的奢侈，如何剥削农民，和说明了什么性质的历史或经济问题，等等"。①

吴先生所以要论析贾宝玉，是基于他对小说艺术规律的认识。他认为《红楼梦》写了一个大家族的衰败，这个衰败的中心事件是贾宝玉和林黛玉的恋爱悲剧，以及贾宝玉和薛宝钗的婚姻悲剧，这悲剧中的三个人物又以贾宝玉居于主要地位，全书各类人物事件都是围绕着贾宝玉作为完整的典型社会生活环境而展开的。因此，要阐论《红楼梦》的思想，从贾宝玉形象着手是符合艺术规律，也是符合《红楼梦》艺术实际的重要路径的。

在论析贾宝玉性格时，吴先生首先分析生活环境对他性格形成所产生的决定性作用。这个生活环境是复杂而具体的。整体来看，贾氏是一个衰败中的封建家族，一是经济上入不敷出，"外面的架子虽未甚倒，内囊却也尽上来了"，二是"儿孙竟一代不如一代"。这种腐朽状态的一个特征现象便是"牝鸡司晨"，家中一切大权皆掌握在老祖宗贾母手中，而实际上是被会迎合贾母的王熙凤所掌控。由是，贾宝玉才能在贾母的保护伞下，逃避严厉的封建教育，可以成天混迹在女孩子的世界里。与女孩子的亲密接触，使贾宝玉充分感受到她们的真挚纯洁和自由不羁，从而与贾家男性世界的污浊、虚伪、丑陋和罪恶形成鲜明的映照和尖锐的对比，

---

① 《论贾宝玉典型形象》，《北京大学学报》1956年第4期。以下引文凡不注者，皆引自此文。

使他能够保持"赤子之心",并且一步步和封建统治势力远离。这其中,又以林黛玉的品格和遭遇对他性格的形成和发展产生了决定性的影响。

吴先生分析贾宝玉的性格,有一个主要的观点,即认为贾宝玉性格有一个发展过程。贾宝玉生活在罪恶腐败的家庭里,他不可能入污泥而不染,他身上沾染着一般贵族公子的习气,比如他同袭人的关系,他偶尔发作的暴戾脾气,他以为天下女孩子的眼泪都要流给他,见了宝姐姐就忘了林妹妹,等等。是家庭中一个接一个的女孩子的悲剧,是林黛玉以血泪与生命酿造的爱情,才使他逐步摆脱这些习气,头脑才趋于清醒,性格才趋于纯化,与林黛玉的爱情才趋于稳固和坚定。吴先生读《红楼梦》极为精细,任何一点小地方都不放过,他的分析,都是依据小说文本,绝不凭空议论。

关于贾宝玉性格的主要特征,吴先生认为是他对于世俗男性的憎恶和轻蔑,以及与此相应的对于女孩子的特殊的亲爱和尊重,而与此相关联,是他对于自己出身的家庭或阶级阶层的憎恶,以及与此相应的对于有些比较寒素和微贱人物的爱慕和亲近。贾宝玉的性格,在家庭中被人嗤为"呆子",被他父亲斥为离经叛道,发展下去会弑父弑君,除林黛玉一人以外,没有人理解他。这种与封建环境格格不入的性格,也正是他与林黛玉的生死不变的爱情的基础。吴先生对于贾宝玉性格的描述,是实事求是的,是从全书的情节和人物的关系中提取出来的,经过半个世纪,今天来看,还是准确和精辟的。

对于贾宝玉性格所包含的思想内核的评论,吴先生认为他"实即反映了人性解放、个性自由和人权平等的要求,实质上也就是人道观念和人权思想,就是初步的民主主义精神"。

在20世纪50年代,学术界对《红楼梦》贾宝玉形象的思想性质的判断是有意见分歧的。当时有"市民说""农民说"和"封建社会内优良传统说"等等，这个问题涉及中国历史、经济史、思想史和文学史，是一个极其复杂而有待进一步研究和讨论的问题。吴先生主张《红楼梦》反映的是"初步的民主主义精神"，乍看起来与"市民说"比较接近，但其实有很大的不同。吴先生也说贾宝玉是"新人的典型"，"我国封建社会内要是没有资本主义萌芽的孕育，要是当时生产关系在原有的社会基础之上没有发生一些显著的变化，那就不仅不可能出现贾宝玉这样的典型形象"。但吴先生又特别在"民主主义精神"前加上"初步"二字予以限制。因为一方面，贾宝玉追求个性自由和人权平等的倾向与封建主义尖锐地对立着，另一方面，他的力量又是如此微弱，处境又如此黯淡，根本无力与之抗衡，而且他天生还带有感伤主义和虚无主义的弱点和病症。贾宝玉反对封建主义，但又必须依附封建主义，这种"民主主义思想并未突破封建主义体系而独立"。主张"市民说"的学者认为贾宝玉的思想反映了工商业者反对封建压迫的要求，《红楼梦》是代表了中国未成熟的资本主义关系的市民文学的作品，吴先生的观点显然与这种说法不同，他只承认贾宝玉性格中有民主主义思想，却没有将之与一个阶级或一个阶层挂钩。

资本主义萌芽的问题，史学界虽然曾经讨论过，但并不是一个已经解决了的问题，还有待于进一步研究。对于"资本主义萌芽"，学术界也存在着不同的诠释，吴先生指的是封建生产关系在原有的社会基础上发生的一些显著的变化，我认为是相当谨慎的。

"农民说"认为《红楼梦》揭露了地主阶级的罪恶，这就意味着他是从被剥削阶级的角度来观察他们否定他们，这就是农民群众的革命情绪，它构成了曹雪芹深广的社会批判的主要动力。这种说法的根据，是"封建社会的主要矛盾是农民阶级与地主阶级的矛盾"、农民的阶级斗争是历史发展的动力这些论断。这种简单套用公式的方法,其幼稚性显而易见,吴先生在文章中并未提及。

至于"封建社会内优良传统说",吴先生则持不同意见。他认为这种意见"否认贾宝玉性格反映了当时历史与社会的新的内容"。他肯定封建社会内优良传统中的民主性文化思想对贾宝玉有一定影响,贾宝玉虽不喜读"四书""五经",但对《庄子》《西厢记》《牡丹亭》之类的书却兴趣极大。贾雨村评论贾宝玉时提到一大串古人的名字,许由、陶潜、阮籍、嵇康、卓文君等等,称他们禀赋灵秀之气,往往成为情痴情种,逸士高人,意指贾宝玉正是这一类不为庸俗所制的特立独行之人。这是贾雨村的认识。吴先生肯定贾宝玉受到这种优秀传统因素的影响,但指出对他性格形成发展起到决定作用的是社会现实的条件与因素。中国封建社会长期停滞不前是事实,但这并不意味着社会内部没有什么变动。吴先生认为,封建社会发展到康乾时代,"各种工矿实业、国内外商业和银钱业,随着经济的恢复,开始有了显著的成长",这就是"新的经济因素"。只不过"这些新的经济因素,都是掌握在封建主义统治者之手;资金所有者和官僚、地主紧密地结合着,成为'三位一体'的社会统治势力"。封建社会的这种"新的经济因素"仍然居于封建法统之中,并未成为封建统治的异质形态,叫不叫作"资本主义萌芽",且不论,但吴先生所表述的这种社会变化状况,的确是历史事实。无论是中国的封建制度,还是文化思想,都不能说是一成不变的。吴先生用历史发展中出现的新变化,来解读贾宝玉性格中的新因素,我以为是有说服力的。

吴先生不同意"封建社会内优良传统说",是因为这种说法忽视了贾宝玉性格的民主主义的新因素,忽视了这种因素所由产生的新的社会经济因素;吴先生也不同意"市民说",因为这种说法夸大了贾宝玉性格中的叛逆性,夸大了商人市民所代表的经济因素与封建主义的对立性。他认为《红楼梦》"所提倡鼓吹的,含有明显的民主主义的新的因素,有强烈的反对封建主义文化与政治的要求,可是同时也没有能够脱离封建主义思想体系"。他还用一个民间故事来说明这个道理:"一个樵夫,坐在树枝丫上面,用斧子砍他所坐的那枝丫;他所要砍掉的,正是他赖以托身的。"

吴组缃先生是一位学者,也是一位杰出的作家。小说创作的实践,无疑是吴先生深刻细致地理解曹雪芹的创作活动提供了经验基础。听吴先生谈《红楼梦》,读吴先生论《红楼梦》的文章,总会有一种感觉,好像曹雪芹是他的朋友,《红楼梦》如何构思,人物如何安排,爱憎褒贬如何,都讲得十分精到而透彻,绝不牵强附会。简而言之,说的都是文学行家话。

吴先生十分强调文学创作和文学作品的特点,认为"凡是阉割了艺术的生命,抹煞了文学作品的特点,那方法都是错误的"。《红楼梦》是一部小说,它的伟大与不朽之处,"是在它以无比丰富的活生生的艺术形象,真实具体地反映了社会和历史的内容"。"因此,我们研究《红楼梦》这样一部伟大的古典现实主义作品的内容,正应该从人物形象的研究着手。研究众多人物主次从属的关系,研究众多人物形象的特征,研究众多人物在矛盾斗争中的地位和彼此间的关系,研究人物性格的形成和发展,研究作者在处理上所表现的态度或爱憎感情等等"。吴先生认为,《红楼梦》研究在方法上必须遵从小说是用艺术形象表现社会生活的规律。他之所以批评文学研究中的庸俗社会学倾向,是因为他们的研究完全抛开艺术形象,摘取书中一些枝节和片断来附会社会学的论断。吴先生对我的谈话中,也是多次批评某些"探佚"和"索隐"的研究,这类研究同样置艺术形象于不顾,只是挑拣一些只言片语,曲为之解,由此标榜自己悟得《红楼梦》真谛，吴先生指这类研究是走火入魔。吴组缃先生是一位杰出的文学教育家，他培养和指导的学生，都继承和发展了他的学术思想和方法，不只在《红楼梦》研究，而且在文学研究的其他领域中都取得了令世人瞩目的成就。

  吴组缃先生强调《红楼梦》研究要从人物形象着手，他说的"人物形象"，除了指具体某个人物形象的性格之外，还包括众多人物的主次地位和在矛盾冲突中的关系。他认为对于人物形象的研究，必须全局在胸，在全书中哪些是主要的中心的人物，哪些是次要的从属的人物，他们彼此的关系如何，对于这些必须有一个符合作品描写实际的总体认识和把握。他认为贾宝玉、林黛玉和薛宝钗是全书的三个中心人物，而贾宝玉又是这三个中心人物里面的主要人物。书中其他身份地位、性格年龄不同的二百多个人物都是环绕着三个中心人物而轻重不同、层次不同地存在着。他认为必须在这个全局的观照下来谈某一个具体人物。比如刘姥姥这个人物，当年有研究者热衷于讨论她是不是劳动人民。吴先生认为这种讨论没有必要，他说："这样的讨论所以没有必要，我以为首先是因为忽略了《红楼梦》是个有机的整体；原作者安排人物，都从整体着眼，摆在某一地位，赋予它必要的作用和意义。我们的评论，也应该从作品的整体、从全部关联上看它所摆的地位、所显示的意义和所起的作用，那才有意思。反之，说句笑话，比如我们若把人的鼻子从脸上揪下来，单独拿在手里，讨论这是不是个好鼻子，应不应该在上面戴副近视眼镜等等；这样的讨论自然没什么道理。"[①]

  基于这种观念，吴先生在1959年6月撰写了《谈〈红楼梦〉

[①] 《谈〈红楼梦〉里几个陪衬人物的安排》，《人民文学》1959年8月号。

里几个陪衬人物的安排》一文。文中谈到贾雨村、甄士隐、冷子兴和刘姥姥,这几个都是贾家之外的陪衬人物,作者在他们身上着墨不多,但都是有个性的活生生的艺术形象,吴先生认为重要的是弄清楚他们在整个《红楼梦》悲剧中所处的地位、所显示的意义和所起的作用。"甄士隐父女、葫芦僧和贾雨村的关系,贾雨村和贾、林、薛各豪门的关系,那本身又自成一个广阔的社会关系:这对当时的社会和政治吏治作了高度的集中概括,揭露与批判的惊人地深刻,和书里的核心内容都是息息相通、处处相关的"。① 而贾雨村、冷子兴与他的岳母周瑞家的,他们与贾家的关系又从另一种角度揭示了当时社会和政治吏治的内幕,从而构成贾家以外的社会政治环境,这个环境对于贾宝玉、林黛玉、薛宝钗的爱情和婚姻悲剧的酿成起到了直接间接、有形无形的作用。刘姥姥,按曹雪芹的安排一共有三次进荣国府,前两次出自曹雪芹手笔,第三次在后四十回里。吴先生认为刘姥姥这位已经穷困下来的乡下老太婆三进荣国府,一是从普通乡下人的视角来描绘贾家的富贵,给人以真切生动的印象;二是要从刘姥姥的角度,来揭示荣国府当权者贾母和王熙凤的思想性格特征;三是充当了贾家衰败和宝、黛、钗悲剧的见证人。

吴先生对以上几个陪衬人物的分析,使我们能领略到曹雪芹创作的匠心,这样的论述不仅有助于我们理解《红楼梦》的艺术,而且也为小说创作指出了正确的途径。对于《红楼梦》研究来说,评论几个陪衬人物似乎是一个小题目,但我以为它的意义却不小,它实际上是提供了一个符合小说艺术规律的研究方法的范例。

以上所述,只是我个人对吴组缃先生的《红楼梦》研究观点、

---

① 《谈〈红楼梦〉里几个陪衬人物的安排》,《人民文学》1959 年 8 月号。

方法和成就的初步了解,恐怕远不足以概括吴先生在《红楼梦》研究方面的学术意义和历史贡献。

（原载《红楼梦学刊》2008年第4辑）

李辰冬的古典小说研究

李辰冬（1907—1983）是中国现当代卓有成就的古代文学专家。由于历史的原因，他的著作，1949年以后除《红楼梦研究》被摘编在1976年人民文学出版社《红楼梦研究参考资料选辑》第三辑中以外，都没有在中国大陆出版过。李辰冬是河南省济源人，1924年进入燕京大学国文系，1928年毕业后赴法国留学，就读于巴黎大学，1934年获文学博士学位。同年回国，先后在燕京大学、天津女子师范学院、中央政治学校、西北师范学院、台湾师范大学执教，1983年病逝于美国。他的主要著作有《红楼梦研究》《三国水浒与西游》《陶渊明评论》《文学新论》《杜甫作品系年》《尹吉甫生平事迹考》《诗经通释》《诗经研究》《诗经研究方法论》等等，其中尤其是他的小说研究著作历年多次再版，20世纪三四十年代在中国大陆，后来在中国台湾及海外都有很大影响。

在小说研究领域，如果说胡适、鲁迅等是"五四"现代学术的第一代的话，那么李辰冬则属于第二代。以胡适、鲁迅为代表的新文学家提倡白话和白话文学，他们推崇白话小说，并在他们的研究中引进西方文学思想和研究方法，取代那些旧式的随意鉴赏、直觉评论以及猜谜式的索隐，使小说研究获得了现代学术的品格。用胡适的话来说，"这种工作是给予这些小说名著现代学术荣誉的方式；认定它们也是一项学术研究的主题，与传统的经学、史学平起平坐"[1]。

　　从 1920 年到 1933 年，胡适为十二部小说写了三十万字的研究文章。胡适的小说研究主要是作家作品研究，采用的是历史的方法。胡适认为古代白话小说有两种类型：一种是由历史逐渐演变出来的小说，如《三国志演义》《水浒传》《西游记》《封神演义》等等；另一种是作家独自创造的小说，如《儒林外史》《红楼梦》等等。对于第一种小说，他是"用历史演进法去搜集它们早期的各种版本，来找出它们如何由一些朴素的原始故事逐渐演变成为后来的文学名著"[2]。对于第二种小说，他是"用一般历史研究的法则，在传记的资料里找出该书真正作者的身世，他的社会背景和生活状况"[3]，并尽量搜集作品本身版本的演变及其他方面有关的资料。胡适对两种小说的两种研究方法虽然有具体的不同，但在本质上都是历史的方法，或者说考据的方法。胡适在他的小说研究中几乎没有关注作品的文学内涵，他谈到自己的《红楼梦》研究时也说，"我写了几万字的考证，差不多没有说一句赞颂《红楼梦》的文学价值的话"[4]。俞平伯受胡适的影响，但他没有局于胡适的观点和方法，他从作者和背景的研究转移到小说文本的研究，用文学的眼光并使用文学的方法来研究《红楼梦》，尽管他的评论带有明显的文人的趣味性，但毕竟强调了要从作者的态度深入到文本，以探讨文学风格为指归，从而，他的《红楼梦辨》（1923）与胡适的《红楼梦考证》一起成为了新红学的学术典范。

　　鲁迅的历史性贡献在小说史研究方面，他的《中国小说史略》

---

[1] 《胡适口述自传》，华文出版社，1992 年版，第 258 页。
[2] 同上，第 212 页。
[3] 同上，第 264 页。
[4] 胡适《与高阳书》，收入《胡适红楼梦研究论述全编》，上海古籍出版社，1988 年版，第 289 页。

初版于1923、1924年,这部著作成功地运用了文学类型的理论,以时间为经,以小说类型为纬,清理出中国小说发展的线索,确立了至今仍被学术界视为经典的小说史叙述模式。

然而现代学术的建设是一个艰巨而又漫长的过程,不可能一蹴而就,需要一代又一代学人薪火传承,不断地添砖加瓦。李辰冬上承"五四"第一代,他的贡献是在他的研究中建构了一种系统的文学批评方法,他运用这种方法把握了古典小说的文学特性,比较全面地评论了作品的思想和艺术,并且比较科学地揭示了文学创作的内在规律。20世纪30年代初郑振铎在《研究中国文学的新途径》和《中国文学研究者向那里去?》两篇文章中曾慨叹当时的文学研究没有走上正轨,呼唤新的方法的出现,他说:"至于那新的方法究竟是什么样子的方法呢?这当然各人的'师授'不同,不能执一而论。惟有一点必须注意,就是一个伟大的作品的产生,不单只该赞颂那产生这作品的作家的天才,还该注意到这作品的产生的时代与环境,换言之,必须更注意到其所以产生的社会的因素。"[1]李辰冬的小说研究恰好与郑振铎的意见相呼应。

李辰冬的研究方法,简而言之为两句话:"从作家的本身来认识作品,从作家的时代来认识作品。"他解释说:

> 所谓作者的本身,就是将一位作者所有的作品摆在一起,毫无成见地来看每篇作品所表现的意识是什么?用什么文体来写作?用什么材料来表现?用哪些词汇来描写?诸如此类的比较,就发现了作者的本人。这样还不够,仍得进一步来追问他的血统,他的天资,他的性格,他的教育,他的环境,他的思想,他

---

[1] 郑振铎《中国文学研究》(下),人民文学出版社,2000年版,第301—302页。

的友朋,他的时代的政治与经济的设施,因为这些因素是促使他写作的原动力,也是限制他只能用这种文体、这样材料、这些词汇的因素。一个人的内心表现在他的外表,只能从这些零星琐碎的外表来认识一位作家。我们处理这些零星琐碎的外表,一点不加爱憎,一点不加取舍,只用比较的方法将它们做一种统计,那么,作者的本来面目也就自然呈现了。其次,再将各个作家做一比较,发现了他们的异同而分出时代先后,再追究这个时代的政治、经济、教育、社会、宗教、思想主流与外来影响,这样,就又认识了每一个时代是怎样形成的。很显然,这样的文学研究法,是由作者的本身出发,看他说些什么?为什么要创作?然后再追究到所以造成他这样作家的外在的许多因素。[1]

李辰冬的两部小说研究著作《红楼梦研究》和《三国水浒与西游》就是这种研究方法实践的产物。

《红楼梦研究》是李辰冬的博士论文,原本为法文,1934年杀青并由巴黎罗德斯丹图书公司出版。回国后才改写成中文,1942年在抗战中的重庆出版。李辰冬为什么选择《红楼梦》作为他的博士论文题目,这固然与他早年在家庭中就与《红楼梦》结缘有关。他的父亲、母亲和他的弟妹们都是《红楼梦》迷,全家常常互相讲述和辩论,"充满了'红楼梦'的气氛"[2];但主要还是出于在中华民族危亡之际的一种精神寄托。他曾回忆当时的情形时说:

民国二十年,九一八事件发生的时候,我正在法国巴黎大学

---

[1] 李辰冬《文学新论》,台北东大图书公司,1975年版,第8—9页、第20页。
[2] 李辰冬《红楼梦研究·初版自序》(1941)。

读书。那时的情绪非常苦闷，因为我国在不抵抗的主义之下，丧地千里。每次与西洋人接触，没有不以这个问题来询问的。我们是学生，既不能回国参加抗日的行列，也无法子解释为什么我国在不抵抗的主义之下把东北失掉。即令解释，西洋人也无法了解，因为在他们的脑子里，根本没有"不抵抗"的观念。就由这种耻辱与苦闷，渐渐地也不愿意与西洋人接触，甚而也不愿意在大街上走路，怕人家背后指说："这是不抵抗主义者！"由于耻辱，由于苦闷，由于自己国家地位的低落，渐渐回想到我国光荣的古代文化。于是想把我国的固有文化，表彰一番，以作心灵的安慰。那时，我想把《红楼梦》介绍给西洋人，意思是说：我们也有与你们同样伟大的作品。①

身在异域，而心系濒临危亡的祖国，在耻辱与苦闷之中找到《红楼梦》，借以作为民族自立的一种精神支柱，这是一段很真实的、不应该被遗忘的历史，它也表达了李辰冬对《红楼梦》的根本评价②。

按照李辰冬"从作家的本身来认识作品，从作家的时代来认识作品"的思路，《红楼梦研究》的专著分为五章：第一章"导言"，评述"五四"以来《红楼梦》研究的进展与不足。第二章"曹雪芹的时代、个性及其人生观"，分析了曹雪芹的个人意识及其成因。第三章"红楼梦重要人物的分析"，论述了贾宝玉、林黛玉、薛宝钗、王熙凤、贾雨村、薛蟠等六个人物，这是"五四"以来小说研究的第一篇现代意义的人物形象专论。第四章"红楼梦的世界"，

---

① 李辰冬《红楼梦研究·台版自序》(1958)。
② 毛泽东在《论十大关系》中也有同样的评价，他说我国"工农业不发达，科学技术水平低，除了地大物博，人口众多，历史悠久，以及在文学上有部《红楼梦》等等以外，很多地方不如人家，骄傲不起来"。

通过对小说四百多个人物所组合的社会的分析,揭示《红楼梦》的文化精神,本章共分"家庭、教育、政治与法律、婚姻、社会、宗教、经济"七节。第五章"红楼梦的艺术价值",从五个方面进行论述:一、红楼梦的人物描写,二、红楼梦的结构,三、红楼梦的风格,四、红楼梦的情感表现,五、曹雪芹的地位。《红楼梦研究》中文大约七八万字,算不上鸿篇巨制,但它却是建立在现代文学理论基础上的第一部全面而系统的文学作品论。

就红学而言,撇开旧红学的杂论、评点和索隐不谈,最早引入西方理论来解读《红楼梦》的当属王国维。他在光绪三十年(1904)发表的《红楼梦评论》阐释了《红楼梦》的悲剧精神,他把《红楼梦》与叔本华的哲学美学思想对号入座,而没有从小说的形象体系入手,进行文学的论析,因而称不上是全面而系统的文学作品论。20世纪20年代还有吴宓的《红楼梦新谈》和佩之的《红楼梦新评》,前者用亚里士多德的悲剧理论诠释《红楼梦》,后者用西方社会学理论解说《红楼梦》。王国维、吴宓、佩之都是用西方现成的理论来审视中国的文学作品,宣布告别了传统的文学批评,是现代文学批评的先声,他们在现代学术建设中的历史地位是毋庸置疑的。但他们都不是从作者和作品本身出发去探寻作品的思想艺术内涵,都有在中国作品上贴西方概念标签之嫌。胡适《红楼梦考证》是用历史的考证的方法,求证了作者是曹雪芹,从而廓清了笼罩在《红楼梦》之上的各种索隐派制造的迷雾,胡适并没有进入作品本身的研究。俞平伯《红楼梦辨》的焦点在八十回前后文本的辨析上,也不是对《红楼梦》的全面而系统的论述。李辰冬曾经说过:

> 文学批评之难,难在无偏见。一种评判方法之完善,不在它能推翻别的方法,而在它能包涵一切的方法而不相冲突。每种方

法都有它的使用对象,那就有它一部分用处。它的错误不在其本身,而在它要以偏概全。说它的方法不完美,则可;说它不是方法,则非。从四周八面看桌子,任何角度所看的均为桌子之一面,如以一方所见为桌子的全面,则非;若说它不是桌子,也非。四周八面的桌面总合才是桌子的全体。我们用考证的方法来认识作品,你不能说他所认识的不是作品,然是作品的一面。同样,我们用美学的纯欣赏态度来领会作品,你也不能说它领会的不是作品,然也不是作品的整体。至于用裁判的、比较的、科学的、社会的、经济的、意识形态的种种方法,所认识的无一不是作品的一面。要得把这些方法统统运用起来,才能认识作品的全貌。①

《红楼梦研究》的论证框架和结构,体现了李辰冬文学批评对全面系统性的追求。他在论述中把作者的个人意识与作者的时代结合起来,从作品的人物形象和人物之间的关系来揭示作品的内涵,综合艺术表现的各个侧面来论述作品的艺术性,然后总地评论作品的文学价值。尽管他的批评实践与他的理论预设并不完全重合,尽管他的观点和方法仍有缺欠,尽管他的判断仍有某些主观片面处,但是应当承认,他所建构的这种作品研究框架,是文学研究现代化的一大进展,而且至今仍然是被广泛采用的小说作品研究的一种重要范型。

"五四"新红学的两大主题,一是作者问题,二是后四十回问题,对这两大主题,《红楼梦研究》均有深化和发展。李辰冬对胡适的考证评价甚高:《红楼梦》为曹雪芹所写,且一部分材料取自

---

① 李辰冬《三国水浒与西游·初版自序》(1944)。

他自己的家庭，无疑地成了定论；尤其《脂砚斋重评石头记》本的发现，更使这种定论成了铁案。"① 他认为胡适考证出作者是曹雪芹，目的便达到了；但胡适在这个真理上再往前推论一步，说贾宝玉就是曹雪芹，就未免和索隐派说贾宝玉是清世祖、是纳兰性德一样有点可笑了。因为这个推论违背了文学创作规律。

> 以创作的过程论，创作绝不会是实在事物的抄写，要说曹雪芹以他的家庭作根据则可，要说贾府就是他自己的家庭，就有语病。作家的写小说正同惜春画大观园……老实地抄写模效，是绝不会成功的。我们能以考证的，仅系真人物与理想人物的性格关系。以前考证《红楼梦》的影射法，固属可笑，即胡先生也不免有太拘泥史事之嫌②。

在李辰冬看来，运用考证的方法在它的限度内固然可以得出真理，超出了它的限度就会产生错误。

关于后四十回的问题，李辰冬认为俞平伯《红楼梦辨》从回目上、故事上、章法上比较八十回前后的异同，指出后四十回断非曹雪芹所作，结论是正确的，但他认为俞平伯的比较还是限于表面，只做版本、回目、故事及章法等等表面工作是不够的，而应该深入到文学的内在层面，在作者的人生态度、环境描写和文学风格等方面下手。他说：

> 任何伟大作家的思想，都是一贯的，前后绝不会矛盾。但把后四十回与前八十回比较一下，就知不论是思想上或处世的态度

---

① 李辰冬《红楼梦研究》第一章"导言"。
② 同上。

上，都有不同。曹雪芹的思想是达观的、厌世的，而后部作者的思想是积极的、入世的。前者的态度是自然主义的，而后者的态度是功用主义的。

……

一个人生到某样的环境，使他见到某些事物，这些事物又有意无意地表现到他的言语与文字里。人们可以模拟一切，但这环境的气概无法模拟的；除非自己也是这种环境的人。曹雪芹做过繁华的梦，他家几代做大官，藏书又多，加以他的祖父曹寅能诗，养成一种喜欢美术的环境，饮食起居，日用应酬，无不讲究，所以他的见闻异常广博。……这样，曹雪芹在前八十回里，处处留下富丽堂皇的痕迹，连莲叶汤的模子，也是银做的。……可是一读到后四十回，不但贵重陈列、稀世珍宝和海外的奇物没有了，即宝玉等的衣服饮食，也不像前部那样细心地来描写。只以《红楼梦》里所表现的气象，就知道前后不是一个人写的。

至于风格，我们知道曹雪芹对北京话异常注意，处处照着自然的语言，又把自然的语言美化了。他的人物从上到下，没有不是能言善语。……自从八十回后，我们处处觉得言辞的生硬，语句的造作，完全失了自然性。前八十回能使我们哭，使我们笑，使我们喜，使我们怒，使我们悲，使我们爱，使我们憎。总之，他所描写的是人类的灵魂，事实少而意象与情感多，即令事实，也为附着意象与情感而设，并非无缘无故，充塞篇幅。自八十回以后，所写的全是故事，读的时候，味如嚼蜡，枯燥生涩，好像从八十回里取些事迹，把这些事迹结束罢了，引不起我们一点意象与情感。①

---

① 李辰冬《红楼梦研究》第一章"导言"。

显然，李辰冬是循着文学内在的轨迹，以作者因为特殊的血统、环境、教育、生活等等所形成的个人意识为指标，来辨析前八十回和后四十回对人生的认识和艺术气质风格的差异，从而深化、丰富和增强了俞平伯的断案。他同时还补充说，后四十回虽不及前八十回，但比较起其他十数种的续作，又是不可同日而语的。

李辰冬宣称他撰著《红楼梦研究》的用意"只在解释它（《红楼梦》）在世界文学的地位"①。为了充分有理有据地论证这个问题，他采用了比较文学研究的方法，"以欧洲第一流批评家研究他们第一流作品的结果，来与《红楼梦》作个比较，就是说把他们认为第一流作品必具的条件，看看它是否据有此种特质"②。

关于《红楼梦》的人物描写，李辰冬并不着意分析某个人物有何种性格，而是强调曹雪芹在描写人物时善于移情，"他只是平心静气，以客观的态度，给每个人物一种性格，仅此而已。平心静气，客观态度，唯有善于移情的人，才能如此，且因他善于移情，最易捉住人物的灵魂，所以《红楼梦》里往往几段或几句话，就创造一位活生生的人物"③。李辰冬的"移情"说来自泰纳，泰纳认为凡伟大的艺术家都善于移情，人类、禽兽、植物、风景，不论那物件是有生命的还是无生命的，他们都能够赋予其灵魂和情感。因此，李辰冬说，"鉴别一位艺术家的高下，只有以移情作用的强弱为标准。换言之，就是他所表现的愈是灵魂多而事实少，则其移情作用也最强，故而艺术家的地位也愈高"④。他把曹雪芹与莎士比亚以及巴尔扎克、福罗贝尔、托尔斯泰进行比较，尽管他们都善于

---

① 李辰冬《红楼梦研究·初版自序》（1941）。
② 同上。
③ 李辰冬《红楼梦研究》第五章"红楼梦的艺术价值"。
④ 同上。

移情，巴尔扎克、福罗贝尔、托尔斯泰是"先要著作而后去经验人生，观察人生，好像藉努力，以达到自己的目的"，而曹雪芹同莎士比亚一样，他们不需要多年的练习，也不想在作品要证明什么，他们之所以写，是因为不能不写，他们只是"自然地、从容地、一幕一幕的意象，一幅一幅的绘画，不断地去抄写实在"①。

在作品的结构上，李辰冬认为曹雪芹也与莎士比亚有相同的境界，巴尔扎克、托尔斯泰的小说结构也是宏伟和系统的，但它们段落清楚、章节分明，而《红楼梦》和莎士比亚的作品一样，无所谓起讫，"其结构的周密，错综的繁杂，好像跳入大海一般，前后左右，波涛澎湃，前起后拥，大浪伏小浪，小浪变大浪，也不知起于何地，止于何时，不禁起茫茫沧海无边无际之叹"②；与《人间喜剧》《战争与和平》相比，《红楼梦》的结构更加自然和从容，成就远在它们之上。

《红楼梦研究》还将《红楼梦》与《三国志演义》《水浒传》《金瓶梅词话》《儒林外史》等小说名著进行比较，认为《红楼梦》具有诗的风格，它"从头到尾，每句言辞所引起我们的，都是一种意象或情感，绝无意念；即令作者的思想表现，也使我们不觉其为意念，而是一种意象"③。

综合《红楼梦》各方面的艺术特质，李辰冬下结论说，曹雪芹和莎士比亚是世界文学中客观主义作家的伟大代表：

> 从全部文学史看，换句话说，从所有的文艺作品看，创作家的心理分野，可分两大类：一是主观的，一是客观的。一个

---

① 李辰冬《红楼梦研究》第五章"红楼梦的艺术价值"。
② 同上。
③ 同上。

以"我"为主体，以"我"为宇宙的象征，想把整个世界容纳于"我"的人格之中，照"我"的意象重造宇宙；这一派最大的代表是丹丁与哥德。一个是把自己的"我"倾注到宇宙，分散到宇宙，使宇宙里到处充满了"我"。他不愿照自己的意识来改造宇宙，然宇宙本身就是他的象征。这一派最大的代表是莎士比亚与曹雪芹。①

李辰冬对《红楼梦》在世界文学中的地位的评价，他预料会引起许多人的惊异和怀疑。一则是中国文化在当时世界上处于被征服的弱势，欧洲人瞧不起我们，而我们中的一些读了西洋作品的人却盲目崇拜西洋作品，对自己的祖宗反有藐视的趋势；二则是在我们的研究中还没有单独的对一部作品做全面系统的分析，也没有做过中外作品的比较研究。李辰冬自信他的结论是经过深思熟虑、全面深入研究的结果，他坚信随着研究的发展和深入，人们会承认《红楼梦》是世界第一流的作品。

李辰冬的另一部小说研究专著《三国水浒与西游》，是对胡适所谓的"由历史逐渐演变出来的小说"的研究。胡适把古代白话长篇章回小说分为两类，分别用不同的历史方法进行研究，应当说是有一定的根据和道理的，但胡适的认识和方法中也存在一些偏颇和不足。可以说，《三国水浒与西游》正是针对胡适的偏颇和不足而发的。《三国志演义》《水浒传》《西游记》这类"由历史逐渐演变出来的小说"，按胡适的说法，它们是由一些朴素的原始故事逐渐演变成为后来的文学名著的，胡适强调了演变的逐渐性，忽视了演变过程中质的飞跃，忽视了最后一位写定者的文学创造的功绩，因

---

① 李辰冬《红楼梦研究》第五章"红楼梦的艺术价值"。

而这类作品被误认为是集体创作,而文学最需要个性特质的创造性劳动,集体创作难以成就艺术一流的作品,胡适故而对这类小说的文学价值评价都不高。

《三国志演义》,胡适只承认它是一部"绝好的通俗历史",却"不成为文学的作品"。他的根据有三:第一,"拘守历史的故事太严,而想象力太少,创造力太薄弱";第二,《三国志演义》的"作者、修改者、最后写定者,都是平凡的陋儒,不是有天才的文学家,也不是高超的思想家";第三,"最不会剪裁,他的本领在于搜罗一切竹头木屑,破烂铜铁,不肯遗漏一点"①。李辰冬认为胡适的三点根据和总的结论,都是偏见,是戴着有色眼镜的批评。其关键之点还是在作者罗贯中在成书中究竟发挥了什么作用。

李辰冬的《三国演义研究》分为"三国故事的演变""三国演义所表现的社会意识""三国演义的艺术造诣"三章。第一章他将三国故事的演变分为三大时期:一是历史故事的时期,二是民间传说的时期,三是历史与传统综合的时期。通过对这三个时期演变的分析,结论是:如果没有陈寿著、裴松之注的《三国志》,与民间流传之《三国志平话》,罗贯中很可能写不出《三国志演义》;然而,若没有罗贯中,"《三国志》也不过是干燥无味,零乱无章之琐碎故事,《三国志平话》也不过是怪诞不经,毫无历史价值,为文人学士所不取的话本而已"②。在这个论断的基础上,李辰冬重点在论述罗贯中在《三国志演义》写作中的个人创造性。他首先强调《三国志演义》所表现的是罗贯中时代的社会意识,诚然,李辰冬对罗贯中时代的社会意识的见解大有商榷的余地,但他认为一部根

---

① 胡适《三国志演义序》(1922)。
② 李辰冬《三国水浒与西游》部一《三国演义研究》。

据流传已久的历史题材写成的小说应该是它写作时的当代小说,因而它所反映的是作者那个时代的精神,这个观点无疑是符合实际,也符合文学创作规律的。其次,他在第三章"三国演义的艺术造诣"里一一反驳了胡适贬低《三国志演义》的三点意见。关于人物的创造,他分析了曹操和诸葛亮,从中"看出罗贯中怎样在那里搜集、改正、扩大、联合、选择、掠夺、歪曲与制造故事。总之,尽自己的力量,来创造选定人物的性格"。关于艺术的造诣,李辰冬从文体和手法两个方面进行论述。他认为《三国志演义》文言夹语体的风格是合《三国志》之文言与《三国志平话》之语体而成,文体演变的根本原因在社会演变,《三国志演义》的文言夹语体正是适应着变动了的社会的读者的要求。而随着社会意识的变化,《三国志演义》的手法则是写实主义的,它"虽以古代的材料,然其表现的意识与手法都是这个时代的"[1]。李辰冬研究的结论是:罗贯中不是平凡的陋儒,而是天才的作家,同时也是一位高超的思想家;《三国志演义》至少是一部好的文学作品,其地位与《红楼梦》《水浒传》等不相上下。

《西游记》这部小说几百年来被一些评点家弄得云山雾罩,有人说它谈禅,有人说它讲道,有人说它正心,释、道、儒各家都要透过纸背去寻求隐藏的微言大义,《西游记》作为小说的文学面目反而给掩盖起来。胡适称这些评点是给《西游记》"罩上了儒、释、道三教的袍子",他在《西游记考证》中说:

> 我不能不用我的笨眼光,指出《西游记》有了几百年逐渐演化的历史;指出这部书起于民间的传说和神话,并无"微言大义"可

---

[1] 李辰冬《三国水浒与西游》部一《三国演义研究》。

说；指出现在的《西游记》小说的作者是一位"放浪诗酒，复善谐谑"的大文豪做的，我们看他的诗，晓得他确有"斩鬼"的清兴，而决无"金丹"的道心；指出这部《西游记》至多不过是一部很有趣味的滑稽小说，神话小说；他并没有什么微妙的意思，他至多不过有一点爱骂人的玩世主义[①]。

胡适洗刷了涂在《西游记》脸上的"金丹"说之类的光怪陆离的色彩，还它以文学的本来面目，这是胡适也是现代学术的一大历史功绩。他所谓"玩世主义""游戏之作"的论断，在他的著作中没有充分的说明。李辰冬不同意此说，他认为此说是对《西游记》的误解，"以游戏态度绝写不出如是伟大的小说"[②]。他的《西游记研究》从吴承恩的个人意识到作品的时代意识，从作品人物形象到艺术造诣和风格进行了比较全面的分析，他的结论是："吴承恩是不得志的才子，他尝过社会上不公的待遇，然他实际又无打倒这些不公的力量。……在这种心情下，他创造了一位无欲不达，无难不克，无辱不报的孙行者。《西游记》的趣味与价值在此。至如诙谐与玩世，不过由不平之气喷射出来的愤恨，并非《西游记》的真价值。"[③] 李辰冬特别指出作为艺术特性的诙谐与文学作品的价值不能混为一谈，"诙谐是通过眼泪的笑，是含苦味的笑，所以最能感人。诙谐，确是《西游记》艺术的一种特性，然不是《西游记》的价值，等于一个人善讲笑话，只能说他的口才好，并不能认为他的笑话就一定有价值。诙谐，是表现思想的一种方法，是一种技巧，不

---

① 《胡适古典文学研究论集》，上海古籍出版社，1988年版，第923页。
② 李辰冬《三国水浒与西游》部三《西游记研究》。
③ 同上。

能认为是价值的本身"①。这些观点和论述，在今天看来也是颇有见地、颇有深度和颇有启发性的。

李辰冬所以能在"五四"现代学术第一代的基础上更上一层楼，除了他的传统文化与欧洲文化修养之外，关键在他有一套比较科学的文学观和方法论。他在燕京大学求学期间先是研究中国古代文论，曾在《现代评论》上发表过《章实斋的文论》，既而对西方文艺理论发生浓厚兴趣，读过美国现代批评家斯宾冈《创造的批评》、意大利美学家克罗契《美学要义》，并翻译了斯宾冈的《新评论》，撰写了《克罗契论》一文。他说："我本来喜欢中国文学论文及研究中国文学批评史的，到这时把我的眼界开扩了。感觉中国的东西太零乱，太无体系，得对西洋的美学理论有根底后，才能整理中国的旧文学，写出一部好的《中国文学批评史》。"②他对西方文艺理论绝不是生吞活剥，他说：

> 我先后受了三位大师——克罗契、泰纳与弗理契的启示与影响，使我对他们任何一人的学说都不敢完全赞同。读泰纳的著述时已经看出克罗契的破绽，读弗理契的书籍时又看出泰纳的漏洞。由他们三位之彼此矛盾，冲突，以及祖述或阐扬他们学说的后儒之又彼此批判与引申，使我建立了新的文学批评方法，一种新的认识。③

李辰冬对西方文艺理论的学习是在留学法国时完成的，在法国他特别受泰纳的影响，曾将泰纳的《巴尔扎克论》《艺术哲学》之末章

---

① 李辰冬《三国水浒与西游》部三《西游记研究》。
② 李辰冬《三国水浒与西游·再版自序》(1946)。
③ 同上。

《艺术理想论》以及《达文西论》译成中文发表。《红楼梦研究》就完全是在泰纳的《巴尔扎克论》的影响下写成的。

　　李辰冬所建立的"新的认识",即新的文学观是什么呢？他自己说可以用六个字来概括：意识决定一切。

　　他这里所说的"意识",不是指一般哲学概念中与物质相对的意识,而是指文学创作过程中作家的主观创造意识,是作家的理想通过实践后所激发出来的情感。理想愈坚定,在实践中与社会环境矛盾冲突所激发出来的情感则愈强烈、愈真挚和愈深厚；如果没有坚定的理想,就不可能产生深厚的意识,这样的人充其量只能是辞章家,不够资格成为文学家。他说："意识是作品的渊源,意识是作品价值的标准,意识是美感的基础,没有意识,根本产生不出作品,所以意识决定文学的内容。"[①] 意识是作家主观的东西,但它的形成却不能脱离作家身外的种种客观因素,"个人意识由血统、家庭、天资、教育、朋友、生活、环境,以及一时的感触等等元素交织而成,等于化学上的原子交互组成一种物质一样"[②]。所以他又说："文学不能单独的存在,它的形成是由于政治、经济、社会、宗教、教育、道德种种因素,假如把这些因素都去掉,除文字上的韵律与形式外,我不知道文学还剩了什么？所以要读文学,一定要追究一个民族的整个文化。"[③] 这个"意识决定一切"的文学观就是李辰冬小说研究方法论的理论基石。

　　"意识决定一切"的理论强调作者个人意识与时代意识的关系,这在很大程度上是受丹纳《艺术哲学》的影响。丹纳认为艺术家所创造的艺术品的性质面貌,都要取决于艺术家所处的种族、环境和

---

① 李辰冬《文学新论》,台北东大图书公司,1975年版,第8—9页、第20页。
② 李辰冬《三国水浒与西游·初版自序》(1944)。
③ 李辰冬《文学欣赏的新途径》,台北三民书局,1976年版,第162页。

时代,"要了解一件艺术品,一个艺术家,一群艺术家,必须正确地设想他们所属的时代的精神和风俗概况。这是艺术品最后的解释,也是决定一切的基本原因"[1]。毫无疑问,这个对艺术规律的阐释具有一定的科学性。它的不足在于它对种族、环境和时代的认识仅仅局限于思想、道德、政治、宗教、风俗等等上层建筑的层面,没有追根求源,追到社会的经济基础。事实上,最终决定上层建筑形态的是经济基础,即生产力和生产关系的总和。李辰冬没有在泰纳的理论上再前进一步,因而他在对小说作品产生的时代性质的判断时,在对小说作品所表现的时代意识的分析时,都是含糊不清的,其结论也是经不起推敲的。例如他认为《三国志演义》《水浒传》《西游记》是"资产社会"的产物,《红楼梦》是绅士社会复兴时代的作品,就是如此。

　　李辰冬所谓的"资产社会"不是指"资本主义社会",但也不是"农业社会"。他说自然经济的农业社会,"生活之主要源泉为农产品,加以生产工具的粗劣,势必需要多数人的工作,才能生存。家族中的成员均聚在一起,兄弟愈多,则生产量愈大"。因此,"农业社会"的意识是"兄弟如手足"。"可是到了资产社会,各种行业皆行发达,兄弟中有的耕田,有的做官,有的行商,有的作工,有的当兵,结果,四分五散。固然不能说这时候的兄弟,彼此完全没有帮助,但关系绝无以前那样密切。这时候最需要的是朋友,于是结拜之风盛行。"另一方面,"资产者为确保其资产起见,势必需要一个巩固的政府与安定的社会。奸臣与盗匪是他们痛恨与咒骂的,因为这两种人都是致乱之源。而巩固政府与维持治安之唯一良法就是

---

[1] (法)丹纳《艺术哲学》,傅雷译,天津社会科学院出版社,2007年版,第9页。

各个官僚都为忠臣,各个百姓都为顺民"[1]。李辰冬似乎也谈到经济,他说农业社会生产工具的粗劣,"粗劣"二字是不准确也不科学的,应当说是石器、铜器、铁器,或者说牛耕、机械耕作等等,用粗劣或精细是不足以划分社会形态的;他说到社会分工,其实至迟自商代起就有手工业、农业和商业的分工,而作为国家机器的官吏和军队,也是有国家存在的各个社会形态都是必有的,它们不能成为划分社会形态的标志。李辰冬在《红楼梦研究·初版自序》中说他对中国文学史的分期,"纯由经济演变而产生的时代意识或社会集团意识为标准",如上所述,他所谓的"经济"没有准确的概括生产力的状况,更没有涉及生产关系的内容,生产关系中的生产资料所有制、分配方式以及不同社会集团在生产中所处的地位等等,也就是最本质的社会阶级关系问题被回避起来、掩盖起来。所以李辰冬特别声明,他在书中用到"某某阶级意识"字样,不要误会他讲的是阶级斗争的阶级。所以他说宋江、鲁提辖、林冲都是"资产社会"的资产者,说《三国志演义》《水浒传》《西游记》表现的都是资产者的社会意识。李辰冬在论说《红楼梦》时谈到"绅士社会",其概念也是模糊不清的。绅士有别于世袭的贵族,他们是中国科举制度的产物。李辰冬说《红楼梦》是绅士文学,《红楼梦》和清代一些小说都是绅士们"在受了资产社会的洗礼后,失去了以往的神秘性,梦幻性",他们的文学写作于是采用"资产社会写实主义",这种说法,使人联想泰纳对巴尔扎克的论述,却与中国历史事实距离太远。

由此看来,文学研究需要有文学理论的指导,而文学理论又必须有科学的历史哲学做基础;没有这个基础,就不可能通透和准确

---

[1] 李辰冬《三国水浒与西游》部一《三国演义研究》。

地解说文学。李辰冬的学术是存在明显的局限的，但我们从学术史的角度对他进行历史评价的时候，却要根据他所提供的比"五四"第一代学者更新的东西。李辰冬在1977年所写的《三国水浒与西游》"三版自序"中回顾自己的学术生涯时说："我在学术上没有什么成就，但五十年来我都是按照一些文学上的原理、法则而完成我的著述，没有一点是拾人牙慧，这是我引以自傲的。"的确如此，李辰冬是"五四"以来第一位用系统的文艺理论对一部小说作品进行全面研究的学者，他的文学观和方法论，他所构建的研究范型，他研究所得出的许多结论，至今仍有学术的生命力。李辰冬不愧为"五四"现代学术第二代学者中的佼佼者。

[原载《李辰冬古典小说研究论集》(中华书局，2006年版)]

附录
四十年学术工作回顾

1978年中共十一届三中全会开启了中国改革开放的新纪元，这一年也正是我一生的重要节点，此年9月我考入中国社会科学院研究生院，成为这个学院的首届研究生。我们这批人是历史的幸运儿，如果没有粉碎"四人帮"、结束"文化大革命"，我们就不可能走进这社会科学的研究殿堂，也就不会有今天的我。

"文化大革命"是政治压倒一切、政治渗透一切的令人窒息的年代，人们生活在文化沙漠之中，走出沙漠，才感到深入骨髓的文化饥渴。有幸获得重新读书学习的机会，那兴奋快乐之情，真是难以言表。

1978年至1981年三年的研究生生涯，令人终生难忘，那三年的学习与训练更使我终身受益。记得在开学典礼上，时任中国社会科学院副院长兼研究生院院长周扬在讲话中强调说，研究生院和一切旧式的经院学派根本不同，这里没有学究气，没有书呆子气，要有浓厚的理论联系实际的政治气氛，认真读书的钻研精神和自由讨论的学术空气。这个教诲，不仅对我三年的学习，而且对我一生的研究工作，都具有深刻的指导意义。给我们讲课的是当时享有盛名的专家学者，邓力群、周扬、于光远、宦乡、许涤新、任继愈等等，他们不只是传授了知识，更重要的是教给了我们治学的态度和方法，为我们树立了作为一个学者的人格风范。这些前辈学者一再引用范文澜先生的两句话"板凳须坐十年冷，文章废话一字多"作为座右铭。我记得第一次见吴世昌先生，他语重心长地告诫我说：我们古典文学研究这一行，聪明人做不来，只有笨人可以做。他的意思是说，这门学问只有下苦功夫、笨功夫才能有所成就，聪明心活的人坐不了冷板凳，也就做不出实实在在的成绩来。

研究生院文学系的系主任，先后由副所长唐棣华、吴伯箫和王士菁先生担任。文学系成立了"《红楼梦》研究"专业，这专业的研究生除我之外，还有胡小伟、扎拉嘎和程鹏，指导我们的老师是范宁先生、陈毓罴先生和刘世德先生。几位老师都是学识渊博的专家，他们的著述和教诲给了我极大的启迪，对我此后的学术工作产生了深刻的影响。最让我钦佩的是陈毓罴、刘世德于1973年5月草成的《曹雪芹佚著辨伪》一文，所谓"曹雪芹佚著"即当年发现的《废艺斋集稿》，发现者吴恩裕所撰《曹雪芹的佚著和传记材料的发现》刊载于《文物》杂志1973年第2期，《人民画报》以大量篇幅登出了《废艺斋集稿》影印图片，这在"文革"时期算是一件轰动全国的大发现，被视为"文化大革命"的不小的成果。陈、刘二先生认为此"佚著"是伪书，所著《曹雪芹佚著辨伪》以翔实的材料证实其为伪造。所举证据在这里就不必一一列举了，其中一条尤使我佩服的是指出所谓曹雪芹《南鹞北鸢考工志自序》记录的"老于"除夕冒雪来西山访曹雪芹，纯属编造，"曹序"署时乾隆二十二年（1757），所记"老于"除夕来访是"曩岁"往事，据吴恩裕考订，应是乾隆十七、十八、十九年发生的事，陈、刘二位举出乾隆年间北京地区《晴雨录》，这三年除夕均为大晴天，不但这三年除夕是晴天，《晴雨录》记录的乾隆十二年至二十一年的除夕也都是晴天，又以乾隆帝《御制诗》这些年《除夕》诗所记为佐证，说明"曹序"记除夕"老于冒雪而来"完全是虚拟。"辨伪"是文献鉴别考订中的一项重要工作，历来著述颇多，从文中天气记录找出破绽，真是发人之所未发。此文对我的启发，不只是治学的方法，更重要的是治学的态度，坚持追求事实的真相，不迷信权威，也不畏惧权威。要知道当年是"四人帮"文化专制，被视为"文革"成果的发现却被否定，自然是不能允许的。据陈毓罴先生告诉我，此文投寄《文物》，不但不予发表，而且组织一篇文章给予批判，称之为《红楼梦》研究中的两条路线斗争的表现，是一种严重的"复辟回潮"，必须加以清算。可知当年追求真理，要有多大的勇气！而作为一个学者，是应该具有卓尔不群的风骨和人格的。

三年研究生学习中，专业方面我主要对《红楼梦》前八十回与后四十回进行比较研究。当时红学界有这样一种观点，认为后四十回写得好，《红楼梦》的价值就系于后四十回。这种观点，与我读《红楼梦》的经验大相径庭。后四十回的存在使得《红楼梦》成为首尾完整的小说，它保留了悲剧结局，在形形色色的《红楼梦》续书中是写得最好的，对于《红楼梦》的传播起到了巨大的正面作用。但后四十回在艺术上和前八十回相比，那就相差太远了。为辨明前后艺术的差异，我陆续撰写了《论〈红楼梦〉人物形象在后四十回的变异》《论〈红楼梦〉后四十回与前八十回情节的逻辑背离》《〈红楼梦〉后四十回与前八十回细节描写之辨析》《论〈红楼梦〉后四十回与前八十回文学语言的高下》《〈红楼梦〉八十回前后用词的不同》等数篇论文，这些论文合称《〈红楼梦〉前八十回与后四十回之比较研究》，是为我的硕士论文。其中《论〈红楼梦〉人物形象在后四十回的变异》收入刘梦溪主编《红学三十年论文选编》（天津百花文艺出版社，1983）。这组论文是要说明后四十回不是曹雪芹的手笔，在这个意义上也是一种"辨伪"，只不过是从小说艺术的人物、情节、细节、语言诸要素的比较中辨析差异和高下。结论并不新,但在方法上和艺术鉴赏上或许有些微的贡献。

中国社会科学院研究生院文学系设立《红楼梦》研究专业与元明清文学专业分开,据陈毓罴先生说,是因为发现考生中有提交《红楼梦》研究论文的,我送呈的两本读《红楼梦》笔记,陈毓罴先生阅过,也转给吴世昌先生和陈荒煤先生看过,笔记发还给我时,我的笔记上赫然有吴世昌先生不少的批语,因为有这个情况,文学系才特别增设《红楼梦》研究专业。

《红楼梦》研究专业,其领域似乎窄狭了一点,但三年致力于《红楼梦》这部小说,也给了我许多好处。《红楼梦》是中国古典小说艺术的巅峰之作,反复仔细地阅读这部作品,对于认识古代小说艺术有莫大的帮助。它给中国小说树立了一个标杆,提供了一个可以评量一切小说艺术高低的尺度。后来读《歌德谈话录》,歌德对向他请教的爱克曼说:"鉴赏力不是靠观赏中等作品而是要靠观赏最好作品才能培育成的。所以我只让你看最好的作品,等你在最好的作品中打下牢固的基础,你就有了用来衡量其它作品的标准,估价不致于过高,而是恰如其分。"歌德的此番言论,使我对《红楼梦》的阅读和研究有了更多的自觉性。此后数十年间写过不少文章涉及对许多小说作品的评价,我不认为我的评价都是精当的和无懈可击的,但绝不至于犯"卖什么就说什么好"的低级错误,究其原因,就在于《红楼梦》给了我必要的艺术感知能力。

1981年秋天进入中国社会科学院文学研究所工作。这年所长沙汀和党委书记陈荒煤调离,许觉民继任所长。当时古代文学研究室是全所最大的研究室,俞平伯、钱锺书、余冠英、孙楷第、吴世昌、吴晓铃、范宁等老一辈学者,都是享有盛名的专家,中年学者曹道衡、陈毓罴、邓绍基、刘世德、蒋和森等也在学术界具有很大影响。在这样高水平的学术环境中工作,兴奋的同时,也感到压力沉重。

那是拨乱反正、思想解放的年代，研究室的学术空气非常自由，个人的兴趣可以得到充分发展。由研究室布置给我的工作，一是撰写《中国大百科全书》文学卷的一些条目，二是编辑《红楼梦研究集刊》；这些并不是我的研究工作的全部。

在撰写《中国大百科全书》词条的工作中，收益最多的是协助吴组缃先生撰写《红楼梦》词条。吴组缃先生是学界的老前辈，是学者也是小说家，他谈《红楼梦》毫无学究气，由于他有小说创作的经验，对《红楼梦》的人物情节的解析总能鞭辟入里，深得曹雪芹的艺术匠心。他的精湛和睿智的见解使我深受启发，知道评论一部小说，不能脱离两样东西：一是作者所处的历史文化背景，这个背景绝不只是历史教科书所提供的粗线条的概述，而应具体到日常起居的习俗，只有深切把握活生生的背景，才能准确解析小说人物的心理和动作；二是要遵循小说的艺术规律，不能脱离小说人物情节的形象体系做天马行空式的臆断。《红楼梦》研究中奇谈怪论尤多，特别是索隐一派，耸人听闻之说层出不穷，对于这些荒腔走板、走火入魔的无稽之谈，吴组缃先生是不屑一顾的。

20世纪80年代，除参加一些集体项目之外，我对《金瓶梅》投入了相当大的精力进行研究。《金瓶梅》向来被视为"淫书"，在中国大陆多少年都是不可涉足的禁区，改革开放打破了这个枷锁，《金瓶梅》一时也成为研究的热门话题。在中国小说发展史上，《金瓶梅》是一部里程碑式的作品，它把长篇小说描写的对象从帝王将相和传奇英雄转向了市井平民，以一个商人的家庭来反映整个社会生活，使长篇小说创作由古典英雄主义转变到近代现实主义，没有《金瓶梅》，就没有其后的《红楼梦》。我对《金瓶梅》的研究，先从版本和梳理历来研究的状况入手，与尹恭弘共同撰写了《六十年

《金瓶梅》研究述评》，共同编辑了《台港〈金瓶梅〉研究论文选》，撰写了论文《〈金瓶梅〉五十三回至五十七回辨——〈金瓶梅〉版本系统再认识》。又与尹恭弘在《古典文学知识》杂志开辟《金瓶梅人物谱》专栏，这些论文后来集成专著《金瓶梅人物谱》出版。讨论《金瓶梅》在小说史上的地位问题，撰写了《〈金瓶梅〉小说文体的创新》一文。在此期间，还主编了《金瓶梅鉴赏辞典》，此书于1990年获第四届全国图书"金钥匙"奖二等奖。

20世纪80年代，我们从思想禁锢的状态中走出来，拨乱反正、正本清源形成一股巨大的思想潮流，思想学术界激荡着一种重建中国文化的豪情。那时各种西方哲学思潮涌入国门，人们争相摆脱以阶级斗争为纲的庸俗社会学和功利主义的桎梏，以极高的热情拥抱这些西方理论。西方现当代思想中确有精华，吸收这些东西大有益于我们新时代社会主义文化建设。问题是当时有一种风气，以为凡是西方的，都是新的好的，学术界有些人热衷于拿它们生吞活剥地套在中国文学上。一时所谓"新三论"（系统论、信息论、控制论）、结构主义、弗洛伊德等，都成为文学评论中最时尚的东西。我不拒绝这些理论，它们如此有影响，肯定有值得借鉴的价值。但我没有弄懂它们，当时一些文学评论中常用"熵"的概念，我至今也不明白这个物理学的概念如何能说明文学的某种状态。以我所见，那些用这些新理论、新方法研究古代文学的论著，并没有多少真知灼见，也未能真正解决实质性的学术问题。其实，有些所谓的"新理论"，在西方并不被认可，或者已经被边缘化，但到了我们这里反倒成为香饽饽了。一种比较科学的理论，吃透它不是容易的事情，触碰到一点皮毛，就拿来炫耀，就不是科学的态度。

我记得20世纪50年代末，我在大学中文系读书，正值"大跃进"，校园内热火朝天搞教改，拔教授的白旗，当时以为，掌握了以阶级斗争为纲的理论，就是拿到了文学评论的金钥匙，我们这些读书不多的学生就是拿这种没有搞通的理论来重编教材，当时纸张供应已十分紧张，这些大部头的教材居然也排印出来，可惜只是明日黄花，化作一堆废纸。"文革"中又提出用儒法斗争的观点重写文学史，用儒家法家给历代作家重新定位，那时我已在中学教书，心里不是没有疑惑，但思想在总体上还是跟随潮流的。

这些亲历的经验教训，使我认识到对于理论必须追根究底，不能盲从。理论对于我们从事古代文学研究工作的人来说，是非常重要的。同时我们也要明白，即使是科学的理论，它也只是为我们的研究提供立场、观点和方法，而绝不能把理论作为标签贴在古代文学上。古代文学是历史的文学形态，逻辑推理不能代替对文学历史的实际考察，研究古代文学，还是得从对作品的训诂入手，广泛搜集文献资料，并去伪存真，也就是从文学作品以及产生它的历史实际出发，在历史的社会、政治、经济、文化的联系中评价作品，寻求文学发展的真相。

20世纪80年代，在"新理论""新方法"狂飙突进的潮流中，我自认为是个落伍者。我的研究兴趣主要在小说史方面。小说史自鲁迅《中国小说史略》之后，中国大陆鲜有个人独自撰写全史者。个人专著有小说类型史、断代史，小说全史几乎都是集体著作。集体著作固然也有主编来创制体例、编次章节，它虽然能集思广益，发挥各章撰稿人之学术所长，但聚合成一书，很难贯通一气，总难免有拼接的痕迹。况且小说史上存在不少疑难问题并没有完全解决，有必要对小说历史发展的一些关键问题做深入的研究。我个人学识浅薄，但愿意集中精力攻坚克难，发愿写一部小说史出来。

以个人之力撰写一部小说通史谈何容易，但我坚信朝着这个目标走下去，一步一步总可以达到目的地。首先还是要做基础的文献工作，20世纪80年代末开始与刘世德先生和法国国家科学研究中心教授陈庆浩合作，搜集流落在海外的古代小说版本，其中有许多是国内已经不存的孤本和善本，弥足珍贵，得小说共计164种，书题《古本小说丛刊》，分为二百册，由中华书局影印出版。此书在1993年获第二届全国古籍优秀图书一等奖。研究小说，不能不注意版本。小说作品在流传的过程中，传抄也好，刻印也好，会产生各种不同的本子，文字、版式、装帧等都会有不少差异，如果不找到最接近原创面貌的本子，随便拿起一个本子做研究，必然会被误导，甚至会做出错误的结论。比如《红楼梦》，通行的由高鹗、程伟元编辑出版的一百二十回本，后四十回并非曹雪芹所作，就是前八十回文字，他们也做了许多改动，我曾写过《论程高本前八十回对宝玉形象的涂改》（1980）一文谈过这个问题，如果以"程高本"为据论曹雪芹的思想艺术，就一定会出现事实的偏差。所以小说版本是研究中不可回避的问题。不只小说，读任何古书，都应该慎重地寻求善本。

做小说史研究，我想一个起码的前提是要弄清楚中国历史上究竟有多少小说作品。小说，尤其是通俗小说，在古代主流意识形态的价值观念里，地位极其低下，被视为道听途说的无根之谈，登不上大雅之堂。藏书家少有收藏者，目录学家也多不屑于著录，因而小说作品佚亡者甚多。直到20世纪五四新文化运动提倡白话文和通俗文学，小说才引起学术界的重视。1933年成书的孙楷第《中国通俗小说书目》是小说书目研究的奠基之作，其后几十年间，又有不少小说书目著作出版，但总的来讲，还不能完全满足小说研究的需要。

在1993年8月第一届"中国古代小说国际研讨会"上，我提出编撰《中国古代小说总目》的设想，拟将文言小说与白话小说合为一书，吸纳几十年小说研究的成果，尽可能著录尚存于世和虽已佚但仍存书名的作品，著录内容除了故事梗概之外，对于作者、时代、版本等各项均要列入。这个设想得到与会国内外学者的赞同，法国国家科学研究中心的陈庆浩教授特别予以支持，提出了许多很好的建议，并时时关注编撰工作的进展。此书于2004年出版，著录1912年以前创作的小说，包括稿本、抄本、刻本、排印本，文言有2904种，白话有1251种，数量远远超过以往的小说书目，全书分为白话、文言、索引三卷，总计四百多万字。这是国际小说学界合作的成果，尽管还存在一些疏漏和错误，但它毕竟是迄今最大最为完备的一部小说书目。此书获得中国社会科学院优秀科研成果奖二等奖。

撰写小说史，自然首先要弄明白什么是"小说"。这个似乎不成问题的问题，在小说研究界却是一个相当纠结的问题。"小说"这个文体，在东汉编撰的史志中已有认定，历来目录学著作都有论述并对其作品有所著录，到清代乾隆年间《四库全书总目》则做了一个历史性的总结。有些学者据此断定，小说在先秦已经成熟，甚至认为今天所用的小说概念是从西方舶来的。这种说法，如果指的是历代史志所著录的"小说"，当然也不错。但这种说法，忽视了一个基本的历史事实，我们今天要研究的作为叙事文学的小说，虽然与传统目录学所著录的"小说"有千丝万缕的关系，但却不是同一种文体。叙事文学的小说，作为一种后起文体能与传统诗文并肩而立的，是《三国志演义》《水浒传》《西游记》《金瓶梅》四大奇书和"三言""二拍"，文言体的传奇小说与唐前"古小说"有血缘关系，但它已脱胎换骨，也不能混为一谈。我们研究小说文体的来龙去脉，应该以这个事实作为观察的立足点。事实上，至迟在明代中后期，一些文学家已经认识到了这一点，清代康熙年间刘廷玑《在园杂志》说得更清楚,"盖小说之名虽同,而古今之别则相去天渊"。为阐述我的这个观点,1994年发表了《"小说"界说》,2005年发表了《唐前"小说"非小说论》,又在专著《中国小说源流论》(1994)中做了详细论述。

小说史上有待解开的问题很多,我想从文体入手。文学史在一定意义上是文体发展的历史,研究小说文体的生成、发展和演变,应当是小说史研究的一个重要角度。1989年开始着手《中国小说源流论》的写作,出版时已是1994年。这部专著讨论了小说文体的构成要素及形态特征,从文体考察,与小说接轨的是史传。中国史传一般采用全知视角的客观叙述,也就是把已经发生的历史场景和人物活动呈现出来,如果不究其实录性质,它与小说没有差别。此外在结构上,史传的编年体和纪传体在《三国志演义》《水浒传》这些早期长篇章回小说中得到了继承和发展。史传孕育了小说,同时又长期制约着小说的发展。中国上古神话传说与小说存在着深刻的精神联系,小说的许多意象和情节形态都源自神话传说,但小说文体与神话传说没有直接的传承关系。

《中国小说源流论》从小说文体生成的角度对历史上与小说有所关联的文体也做了论述。散文历史悠久,诸子散文影响极大,它们的重点是论说而不是叙事,与小说没有直接的文体关系,但它们中的叙事成分和寓言部分,却给小说的生成和发展提供了丰富的营养。在史传与小说之间,还有一个杂史杂传和志人志怪的过渡地带。杂史杂传和志人志怪并不是文学意义的小说。杂史杂传是正史的附庸,本质上还在史传的范畴;志人的勃兴与魏晋时代选拔官吏的制度和与这种制度相联系的品评时人的风气有直接关系,荐举征辟,必采名誉,人伦鉴识成为风气,以品评人物才性风度的志人作品理所当然地得以盛行。志人的宗旨是刻画人物的风貌,不讲求叙事的完整，只在追求表现人物品貌的传神逼真，总是捕捉人物的片断言语、动作和情态凸现人物的神韵。志人开创了叙事的写意艺术，对后世小说有深刻影响。志怪源头可追溯到远古，与巫师方士有密切的关系，在它的发展中与道教、佛教形影不离，有些作品就是辅教之书，但它描写妖魔鬼怪具有奇幻的想象，为后世小说的魔幻情节提供了丰富的意象。志怪叙事相当注意故事的完整，它向前跨出一步即为传奇小说。杂史杂传记叙历史事件和历史人物，真伪混杂，虚实相间，它比一般史传更接近小说。

从小说文体的孕育和生成的历史事实中，可以得出结论说，小说的最早形态是唐代传奇文。传奇小说的叙事方式承袭史传传统，并没有独特的创造，决定它的小说性质的是它的娱乐功能和放弃实录原则。唐代传奇文多是记录贵族沙龙所谈之奇异之事，是闲时的消遣，为了耸人听闻，虚构是难免的，它不是在布道，也不是撰史，这样就和志怪、史传分道扬镳了，成为一种新兴的文体。

白话小说却另有源头。白话小说在文体上分为话本小说和长篇章回小说。话本小说脱胎于民间说唱伎艺"说话"，"说话"成为有专业演出场所"勾栏瓦肆"、有专业演员和演艺组织的伎艺，是在宋代。"说话"是口头文学，"说话"书面化便产生了白话小说。话本小说由宋元"说话"四大家的"小说"演进而成，篇制为短篇，基本保留了"说话"表演程式和叙事方式。长篇章回小说与"说话"的"讲史书"有直接的关系，元刊《三国志平话》等就显露着"说话"痕迹。

文言小说的题材取向、叙事方式和审美追求，都有浓厚的士大夫的趣味，其文言的表述也非一般平民百姓所能领悟，它基本上属于雅文化；白话小说，尤其是话本小说，讲述的多是市井小民的悲欢离合，叙事方式和语言也都为平民百姓喜闻乐见，它基本上属于俗文化。文言小说与白话小说是历史上并行的两种小说文体，具有各自不同的运行轨迹，它们既相对峙，又相渗透，文言小说有俗化的趋势，白话小说则有雅化的倾向，文言小说与白话小说的合流产生了才子佳人小说独特的文体。雅俗共赏才是小说的最佳境界。

《中国小说源流论》从文体角度探索小说发展的轨迹，虽然不是全景式的小说史，但它为小说史的撰写做了重要的学术准备。1996年我正式着手中国小说发展史的研究。《古本小说丛刊》《中国古代小说总目》和《中国小说源流论》都是小说史研究的先期成果。

小说史著作要描叙小说发展的历史真相，就必须讲清楚小说现象与历史背景的关系。这不是在著作中单列一章讲述当时的政治经济文化概况就能解决问题的，社会背景与小说史不能两张皮，二者之间的血肉联系必须揭示出来。要做到这一点很不容易，掌握全面、深细的史料需要下很大的功夫，而探究历史背景与小说发展演变的关系，则更是一个难度极高的学术工作。

宋代"说话"、戏曲发展起来，一般都说这是因为宋代城市商业经济的繁荣。不过，唐代城市商业经济不是也很繁荣吗？为什么没有"说话"、戏曲的兴盛景况呢？这就触及城市建筑布局的制度。五代、宋以前，城市是封闭式的"坊制"，唐代长安城区由棋盘式的坊（里）构成，坊之间有墙垣隔绝，商业区在"东市""西市"，是四方形的坊。坊皆有门，按时击鼓开闭。坊门的门禁制度限制了夜间娱乐活动，专门的昼夜可供演出的场所，没有空间，夜间也没有观众。宋代建都东京（开封），不再沿袭坊制，开放式街市代替了封闭式坊式，这才出现瓦子勾栏，民间伎艺有了专门的演出场所。再加上宋朝实行高度的中央集权，在东京地区驻扎数十万禁兵，单是维持军队后勤就需要大量商品和工匠，城市人口骤增，商业规模猛扩，娱乐也因此有了巨大的市场。"说话"繁荣在宋代而不在唐代和唐前，就很容易理解了。

　　白话小说是大众读物，与儒家经典、诗集、字书、小学、历书等相比，篇幅要大得多，而且是一种没有实用功能的闲书，它的发展必须有印刷业的保证。中国纸张和印刷术的发明和发展历史，皆有案可稽。唐代始有雕版印行，宋代印刷业有长足发展，但也不是什么东西都可以付之雕版印行的，史料记载，明宣德年间秘阁所藏宋元书籍以写本居多。据正统、弘治时期的人记载，当时书籍印版还相当稀罕，印本少而抄本多，在这种条件下，用珍贵的印刷能力去印刷白话小说的闲书，不是完全不可能，但要形成规模化生产，却绝无可能。白话小说是一种大众商业文化，市场、价格和读者购买力，都是决定这种产品生产不生产的重要因素。中国叙事能力是不容置疑的，从文学的条件来讲，早就可以产生一部优秀的长篇章回小说，但为什么到了明朝中叶才出现《水浒传》，应当说与印刷业的发展水平有一定的关系。2003年我出席在日本东京举行的第一届东亚出版文化国际研讨会，在会上做了题为《明代印刷业的发展与白话小说的繁荣》的报告，此文刊载于日本二玄社《东亚出版文化研究》(2004)。晚清是小说空前繁盛的时代，原因有政治的、社会的，其中也与印刷业有一定的关联。为此我撰写了《晚清印刷的近代化与小说的繁荣》一文，作为提交给2009年在日本仙台举行的第三届东亚出版文化国际研讨会的论文，此文于次年辑入会议论文集出版。

　　小说与政治的关系是深刻而复杂的，突出的一个方面是朝廷的小说禁毁政策对小说创作的影响。我在2010年发表的《清代小说禁毁述略》指出清代禁毁小说较之明代，更是常态化和法制化。然而小说的性质和受众与传统诗文毕竟有别，清代的小说编撰出版发行已经成为一种有相当规模的文化产业，利益相关者甚众，朝廷申饬禁令，却不愿以此滋扰民间社会，它措辞严厉，却不像处置"悖逆"诗文那样严酷。有清二百六十多年，小说禁令屡申不绝，而小说的编刊却从未中断。但这不是说"文字狱"对小说没有什么影响，影响还是深刻的。首先，文言小说"志人"一门，就因乾隆年间尹嘉铨之《名臣言行录》一案，一段时期完全从文坛消失了。按乾隆帝的观点，当代人不能品题当代人，如果谁敢模仿《世说新语》记录当代人的言行，就是"标榜当代人物"，"莠言乱政"。其次，小说其他各种类型的作品虽然照出不误，但其面貌却发生了微妙的变化。2015年我撰写的《乾隆文字狱阴影下的小说创作》就这一问题展开了讨论。"文字狱"高压下的小说创作，完全不敢涉猎时事题材，即使描写无关军国大事的人情世故也要避开当朝。如《儒林外史》故事定在明成化年间，《野叟曝言》故事定在明弘治年间，《歧路灯》故事定在明嘉靖年间，《红楼梦》更是无朝代年纪可考。政治的高压，固然使小说家回避时事政治，但小说家对自由的渴望却更加强烈了，这种渴望驱使他们把关注力投向了人的内心情感世界，其笔力穿透了现实政治的表层，直指专制制度下的人性和人的灵魂。从而产生了描写被科举制度扭曲了的士人的灵魂的《儒林外史》，产生了表现人性与礼教制度严重冲突的《红楼梦》。

小说发展与历史背景多方面的关系十分复杂，需要做长期的深入的研究，我的这些工作只是初步的探索和尝试，浅见偏见恐难以避免，但我认识到这个方面的问题是小说史著述不可或缺的内容，且不可做简单化、表面化的处理。

小说的起点，学术界的争议都集中在文言小说，仿佛白话小说的起点是毋庸置疑的，"宋元话本"已成为学界的通识。不过，我认为不是没有问题的，问题出在把宋代"说话"的节目当作了书面的小说。南宋罗烨《醉翁谈录》记载了"说话"中的"小说"一家的名目，计有一百零七种，有些学者把这些名目当作了书面作品的小说，故而断言话本小说始于宋。殊不知从口头伎艺的"说话"转化成书面文学的小说是需要一定条件的。宋代的印刷业就不足够支撑小说这样的闲书出版。事实上我们迄今尚未见到过宋版的小说。小说最早的版本是元刊讲史平话，讲史平话不可与话本小说同日而语，它在元代得到发展，实与蒙古统治者需要学习历史和汉文化有关，蒙古皇帝、贵族大臣，大都不通汉语，这一点与后来统治中原的满族完全不同，元朝经筵讲官向皇帝、皇子讲述儒家经典多要译为白话，所谓"以时语解其旧文"，讲史平话，也就是通俗地讲历史。"平话"的地位当然要比话本小说的闲语高很多。讲史平话在元代盛行不是偶然的，这也决定了在白话小说的历史上，历史演义小说的成熟要早于话本小说，在《三国志演义》风行全国的嘉靖年间，话本小说还只有《六十家小说》（即《清平山堂话本》）的水平，直到明晚期天启年间，话本小说才成熟起来。

《三国志演义》和《水浒传》是长篇章回小说成熟的标志，它们产生在什么时间，当然是小说史的一个重要问题。一般的说法，它们产生在元末明初，也有论者认为它们在宋元已经成书。"元末明初"的说法之根据是两部作品的署名都有"罗贯中"，《录鬼簿续编》记"罗贯中"实有其人，称他"太原人，号湖海散人。与人寡合。乐府隐语，极为清新。与余为忘年交。遭时多故，天各一方。至正甲辰复会，别来又六十余年，竟不知其所终"。按此，罗贯中是元末明初人，《三国志演义》《水浒传》成书在元末明初，当属无疑。

但疑点是有的。戏曲重要文献《录鬼簿》的作者是贾仲明（1343—？），有学者推论《录鬼簿续编》的作者也应当是贾仲明。

吴晓铃先生曾指出，该书著录倪瓒小传时，称"讳瓒"，可知作者应是倪瓒的亲属晚辈。且不论《录鬼簿续编》作者的疑点，假定它作为文献真实可信，它记罗贯中只说他"乐府、隐语，极为清新"，为什么不提在海内影响很大的《三国志演义》《水浒传》？再者，《录鬼簿续编》的罗贯中是否就是写《三国志演义》《水浒传》的罗贯中，也还需要旁证，因为当时同名同姓的现象也常见，王国维在《宋元戏曲史》说，就他所知，元代曲家有三个白贲、三个刘时中、三个赵天锡、两个马致远、两个赵良弼、两个秦简夫、两个张鸣善，要断定《录鬼簿续编》所记罗贯中就是《三国志演义》《水浒传》作者罗贯中，必须要有旁证。从小说的历史看，假定《三国志演义》《水浒传》成书在元末明初，在那个时候已经产生了艺术如此精湛且雅俗共赏的长篇巨著，为什么在长达一个半世纪的文献中了无记载，直到弘治、嘉靖年间才提到它们？又为什么在它们产生之后的一百五十年间白话小说竟是一片空白？我认为这是值得研究的。

质疑"元末明初说"早已有之，早在1910年日本学者狩野直喜就将明初水浒戏与小说《水浒传》比较，指出二者差别太大，假若当时《水浒传》存在的话，水浒戏不会这样编，他认为《水浒传》成书时间一定要往后移。其后国内学者也有支持此说的，但他们的质疑似乎没有撼动"元末明初说"的地位。

要考证《水浒传》的成书时间，我想选择一个新的角度切入。一部长篇小说，尽管作者写的是前朝前代的故事，也尽管他要刻意避免含有自己生活的时代痕迹，但他却不能使自己完全脱离自己生活的时代，不能不带有他生活的时代意识，在叙述中必定会不经意地露出他生活时代的物质和精神的印记。基于这个认识，我撰写了《从朴刀杆棒到子母炮——〈水浒传〉成书研究之一》(《文学遗产》

1999年第2期），2001年在新加坡"明代小说国际学术研讨会"上发表《〈水浒传〉成书于嘉靖初年考》，后又发表《林冲与高俅——〈水浒传〉成书研究》（《文学评论》2003年第4期）。这些意见引发了学术界的一场讨论。我的意见无论正确与否，对于推动《水浒传》的研究，都是有积极意义的。

不只有《水浒传》成书时间存在争议，《西游记》也有相同的问题。学术界中有这样的一种倾向，一些论者总要把小说生成的年代往前提，似乎这样便可显示中国小说历史的悠久，提升小说的价值。关于《西游记》的成书，有论者说它在元代，甚至在宋代已经基本定型。所持证据是古代朝鲜汉语会话教材《朴通事谚解》对《西游记》故事的概述，这概述与百回本《西游记》的情节大体相同，可视为后者的提纲。《朴通事谚解》一直被看成是元末明初的文献，据此得出结论说《西游记》在元末已经有了百回本的规模，吴承恩充其量只是百回本的编辑者和修订者。对于《朴通事谚解》的成书时间，我认为存在着误判，《朴通事》成书在元末明初不假，它和《老乞大》都是高丽末、朝鲜初的汉语会话教材，但《朴通事谚解》是朝鲜时代对《朴通事》的第二次修改本，时间在朝鲜显宗朝，也就是中国的康熙年间。《朴通事》和《朴通事谚解》相距三百年，作为口语教材，它必须紧跟社会生活的变化，做出贴近当下时代的修改。《朴通事》的元末明初本尚未发现，但《老乞大》的原本可以看到，《老乞大谚解》也是《老乞大》的修订本，对照一下便可知差别有多大。《朴通事谚解》根本不是元末明初的文献，以此作为证据断定《西游记》的成书时间，当然是站不住脚的。为此，我撰写了《〈朴通事谚解〉与〈西游记〉形成史问题》（《山西大学学报》2007年第3期），除了论说《朴通事谚解》的时代属性之外，还列举了唐僧取经传说的演变记录，证明元代的传说距离百回本《西游记》还很遥远。

鲁迅《中国小说史略》将"类型"理论引入小说史叙述,"神魔小说""人情小说""讽刺小说""侠义小说""狭邪小说""谴责小说"等等类型概念已被学术界广泛认同并长期使用。不过近些年来,类型概念有泛化的倾向。如有公案小说史专著,把公案小说的源头追溯到先秦,把凡是涉及民事、刑事案件的叙事散文作品,包括文言的传奇、白话的长短篇、杂史杂传和笔记文,一概纳入公案小说范畴。又如论才子佳人小说的,把唐传奇《莺莺传》、宋元传奇《娇红传》等文言作品全部囊括进来。论神魔小说的,上溯到《山海经》,下续到《济公传》。究其依据,论者是把小说类型理解为题材的分类。"类型"是一种文学史叙述的方法,是为了叙述一个文学族群的特征和它的发展演进,是要弄清一部作品在这个族群中的位置以及它在类型谱系中的因循和创新。它是文学的分类,而不是社会学的分类。分类的原则当然包含有题材,但不仅只有题材,应当还有文体、时代等等因素。鲁迅所称"讲史小说",是指元刊《五代史平话》等以及《三国志演义》《隋唐志传》《水浒传》《列国志传》等长篇白话小说,不包括演述历史题材的杂史杂传、传奇、笔记等,也不包括以历史为题材的话本小说,可见鲁迅的观念里,类型是含有文体元素的。针对"类型"泛化倾向,我撰写了《明代公案小说:类型与源流》(《文学遗产》2006年第3期)一文,以明代公案小说为例,阐述了我对"类型"这一历史叙述方式的认识。在此后的小说史撰述中,对各种小说"类型"的划分以及对各种小说"类型"的诠释,都贯彻了我的这个认识。

自2004年12月起,我参加了"国家清史纂修"工作,承担《典志·文学艺术志·小说篇》的编撰。这项工作耗时近五年,虽然因为它中断了我的小说史写作,但收获却颇多。按照国家清史编纂委员会的要求，首先编撰清代小说编年及考异、清代小说理论批评资料汇编，然后在此基础上写出《小说篇》。《小说篇》按"事以类从，依时叙事"的原则，记叙清代小说发展的历史。清代小说是中国小说发展的重要时期。白话小说，元明两代留存下来的作品总数约三百多种，而清代却有一千数百种之多，不仅数量之猛增令人拍案，而且在质量上产生了像《聊斋志异》《红楼梦》《儒林外史》这样达到艺术巅峰的作品。撰写《清史·小说篇》，对于小说史的清代部分的编撰，大有助益。

清代二百六十多年，小说发展如何分期？我于2006年在1月3日上海《文汇报》发表《清代小说：如何由繁荣而衰退》一文，提出四期说：过渡期、高峰期、衰退期和转变期。

"过渡"指的是由明入清的过渡，时间从顺治元年（1644）至康熙二十二年（1683）。收复台湾之前的这四十年，朝廷关注的是在政治、军事上统一全国，文化政策尚在形成之中，对小说的干预不多。小说作家由明入清，还处在明末小说运动的惯性之中。其创作有三个显著特点：一是承袭明末小说干预时政的风气，时事政治小说十分活跃；二是才子佳人小说和艳情小说盛行；三是文言小说追步唐代，产生了《聊斋志异》这样伟大的作品。

康熙二十三年（1684）至乾隆六十年（1795）是高峰期。以康熙二十三年为起点，是因为上年统一了台湾。朝廷平定了三藩之乱，又收回了台湾，全国统一之后，注意力从军事转移到政治经济文化，文化专制趋于严密，文字狱发展到乾隆朝达到登峰造极的地步。在文字狱的阴影下，时事政治小说和品鉴当朝人物的志人小说几乎销声匿迹，小说家的关注点从政治层面转移到人性、人的精神层面，产生了《红楼梦》《儒林外史》这样的不朽之作。这个时期的小说家已不是由明入清的士人，他们中有汉人，也有满人，上一时期作品所表现的遗民意识和反满情绪已基本上退出了创作。

嘉庆元年（1796）至光绪二十年（1894）是小说的衰退期。这个时期的白话小说和文言小说数量均超过前一百年，但再也没有出现一流的作家和作品。嘉庆十八年（1813）天理教众"夺门犯阙"，震惊朝野，朝廷发现民间秘密宗教与小说戏曲有某些精神联系，遂更严厉禁毁小说，此类禁令虽不能杜绝小说创作和流传，但能阻吓一般士人从事小说创作。另一方面，朴学的兴盛，穷经稽古成为主流士风，也导致文人远离小说创作，即使有从事创作者，也多以为皮学问文章之具，如《镜花缘》《蟫史》等等。

光绪二十一年（1895）甲午战争清兵惨败，令人意识到单单引进外国的科技和军舰大炮，不足以富国强兵，若要摆脱民族危亡的颓局，必须开发民智，维新变法。小说本为民众所喜闻乐见，于是便成为维新人士启迪民智的重要工具，新小说应运而生，风靡天下，由此开启了小说向现代转型的时期。这个时期的作者主体已不再是科举轨道上的传统文人和科举制度下的书坊商人，他们或是政治革新的领军人物，或是新闻记者、杂志编辑，他们中很多人受过日本明治维新和西方文化的影响，海外留学生不少，创作活动的中心在上海。这个时期的作品，相当多的是发表在报刊上，翻译小说的数量极大。这个时期的小说在艺术上虽无甚建树，但它们是向现代小说转变途中的作品，其历史价值却不可低估。

参加《清史》的编纂，使我更加坚信，要正确地分析和评论一部作品，除了把它放在小说艺术序列里进行审视之外，还必须把它放在它赖以生存的历史社会背景中，放在政治、经济、文化、宗教、文学的背景中进行分析。脱离具体的历史条件，就不可能正确和准确地诠释一个文学流派和一部作品。文史不能分家，这是我参加《清史》编纂所得到的一个深切体会。为此我写过一篇短文

《文学史的本质是史》(《中国社会科学院报》2008年1月29日第6版)，我以为这个认识对于我撰写《中国小说史》是十分重要的。

《清史·小说篇》完稿后，我的精力完全转移到《中国小说史》的编撰。《中国小说史》作为国家社会科学基金重点项目立项是在2015年6月，现今全书已经完成，约八十万字。当年发愿写一部小说史的目标总算实现了。

中国小说史著作已有不少，尤其是改革开放四十年来，这类著作可以说是琳琅满目。在这种情况下，为何还要来写一部新的《中国小说史》呢？这部新的《中国小说史》究竟有什么特点和新意呢？

前已有述，小说史著作虽多，但国内小说通史著作都是集体编撰，我的这部作品，不论水平如何，却是一人独立完成，个人的史识、审美价值观念以及叙述评论风格贯穿全书，具有自己的学术个性。

全书开篇导论，总括小说历史，论述古代小说发展的动力及制导机制，这在此前的小说史著作中是没有的。我以为只有弄清楚这些问题，才能看到小说文体与言志的诗、缘情的词、载道的文之区别，才能理解小说发展何以有这样的姿态和路径。导论总括全史，是我的小说发展观的概述。

小说史不应该是小说家和小说作品的编年，它应该立体地、动态地描叙小说发展的历史过程。小说是文学的一部分，文学是文化的一部分，文化是社会生活的一部分，小说创作和小说形态的演变，与政治、经济、思想、宗教等等有着错综复杂的血肉关系，揭示这种关系很不容易，但我尽力避免在抽象的历史背景下谈小说，力图在具体的历史环境中呈现小说的形态和发展，目标是使小说史叙述接近历史的真相。

对于古代小说现象、小说作品的属性和思想艺术内涵，一代人有一代人的看法；另一方面，随着有关小说的资料文献的不断发现，有些旧的论断就需要重新审订。因此小说史的重写也就显得必要了。但这个重写，不是大破大立，推倒旧的重来，而是在旧有认识的基础上有所修订，有所进步。我撰写《中国小说史》始终坚持继承而有所发展的态度。对于以往的研究成果，凡是科学的合理的，有真知灼见的，都积极地予以吸纳；而一些我以为不实的论断，则加以扬弃，并以材料为据提出我的看法。书中不同于学界通行说法的地方颇不少，这些意见是经过深思熟虑之后提出的，限于个人的见闻和水平，也未必正确，如果能引起同人们的兴趣，展开讨论，那就令我非常欣慰了。

从 1996 年开始，到 2018 年完成全书编撰，前后有二十二年的时间。前期的工作，如小说文献的搜集考订，小说总目的编撰，小说史上重大疑难问题的研究，《清史·小说篇》的编撰，颇费时日，这样算起来，准备工作是比较充分的。二十多年，回想起来，若弹指一挥间，但对于一个人来讲，毕竟相当漫长。我自嘲是老牛拉破车，摇摇晃晃能够到达终点，除了自己的一点执着之外，在很大程度上得到了中国社会科学院科研局、文学研究所和国家社会科学规划办公室的关怀、支持和帮助，一些学术界友人的关心鼓励也给了我做下去的力量。夙愿完成了，真有如释重负的感觉。

（原载《古代文学前沿与评论》2020 年第四辑）

光芒乍现的瞬间，温柔而幸福
——献给敬爱的父亲石昌渝

父亲是 12 月 31 日离开我的，有如他研究中对时间和历史进程的敏感，他的生命冥冥中停留在了 2022 年的最后一天，是完结也是起点。

父亲被送进急救室前几天，常常昏睡，无法进食也无法言语，我与他的交流只能通过眼神。一天，他忽然用手示意写字，我拿了笔和纸，其实那时的他已经没有力气握住笔，眼神却坚持。我轻轻在他耳边说："爸，想写什么，告诉我，我帮你写。"他摇摇头，仍然想握住那支笔。这个场景成为我的心结，父亲费力抬手的样子时时重现。爸爸想写什么？我试想过无数的可能。他走后的一年多，伤痛重击后的记忆慢慢清晰，也许父亲并不想写什么，他不舍的是那支笔。

父亲是 20 世纪 60 年代的大学毕业生，毕业后在华中科技大学附属中学当语文老师，1978 年考入中国社会科学院研究生院文学系。他回忆自己的学术生涯时，常常感叹生命中的际遇以及成就这些际遇的 20 世纪 80 时代。他在《四十年学术工作回顾》中曾写道："研究生院文学系的系主任，先后由副所长唐棣华、吴伯箫和王士菁先生担任。文学系成立了'《红楼梦》研究'专业，这专业的研究生除我之外，还有胡小伟、扎拉嘎和程鹏，指导我们的老师是范宁先生、陈毓罴先生和刘世德先生。几位老师都是学识渊博的专家，他们的著述和教诲给了我极大的启迪，对我此后的学术工作产生了深刻的影响。"

　　回忆他们的研究生时代，是父亲最后岁月中幸福的时刻。记得 2022 年 10 月 30 日《红楼梦学刊》编辑何卫国来家里做红学口述史采访，父亲已经没有太多力气坐立，但还是让我帮他穿戴好体面的衣服。采访中我时时扶着他，他说我有力气，年轻时的我们为了买书，可以饿几顿饭。那一刻他的眼睛很亮，似乎交织着历史的光与影，那些光影是属于他们的黄金时代，当然那也是学术的黄金时代。那天，他留下了人生的最后一张合影，照片中的他倚在座位上。很长一段时间，我不忍看这张照片，父亲消瘦的脸庞上有神的眼睛如赤子般平和而深远，成为我挥之不去的伤痛。读研究生时父亲他们住在大山子的研究生院，现在属于望京地区的大山子已是北京热闹繁华之处，而在当时，那里是离建国门遥远的郊区，而且唯一的公交 403 路永远挤满人，他们长途跋涉去一次建国门的文学所往往要早上六点去赶车，回来却要兴奋许久。那时他们这届的研究生住的是北京简陋的平房，每家一间。盛夏时节，蝉声满树，我们小孩子在院子里撒欢玩耍，大人们都在屋里刻苦钻研，而午饭的做饭时间，间或会传出陶文鹏先生悠远而深情的歌声，袅袅余音，为平静而寂寥的院子平添些许浪漫。只有到了傍晚时分，小院才热闹起来，他们会聚在院子中央讨论各种学术新观点，各种社会现象，但随着天色渐暗，又各自散去，继续在青灯黄卷中驰骋。后来有先生回忆，那时他们常常比谁家的灯亮的时间最长，其实他们每个人都是那个时代的一盏灯。

　　父亲《红楼梦》研究起步于此，他的毕业论文题目是《〈红楼梦〉前八十回与后四十回之比较研究》，也陆续发表了《论〈红楼梦〉人物形象在后四十回的变异》《论〈红楼梦〉后四十回与前八十回情节的逻辑背离》等系列文章。《红楼梦》前八十回与后四十回研究是讨论已久的话题，可是父亲在生命的最后一段日子为《中华传统文化百部经典》之《红楼梦》撰写解读时，仍然将此作为其中的重点。他说时代怎么变化，逻辑是永远不会变的，文学创作是极富个性的思维活动，不同的创作主体，无论写作能力如何高强，也不可能完全和准确地复制原作者的创作旨趣和风格。而在讲起逻辑时，他常常举出陈毓罴先生、刘世德先生于1973年5月写成的《曹雪芹佚著辨伪》，讲述两位先生如何通过乾隆年间北京地区《晴雨录》以及乾隆帝《御制诗》来进行考辨。有次谈起此话题，有学者说现在这样的方法也很常见了，父亲非常不悦，问他是否明白学术史的过程，了解学术史每一分的进步是如何得来的。两位先生完成此稿的1973年，学术环境封闭而顽固，而他们已经捕捉到文学研究视域外的另一种方法的存在，不迷信也不畏惧权威，曾专程到天文台去，用追求真相的方法研究古代小说，这在当时是了不起的。正如父亲在《俞平伯和新红学》中所写："考证是科学的、历史的，它的目的是帮助我们正确地赏鉴文学作品，认识作品的真实意义。在俞平伯所建构的型范中，考证是为赏鉴服务的。""学术型范的确立，不是从理论到理论，也不是从规则到规则，而需要通过解决学术的重大疑难而达到和形成。"

前辈学者对父亲的影响无疑是直接而深刻的。20世纪80年代父亲参与协助吴组缃先生为《中国大百科全书》撰写《红楼梦》词条，那时我正在北大中文系读书，有一个周末回家，父亲让我带一份文稿给吴先生。我又激动又惶恐，忍不住告诉同宿舍的好朋友，她也惊喜得非要一起去。对于朗润园，我们充满了崇拜与敬仰，见到吴先生，紧张得不知说什么，两人都垂手站在那里。吴先生让我们坐下，并笑眯眯看着我们，问我们本学期有什么课程，还特别问起我爸爸在北京生活习惯吗。那是一个初秋的晚上，走出朗润园,回宿舍的途中我们经过未名湖,清朗的夜空,星星映照湖面,璀璨无比。父亲走后,我时常回想人生中许多已经飘过的枝叶,这样光芒乍现的瞬间,温柔而幸福,那是父亲的爱,也是那个时代父亲的感受在我心灵中的折射。现在再回头看父亲写的《吴组缃先生的〈红楼梦〉研究》,"吴先生对以上几个陪衬人物的分析,使我们能领略到曹雪芹创作的匠心,这样的论述不仅有助于我们理解《红楼梦》的艺术,而且也为小说创作指出了正确的途径。对于《红楼梦》研究来说,评论几个陪衬人物似乎是一个小题目,但我以为它的意义却不小,它实际上是提供了一个符合小说艺术规律的研究方法的范例",见其本色,而切中关键。父亲学术风格的形成,无疑是得益于古代小说研究这段光华满溢的岁月,同时也是学术史上前辈学者的文脉与审美的延续。

20世纪80年代,在《红楼梦》研究的同时,父亲将目光又投向《金瓶梅》,撰写了系列论文,并与尹恭弘先生共同在《古典文学知识》杂志开辟《金瓶梅人物谱》专栏,这些论文后来集成专著《金瓶梅人物谱》出版,同时还主编了《金瓶梅鉴赏辞典》。我记得,那段时间我们家住在赵堂子胡同,全家大人孩子挤在一间三十平方米的小房间里,每次父亲要和尹恭弘先生商讨问题时,便将我和弟弟以及尹恭弘先生的孩子尹兵赶到东单公园去玩耍。几年前见到尹先生,回忆及此,都唏嘘不已。再后来尹先生在河北去世,东单公园成为回不去的过去。在今天"金学"研究盛行的时代,各种中外理论眼花缭乱,父亲的成果在今天看来是薄薄一册,所做的工作也是基础研究,他在《中国小说发展史》里这样写道:"《金瓶梅》对于晚明社会做了无情而大胆的暴露,作者并非不持立场,宋惠莲的惨死,秋菊的受难,李瓶儿的悲剧,孙雪娥的冤狱,在叙述中皆予以了一定的同情和哀怜;对于西门庆的为非作歹和对女人的玩弄蹂躏，对于潘金莲的蛇蝎心肠，在揭露中也表现了憎恶的态度。然而作者把一切罪恶之源归于人性的贪欲，以为超脱罪恶的唯一途径就是否定人世，回到无欲无情的境界，于是安排西门庆转世的孝哥去皈依佛门。这种逃避现实的方式是否就可以使人生和社会得到救赎，作者恐怕也未必相信。这种虚无和消极的情绪不能不影响情节的编织和人物的描绘，一些自然主义的暴露倾向也显而易见，尤其是一些性事描写就有展示之嫌。尽管作者创作的年代淫风炽盛，皇帝、大臣、文人们不以公开谈论性事为耻，但作为一部传世之作的《金瓶梅》不比当时流行的艳情小说，如此用笔，传之久远，其消极方面的影响也不可否认。"古代小说现象、小说作品的属性和思想艺术内涵，一代人有一代人的看法，但是无论方法如何创新，材料如何丰富，对一部作品基本的认识，还是应该契合小说的实际。父亲是幸运的，他们这代人学术最光芒的时刻是与那个时代相互辉映的。父亲怀念陈毓罴先生时说过，现在的学者都是著作等身，但是陈先生的一部《〈浮生六记〉研究》，却是长风回气。岁月会留下许多东西，也会淘汰许多东西，那个时代的留存与遗忘一定是了了分明的。

父亲是一个严谨的人，讲究卫生近乎洁癖，他的书桌非常整齐而又有层次，每一样东西都放在合适的地方。这种风格其实也是他研究方法的体现，他常常于细微之处发现问题，所以他也特别喜欢看侦探片。母亲走后，这成为他最大的消遣，也许从层层推理中他能找到情绪的发泄，也许是锻炼自己某种发现问题的能力。他对片中的证物及其推理过程特别着迷，这种兴趣与他的研究是相互交融的。他不只一次向学生讲起王元化先生的研究思路：要层层剥笋般，自然而然养成一种沉潜往复、多面推敲、曲折进展的思维习惯。父亲特别看重的便是逻辑。学生时代的我每次考试成绩公布，父亲问的第一科一定是数学。他有次猜测说刘世德先生的数学一定很好，不信，你读读刘先生的考证文章，有破案的感觉。在他们这辈学者的眼里，逻辑是一切的基础，建立在逻辑基础上的文学研究是充满人生理趣的。这是学术常识。但是在各种概念层出不穷的今天，有些常识被抛弃，那个时代的学术光亮已经被今天的某种喧嚣所遮蔽。

1991年父亲与刘世德先生、陈庆浩先生合作主编《古本小说丛刊》共二百册，此后1993年有了编纂《中国古代小说总目》的设想。编纂《中国古代小说总目》历经十年，这十年间的1997年，对我们家庭来说是天塌地陷的，我亲爱的弟弟离开了我们。这种打击对我父母是毁灭性的，母亲回忆父亲知道弟弟去世并向她隐瞒时，正值父亲在日本讲学期间。父亲那些日子天天去学校图书馆，晚上也是埋头写作，后来回国时我去机场接他们，父亲带回的只是满满两箱的笔记和书籍。直到见到我，才告诉母亲详情，父亲和我抱头痛哭！时光已经过去将近三十年，我也到了父母遭遇不幸的那个年龄，每到一个应该家庭欢聚的节日，都觉得长夜漫漫。我一直在想，幽暗记忆中的人生大悲是如何转换为父亲生命意识中的隐忍与坚强的？

父亲主编的《中国古代小说总目》，四百余万字，分白话卷、文言卷、索引卷三册，直到现在仍是规模最大、收录最全的小说书目，也是学者研究古代小说重要的工具书。父亲特别看重这部著作，这为他后来的《中国小说发展史》写作打下了文献基础，也奠定了他在学术界的地位。但是一部体量如此之大的著作，又是多人参与，随着时代的进步和新文献的发现，必然存在一些疏漏和错误。父亲去世前两年，有出版社也有学者来找父亲，问可否修订再版，只要他挂名即可。每一次父亲都摇头，说这是一项大的工程，要花大力气，而且要做一定就要做好，我现在没有力气了，在我的名下，我就是负责人。这种和现实的疏离与执拗也许正是他们这一代学人的气质和格调，内心的审视与坚守高于名利，岁月流逝，见其底色。父亲在他自己的世界里活得清朗而自尊。

退休之后，父亲着手《中国小说发展史》的写作。在此之前，父亲的《中国小说源流论》已经在三联再版。《中国小说源流论》初版于1994年，三联书店将它列入"三联·哈佛燕京学术丛书"，是这套丛书出版的第一部著作。这部书探讨古代小说文体的生成、发展和演变，以小说概念的界定、小说文体各种要素为基础，揭示小说文体的嬗变之轨迹，并讨论影响小说文体的各种内外因素，阐释其嬗变之因，这是父亲学术生命最旺盛时期的著作，其中的思考既有激情又富于理性。而且写作此书的20世纪90年代初期，应该是父亲人生最繁忙也最幸福的时光。这部著作虽然是文体学的理论著作，但在智慧的逻辑体系下又闪现出感性的光辉。在论述《儒林外史》的联缀式结构时，书中写道："这种结构又类似中国画长卷和中国园林，每个局部都有它的相对独立性，都是一个完整的自给自足的生命单位，但局部之间又紧密勾连，过渡略无人工痕迹，使你在不知不觉之中转换空间。然而局部与局部的联缀又绝不是数量的相加，而是生命的汇聚，所有局部合成一个有机的全局。"从这种对小说文体的理解与生命观流转的浑然天成，可以看出那个时候父亲是充满理想激情的。2015年再版时，岁月已经带走了很多东西，也沉淀了许多东西。记得编辑曾诚来家里商讨再版事宜，父亲要写再版前言，并说有地方要修改，特别强调有些结论需要修正。临别时父亲送他出门，他们两人沿着河边长长的小路走在前边，我跟在后面。我并未想追上父亲，他对自我的校正、对学术的敬畏经过岁月的风吹雨打反而更加深沉与坚定，洗净尘埃，这种境界是我永远无法企及的。再版前言不足一千字，但是讨论了古代小说史上三个重要的问题"题材累积成书""《朴通事谚解》与《西游记》""才子佳人小说"，其中特意写了这样一段："《西游记》百回本西行途中所遇厄难的基本故事情节出现于何时，旧本沿用通行说法，以《朴通事谚解》关于《西游记》情节的概述文字为据，判定在元末明初。我对于这个结论作了修正。因为这个结论的'证据'作为'证据'的资格尚须考辨。通行说法认为《朴通事谚解》成书在高丽朝末期，也就是中国的元末明初。这其实是错的。"

《中国小说源流论》从文体学角度探索小说发展的轨迹，虽然不是全景式的小说史，但它为后来父亲《中国小说发展史》的撰写做了重要的学术准备。《中国小说发展史》是父亲生前出版的最后一部著作。在此之前他参加了"国家清史纂修"工作，承担《典志·文学艺术志·小说篇》的编纂，编纂清代小说编年及考异、清代小说理论批评资料汇编，在此基础上写成《小说篇》，按"事以类从，依时叙事"的原则，记叙清代小说发展的历史。在一次访谈中他谈道，文学史的本质是史。这正是父亲参加《清史》编纂的一个深切体会。《清史·小说篇》完稿后，他将全部精力转移到《中国小说发展史》的写作上。

这部著作消耗了父亲最后的生命。他将生命的触觉放置于他的研究对象之上，并在历史的进程中准确定位其在小说史上的位置。他强调小说史性质是史，自然蕴含编写者的史识，这一点知易行难。小说史不应该仅仅是小说家和小说作品的编年，它应该是立体、动态地描叙小说发展的历史过程。想要揭示这种关系很不容易，应尽力避免在抽象的历史背景下谈论小说，力图在具体的历史环境中呈现小说的形态和发展，从而使小说史叙述接近历史的真相。

其实可以说《中国小说发展史》是父亲毕生研究的总结，在此之前，他已有研究对象个案的积累。小说史上此前曾经有过《水浒传》成书的系列讨论，在考证《水浒传》成书时间这个问题时，父亲选取的是这样的角度：对于一部长篇小说，作者在叙述中无可避免地会显露他生活时代的物质和精神印记，基于这个认识，《水浒传》的成书不单是《水浒传》本身的问题，还关系到对中国小说历史发展的认识，关系到元末明初是不是长篇小说成熟的时期等小说史相关重要问题。对此，父亲发表了《从朴刀杆棒到子母炮——〈水浒传〉成书研究之一》《〈水浒传〉成书于嘉靖初年考》《林冲与高俅——〈水浒传〉成书研究》《〈水浒传〉成书于嘉靖初年续考》《〈水浒传〉成书年代问题再答客难》等系列论文，虽然有所争议，但引发了学界对这一问题的重新思考，对于认识小说史上的关键问题是有价值的。在这些系列研究中，父亲特别关心的是社会及历史的进程，这一方法自然也延伸到了他的《中国小说发展史》。写作过程中，父亲不会电脑操作，整部书稿都是手写，全书九十万字，后来录入时还出现了一些纰漏和风波。对于父亲来说，这堪称一项巨大的工程，正式动笔当时他已经七十六岁。在写作过程中，他时时感叹有些疲累，说写完我就再也不拿笔了，甚至开玩笑地和我的孩子说，以后不要再送外公笔了，因为无论什么纪念日，送他礼物，我们第一个想到的便是笔。2015年夏天，我和父亲去看望生病的扎拉嘎先生，他们是一起考入文学所的同门师兄弟。那时扎拉嘎先生虽然已经病重，而且也清楚自己的病情，但是仍然健谈。他说他还有几部著作有待完成，而且将部分书稿拿给我们看。走时他拍拍父亲的肩膀，说师兄下次再聚，没想到这竟是最后一别。回来的路上，父亲说扎叔叔生病都这么努力，我也不能松懈呀。那时我还开玩笑对父亲说，你怎么像学生一样呀？其实对于曾经同窗的他们，这又何尝不是学生时代的惺惺相惜？那一年新年的第二天，父亲开心地告诉我说，你扎叔叔来电话了，他在海南，他听到了新年的钟声，他说他又多了一年的生命。因为这个电话，那个新年，父亲特别高兴，一再说海南是个好地方。再后来的2017年，扎叔叔永远离开了我们。父亲五年后也在新年钟声响起的前一天走了。涟漪繁波，逶迤白云，那个世界的新年钟声也会如期而至吧？

2022年《中国小说发展史》出版后荣获了第五届中国出版政府奖提名奖。这部著作的问世离《中国小说源流论》的出版已经整整隔了二十八年。随着岁月的沉淀，父亲将笔触置于人生之中又升华于人生之上，谈到蒲松龄时他写道：“《聊斋志异》的许多故事都发生在荒斋废园或旷野坟场，人物又多是狐鬼妖魅，但情节的展开却毫无恐怖阴冷的气氛，反倒是充满了亮丽的色调和燃烧的热情，其清静幽雅，早已超出凡庸世间的尘嚣。《聊斋志异》绝无纱帽气、市侩气和穷酸气，始终都有一种穿透庸俗的独超众类的自然高雅的精神力量，闪烁着人性的善良、纯洁、温柔和优美的光辉。它是小说，也可视为散文的诗。”这样的文字比起《中国小说源流论》跃动的激情无疑是平和的，经历了人生跌宕起伏磨砺升华后的圆融之境，这又未尝不是父亲学术研究的高光时刻，尽管此时他已经年近八十。

蒋寅先生写到父亲时说：“石先生明显是很通透的人，我感觉他对什么都看得很透辟。我和他聊天，谈到所内所外的一些现实问题，他往往只是扬起下颌辗然一笑，会心尽在不言中。”扬起下颌辗然一笑，世间又有多少东西不可辗然一笑？蒋寅先生是了解父亲的，正如父亲对他的了解，父亲最后时刻叮嘱我一定要将书寄给他。

在回忆四十年学术研究道路时，父亲曾说：“小说史著作虽多，但国内小说通史著作都是集体编撰，我的这部作品，不论水平如何，却是一人独立完成，个人的史识、审美价值观念以及叙述评论风格贯穿全书，具有自己的学术个性。"

父亲最看重的是个性，在他的学术人生中，这种个性是性情、学识与思悟，也是格调与定力，我想，在学术纷繁而喧哗的当下，这种个性是一种境界，也是一种生命的本色。

石 雷

（原载《中华读书报》2024 年 9 月 11 日）